ÉTUDES

SUR LES

VARIATIONS MALACOLOGIQUES

D'APRÈS

LA FAUNE VIVANTE ET FOSSILE

DE LA PARTIE CENTRALE

DU BASSIN DU RHONE

PAR

ARNOULD LOCARD

TOME PREMIER

LYON
LIBRAIRIE HENRI GEORG
65, RUE DE LA RÉPUBLIQUE

PARIS
LIBRAIRIE J.-B. BAILLIÈRE ET FILS
RUE HAUTEFEUILLE, 19

GENÈVE ET BALE, HENRI GEORG

—

1881

ÉTUDES

SUR LES

VARIATIONS MALACOLOGIQUES

TOME PREMIER

OUVRAGES DU MÊME AUTEUR

Note sur la présence de deux Bone-Bed dans le Mont-d'Or lyonnais. Paris, 1865. 1 br. in-8°.

Monographie géologique du Mont-d'Or lyonnais et de ses dépendances. Lyon, 1866. 1 vol. gr. in-8°, avec carte géologique, coupes et planches (en collaboration avec M. A. Falsan).

Sur la Faune des terrains tertiaires moyens de la Corse. Paris, 1872. 1 br. in-8°.

Sur la présence d'ossements humains dans les brèches osseuses de la Corse. Paris, 1873. 1 br. in-4°.

Note sur les brèches osseuses des environs de Bastia (Corse). Lyon, 1873. 1 br. gr. in-4°, avec une planche.

Muséum d'histoire naturelle de Lyon, Guide aux collections de zoologie, géologie et minéralogie. Lyon, 1875. 1 vol. in-18 jésus.

Notice sur la vie et les travaux de A.-P. Terver. Lyon, 1877. 1 br. gr. in-8°.

Malacologie lyonnaise, ou description des mollusques terrestres et aquatiques des environs de Lyon, d'après la collection A.-P. Terver. Lyon, 1877. 1 vol. gr. in-8°.

Description de la faune des terrains tertiaires moyens de la Corse. Lyon, 1877. 1 vol. gr. in-8, avec 17 pl. sur chine (description des Échinides, par G. Cotteau).

Note sur les migrations malacologiques aux environs de Lyon. Lyon, 1878. 1 br. gr. in-8°.

Note sur les formations tertiaires et quaternaires des environs de Miribel (Ain). Lyon, 1878. 1 br. gr. in-8° (en collaboration avec M. A. Falsan).

Description de la faune de la mollasse marine et d'eau douce du Lyonnais et du Dauphiné. Lyon, 1878. 1 vol. gr. in-4°, avec 2 pl.

Sur les ravages causés par le « Liparis dispar » sur les platanes des promenades publiques de Lyon, en 1878. Lyon, 1879. 1 br. gr. in-8°.

Description de la faune malacologique des terrains quaternaires des environs de Lyon. Lyon, 1879. 1 vol. gr. in-8°, avec une pl. sur chine.

Les malacologistes lyonnais. Lyon, 1879. 1 br. in-8°.

Guide du géologue à la nouvelle chapelle de Fourvières. Lyon, 1879. 1 br. in-8°.

Observations paléontologiques sur les couches à Ostrea Falsani, dans les environs de Hauterives (Drôme). Paris, 1879. 1 br. in-8°, avec une pl.

Notice sur Gaspard Michaud, sa vie et ses œuvres. Lyon, 1880. 1 br. in-8°.

Note sur les pluies de boue dans la région lyonnaise. Lyon, 1880. 1 br. in-8°.

Nouvelles recherches sur les argiles lacustres des terrains quaternaires des environs de Lyon. Lyon, 1880. 1 br. gr. in-8°.

Catalogue des mollusques vivants, terrestres et fluviatiles du département de l'Ain (en préparation).

LYON. — IMP. PITRAT AÎNÉ, RUE GENTIL, 4.

ÉTUDES

SUR LES

VARIATIONS MALACOLOGIQUES

D'APRÈS

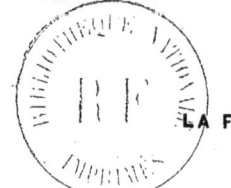

LA FAUNE VIVANTE ET FOSSILE

DE LA PARTIE CENTRALE

DU BASSIN DU RHONE

PAR

ARNOULD LOCARD

TOME PREMIER

LYON
LIBRAIRIE HENRI GEORG
65, RUE DE LA RÉPUBLIQUE

PARIS
LIBRAIRIE J.-B. BAILLIÈRE ET FILS
RUE HAUTEFEUILLE, 19

GENÈVE ET BALE, HENRI GEORG

1880

INTRODUCTION

Lorsque après de longues et patientes recherches, Draparnaud, le père de la malacologie française, écrivit au commencement du siècle sa mémorable histoire naturelle des Mollusques terrestres et fluviatiles, il signala pour la première fois dans notre pays un nombre d'espèces s'élevant à 172 et réparties dans 19 genres. Depuis cette époque, la science a fait bien des progrès, et sans nous arrêter encore aux dernières découvertes, nous voyons que M. l'abbé Dupuy de 1847 à 1852 avait porté ce nombre à 338, tout en négligeant les Arions et les Limaces, tandis que Moquin-Tandon, en 1855, frappé déjà de la trop grande extension que l'on donnait à l'*espèce* malacologique, en réduisait le nombre à 266 en y comprenant la faune particulière de la Corse.

Aujourd'hui, il nous serait bien difficile de dire quel prodi-

gieux total a pu atteindre la liste des coquilles françaises.
Chaque jour on dédouble les genres, on multiplie les espèces
en créant des noms nouveaux; chaque jour il paraît une monographie spéciale d'un groupe donné, qui vient encore accroître le nombre des formes qu'il renfermait autrefois dans
ses étroites limites.

Certes, nous ne prétendons pas que toutes ces descriptions
d'espèces nouvelles ou réputées pour telles soient sans valeur, ou que, faites à la légère, elles ne s'appliquent pas à des
formes régulièrement normales et bien définies. Loin de là, le
mérite scientifique de la plupart des auteurs qui les ont décrites nous porte garant de leur validité. En outre, ces dénominations inédites sont presque toujours accompagnées de
diagnoses savantes, de descriptions et d'observations très
exactes, très judicieuses, très complètes, se rapportant à des
formes jusqu'alors inconnues, qui avaient échappé aux in-
vestigations des naturalistes.

Mais faut-il voir dans toutes ces appellations, malheureusement si multiples, de véritables *espèces*; telles que le comporte la valeur scientifique de ce mot? c'est précisément ce
dont nous doutons encore. La notion de l'espèce, de la variété, de l'individualité même, nous semblent aujourd'hui
trop souvent confondues en histoire naturelle. Pour nous, si
dans ces formes il en est quelques-unes qui constituent réellement, incontestablement, ce que l'on peut appeler des espèces nouvelles, le plus grand nombre ne représentent que le
résultat des modifications qu'éprouve nécessairement tout
être donné, quel qu'il soit, suivant qu'il est appelé à vivre dans
des conditions biologiques différentes.

Si la science moderne a cru devoir, dans de certaines limites, reconnaître les variations de l'espèce animale ou vé-
gétale sous l'influence de causes aujourd'hui mieux connues,
pourquoi ne pas admettre que ces mêmes causes ont pu
produire de semblables effets dans le domaine malacologique,
qui ne tient en somme qu'une bien faible place dans l'échelle
zoologique des êtres ?

Nous nous sommes donc proposé dans ce travail de passer
en revue, sans distinction, toutes les espèces ou prétendues
espèces malacologiques terrestres et aquatiques vivantes de
notre région, pour les étudier avec le plus de détails possible, sans crainte d'être accusé de « compter les poils et de
louper les stries. » Etant donnée une appellation scientifique
se rapportant à une forme quelconque élevée par les auteurs
modernes au rang d'espèce, nous nous sommes imposé la tâche suivante : indiquer ses différents habitats; rechercher
autant que possible son origine, ou mieux l'âge de sa première apparition ; énumérer toutes les variations soit générales, soit individuelles, soit partielles, que l'on peut rencontrer dans sa forme comme dans l'ordonnance de son
ornementation; indiquer ses rapports et différences avec ses
congénères; signaler enfin ses anomalies et ses monstruosités. Tel a été le plan de la première partie ou étude analytique
de ce travail.

Après avoir ainsi constaté les effets avec autant de détails
que le comportait une pareille donnée, dans notre seconde
partie ou étude synthétique nous avons cherché quelles lois
président à ces modifications ou variations des mollusques,
quelles causes peuvent leur donner naissance, quel degré

de fixité elles parviennent ensuite à acquérir. Nous espérons pouvoir démontrer que l'espèce malacologique peut et doit ainsi varier dans des limites même assez étendues, et prouver en même temps que bien des formes décrites jusqu'alors sous le nom d'espèces, ne sont en somme que le résultat prévu de ces mêmes variations.

Pour traiter d'une façon bien complète un aussi vaste sujet, il eût fallu embrasser dans son ensemble toute la science malacologique ; mais pareil travail eût été au-dessus de nos forces Nous avons voulu, au contraire, nous restreindre à une région qui nous était plus familièrement connue, qui depuis longtemps a été l'objet de nos recherches et de nos études, et où nous avons pu rassembler tous les matériaux nécessaires pour mener à bonne fin la tâche que nous nous sommes imposée.

Notre cadre n'embrassera donc que les espèces de la région lyonnaise ou plutôt de la partie centrale du bassin du Rhône, du mont Pilat dans la Loire jusqu'aux sommets des Alpes, depuis Châlon-sur-Saône jusqu'à Valence. Nulle part ailleurs nous n'eussions pu trouver dans un aussi faible périmètre des conditions biologiques aussi variées, pour nous permettre de rapprocher des êtres redoutant le froid et séjournant dans les régions basses des plaines et des vallées, de ceux qui, bravant les intempéries, savent se contenter de la maigre pâture qui croit dans les régions voisines des neiges éternelles.

Grâce aux bons soins d'intelligents et savants collaborateurs, nous avons pu réunir des documents assez nombreux pour étudier chaque espèce sous des formes souvent si multiples. D'autre part, nous avons puisé de nombreux renseignements relatifs à la faune de notre région dans les belles collections des Sionnest, des Devilliers, des Michaud, des Terver, dans les musées de Lyon ou de Mâcon. C'est ainsi qu'il nous a été donné de passer en revue d'innombrables séries des formes les plus rares comme les plus communes.

Qu'il nous soit donc permis de témoigner ici tous nos remerciements à MM. Arcelin, Baudon, Bourguignat, Chantre, Coutagne, H. Drouët, Frère Euthyme, Falsan, P. Fagot, Dr P. Fischer, de Fréminville, Père Foucheyrand, Gabillot, Lacroix, Lortet, J. Mabille, Michaud, Père Mulsant, Ch. Perroud, abbé Philippe, Roy, etc., qui, par leur précieux concours ou leurs savantes lumières, ont bien voulu nous seconder dans nos recherches.

Lyon, août 1880.

GASTEROPODA

INOPERCULATA

PULMONACEA

LIMACIDÆ

Genre ARION, Ferussac

ARION EMPIRICORUM, Ferussac

Limax rufus, Linné, 1758. *Systema naturæ*, 10e édit., p. 652.
— *lutèus*, Razoumowski, 1789. *Hist. nat mont Jorat*, I, p. 267.
— *marginellus*, Schrank, 1803. *Fauna Boica*, III, p. 251.
Arion empiricorum, Ferussac, 1819. *Hist. moll.*, p. 60, pl. I, f. 1-3 (pars).
Limax empiricorum, Borneman, 1856. *Leb. conch. Mülhaus.*, p. 105.
Arion rufus, Moquin-Tandon, 1856. *Hist. moll.*, II, p 10, pl. I, f. 1-27.
— *impericorum*, Westerlund, 1876. *Faun. Europ. moll. prodr.*, p. 33.

HABITAT. — De tous les *Arion* c'est la forme la plus commune et la plus répandue ; elle vit en colonies assez nombreuses, dispersées depuis les plaines basses et les vallées, et s'élèvant jusqu'à 1200 mètres d'altitude ; nous la connaissons dans tous les départements de la région qui nous occupe ; elle habite de préférence dans les endroits très frais, un .peu humides, dans les bois et surtout dans les jardins potagers.

VARIATIONS. — Dans cet *Arion*, les variations portent plus particulière-

VARIAT. MALACOL.   1.

ment sur la coloration de l'animal et sur sa taille ; nous signalerons les variétés suivantes comme étant les plus communes :

Ruber, Moquin-Tandon (1). — Animal d'un rouge plus ou moins vif, parfois de très grande taille; très commun ; se rencontre presque partout, mais rarement au delà de 1000 mètres.

Marginatus, Moquin-Tandon. — Animal noir foncé, avec le bord du pied rouge ; signalé par M. Bourguignat à la Grande-Chartreuse, dans les bois au dessus du couvent (2).

Vulgaris, Moquin-Tandon. — Animal roux ou brunâtre, unicolore ; assez commun ; presque partout.

Draparnaldi, Moquin-Tandon (*pars*). — Animal d'un roux obscur, passant au brun chocolat, avec le bord du pied jaunâtre ou rougeâtre ; assez commun ; presque partout, et jusqu'à une altitude de 1000 mètres.

Maculatus, Dumont et Mortillet (3). — Animal d'un rouge brun passant au noirâtre, avec le manteau parsemé de maculations noires; peu commun ; les régions alpestres de la Savoie.

RAPPORTS ET DIFFÉRENCES. — L'*Arion empiricorum* se distingue de ses congénères par sa coloration variant du rouge vif au rose, avec le pied bordé de sillons transversaux très distincts ; sa cuirasse est gibbeuse vers le milieu ou en arrière, et son orifice respiratoire est situé dans le tiers antérieur, ou subcentral par rapport à la longueur totale de l'animal. D'après M. Westerlund (4), il faudrait rattacher à la synonymie de l'*Arion empiricorum* les espèces suivantes de France récemment créées par M. J. Mabille (5) : *A. campestris* (1868), *A. hibernus*, *A. Gaudefroyi* *A. Servainianus* (1870), ainsi que le *A. virescens* Millet (6).

---

(1) Moquin-Tandon, 1855. *Hist. moll.*, II, p. 10.
(2) Bourguignat, 1864. *Malac. de la Grande-Chartreuse*, p. 29
(3) Dumont et Mortillet, 1855, *Catal. crit. et malac. de la Savoie*, p. 8.
(4) Westerlund, 1876. *Fauna europea Prodromus*, p. 33.
(5) J. Mabille, 1867-1870. *Archives malacologiques*, p. 39.
    —   1870. *Les Limaciens de France*, p. 4-6.
    —   — *Hist. moll. bassin de Paris*, p. 8-12.
(6) Millet, 1854. *Moll. Maine-et-Loire*, p. 11.

ARION ATER, Linné

Limax ater, Lister, 1678. *Hist. Anim. Angliæ*, p. 131, pl. II, f. 17.
— — Linné, 1758. *Systema naturæ*, 10ᵉ édit., p. 652.
Arion ater, Fleming, 1828. *Hist. Brit. anim. Conch.*, p. 256.
— *rufus*, Moquin-Tandon, 1855. *Hist. moll.*, II, p. 10, pl. I, f. 20 (v. *ater*).
— *empiricorum*, Kreglinger, 1870. *Syst. Verzeich. Deutsch. moll.*, p. 11.

Habitat. — L'*Arion ater* habite dans les parties montagneuses de la Savoie et du Dauphiné ; c'est une forme peu commune, souvent localisée, ne redoutant pas le froid, et vivant sous les feuilles mortes, au pied des vieux troncs d'arbres. MM. Dumont et de Mortillet l'ont indiqué jusqu'à 1500 mètres d'altitude dans le bassin de Bonneville.

Variations. — L'*Arion ater* varie d'une façon très notable dans la coloration de son corps et dans l'ornementation du bord de son pied. Le type le plus répandu est de couleur brune plus ou moins foncée ; c'est la var. *Draparnaldi (pars)* de l'*Arion rufus* de Moquin-Tandon. Les variétés es plus communes sont les suivantes :

Niger, Dumont et Mortillet (1). — Animal noir ou noirâtre ; rare ; la Savoie et la Haute-Savoie.

Nigrescens, Moquin-Tandon (2). — Animal noir ou noirâtre, avec les bords du pied jaunâtres ou roussâtres ; peu commun ; de préférence dans les bois, entre 500 et 1000 mètres d'altitude ; le Dauphiné, la Savoie et la Haute-Savoie.

Griseo marginatus, Dum. et Mort. — Animal de petite taille ; de couleur noirâtre pâle, avec le bord du pied gris ; rare ; dans les bois du mont Saxonnet, à 1000 mètres d'altitude.

Aterrimus, Dum. et Mort. — Animal entièrement noir ; très rare ; la Savoie.

Rapports et différences. — MM. Dumont et de Mortillet avaient, dès 1852, séparé l'*Arion ater* de l'*Arion rufus, vel Arion empiricorum.* M. Bourguignat (3), en 1862, a maintenu cette distinction. En effet, « le

(1) Dumont et Mortillet, 1857. *Moll. Savoie et Léman*, p. 172.
(2) Moquin-Tandon, 1855. *Hist. moll.*, II, p. 11.
(3) Bourguignat, 1862. *Les spicilèges malacologiques*, p. 17.

véritable *Arion ater*, dit-il, diffère de l'*Arion rufus* par la disposition différente de ses rugosités, par son orifice pulmonaire plus médian, par sa mâchoire ornée de stries plus accentuées, par sa taille trois fois plus considérable.» M.J. Mabille a, en outre, observé que l'*Arion ater* conservé dans l'alcool gardait ses rugosités, tandis que l'*Arion rufus* placé dans les mêmes conditions, s'affaissait considérablement (1).

ARION ALBUS, MÜLLER

Limax albus, MÜLLER, 1763. *Efter Swamp.*, p. 61
Arion albus, FÉRUSSAC, 1819. *Hist. moll.*, p. 64, 963, pl. II, f. 3.
— *ater*, WESTERLUND, 1865. *Sweriges moll. beschrif.*, p. 26 (v. *albus*).
— *impericorum*, WESTERLUND, 1876. *Faun. europ. moll. Prodr.*, p. 33 (var.).

HABITAT. — L'*Arion albus* vit dans les Alpes dauphinoises ; il est en général assez rare ; MM. Dumont et de Mortillet ne l'ont rencontré qu'une seule fois dans les bois des montagnes de Faucigny. Il vit dans les forêts très ombragées à une altitude variant de 800 à 1500 mètres.

VARIATIONS. — Cette forme nous est trop peu familière pour que nous puissions en étudier les variations.

RAPPORTS ET DIFFÉRENCES. — Cet *Arion* est certainement très voisin de l'*Arion empiricorum ;* plusieurs auteurs, et entre autres MM. Bourguignat, J. Mabille, etc., l'ont considéré comme étant une simple variété. M. Bourguignat dans ses *Spicilèges malacologiques*, p. 18, dit à ce sujet : « Nous croyons pouvoir affirmer que la teinte blanchâtre qui caractérise l'*Arion albus* n'est due qu'aux égouts de certains arbres sous lesquels cette espèce habite. Cet *Arion*, en effet, se décolore parfaitement sous l'influence de l'acidité de ces égouts. » Sans prétendre mettre en doute l'assertion de M. Bourguignat, nous croyons voir plutôt dans l'*Arion albus* un simple cas d'albinisme, comme il y en a souvent chez les mollusques, albinisme dû soit à ses habitudes de vivre le plus ordinairement caché à l'abri de la lumière, soit à l'influence même de l'altitude où on le rencontre toujours.

MM. Dumont et Mortillet, Moquin-Tandon, Kreglinger, etc., l'admettent au contraire au rang d'espèce. Quoi qu'il en soit, on le distinguera à

(1) J. Mabille, 1870. *Les Limaciens français*, p. 5.

sa coloration blanche ou blanchâtre unicolore, avec le pied non bordé de sillons transversaux et une cuirasse non gibbeuse ; malheureusement ces deux caractères sont trop généraux et n'ont rien de bien constant, car l'on rencontre des individus de l'*Arion empiricorum* chez lesquels la cuirasse n'a point de gibbosité et paraît tout à fait analogue à celle de l'*Arion albus*.

ARION CAMPESTRIS, J. MABILLE

Arion campestris, J. MABILLE, 1868. *Arch. malac.*, fasc. I, p. 39.
— *impericorum*, WESTERLUND, 1876. *Fauna europæa Prodromus*, p. 33.

HABITAT. — Nous croyons avoir reconnu cette forme, souvent confondue avec l'*Arion empiricorum* jeune, dans la partie submontagneuse du Dauphiné et du Bugey ; elle est du reste assez rare.

VARIATIONS. — Chez l'*Arion campestris*, les variations paraissent porter sur la taille et sur la coloration de l'animal ; mais nous n'avons observé qu'un nombre trop restreint d'individus pour être en mesure de les étudier d'une façon bien complète.

RAPPORTS ET DIFFÉRENCES. — L'*Arion campestris* diffère de l'*Arion empiricorum* par sa forme bien arrondie, un peu atténuée à ses extrémités, par ses rides dorsales allongées, un peu aiguës, chagrinées, par son bouclier ovale-allongé et couvrant le col ; sa couleur est ordinairement jaunâtre orangé, avec le bord du pied jaune sans linéoles transverses, mais moucheté de nombreux points orangés.

ARION SUBFUSCUS, DRAPARNAUD

Limax cinctus, MÜLLER, 1774. *Verm. terr. et fluv. hist.*, II, p. 9, n° 208?
— *subfuscus*, DRAPARNAUD, 1805. *Hist. moll.*, p. 125, pl. IX, f. 8 (n. C. Pfeif.).
Arion subfuscus, FÉRUSSAC, 1819. *Hist. moll.*, *supp.*, p. 96 (n. Morelet).
Limax fasciatus, NILSSON, 1822. *Hist. moll. Suecciæ*, p. 4 (var. ε, ζ, η).
— *cinctus*, STABILE, 1864. *Moll. du Piémont*, p. 17.

HABITAT. — Cet animal vit dans les endroits frais, humides et ombragés, un peu pierreux, des régions subalpestres de nos pays ; il est plus commun entre 400 et 800 mètres d'altitude, et peut s'élever jusqu'à 1100 mètres ; il est en général assez rare ; M. Bourguignat ne l'a rencontré ni dans les environs d'Aix-les-Bains, ni à la Grande-Chartreuse.

Albin Gras l'indique cependant dans le département de l'Isère, mais sans préciser la localité; enfin MM. Dumont et de Mortillet l'ont signalé en Savoie, dans les bassins de Bonneville et d'Albertville. D'après M. J. Mabille, il appartient plus particulièrement à la faune méridionale; on le retrouve cependant dans la Bretagne.

VARIATIONS. — D'après les savants explorateurs de nos contrées alpestres (1), l'*Arion subfuscus* peut présenter, selon sa coloration, les var. *fuscescens, rufescens, aurantiacus* et *cinereus,* qui toutes quatre se rencontrent dans la Savoie et la Haute-Savoie. En outre, sous le nom de var. *atripunctatus,* ils signalent une variété trouvée au mont Saxonnet, à 1000 mètres d'altitude, dont la couleur est cendrée, pointillée de noir, avec deux bandes noires.

RAPPORTS ET DIFFÉRENCES. — De tous les *Arion* à granulations isolées sous la cuirasse, c'est l'*Arion subfuscus* seul qui porte sur le dos deux bandes noires; sa taille est plus petite que celle des *Arion empiricorum* et *albus* et plus grande que celle de l'*Arion melanocephalus ;* enfin sa cuirasse est un peu plus gibbeuse en avant, et son orifice respiratoire est strié vers le milieu du corps. C'est de cette même forme que l'on a démembré un grand nombre d'espèces. M. Westerlund (2) rattache à la synonymie de l'*Arion subfuscus* les formes suivantes, qui ne paraissent pas appartenir à notre région : *A. rupicola* J. Mabille (1868), *A. aggericola* J. Mab. (1870), *A. rubiginosus* Baudon (1867), *A. Dupuyanus* Bourguignat (1864), *A. Bourguignati* J. Mab. (1868), *A. neustriacus* J. Mab. (1868), *A. Paladilhianus* J. Mab. (1870), *A. Mabillianus* Bourg. (1866), qui toutes vivent en France, et principalement dans le bassin de Paris, sauf l'*Arion Dupuyanus* dont nous parlerons plus loin.

ARION MELANOCEPHALUS, FAURE-BIGUET

Limax aureus, GMELIN, 1778. *Systema naturæ,* 13ᵉ édit., I, VI, p. 3102.
Arion flavus. FERUSSAC, 1819. *Hist. moll.,* suppl. p. 96 (6).
— *melano ephalus,* FAURE-BIGUET, 1822. *In Ferussac, Tabl. syst ,* p. 8.
— *intermedius,* NORMAND, 1851. *Descrip. Lim. nouv.,* p. 16.
— *tenellus* HEYNEMANN, 1861. *In Mal. Bl.* VIII, p. 164.
— *cinctus,* MORCH, 1866. *Moll. Daniæ,* n° 9 (var. 1).

(1) Dumont et Mortillet, 1854. *Mollusques de la Savoie et du Léman,* p. 17, 1857 ; *Catal. crit. et malac.,* p. 7.
(2) Westerlund, 1857. *Fauna europæa molluscorum Prod.,* p. 34.

HABITAT. — Cette forme, indiquée par Faure-Biguet dans les montagnes sous-alpines du Dauphiné, a été retrouvée par M. Bourguignat dans l'Isère à la Grande-Chartreuse, le long des murs du couvent, et dans le sentier du Sappey ; Ferussac l'indique également à Pont-de-Royan. C'est du reste un animal assez rare, et qui paraît localisé dans quelques stations seulement de la chaîne alpestre ; d'après Ferussac, il sort en hiver et ne craint pas le froid.

VARIATIONS. — Cet animal ne nous est point assez connu pour que nous puissions y constater d'autres variations que de celles purement individuelles qui portent sur sa coloration, laquelle passe du jaune au gris jaunâtre.

RAPPORTS ET DIFFÉRENCES. — L'*Arion melanocephalus* se distingue de ses congénères par sa petite taille, qui ne dépasse pas de 4 à 5 cent., a couleur jaunâtre avec la tête d'un noir plus ou moins foncé, sa cuirasse irrégulièrement chagrinée, et ses tentacules toujours très noirs.

ARION HORTENSIS, FERUSSAC

Limax fuscus, MÜLLER, 1774. *Verm. terr. et fluv. hist.*, II, p. 11.
Limacella concava, BRARD, 1815. *Hist. coq. Paris*, p. 121, pl. IV, f. 7, 8, 16, 18.
Arion hortensis, FERUSSAC, 1819. *Hist. moll.*, p. 65, pl. II, f. 46.
Limax hortensis, GRAY, 1821. *Nat. arrang. moll.*, in *med. Repos.*, XV, p. 239.
— *fasciatus*, NILSSON, 1822. *Hist. moll. Suecciæ*, p. 3.
Arion lineatus, RISSO, 1826. *Hist. nat. europ. merid.*, IV, 55 (n. Dum.)
Arion subfuscus, PICARD, 1840. *Moll. Somme*, p. 158.
— *leucophæus*, NORMAND, 1842. *Descr. Lim. nouv.*, p. 5.
— *fuscus*, MOQUIN-TANDON. 1856. *Hist. moll.*, II, p. 14, pl. I, f. 28-30 (n. Müller).
— *fasciatus*, WESTERLUND, 1865. *Serv. Mollusk. beschr.*, p. 27 (pars).

HABITAT. — L'*Arion hortensis* est très commun dans toute notre contrée ; il vit plus particulièrement dans les régions basses des plaines et des vallées, dans les jardins, les prés, les champs ; il sort surtout après la pluie, et se tient caché sous les feuilles des plantes et des légumes ; d'après MM. Dumont et de Mortillet, il s'élèverait dans les Alpes jusqu'à 1600 m. d'altitude.

VARIATIONS. — Les variations de cet animal portent plus particulièrement sur sa coloration et sur sa taille ; celle-ci varie suivant les station, et surtout suivant la nourriture ; elle passe de 3 à 5 centimètres. Nous citerons dans notre région les principales variétés suivantes :

Fasciatus, Moquin-Tandon (1). — Animal de couleur grise plus ou moins claire, avec des bandes noires ; assez commun ; surtout dans les basses vallées et les plaines.

Dorsalis, Moq.-Tand.. — Animal gris ou grisâtre, avec une bande noire sur le bouclier et sur le dos ; plus rare ; vit ordinairement entre 300 et 600 mètres d'altitude.

Griseus, Moq.-Tand. — Animal d'un gris cendré plus ou moins foncé, unicolore; assez commun ; presque partout dans les prés et le champs.

Nemoralis, Dumont et Mortillet (2). — Animal de couleur pâle, avec les flancs à peine colorés, même au-dessus de la bande, et le manteau souvent plus pâle que le reste de l'animal ; assez commun ; dans les forêts des régions montagneuses de la Savoie et de la Haute-Savoie.

Alpestris, Dum. et Mort. — Animal de couleur très foncée, et telle qu'on ne distingue plus les bandes du manteau ; peu commun ; dans les régions élevées de la Savoie et de la Haute-Savoie.

RAPPORTS ET DIFFÉRENCES. — L'*Arion hortensis* se distingue toujours par sa petite taille qui ne dépasse pas de 4 à 5 centimètres ; par l'existence d'une limacelle imparfaite sous la cuirasse, etc.

ARION DUPUYANUS, BOURGUIGNAT

Arion Dupuyanus, BOURGUIGNAT, 1864. *Malac. Gr.-Charteuse,* p. 30, pl. ĩ, f. 1-4.
— *subfuscus,* WESTERLUND, 1876. *Faun. europæa Prodromus,* p. 34.

HABITAT. — M. Bourguignat a signalé cette forme à la Grande-Chartreuse, dans l'Isère ; elle vit donc à près de 1000 mètres d'altitude.

VARIATIONS. — L'auteur n'a signalé pour cet Arion que des variations individuelles. Il paraît du reste localisé dans un espace assez restreint.

RAPPORTS ET DIFFÉRENCES. — L'*Arion Dupuyanus* est voisin de l'*Arion subfuscus ;* il se distingue cependant par son extrême petitesse (sa taille ne dépassant pas 1 centimètre), par sa coloration bleuâtre, par la grande brièveté de ses tentacules, enfin et surtout par la carène blanche qui orne son dos du bouclier à la queue ; c'est le premier Arion caréné.

(1) Moquin-Tandon, 1856. *Hist. moll.,* II, p. 14.
2)) Dumont et Mortillet, 1857. *Moll. Savoie et Léman,* p. 179.

Genre GEOMALACUS, Allmann

GEOMALACUS BOURGUIGNATI, J. Mabille

Geomalacus Bourguignati, J. Mabille, 1867. *Arch. malacol.*, fasc., I, p. 9.
— *hiemalis*, Drouët, 1867. *Moll. Côte-d'Or*, p. 27.
— *maculosus*, Westerlund, 1876. *Fauna europæa Prodromus*, p. 35 (juv.)

Habitat. — On retrouve quelques rares spécimens du *Geomalacus Bourguignati* dans les bois de la région submontagneuse du Bugey et du Dauphiné ; il vit de préférence caché sous les feuilles mortes et dans la mousse, dans les parties fraîches et couvertes.

Variations. — Les rares échantillons qui nous ont été signalés ne paraissaient pas présenter de variations bien saillantes.

Rapports et différences. — M. Westerlund a considéré cette forme comme étant un jeune individu du *Geomalacus maculosus* d'Allmann ; il envisage de la même façon les *Geomalacus intermedius* Normand, *G. Paladilhianus* J. Mabille, *G. Moitessierianus* Mab., *G. Mabilli* Baudon, *G. vendeanus*, Letourneur, qui vivent tous en France dans différentes régions. D'après M. J. Mabille, le *Geomalacus Bourguignati* se distingue par les tubercules saillants, noirâtres, presque arrondis, qui recouvrent son corps.

Genre LIMAX, Linné

LIMAX AGRESTIS, Linné

Limax agrestis, Linné, 1758. *Syst. naturæ*, 10ᵉ édit., I, p. 652.
— *reticulatus*, Muller, 1774. *Verm. terr. Hist.*, II, p. 10, nᵉ 207 (pars) n. Dum.
— *succineus*, Müller, 1774. *Verm. terr. et fluv. hist.*, II, p. 7, nᵉ 203 (pars).
Limacella obliqua, Brard, 1815. *Coq. Paris*, p. 118, pl. IV, f. 5, 6, 13-15.
Limacellus obliquus, Turton, 1831. *Shells Brit.*, 1ᵣᵉ édit., p. 26, f. 17.
Limacella agrestis, Jousseaume, 1876. *In Bull. soc. zool. France*, p. 105, pl. IV.

Habitat. — Le *Limax agrestis* est malheureusement très répandu dans toute la région qui nous occupe, où il constitue parfois un véritable fléau pour les jardins et pour les champs. On le trouve depuis les régions basses des plaines et des vallées jusque vers la partie supérieure de la région des forêts. Il vit sous la terre et sous les pierres, sortant de préférence pendant la fraîcheur de la nuit ou après les pluies, pour accomplir ses funestes ravages.

ORIGINE. — C'est une forme déjà très ancienne ; son origine paraît remonter aux formations inférieures du pleistocène en Angleterre et en Allemagne ; en France il serait plus récent, et n'a encore été reconnu que dans le pleistocène supérieur. Nous ne l'avons pas trouvé à l'état fossile dans nos pays.

VARIATIONS. — Une forme aussi répandue que celle du *Limax agrestis* devait nécessairement être très polymorphe. Ses variations portent surtout sur la coloration de l'animal, qui se modifie dans un certain nombre de colonies suivant les conditions biologiques où elles se trouvent. Nous avons observé les variétés suivantes :

Albitentaculatus, Dumont et Mortillet (1). — Animal d'un blanc grisâtre sans taches, avec les flancs parfois un peu plus clairs ; commun ; partout.

Atritentaculatus, Dum. et Mort. — Animal d'un blanc grisâtre sans taches, avec les tentacules noirs ; peu commun ; la Savoie et la Haute-Savoie.

Cineraceus, Moquin-Tandon (2). — Animal d'un blanc grisâtre, avec la cuirasse cendrée ; assez commun ; presque partout, dans les endroits couverts et un peu élevés.

Filans, Moq.-Tand. — Animal d'un blanc grisâtre ou cendré, avec la cuirasse jaunâtre ; peu commun ; dans les régions submontagneuses.

Melanocephalus, Moq-Tand. — Animal d'un blanc grisâtre, avec la tête noire plus ou moins foncée ; rare ; dans les régions alpestres.

Punctatus, Moq.-Tand. — Animal blanc ou grisâtre, moucheté de points noirs très petits ; assez commun ; presque partout.

Fasciatus, Dum. et Mort. — Animal blanc avec une bande noire sur les flancs ; assez commun ; les régions alpestres et subalpestres.

(1) Dumont et Mortillet, 1857. *Moll. Savoie et Léman*, p. 187.
(2) Moquin-Tandon, 1855. *Hist.moll.*, II, p. 22.

Rufescens, Dum. et Mort. — Animal de couleur jaunâtre, sans taches ni bandes ; peu commun ; les régions subalpestres.

Obscurus, Moq.-Tand. — Animal de couleur roussâtre, avec des taches brunes plus ou moins foncées ; peu commun ; les régions subalpestres.

Tristis, Moq.-Tand.— Animal de couleur brunâtre plus ou moins foncée, avec deux bandes latérales brunes ; rare ; les régions subalpestes.

Reticulatus, Müller(1). — Animal roux, ou gris roussâtre, feuille morte, avec taches brunes ; peu commun ; dans les bois des montagnes de la Savoie et de la Haute-Savoie.

Rapports et différences. — Le *Limax agrestis* est plus particulièrement caractérisé par sa petite taille, sa carène caudale toujours très courte, sa peau presque lisse, sa cuirasse très obtuse en arrière et un peu gibbeuse.

LIMAX SYLVATICUS, Draparnaud

Limax sylvaticus, Draparnaud, 1805. *Hist. moll.*, p. 126, pl. IX, f. 2.
— *agrestis*, Moquin-Tandon, 1856. *Hist. moll.*, II, p. 22, pl. II, f. 18-21.

Habitat. — Le *Limax sylvaticus* vit dans les régions alpestres et sub-alpestres jusqu'à une altitude de 1200 à 1500 mètres ; on le trouve surtout dans les bois, sous les pierres et la mousse, ou grimpant par les temps de pluie sur les troncs des arbres. C'est une forme assez répandue ; elle existe dans l'Ain, l'Isère, la Savoie et la Haute Savoie.

Origine. — Nous ne connaissons pas ce type à l'état fossile ; sa limacelle est tellement voisine de celle du *Limax agrestis* que ces deux formes ont parfaitement pu être confondues l'une avec l'autre sous une même dénomination appliquée à la forme la plus commune.

Variations. — MM. Dumont et de Mortillet (2) ont indiqué pour la Savoie et la Haute-Savoie trois variétés distinctes du *Limax sylvaticus*.

Clypeofasciatus, Dumont et Mortillet. — Animal de couleur normale, avec des taches ou des bandes de couleur plus foncée qui s'étendent sur le manteau ; commun ; dans les régions montagneuses découvertes.

(1) Müller, 1774. *Verm. terr. et fluv. hist.*, II, p. 10.
(2) Dumont et Mortillet, 1857. *Moll. de la Savoie et du Léman*, p. 120 ; 1854. *Catal.* (n. Dumont et Mortillet) *crit. et mat.* p. 31.

Clypeoconcolor, Dum. et Mort. — Animal sans taches ni bandes s'étendant sur le manteau; moins commun; dans les mêmes stations.

Immaculatus, Dum. et Mort. — Animal de couleur pâle, sans taches ni bandes; rare; dans les bois ombreux et fourrés du bassin de Bonnevile.

RAPPORTS ET DIFFÉRENCES. — Cette forme, que plusieurs auteurs ont envisagée comme une variété alpestre du *Limax agrestis*, se distingue par sa taille plus petite, sa forme plus mince, plus effilée, par sa teinte plus ou moins violacée. MM. Dumont et de Mortillet font observer que son mucus est incolore, peu abondant et très gluant.

LIMAX ERYTHRUS, Bourguignat

Limax erythrus, BOURGUIGNAT, 1864. *Malac. Grande-Chartreuse*, p. 33, pl. II.

HABITAT. — Le *Limax erythrus* est une forme rare de la chaîne alpestre; elle a é é découverte par M. Bourguignat à la Grande-Chartreuse dans l'Isère, sous les pierres, à 500 pieds environ au-dessus de la maison des Dames, en remontant le cours d'un torrent desséché; nous ne la connaissons nulle part ailleurs.

ORIGINE. — Cette forme n'a pas été signalée à l'état fossile.

VARIATIONS. — Nous ne connaissons pas suffisamment cet animal pour en indiquer les variations. L'auteur du reste n'a pas indiqué de variétés dans cette forme.

RAPPORTS ET DIFFÉRENCES. — Cette magnifique limace se distingue toujours par sa taille et par sa belle coloration d'un rouge uniforme; elle ne peut être confondue avec aucune autre de ses congénères; elle est en outre, caractérisée par la forme ovale de son bouclier, obtus en avant, assez aigu en arrière, de la même teinte que le corps, et orné de taches d'un beau noir.

LIMAX CINEREO-NIGER, Wolf

Limax maximus, LINNÉ, 1758. *Systema naturæ*, 12ᵉ édit., p. 1081, n° 4 (pars).
— *cinereus*, MÜLLER, 1758. *Verm. terr. et fluv. hist.*, II, p. 5, (var. α, δ, ε.).
— *cinereo-niger*, WOLF, 1803. *In Sturm, Deutsch. fauna*, VI, I, t. 8.

Arion lineatus, DUMONT, 1849. *Bull. Soc. hist. nat. Savoie*, p. 64.
Limax bilobatus, RAY, 1851. *Moll. Champagne*, p. 16.
— *lineatus*, DUMONT et MORTILLET, 1851. *Hist. moll. Savoie*, p. 192 (n. Risso).
— *maximus*, MOQUIN-TANDON, 1856. *Hist. moll.*, II, p. 29 (pars).
— *cinereo-niger*, KREGLINGER, 1870. *System. Verzeichn. Deutsch.*, p. 21.
Limacella cinereo-niger, JOUSSEAUME, 1876. *In Bull. Soc. zool. fr.*, p. 99, pl. IV, f. 4-6.

HABITAT. — Cette forme est assez commune et paraît plus particulièrement propre à la faune alpestre ou subalpestre; M. Brot l'a rencontrée à
Saint-Gervais dans la Haute-Savoie et M. Bourguignat à la Grande-Chartreuse, dans l'Isère; elle vit dans les forêts des montagnes de la Savoie et
de la Haute-Savoie, jusqu'à 2000 m. d'altitude, mais elle descend également, d'après MM. Dumont et de Mortillet, jusqu'à 440 mètres. On la
trouve de préférence sous les bois pourris, sous les écorces des arbres,
dans les forêts, ou cachée sous les pierres, les débris de végétaux et les
vieux arbres morts.

ORIGINE. — Nous ne connaissons pas ce *Limax* à l'état fossile.

VARIATIONS. — Cette forme paraît très polymorphe; il existe un grand
nombre de varétés plus ou moins distinctes. MM. Dumont et de Mortillet,
qui l'ont étudiée d'une façon toute particulière (1), en ont signalé six.
Nous distinguerons les suivantes:

Luctuosus, Moquin-Tandon (2). — Animal très noir avec la carène
jaunâtre; très rare; la Grande-Chartreuse dans l'Isère.

Verus, Dumont et Mortillet. — Animal avec deux bandes noires de
chaque côté; rare; la Savoie et la Haute-Savoie.

Subinterruptus. Dum. et Mort. — Animal avec deux bandes noires de
chaque côté, interrompues en un ou deux endroits; assez rare; mêmes
localités.

Efasciatus, Dum. et Mort. — Animal de couleur brune normale, mais
sans bandes; rare; même localité.

Niger, Dum. et Mort. — Animal de couleur presque noire, à peine un
peu plus pâle sur les flancs, au bord du manteau et sur quelques intervalles des rides du dos; vit dans les endroits découverts; peu commun;
la Grande-Chartreuse, dans l'Isère, la Savoie et la Haute-Savoie.

---

(1) Dumont et Mortillet, 1852. *Moll. de la Savoie et du Léman*, p. 193; 1857. *Catal. crit. et malac.*, p. 12.
(2) Moquin-Tandon, 1855. *Hist. moll.*, II, p. 29.

Pallescens, Dum. et Mort. — Animal de couleur blanchâtre, plus ou moins pâle ; vit dans les lieux très ombragés ; rare ; la Haute-Savoie.

Albipes, Dum. et Mort. — Animal de couleur brune, mais avec les bords extérieurs et inférieurs du pied blancs ; très rare ; dans les montagnes, et aux environs de Bonneville.

RAPPORTS ET DIFFÉRENCES. — Le *Limax cinereo-niger* a été rapproché par plusieurs auteurs du *Limax cinereus.* S'il a à peu près la même forme, la même taille et la même position relative des organes, il en diffère surtout par la coloration qui est toujours beaucoup plus foncée, presque noire, par le bord extérieur du pied noir, par sa carène très prononcée qui part du milieu du dos, etc.

LIMAX HELVETICUS, Bourguignat

Limax helveticus, BOURGUIGNAT, 1862. *Mal. Quatre-Cantons*, p. 11.
— *reticulatus,* DUMONT et MORTILLET, 1852. *Hist. moll. Savoie*, p. 184 (n. Müll.).

HABITAT. — Ce mollusque habite, d'après MM. Dumont et de Mortillet, dans les bois des montagnes de la Savoie et de la Haute-Savoie ; il s'élève jusqu'à l'extrémité de la région des gazons, et vit au milieu des *Saxifraga planifolia;* c'est un Limacien rare, ou tout au moins difficile à trouver.

ORIGINE. — Nous ne connaissons pas cette forme à l'état fossile.

VARIATIONS. — Les auteurs qui ont étudié ce mollusque n'ont signalé aucune variation, si ce n'est celle de la coloration qui peut être plus ou moins foncée suivant l'habitat.

RAPPORTS ET DIFFÉRENCES. — MM. Dumont et de Mortillet avaient rapporté cette forme au *Limax reticulatus* de Müller (1), tout en faisant ensuite observer que ce type pourrait bien n'être qu'une variété du *Limax agrestis.* M. J. Mabille (2) a rapproché cette forme de l'espèce suisse décrite par M. Bourguignat sous le nom de *Limax helveticus.* Nous nous rangeons volontiers à cette dernière manière de voir qui nous paraît logique. Quoi qu'il en soit, le *Limax helveticus* de nos régions est caractérisé par sa couleur feuille morte, par son manteau tacheté de brun, par son corps dessiné en réseau entre les rides, enfin par son mucus blanc, laiteux et épais.

(1) Dumont et Mortillet, 1857. *Cat. crit. et maloc.*. p. 9.
(2) J. Mabille, 1870 *Limaciens de France*, p. 83.

LIMAX CINEREUS, Lister

Limax cinereus, Lister, 1678. *Hist. anim. Angl.*, t. II, f. 15.
— *maximus*, Linné, 1758. *Systema naturæ*, 10ᵉ, éd. I, p. 652.
Limacella parma, Brard, 1815. *Hist. coq. Paris*, p. 110, pl. IV, f. 1, 2, 9, 10.
Limax antiquorum, Ferussac. 1819. *Hist. moll.*, p. 68, pl. IV, f. 1-8 (pars).
Limacella maxima, Jousseaume, 1876. *In Bull. Soc. zool. Fr.*, p. 98, pl. IV, f. 1-3.

HABITAT. — Le *Limax cinereus* habite dans presque toute la région qui nous occupe, depuis les plaines basses et les vallées, jusqu'à près de 900 mètres d'altitude. On le trouve un peu partout, dans les bois et les forêts, sous les pierres et dans les joints des rochers, dans les jardins et même dans les habitations humides. Il est plus commun à une faible altitude que dans les pays montagneux.

ORIGINE. — C'est probablement à cette forme qu'il faut rattacher la plupart des grandes limacelles citées à l'état fossile dans les dépôts quaternaires, comme ceux de la Celle près Moret dans Seine-et-Marne, et peut-être même celles que l'on trouve aux environs de Lyon. Mais ces échantillons fossiles sont en général fort rares.

VARIATIONS. — La plupart des auteurs ont indiqué un grand nombre de variétés dans le *Limax cinereus*, qui toutes sont basées sur la coloration de l'animal et sur son ornementation. Nous signalerons les variétés suivantes comme étant les plus répandues :

Vulgaris, Moquin-Tandon (1). — Animal cendré, cuirasse tachetée de noir ou de gris très foncé, dos rayé de la même couleur; commun; presque partout.

Serpentinus, Moq.-Tand. — Animal gris cendré ou gris clair, cuirasse tachetée de noir, dos avec des bandes de la même couleur : les deux moyennes étroites, à peine flexueuses, les deux intermédiaires plus larges et en zigzags irréguliers, les deux marginales interrompues; peu commun; les environs de Lyon, de Grenoble, etc.

Cellarius, d'Argenville (2).— Animal cendré, cuirasse tachetée de noir dos avec des fascies de la même couleur, interrompues, présentant des lignes ou des points alternants; assez commun; presque partout.

(1) Moquin-Tandon, 1855. *Hist. moll.*, II, p. 25.
(2) D'Argenville, 1767. *Limax cellaria, Conch.*, pl. XXVIII, f. 31.

Quadrifasciatus, Dum. et Mort. (1). — Animal cendré, avec les bandes supérieures entières, tandis que la bande inférieure présente des lignes interrompues ou des points ; sa limacelle est ordinairement beaucoup plus épaisse ; assez rare ; la Savoie et la Haute-Savoie.

Continuatus, Dum. et Mort. — Animal cendré, avec trois bandes noires entières de chaque côté ; peu commun ; la Savoie et la Haute-Savoie.

Bifasciatus, Dum. et Mort. — Animal cendré, avec une seule fascie bien marquée de chaque côté, les autres très effacées; rare ; Salanche.

Maculatus, Picard (2). — Animal cendré, parfois de couleur plus claire, cuirasse et dos avec des taches irrégulières noires ; ssez commun ; dans les régions boisées ; l'Isère, la Savoie.

Nebulosus, Dum. et Mort. — Animal cendré, les ascies se fondant dans une teinte générale qui se rembrunit ; très rare ; Saint-Gervais (Haute-Savoie).

RAPPORTS ET DIFFÉRENCES. — Ce limacien, toujours de très grande taille, peut être rapproché des *Limax cinereo-niger* et *Limax erythrus;* cette dernière espèce se distingue à sa couleur rouge monochrome, et la précédente à sa couleur noire ou noirâtre avec une ligne blanchâtre sur le dos. Plusieurs auteurs ont du reste envisagé le *Limax cinereo niger* comme une variété du *Limax cinereus.*

LIMAX EUBALIUS, BOURGUIGNAT

Limax eubalius, BOURGUIGNAT, 1864. *Malac. Grande-Chartreuse*, p. 33, pl. 1, f. 6-8.

HABITAT. — Le *Limax eubalius* a été signalé pour la première fois par M. Bourguignat, aux environs de la Grande-Chartreuse, dans l'Isère. Il vit sous les pierres et les rochers, dans les bois qui environnent les chapelles de Saint-Bruno et de Notre-Dame-à-Casalibus ; sans être abondant, cet animal forme une colonie assez dispersée dans ce pays

ORIGINE. — Cette forme n'a pas été indiquée à l'état fossile.

VARIATIONS. — M. Bourguignat n'a signalé dans cet animal aucune

(1) Dumont et Mortillet, 1852. *Moll. Savoie et Léman*, p. 197.
(2) Picard, 1840. *Moll. Somme*, p. 265.

variété ; il n'existe que des variations individuelles portant sur la taille et la coloration blanchâtre jaunacée plus ou moins teintée, surchargée d'une quantité de taches d'un beau noir, irrégulièrement espacées.

Rapports et différences. — Ce *Limax* se distinguera de ses congnères par sa taille qui ne dépasse pas 6 centimètres, par sa coloration, par la position de son bouclier très antérieur, par sa queue et sa carène aiguë, etc.

LIMAX VARIEGATUS, Draparnaud

Limax variegatus, Draparnaud, 1801. *Tabl. moll.*, p. 103 (n. Lowe).
Limacella unguiculus, Brard, 1815. *Coq. Paris*, p. 113, pl. IV, f. 4, 11, 12.
Limacellus unguiculus, Turton, 1831. *Shells Brit.*, p. 25, f. 15.
Limacella variegata, Jousseaume, 1876. *In Bull. Soc. zool.*, p. 103, pl. III, f. 11-13.

Habitat. — Le *Limax variegatus* appartient plus spécialement à la faune des régions basses des plaines et des vallées ; il ne dépasse pas 5 à 600 mètres d'altitude. On le rencontre dans presque toute notre région ; il vit caché sous les pierres, dans les caves, les celliers, les puits et les habitations humides.

Origine. — Nous ne connaissons pas cette forme à l'état fossile.

Variations. — Les variations de cette Limace portent sur sa taille e sur sa coloration. Sa taille peut en effet varier de 12 à 15 centimètres, sans qu'il soit nécessaire de faire intervenir une question d'altitude ; c'est un simple fait local, dû sans doute à des conditions biologiques spéciales ; relativement aux variations dans la coloration, nous indiquerons les variétés suivantes :

Flavus, Linné (1). — Animal de couleur jaune d'ocre, quelquefois couleur d'ambre pâle, avec des taches blanchâtres ; assez commun ; presque partout.

Flavescens, Moquin Tandon (2). — Animal de couleur jaune ou jaunâtre, avec des taches confondues ; très commun ; c'est la variété la plus commune dans les caves et les celliers.

Rapports et différences. — Le *Limax variegatus* représente dans nos

_____

(1) Linné, 1758. *L. flavus, Systema naturæ*, 10° édit., I, p. 652 (n. Müller).
(2) Moquin-Tandon, 1855. *Hist. moll.*, II, p. 25.

régions, comme taille, la forme intermédiaire entre les grands types du *Limax cinereus, L. cinereo-niger, L. erythrus*, et les petites formes des *Limax agrestis, L. eubalius, L. sylvaticus*. On le distinguera en outre à sa couleur particulière, à la petitesse de sa carène caudale, à la forme de sa cuirasse obtuse postérieurement, à peine gibbeuse en arrière et faiblement striée.

? LIMAX ALPINUS, Ferussac

Limax alpinus, Ferussac, 1822. *Tabl. syst.*, p. 21 ; *Hist.*, pl. IV, A., f. 5-7.

Habitat. — Plusieurs auteurs, tels que MM. Drouët, Moquin-Tandon, etc., ont indiqué un *Limax Alpinus*, décrit par Ferussac comme vivant à la Grande-Chartreuse, dans l'Isère. M. Bourguignat a mis en doute l'existence de ce mollusque dans nos régions ; il n'y a, du reste, jamais été retrouvé, ni par M. Bourguignat ni par personne. Suivant ce savant auteur, ce limacien, qui serait probablement un *Krynickillus*, aurait été envoyé à Ferussac par Studer, de Berne, sous une fausse indication de localité. Nous ne l'inscrivons donc dans ce travail qu'avec un point de doute.

Genre KRYNICKILLUS, Kaleniczensko

KRYNICKILLUS BRUNEUS, Draparnaud

Limax bruneus, Draparnaud, 1803. *Tabl. moll.*, p. 101 ; *Hist. moll.*, p. 128.
— *parvulus*, Normand, 1852. *Descrip. Lim. Valenciennes*, p. 8.
— *arenarius*, Gassies, 1867. *Act. Soc. Lin. Bordeaux*, p. 117, pl. I, f. 1.
Krynickillus bruneus, J. Mabille, 1868. *Arch. malacologiques*, I, p. 47.
Limax lævis, Kreglincer, 1870. *Syst. Verzeich. Deustchl.*, p. 26.
Limacella brunea, Jousseaume, 1876. *In Bull. Soc. zool.*, p. 110, pl. IV, f. 21-24.

Habitat. — MM. Dumont et de Mortillet ont indiqué cet intéressant animal dans le bassin de Bonneville, dans la Haute-Savoie ; il vit dans les endroits humides, parmi les herbes marécageuses (1).

(1) Dumont et Mortillet, 1857. *Cat. crit. et malac.*, p. 11.

Origine. — Cette forme n'est pas connue à l'état fossile.

Variations. — Les savants auteurs de la Malacologie de la Savoie rapportent à ce type une variété *albinos* représentée par un individu unique, de couleur plus pâle, la tête, le cou, le manteau et le pied d'un blanc sale tirant sur le fauve, les tentacules bruns, ainsi que deux lignes cervicales longitudinales qui en partent, le corps d'un brun plus pâle. La présence de cet individu unique constituerait plutôt une anomalie qu'une véritable variété.

Rapports et différences. — Cette forme est, croyons-nous, la seule de notre région qui puisse être rapportée au genre *Krynickillus*, qui ne compte en France qu'un petit nombre d'espèces ; encore le caractère distinctif de ce genre, c'est-à-dire la non-adhérence de la partie antérieure libre et mobile du bouclier, n'est-il pas très sensible dans ce petit animal. On le distinguera des autres limaciens par sa petite taille qui ne dépasse pas de un à deux centimètres, sa forme grêle et allongée, son bouclier à peu près central, sa coloration noire, ses rugosités dorsales un peu apparentes, ses stries transversales qui ornent la partie antérieure de son bouclier, etc.

Genre MILAX, Gray

MILAX MARGINATUS, Muller

Limax marginatus, Müller, 1774. *Vern. terr. et fluv. Hist.*, II, p. 10.
— *carinatus*, Brown, 1844. *Illust. Brit. conch.*, p. 55, t. LXVIII, f. 6, t. LIX, f. 14.
Arion marginatus, Villa, 1844. *Catal. moll. Lombardia*, p. 5.
Amalia marginata, Heynemann, 1861. *N. Amal. marg.*, *Mal. Bl.*, VIII, p. 184, t. III, f. 1-3.
Milax marginatus, Bourguignat, 1862. *Malac. lac Quatre-cantons*, p. 12

Habitat. — Cette forme est peu commune ; on la trouve cependant dans la plupart des départements de notre région, vivant dans les bois, sous les pierres et sur les vieux murs, en colonies peu nombreuses. M. Bourguignat l'a rencontrée près de la Grande-Chartreuse, et en a donné à cette occasion une excellente figuration (1). Elle ne paraît pas re-

(1) Bourguignat, 1862. *Malacologie de la Grande-Chartreuse*, p. 37, pl. III, 1-8.

monter au d·-là de 800 à 900 mètres, et paraît plus commune entre 300 et 500 mètres.

ORIGINE. — On n'a pas encore cité, croyons-nous, la limacelle de cet animal à l'état fossile.

VARIATIONS. — Le galbe général de ce *Milax* varie peu ; il conserve presque toujours ses caractères spécifiques, mais sa taille comme sa coloration se modifient suivant les stations. Ainsi, à la Chartreuse, l'animal est le plus souvent d'une belle teinte rose-violacée, entièrement moucheté de petites taches noires assez régulièrement espacées, à l'exception des deux côtés du bouclier, où les petites taches sont tellement pressées qu'elles offrent l'apparence de deux zonules latérales ; en Savoie il est d'un brun roussâtre, tandis que dans les chaines montagneuses du Lyonnais, il est plus grisâtre. On pourrait donc d'après cela établir les variétés *violacea*, *rufula* et *grisea* pour ces trois stations. Enfin, le nombre de mouchetures noires paraît également varier : ce limacien est plus moucheté dans les Alpes que dans le Lyonnais.

RAPPORTS ET DIFFÉRENCES. — Le *Milax marginatus*, avec sa cuirasse chagrinée portant l'empreinte de la limacelle, ne peut être rapproché que du *Milax gagates*, dont la cuirasse moins bombée est tracée de la même façon ; mais on distinguera toujours ces deux animaux à leur coloration toute différente.

MILAX GAGATES, Draparnaud

Limax gagates, DRAPARNAUD, 1801. *Tabl. moll.*, p. 100; *Hist. moll.*, p. 122, pl. IX, 1-2.
Arion gagates, v. SECKENDORF, 1846. *Lebend. mollusk. Würtemb*, n° 4.
Milax gagates, GRAY, 1855. *Cat. of pulm.*, p. 173.

HABITAT. — Le *Milax gagates* a été indiqué par Albin Gras dans le département de l'Isère, sans spécification de localité (1). Il existe également dans les environs de Lyon, mais il est toujours assez rare ; on le retrouve plus communément dans la Drôme. C'est une forme plus particulièrement méridionale, qui ne se rencontre dans notre région que dans les parties basses, un peu chaudes, exposées au midi, mais toujours humides.

(1) A. Gras, 1840. *Descrip. moll. Isère*, p. 446.

ORIGINE. — On n'a pas encore signalé ce *Milax* à l'état fossile.
M. Bourguignat nous apprend (1) que cette forme du littoral a été acclimatée en Angleterre et en Irlande ; elle vit également sur les côtes de
France depuis le Finistère jusque dans la Gironde ; il est fort probable
qu'elle s'est également acclimatée dans nos pays en remontant la vallée
du Rhône.

VARIATIONS. — En dehors du type, caractérisé par sa robe noire ou
d'un roux foncé presque noir, on retrouve également dans nos régions la
variété *plombeus*, Moquin-Tandon (2), qui est d'une coloration plus pâle,
plus grisâtre, comme plombée ; elle est de taille un peu plus forte que le
type et paraît assez rare.

RAPPORTS ET DIFFÉRENCES. — Le *Milax gagates*, avec sa coloration noirâtre et la forme particulière de sa cuirasse, ne pourra jamais être confondu avec les autres limaciens.

Genre **TESTACELLA**, Cuvier

TESTACELLA HALIOTIDEA, DRAPARNAUD

Testacella haliotidea, DRAPARNAUD, 1801. *Tabl. Moll.*, p. 99 ; *Hist.*, p. 121, pl. IX, f. 12-14.
Testacellus haliotideus, FAURE-BIGUET, 1802. *Bull. Soc. phil.*, p. 98, pl. V, f. 2, A-D.
Testacella Europæa, ROISSY, 1804. *Suites à Buff.*, *Mollusques*, V, p. 251, pl. LIII, f. 8.
    — *Gallica*, OKEN, 1815. *Lehrb. nat.*, III, p. 212, pl. IX, f 8.
Testacellus haliotides, CANTERAINE, 1840. *Malac. Méditer.*, p. 97.

HABITAT. — Les Testacelles sont peu communes dans nos régions. On
les rencontre ordinairement dans les parties basses des premières régions
montagneuses du Mont-d'Or, du Pilat, de Saône-et-Loire. de la grande
chaîne alpestre, etc. ; leurs habitudes essentiellement nocturnes rendent la
chasse difficile ; on trouve peu d'échantillons de leur coquille dans les
alluvions des cours d'eau.

ORIGINE. — Le *Testacella haliotidea* vivait déjà à l'époque quaternaire
dans notre région ; nous en avons récolté un spécimen dans le lehm le

----

(1) Bourguignat, 1862. *Les spicilèges malacologiques*, p. 27.
(2) Moquin-Tandon, 1855. *Hist. moll.*, II, p. 19.

plus récent des environs de Lyon. Nous ne croyons pas que cette même coquille ait été citée dans d'autres pays à une époque plus ancienne.

VARIATIONS. — Les échantillons du *Testacella haliotidea* sont en général trop peu nombreux dans les collections pour que l'on puisse étudier avec fruit les variations de la coquille ou de l'animal lui-même. Les plus grandes différenciations que nous ayons observées portent plus particulièrement sur le développement du bord columellaire, soit en largeur, soit surtout en épaisseur, sans qu'il soit nécessaire de faire intervenir la question d'âge de l'animal. En même temps, la spire est parfois réduite à un simple point ou bouton formant une légère saillie en crochet sur la coquille; c'est bien souvent dans les échantillons à bord columellaire très épais que la spire est plus courte.

RAPPORTS ET DIFFÉRENCES. — Le *Testacella haliotidea* est la seule espèce de ce genre vivant de notre région. Aucune des autres formes méridionales de Testacelles n'est remontée jusqu'à nous. Sa détermination ne saurait donc donner lieu à aucune confusion.

COLIMACIDÆ

Genre **VITRINA**, Draparnaud

VITRINA PELLUCIDA, Müller

Helix pellucida, MÜLLER, 1774. *Verm. terr. et fluv. Hist.*, p. 15, n° 215. (n. Penn.).
Helicolimax pellucida, FÉRUSSAC, père, 1801. *Mem. Soc. med. end.*, p. 30 (note).
Vitrinus pellucidus, MONTFORT, 1810. *Conch. syst.*, II, p. 239.
Helix limacoides, v. ALTEN, 1812. *Syst. Abhandl.* p. 85, pl. XI, f. 20.
Vitrina pellucida, GÆRTNER, 1813. *Conch. Wetterau*, p. 34 (n. Drap.).
Hyalina pellucida, STUDER, 1820. *Kurz. Verz.*, p. 86.
Limacina pellucida, HARTMANN, 1821. *Syst. Gaster.*, p. 54.

HABITAT. — De toutes les Vitrines de notre région, c'est le *Vitrina pellucida* qui est le plus répandu et dont la distribution géographique est la plus étendue; nous le trouvons à toutes les altitudes, depuis 300 mètres jusqu'aux sommets des Alpes, à 2500 mètres. Il vit aujourd'hui dans le Mont-d'Or lyonnais et s'étend dans toute la contrée qui nous occupe.

ORIGINE. — Nous n'avons pas rencontré cette forme à l'état fossile dans notre région ; elle existait cependant dès les dépôts du pleistocène moyen en Allemagne, à Cannstadt et à Weimar.

VARIATIONS. — Le *Vitrina pellucida* est, en général, d'un galbe assez régulier, parfois cependant avec une spire plus ou moins proéminente. Les variations individuelles portent plus spécialement sur l'ouverture ; mais nous ne croyons pas avoir remarqué que l'altitude ait une grande influence sur la taille ou la coloration des individus ; il est vrai que les échantillons que nous avons examinés ne provenaient pas d'une altitude supérieure à 1200 mètres.

C'est à cette forme qu'il faut rattacher, à titre de variété, le *Vitrina beryllina* de C. Pfeiffer, coquille très-rare, d'après MM. Dumont et de Mortillet (1), et qui vit d'habitude au milieu des *Vitrina pellucida ;* ces échantillons ne sont réellement distincts que par leur couleur, qui est d'un beau vert de béril ; les autres caractères sont absolument les mêmes que ceux du type.

RAPPORTS ET DIFFÉRENCES. — Cette coquille, que l'on peut confondre dans le jeune âge avec celle du *Vitrina major,* se distingue par sa forme plus globuleuse, moins dilatée transversalement; l'ouverture est plus ronde et plus petite, la spire plus proéminente.

VITRINA MAJOR, Férussac père.

Vitrina pelluzida, DRAPARNAUD, 1801. *Tab. moll.,* p. 98; *H.,* pl. VIII, f. 34-37 (n. Gœrt.)
Helix diaphana, POIRET, 1801. *Coq. fluv. et terr., Prodrome,* p. 77.
Helicolimax major, FERUSSAC, père, 1807. *Essai meth. conch.,* p. 43.
Helix Draparnaldi, CUVIER, 1817. *Règne anim.,* II, p. 405 (note).
Vitrina major, C. PFEIFFER, 1821. *Deutschl. moll.,* I, p. 47 (note).
— *Audebardi,* C. PFEIFFER, 1821. *Natur. gesch, Moll.,* III, p. 55.
Limacina pellucida, HARTMANN, 1821. *In neue alpina,* 1, p. 246, (β).
Vitrina Draparnaldi, H. PFEIFFER, 1848. *Monogr. helic.,* II, p. 493, n°3.

HABITAT. — On peut récolter cette forme dans toutes les parties alpestres et surtout subalpestres de notre région, dans les départemens de

(1) Dumont et Mortillet, 1854. *Moll. de Savoie et Léman,* p. 218.
Dumont et Mortillet, 1857. *Catal. crit. et malac.,* p. 20.

l'Isère, de l'Ain, de la Savoie et du Jura ; elle est surtout fréquente entre 500 et 800 mètres. Mais elle n'atteint pas, comme l'espèce précédente, les hautes régions neigeuses des Alpes.

ORIGINE. — Nous n'avons pas récolté cette coquille à l'état fossile dans notre région. Cette même forme, ou tout au moins une forme très voisine, existait cependant déjà, à l'époque quaternaire, en France, dans les tufs de la Celle, près Moret, dans Seine-et-Marne.

VARIATIONS. — La forme de cette coquille varie peu, et nous n'avons pu constater, dans les échantillons que nous avons étudiés, que des différences individuelles portant surtout sur la forme de l'ouverture. Mais, en revanche, sa taille et sa transparence se modifient suivant les stations. Dans les régions basses, les coquilles sont plus grandes, plus minces et plus transparentes ; dans les stations élevées, au contraire, celles-ci sont plus petites, peut-être un peu plus renflées, avec la spire un peu plus déprimée, mais aussi souvent plus épaisse et moins diaphane.

RAPPORTS ET DIFFÉRENCES. — Le *Vitrina major* est caractérisé par sa forme globuleuse un peu déprimée, par son ouverture dont la taille est égale à environ les deux tiers du diamètre maximum de la coquille, par son bord columellaire brièvement arqué, et par son dernier tour peu dilaté et non arrondi.

VITRINA ANNULARIS, Venetz

Helix impura, STUDER, 1789. *Faunul. Helvet.*, *in Coxe, Trav. Switz*, III, p 432. (s. car.)
Hyalina annularis, VENETZ, 1820. *In Studer, Kurz, Verzeichn.*, p. 86.
Limacina annularis, HARTMANN, 1821. *In neue Alpina*, I, p. 246.
Helicolimax annularis, FERUSSAC, 1822. *Tabl. Syst.*, p. 25 ; *Hist.*, pl. IX, f. 7.
Vitrina annularis, GRAY, 1825. *In Ann. phil.* IX, p. 409,
— *subglobosa*, MICHAUD, 1831. *Compl. Draparn.*, p. 10, pl. XV, f. 18-20.

HABITAT. — On rencontre le *Vitrina annularis* dans les hautes régions des Alpes, à plus de 1000 mètres d'altitude, dans les rochers moussus exposés au nord. C'est du reste un animal assez rare, vivant toujours en petites colonies. Il habite également à de plus faibles altitudes ; Terver l'a récolté aux environs de Lyon, à Saint-Martin-de-Fontaines, et M. Drouët a confirmé cette détermination.

ORIGINE. — Nous ne connaissons pas cette forme à l'état fossile ; elle paraît appartenir, dans notre région, seulement à la faune alpestre moderne.

VARIATIONS. — Il nous a été donné d'étudier un trop petit nombre d'échantillons de cette coquille pour que nous puissions y voir des variatons autres que les variations individuelles. Nous croyons cependant qu'à part quelques coquilles récoltées aux environs de Lyon et dont la forme est bien caractérisée, il en est d'autres dont la spire est moins élevée, l'ouverture un peu allongée, et qui passent ainsi au *Vitrina pellucida.*

RAPPORTS ET DIFFÉRENCES. — Cette coquille diffère de celle du *Vitrina pellucida* par son sommet mamelonné, souvent privé de son épiderme, comme dans une coquille morte, par sa ligne suturale profonde, par les stries plus fortes qui ornent sa surface, et enfin par son ouverture à peu près complètement circulaire.

VITRINA DIAPHANA, DRAPARNAUD

Helix virescens,STUDER, 1789. *Faun. Helvet. in Coxe, Trav. Switz.*, III, p. 432. (s. car.)
Vitrina diaphana, DRAPARNAUD, 1805. *Hist. Moll.*, p. 120, pl. VIII, f. 38, 39.
Helix limacina, v. ALTEN, 1812. *Syst. Abhandl. Conch.*, p. 81, pl. X, f. 19.
Hyalina vitrea, STUDER, 1820. *Kurz. Verzeich. Conch.*, p. 86.
Limacina vitrea, HARTMANN, 1821. *In Neue Alpina*, I, p. 206 (α).
Helicolimax vitrea, FERUSSAC, 1822. *Tabl. Syst.*, p. 25; *Hist.*, pl. IX, f. 1.
Vitrina pellucida, DE BLAINVILLE, 1825. *Man. Malacol.*, p. 462, pl. XLI, f. 1.
 — *vitrea*, GRAY, 1842. *Fig. Moll. anim.*, 1. CCLXXXVIII, f 12.

HABITAT. — « Cette espèce, disent MM. Dumont et de Mortillet(1), habite les montagnes dans les lieux frais et ombragés, sous les bois morts et dans les endroits découverts, sous les pierres voisines de la neige et des sources. La station la plus basse où nous l'ayons trouvée est 650 mètres, la plus haute, 2100 mètres ; mais Thabuis l'a rencontrée à 2500 mètres environ. » Comme on le voit, le *Vitrina diaphana* est une forme véritablement alpestre ; Draparnaud ne nous dit pas où il a pris son type ; mais les auteurs allemands et suisses qui se sont le plus occupés de l'étude de cette coquille ont toujours eu en vue, dans leurs descriptions, la forme alpestre. Nous avons donc lieu d'être surpris en voyant cette même forme citée dans la Vienne, la Gironde, les Pyrénées-Orientales(2),

(1) Dumont et Mortillet. 1857. *Cat. crit. et Malac.*, p. 16.
(2) Indiquée par M. Paul Massot dans les Pyrénées-Orientales ; M. P. Fagot vient de démentir cette assertion, *in Histoire malac. des Pyrénées françaises*, I, p. 36.

etc. Une révision, et surtout une comparaison des échantillons de ces différentes provenances nous paraît nécessaire pour bien établir l'exten - sion géographique de cette Vitrine.

ORIGINE. — Nous ne connaissons pas cette coquille à l'état fossile.

VARIATIONS. — Les échantillons de la Savoie se rapportent plus parti- culièrement à la forme *glacialis* (1), reproduite par Pfeiffer (2), et que M. Kreglinger admet à titre de variété du *Vitrina diaphana* (3); mais, en outre, MM. Dumont et de Mortillet ont rencontré au col de Lechaud, à 2100 mètres, une variété à laquelle ils ont donné le nom de variété *planulata*, qui est de très grande taille et dont la spire est complètement aplatie en dessus.

RAPPORTS ET DIFFÉRENCES. — Cette coquille ne peut être rapprochée que du *Vitrina elongata ;* elle en diffère par sa taille plus forte, sa forme rela- tivement moins allongée, sa dépression columellaire moins large en arrière et plus allongée en avant, son ouverture plus grande, etc.

VITRINA NIVALIS, CHARPENTIER

Vitrina nivalis, CHARPENTIER, 1854.*In Dumont et Mortillet, Moll. Sav. et Lém.*, p. 209.
— *diaphana*, PFEIFFER, 1821. *Monogr. helix.*, IV, p. 789, f. 2-4.
— *Charpentieri*, STABILE, 1859. *Rev. et Mag. zool.*, n° 7, pl. XV, f. 1-5.

HABITAT. — Cette forme, essentiellement alpestre, habite les régions montagneuses élevées de la Savoie entre 1800 et 2500 mètres d'alti- tude. On la trouve sous les pierres jusque près des glaciers et des neiges éternelles.

ORIGINE. — Nous ne connaissons pas le *Vitrina nivalis* à l'état fossile.

VARIATIONS. — MM. Dumont et de Mortillet ont indiqué (4) au petit Saint-Bernard, une variété moins diaphane, plus grande, plus globu- leuse, à ouverture plus arrondie.

RAPPORTS ET DIFFÉRENCES. — Nous ne saurions mieux faire que de

(1) Forbes, 1837. *Magazine of Zoology and Botan.*
(2) Pfeiffer, 1820. *Monogr. heliceorum*, vol. II, p. 496.
(3) Kreglinger, 1870 *Syst. Verzeichn. Deutsch.*, p. 34.
(4) Dumont et Mortillet, 1854. *Moll. de la Savoie et du Léman*, p. 210.

transcrire ici même les rapports et différences donnés par MM. Dumont et de Mortillet, qui ont étudié avec tant de soin cette intéressante forme (1) : « Très voisine de la *V. diaphana*, dont elle a, au premier coup d'œil, l'aspect général ; cependant, quand on l'examine avec soin, elle s'en distingue facilement par sa membrane inférieure beaucoup moins développée et par sa bouche moins large et plus haute, rendue transversalement rhomboïdale allongée, les bords supérieurs et inférieurs formant des angles émoussés à leur jonction avec l'extérieur. Le bord columellaire est moins arqué, ce qui rend la bouche plutôt ovale qu'auriforme. la coquille est aussi plus globuleuse dans son ensemble.

Ces deux espèces sont en général parfaitement distinctes ; cependant, elles pourraient bien passer de l'une à l'autre et n'être que des modifications de forme, provenant de l'habitat et de l'altitude. Un fait qui semblerait le prouver, c'est que la membrane de la *V. diaphana* est moins développée dans les individus des endroits très élevés que dans ceux des lieux plus bas. »

Genre SUCCINEA, Draparnaud

SUCCINEA PUTRIS, Linné

Neritostoma vetula, KLEIN, 1753. *Tent. Meth. Ostracol.*, p. 53, pl. III, f. 70.
Helix putris, LINNÉ, 1758. *Syst. nat.*, 10ᵉ éd., p. 774 (n. Pen., n. Fer.).
— *succinea*, MULLER, 1774. *Verm. terr. et fluv. Hist.*, II, p. 97 (n. Stud.).
Turbo trianfractus, DA COSTA, 1778. *Hist. nat. Test. Brit.*, p. 72, pl. V, f. 13.
Bulimus succineus, BRUGUIÈRE, 1779. *Encyclop. méthod.*, VI, p. 308.
Succinea amphibia, DRAPARNAUD, 1801. *T. M.*, p. 55; *H.*, p. 58. pl. III, f. 22-23 (n. Forbes).
Amphibulina succinea, LAMARCK, 1805. *S. l'Amphib.*, in *Ann. mus.*, VI, p. 236.
Lucena putris, OKEN, 1815. *Lehrb. d. Nat.*, III, p. 312.
Helix limosa, DILLWYN, 1817. *Descr. cat. Shells*, p. 965 (n. Lin., n. Mont.).
Tapada putris, STUDER, 1820. *Syst. Verz. Conch.*, p. 11.
Amphibina putris, HARTMANN, 1821. *Syst. Erd. Süssw. Gaster. Europ.*, p. 55.
Amphibulina putris. HARTMANN, 1821. *Syst. Erd. flus. Moll. Schweitz*, p. 247.
Succinea major, RISSO, 1826. *Hist. nat. Eur. mérid.*, IV p. 59, n° 127.
— *putris*, JEFFREYS, 1830. *Syn. Test. moll. Brit.*, in *Tr. Lin.*, XVI, p. 324. (n. Morelet).
— *Mülleri*, LEACH, 1831. *Moll. Brit. Syn.*, p. 78 (ex Turt).
— *(Neritostoma) putris*, SANDBERGER, 1875. *Land. Süss. Conch.*, p. 798, t. XXXIII f. 31 ; t. XXXVI, f. 29.

HABITAT. — Nous trouvons le *Succinea putris* dans tous les endroits

(1) Dumont et Mortillet, 1857. *Catal. crit. et malac.*, p. 16.

humides voisins des pièces ou cours d'eau, dans les régions basses des plaines et des vallées des différents départements de notre région. C'est une forme très commune, très répandue, vivant en colonies nombreuses, plus fréquentes dans les parties basses, mais pouvant s'élever jusqu'à 600 ou 700 mètres d'altitude.

ORIGINE. — Nous avons signalé (1) une variété fossile de petite taille que nous avons rapportée au *Succinea putris;* on retrouve également le type dans plusieurs stations quaternaires des environs de Lyon. Dans les berges de la Saône, à l'époque gallo-romaine et plus anciennement, on peut récolter de magnifiques échantillons de taille plus grande encore que ceux qui vivent actuellement. En dehors de notre région, et dans des dépôts plus anciens, on a reconnu différentes variétés de *Succinea putris* à l'état fossile.

VARIATIONS. — M. le Dr Baudon a signalé six variétés dans le *Succinea putris* (2). Les échantillons de notre région se rattachent plus particulièrement au type même de l'espèce, tel qu'il est représenté par M. Baudon, mais ils varient beaucoup de taille et de coloration; nos plus grands individus recueillis sur les bords du Rhône mesurent 20 à 23 millimètres de hauteur pour un diamètre maximum de 11 à 12, tandis que, dans certaines régions montagneuses plus éloignées des cours d'eau, la même forme n'atteint alors que 10 millimètres de hauteur. En général, la taille diminue avec l'altitude. Dans notre région, et plus particulièrement chez les grands individus, la forme de la coquille a une tendance à être un peu plus allongée que dans le type figuré par M. Baudon, et cependant cette forme même est déjà moins renflée quoique plus longue que la plupart des échantillons de Suède où Linné a puisé son type. Quant à la coloration, elle est des plus variées; elle passe du fauve ambré caractéristique, au fauve pâle un peu verdâtre. Nous rencontrons également la var. *opaca* de Moquin-Tandon (3), qui est plutôt une anomalie. On passe ainsi de la var. *rubens* à la var. *pallescens*. Mais, comme le fait très judicieusement observer M. le Dr Baudon, ces différences de coloration appartiennent à tous les mollusques. Terminons en faisant remarquer que l'on observe très souvent accouplés ensemble des individus dont l'un

(1) A. Locard, 1879. *Malacol. quatern.*, p. 5, f. 3-5.
(2) Baudon, 1877, *Monogr. des Succinées françaises*, p. 18-23.
(3) Moquin-Tandon, 1855. *Hist. moll.*, II, p. 56.

a la coquille très foncée, tandis que l'autre a la coquille beaucoup plus claire.

En dehors du type, on rencontre également dans notre région les variétés suivantes admises par M. Baudon :

Drouetia, Moquin-Tandon. — Coquille subovale, un peu convexe, spire à peine allongée, un peu élevée, d'un jaune clair, mince et transparente ; assez rare ; les environs de Lyon.

Ventricosa, Baudon. — Coquille de taille assez petite, mais de forme convexe, ventrue, à spire courte, d'un jaune fauve un peu pâle ; M. Baudon avait rangé cette variété dans le groupe du *Succinea Pfeifferi*; nous l'admettons plus volontiers, avec M. Bourguignat (1), comme une variété du *Succinea putris ;* peu commun ; les environs de Lyon.

Gigantea, Baudon. — Coquille de grande taille, un peu ventrue, mesurant jusqu'à 23 millimètres de hauteur, avec la spire assez fortement contournée ; comme la précédente, cette variété avait été admise par M. Baudon dans le groupe du *Succinea Pfeifferi ;* rare ; les environs de Lyon.

RAPPORTS ET DIFFÉRENCES. — Le *Succinea putris* ne peut être rapproché que du *Succinea Charpentieri ;* nous en reparlerons avec plus de détail, à propos de cette coquille ; cependant M. Bourguignat a considéré cette dernière forme comme tête d'un groupe dans lequel il range différentes autres formes étrangères à notre région. D'après le même auteur, autour du *Succinea putris,* viendraient se grouper les *Succinea olivula* Bourguignat (*S. putris* var. *olivula* Baudon), *S. hordeacea* Jousseaume, *S. pyrenaica* Bourg., *S. Mortilleti* Bourg., *S. Pfeifferi* Rossmässler, et *S. elegans* Risso. Ces deux dernières formes seulement se trouvent dans notre région.

ANOMALIES. — On peut faire rentrer dans le cadre des anomalies la var. *opaca* de Moquin-Tandon, mais en faisant observer qu'elle peut s'appliquer à des coquilles de toutes les tailles et de toutes les dimensions ; nous l'avons récoltée sur les bords de la Saône au nord de Lyon, où elle paraît tout à fait accidentelle.

(1) Bourguignat, 1877. *Aperçu sur les espèces françaises du genre Succinea,* p. 5 et suiv.

SUCCINEA CHARPENTIERI, Dumont et Mortillet

Succinea Charpentieri, Dumont et Mortillet, 1857. *Cat. crit. et malc.*, p. 23.
    — *putris*, Baudon, 1877. *Monogr. Succ. Franc.*, p. 19 pl. VI, f. 4. (*v.Charpentier*).

Habitat. — Indiquée pour la première fois en Suisse, dans les prés humides du canton de Schwytz et de l'extrémité sud du lac de Zurich, ainsi que dans les marais de Motz en Chantagne, cette coquille a été retrouvée dans une grande partie de notre région. Nous la suivons aujourd'hui dans la vallée du Rhône depuis Lyon jusqu'à Genève ; elle s'étend dans les départements de l'Ain, de la Savoie, de Saône-et-Loire, du Doubs et du Jura. Aux environs de Lyon, qui nous paraissent être sa station la plus méridionale, elle est beaucoup plus commune sur les bords du Rhône que sur ceux de la Saône, tandis que c'est précisément l'inverse qui a lieu pour le *Succinea Pfeifferi*. Elle vit en colonies assez nombreuses au bord de l'eau, sur les plantes aquatiques, assez souvent associée à cette dernière espèce plutôt qu'au *Succinea putris*. Elle ne paraît pas s'élever au delà de 300 à 400 mètres d'altitude.

Origine. — Le *Succinea Charpentieri* semble faire exclusivement partie de la faune subalpestre moderne ; nous ne le connaissons pas encore à l'état fossile.

Variations. — Cette forme paraît assez régulière et varie peu ; dans une même colonie on trouve bien, il est vrai, des individus dont la taille passe de 10 à 13 millimètres de hauteur ; mais quelles que soient leurs dimensions, ils conservent toujours leur galbe ventru caractéristique. La coloration change peu ; nous n'avons pas rencontré d'échantillons ayant cette couleur ambrée foncée que l'on trouve si souvent chez les *Succinea putris* et les *S. Pfeifferi*. La coquille du *Succinea Charpentieri* est toujours un peu pâle et uniformément colorée ; en outre, les individus d'une même colonie ont presque toujours la même coloration, ce qui n'a pas lieu dans les colonies des deux formes dont nous venons de parler. M. le Dr Baudon a cité également des individus de forme plus allongée que le type et dont les premiers tours sont mieux détachés ; nous ne les avons pas rencontrés.

Rapports et différences. — Cette forme, qui paraît spéciale à notre région, ne peut être confondue qu'avec des variétés globuleuses et courtes du *Succinea putris*. Le *Succinea Charpentieri*, dit M. Baudon, «quoique globuleux, est plus étroit et plus allongé; l'ouverture est plus arrondie et large antérieurement. » Ajoutons que cette ouverture a toujours une forme plus oblique que l'on ne rencontre pas dans les variétés globuleuses du *Succinea putris*. Quoique possédant des caractères bien tranchés, M. Baudon avait cru devoir admettre cette forme comme variété du *Succinea putris*. M. Bourguignat l'élève au rang d'espèce et la considère comme tête d'un groupe autour duquel il classe les *Succinea Milne-Edwardsi*, *S. Xantelœa*, *S. acrambleia*, *S. parvula*, *S. Baudoni* et *S. Morleti*.

SUCCINEA MORTILLETI, Bourguignat

Succinea Cenisea, Mortillet, *Mss.*
— *Pfeifferi*, Stabile, 1864. *Moll. viv. Piemont*, p. 27 (var. *Mortilleti*).
— *Mortilleti*, Bourguignat, 1877. *Aperçu du genre Succinea*, p. 12.

Habitat. — «Elle vit, dit M. Bourguignat, sur les bords du lac du Mont-Cenis. Je l'ai découverte sur les bords du lac du Bourget, en Savoie. » Nous avons également retrouvé cette même forme dans cette dernière station, où elle ne paraît pas très rare.

Origine. — On ne connaît pas encore cette forme à l'état fossile.

Variations. — Nous n'avons pas vu les échantillons du Mont-Cenis, mais nous avons étudié un assez grand nombre d'individus des bords du lac du Bourget, où ils vivent avec le *Succinea putris*. Là, tous les échantillons sont loin d'avoir des caractères aussi nettement tranchés que le type ; ils passent au *Succinea putris* plus encore qu'au *Succinea Pfeifferi*, par la forme générale de la coquille comme par l'amplitude et la convexité du dernier tour. La spire paraît avoir une taille assez variable, et nous avons vu des individus qui, tout en ayant le dernier tour très développé, avaient la spire tantôt très courte, tantôt très allongée, mais toujours avec une ligne suturale bien marquée. Cette amplitude du dernier tour dans les échantillons varie beaucoup, même à âge égal, de telle sorte qu'il devient parfois assez difficile de les classer exactement.

Rapports et différences. — M. le Dr Baudon avait admis cette forme au rang de variété du *Succinea Pfeifferi* (1). M. Bourguignat a cru devoir

(1) Baudon, 1877. *Monogr. Succinées françaises*, p. 45, pl. VI, f. 8.

l'ériger au rang d'espèce et la grouper autour du *Succinea putris*. Il est incontestable que d'après certains échantillons il y a là une forme typique bien différente du *Succinea putris* et plus encore du *Succinea Pfeifferi ;* mais il faut avouer qu'avec les variations de l'espèce ou de la prétendue espèce, il est parfois bien difficile de classer les échantillons récoltés sur un même point. Dans tous les cas, nous admettons, avec M. Bourguignat, que cette forme a généralement plus d'affinité avec le *Succinea putris* qu'avec toute autre forme française.

SUCCINEA PFEIFFERI, Rossmässler

Helix angusta, Studer, 1789. *Faunul. Helvet.,in Coxe,Trav.Switz.*, III, p.432 (s. car.)
Succinea amphibia, Draparnaud, 1805. *Hist. moll.*, p. 53, (var. γ et δ).
Tapada succinea, Studer, 1820. *Kurz. Verzeichn.*, p 86.
Amphibulina putris, Hartmann, 1821. *In St., Deut. faun.*, VI, f. 6, 7,(v. *flava* et *elongata).*
Helix putris, Férussac, 1822. *Tabl. syst.*, p. 30; *hist.*, pl. XI, f 13 (n. Lin , n. Pen.).
Succinea putris, Jeffreys, 1830, *Trans. Linn.*, XVI, p. 313 (var. α).
    — *oblonga*, Turton, 1831. *Shells. Brit.*, p. 92, f. 74 (n. Drap.).
    — *Pfeifferi*, Rossmässler, 1835. *Iconogr.*, I, p. 92, f. 46.
    — *gracilis*, Alder, 1837. *In Mag. Zool. and Bot.*, II, p. 106.
    — *elegans*, Issel, 1866. *Moll. racc. Prov. di Pisa* (n. Risso).
Neritostoma Pfeifferi, Jousseaume, 1877. *Bull. Soc. zool.*, p. 102, pl. I, f. 15-17.

Habitat. — Le *Succinea Pfeifferi* est moins commun dans notre région que le *Succinea putris;* il est surtout plus localisé ; ainsi nous le trouvons plus abondamment dans la vallée de la Saône, alors qu'il paraît remplacé dans la vallée du Rhône par le *Succinea Charpentieri*, et sur d'autres points plus élevés, par le *Succinea acrambleia.*Dans les régions alp·stres, il paraît s'élever jusqu'à 1000 mètres, mais sa véritable altitude ne semble pas devoir dépasser 500 mètres. Il habite dans tous les départements de notre région.

Origine. — Nous n'avons pas rencontré à l'état fossile le *Succinea Pfeifferi* dans notre bassin, quoique on ait signalé plusieurs variétés de cette forme se rattachant plus ou moins directement au type, depuis le pléistocène inférieur; on l'a cité à ce niveau et à des niveaux géologiques plus récents en Allemagne, en Autriche, en Angleterre, en Suisse, en France (1), etc.

(1) M. Tournouër a rencontré dans dans les tufs quaternaires de la Celle, près Moret, dans Seine-et-Oise, le *Succinea Pfeifferi*. M. Baudon n'y reconnaît pas de forme absolument nouvelle, mais l'influence du climat a donné lieu à une modification remarquable, pour laquelle a été créée une variété inédite jusqu'ici.

VARIATIONS. — Comme pour le *Succinea putris*, les variations que nous avons pu observer 'chez le *Succinea Pfeifferi* portent principalement sur la taille et sur la coloration. La taille varie en général suivant les altitudes. Nous avons toujours vu les plus beaux individus dans les régions basses, auprès des grands cours d'eau ; là également, ils sont plus forts, plus colorés. Parfois, la spire s'allonge un peu, tout en conservant sa forme étirée et tordue ; parfois aussi le dernier tour s'élargit et paraît plus renflé ; mais ces variations nous semblent purement individuelles, car dans une même colonie nous avons toujours rencontré au milieu de ces formes particulières des échantillons se rapportant parfaitement au type.

RAPPORTS ET DIFFÉRENCES. — Nous avons distrait, avec M. Bourguignat, du *Succinea Pfeifferi* le *Succinea Mortilleti* que M. le Dr Baudon considérait à titre de simple variété. Ainsi réduit, le *Succinea Pfeifferi* se distinguera toujours de ses congénères, à l'état adulte, par son galbe allongé, de taille plus petite que le *Succinea elegans*, par la torsion de sa spire, et enfin par son ouverture toujours plus étroite. Mais à l'état jeune, la coquille ne suffit plus pour le séparer même du jeune *Succinea putris ;* dans ce cas, la coloration toujours plus foncée de l'animal sera d'un précieux secours pour discerner ces deux formes.

ANOMALIES. — Nous devons citer à titre d'anomalies deux individus récoltés sur les bords de la Saône à Collonges, au nord de Lyon, et dont la coquille, quoique de couleur un peu pâle, était parfaitement conforme au véritable type, tandis que les deux animaux avaient exactement la coloration de celui du *Succinea putris ;* nous avons considéré ces deux cas comme le résultat d'un véritable albinisme.

SUCCINEA ELEGANS, RISSO

Succinea elegans, RISSO, 1826. *Hist. nat. Eur. merid.*, t. IV, p. 59.
     — *corsica*, SHUTTLEWORTH, 1843. *Moll. Cors.*, in *Mitteil. nat. Gesells. Bern*, p. 3.

HABITAT. — Le frère Ogérien (1) avait déjà indiqué cette forme dans le Jura ; M. le Dr Baudon (2) l'a également reconnue, mais « moins caractérisée », dans des échantillons qui lui ont été adressés de Miery, Saint-

---

(1) Ogérien, 1863. *Hist. nat. du Jura* p. 508.
(2) Baudon, 1877. *Monogr. Succinées françaises*, p. 61.

Amour, dans le Jura par M. Charpy; il l'indique en outre à Étrembière, dans la Savoie, où M. de Mortillet l'a récoltée à 395 mètres d'altitude. Cette forme est, cependant, plus particulièrement méridionale.

ORIGINE. — Comme nous avons retrouvé cette coquille à l'état fossile dans les dépôts quaternaires des environs de Lyon (1), nous nous demandons si ces échantillons du Jura ne seraient pas les derniers débris d'une forme ancienne, dont une partie aurait émigré ou se serait maintenue, tout en se modifiant, dans le Jura, tandis que le type aurait descendu la vallée du Rhône pour se localiser dans le Midi.

VARIATIONS. — Les échantillons récoltés par M. Charpy diffèrent un peu du véritable *Succinea elegans*, que l'on rencontre abondamment dans le Sud-Est de la France; leur taille est plus petite, leur galbe moins allongé; il passent un peu à une forme élancée du *Succinea Pfeifferi*.

RAPPORTS ET DIFFÉRENCES. — MM. Baudon et Bourguignat sont d'accord pour maintenir au rang d'espèce cette coquille, quoique leur synonymie ne soit pas la même. Nous n'interviendrons point dans la question, mais nous ferons observer que, si la coquille du *Succinea elegans* jeune peut avoir une certaine analogie avec celle du *Succinea Pfeifferi*, la comparaison des deux animaux doit forcément faire distinguer ces deux formes.

SUCCINEA ACRAMBLEIA, J. MABILLE

Succinea Pfeifferi, BAUDON, 1862. *Cat. moll. de l'Oise*, p. 15 (v. *aperta*).
— *mamillata*, J. MABILLE, 1869. *In Hallemand et Servain, Cat. moll. env.
Jaulgonne*, p. 11 (s. caract.), (n. Beck).
— *acrambleia*, J. MABILLE, 1870. *Hist. malac. du bassin parisien*, 1ᵉʳ fasc.,
p. 91-92.
— *Pfeifferi*, BAUDON, 1877. *Mon. succ. Franc.*, p. 46, pl. VII, f. 5 (v. *ochracea*)

HABITAT. — Le *Succinea acrambleia* existe dans plusieurs stations du département de l'Ain; M. le Dʳ Baudon a bien voulu confirmer cette détermination. Nous l'avons reçu récemment d'Oyonnax et des marais de Chazey. C'est, jusqu'à présent du moins, une forme peu commune, localisée sur certains points, où elle constitue des colonies assez nombreuses, mais peu dispersées.

(1) A. LOCARD, 1879. *Descr. terr. quatern.*, p. 8, f. 6-7.

ORIGINE. — Nous ne connaissons pas cette Succinée à l'état fossile.

VARIATIONS. — Nous avons observé, dans les échantillons du *Succinea acrambleia*, des variations individuelles portant sur le galbe de la coquille, dont la spire s'enroule avec plus ou moins de régularité, et dont la forme de l'ouverture peut être plus ou moins élargie. Quant à la taille, elle paraît plutôt varier suivant les stations. Nos échantillons des marais de Chazey sont plus grands et plus forts que ceux des environs d'Oyonnax.

RAPPORTS ET DIFFÉRENCES. — D'après M. Bourguignat(1), le *Succinea acrambleia* est caractérisé « par une coquille fluette, peu ventrue, bien accentuée, allant en s'élargissant graduellement du sommet à la base de l'ouverture ; par un test strié rugueux ; par une ouverture oblique ; par un péristome souvent bordé de noir, etc. » Néanmoins cette forme est bien voisine de certaines variétés du *Succinea Pfeifferi* avec lesquelles, il est facile de la confondre. C'est ainsi que la var. *ochracea* de M. Baudon a été rangée par M. Bourguignat en synonymie du *Succinea acrambleia*.

MONSTRUOSITÉS. — Nous avons reçu d'Oyonnax un individu subscalaire ; les tours sont soudés, mais la ligne suturale est extrêmement profonde et les tours s'étagent les uns au-dessus des autres en formant des saillies arrondies et marquées ; le reste de la coquille porte en elle absolument tous les caractères du type.

SUCCINEA FAGOTIANA, BOURGUIGNAT

Succinea Fagotiana, BOURGUIGNAT, 1877. *Aperçu sur les espèces françaises du genre Succinea, p. 25.*

HABITAT. — M. Bourguignat a reconnu cette coquille à Bellegarde, dans le département de l'Ain, près de la perte du Rhône.

ORIGINE. — Cette coquille appartenant au groupe du *Succinea oblonga*, ou mieux du *Succinea Joinvillensis* (2) fossile, il faudrait probablement rechercher sa forme ancestrale parmi nos espèces fossiles du lehm des environs de Lyon, où l'on trouve ces mêmes galbes très élancés.

VARIATIONS. — Nous ne connaissons cette coquille que par la descrip-

(1) Bourguignat, 1377. *Aperçu sur les Succinées françaises*, p. 7.
(2) Bourguignat, 1870 *Catal moll. env. de Paris à l'époque quatern.*, p. 4, pl. III, f. 5-6.

tion qu'en a donnée M. Bourguignat, sans indications de variation dans la forme.

RAPPORTS ET DIFFÉRENCES. — « Cette Succinée, dit M. Bourguignat, est surtout caractérisée par sa spire tordue, très élancée ; par sa suture régulièrement descendante ; par ses tours à croissance rapide et régulière ; par son test strié, comme foliacé. »

SUCCINEA OBLONGA, Draparnaud

Helix elongata, STUDER, 1789. Faun. Helvet., in Coxe, Trav. Switz, p.432 (n. Razoum).
Succinea oblonga, DRAPARNAUD, 1801. T. Moll., p. 56; Hist. p. 59, pl. III, f. 24-25 (n. Turt.)
Helix buccinum, SCHRANK, 1803. Fauna Boïca (teste Beck).
Amphibulina oblonga, LAMARCK, 1804. An. mus., VI, p. 306.
Tapada oblonga, STUDER, 1820. Kurz. Verz. Conch., p. 86.
Amphibulina oblonga, HARTMANN, 1821. In Sturm. Deutschl. Faun., VI, p. 8, f. 19.
— elongata, HARTMANN, 1821. Syst. gasterop., XV, p. 55, f. 2.
Amphibina oblonga, HARTMANN, 1821. In Neue Alp., I, p. 248.
Succinea (amphibina) oblonga, SANDBERGER, 1875. Die Land und Süssw. Conch.,
p. 790, t. XXXIII, f. 29 ; t. XXXV, f. 17; t. XXXVI, f. 31 ; t. XXXIII, f. 30
t. XXXVI, f. 34.

HABITAT. — Le *Succinea oblonga* est une forme assez rare, ou tout au moins peu commune dans notre région. Il vit, à la vérité, dans tous les départements qui nous occupent, mais à l'état de petites colonies peu nombreuses, parquant de préférence auprès des cours d'eau, soit dans les hautes herbes, soit même sur l'écorce des grands arbres. Dans les alluvions modernes, notamment sur les bords du Rhône, de la Saône, du Lion, du lac du Bourget, etc., il est plus fréquent, et là on peut facilement en étudier les différentes formes et variétés. En général, il vit plus volontiers dans les régions basses, ne s'élevant pas à plus de 500 mètres d'altitude ; mais, dans les régions véritablement alpestres, on retrouve une autre forme admise aujourd'hui à titre de variété, et qui vit jusqu'à 1915 mètres d'altitude.

ORIGINE. — C'est aux dépôts les plus anciens du lehm que nous faisons remonter le *Succinea oblonga*. A cette époque, il vivait en abondance dans nos pays, tout en ayant une forme un peu différente, qui s'est postérieurement modifiée par suite des changements climatériques de la contrée. Il affectait alors un galbe plus élancé, à spire allongée, avec ligne suturale profonde. Nous en avons fait une variété spéciale sous le nom

de var. *Ragnebertensis* (1). En même temps vivait une autre forme
aujourd'hui éteinte, commune aux bassins quaternaires de Paris et de
Lyon, de taille plus grande, d'un galbe encore plus élancé, et à laquelle
M. Bourguignat a donné le nom de *Succinea Joinvillensis*(2). C'est de ces
deux formes souches que sont dérivées les Succinées du groupe de
l'*oblonga* qui vivent aujourd'hui dans notre contrée.

VARIATIONS. — Il est peu de Succinées qui soient aussi polymorphes,
que le *Succinea oblonga*. Si nous nous reportons au type D raparnaldique
nous observons d'abord que toutes les formes de notre région ont une
tendance à être bien plus allongées, avec le dernier tour moins renflé et
la ligne suturale plus profonde ; ils se rapprochent du type fossile le plus
commun, et l'on serait porté à croire que les individus qui ont vécu sur
place, ou tout au moins dont le déplacement a été très-faible, se sont
beaucoup moins modifiés que ceux qui ont émigré vers d'autres régions
à température plus différente encore. Cette forme allongée, qui paraît plus
particulière aux régions basses, est elle-même sujette à de très nombreuses variations individuelles dans la taille, l'allongement de la spire,
le renflement du dernier tour, la forme plus ou moins arrondie de l'ouverture, etc., sans qu'il soit réellement possible de classer toutes ces formes
d'une manière bien précise dans des variétés ou sous-variétés.

M. le Dr Baudon a fait rentrer dans le *Succinea oblonga*, à titre de variété (3), la Succinée décrite par MM. Dumont et de Mortillet sous le nom de
Succinea Droueti (4). Ce serait la forme actuellement alpestre de *Succinea
oblonga*, vivant jusqu'à près de 2000 mètres. C'est une coquille un peu
obtuse, semi-transparente, d'un jaune ambré pâle, peu coloré, de taille
un peu plus petite, de forme plus ramassée, plus ventrue, avec l'ouverture moins haute, plus arrondie, plus en dehors de l'axe. Elle se trouve
parmi les herbes, le long des fossés et au bord des eaux, dans le bassin
de la Maurienne, à Termignon et sur les bords du lac du mont Cenis.

RAPPORTS ET DIFFÉRENCES. — Autour du *Succinea oblonga*, M. Bourguignat a rangé ses *Succinea Fagotiana*, *S. agonostoma*, *S. Valcourtiana*,
S. Saint-Simonis et le *S. Lutetiana* de M. J. Mabille. A part la première
de ces formes, dont nous avons déjà parlé, toutes les autres paraissent

---

(1) A. Locard, 1879. *Faune malac. quatern.*, p. 9, f. 8-10.
(2) Bourguignat, 1870. *Catal. moll., env. de Paris, à l'époque quatern.*, p. 4, pl. III, f. 5-6
(3) Baudon, 1877. *Monogr. Succinées françaises*, p, 77, pl. X, f. 4.
(4) Dumont et Mortillet, 1857. *Catal. crit. et malac.*, p. 26.

étrangères à notre région. Les deux premières sont plus particulièrement caractérisées par leur forme allongée, s'éloignant ainsi du type du *Succinea oblonga* pour se rapprocher du *Succinea Joinvillensis* fossile ; les trois autres ont, au contraire, un galbe plus court et plus ventru et forment un passage au groupe du *Succinea arenaria*.

ANOMALIES. — Les cas d'albinisme sont fort rares ; nous avons reçu cependant de Saint-Pierre de Bœuf, sur les bords du Rhône, dans le département de la Loire, des coquilles de *Succinea oblonga* presque opaques, à peine transparentes, de couleur blanche, comme si elles provenaient d'individus morts, et dont la forme un peu allongée se rapprochait sensiblement du type fossile des environs de Lyon.

SUCCINEA ARENARIA, BOUCHARD-CHANTEREAUX

Succinea arenaria, BOUCHARD-CHANTEREAUX, 1838. *Cat. moll. du Pas-de-Calais*, p. 54.

HABITAT. — Le *Succinea arenaria* a été récolté par MM. Dumont et de Mortillet dans le département de l'Ain, à Fernex et Thoiry, dans la Haute-Savoie, à Bonneville, et dans la vallée de la Durance. Il s'élèverait dans les Alpes jusqu'à 1100 mètres d'altitude. Nous ne connaissons pas cette forme aux environs de Lyon.

ORIGINE. — Cette Succinée, que l'on croyait cantonnée sur les bords de la mer, au nord de la France, a une extension géographique assez condérable, ainsi que l'a démontré M. Bourguignat (1) ; elle est commune aux environs de Genève ; c'est sans doute par cette localité qu'elle s'est répandue dans notre région. Nous ne l'avons pas rencontrée à l'état fossile.

VARIATIONS. — Nous ne connaissons le *Succinea arenaria* de notre région que par quelques échantillons que M. de Mortillet a bien voulu nous adresser. Ils nous paraissent conformes au type, quoique peut-être de taille un peu forte, et ne présentant aucune variation, si ce n'est, bien entendu, des variations individuelles.

RAPPORTS ET DIFFÉRENCES. — D'après M. Bourguignat, le *Succinea arenaria* appartient à un groupe à part de Succinées françaises, caractérisé

(1) Bourguignat, 1877. *Aperçu esp. franç. Succ.* p. 31.

par l'enduit limoneux qui recouvre sa coquille. et auquel viennent adhérer des matières terreuses agglutinées par le mucus de l'animal. Dans ce groupe, qui ne contient que quatre espèces, les *Succinea chroabsinthina*, *S. arenaria*, *S. humilis*, *S. brachya*, on distingue le *Succinea arenaria* à sa taille toujours plus grande que celle des deux dernières coquilles, et à sa couleur moins verte que celle de la première.

SUCCINEA HUMILIS, Drouët

Succinea abbreviata, RAY et DROUËT, 1851. *Cat. moll. Champ.*, p. 17, n° 24.
— *humilis*, DROUËT, 1855. *Moll. France continent.*, p. 13, n° 39.
— *oblonga*, MOQUIN-TANDON, 1855. *Hist. nat.*, II, p. 61 (v. *humilis*).
— *arenaria*, BAUDON, 1862. *Nouv. catal. moll. Oise*, p. 6 (v. *humilis*).

HABITAT. — M. le Dr Baudon a reconnu le *Succinea humilis* à Fernex, dans le département de l'Ain. On le retrouve également dans le Jura et la Côte-d'Or ; nous ne le connaissons pas encore aux environs de Lyon.

ORIGINE. — Comme le *Succinea Charpentieri*, cette forme paraît plus particulièrement spéciale à la faune subalpestre moderne, quoiqu'on l'ait également signalée dans l'Oise, l'Aube, les environs de Paris, etc. ; nous ne la connaissons pas à l'état fossile.

VARIATIONS. — Il ne nous a pas été donné d'étudier des échantillons récoltés dans notre région. Nous ne parlerons donc pas des variations que peut présenter cette forme.

RAPPORTS ET DIFFÉRENCES. — Cette petite Succinée est voisine du *Succinea arenaria;* elle en diffère par sa forme moins allongée, plus globuleuse, ses tours plus convexes, séparés par une ligne suturale plus profonde, son dernier tour plus renflé, son ouverture moins allongée, sa coloration plus pâle et plus verdâtre. En outre, sa coquille est toujours encroûtée de bave et de détritus rendus adhérents par le mucus de l'animal, et dont il est parfois fort difficile de la débarrasser sans briser une aussi fragile enveloppe.

Genre HYALINIA, Agassiz

HYALINIA LUCIDA, Draparnaud

Helix lucida, Draparnaud, 1801. *Tabl.*, p. 96 (n. Mont., n. Drap. *Hist.*, n. Forbes, n. Slud,
— *nitida*, Draparnaud, 1805. *Hist.*, p. 117, pl. VIII, f. 23-25 (n. Müll., n. Gmel.)
Helicella Draparnaldi, Beck, 1837. *Index Molluscorum*, p. 6.
Helix obscurata, Porro, 1841. *In Villa, Disp. Syst. Conch. terr. et fluv.*, p. 56.
Zonites lucidus, Moquin-Tandon, 1855. *Moll. franç.*, II, p. 75, pl. VIII, f. 29-35 (n. Gray,
   n. Leydig, n. Macgillivray, n. Kreglinger 1).
Hyalinia lucida, Westerlund, 1876. *Faun. europ. Moll. Prodr.*, p. 22.
Oxychilus lucidus, Jousseaume, 1877. *Moll. env. de Paris, Bull. Soc. zool.*, p. 405.

Habitat. — Cette coquille, sans être des plus communes, se retrouve cependant presque partout, dans les lieux frais et humides des régions basses des plaines et des vallées. Nous la connaissons dans tous les départements de la région ; mais elle ne paraît pas s'élever à une altitude supérieure à 5 ou 600 mètres.

Origine. — Le *Hyalinia lucida* vivait déjà dans nos pays à l'époque des dépôts les plus récents du lehm. Nous l'avons signalé dans la faune quaternaire des environs de Lyon. On le retrouve également dans les dépôts quaternaires récents de la Suisse, de l'Italie et de la Corse.

Variations. — Les limites assignées à cette forme sont tellement restreintes par suite du démembrement du groupe, que ses variations sont peu nombreuses; ce ne sont que des différences individuelles, car le moindre changement dans le galbe conduit de suite au *Hyalinia cellaria*, qui quelquefois l'accompagne. Nous constaterons seulement que la taille des échantillons varie suivant les stations, et qu'en général, les plus grands individus vivent aux plus faibles altitudes. On pourrait donc, d'après cela, établir d'une façon précise les var. *major* et *minor*. Quant aux variations de coloration, elles nous ont paru moins nettes et moins bien définies que chez le *Hyalinia cellaria;* elles sont individuelles, et ne semblent pas se rapporter à toute une colonie.

Rapports et différences. — Peu de formes sont aussi voisines que les *Hyalinia lucida* et *H. cellaria ;* nous ne croyons pas qu'il soit possible de

(1) En 1853, M. Bourguignat avait déjà fait usage de cette appellation : *Cat. coq. a'Orient*, in *Voy. à la mer Morte.*

les distinguer tant qu'elles n'ont pas atteint l'âge adulte; à ce moment, le *Hyalinia lucida* devient généralement plus grand, avec l'ouverture moins tombante, plus oblique et moins arrondie, par suite du plus grand développement du dernier tour, de telle sorte que toute proportion gardée la hauteur totale de la coquille est moins considérable.

En outre, M. Bourguignat(1) a démembré de ce même type plusieurs formes fort voisines qu'il est parfois bien difficile de distinguer, tels sont: le *Hyalinia septentrionalis*, qui vit dans nos régions et dont nous parlerons plus loin; le *Hyalinia Farinesiana (Zonites Farinesianus)* des Pyrénées et de la Provence, acclimaté à Brest, et caractérisé par sa grande taille, sa coquille plus convexe-tectiforme, sa croissance spirale assez peu rapide pour que le dernier tour soit à peine plus grand que l'avant-dernier, son ouverture plus petite et plus obliquement oblongue, et surtout par son large ombilic; le *Hyalinia navarrica (Zonites navarricus)* de l'Espagne, des Pyrénées, des environs de Paris, etc., caractérisé par sa coquille plus petite, plus lisse, plus brillante, non lactescente en dessous, son accroissement spiral plus régulier, bien que rapide, sa partie inférieure plus convexe mais non convergente, son ombilic profond et non évasé, son ouverture oblongue-arrondie. Enfin, ce même auteur a créé son *Zonites achlyophilus* d'après l'*Helix lucida* de Forbes. Toutes ces formes, comme on peut le voir, bien que différentes, sont certainement très voisines et ne constituent peut-être que des variétés régulièrement définies d'un type unique.

ANOMALIES. — Nous avons rencontré sur la colline de Fourvières à Lyon, dans les anciennes ruines romaines un individu dont l'animal était d'un gris presque blanc; la coquille avait cependant la même coloration ambrée de ses congénères. Les autres individus de cette station étaient tous de couleur grise ardoisée ou foncée. C'est évidemment un cas d'albinisme accidentel.

---

(1) Bourguignat. 1870, *Revue et Mag. de zool.*, 2° série, t XII, p. 18, pl. XXVI.

HYALINIA SEPTENTRIONALIS, Bourguignat

Zonites septentrionalis, Bourguignat. 1870. *Moll, nouv. lit. ou peu conn.*, *in Rev, et Mag. zool.*, t. XXII, p. 17, tab. XVI, f. 4-6.
Hyalinia obscurata, Westerlund, 1876, *Faun. europ. Moll. Prodr.* (var.)
Oxychilus septentrionalis, Jousseaume, 1877. *In Bull. Soc. zool.*, p. 407, pl. I, f. 33-34.

Habitat. — M. Bourguignat a reconnu cette intéressante forme dans nos régions, à la Grande-Chartreuse, dans l'Isère, à Mouxy près d'Aix-les-Bains en Savoie, et à Bellegarde dans l'Ain.

Origine. — Le *Hyalinia septentrionalis* aurait, d'après le même auteur, vécu à l'époque quaternaire aux environs de Lyon. M. Bourguignat l'a reconnu dans un envoi de fossiles que lui avait fait M. Arcelin, et qui avait été récolté dans les argiles lacustres de la vallée de la Saône en amont du pont de Fleurville.

Variations. — Cette forme, que nous ne connaissons que par sa description et sa figuration, ne nous est pas assez familière pour que nous puissions en discuter les variations.

Rapports et différences. — D'après M. Bourguignat, cette coquille diffère du *Hyalinia lucida* par sa coquille plus mince, plus délicate, par son test plus aplati, plus planorbique, par sa coloration uniformément cornée, par son dernier tour un peu plus embrassant, transversalement oblong-comprimé, par sa partie inférieure assez renflée vers la région ombilicale, par son ouverture moins oblique, etc. Tous ces caractères fort bien établis constituent incontestablement une forme parfaitement définie ; mais est-ce bien là réellement une espèce nouvelle? Nous conservons, il faut l'avouer, de sérieux doutes à cet égard. Pour nous, ce serait une forme intermédiaire entre deux types déjà bien difficiles à classer, le *Hyalinia lucida* et le *H. cellaria*, et présentant une affinité plus particulière avec ce dernier. Du reste, M. le docteur Jousseaume, qui admet ces formes au rang d'espèces et qui a pu en étudier les animaux, reconnaît que ceux du *Hyalinia septentrionalis*, *H. subglaber* et *H. navarrica* diffèrent si peu de celui du *Hyalinia lucida* qu'il s'est abstenu d'en donner la description (1).

(1) Jousseaume, 1877. *Bull. Soc. zool.*, p. 412.

HYALINIA BLAUNERI, Schuttleworth

Helix Blauneri, Schuttleworth, 1843. I, n *Mittheil. Gesellsch. Bern.*, p. 13.
— *lucida*, Dumont et Mortillet, 1853. *Moll. Sav. et Leman*, p. 250 (var. *compressa*)
— *cellaria,* Dupuy, 1854. *Hist. Moll.*, p. 230.
Zonites lucidus, Moquin-Tandon, 1855. *Hist. Moll.*, II, p. 76 (var. *Blauneri*).
— *Blauneri*, Bourguignat, 1860. *Malac. du Château d'If.*, p. 10.
Hyalinia lucida, Westerlund, 1876. *Fauna europæa Prodromus*, p. 22 (var. *Blauneri*)

Habitat. — M. Bourguignat a reconnu le *Hyalinia Blauneri* dans deux individus que nous lui avons communiqués, provenant tous les deux des parties boisées du département de l'Ain, l'un récolté à Blanaz, l'autre à Hauteville.

Origine. — Sans être très ancienne, cette forme vivait déjà à la fin de l'époque quaternaire; nous en avons signalé la présence dans les brèches osseuses de la Corse avec le *Lagomys corsicanus*.

Variations — Quoique paraissant adultes tous les deux, nos échantillons sont cependant de taille différente; celui de Blanaz mesure 15 millimètres et demi de diamètre, tandis que celui de Hauteville n'en a que 11 ; ils sont, malgré cela, tous les deux bien caractérisés et représentent simplement une var. *minor* par rapport à la forme typique.

MM. Dumont et de Mortillet ont indiqué une variété *compressa* du *Hyalinia lucida* (1) qui vit dans le Midi de la France et qui pourrait bien se rapporter au *gyalinia Blauneri;* tel est du reste l'avis de M. Bourguignat (2). Le *Hyalinia Blauneri* paraît être plutôt une forme méridionale que septentrionale; si nous le retrouvons dans nos régions, c'est au même titre que d'autres espèces des bords de la Méditerranée qui, après être remontées dans la vallée du Rhône, ont fini par s'acclimater dans nos pays.

Rapports et différences. — Cette coquille, que quelques auteurs ont envisagée comme une variété, tantôt du *Hyalinia cellaria*, tantôt du *Hyalinia lucida*, nous semble se rapprocher surtout du *Hyalinia septentrionalis*. Elle en diffère cependant par sa taille normalement plus forte ; par sa spire encore plus déprimée, donnant à la partie supérieure de la co-

---

(1) Dumont et Mortillet, 1852. *Moll. Savoie et Léman*, p. 250.

(2) Bourguignat, 1860. *Malac. du château d'If*, p. 10.

quille une forme plus plate, plus droite ; par son dernier tour plus largement développé à mesure qu'il s'approche de l'ouverture ; par sa suture un peu plus profonde. En même temps, par suite de ce plus grand développement du dernier tour, l'ouverture paraît nécessairement plus allongée, plus ovale, un peu plus tombante. Enfin dans nos échantillons, l'ombilic est un peu plus petit.

HYALINIA CELLARIA!, MÜLLER

Helix cellaria, Müller, 1774. *Verm. terr. et fluv. hist.*, II, p. 38 (n. Terver).
— *lucida*, Montagu, 1803. *Test. Brit.*, p. 425, pl. XXIII, f. 24 (n. Drap. *Tabl.*, n. Stud.).
— *nitens*, Maton et Racket, 1807. *Cat. Brit. test.*, p. 198, pl. V, f. 7 (n. Gmel., n. Shepp).
Vortex cellaria, Oken, 1815. *Lehrb. natur.*, III, p. 314
Zonites lucidus, Leach, 1831. *Brit. moll.*, p. 104 (ex Turton).
Oxychilus cellarius, Fitzinger, 1833. *Syst. verzeichn. OEster.*, p. 100.
Helicella cellaria, Beck, 1837. *Index Molluscorum*, p. 6.
Polita cellaria, Held, 1837. *In Isis von Oken*, p. 916.
Zonites cellarius, Gray, 1840. *In Turton, Shell's Brit.*, p. 170.
Hyalinia cellaria, Westerlund, 1876. *Fauna europea Mollusc. Prodr.*, p. 19.
Oxychilus cellarius, Jousseaume, 1877. *In Bull. Soc. zool.*, p. 409, pl. I, 39-40.

HABITAT. — Le *Hyalinia cellaria* paraît moins répandu dans nos régions que le *Hyalinia lucida;* nous le connaissons cependant dans tous les départements de la région. Il vit en général à une altitude plus élevée ; s'il est rare aux environs de Lyon, il devient un peu plus commun à une altitude variant de 300 à 600 mètres. Dans les Alpes il s'élève jusqu'à plus de 1000 mètres. Il est, du reste, à remarquer qu'en général le *Hyalinia cellaria* a une dispersion géographique septentrionale bien plus marquée que le *Hyalinia lucida;* quoique ces deux formes figurent dans notre région, qui est en quelque sorte le point de contact entre les deux faunes septentrionale et méridionale de la France, nous n'en constatons pas moins qu'ici la faune septentrionale s'élève toujours à de plus hautes altitudes que la faune méridionale, qui séjourne au contraire de préférence dans les stations basses des plaines et des vallées.

ORIGINE. — Nous n'avons pas rencontré dans nos pays ce type à l'état fossile ; il figure cependant dans la faune pleistocène de l'Allemagne et de plusieurs autres pays.

VARIATIONS. — Comme nous l'avons dit à propos du *Hyalinia lucida*, les galbes des deux coquilles ne peuvent pas s'écarter beaucoup du type sans se confondre. Nous avons cependant constaté quelques variations dans la taille et dans la coloration de cette espèce :

Obscura, nob. — Peu commun ; coquille de couleur cornée plus foncée que le type, mais plus transparente quoique de même épaisseur ; le diamètre ne dépasse pas 9 millimètres ; les régions submontagneuses de l'Ain et de l'Isère.

Subalbida, nob. — Assez fréquent ; coquille de couleur plus pâle en dessous, d'un blanc un peu opalin, peu transparent, généralement d'assez forte taille ; les régions montagneuses de l'Ain, de l'Isère et de la Savoie.

Maculata, nob. — Rare ; coquille de couleur cornée avec mouchetures jaune clair ; Terver a trouvé deux échantillons de cette curieuse variété dans le Mont-d'Or lyonnais (1).

Minor, nob. — Assez rare ; coquille de taille plus petite mesurant parfois moins de 10 millimètres de diamètre, et de même coloration que le type ; les montagnes de l'Oisan ; signalé par M. Bourguignat aux environs d'Aix-les-Bains, en allant à la dent du Chat (2).

RAPPORTS ET DIFFÉRENCES. — Cette coquille est tellement voisine de celle du *Hyalinia lucida* que bien souvent on les a confondues. M. Bourguignat (3) a démembré de ce même type une forme nouvelle qu'il a décrite sous le nom de *Zonites pictonicus*, et qui en diffère par sa coquille plus grande, radiée vers la suture, sa couleur cornée en dessous et non lactescente, sa croissance spirale excessivement lente, le dernier tour à peine plus développé que l'avant-dernier. En outre, ce même auteur a fait, du *Hyalinia cellaria* cité par Terver en Algérie, son *Zonites chelius*. Toutes ces formes, voisines des *Hyalinia lucida* et *cellaria*, ont entre elles de grandes analogies, et sont bien certainement fort difficiles à classer quand elles ne sont point parfaitement adultes. Peut-être faudrait-il arriver à ne considérer dans ce groupe que deux formes ayant titre d'espèce dérivant d'une souche unique géologiquement plus ancienne, qui serait précisément le *Hyalinia cellaria,* et dont la dispersion méridionale aurait conduit au *Hyalinia lucida*, par suite d'une légère modification dans la forme de la coquille. Ces deux formes auraient ensuite donné lieu à un certain nombre de variétés bien définies.

(1) A. Locard, 1877. *Malac. lyonnaise*, p. 15.
(2) Bourguignat, 1864, *Malac. d'Aix-les-Bains*, p. 23.
(3) Bourguignat, 1870, *Rev. et Mag. de zool.*, 2ᵉ série, t. XXII, p. 91, pl. XVI, f. 7-9.

HYALINIA PILATICA, Bourguignat

Zonites pilaticus, Bourguignat, 1862. *Malac. du lac des Quatre-Cantons*, p. 17, pl. I, f. 6-10.

Habitat. — Cette petite coquille, signalée pour la première fois par M. Bourguignat au mont Pilate, a été retrouvée par lui en Savoie, sous les détritus, dans les anfractuosités des rochers, au-dessus de Bordeaux, près du lac du Bourget ; cette forme, du reste, paraît rare.

Origine. — Le *Hyalinia Pilatica* n'a pas été signalé dans la faune quaternaire ; c'est probablement une forme nouvelle de la faune subalpestre actuelle.

Variations. — Nous ne connaissons cette coquille que par la description et la figuration données par son savant auteur.

Rapports et différences — « Ce zonite, dit M. Bourguignat, bien qu'il soit de la taille d'un *nitidosus*, *radiatulus* ou *viridulus*, n'appartient point à ce groupe de coquilles, et il doit être placé, au contraire, dans la méthode, à la suite des *cellarius*, dont il en est la miniature. Comme chez les *cellarius*, les premiers tours du *Pilaticus* s'accroissent excessivement lentement ; son dernier tour est beaucoup plus grand proportionnellement ; enfin la couleur et le brillant de son test sont identiques. Malgré tout, l'on distinguera le *Pilaticus* du *cellarius* à sa taille trois à quatre fois plus petite, à son dernier tour plus arrondi en dessous et non un peu aplati, comme chez le *cellarius ;* enfin à son ouverture presque ronde et non oblongue-allongée. »

HYALINIA GLABRA, Studer

Helix lucida, Studer, 1820. *Kurz. Verzeich. Conch.*, p. 86 (*n.* Drap., n. Mont).
— *tenera*, Studer, 1821. *In Hartmann, Neue alpina*, I, p. 232.
— *glabra*, Studer, 1822. *In Ferussac, Tabl. syst.*, p. 45.
— *alliaria*, Chemnitz, 1824. *Syst. Conch.*, p. 95, t. LXXXIII, f. 10-12.
— *exquisita*, Deshayes, 1826. *In Ferussac, Hist. moll.*, p. 190, t. XCVI, f. 1-4.
Polita glabra, Held, 1837. *In Isis von, Oken*, p. 916.
Helicella glabra, Beck, 1837. *Index Molluscorum*, p. 6.

Helix nitidissima, Zeleror, 1851. *Syst. Verzeich. Œster.*, p. 10..

Zonites glaber, A. Schmidt, 1854. *Malakol. Blätt.*, p. 40.

Hyalina glabra, Albers. 1860. *Die Helic. Syst. geord.*, p. 68.

Hyalinia glabra, Westerlund, 1876. *Fauna europ. Prodr.*, p. 19.

Habitat. — Coquille peu commune, presque toujours localisée dans certaines stations. Elle vit de préférence dans les endroits frais et humides, à une altitude variant de 400 à 600 mètres. MM. Dumont et de Mortillet l'ont indiquée dans le bassin de la Maurienne à 1300 mètres d'altitude. Nous la connaissons dans l'Ain, au Colombier, à Blanas, etc.; dans l'Isère, à la Grande-Chartreuse et aux environs de Grenoble; dans la Savoie, dans les bassins de Bonneville, d'Annecy, de Chambéry, de Moutiers, de Saint-Jean de Maurienne, etc.

Origine. — Nous n'avons pas rencontré ce type à l'état fossile dans nos environs. On aurait retrouvé une forme semblable ou tout au moins très voisine dans les tufs de la Celle près Moret (1).

Variations. — Cette coquille, pourtant bien définie, semble varier de taille et de forme dans les mêmes stations. Ainsi, il nous est arrivé de rencontrer des individus répondant bien aux caractères du type et dont le diamètre passait de 10 à 14 millimètres. Dans ces conditions, quoique la spire varie proportionnellement en hauteur, sa forme change peu, mais la ligne suturale est toujours plus profonde et mieux marquée dans les individus de forte taille ; dans ce cas comme dans l'autre, les stries de la surface ont la même apparence.

Quant à l'ombilic, qui constitue un des caractères les plus importants de ce type, sa dimension semble également varier, non plus suivant les individus, mais mieux suivant l'habitat. On serait presque en droit de créer deux variétés basées sur le plus ou moins d'ouverture de cet ombilic.

Rapports et différences. — Le *Hyalinia glabra* appartient au groupe des *Hyalinia cellaria* et *H. lucida;* on le distinguera toujours par les dimensions de son ombilic. M. Bourguignat (2) a distrait du *Hyalinia glabra*, sous le nom de *Zonites subglaber*, une forme de coquille très voisine, et dont l'animal, d'après M. Jousseaume, qui a pu l'étudier et qui pourtant admet ces deux espèces, diffère très peu de celui du *Hyalinia lucida* (3).

(1) Tournouër, 1877. *Bull. Soc. Géol. de France*, 3ᵉ série, t. V, p. 664.

(2) Bourguignat, 1860. *Malacologie de la Bretagne*, p. 47, pl. I, f. 14-16.

(3) Jousseaume, 1877. *Bull. Soc. zool.*, p 412.

HYALINIA nov. form.

Pl. III, f. 1-3.

Habitat. — Cette coquille, d'après M. Bourguignat, ne se rattache à aucun type connu jusqu'à ce jour. Nous l'avons reçue des régions boisées des environs de Hauteville, dans le département de l'Ain. Nous n'en possédons qu'un seul échantillon.

Description. — Coquille subdéprimée, légèrement convexe en dessus, un peu arrondie en dessous et concave vers l'ombilic, mince, peu solide, brillante, glabre, subtransparente, de couleur cornée fauve, un peu plus blanche en dessous, ornée de stries très fines visibles seulement à la loupe; spire composée de cinq tours et demi, peu convexes, croissant assez régulièrement, le dernier un peu plus large et plus arrondi en dessous, séparés par une ligne suturale assez nette mais peu creusée ; ombilic étroit et profond ; ouverture ovale, un peu allongée. légèrement tombante, faiblement oblique et fortement échancrée par l'avant-dernier tour ; péristome mince à bord écarté.

Diamètre maximum, 12 millim. Hauteur totale, 6 millim.

Rapports et différences. — Nous avions d'abord confondu cette coquille avec le *Hyalinia glabra* qui vit dans la même station; elle en diffère cependant par sa forme plus déprimée, moins épaisse, par son avant-dernier tour moins arrondi et plus large à son extrémité aperturale, par son ombilic plus étroit, par son ouverture plus elliptique et plus allongée. Les différences qui existent entre ces deux formes sont trop tranchées pour que nous puissions faire de notre nouvelle coquille une variété de la première. Nous estimons donc que c'est bien réellement un type à part, que de nouvelles recherches nous permettront sans doute de mieux connaître.

ALINIA ALLIARIA, Müller

Helix alli ria, MÜLLER, 1822. *List. shells, in* Ann. phil., VII, p. 379.

— *nitens*, SUEPPART, 1823, *Descr. Brit. shells, in trans Linn.*, XIV, p. 160 (n. Gmel., n. Mat. et Rack).

— *fœtida*, STORCK, 1828. *Élem. nat. hist.*, II, p. 59.

— *alliacea*, JEFFREYS, 1830. *Syn. Test., in trans. Linn.*, XVI, 2, p. 341.

Helicella alliaria, BECK, 1834. *Index Molluscorum*, p. 7.
Zonites alliarius, GRAY, 1840. *In Turton, Shells Brit.*, p. 168, f. 39.
Hyalina alliaria, ALBERS, 1860. *Die Helic. Syst. geord.*, 2ᵉ édit., p. 68.
Hyalinia alliaria, MÖRCH, 1864. *Synop. moll. Daniæ*, p. 13.

HABITAT. — Terver est le premier qui ait signalé cette forme intéressante dans notre région(1) ; on la rencontre, en effet, au mont Pilat dans la Loire, et en Bugey dans l'Ain ; c'est une coquille rare, qui vit ordinairement dans les bois, sous les pierres, la mousse et les feuilles mortes, à une altitude ne dépassant pas 800 mètres.

ORIGINE. — Nous ne croyons pas que cette coquille ait été citée à l'état fossile ; elle fait partie de la faune subalpestre moderne.

VARIATIONS. — Les quelques échantillons que nous avons pu étudier diffèrent entre eux par la taille, qui varie de 6 à 8 millimètres et qui, par ce fait seul, constituent déjà une variété minor relativement aux échantillons d'Angleterre et d'Allemagne. La courbure de la spire semble également assez variable, de telle sorte que le grand axe de l'ouverture paraît plus ou moins incliné. Enfin l'ombilic, suivant les échantillons, est plus ou moins ouvert. Quant à la coloration de la coquille, les individus que nous avons eus sous les yeux n'étaient pas assez frais pour que nous pussions bien en juger.

RAPPORTS ET DIFFÉRENCES. — On distinguera le *Hyalinia alliaria* du *Hyalinia glabra*, qui habite comme lui les montagnes du Bugey, par son galbe plus renflé, son dernier tour plus arrondi, passant un peu à la forme du *Hyalinia nitidula*, par son ouverture moins oblique, plus arrondie, moins échancrée sur l'avant-dernier tour; par son ombilic beaucoup plus ouvert; enfin par sa coloration moins hyaline en dessous et concentrée seulement autour de l'ouverture de l'ombilic.

HYALINIA NITENS, MICHAUD

Helix nitens, MICHAUD, 1831. *Compl. moll.*, p. 44, pl. XV, f. 1-3 (n. Gmel. Shep. Mat..)
Polita nitens, HELD, 1837. *In Isis von Oken*, p. 916.
Zonites nitens, MOQUIN-TANDON, 1855. *Hist. nat. moll.*, II, p. 84, pl. IX, f. 14-18.
Hyalina nitens, ALBERS, 1860. *Die Helic. Syst. geord.*, 2ᵉ éd., p. 68.

(1) Terver, 1850. Observations sur quelques mollusques du genre Helix, *in Journal de Conchyliologie*, t. I, p. 175.

VARIAT. MALACOL. 4

Zonites nitidulus, JEFFREYS, 1862. *Brit. Conch.*, p. 162 (var.).
Hyalina nitidula, BIELZ, 1867. *Fauna Sieben.*, 2ᵉ éd., p. 40 (var.).
Hyalinia nitens, WESTERLUND, 1876. *Fauna europ. Moll. Prodr.*, p. 23.
Oxychilus pudiosus, JOUSSEAUME, 1877. *In Bull. Soc. zool.*, p. 412, pl. I, f. 41-42,
(n. Ziegler).

HABITAT. — Ce mollusque vit assez communément, mais en petites colonies, dans toute notre région, depuis les plaines basses et les vallées, dans les parties humides, obscures, froides, jusqu'à 1200 et 1600 mètres d'élévation dans les stations alpestres. Son altitude normale paraît être de 300 à 800 mètres. On le trouve assez abondamment dans les alluvions du Rhône, après les débordements du fleuve.

ORIGINE. — Nous ne connaissons pas dans notre région le véritable *Hyalinia nitens* à l'état fossile; mais nous avons signalé (1) dans les derniers dépôts du lehm et dans les argiles lacustres de la vallée de la Saône une forme très voisine, le *Hyalinia subnitens* de M. Bourguignat. M. Michaud avait également cité (2) l'*Helix nitens* dans sa faune miocène de Hauterives, dans la Drôme; nous avons démontré (3) que les échantillons de la mollasse d'eau douce se rapportaient à deux formes nouvelles différentes de ce type. A l'étranger, le *Hyalinia nitens* n'a encore été reconnu que dans la faune alluviale.

VARIATIONS. — Les variations de cette forme portent surtout sur le profil extérieur de la spire, et sur le plus ou moins de développement du dernier tour. Il est à remarquer d'abord qu'il est assez difficile de trouver des échantillons vivants bien adultes; le plus souvent les échantillons que l'on récolte sont encore un peu jeunes, et dans ces conditions on juge mal du développement considérable que prend l'extrémité du dernier tour lorsque la coquille est tout à fait adulte. En même temps on comprend que les dimensions de l'ombilic, comme la forme plus ou moins allongée de l'ouverture, peuvent dépendre des variations que subit le développement de ce dernier tour. Quant à la coloration de la coquille, elle varie comme nous l'avons observé pour presque tous les Hyalinies, suivant les stations et surtout suivant les altitudes.

Nous établirons d'après cela les variétés suivantes :

Carthusiana, nob. — M. Bourguignat a signalé à la Grande-Char-

(1) A. Locard, 1879. *Malac. quaternaire.*, p. 19.
(2) Michaud, 1855. *Desc. coq. fos. Hauterive*, IIᵉ fasc., p. 9.
(3) A. Locard, 1878. *In Arch. mus. de Lyon*, vol. II, p. 210-211.

treuse (1) une variété à test non corné, mais un peu cristallin, d'une légère teinte blanche verdâtre.

Opaca, nob. — Nous avons également indiqué (2) sous le nom de var. *opaca*, une coquille trouvée au nord de Lyon, qui mesure 9 millimètres et demi de diamètre, complètement opaque, d'un blanc laiteux, luisant, fortement déprimée en dessus, avec des sutures profondes, et le dernier tour très largement développé.

Detrita, Dumont et Mortillet. — Sous cette dénomination, MM. Dumont et de Mortillet (3) ont signalé une forme que l'on rencontre en Savoie dans les forêts élevées, dont la taille est petite, qui s'excorie par places et prend une teinte nacrée.

RAPPORTS ET DIFFÉRENCES. — Cette coquille, avec son large ombilic et la forme toute spéciale de son dernier tour, ne peut être rapprochée, quand elle est bien adulte, que du *Hyalinia subnitens* qui vit dans les stations subalpestres de notre région et aux environs de Paris. Cette dernière forme est caractérisée par sa spire un peu plus élevée et un développement moindre du dernier tour. Enfin sous le nom d'*Oxychilus Parisiacus* Mabille, M. le Dr Jousseaume a décrit (4) une forme que l'on récolte aux environs de Paris, et dont il reconnaît lui-même qu'il est bien difficile d'établir les caractères différentiels avec le *Hyalinia nitens*.

ANOMALIES. — Terver a rencontré aux environs de Grenoble une variété albine qui paraît s'y reproduire avec ses caractères anormaux. Peut-être faudrait-il rattacher à cette anomalie notre variété *opaca*, qui rentre un peu dans ces conditions exceptionnelles de tendance à l'albinisme.

HYALINIA SUBNITENS, BOURGUIGNAT

Zonites subnitens, BOURGUIGNAT, 1871. *In Mabille, Hist. moll. Paris*, p. 116.
Oxychilus nitens, JOUSSEAUME, 1877. *Malac. env. Paris , Bull. Soc. zool.*, p. 414.
Hyalinia subnitens, LOCARD, 1879. *Faune malac. quaternaire, Lyon*, p. 19.

HABITAT. — Cette forme assez rare, signalée pour la première fois aux environs de Paris, se retrouve également dans les lieux frais et boisés du

(1) Bourguignat, 1864. *Malacol. de la Grande-Chartreuse*, p. 42.
(2) A. Locard, 1877. *Malacol. lyonnaise*, p. 17.
(3) Dumont et Mortillet, 1878. *Mollusques de la Savoie et du Léman*, p. 239.
(4) Jousseaume, 1877. *In Bull. Soc. zool.*, p. 418, pl. I, f. 45, 46.

Bugey. Nous l'avons reconnue au Colombier et à Hauteville dans le déparment de l'Ain.

ORIGINE. — Avant de connaître cette coquille à l'état vivant nous l'avions déjà signalée dans les dépôts quaternaires les plus récents des environs de Lyon. Elle a donc persisté dans notre région depuis cette époque.

VARIATIONS. — Le petit nombre d'échantillons que nous avons pu examiner portent bien les caractères du type tel que M. Bourguignat puis M. Jousseaume l'ont décrit et figuré ; nos échantillons ne mesurent que 8 millimètres de diamètre; ils sont plus petits et plus renflés que les échantillons fossiles; le cachet de régularité dans le développement des tours est également mieux marqué ; on voit qu'il y a plus de fixité dans les caractères de la coquille.

RAPPORTS ET DIFFÉRENCES. — Le *Hyalinia subnitens* est très voisin du *Hyalinia nitens;* il en diffère cependant par sa forme plus haute, plus bombée dans son ensemble, et surtout par son dernier tour beaucoup moins dilaté vers l'ouverture. Lorsqu'elles sont bien adultes, il est facile de distinguer ces deux formes ; mais nous ne pensons pas qu'on puisse les séparer tant qu'elles sont encore un peu jeunes. Il nous semble encore plus difficile de distinguer ce type du *yalinia Hnitidula;* si quelques individus sont suffisamment caractérisés, la plupart des autres sont tellement voisins de l'espèce draparnaldique que nous ne voyons réellement pas toujours comment on peut les séparer.

HYALINIA DUTAILLYANA, J. MABILLE

Zonites Dutaillyanus, J. MABILLE, 1867, *mss.; Arch. malac.,* 3ᵉ fas., p. 58.
Hyalinia nitens, WESTERLUND, 1876. *Fauna europ. moll.,* p. 13 (var. *Dutaillyanus*).

HABITAT. — Le *Hyalinia Dutaillyana* habite les régions submonta-gineuses de nos pays ; nous l'avons récolté au mont Pilat, dans la Loire; il est rare dans les alluvions du Rhône et du lac du Bourget, et paraît vivre ordinairement en colonies peu nombreuses et peu dispersées, recherchant de préférence les parties boisées, froides et très humides, ou tout au moins les endroits un peu marécageux.

ORIGINE. — Cette forme, signalée pour la première fois dans les montagnes du Jura et de la Suisse, n'a pas encore été reconnue à l'état fossile.

VARIATIONS. — Nos échantillons nous paraissent assez exactement conformes au type suisse du mont Salève que nous devons à l'extrême obligeance de M. J. Mabille. Pourtant on rencontre également des individus à forme de spire un peu plus élevée.

RAPPORTS ET DIFFÉRENCES. — Cette Hyalinie peut être rapprochée des *Hyalinia nitens* et *Hyalinia nitidula ;* on la distinguera de ce premier type par sa taille plus petite, par son galbe plus déprimé, par son dernier tour plus renflé mais moins dilaté à son extrémité ; on la séparera facilement du second type par sa taille également plus faible, par son dernier tour plus développé surtout vers son ouverture, par sa spire moins élevée, etc. C'est en quelque sorte une forme intermédiaire entre ces deux types.

Nous trouvons aussi dans notre région, soit dans les alluvions du Rhône, soit dans celles du lac du Bourget, des individus dont le dernier tour est un peu moins dilaté à son extrémité, et dont par conséquent l'ouverture est plus arrondie, en même temps que l'ombilic est un peu plus étroit. Ses autres caractères nous paraissent suffisamment semblables à ceux du type pour que nous ne pensions pas qu'il soit nécessaire de créer encore une appellation nouvelle pour ces échantillons ; nous estimons donc qu'on peut les admettre à titre de variété du *Hyalinia Dutaillyana.*

HYALINIA NITIDA, MÜLLER

Helix nitida, MÜLLER, 1774. *Verm. terr. et fluv. hist.*, II, p. 32 (n. Gmel., n. Drap.)
— *nitens*, GMELIN, 1788. *Systema naturæ*, 13ᵉ ed., p. 3633 (n. Mich.)
— *succinea*, STUDER, 1789. *Faun. Helv., in Coxe, Tr. Sw.* III, p. 429 (n. Müll).
— *lucida*, DRAPARNAUD, 1805. *Hist. Moll.*, p. 103 (n. Drap., *Tabl. Moll.).*
Helicella nitida, RUSSO, 1826. *Hist. nat. Eur. mérid.*, IV, p. 72.
Oxychilus lucidus, FITZINGER, 1833. *Syst. Verzeichn.*, p. 100.
Tanychlamys lucida, BENS, 1834. *In Proceeding. zool.*, p. 89.
Helicella succinea, BECK, 1837. *Index molluscorum*, p. 7.
Polita lucida, HELD, 1837. *In Isis v. Oken*, p. 916.
Zonites nitidus, MOQUIN-TANDON, 1855. *Hist moll.*, p. 72, pl. VII, f. 11-13.
Hyalina lucida, ALBERS, 1860. *Helic. nat. Verwand.*, p. 69.
Hyalinia (Zonitoides) nitida, SANDBERGER, 1875. *Land. u. Süssw. Conch.*, p. 824.
Oxychilus nitidus, JOUSSEAUME, 1877. *In Bull. Soc. zool.*, p. 416, pl. I, f. 47-48.
Hyalinia nitida, WESTERLUND, 1876. *Fauna europ. Moll. Prodr.*, p. 26.

HABITAT. — De tous les *Hyalinia* c'est bien certainement la forme la plus commune et la plus répandue ; nous la trouvons dans toute la région ;

cependant elle ne paraît pas s'élever à une altitude supérieure à 800 mètres. Elle vit volontiers en colonies assez nombreuses dans les endroits frais, humides, un peu marécageux; elle paraît avoir des habitudes plus diurnes que ses autres congénères.

ORIGINE. — Ce mollusque vivait déjà à l'époque quaternaire dans nos régions; nous l'avons parfaitement reconnu dans les argiles lacustres de la vallée du Rhône; plus anciennement encore il faisait partie de la faune du pleistocène inférieur du Wurtemberg, de la Thuringe, du duché de Nassau, de la Silésie, des environs de Vienne, etc.

VARIATIONS. — Le galbe de cette coquille paraît assez constant; à ce point de vue ses caractères varient peu, à part des différenciations individuelles portant plus particulièrement sur le bombement de la spire; la taille seule change suivant les stations, et passe facilement pour des échantillons bien adultes de 5 à 8 millimètres; en même temps la coloration peut varier d'un fauve brun plus ou moins foncé, à un corné plus pâle. Remarquons toutefois que le type fossile de notre région a une tendance à être un peu plus élevé, avec un galbe légèrement plus globulaire en dessus, et que la surface supérieure est ornée de stries plus fortes, plus saillantes et plus irrégulières.

RAPPORTS ET DIFFÉRENCES. — Le *Hyalinia nitida*, même un peu jeune, se distingue toujours de ses congénères par sa forme et par sa coloration; c'est un type facile à reconnaître, et sur la détermination duquel il n'y a pas d'erreur possible; nous n'insisterons donc pas davantage sur ses rapports et différences avec les autres *Hyalinia*.

ANOMALIES. — Puton a observé la var. *albina* dans les Alpes; dans nos régions nous rencontrons parfois des individus isolés dont la couleur de la coquille ou celle de l'animal sont beaucoup plus pâles, tout en vivant au milieu d'une colonie de couleur normale; ce sont de simples tendances à l'albinisme.

HYALINIA NITIDOSA, FERUSSAC

Helix nitidus, FERUSSAC, 1823. *Tabl. syst.*, p. 45, n° 214.
— *nitidula*, JEFFRYS, 1830. *Syn. test.*, in *Trans. Linn.*, t. XVI, p. 340. (var. β)
Helicella nitida, BECK, 1837. *Index molluscorum*, p. 6.
Polita nitidosa, HELD, 1837. *In Isis von Oken*, p. 916.
Zonites purus, MOQUIN-TANDON, 1855. *Hist. moll.*, II, p. 87, pl. X, f. 22-25.
— *nitidosus*, BOURGUIGNAT, 1860. *Malac. de la Bretagne*, p. 50.
Hyalinia nitidosa, KREGLINGER, 1870. *Syst. Verzeich. Deutschland Moll.*, p. 47.

HABITAT. — Coquille assez rare, peu répandue, citée seulement sur quelques points de notre région. M. Bourguignat l'a reconnue dans plusieurs stations des environs d'Aix-les-Bains en Savoie, et à la Grande-Chartreuse; nous l'avons observée dans les alluvions des ruisseaux aux environs de Belley. Ce mollusque paraît vivre à une altitude moyenne entre 300 et 800 mètres environ; nous ne le connaissons pas dans les Alpes.

ORIGINE. — Le *Hyalinia nitidosa*, d'après Kreglinger, aurait été trouvé en Allemagne, à l'état fossile, dans les dépôts pleistocènes; cette donnée n'est pas confirmée par Sandberger.

VARIATIONS. — Les rares échantillons que nous avons eus sous les yeux semblent peu varier de taille ou de forme; comme il est assez difficile de juger exactement de l'âge de cette coquille, nous ne savons réellement pas s'il existerait ou non une var. *major* ou *minor*. Quant à la coloration, elle change suivant les habitats et peut, comme l'a fait observer Moquin-Tandon(1), être un peu plus pâle ou un peu plus verdâtre.

RAPPORTS ET DIFFÉRENCES. — Il est facile de confondre le *Hyalinia nitidosa* avec de jeunes *Hyalinia nitida;* nous avons ainsi plus d'une fois reçu cette dernière espèce sous une fausse appellation. M. Bourguignat a décrit(2) deux coquilles de taille plus grande, mais qu'il rattache au même groupe: les *Zonites Courquini* et *Z. Jaccetanicus* des environs de Barcelone; il sera toujours facile de séparer ces deux formes méridionales de notre *Hyalinia nitidosa*, lorsqu'elles seront bien adultes, par leur taille beaucoup plus forte.

HYALINIA NITIDULA, DRAPARNAUD

Helix nitidula, DRAPARNAUD, 1805. *Hist. moll.*, p. 117 (excl. var. β).
Oxychlus nitidulus, FITZINGER, 1833. *Syst. Verzeichn. Œster.*, p. 100.
Helicella nitida, BECK, 1837. *Index molluscorum*, p. 6.
Polita nitidula, HELD, 1837. *In Isis v. Oken*, p. 916.
Zonites nitidulus, GRAY, 1840. *In Turton, Shells Brit.*, p. 172, f. 136.
Helix nitida, FRIELE, 1853. *Norske Moll. Christiania*, p. 18.
Hyalina nitidula, ALBERS, 1860. *Helic. nat. Verwand.* 2ᵉ éd., p 69.
Hyalinia nitidula, MÖRCH, 1864. *Synops. Moll. Danise*, p. 13.

(1) Moquin-Tandon, 1855. *Hist. nat. des moll.*, p. 87.
(2) Bourguignat, 1870. *Rev. et Mag. de zool.*, p. 93, pl. XVI.

HABITAT. — Bien moins abondante que le *Hyalinia nitida*, cette forme figure cependant dans la faune de tous les départements de notre région ; elle vit de préférence à une hauteur variant entre 200 et 400 mètres ; cependant MM. Dumont et de Mortillet ont indiqué une variété un peu différente du type, qui stationnerait dans le bassin de Bonneville jusqu'à 2000 mètres d'altitude.

ORIGINE. — A l'état fossile, ce mollusque a été signalé depuis le pléistocène inférieur de l'Allemagne ; nous ne le connaissions pas encore d'une manière bien précise dans les dépôts quaternaires du bassin du Rhône ; cependant nous avons récolté dans les argiles de Gerland, près de Lyon, des formes malheureusement brisées qui semblent pourtant se rapporter assez exactement à ce type.

VARIATIONS. — Cette coquille, selon les points d'observation, peut varier de taille, de forme et de coloration. La taille est plus ou moins forte, suivant les stations ; ordinairement les individus des régions plus élevées nous paraissent plus petits. En même temps la forme générale semble se modifier ; la coquille peut être plus ou moins épaisse et le dessus de la spire peut paraître plus ou moins bombé ; dans quelques formes du département de l'Ain, le dessus de la coquille est plus arrondi, plus convexe, les sutures plus profondes et le dernier tour un peu plus élargi ; cette forme se rapproche du *Hyalinia subnitens*, qui vit également dans notre région. Enfin, la coloration de la coquille peut passer du jaune foncé au corné clair ; dans ce cas, elle est plus mince, plus transparente, et le dessus comme le dessous ont à peu près la même coloration.

Alpicola, Dumont et Mortillet. — Coquille « plus petite, plus fortement striée ; sa bouche est encore plus arrondie que dans le type et comme déjetée en bas, par suite de la plus grande longueur des bords columellaire et extérieur (1). »

RAPPORTS ET DIFFÉRENCES. — Cette coquille tient à la fois de celle des *Hyalinia nitens*, *H. subnitens*, *H. nitida* et *H. cellaria* ; on la distinguera des deux premières par le galbe un peu plus bombé de sa spire, et surtout par la forme du dernier tour qui est plus arrondi et moins brusquement dilaté ; on la séparera du *H. cellaria* par la disposition plus renflée

---

(1) Dumont et Mortillet, 1857. *Catal. crit. et malac.*, p. 33.

du dernier tour, par la forme plus bombée de la spire, et par une taille généralement plus petite ; enfin on la reconnaîtra au milieu des *H. nitida*, par sa taille plus forte et par sa coloration moins vive. Ce type est du reste assez nettement caractérisé; on peut même le déterminer exactement quand la coquille n'est pas tout à fait adulte ; mais lorsqu'il est très jeune il rentre dans le cas de la plupart des autres *Hyalinia*.

MONSTRUOSITÉS. — MM. Dumont et de Mortillet(1) ont rencontré « des individus dont les bords latéral et columellaire sont tellement déjetés en bas que la bouche se trouve presque inférieure à l'avant-dernier tour. »

HYALINIA RADIATULA, ALDER

Helix nitidula, DRAPARNAUD, 1805. *Hist. Moll.*, p. 117, pl. VIII, f. 21-22 (var. β).
— *striatula*, GRAY, 1821. *Nat. arrang. moll., in Med. repos.*, XV, 239 (n. Linné, n. Olivi) sans diagnose.
— *radiatula*, ALDER, 1830. *Cat. test. Moll.*, p. 12.
Zonites radiatulus, GRAY, 1840. *In Turton, Shells Brit.*, p. 173, f. 137.
— *striatulus*, MOQUIN-TANDON, 1855. *Hist. moll.*, II, p. 86, pl. IX, f. 19-21.
Hyalina striatula, KREGLINGER, 1870. *Syst. Verzeichn. Deutschl.*, p. 48 (pars).
Oxychilus radiatulus, JOUSSEAUME, 1877. *Bull. Soc. zool.*, p. 418, pl. I, f. 2.

HABITAT. — Cette forme est assez commune dans les régions alpestres et subalpestres des départements de l'Ain, de l'Isère et de la Savoie ; elle vit en petites colonies peu nombreuses, sous les détritus ou les pierres moussues ; elle est plus commune à une altitude de 800 à 1200 mètres. MM. Dumont et de Mortillet l'ont indiquée jusqu'à 1600 mètres dans le bassin de Saint-Jean de Maurienne.

ORIGINE. — Dans notre région, nous ne connaissons pas cette coquille à l'état fossile; elle a été signalée par M. S. Clessin dans la faune alluviale de la vallée du Danube.

VARIATIONS. — Les variations que l'on peut observer sur la coquille du *Hyalinia radiatula* portent principalement sur les points suivants :

1° Les dimensions de la taille changent suivant l'altitude où l'on récolte les échantillons. La taille la plus forte paraît correspondre à une altitude de 800 à 1000 mètres; au delà, les échantillons sont presque

---

(1) Dumont et Mortillet, 1852. *Moll. de la Savoie et du Léman*, p. 243.

toujours plus petits; M. Bourguignat a déjà reconnu cette variété de taille plus forte que le type dans les échantillons qu'il a récoltés à la Grande-Chartreuse, le long des sentiers qui conduisent à Saint-Bruno (1).

2° La forme du dessus de la coquille se modifie également : tantôt elle est un peu bombée, tantôt au contraire elle est plus déprimée; dans ce cas la ligne suturale est plus profonde et mieux accentuée. Cette plus ou moins grande dépression de la spire s'observe assez nettement suivant les colonies, et ne constitue pas une variation simplement individuelle.

3° Le nombre, l'espacement, la force des stries, varient très notablement suivant les stations ; tantôt ces stries, toujours du reste très fines, sont très rapprochées et règnent sur presque toute la coquille ; tantôt au contraire elles sont plus espacées, plus irrégulières et ne sont bien accusées que vers la suture, qui parait, dans ce cas, plus large et plus profonde ; le reste de la coquille semble alors presque lisse, ou tout au moins les stries sont-elles très atténuées sur la phériphérie du dernier tour.

4° La coloration enfin, suivant les colonies, ou mieux suivant l'habitat, est en dessus d'un corné fauve plus ou moins foncé, parfois même un peu verdâtre, tandis qu'en dessous, la partie pâle qui avoisine l'ombilic, peut être plus ou moins large.

RAPPORTS ET DIFFÉRENCES. — Cette forme, comme on vient de le voir, est assez variable, et nous comprenons sans peine les difficultés auxquelles elle a donné lieu toutes les fois qu'il s'est agi d'établir sa véritable synonymie. Aussi nous ne parlons ici que du véritable *Hyalinia radiatula*, ou *H. striatula*, nom donné par Gray, sans description ni diagnose, ne rapportant pas à cette forme, comme l'ont fait plusieurs auteurs, les *Hyalinia hammonis*, *H. pura*, type ou variété, etc.; dans ces conditions, notre coquille ne peut être rapprochée que du *Hyalinia Dumontiana*, dont nous parlerons plus loin.

(1) Bourguignat, 1864. *Malacol. de la Grande-Chartreuse*, p. 45.

HYALINIA PETRONELLA, Charpentier

Zoniles purus, Macgillivray, 1841. *Hist. moll. Scotland*, p. 92 (n. auct.).
Helix petronella, Charpentier, 1853. *Mss.*, in *Pfeiffer*, *Monogr.*, III, p. 95.
— *pura*, V. Martens, 1856. *Norweg. mal.*, *Bl.* III, p. 81.
Hyalina viridula, Albers, 1860. *Helic. nat. Werwand.*, 2ᵉ édit., p. 69.
Zonites excavatus, Jeffreys, 1852. *British conchology*, I, p. 168.
Helix viridula, Wallenberg, 1858. *In Moll. Bl.*, V, p. 92, t. I, f. 2 (n. Menke).
Hyalina petronella, Stabile, 1864. *Moll. terr. Piémont*, p. 32.
Hyalinia petron·lla, Westerlund, 1876. *Fauna europ. moll. Prodr.*, p. 25.

Habitat. — Cette forme, essentiellement alpestre, a été signalée dans notre région par MM. Dumont et de Mortillet (1) qui l'ont rencontrée en Savoie, dans le bassin de Moutiers, au val de Peisey plus haut que les mines, près des forêts à la limite des arbrisseaux, à 2000 mètres d'altitude ; nous ne la connaissions pas dans d'autres stations.

Origine. — Découverte par Venetz en 1820, cette coquille n'a jamais été signalée qu'à l'état vivant, et quoiqu'on lui ait reconnu une extension géographique assez répandue en Europe, on ne la trouve presque toujours qu'à d'assez grandes altitudes, ou tout au moins dans le Nord, vers les régions froides.

Variations. — Nous ne connaissons pas suffisamment ce mollusque dans notre région pour établir si sa forme comporte ou non des variations.

Rapports et différences. — Cette coquille est très voisine du *Hyalinia radiatula* ; elle s'en distingue, disent MM. Dumont et de Mortillet, « par sa taille plus forte, sa spire un peu plus élevée, son blanc verdâtre uniforme, presque hyalin et non corné ; enfin et surtout par son dernier tour et sa bouche arrondis, au lieu d'être un peu comprimés et ovales. Elle peut être considérée comme une forme alpine du *Hyalinia radiatula*. »

HYALINIA VIRIDULA, Menke

Helix viridula, Menke, 1830. *Synopsis method. Moll.*, 2ᵉ édit., p. 127.
Helicella viridula, Beck, 1837. *Index Molluscorum*, p. 7.
Helix radiatula, Dumont et Mortillet, 1854. *Moll. Sav. et Léman*, p. 234 (var.).

(1) Dumont et de Mortillet, 1857. *Cat. crit. et malac.*, p. 29.

Zonites purus, MOQUIN-TANDON, 1855. *Hist. moll.*, II, p. 87, pl. IX, f. 22-25 (var.).
Hyalina nitidosa, KRECLINGER, 1870. *Syst. Verzeichn. Deutschl.*, p. 47, (var. β).
Hyalinia hammonis, WESTERLUND, 1876. *Fauna europea moll. Prodr.*, p. 24 (var.).

HABITAT. — MM. Dumont et de Mortillet ont indiqué cette forme dans le bassin de Bonneville, à 1200 mètres, et dans le bassin de Saint Jean de Maurienne, à 1600 mètres d'altitude.

ORIGINE. — Nous ne connaissons cette coquille qu'à l'état vivant, et comme faisant partie de la faune alpestre.

VARIATIONS. — Il ne nous a été donné d'étudier qu'un nombre trop restreint d'échantillons de cette forme pour qu'il nous soit possible de discuter leurs variations spécifiques.

RAPPORTS ET DIFFÉRENCES. — Le *Ilyalinia viridula* a été tour à tour considéré comme espèce ou comme variété des *H. radiatula*, *H. Petronella*, *H. nitidosa ;* c'est certainement une coquille très voisine de toutes ces formes, et à vrai dire nous hésitons nous-même pour savoir à laquelle il conviendrait le mieux de la rattacher. Comme le font observer MM. Dumont et de Mortillet, la coquille du *Hyalinia viridula*, avec sa coloration pâle, hyaline, un peu verdâtre, presque monochrome, est souvent plus grosse que celle du *Hyalinia radiatula*, mais jamais autant que celle du *H. Petronella*, dont elle se distingue toujours par son dernier tour un peu aplati et son ouverture ovale. Enfin, ses stries la rapprochent davantage du *Hyalinia radiatula*. Il est probable qu'une étude plus approfondie de ces espèces prétendues différentes permettra d'en éliminer un certain nombre et de ne les admettre qu'à titre de simple variété d'un type unique plus ancien, qui descendrait du *Hyalinia nitidosa*.

HYALINIA DUMONTIANA, BOURGUIGNAT

Zonites Dumontianus, BOURGUIGNAT, 1864. *Malac. de la Grande-Chartreuse*, p. 43, pl. III, f. 9-18 (1).

HABITAT. — Cette petite forme a été signalée par M. Bourguignat dans la Savoie, sous les feuilles, et dans les alluvions du lac du Bourget près

(1) Cette coquille a été signalée pour la première fois par M. Bourguignat dans sa *Malacologie d'Aix-les-Bains*, janvier 1864.

de Cornin, puis dans l'Isère, le long du Guiers-Mort. près d i sentier qui conduit à Vallombrey. C'est une espèce rare.

ORIGINE. — Le *Hyalinia Dumontiana* n'a pas été rencontré à l'état fossile, il paraît figurer pour la première fois dans la faune subalpestre moderne.

VARIATIONS. — Nous ne connaissons ce mollusque que par la description et la figuration qu'en a données l'auteur; nous avons bien rencontré dans les alluvions du lac du Bourget des échantillons de *Byalinia* striés ; mais la finesse des stries et leur disposition relative nous les font rapporter plutôt au *Hyalinia radiatula* d'Alder.

RAPPORTS ET DIFFÉRENCES. — D'après M. Bourguignat, cette forme « diffère du *Zonites radiatulus* par sa perforation ombilicale un peu moins évasée ; par ses costulations très espacées les unes des autres; par son dernier tour moins dilaté, parfaitement arrondi en des-ous et en dessus ; par son ouverture bien arrondie et non oblongue comme celle du *Z. radiatulus.* » Il est à remarquer que ces deux formes, tout en habitant le mêmes pays, ne se trouvent pas ensemble, et qu'on les rencontre à des altitudes un peu différentes ; ainsi dans la Savoie, le *Hyalinia Dumontiana* vit près du lac du Bourget, tandis que le *Hyalinia radiatula* se trouve à Mouxy, à Clarafond et à la Dent du Chat, au-dessus de Bordeaux ; dans l'Isère, cette seconde forme habite également à une altitude plus élevée. Sans prétendre conclure à la non-validité de cette espèce que nous ne connaissons pas *de visu*, nous tenons cependant à faire observer qu'une pareille différence entre deux formes aussi voisines peut très bien tenir à la différence de l'habitat, comme cela a lieu pour d'autres formes tout aussi rapprochées.

HYALINIA HYDATINA, ROSSMÄSSLER

Helix hydatina, ROSSMÄSSLER, 1838. *Icon. moll* , VII, VIII, p. 36, f. 529 (n. Dup.n. Terver).
Helicella diaphana, BECK, 1837. *Index Molluscorum*, p. 7.
Zonites hydatinus, BOURGUIGNAT, 1853. *Cat. rais. moll.*, p. 10.
Hyalinia hydatina, WESTERLUND, 1876. *Fauna europ. moll. Prodr.*, p. 27.

HABITAT. — MM. Dumont et de Mortillet ont indiqué ce céphalé dans les alluvions du Lion à Fernex, où il serait fort rare ; nous ne l'avons pas récolté aux environs de Lyon.

ORIGINE. — Terver (1) dit avoir « trouvé cette espèce à Lyon, dans le lemmer (le lehm) ou terrain d'alluvion.» Nous devons ajouter que, moins heureux que lui, nous n'avons jamais rencontré cette forme d'une manière bien positive dans le lehm ; nous croyons cependant, mais avec un point de doute qu'elle existait à l'époque des dépôts des argiles lacustres de la vallée du Rhône, d'après des échantillons assez mal conservés que nous avons eus dernièrement entre les mains.

VARIATIONS. — Le nombre des échantillons que nous rapportons à cette forme est trop restreint pour que nous puissions étudier des variations bien constantes ; nous n'avons pu jusqu'à ce jour constater que des différences de taille et de grandeur dans la fente ombilicale, differences qui nous semblent plutôt individuelles que générales.

RAPPPORTS ET DIFFÉRENCES. — Cette forme est bien voisine du *Hyalinia crystallina ;* quelques auteurs ne l'envisagent qu'à titre de variété de cette espèce ; elle s'en distingue par sa taille plus grande, par son ouverture de forme plus oblique, moins large, moins arrondie. C'est du reste, en général, un type plus méridional.

HYALINIA PSEUDOHYDATINA, BOURGUIGNAT

Helix hydatina, PHILIPPI, 1844. *Enum. moll. Sic.,* II, p. 108 (n. Rossm).
Zonites crystallinus, MOQUIN-TANDON, 1855. *Hist. moll ,* II, p. 89 (var. *hydatinus).*
— *pseudohydatinus,* BOURGUIGNAT, 1856. *Aménités malac.,* I, p. 189
Hyalinia pseudohydatina, WESTERLUND, 1876. *Fauna europ. Moll. Prodr.,* p. 27.

HABITAT. — Cette forme a été signalée par Terver et Moquin-Tandon, au mont Pilat dans la Loire ; nous l'avons en outre récoltée comme le premier de ces auteurs dans les alluvions du Rhône, au nord de Lyon, sur les deux rives du fleuve.

ORIGINE. — Nous ne connaissons pas cette coquille à l'état fossile.

VARIATIONS. — Nous n'avons vu qu'un trop petit nombre d'échantillons de cette forme pour que nous puissions y rencontrer autre chose que des variations individuelles ; cependant nous pouvons dire que les échantil-

---

(1) Terver, 1850. Observations sur quelques mollusques du genre Helix, *in Journal de conchyliologie,* t. I, p. 175.

lons récoltés au mont Pilat sont de taille un peu plus petite que ceux des alluvions du Rhône.

RAPPORTS ET DIFFÉRENCES. — Le *Hyalina pseudohydatina* est voisin du *H. hydatina* avec lequel bien des auteurs l'ont confondu; d'après M. Bourguignat « le *pseudohydatina* est toujours beaucoup plus petit; il possède des tours de spire moins globuleux, une suture non marginée, une ouverture moins oblique, plus resserrée, et dont le bord supérieur n'est point arqué, enfin une perforation ombilicale plus étroite, etc. Le *pseudohydatina* se rapproche encore du *crystallina*, mais on le séparera facilement de cette dernière espèce à sa taille plus considérable, à son ouverture plus oblique, plus oblongue et moins resserrée, à ses tours de spire s'accroissant avec plus de rapidité, etc. »

HYALINIA nov. form.

Pl. III, fig. 4-6.

HABITAT. — Nous ne connaissons encore qu'un seul échantillon de ce type ; nous l'avons récolté dans les alluvions du Rhône, au nord de Lyon.

DESCRIPTION. — Coquille subglobuleuse, déprimée, légèrement convexe en dessus, arrondie en dessous, mince, transparente, de couleur cornée très claire, presque blanche, brillante, aussi pâle en dessus qu'en dessous, ornée de stries très fines, irrégulières, espacées, visibles seulement à la loupe ; spire composée de 5 tours, les premiers croissant rapidement, le dernier de plus en plus développé, large à son extrémité, et arrondi en dessous ; tours séparés entre eux par une ligne suturale assez profonde ; ombilic étroit mais profond, par suite du bombement de la partie inférieure du dernier tour ; ouverture subovale, fortement échancrée par l'avant-dernier tour, légèrement oblique, un peu tombante ; péristome simple, droit, faiblement réfléchi vers l'ombilic.

Diamètre maximum, 8 millimètres et demi. Hauteur totale, 4 millimètres et demi.

RAPPORTS ET DIFFÉRENCES. — D'après l'examen de M. Bourguignat, cette forme serait nouvelle ; elle paraît appartenir au groupe des grandes crystallines ; on peut la rapprocher des *Hyalinia hydatina*, Rossmässler, et

Hyalinia pseudohydatina, Bourguignat. Mais sa taille, son galbe général, le mode d'enroulement de ses tours, l'étroitesse de son ombilic, etc., nous obligent à lui donner au moins provisoirement un rang à part dans la faune de notre région.

HYALINIA CRYSTALLINA, MULLER

Helix crystallina, MULLER, 1774. *Verm. terr.* II, p. 23, n° 223 (n. Dillw., n. Terv., n. Morel).
— *pellucida*, PENNANT, 1774. *British Zoology*, IV, p. 138 (n. Adams, n. Gould).
— *eburnea*, HARTMANN, 1821. *Syst. d. Schweiz, in Stein. n. Alpina*, I, p. 234.
— *cristallina*, FERUSSAC, 1822. *Tabl. syst.*, n° 223.
— *vitrea*, BROWN, 1827. *Descr. in Edimb. Journ.*, t. I, p. 12, f. 12. (n. Fer., Born.)
Zonites cristallina, LEACH, 1831. *Moll.*, p. 105 (teste Turton).
Discus crystallinus, FITZINGER, 1833. *Syst. Verzeich. Erzher. Œster.*, p. 99.
Helicella crystallina, BECK, 1837. *Index Molluscorum*, p. 7.
Polita crystallina, HELD, 1837. *Aufzähe. Bayern. leb. Moll.*, p. 916.
Helix pura, GERSTENFELD, 1850. *Ueb. Moll. Sibir. u. Amurgeb.*, p. 537.
— *albella*, THIENEMANN, 1857. *Moll. Bl.*, IV, p. 214.
Hyalinia crystallina, ALBERS, 1860. *D. Helic natür. Verwand. Syst*, 2ᵉ éd., p. 69.
Hyalinia crystallina, MORCH, 1864. *Syst. Moll. Daniæ*, p. 14.
Oxychilus crystallinus, JOUSSEAUME, 1877. *Bull. Soc. zool.*, p. 421, pl. 11, f. 3-4.

HABITAT. — Cette forme est plus commune que celle du *Hyalinia diaphana;* comme elle, on la trouve dans tous les départements de notre région, depuis les basses vallées, où elle est cependant plus rare, jusqu'à 1450 mètres d'altitude dans les Alpes. MM. Dumont et de Mortillet ne l'ont pas signalée à de plus hautes régions.

ORIGINE. — De toutes les Hyalinies, c'est la forme qui est incontestablement la plus ancienne. Elle figure déjà, en effet, dans la faune du miocène supérieur des environs de Hauterives, dans la Drôme, où nous la trouvons absolument semblable à la forme actuellement vivante. C'est donc là qu'il faudrait rechercher la forme souche ou ancestrale de tout ce groupe de Hyalinies cristallines aujourd'hui si communes et si répandues, et dont on a démembré un grand nombre d'espèces. Nous la retrouvons plus tard, mais toujours à l'état fossile, dans les dépôts quaternaires des environs de Lyon.

VARIATIONS. — Les principales variations de cette forme portent sur sa taille, son bombement supérieur, les dimensions de l'ombilic et surtout la forme du péristome. Sa taille varie notablement suivant les stations, de telle sorte qu'à part la forme de l'ouverture, la coquille passe du type au

Hyalinia hydatina de Rossmässler. La spire est parfois presque aussi déprimée que dans le *H. diaphana*, de telle sorte qu'il serait bien difficile de séparer ces deux formes si l'on ne se basait pas alors sur les caractères donnés par l'ombilic. Mais le plus ordinairement, cette même spire est plus conique et le dessus de la coquille paraît plus bombé, plus arrondi. Parfois, la fente ombilicale semble également de grandeur assez variable ; on rencontre parfois des échantillons à spire élevée, présentant bien les caractères du *Hyalinia crystallina* avec des tours plus serrés et dont la fente ombilicale est très étroite, tandis qu'il existe des *Hyalinia diaphana* dont le dessus est parfaitement caractérisé, et qui ont également une toute petite fente ombilicale. Enfin nous croyons observer d'une manière générale que dans cette forme plus la taille croît, plus l'ombilic est grand, toute proportion gardée, tandis que dans le *Hyalinia diaphana*, c'est ordinairement l'inverse qui arrive.

RAPPORTS ET DIFFÉRENCES. — D'après ce qui précède, on ne saurait donc se baser exclusivement sur les caractères donnés par la fente ombilicale pour séparer ces différentes formes. Ce caractère n'est point exclusif ; tout ce que l'on peut dire, c'est que l'absence complète de fente appartient au *Hyalinia diaphana*, mais sans préjudice de la communauté de formes ornées d'un ombilic très étroit. Quant au péristome, comme l'a fait observer Draparnaud (1), puis ensuite Foudras et Terver (2), il peut être simple ou bordé, quelles que soient les autres variations que présentent les échantillons.

M. Bourguignat a décrit sous le nom de *Zonites subterranea* une forme différente de celle qui nous occupe et présentant quelques caractères bien distinctifs ; nous établissons plus loin, d'après l'auteur lui-même, la différence qui existe entre ces deux formes. En outre, ce mollusque avait été indiqué en Algérie par Terver et par M. Morelet ; M. Bourguignat a reconnu dans ces échantillons une forme nouvelle dont il a fait son *Zonites custilbus* (3).

MONSTRUOSITÉS. — M. Roy a récolté dans les alluvions du Rhône une coquille du *Hyalinia cristallina* subscalaire des mieux caractérisés ; dans

(1) Draparnaud, 1805. *Hist. nat. Moll.*, p. 118.
(2) Terver, 1833. *In Journ. de Conch.*, t. p. 178.
(3) Bourguignat, 1864. *Malacologie de l'Algérie*, I, p. 76, pl. IV, f. 11-16.

cet échantillon, les tours de spire sont nettement étagés les uns au-dessus des autres, avec une certaine régularité ; les premiers tours seuls sont dans leur position normale.

HYALINIA SUBTERRANEA, Bourguignat

Zonites subterraneus, Bourguignat, 1856. *Aménités malac.*, I, p. 194, pl. XX, f. 13-18.
Helix subterranea, L. Pfeiffer, 1868. *Monogr. Helic.*, IV, p. 53.
Hyalina subterranea, Kreglinger, 1870. *Syst. Verzeich. Deutsch.*, p. 46.
Hyalinia crystallina, Westerlund, 1876. *Fauna eur. moll. Prodr.*, p. 26 (var.).
Hyalina crystallina, S. Clessin, 1877. *Malak. Blätter*, p. 125 (var. *subterranea*).

Habitat. — M. Bourguignat a retrouvé cette coquille dans les environs d'Aix-les-Bains en Savoie, sous les détritus, au-dessus du village de Mouxy, où elle est du reste rare.

Origine. — Le *Hyalinia subterranea* apparaît en Allemagne, en Autriche et en Suisse depuis le pleistocène moyen.

Variations. — Nous ne connaissons ce mollusque que par la description et la figuration qu'en a données l'auteur ; il ne nous est donc pas possible d'étudier ses variations.

Rapports et différences. — « Cette petite espèce, dit M. Bourguignat (1), se distingue du *crystallina* par son ombilic plus ouvert, par son péristome bordé, par son ouverture fortement échancrée et parfaitement arrondie ; par sa taille plus petite, sa spire plus aplatie au-dessus, sa suture plus profonde ; surtout par ses tours renflés, arrondis et non aplatis inférieurement. »

Plusieurs auteurs n'admettent pas cette forme au rang d'espèce et se bornent à l'envisager comme variété du *Hyalinia crystallina*, ainsi que l'ont fait MM. Westerlund (2) et S. Clessin (3). Du reste, depuis quelques années on a démembré du groupe des crystallines un grand nombre d'espèces. Ainsi M. S. Clessin place à la suite du *Hyalinia crystallina* les *Hyalinia contracta* Westerlund, *H. Botterii* Parreys, *H. Du-*

---

(1) Bourguignat, 1864. *Malacologie d'Aix-les-Bains*, p. 27.
(2) Westerlund, 1876. *Fauna Europæa Prodromus*, p. 27.
(3) S. Clessin, 1875. Hyalinia crystallina, in *Handbuch der deutschen malakozoologischen Gesellschaft*, p. 27, pl. II, f. 2.

brueili S. Clessin, *H. subcarinata* S. Clessin, *H. Narbonensis* S. Clessin, caractérisés soit par la dimension de l'ombilic, soit par le mode d'enroulement des tours, soit enfin par la hauteur de la spire (1).

HYALINIA CONTRACTA, Westerlund

Zonites crystallinus, Westerlund, 1873. *Fauna Molluscorum*, p. 56 (v. *contracta*).
Hyalina contracta, S. Clessin, 1875. *In Malak. Gesellsch.*, p. 82, pl. II, fig. 2.
Hyalinia contracta, Westerlund, 1876. *Fauna europæa Moll. Prod.*, p. 27.

Habitat. — Nous avons reconnu cette intéressante forme dans les alluvions du Rhône, au nord de Lyon, où elle paraît fort rare.

Origine. — Nous ne connaissons pas cette coquille à l'état fossile.

Variations. — Les échantillons que nous avons pu étudier sont encore en nombre trop restreint pour que nous puissions dire d'une manière positive en quoi leurs formes varient. Si nous nous en rapportons strictement à la description donnée par M. Westerlund et à la figuration de M. S. Clessin, nous observerons que les échantillons de nos contrées sont de taille un peu plus petite, avec les tours de spire un peu moins embrassants; mais il faut bien avouer que sur des échantillons d'aussi petite taille, dont l'âge exact n'est sans doute pas parfaitement le même, il peut y avoir des différences notables dans l'enroulement des derniers tours, surtout dans la partie voisine de l'ouverture.

Rapports et différences. — Le *Hyalinia contracta* est voisin du *Hyalinia crystallina*, avec lequel on le confond souvent. Il est caractérisé plus particulièrement par la forme un peu plus étroite de son ombilic, par son plus grand nombre de tours, par sa spire plus déprimée, et surtout par la forme de son ouverture qui est plus petite et plus étroite. Du reste, pour bien suivre la comparaison des différentes formes des Hyalinies du groupe du *Hyalinia crystallina,* nous ne saurions mieux faire que de renvoyer à la planche donnée par M. S. Clessin dans l'ouvrage que nous indiquons dans notre synonymie.

(1) S. Clessin, 1877. Die species der Hyalinen-Gruppe vitrea, in *Malakozoologischen Blätter* vol. XXIV, p. 123, pl. I et II.

HYALINIA SUBRIMATA, Reinhardt

Hyalinia subrimata, Reinhardt, 1874. *Moll. Fauna der Sudeten*, p. 13.

Habitat. — On trouve dans les alluvions du Rhône, au nord de Lyon, de rares individus qui semblent se rapporter assez exactement à cette forme.

Origine. — Nous ne connaissons pas cette coquille à l'état fossile.

Variations. — Le nombre des individus que nous rapportons à cette hyalinie est trop restreint pour que nous ayons pu y constater des variations générales.

Rapports et différences. — Cette nouvelle forme, admise par M. S. Clessin au rang d'espèce (1), est intermédiaire entre le *Hylinia crystallina* et le *Hyalinia diaphana*, tout en se rapprochant davantage de ce dernier type. Elle est caractérisée par sa forme déprimée, par l'étroitesse de son ombilic, par le nombre de ses tours dont l'enroulement est rapide et régulier presque jusqu'au bout, enfin par les faibles dimensions de son ouverture. Nous devons avouer cependant que si pareils caractères se distinguent encore assez nettement sur des coquilles bien adultes, il est tout à fait impossible de les reconnaître lorsque les coquilles sont encore jeunes ; en outre, nous ne pensons pas que l'on ait constaté de bien réelles différences dans l'anatomie des animaux des différentes espèces de ce groupe.

HYALINIA DIAPHANA, Studer

Helix crystallina, Draparnaud, 1805. *Hist. moll.*, p. 118, pl. VIII, f. 18, 19 (v. β).
— *diaphana*, Studer, 1820. *Kurz. Verzeichn.*, p. 86 (n. Poiret).
— *hyalinia*, Ferussac, 1822. *Tabl. syst. conch.*, p. 45., nº 224 (s. diag.).
Vitra diaphana, Fitzinger, 1833. *Syst. Verzeich. Erzherz. Œster.*, p. 99.
Helicella diaphana, Beck, 1837. *Index Molluscorum*, p. 7.
Polita hyalina, Held, 1837. *In Isis von Oken*, p. 914.

(1) S. Clessin, 1877. Die Species der Hyalinen-Gruppe vitrea, in *Malakozoologische Blätter*, vol. XXIV, p. 130, pl. II, fig. 7.

Helicella hyalina, ADAMS, 1858. *Gener. recent. Mollusc.*, p. 118 (pars).
Zonites diaphanus, MOQUIN-TANDON, 1855. *Hist. Moll.*, II, p. 90, pl. IX, f. 30-32.
Hyalina hyalina, ALBERS, 1860. *Helic. natur. Verwand. Syst.*, 2ᵉ édit., p. 60.
Helix vitrea, BIELZ, 1863. *Faun. Moll. Siebenburg.*, p. 14.
Hyalinia vitrea, BRUSINA, 1866. *Contrib. Fauna Mollusc. Dalmat.*, p. 110.
Hyalinia diaphana, REINHARDT, 1870. *Mollusc. Faun. der Studeta*, p. 14.

HABITAT. — Cette coquille est assez commune, à en juger d'après les nombreux échantillons que l'on peut récolter dans les alluvions des cours d'eau, mais difficile à trouver en place, soit à cause de ses habitudes nocturnes, soit par suite de sa petite taille. Nous la connaissons cependant dans toute la contrée qui nous occupe, depuis les vallons des basses régions, jusqu'à 1600 mètres d'altitude, sans que nous puissions dire si elle est plus abondante à une altitude donnée qu'à une autre.

ORIGINE. — Cette forme vivait à l'époque quaternaire dans notre région. Nous l'avons récoltée dans les dépôts les plus récents du lehm du Dauphiné. Plus anciennement encore, elle aurait vécu, d'après Paladilhe, à l'époque des marnes pliocènes des environs de Montpellier; en Allemagne, dans la Saxe, elle ne descend pas au delà du pleistocène moyen.

VARIATIONS. — Cette petite espèce est assez variable de taille et de forme. Nous distinguons les variétés suivantes :

Subumbilicata, nob. — Coquille conforme au type pour l'aplatissement de la spire, la taille et le développement du dernier tour, mais avec une très petite perforation ombilicale ; M. Bourguignat a récolté cette variété en Savoie, à Saint-Innocent, près d'Aix-les-Bains ; nous l'avons également observée dans les alluvions du Rhône, au nord de Lyon.

Inflata, nob. — Coquille de même taille que le type, sans ombilic, mais avec le dernier tour un peu plus renflé en dessous, vers la région ombilicale ; cette variété a été signalée par M. Bourguignat, dans l'Isère, à la Grande-Chartreuse, où elle paraît assez abondante.

Major, nob. — Coquille de taille beaucoup plus grande, sans perforation ombilicale ou avec une perforation à peine marquée, mesurant de 4 à 5 millimètres de diamètre. Terver avait récolté cette belle variété dans les alluvions du Rhône, au nord de Lyon ; on la retrouve également dans la Drôme.

RAPPORTS ET DIFFÉRENCES. — Cette forme est très voisine des précédentes ; elle se distingue en général par une taille ordinairement plus petite, une coquille plus mince, plus transparente, de couleur plus claire,

une forme plus déprimée en dessus, des tours plus serrés, et enfin par
sa perforation ombilicale nulle ou tout au moins très petite. La variété
major serait à cette espèce ce que le *Hyalinia hydatina* est au *Hyalinia
crystallina*.

M. S. Clessin a groupé autour du *Hyalinia diaphana* les *Hyalina Jickelii* S. Clessin, *H. subrimata* Reinhardt, *H. littoralis*, S. Clessin, *H.
Erjaveci* Brusina, et *H. transylvanica* S. Clessin. D'après la figuration
qu'il donne (1) de chacune de ces formes, on peut incontestablement
les distinguer assez facilement ; mais en est-il bien de même lorsqu'on se trouve en présence d'une série de coquilles aux formes forcément variables? nous ne le pensons pas. Admettre, comme il le fait, douze
espèces dans le groupe des crystallines, c'est, il nous semble, pousser un
peu loin les études de spécification, et cela d'autant mieux que ce savant
auteur n'admet de variétés que pour le *Hyalinia cristallina*, et qu'il ne constate pas de différences anatomiques dans les animaux auxquels se rapportent ces différentes coquilles.

HYALINIA FULVA, Müller

Helix fulva, MULLER, 1774. *Verm. terr. et fluv. hist.*, II, p. 56, n° 349
Trochis terrestris, DA COSTA, 1778. *Hist. test. Britan.*, p. 36 (var. β, *Mortoni*).
Helix trochiformis, MONTAGU, 1803. *Testacea Britan.*, p. 427, pl. II, f. 9.
— *nitidula*, V. ALTEN, 1812. *Syst. Abhandblung. Conch.*, p. 53, pl. IV, f. 8 (n.Drap.)
— *trochulus*, DILLWYN, 1817. *Descr. Cat. Shells*, p. 916 (n. Müller).
— *trochilus*, FLEMING, 1828. *Hist. Brit. animals*, p. 260.
Teba fulva, LEACU, 1831. *Brit. Moll.*, p. 99 (ex Turton).
Conulus fulvus, FITZINGER, 1833. *Syst. Verzeichn. Œster.*, p. 94.
Petasia trochiformis, BECK, 1837. *Index Molluscorum*, p. 21.
Polita fulva, HELD, 1837. *In Isis v. Oken*, p. 916.
Zonites fulvus, MOQUIN-TANDON, 1855. *Hist. moll.*, II, p. 67, pl. VIII, f. 1-4
Hyalina fulva, ALBERS, 1860. *Helic. natur. Verwandt.*, éd. II, p. 78.
Hyalinia fulva, MÖRCU, 1864. *Syn. moll. Daniæ*, p. 14.

HABITAT. — Cette forme est généralement peu commune, ou du moins
assez difficile à trouver à l'état vivant, quoiqu'elle soit très fréquente dans
les alluvions des cours d'eau. On peut la récolter dans toute la région, depuis les plaines basses et les vallées, jusque dans les Alpes à une grande
altitude. MM. Dumont et de Mortillet l'ont rencontrée près du lac du mont

(1) S. Clessin. 1877. *Die Species der Hyalinen-Gruppe vitrea*, in *Malokozoologische Blätter*,
vol. XXIV, p. 123 pl. I et II.

Cenis, à 1915 mètres. Elle ne nous paraît pas plus rare à une altitude qu'à une autre.

ORIGINE. — Dans notre région nous n'avons pas jusqu'à ce jour récolté le *Hyalinia fulva* à l'état fossile ; il existe cependant dans le pleistocène d'Allemagne, d'Autriche, d'Angleterre, etc. Il y a là une lacune assez curieuse à constater, puisque d'une part cette forme est déjà très ancienne, qu'elle appartient au pleistocène inférieur, et que d'autre part sa dispersion géographique, comme son élévation dans les régions alpestres, est considérable.

VARIATIONS. — Quoique le galbe de cette coquille soit assez nettement caractérisé, nous observons cependant dans sa forme de notables variations ; tantôt la spire est conique, presque acuminée, tantôt au contraire, et quoique l'individu soit bien adulte, sa hauteur pour un même diamètre est beaucoup moindre, et la coquille paraît plus surbaissée ; dans ce cas, le nombre des tours restant le même, leur hauteur relative est plus petite ; souvent même les premiers tours sont enroulés sur un plan héliçoïdal de plus courte hauteur que les derniers, ce qui constitue presque une anomalie. En outre, le dessous de la coquille peut être plus ou moins bombé, de telle sorte que la forme de l'ouverture paraît plus ou moins déprimée. Quant à la coloration de la coquille, elle passe suivant les stations d'un roux fauve un peu foncé pour les faibles altitudes ou roux plus clair, plus transparent, un peu verdâtre dans quelques stations plus élevées. On peut également récolter dans les régions subalpestres la *var. Alderi* Moquin-Tandon (1), dont la coquille est de taille assez petite avec une coloration plus foncée. En présence de ses nombreuses variations nous sommes surpris de voir que l'on n'ait pas encore démembré de ce type, plusieurs formes nouvelles, comme on s'est plu à le faire pour les Hyalinies des groupes de *Hyalinia cristallina* et *H. Diaphana*. Il existe certainement entre les principales variétés du *Hyalina fulva* tout autant de différence qu'entre plusieurs des espèces nouvellement admises dans les Hyalinies crystallines.

RAPPORTS ET DIFFÉRENCES. — Cette forme bien typique diffère de toutes les autres formes de notre région, et ne saurait être confondue avec aucune autre, même lorsque les échantillons sont encore jeunes ; elle pourrait même à elle seule constituer un genre à part intermédiaire entre les Hyalines et les Hélices.

(1) Alder, 1837, *Mag. Zool, und Bot.*, II, p. 108.

Genre HELIX, Linné

HELIX ROTUNDATA, Muller

Pl. II, fig. 19, Pl. III, fig. 7-8.

Helix rotundata, MÜLLER, 1774. *Verm. terr. et fluv. hist.*, II, p. 29. n° 231.
— *radiata*, DA COSTA, 1778. *Hist. nat. test. Britan.*, p. 57, pl. IV., f. 15-16.
— *Turtoni*, FLEMING, 1828. *Brit. anim.*, p. 269.
Zonites radiatus, LEACH, 1831. *Moll. Britann.*, p. 102 (ex Turton).
Discus rotundatus, FITZINGER, 1833. *Syst. Verzeich. Erzherz. Œster.*, p. 99.
Euryomphala rotundata, BECK, 1837. *Index molluscorum*, p. 9.
Patula rotundata, HELD, 1837. *In Isis von Oken*, p. 916.
Zonites rotundatus, GRAY, 1840. *In Turt., Man. Shell's Brit. Islands*, p. 165,t. V, f. 44.
Helicella rotundata, GRAY, 1842. *Fig. Moll. anim.*, pl. CCXCIV, f. 4.

HABITAT. — L'*Helix rotundata* est très répandu dans nos pays. On le trouve partout, sous les pierres, dans la mousse, dans les endroits frais et humides ; on le récolte depuis le mont Pilat, dans la Loire, où nous l'avons rencontré à 1400 mètres, jusque dans les Alpes où il s'élève, à Chamonix, par exemple, à 1600 mètres d'altitude.

ORIGINE. — Cette forme est incontestablement très ancienne, car nous la retrouvons dans les premières formations du lehm au Mont-d'Or, à Saint-Rambert, la Chaux, etc (1). Elle est arrivée jusqu'à nous sans subir de grandes modifications ; nous ne saurions en effet établir de différences, sauf toutefois celles dues à la fossilification, entre les coquilles quaternaires et celles qui vivent de nos jours.

VARIATIONS. — Dans cette Hélice, les variations sont assez nombreuses et bien caractérisées ; nous distinguerons les suivantes :

1° Différenciation entre les proportions de la hauteur totale de la coquille et son diamètre maximum. La hauteur totale variant notablement suivant les échantillons peut leur donner une forme tantôt un peu élevée et tantôt au contraire, plane en dessus et surbaissée. C'est ce dernier caractère qui avait conduit Fleming à démembrer de l'*Helix rotundata* son *Helix*

---

(1) A. Locard, 1879. *Faune Malac. quatern.*, p. 23.

Turtonii (1), caractérisé par une forme de spire tout à fait aplatie. Les proportions de la hauteur totale par rapport au diamètre semblent présenter un certain caractère de régularité et de constance suivant les stations. Ainsi, dans une même région, on trouvera plus volontiers des individus à forme de spire surbaissée, tandis que dans d'autres ce seront au contraire les échantillons à forme surélevée qui domineront.

2° Il existe en outre des différences dans la taille, la hauteur conservant ses mêmes proportions par rapport au diamètre. Nous établirons d'après cela une var. *major* et une var. *minor*, caractérisées par ces différences spéciales ; la var. *major* est plus commune ; nous la connaissons à Sassenage, dans l'Isère, et sur quelques points du Mont-d'Or lyonnais ; la var. *minor* est plus rare et plus alpestre.

3° La position de la ligne carénale présente presque toujours une grande irrégularité, et cela, dans les individus d'un même âge et d'une même station. Tantôt, et c'est là le caractère du type, la carène est située un peu au-dessus de l'axe horizontal du dernier tour, tantôt elle se confond avec cet axe lui-même. Parfois aussi elle disparaît complètement, et le dernier tour devient alors tout à fait arrondi, comme chez l'*Helix ruderata* de Studer. Enfin, elle garde parfois à l'âge adulte la position qu'elle semble affecter dans le jeune âge, c'est-à-dire une position tout à fait supérieure ; c'est le cas ordinaire des variétés à spire déprimée.

4° Chez les individus d'un même âge, les stries sont tantôt bien marquées, fines, égales, régulières, assez profondes, tantôt au contraire elles semblent atténuées et presque nulles, sans qu'il soit nécessaire de faire intervenir la question d'âge.

RAPPORTS ET DIFFÉRENCES. — Il existe incontestablement de grandes affinités entres les *Helix rotundata* et *Helix ruderata*, dont les types extrêmes sont cependant bien distincts et bien nets, et que l'on ne saurait confondre. L'*Helix ruderata* est une forme alpestre ou subalpestre, localisée en France dans les montagnes des Alpes et du Jura, tandis que la dispersion de l'*H. rotundata* est beaucoup plus grande non seulement en étendue, mais encore en altitude ; toutes deux vivent également en Suisse. On ne peut donc pas invoquer, comme l'ont prétendu certains auteurs, que l'*Helix ruderata* est une forme alpestre de l'*Helix rotundata ;* et que l'*Helix lenticula* en est la forme pyrénéenne. Ces trois formes sont voisines, mais comme l'*Helix rotundata* vit dans les mêmes pays avec les *H. ruderata* et

(1) Fleming, 1827. *Brit. anim.*, p. 269.

H. lenticula, nous ne croyons pas que l'on puisse spécifiquement les rapprocher autrement que par les caractères généraux communs à un même groupe.

Anomalies. — Les cas d'albinisme semblent assez rares dans notre région. M. Michaud a constaté cette anomalie à la Grande-Chartreuse (Isère); aux environs de Lyon, nous trouvons rarement, il est vrai, la variété *grisea* dont la coquille légèrement transparente est d'un gris un peu roux et n'a ni taches ni flammes. Fabien Foudras avait récolté à Écully, aux environs de Lyon, et à Chavornay, dans le département de l'Ain, de véritables cas d'albinisme des mieux caractérisés. Nous devons à l'extrême complaisance de notre ami M. Gabillot, la communication de ces curieux échantillons.

Monstruosités. — Nous devons signaler quelques individus chez lesquels le dernier tour tend à se séparer des autres, et prend une direction inférieure à sa postion normale ; la coquille a alors une fausse apparence scalaire. Nous possédons dans notre collection un individu trouvé dans le Mont-d'Or lyonnais qui affecte cette tendance à une monstruosité. Nous l'avons fait représenter pl. II, fig. 19.

Inversement, on peut rencontrer des individus à spire tout à fait déprimée, complètement plate en dessus ; nous avons récolté un échantillon du mont Pilat qui présente ce singulier caractère. Enfin, il est des individus dont la spire s'arrondit tout à fait et qui ne conservent plus ainsi les caractères typiques de l'espèce. Telles sont les formes représentées pl. III, fig. 7 et 8.

HELIX RUDERATA, Studer

Helix ruderata, Studer, 1820. *Kurz. Verzeich.*, p. 86.
— *rotundata*, Nilsson, 1822. *Hist. moll. Sueciæ*, p. 31 (var. β).
Discus ruderatus, Fitzinger, 1833. *Syst. Verzeich. Œster.*, p. 99.
Euryomphala ruderata, Beck, 1837. *Index molluscorum*, p. 9.
Patula ruderata, Held, 1837. *In Isis von Oken*, p. 916.

Habitat. — Cette coquille, véritablement alpestre, ne se trouve guère qu'en Savoie, et sur quelques points isolés du département de l'Ain ; MM. Dumont et de Mortillet l'ont indiquée dans plusieurs stations des bassins de Bonneville, d'Albertville, de Moutiers et de Saint-Jean de

Maurienne ; elle ne figure pas à une altitude inférieure à 700 mètres, et remonte jusqu'à 2000 mètres.

ORIGINE. — Nous ne connaissons pas l'*Helix ruderata* à l'état fossile dans notre région ; cependant elle existait déjà en Allemagne et en Autriche à l'époque des dépôts du pleistocène inférieur à Mosbach et Nussdorf.

VARIATIONS. — On peut dire que les variations de cette coquille sont à peu près les mêmes que celles de l'*Helix rotundata ;* elles consistent dans le plus ou moins grand aplatissement de la spire, la profondeur de la ligne suturale, les dimensions de l'ombilic, la grosseur des stries qui ornent la coquille, etc. Quant à la taille, elle varie suivant les stations ; mais nous ne nous croyons cependant pas autorisé à reconnaître que les plus petites formes se trouvent dans les stations les plus élevées.

RAPPORTS ET DIFFÉRENCES. — Nous avons indiqué les rapports et différences de cette espèce et ses congénères à propos de l'*Helix rotundata.*

ANOMALIES. — MM. Dumont et de Mortillet ont rencontré au Reposoir et à Peisey dans la Savoie, des individus présentant des cas d'albinisme.

HELIX RUPESTRIS, STUDER

Helix rupestris, STUDER, 1789. *Faun. Helv. in*, Coxe, *Trav. Switz.*, III, p. 430 (s. carac.)
— *pusilla*, VALLOT, 1801. *Excrc. d'hist. nat.*, p. 5.
— *umbilicatus*, MONTAGU, 1803. *Test. Brit.*, p. 434, pl. XIII, f. 2.
— *saxatilis*, HARTMANN, 1821. *Syst. Gasterop.*, p. 52.
Helicella rupestris, RISSO, 1826. *Hist. nat. Eur. merid.*, IV, p. 69.
Zonites rupestris, LEACH, 1831. *Brit. moll.*, p. 103 (ex Turton).
Pyramidella rupestris, FITZINGER, 1833. *Syst. Verzeichn. Œster.*, p. 56.
Turbo Myrmecidis, SCACCHI, 1833. *Osserv. zool.*, I, p. 1.(teste Philippi).
Patula rupestris, HELD, 1837. *In Osis von Oken*, p. 916.
Euryomphala umbilicata, BECK, 1837. *Index Molluscorum*, p. 9.
— *rupestris*, BECK, 1837. *Index Molluscorum*, p. 9.
Zonites umbilicatus, GRAY, 1840. *In Turton, Shell's Brit.*, p. 166, t. V, f. 48.
Delomphalus saxatilis, HARTMANN, 1840. *Syst. Gasterop.*, I, p. 122, t. XXXVII, f. 4-6
— *rupestris*, HARTMANN, 1840. *Syst. gasterop.*, I, p. 120, t. XXXVII, f. 1-3.
Helix spinula, VILLA, 1841. *Disp. Conch.*, p. 56.
Helicella saxatilis, GRAY, 1842. *Fig. Moll. anim.*, t. CCXCII, f. 6.
Discus rupestris, ADAMS, 1853. *Genera of recent. Moll.*, p. 117.

HABITAT. — L'*Helix rupestris* vit actuellement dans la plupart des régions rocheuses et montagneuses de nos pays. Aux environs de Lyon, nous le rencontrons assez communément dans tout le Mont-d'Or lyonnais.

Nous le connaissons également dans l'Ain, la Loire, Saône-et-Loire, l'Isère, la Drôme, le Jura, etc. Il s'élève dans les Alpes à d'assez grandes altitudes. M. Bourguignat l'a récolté dans l'Isère à dix minutes du sommet du Grandson (1); MM. Dumont et de Mortillet l'ont indiqué au sommet du mont Méry, en Savoie à 2400 mètres (2).

ORIGINE.— Nous ne connaissons ce mollusque ni en France ni à l'étranger comme faisant partie de la faune quaternaire. M. Clessin ne l'indique que dans la faune des alluvions de l'Autriche. Il faudrait donc en conclure que cette espèce, comme la précédente, a fait son apparition dans nos pays à une époque récente.

VARIATIONS.—L'*Helix rupestris* présente des variations analogues à celles de l'*Helix ruderata*. Tantôt sa spire est surbaissée, et en même temps l'ombilic paraît plus large et plus ouvert : telle est la *var. saxatilis* de Moquin-Tandon ; tantôt au contraire la coquille est plus étroite à sa base et plus conique à son sommet : c'est alors la variété *trochoides* du même auteur. Entre ces deux formes extrêmes, les formes intermédiaires ou de passage sont extrêmement nombreuses ; aussi est-il fort difficile parfois de classer exactement dans l'une ou l'autre de ces deux variétés certaines coquilles prises dans des conditions d'habitat différent. En même temps, la profondeur de la suture varie beaucoup suivant la forme des échantillons ; elle est notablement plus grande dans la *var. saxatilis* que dans la *var. trochoides*. Le dernier tour, comme chez l'*Helix ruderata*, est souvent subcaréné ou tout au moins irrégulièrement arrondi. Dans ce type, la fausse ligne carénale nous semble être presque toujours supérieure. Enfin, la forme de l'ouverture, dépendant naturellement du profil du dernier tour, présentera nécessairement les mêmes modifications suivant que ce dernier tour sera plus ou moins arrondi ou subcaréné.

RAPPORTS ET DIFFÉRENCES.— L'*Helix rupestris* est certainement voisin de l'*Helix pygmœa ;* il en diffère surtout par sa taille beaucoup plus forte, et par sa spire moins déprimée. Plusieurs fois nous avons vu confondre de jeunes individus de l'*Helix rupestris*, notamment ceux de la *var. saxatilis*, avec des *Helix pygmœa*. Mais à l'âge adulte, il sera toujours facile de séparer ces deux types par la différence de la taille mieux que par tout autre caractère basé sur la forme de l'ombilic ou la présence de stries d'ornementation.

---

(1) Bourguignat, 1864, *Malacologie de la Grande-Chartreuse*, p. 82.
(2) Dumont et Mortillet, 1857, *Catal. crit. et Malac.* p. 89.

HELIX PYGMÆA, Draparnaud

Helix minuta, Studer, 1789. *Faun. Helv.*, *in Coxe, Tr. Switz.*, III, p. 42 (n. Say, n. Villa),
— *pygmæa*, Draparnaud, 1801. *Tabl. moll.*, p. 93; *Hist. moll.*, p. 114, pl. VIII, f. 8-10.
— *kirbii*, Sheppard, 1823. *In Linn. trans.*, vol. XIV, p. 162.
Discus pygmæus, Fitzinger, 1833. *Syst. Verzeich.*, p. 99.
Eyryomphala pygmæa, Beck, 1837. *Index Molluscorum*, p. 9.
Patula pygmæa, Held, 1837. *In Isis von Oken*, p. 916.
Zonites pygmæus, Gray, 1840. *In Turton, Shells Brit.*, p. 167, f. 46.

Habitat.— C'est probablement une coquille assez commune, à en juger d'après les nombreux échantillons que l'on peut récolter dans les alluvions du Rhône; malheureusement sa petite taille et ses habitudes nocturnes rendent les observations locales fort difficiles. C'est, croyons nous, une espèce des régions basses des plaines et des vallées, ne s'élevant pas à une altitude supérieure à 500 mètres. Elle a été signalée dans tous les départements de notre région.

Origine.— Cette coquille commune en Allemagne à l'époque des dépôts pleistocènes de Cannstadt et de Mosbach, semble jusqu'à présent du moins n'avoir fait son apparition dans nos pays qu'à l'époque actuelle. Il est probable qu'elle a dû être apportée dans notre région par les cours d'eau, auprès desquels elle aime à vivre. On la trouve du reste assez fréquemment dans les alluvions de nos fleuves. C'est à Lyon que Draparnaud a pris son type pour décrire cette espèce.

Variations. — Il est fort difficile d'apprécier d'une manière bien précise les variations que présente une coquille aussi difficile à observer à cause de sa faible taille. Cependant nous pouvons dire que la forme déprimée de la spire nous semble sujette à bien des modifications : tantôt elle paraît presque plate en dessus, ou tout au moins formant une faible saillie, comme dans l'*Helix micropleuros*, Bourguignat; tantôt au contraire elle est plus globuleuse, plus arrondie. La profondeur de la ligne suturale paraît également sujette à de nombreuses variations. Dans quelques individus, notamment ceux qui sont les plus aplatis en-dessus, la suture est plus large et plus profonde, tandis qu'elle est bien moins accusée dans les formes un peu globuleuses. Enfin, les stries longitudinales qui ornent la coquille, fines et légères d'après Draparnaud, à demi effacées, extrêmement fines, d'après Moquin-Tandon, sont souvent presque invisibles au microscope. Il est probable qu'avec l'âge ces stries tendent à disparaître, tandis qu'elles sont plus nettement accusées chez les jeunes individus ou même encore dès que la coquille est adulte.

RAPPORTS ET DIFFÉRENCES. — M. Bourguignat a démembré de l'*Helix pygmæa* les *H. Massoti, H. micropleuros, H. elachia* (1). Ces formes diffèrent du type soit par la taille, soit par le développement ou l'écartement des lamelles épidermiques qui ornent le surface de la coquille, soit par d'autres caractères parfois assez difficiles à reconnaître. M. Paul Massot avoue lui-même que malgré tout son désir il n'a pu bien reconnaître les caractères attribués à l'*H. Massoti* par M. Bourguignat(2). En rapprochant d'une part l'*Helix Massoti* de l'*H. pygmæa* et l'*H. elachia* de l'*H. micropleuros*, on a une analogie d'ornementation associée à une similitude de forme, comme cela a lieu pour les *Helix pulchella* et *H. costata*.

HELIX ACULEATA, Müller

Helix aculeata, MÜLLER, 1774. *Verm. terr. et fluv. hist.*, II, p. 81, n° 279.
Trochilus terrestris, DA COSTA, 1778. *Test. Brit.*, p. 166, pl. II, f. 1-5.
Helix spinulosa, LICHTFOOT, 1786. *Phil. Trans.*, LXXVI, p. 166, pl. II, f. 2.
Teba spinulosa, LEACH, 1831. *Brit. Moll.*, p. 100 (ex Turton).
Fruticola aculeata, HELD, 1837. *In Isis von Oken*, p. 914.
Helix Granatelli, BIVONA, 1839. *L'Occh. giorn.*, Palerm., p. 66, n° 9, f. 2.
Acanthinula aculeata, BECK, 1846. *Verz. Samm¹. Conch.*, *in Amtl. Ber.*, p. 122.
Discus aculeatus, ADAMS, 1853. *Genera recent. moll.*, p. 11.

HABITAT. — Quoique assez rare, cette coquille figure dans la faune de la plupart de nos départements. Aux environs de Lyon, Terver nous l'avait indiquée à Brignais ; nous l'avons retrouvée dans le vallon de Saint-Romain au Mont-d'Or. et dans les alluvions du Rhône à Lyon ; dans l'Ain, MM. Dumont et de Mortillet la citent dans les alluvions du Lion, à Fernex. et M. l'abbé Philippe nous l'a adressée des environs de Miribel ; M. Bourguignat l'a récoltée à la Chartreuse dans l'Isère, et au-dessus du village de Bordeaux, dans la Savoie ; M. Dumont la cite dans le bassin de Bonneville, dans les vallées de l'Arve et du Giffre ; on l'a recon-

(1) Bourguignat, 1863. *Mollusques nouveaux, litigieux ou mal connus*, 2° décade, p. 28, pl. V.
(2) Paul. Massot, 1872. *Enumération des Mollusques terrestres et fluviatiles vivants du département des Pyrénées-Orientales.* Soc. agricole des Pyr. Orient., t. XIX, p. 66.

nue également dans le Jura (1) et dans la Drôme. Cette coquille vit dans les parties rocheuses un peu froides et ne paraît pas s'élever normalement à une altitude supérieure à 800 mètres.

ORIGINE. — Nous ne connaissons pas en France ni à l'étranger cette jolie petite espèce avant l'époque actuelle.

VARIATIONS. — La taille, la forme et l'ornementation de la coquille de l'*Helix aculeata* nous paraissent très variables, et cela même dans chaque station. Il est bien difficile de donner des dimensions exactes pour une coquille aussi petite, mais nous pouvons dire qu'en hauteur elle varie presque du simple au double. La forme de la spire est très irrégulière, tout en affectant cette forme turbinée-globuleuse caractéristique de l'espèce. Tantôt elle est régulièrement conique et tous les tours s'étagent les uns au-dessus des autres suivant une loi de similitude parfaite, tantôt au contraire les premiers tours seuls sont aplatis, et la coquille est moins élancée. Lorsque l'épiderme est enlevé, on voit que le dernier tour n'est pas toujours parfaitement arrondi ; il est parfois légèrement subcaréné, et cette fausse carène est tantôt médiane, tantôt supérieure, et quelquefois même inférieure, ce qui constitue un caractère d'irrégularité des plus manifestes dans la forme de ce dernier tour. Enfin l'ombilic, suivant la position de ce dernier tour, paraît plus ou moins large.

Les lamelles épidermiques longitudinales sont également sujettes à variations. Elles ne sont d'abord pas toujours bien manifestes ; puis lorsqu'elles existent, leur nombre et leur saillie semblent varier suivant la force et la taille de l'individu. Elles nous paraissent plus fortes, plus saillantes et en même temps plus écartées chez des individus forts et vigoureux ; elles sont au contraire plus rapprochées et plus fines chez des individus frêles et délicats. Ce caractère, joint à la dépression des premiers tours, peut induire en erreur bien des naturalistes, et nous sommes surpris que quelque trop zélé créateur d'espèces n'ait pas encore utilisé ces simples variations pour créer des noms nouveaux.

RAPPORTS ET DIFFÉRENCES. — L'*Helix aculeata* ne peut être rapproché que de l'*Helix rupestris* qui parfois l'accompagne ; mais ces deux formes nous semblent assez distinctes pour que l'on ne soit pas tenté de les confondre, même lorsque leurs coquilles n'appartiennent qu'à de jeunes individus.

(1) C'est à Arbois dans le Jura que Draparnaud a pris son type.

HELIX OBVOLUTA, Müller

Helix obvoluta, MÜLLER, 1774. Verm. terr. et fluv. hist., II, p. 27, n° 229.
— trigonophora, LAMARCK, 1792. In Journ. hist. nat., II, p. 349, pl. XLII, f. 2.
— bilabiata, OLIVI, 1792. Zoologia Adriatica, p. 177.
— holosericea, GMELIN, 1798. Systema naturæ, éd. 13°, p. 3641 (n. Studer).
Planorbis obvolutus, POIRET, 1801. Coq. ter. fluv., Prodrome, p. 89.
Helicodonta obvoluta, RISSO, 1826. Hist. nat. Eur. merid., IV, p. 65.
Trigonostoma obvolutum, FITZINGER, 1833. Syst. Verzeich. Erzherz. Œst., p. 98.
Vortex obvoluta, BECK, 1837. Index Molluscorum, p. 7.
Gonostoma obvoluta, HELD, 1837. In Isis von Oken, p. 7.
Polygira obvoluta, GRAY, 1842. Fig. Moll. anim., t. CCLXXXX, f. 15.
Euphemia obvoluta, MENKE, 1848. Zeitschrift f. Malakol., V, p. 74.
Anchistoma obvolutum, ADAMS, 1853. Gener. recent. moll, p 207.
— obvoluta, MÖRCH, 1865. Moll. pulm. ter. in Journ. Conch., XII, p. 307.

HABITAT. — On trouve cette coquille dans toute la région, mais plus particulièrement dans les contrées subalpestres, dans l'Isère, l'Ain, la Savoie, le Jura ; dans les Alpes, elle remonte jusqu'à 1000 et 1200 mètres d'altitude. Apportée aux environs de Lyon par les cours d'eau, elle s'y est acclimatée ; mais les échantillons de nos contrées sont toujours de taille plus petite, de couleur plus foncée, et plus glabres que ceux des pays montagneux.

ORIGINE. — Cette forme, qui appartient plus normalement à la faune véritablement alpestre et subalpestre, n'est venue dans les environs de Lyon qu'à la fin des dépôts du lehm ; nous ne la trouvons en effet que dans le lehm remanié de la vallée du Rhône et dans les argiles lacustres de cette même contrée. Chaque jour les débordements du fleuve amènent aux environs de Lyon de nouveaux individus provenant des régions supérieures ; quelques-uns finissent par vivre normalement dans le pays, où ils constituent de petites colonies encore peu nombreuses.

VARIATIONS. — Les seules variations que nous ayons pu constater dans ce type sont celles dues à la coloration plus ou moins prononcée de la coquille, ou au développement plus ou moins grand du péristome alors que l'individu est bien adulte. Dans les individus des régions subalpestres, les dents de l'ouverture sont souvent beaucoup plus fortement marquées, au point de passer presque à celles de la forme bien connue de l'Helix holoserica. Les individus du Mont-d'Or lyonnais sont en général de petite taille ; ils ne dépassent pas de 10 à 12 millimètres de diamètre; les saillies péristoméales sont alors peu prononcées, moins larges à la base et fortement arrondies. Dans les régions montagneuses de l'Ain et du Jura, on trouve parfois des échantillons à coquille plus mince, plus transparente, d'un roux jaunâtre, un peu pâle, et dont les poils sont plus serrés et plus courts. Moquin-Tandon a fait de ce type sa *var. pallida* (1).

RAPPORTS ET DIFFÉRENCES.—L'*Helix obvoluta*, tout en variant fort peu, est certainement bien voisin de l'*Helix holoserica*. Nous avons plus d'une fois reçu sous cette dernière dénomination des individus de l'*Helix obvoluta* dont les dents péristoméales étaient plus développées que dans le véritable type ; la spire était à peine aussi surbaissée que le plan supérieur du dernier tour, et les poils étaient en partie tombés. Nous croyons cependant ces deux formes distinctes mais bien voisines. Il est à remarquer que jusqu'à présent l'*Helix holoserica* n'a encore été indiqué que dans les Alpes et le Jura (2), tandis que l'*H. obvoluta* a une extension géographique bien plus considérable. Cette corrélation intime entre ces deux mollusques a déjà été signalée par M. de l'Hôpital dans le Calvados : « Tous les individus que j'ai recueillis, dit-il, offrent un mélange des caractères assignés aux *H. obvoluta* Müller, et l'*H. holoserica* Studer (3) ». A ce même groupe on peut certainement rattacher les *Helix diodonta* Mühlfeldt, et *H. angigyra* Ziegler, formes étrangères à la France, mais très voisines de celles-ci.

ANOMALIES. — Le seul cas d'anomalie que nous puissions signaler, à propos de cette coquille, consiste dans de rares individus probablement isolés, et dont la coquille est complètement blanche. Ce cas d'albinisme a été observé à la Grande-Chartreuse.

HELIX HOLOSERICA, STUDER

Helix holosericea, STUDER, 1820. *Kurz. Verzeichn.*, p. 87 (Gmelin pars).
Trigonostoma holosericeum, FITZINGER, 1833. *Syst. Verzeichn. Erzherz. OEster.*, p. 97.
Helix holoserica, ROSSMÄSSLER, 1835. *Iconogr. Moll.*, I, p. 69, f. 20.

(1) Moquin-Tandon, 1855. *Hist. Moll.* vol. II, p. 114.
(2) M. Brevière avait annoncé dans la *Feuille des jeunes naturalistes*, 9ᵉ année, p. 79, la présence de l'*H. holoserica* dans la Nièvre. Il a bien voulu nous communiquer ses échantillons, et depuis lors ce naturaliste a reconnu avec nous que ces coquilles devaient être rapportées à une variété de l'*Helix obvoluta*.
(3) De l'Hôpital, 1859, *Catal. des Moll. de Caen*, p. 14.

Vortex holoserica, BECK, 1837. *Index Molluscorum*, p. 29.
Gonostoma holoserica, HELD, 1837. *In Isis von Oken*, p. 915.
Anchistoma holosericum, ADAMS, 1853. *Gen. recent. Mollusc.*, p. 207.
Helix diodonstoma, BOURGUIGNAT, 1862. *Malac. lac Quatre-Cantons*, p. 29.

HABITAT. — Cette jolie coquille est fort rare en France ; elle paraît cantonnée dans notre région, et a été signalée dans le Jura, l'Isère, les Hautes-Alpes, et plus particulièrement dans la Savoie. D'après MM. Dumont et de Mortillet (1), elle est plus spéciale aux Alpes cristallines qu'aux Alpes calcaires, et habite presque toujours au-dessus de la zone des cultures, par conséquent à plus de 1000 mètres d'altitude, dans les forêts d'arbres résineux, sous les écorces qui se détachent des arbres en décomposition. Quoique plusieurs auteurs aient nié sa présence à la Grande-Chartreuse, nous en avons reçu un échantillon des mieux caractérisé et de source parfaitement authentique.

ORIGINE. — L'*Helix holoserica* est très probablement d'origine récente dans nos pays ; nous ne le connaissons à l'état fossile ni en France, ni en Allemagne, ni en Suisse.

VARIATIONS. — Cette coquille est tellement peu connue, que c'est à peine si nous avons pu en examiner dans différentes collections une vingtaine d'échantillons ; on comprend que dans ces conditions il nous est fort difficile de nous prononcer sur les variations que peuvent présenter ces formes. Disons cependant que, comme le fait observer Moquin-Tandon (2), les individus de France sont tous plus petits que ceux de Suisse ; en outre, tout en étant moins foncée, ils nous paraissent varier entre eux, au point de vue de la coloration, d'une façon notable.

RAPPORTS ET DIFFÉRENCES. — Comme nous l'avons déjà fait observer à propos de l'*Helix obvoluta*, ces deux formes sont fort voisines et tendent un peu à être confondues. Cependant on peut toujours bien les distinguer, mieux encore par la forme de la spire qui est toujours saillante au-dessus du plan supérieur du dernier tour dans l'*Helix holoserica*, que par la saillie des dents de l'ouverture qui peut s'atténuer dans cette dernière espèce ou se développer dans l'autre, ce qui constitue un fort mauvais caractère pour toutes les deux quand la coquille n'est pas adulte.

(1) Dumont et de Mortillet, 1857. *Catal. crit. et malac.*, p. 74.
(2) Moquin-Tandon, 1855. *Hist. Moll.* II, p. 117.

HELIX PERSONATA, Lamarck

Helix isognomostomos, GMELIN, 1780. *Systema . naturæ*, 13ᵉ édit., p. 3621 (pars).
— *personata*, LAMARCK, 1792. *Journ. hist. nat.*, II, p. 348, pl. XLII, f. 1, *a*, *t*.
Isognomostoma personatum, FITZINGER, 1833. *Syst. Verzeich. Œster.*, p. 97.
Tridopsis personata, BECK, 1837. *In Isis non Oken*, p. 915.
Anchistoma personatum, ADAMS, 1853. *Genera recent. Mollusc.*, p. 206.
Helix isognomostoma, BOURGUIGNAT, 1862. *Malac. lac Quatre-Cantons*, p. 29.

HABITAT. — L'*Helix personata* est un type plus alpestre encore que l'*Helix obvoluta*, qui bien souvent l'accompagne. Il figure normalement et assez communément dans la faune des régions subalpestres de l'Ain, de l'Isère, de la Savoie et du Jura, entre 500 et 1000 mètres d'altitude. Sans être jamais bien commun, on le rencontre presque partout, mais toujours dispersé; si nous le retrouvons sur les bords du Rhône jusqu'à Lyon, c'est qu'il y est apporté accidentellement par les inondations du fleuve; mais il n'habite pas, ou du moins il ne vit qu'accidentellement dans le département du Rhône (1). C'est par erreur que bien des auteurs l'ont indiqué comme se trouvant dans la Drôme.

ORIGINE. — On n'a signalé cette coquille à l'état fossile que dans les dépôts quaternaires récents de Gräfentonna et dans les alluvions de l'Autriche. En France, nous ne la connaissons encore qu'à l'état vivant; elle n'aurait donc été introduite dans notre faune qu'à une époque relativement récente.

VARIATIONS. — Si la forme et la taille de cette coquille varient peu, ou du moins dans des limites très normales et nécessairement individuelles, il n'en est plus de même des dimensions des dents de l'ouverture; les deux dents péristoméales, ainsi que l'épaisseur du bourrelet, changent notablement suivant les échantillons, ou mieux suivant les stations d'observation. Ainsi, d'une façon générale, les coquilles des régions élevées sont ordinairement un peu plus petites et plus velues que celles des régions inférieures; en même temps, et pour un même âge, le péristome est plus épais, plus fort, avec des dents plus accentuées. La lamelle dentaire varie plus encore, non seulement comme taille, mais surtout comme relèvement; tantôt elle s'avance sur l'ouverture dans un

(1) A. Locard, 1877. *Malacologie lyonnaise*, p. 24.

plan parallèle et supérieur à celui du bord péristoméal, tantôt au contraire, elle se relève et forme avec le plan inférieur un angle aigu assez
prononcé. Cette lame elle-même est soudée latéralement au péristome
par un bourrelet dont la saillie et le développement changent suivant
l'importance de la lame. Enfin, on peut observer tantôt un ombilic légèrement découvert, réduit à une fente oblique plus ou moins large par le
développement du péristome, tantôt une simple dépression, l'ombilic
disparaissant complètement sous ce développement, de telle sorte que
l'on peut pour cette coquille, comme pour le *Leuchocroa candidissima*,
admettre deux variétés, *var. umbilicata* et *var. tecta*, suivant la manière
d'être de l'ombilic.

RAPPORTS ET DIFFÉRENCES. — Cette coquille, avec des caractères aussi
tranchés, ne saurait être confondue avec aucune de nos espèces de France;
mais elle présente une curieuse analogie avec de nombreuses formes de
l'Amérique du Nord, avec lesquelles Gmelin l'avait confondue. C'est en
Europe le seul représentant de cette grande famille américaine à ouverture dentée ornée d'une lamelle qui compterait actuellement, d'après les
travaux récents des malacologistes, plus de vingt espèces.

HELIX PULCHELLA, MÜLLER

Helix pulchella, MÜLLER, 1774. *Verm. ter. et fluv. Hist.*, II, p. 30, n° 232 (n. Noulet).
— *paludosa*, DA COSTA 1780. *Hist. nat. Test. Brit.*, p. 59.
— *crystallina*, DILWYN, 1817. *Descr. catal. rec. shells.*, II, p. 609, n° 53.
Turbo paludosus, TURTON, 1819. *Dict.*, p. 228.
Lucena pulchella, HARTMANN, 1821. *Syst. Gasterop. Europ.*, p. 54.
Vallonia rosalia, RISSO, 1826. *Hist. nat. Eur. merid.*, IV, p. 102, n° 237.
Zurama pulchella, LEACH, 1831. *Brit. Moll.*, p. 108 (ex Turton).
Chilostoma pulchellum, FITZINGER, 1833. *Syst. Verzeich. Œster.*, p. 98.
Circinaria pulchella, BECK, 1837, *Index Molluscorum*, p. 32.
Corneola pulchella, HELD, 1837. *In Isis von Oken*, p. 912.
Helix pulchella (v. lævis), ROSSMÄSSLER, 1838. *Icon. Moll.*, VII, p. 6, f. 440.
Vallonia pulchella, GRAY, 1843. *Fig. Moll. anim.*, t. CCCXCII, f. 4.
Helix minuta, DE KAY, 1843. *Zool. New-York, Moll.*, p. 40, t. III, f. 33.
Amplexus paludosus, BROWN, 1845. *Ill. Conch. Gr. Brit.*, t. XLI, f. 76, 77.
Macrocyclis pulchella, ADAMS, 1853. *Gener. recent. Moll.*, p. 204, t. LXXVIII, f. 1.
Helix pulchella, (v. lævigata), MOQUIN-TANDON, 1855. *Hist. moll.*, p. 140, pl. XI, f. 28-3
— *pulchella,(v. inornata)*, STABILE, 1859. *Prosp. sistem. Moll. Lugano*, p. 22.
— *costata (v. pulchella)*, COLBEAU, 1859. *Moll. Faun. malac. Belg.*, p. 8.
— *pulchella (v. pulchella)*, ALBERS, 1860. *Helic. nat. Verwand., Syst. edit. 2'*, p. 101.

HABITAT. — L'*Helix pulchella* existe dans toute notre région, mais il est plus commun dans les régions basses des plaines et des vallées; on le trouve en abondance dans les alluvions de la plupart de nos cours d'eau. A mesure que l'on s'approche des régions alpestres, il devient plus rare. Si dans les Pyrénées il s'élève jusqu'à 1200 et 1500 mètres, nous ne croyons pas que dans les Alpes il dépasse de 500 à 600 mètres d'altitude. Cependant M. Bourguignat l'a retrouvé à la Grande-Chartreuse, un peu au-dessous de la chapelle de Saint-Bruno, mais il y est rare.

Origine. — Cette petite coquille, dont l'extension géographique est si considérable, n'a fait sa première apparition dans nos pays qu'à l'époque des dépôts du lehm du Dauphiné. Nous la retrouvons plus tard dans les argiles lacustres de la vallée du Rhône et de la Saône, sans que nous puissions constater le moindre changement de forme entre les types vivants et les types fossiles. Elle remonte plus anciennement jusque dans le pleistocène inférieur en Allemagne et en Autriche.

Variations. — Peu de coquilles présentent autant de régularité et de constance dans l'ensemble de leurs caractères. Il existe cependant quelques différences entre la proportion de la hauteur totale par rapport au diamètre maximum. Il arrive parfois, en effet, que la coquille a sa spire un peu surbaissée, presque plane en dessus, tout en conservant son diamètre normal. Nous avons également remarqué que le bourrelet du péristome était parfois plus ou moins fort. Cela peut tenir à une question d'âge d'abord, fort difficile à apprécier, puis également à l'habitat même de ces individus; suivant qu'ils proviennent d'un pays dans lequel le calcaire est abondant ou rare, leur péristome pourra nécessairement être plus ou moins épais. Quant à la coloration, elle varie fort peu; dans les échantillons bien frais, elle est d'un gris un peu hyalin qui passe au blanc opaque dans les coquilles desséchées au soleil.

Rapports et différences. — Le galbe de cette coquille est absolument comparable à celui de la forme suivante, et nous ne sachons pas que l'on ait jamais établi la moindre différence dans l'anatomie des animaux. La seule distinction qui existe entre ces types réside dans la présence des côtes épidermiques saillantes chez l'*Helix costata*. M. l'abbé Dupuy ajoute (1) que « l'*Helix costata* est d'ordinaire un peu plus grande, son péristome est subcontinu et tranchant, tandis qu'il ne l'est point dans

(1) Dupuy. 1849. *Hist. Moll.*, p. 164.

l'*Helix pulchella*. » Ces caractères de différenciation ne nous semblent pas très nettement établis, car il nous est bien souvent arrivé de trouver au contraire que dans une même station les *Helix costata* étaient plus petits que les *Helix pulchella;* et quant aux caractères du péristome, l'examen d'un très grand nombre d'individus de bien des localités différentes nous a démontré que l'état de subcontinuité ou d'acuité pouvaient se retrouver dans les deux formes *pulchella* et *costata*. Nous voyons du reste la confirmation de ces observations dans un récent travail de M. le Dʳ Jousseaume, qui croit devoir réunir sous une même appellation spécifique ces deux formes (1).

ANOMALIES. — Les seules anomalies que nous ayons observées consistent dans de faibles tendances à la scalariformité due à un brusque surabaissement du dernier tour vers l'ouverture ; ce déplacement règne en général sur une faible longueur ; en même temps le plan de l'ouverture se trouve nécessairement dévié.

MONSTRUOSITÉS. — M. Michaud a trouvé dans les alluvions du Rhône un *Helix pulchella* senestre et bien adulte. Moquin-Tandon (2) cite également cette monstruosité comme ayant été trouvée à Lyon par Laffont. Malgré ces deux citations, pareil cas n'en est pas moins fort rare.

HELIX COSTATA, MÜLLER

Helix costata, MULLER, 1774. *Vern. ter. et fluv. Hist.*, II, p. 31, n° 283.
Turbo helicinus, LIGHTFOOT, 1786. *Brit. Schell's, in Phil. trans.*, v. 77, p. 167, t III, f. 1 4.
Helix crenella, MONTAGU, 1803. *Testacea Britannica*, p. 441, pl. XIII, f. 3.
— *crystallina*, DILWYN, 1817. *Descr. catal. recent. Shell's*, II, p. 909.
Vallonia rosalia, RISSO, 1826. *Hist. nat. Europ. merid*, IV, p. 101, n° 237.
Circinaria pulchella, BECK, 1837. *Index Molluscorum*, p. 23 (var.).
Helix pulchella (v. costata), ROSSMÄSSLER, 1838. *Icon. Moll.*, VII, p. 6, f. 439.
Amplexus crenellus, BROWN, 1845. *Ill. Conch. gr. Brit.*, t. XLI, f. 78-79.
Macrocyclis costata, ADAMS, 1853. *Genera recent. Moll.*, p. 204.
Vallonia costata, MÖRCH, 1864. *Syn. Moll. ter. et fluv. Daniæ*, p. 17.

HABITAT. — On trouve presque toujours l'*Helix costata* dans nos pays avec l'*Helix pulchella;* cependant il paraît plus rare, et peut-être a-t-il

---

(1) Jousseaume, 1879, Faune malacologique des environs de Paris, *in Bull. Soc. zool.* p. 280.
(2) Moquin-Tandon, 1855, *Hist. nat. Moll.*, vol. II, p. 321.

un faciès plus franchement subalpestre. C'est surtout dans les alluvions des cours d'eau, et notamment dans ceux du Rhône, au nord et au sud de Lyon, que nous l'avons le plus souvent récolté. M. Bourgnignat l'a retrouvé à la Grande-Chartreuse, et MM. Dumont et de Mortillet le citent à 900 mètres d'altitude dans les Alpes.

ORIGINE.—L'*Helix costata* a dû apparaître en même temps que l'*Helix pulchella*. Nous le trouvons pour la première fois dans le lehm le plus récent du Dauphiné; il figure plus tard dans la faune des argiles lacustres de la vallée de la Saône. Souvent confondu par les auteurs avec l'*Helix pulchella*, nous ne saurions dire laquelle de ces deux formes est la plus ancienne dans d'autres pays. Dans tous les cas, elle existait déjà en France à une époque bien antérieure à celle de nos dépôts du lehm, puisque M. R. Tournouër l'a reconnue dans les tufs de la Celle, près Moret, dans Seine-et-Marne.

VARIATIONS. — Les variations que nous a présentées l'*Helix costata* sont d'abord celles qui sont inhérentes à l'*Helix pulchella*, mais avec plus de netteté et plus de fréquence. Souvent, en effet, la forme de sa spire est surbaissée; en outre, il arrive fréquemment dans cette coquille que la ligne suturale est plus prononcée, plus creusée ; en même temps, le dernier tour peut parfois être moins arrondi, et comme subcaréné dans sa partie supérieure; il garde, dans la coquille adulte, un peu des caractères qu'il présentait dans la coquille encore jeune. Quant aux costulations qui ornent la surface, elles sont en général très fortement marquées dans les individus de nos pays. Si nous comparons nos échantillons à ceux d'autres régions, nous voyons combien peuvent varier la force, la saillie, le rapprochement de ces côtes, et nous nous demandons comment il se fait que pour cette coquille on n'ait pas, comme pour l'*Helix pygmœa*, créé de nouvelles espèces ou tout au moins des variétés nouvelles. D'une manière générale, nous observons que les stries vont en diminuant et en se rapprochant dans les régions méridionales, tandis qu'elles sont fortes, saillantes et un peu espacées dans les contrées subalpestres. Pourtant, nous avons vu des *Helix costata* de la Savoie, trouvés à une altitude supérieure à 800 mètres, chez lesquels les côtes étaient petites, mais alors très serrées, très rapprochées ; cela tenait sans doute à la rareté de l'élément calcaire dans leur habitat.

RAPPORTS ET DIFFÉRENCES. — Cette coquille ne peut être rapprochée que de la précédente. Comme nous en avons déjà longuement parlé, nous n'avons pas à y revenir.

Anomalies. — On trouve quelques rares individus chez lesquels le dernier tour s'abaisse assez brusquement vers l'ouverture; la coquille prend alors une fausse apparence scalariforme; en même temps l'inclinaison de l'ouverture, par rapport au plan normal, se trouve nécessairement modifiée; en ce cas, le port de la coquille par l'animal doit être plus renversé en arrière.

HELIX BIDENS, Chemnitz

Trochus bidens, Chemnitz, 1786, Syst. Conch. Cab., p. 50, pl. CXXII, f. 1052.
Helix bidentata, Gmelin, 1788. Systema naturæ, 13ᵉ édit., p. 3642
    — pyramidata, Hartmann, 1821. Syst. gasterop., p. 53, t. IX, f. 27 (typus).
Conulus unidentatus, Fitzinger, 1833. Syst. Verzeich. Œster., p. 94 (v. bidentatus).
Trochiscus bidentatus. Held, 1837. In Isis von Oken, p. 915.
Petasia fulva, Beck, 1837. Index Molluscorum, p. 21.
Helix bidens, Ziegler, 1839. Ex. Ant., Verzeichn. Conch., p. 39 (n. Müller).
Zonites bidens. Adams, 1853. Genera recent. Mollusc., p. 116.
Hygromia bidens, Mönch, 1864. Synops. Moll. Daniæ, p. 17.

Habitat. — Cette coquille, toujours rare et dont nous ne connaissons qu'un nombre d'échantillons français fort restreint, a été signalée pour la première fois par M. Michaud (1) dans les Alpes et en Alsace.

Origine. — On retrouve l'*Helix bidens* dans les formations pleistomes d'Allemagne, dans le Diluvial-Sand de Mosbach et le Diluvial-Tuff de Cannstadt; en France, M. Bourguignat a signalé dans les dépôts quaternaires des environs de Paris (2), à Joinville-le-Pont et à Canonville, sous le nom de *Helix Belgrandi* une espèce fort voisine, de taille un peu plus grande, de forme plus subcarnée et ornée, comme elle, de deux dents sur le péristome. Nous ne connaissons *de visu* aucun de ces types, de telle sorte qu'il ne nous est possible d'établir de comparaison que d'après les descriptions et les figurations données par les auteurs. Mais nous croyons ces formes bien voisines, sinon identiques, et nous ne serions point surpris de voir un jour ce dernier type considéré comme une simple variété du type primitif. Quoi qu'il en soit, on peut toujours considérer l'*Helix Belgrandi* comme une forme ancestrale dérivée elle-même de l'*Helix bidens* du pleistocène inférieur d'Allemagne.

(1) Michaud, 1836. *Complément*, p. 13.
(2) Bourguignat, *Catal. des Moll. des env. de Paris à l'époque quaternaire*, p. 6, p'. 3, f. 26-31.

VARIATIONS. — Nous connaissons trop peu d'échantillons adultes de cette coquille pour que nous puissions sérieusement en étuder les variations.

RAPPORTS ET DIFFÉRENCES. — L'*Helix bidens* doit être mis à la tête d'un groupe français composé de trois types fort voisins caractérisés par leur galbe général, et plus particulièrement par les dents de l'ouverture. L'*Helix bidens* représente le type d'une même forme générale ornée de deux dents péristoméales ; l'*Helix cobresina* n'en a qu'une seule, qui est parfois atrophiée ; enfin l'*Helix depilata* a son ouverture totalement privée de dents. Nous reconnaissons qu'outre ces caractères, l'*Helix depilata* a son dernier tour moins arrondi, presque subcaréné, que l'*Helix bidens* est glabre, que l'*Helix cobresina* a son ouverture un peu plus étroite, etc.; malgré cela, ne sommes-nous pas en droit de demander si toutes ces formes ne dérivent pas d'une seule et même espèce qui s'est modifiée suivant certaines conditions? Et en effet, d'après M. Sandberger (1), l'*Helix bidens* apparaît dans le pleistocène inférieur à Mosbach (var. *major*), Cannstadt, Grötingen et Nussdorf près Vienne, pour se perpétuer jusqu'à notre époque, tandis que l'*Helix depilata* ne commence à apparaître que dans le pleistocène moyen de Nussdorf, et que l'*Helix cobresina* n'a jamais été, croyons-nous, signalé à l'état fossile (2). La forme bidentée aurait donc la première fait son apparition en Allemagne et en Autriche d'abord (*H. bidens*), puis plus tard en France (*H. Belgrandi*); puis à la fin de l'époque quaternaire serait venue en Autriche la forme sans dent ou à dents atrophiées, tandis que la forme intermédiaire ou monodentée ne serait arrivée qu'en dernier lieu, tout en présentant une forme générale plus différente encore. Il existe donc une connexité frappante entre ces différentes coquilles dont la forme primitive ancestrale a dû nécessairement se modifier dans les âges géologiques, par suite des conditions biologiques différentes dans lesquelles elles ont dû se trouver.

HELIX VILLOSA, STUDER

Helix villosa, STUDER, 1789. *Faun. Helvet.*, *in Coxe, Trav. Switz*, III, p. 429.
— *pilosa*, V. ALTEN, 1812. *Syst. Abandl.*, p. 46, pl. X, f. 7.
— *hispidula*, CRISTOFORI et JAN, 1832. *Cot. ter. nat.*, VI, n° 80.

(1) Sandberger, 1870. *Die Land und Süss. Conch. der Vorw*, p. 816, 885.
(2) M. S. Clessin, *in Von Pleistocæn zur Gegenwart*, ne cite l'*Helix cobresina (H. unidentata)* que dans les alluvions modernes et à l'état vivant.

Bradybæna villosa, BECK, 1837. *Index Molluscorum*, p. 20.
Fruticola villosa, BELD, 1837. *In Isis von Oken*, p. 917.
Theba villosa, GRAY, 1842. *Fig. Moll. anim.*, t. CCXCVI, f. 12.
Hygromia villosa, ADAMS, 1852. *Gener. recent. Moll.*, p. 215.

HABITAT. — Cette coquille ne vit dans nos régions que dans les parties tout à fait montagneuses, de l'Ain, de l'Isère et du Jura. Elle commence à apparaître à une altitude d'environ 500 mètres et s'élève jusqu'à plus de 2000 mètres. Elle forme des colonies ordinairement assez nombreuses et peu disséminées, vivant sous les feuilles et les écorces des arbres dans les endroits frais et ombragés.

ORIGINE. — Nous ne connaissions pas cette coquille dans nos pays avant l'époque actuelle ; elle ne figure ni dans la faune quaternaire ni dans la faune alluviale. Elle a fait cependant son apparition en Allemagne et en Autriche dès les formations du pleistocène inférieur de Mosbach, et de Nussdorf, près Vienne.

VARIATIONS. — La taille et la forme de l'*Helix. villosa* varient suivant l'habitat où on l'observe ; parfois ses dimensions sont assez exiguës, mais il est toujours notablement plus grand que les plus forts échantillons de l'*Helix hispida*, forme de nos pays qui est la plus voisine. Sa spire peut être tantôt un peu élevée, et la coquille devient alors plus globuleuse, tantôt au contraire elle est plus surbaissée avec une suture plus profonde ; la coquille prend alors un aspect déprimé qui est assez fréquent. L'ombilic, par suite du développement du bord péristoméal, peut paraître, suivant les cas, plus ou moins grand. Enfin la coloration de la coquille passe du fauve clair au corné pâle. La variété *depilata*, qui serait presque une anomalie, n'est pas très rare, mais plus souvent on trouve des individus au poil court et clairsemé qui donne en effet à la coquille un aspect de calvitie. Cette variété, d'après MM. Dumont et de Mortillet, se trouverait surtout dans les régions supérieures aux forêts.

ANOMALIE. — La seule anomalie que nous ayons à signaler dans ce mollusque consiste en quelques cas assez rares, et toujours localisés d'albinisme. Nous l'avons observé dans des coquilles du Bugey et des environs de Grenoble.

HELIX MONTANA, Studer

Helix montana, Studer, 1820. *Kurzes verzeichn. Conch.*, p. 12.
— *circinnata*, Rossmassler, 1838. *Iconogr.*, t. VIII, f. 423. (V. *Montana*).
— *rufescens, auct.* Dupuy. Moquin, Westerl., etc, Pennant.

Habitat. — L'*Helix montana* est assez répandu dans la partie montagneuse et submontagneuse de notre région, mais plus particulièrement dans la chaîne du Jura ; on le trouve assez abondamment dans les montagnes du Bugey ; il vit sur les plantes, dans les bois, les forêts, toujours au-dessus de la région des vignes, jusqu'à celle des gazons, soit entre 700 et 1300 mètres d'altitude. Nous le retrouvons parfois dans les alluvions du Rhône, de l'Ain et de l'Isère.

Origine. — Cette forme, que nous ne connaissons pas encore à l'état fossile dans nos contrées, a été reconnue dans le pleistocène inférieur d'Allemagne et d'Autriche.

Variations. — Le polymorphisme de cette coquille est incontestable, et si sa bonne détermination a donné lieu à tant de controverses, nous pensons qu'il faut l'attribuer à cette diversité dans le galbe ; suivant les stations, nous observons en effet des formes différentes que l'on peut cependant rattacher au véritable type. Nous distinguerons donc les variétés suivantes réparties dans les différentes stations de nos contrées :

Glabra, Dumont et Mortillet (1). — Coquille de toutes tailles, mais n'ayant que peu ou même point de poils ; il est à remarquer que dans cette coquille les poils sont facilement caducs, même chez les jeunes individus ; assez commun ; presque partout.

Hispida, Dum. et Mort. — Coquille de taille un peu plus petite, mais de forme assez variable, ornée de poils nombreux, mais le plus souvent peu adhérents ; peu commun ; les parties hautes du Bugey, de la Savoie et de la Haute-Savoie.

Pratensis, Dum. et Mort. — Coquille de taille plus petite, d'un test plus solide ; assez rare ; sur les sommets des montagnes nues, comme au Méry.

(1) Dumont et Mortillet, 1857. *Catal. crit. et Malac.*, p. 46.

Depressa, nob.— Coquille de taille moyenne ou un peu plus forte, mais de forme déprimée, à spire peu élevée, souvent avec l'ombilic un peu plus étroit ; peu commun ; les montagnes du Bugey, les environs de Grenoble.

Globulosa, nob. — Coquille de taille moyenne ou un peu plus petite, à spire un peu élevée, de forme générale assez globuleuse, souvent avec l'ombilic un peu plus étroit ; peu commun ; les montagnes du Bugey.

Subtecta, nob. — Coquille de toute taille et de toute forme, mais avec l'ombilic plus étroit que le type, un peu recouvert par le développement du bord columellaire ; cette variété semble passer à l'*Helix plebeia ;* assez commun ; les montagnes du Bugey et de la Savoie.

Minor, nob. — Coquille de taille plus petite que le type, de forme assez variable ; assez rare ; les montagnes du Bugey, parties élevées.

RAPPORTS ET DIFFÉRENCES. — Dans la plupart des collections françaises, on trouve la forme qui nous occupe tantôt sous le nom d'*Helix rufescens*, tantôt sous le nom d'*H. plebeia*, rarement sous sa véritable dénomination. Nous pouvons cependant affirmer que l'*H. rufescens* n'existe pas dans nos pays ; c'est, comme l'a fait observer M. Bourguignat (1), une forme toute différente, spéciale à l'Angleter e, à la Belgique, au nord de la France et à l'Allemagne occidentale; quant à l'*Helix plebeia*, il existe bien dans nos régions, mais ne dépasse pas une altitude de 500 à 600 mètres. Du reste, on distinguera ces deux types aux caractères suivants : l'*Helix montana* est ordinairement de taille plus forte; il est orné de stries plus apparentes, sa coquille est plus mince, son ouverture plus arrondie, son sommet plus excorié; en outre il est voisin des formes suivantes et nous en établirons les caractères différentiels à propos de l'étude de chacune d'elles. Nous observerons enfin dans les échantillons du Jura, que bien des collectionneurs doivent à l'extrème complaisance de M. Charpy, un ombilic plus découvert que dans le véritable type de la Suisse; cependant M. J. Mabille nous a dit qu'il les considérait comme de véritables *Helix montana*. Nos échantillons de l'Ain diffèrent un peu de ceux du Jura et sont absolument semblables à ceux de la Suisse.

ANOMALIES. — Il est de rares cas d'albinisme dans cette forme ; MM. Dumont et de Mortillet en ont fait mention dans la faune de la Savoie. Nous rattacherons également à ce cas tératologique les intéressants indi-

(1) Bourguignat, 1862. *Malacologie du lac des Quatre-Cantons*, p. 23.

vidus trouvés par M. Charpy dans le Jura, qui sont |d'un blanc corné, pâle, et qui paraissent constituer une véritable colonie locale très-développée.

HELIX PHOROCHÆTIA, Bourguignat

Helix phorochætia, Bourguignat, 1864. *Malacologie de la Grande-Chartreuse*, p. 52,
— pl. VI, f-. 9-14

Habitat. — Cette coquille a été découverte et signalée pour la première fois par M. Bourguignat à la Grande-Chartreuse, où elle est assez abondante le long des sentiers de Saint-Bruno et de Chartreusette.

Origine. — L'*Helix phorocæhtia* appartient à la faune essentiellement moderne; du moins nous n'avons jamais rencontré de forme similaire avant notre époque, ni en France ni à l'étranger.

Variations. — Cette petite coquille, dont nous n'avons pu examiner qu'un nombre fort restreint d'échantillons, ne nous paraît varier que par le plus ou moins de dépression de sa spire, et par les dimensions de son ombilic plus ou moins recouvert par le bord columellaire.

Rapports et différences. — Comme le dit fort judicieusement M. Bourguignat, « cette nouvelle espèce ne peut être confondue qu'avec l'*Helix villosa*, dont elle est une miniature. » Elle en diffère notablement par sa taille et surtout par la petitesse de son ouverture ombilicale.

HELIX SUBMONTANA, J. Mabille

Helix Pascali, J. Mabille, 1867. *Archives malacologiques*, 2ᵉ fasc. p. 29.
— *submontana*, J. Mabille. 1868. *In Rev. et Mag. zool.*, 2ᵉ série, XX, p. 22.
— *rufescens*, Westerlund, 1876. *Faun. Europ. Prodromus*, p. 48 (*V. submontana*)

Habitat. — L'*Helix submontana* a été trouvé pour la première fois par M. Charpy, de Saint-Amour, dans le canton de Nozeroy, dans le Jura. C'est par erreur qu'il a été signalé comme se trouvant à Saint-Amour par M. J. Mabille. On l'a rencontré également à Poligny, et ce dernier auteur l'a reconnu à Bellegarde, dans le département de l'Ain. C'est du reste partout une forme très rare.

ORIGINE. — Cette coquille n'a pas encore été signalée à l'état fossile.

VARIATIONS. — Ce type, comme nous l'a fait observer M. J. Mabille, n'a été établi que sur un nombre fort minime d'échantillons. Il ne nous est donc pas possible d'en apprécier les variations.

RAPPORTS ET DIFFÉRENCES. — Nous ne discuterons pas ici la validité de ce type que bien des naturalistes pourront envisager comme variété de l'*Helix montana;* c'est du moins l'avis de plusieurs malacologistes suisses, à qui cette dernière forme est bien familière. « Voisine de l'*Helix montana*, Charpentier, dit M. J. Mabille, l'*Helix Pascali (postea submontana)* s'en distingue par ses stries, par ses poils, par son ombilic, sa coloration, etc. »

HELIX CIRCINNATA, STUDER

Helix circinnata, STUDER, 1820. *Kurzes Verzeichn. Conch.*, p. 86.
Trichia circinnata, HARTMANN, 1821. *Gastrop.*, t. I, p. 125, f. 38.
Bradybæna circinnata, BECK, 1837. *Index Molluscorum*, p. 20.
Fruticola circinnata, HELD, 1837. *In Isis von Oken*, p. 914.
Helix rufescens, DUPUY, MOQUIN, WESTERLUND, etc. (non Pennant).

HABITAT. — L'*Helix circinnata* paraît vivre, sinon normalement, du moins accidentellement, à des altitudes très variables. M. Bourguignat[1] l'indique dans l'Isère, aux environs de la Grande-Chartreuse, le long des sentiers de Saint-Bruno, de Chartreusette, et vers le rocher de l'Œillette ; nous l'avons récolté sur les bords du Rhône, au nord de Lyon ; dans le parc du château de Laumusse, non loin des bords de la Saône, dans le département de l'Ain ; nous l'avons également reçu des environs de Belley et du Bugey. Nos déterminations ont été confirmées par M. Bourguignat ; ce mollusque paraît vivre en colonies peu nombreuses, mais aussi peu dispersées.

ORIGINE. — Nous n'avons pas retrouvé cette forme à l'état fossile dans des dépôts quaternaires de notre région. Il est probable qu'il faut rapporter à cette coquille, plutôt qu'à l'*Helix rufescens*, une partie des formes

(1) Bourguignat, 1866. *Malac. Grande-Chartreuse*, p. 856.

fossiles du pleistocène inférieur d'Allemagne et d'Autriche que M. Sandberger (1) paraît avoir confondues. Nous n'avons pas eu entre les mains ces échantillons, mais d'après la figuration qu'il en donne (Taf. XXXVI, fig. 4), nous croyons qu'il conviendrait, au moins pour cette forme de Grötzingen, de la rapporter à l'*Helix circinnata*, tandis que celle de Motbach (Taf. XXXIII, fig. 41) serait plutôt l'*Helix montana* ou une de ses variétés.

VARIATIONS. — Les échantillons que nous avons étudiés paraissent assez réguliers dans leurs caractères. Nous observerons cependant qu'ils peuvent être plus ou moins déprimés, lisses ou hispides, minces ou solides, suivant les stations et les altitudes. Nous distinguerons les variétés suivantes :

Glabra, nob. — Coquille de toute taille et de toute forme, mais à peu près glabre, avec des stries plus fortes et plus irrégulières ; rare ; les montagnes du Bugey.

Depressa, nob. — Coquille de taille ordinaire, mais de forme encore plus déprimée que le type, souvent avec le dernier tour bien arrondi ; assez commun ; les montagnes du Bugey.

RAPPORTS ET DIFFÉRENCES. — L'*Helix circinnata* est voisin de l'*Helix montana*. On distinguera la première de ces formes à sa taille plus forte, à son galbe plus déprimé, plus aplati, à son test un peu plus mince, moins foncé, à son ombilic beaucoup plus grand, beaucoup plus ouvert, laissant facilement voir une partie de l'avant-dernier tour. Ces caractères permettront également de distinguer et de séparer les *Helix circinnata* et *H. hispida* qui peuvent se récolter dans la même région. L'*Helix hispida* est toujours de taille plus petite, ses tours sont moins nombreux, son ombilic, tout en étant large et ouvert, l'est cependant beaucoup moins que celui de l'*H. circinnata ;* enfin sa coloration est toujours plus foncée et ses stries moins fortes.

HELIX GLYPTA, P. FAGOT

Helix cælata, STUDER, 1820. *Kurzes Verzeichn. Conch.*, p. 86 (non Vallot).
Bradibæna cælata, BECK, 1837. *Index Molluscorum*, p. 20.
Fructicola cælata, HELD, 1837. *In Isis von Oken*, p. 914.
Helix rufescens, auct. DUPUY, MOQUIN, etc. non Pennant.
— *glypta*, P. FAGOT, *mss.*

(1) Sandberger, 1870. *Land und Süss. Conch. der Vorw.*, p. 811.

HABITAT. — Cette forme est peu commune; on la retrouve cependant sur plusieurs points de notre région ; MM. Dumont et de Mortillet l'indiquent dans le département de l'Ain, à la perte du Rhône ; nous l'avons récoltée, aux environs de Lyon, toujours près du fleuve, soit vivant sur les pierres des digues ou dans les prairies avoisinantes, soit dans les alluvions du fleuve. Nous l'avons également reçue de Laumusse et de Hauteville, dans le département de l'Ain. M. Westerlund l'indique aux environs de Grenoble (1). L'*Helix glypta* ne paraît pas vivre à de grandes altitudes ; il ne dépasse pas de 5 à 600 mètres dans nos pays ; il vit toujours en colonies peu nombreuses et assez dispersées, avec l'*Helix hispida*.

ORIGINE. — Nous avons signalé dans la faune quaternaire des environs de Lyon (2) deux formes reconnues nouvelles par M. P. Fagot, et qui se rattachent à ce groupe; mais nous n'avons pas retrouvé le véritable type.

VARIATIONS. — Nos échantillons sont assez différents les uns des autres, suivant les stations où on les a récoltés. Si quelques-uns se rapportent très exactement au type, il en est d'autres au contraire, dont la taille un peu plus forte, la spire un peu élevée, les fait nécessairement rapprocher de l'*Helix circinnata*, de telle sorte qu'il est bien difficile de dire si ce sont des *Helix glypta*, var. *major*, ou des *Helix circinnata*, var. *minor;* en d'autres termes, la délimitation précise entre les deux types peut devenir très difficile lorsque l'on a affaire à certaines colonies intermédiaires. La coloration et l'épaisseur du test semblent également présenter de nombreuses variations.

RAPPORTS ET DIFFÉRENCES. — En présence de la confusion qui pourrait subsister entre l'*Helix cœlata* de Studer et l'*H. cœlata* de Vallot, formes tout à fait différentes, M. P. Fagot a proposé la dénomination d'*H. glypta*. Cette coquille est voisine des *Helix circinnata* et *H. hispida;* on la distinguera de l'*Helix circinnata* à sa taille plus petite, à sa spire fortement déprimée, à ses stries grossières et saillantes, comme burinées, à l'aplatissement du bord inférieur du dernier tour, etc. On la reconnaîtra de l'*Helix hispida* à la dépression de sa spire, à l'agrandissement de son ombilic, qui est assez large et assez ouvert pour laisser voir l'avant-dernier tour, à ses stries ciselées, etc. Cette forme a été classée très diver-

---

(1) Westerlund, 1876. *Fauna Europæa Prodromus*, p. 48.
(2) A. Locard, 1879. *Faune malacologique quaternaire*, p. 34.

sement par les auteurs; pour Moquin-Tandon et la plupart des anciens auteurs français, ce n'est qu'une variété de l'*Helix rufescens*(1); MM. Dumont, de Mortillet, Bourguignat, Westerlund, etc., l'admettent au rang d'espèce.

HELIX CLANDESTINA, Born

Helix clandestina, BORN, 1780. *Mus. Cæs. Vindobon* (teste Hartmann).
Trichia clandestina, HARTMANN, 1826. *Gasterop.*, I, p. 125, f. 38.
Theba clandestina, GRAY, 1850. *Fig. Moll. anim.*, pl. CXCII, f. 5.
Helix rufescens, auct., MOQUIN, DUPUY, WESTERLUND (non Pennant).

HABITAT. — Nous avons reconnu quelques rares individus de l'*Helix clandestina* au milieu d'échantillons de l'*H. montana* des montagnes du Bugey dans le département de l'Ain, et sur les bords du Rhône au sud de Lyon.

ORIGINE. — Nous ne connaissons pas cette coquille à l'état fossile.

VARIATIONS. — Les échantillons que nous avons pu examiner sont trop peu nombreux pour que nous ayons pu y constater des variations autres que les variations individuelles.

RAPPORTS ET DIFFÉRENCES. — L'*Helix clandestina* est bien voisin des *Helix montana*, *H. glypta* et *H. circinnata*. Sa taille est un peu plus petite que celle de l'*Helix montana ;* il est plus particulièrement caractérisé par le développement de son dernier tour, qui est proportionnellement plus large et plus grand; son ouverture est plus arrondie que celle de l'*Helix glypta,* et son ombilic un peu moins ouvert.

HELIX HISPIDA, Linné
Pl. II, fig. 7-8.

Helix hispida, LINNÉ, 1758. *Systema naturæ*, 10ᵉ édit., I, p. 771.
— *sericea*, C. PFEIFFER, 1821. *Nat.* I, p. 34, t. II, f. 17.
— *glabella*, C. PFEIFFER, 1821. *Nat.* I, p. 34, t. II, f. 16.
Helicella Prevostina, RISSO, 1826. *Hist. nat. Europ. merid.*, IV, p. 73, n° 162.
Bradybæna hispida, BECK, 1837. *Index Molluscorum*, p. 20.
— *concinna*, JEFFREYS, 1823. *In Lin. transact.*, t. XIII, p. 337.
Helicella hispida, FITZINGER, 1833. *Syst. Verz. Erzherz. Œst.*, p. 96.
Fruticola hispida, HELD, 1837. *In Isis von Oken*, p. 914.
Hygromia hispida, ADAMS, 1853. *Genera recent mollusca*, p. 214

(1) Moquin-Tandon, 1855. *Hist. Moll.*, II, p. 206.

VARIAT. MALAC., I.   7

'Habitat. — On trouve l'*Helix hispida* dans toute notre région; il est très abondamment répandu depuis les plaines basses et les vallées jusqu'à 1500 et 2000 mètres d'altitude. Peu de coquilles sont aussi communes et ont une extension géographique aussi considérable.

Origine. — Ce Céphalé avec l'*Helix arbustorum* est un des plus anciens de la région ; dans un autre travail (1) nous avons montré qu'à l'époque des premiers dépôts du lehm, il existait déjà différentes variétés de cette même forme, sans compter le type lui-même tel qu'il vit encore aujourd'hui en France et en Suède. En Allemagne et en Autriche, on le retrouve jusque dans le pleistocène inférieur, dans le duché de Nassau, le Wurtemberg, la Saxe, la Bavière, la Hesse, etc. On constate aisément que si, à cette époque, il existait déjà plusieurs variétés, la forme type s'est transmise intégralement sans modification jusqu'à nous.

Variations. — De même qu'à l'état fossile, cette coquille est sujette à des variations assez nombreuses. Sa taille change d'une façon notable, suivant les stations; quand on le trouve dans des conditions particulièrement favorables à son développement, l'*Helix hispida* devient assez grand et peut atteindre jusqu'à 10 millimètres de diamètre; dans ce cas, il est souvent glabre et son test est peu épais; d'autres fois il est beaucoup plus petit et passe à une véritable variété *minor*, tout en conservant sa forme et sa coloration primitive, contrairement à l'indication de Moquin-Tandon (2) qui décrit une variété *minor* de forme plus déprimée et de coloration blanche.

La forme de la spire peut également varier beaucoup : tantôt elle est un peu élevée, et le dernier tour, perdant sa forme subcarénée, s'arrondit ; tantôt au contraire elle est déprimée, et le dessus de la coquille affecte ce profil caractéristique de l'*Helix carthusiana*. Le dernier tour n'est donc pas toujours obtusément caréné ; dans quelques individus, il est au contraire presque arrondi. En général, la suture est assez profonde, surtout dans les formes déprimées.

L'ombilic n'est pas toujours aussi ouvert que dans le type ; il a parfois des tendances à se rétrécir et à être masqué par le développement du bord columellaire du péristome. Quant au bourrelet intérieur du péristome, il est souvent réduit à l'état d'une simple zone plus ou moins blanchâtre même dans des échantillons de forte taille parfaitement adultes.

---

(1) Locard, 1879. *Faune malacologique des terrains quaternaires*, p. 35.
(2) Moquin-Tandon, 1852. *Hist. nat. Moll.*, t. II, p. 224.

' La forme de l'ouverture est, elle aussi, très variable ; elle est fonction de la forme du dernier tour et du développement du péristome ; tantôt elle est plane en dessous, vers le bord columellaire, et sa section générale devient subquadrangulaire ; tantôt aussi ce caractère disparaît et l'ouverture semble plus arrondie ; ce cas est ordinairement celui des variétés *minor*. Enfin la coloration paraît se modifier suivant l'habitat ; sans parler des cas d'albinisme, cette coloration peut passer du brun même assez foncé au fauve corné pâle assez clair. Tantôt la coquille est transparente, tantôt elle est opaque ; nous avons observé tout récemment ce cas dans des échantillons récoltés aux environs de Lyon, et dont la couleur est d'un gris fauve un peu violacé.

Quant à la zone blanchâtre qui orne le dernier tour et qui n'est bien visible que dans les échantillons glabres, elle peut être tellement atténuée dans des échantillons de petite taille ou de coloration un peu pâle qu'il est parfois difficile de la distinguer. Comme chez l'*Helix villosa*, on trouve aussi des individus complètement glabres ; d'autres ne conservent que quelques poils vers la suture ; c'est surtout chez les individus âgés que ce fait s'observe. Draparnaud (1) avait déjà fait mention d'une variété complètement glabre ; M. de Mortillet l'a également reconnue aux environs de Chambéry (2).

Rapports et différences. — Bien souvent nous avons vu dans des collections des *Helix hispida*, inscrits sous les noms d'*H. concinna*, *H. cœlata*, *H. clandestina*, *H. circinnata*, *H. plebeia*, *H. sericea*, etc. C'est qu'en effet, l'*Helix hispida*, surtout lorsqu'il est glabre, a de grandes affinités avec toutes ces formes. Aussi leur détermination doit-elle être toujours faite avec la plus grande circonspection. Quand la coquille est encore recouverte de sa robe pileuse, on n'a plus à le différencier que des *Helix concinna*, *H. sericea* et *H. plebeia*. Dans ce cas, la dimension de son ombilic le fera toujours distinguer des *Helix plebeia* et *H. sericea*, mieux encore que sa forme, dont les variations peuvent le faire confondre avec d'autres variétés de ces deux types. On le distinguera de l'*Helix concinna*, dont il est très voisin, par son galbe ordinairement plus petit, plus déprimé, et surtout par son ouverture moins arrondie, plus oblique ou subquadrangulaire. Enfin, quand la coquille sera glabre, on la distinguera des formes du groupe de l'*Helix montana*, par sa taille généralement plus petite, par sa

(1) Draparnaud, 1804. *Hist. Moll.*, p. 104, var. β.
(2) Mortillet, 1881. *Bull. Soc. d'Hist. nat. de Savoie*, p. 80.

forme plus déprimée, par son ombilic plus grand et par son ouverture moins arrondie.

L'ancien groupe draparnaldique des *hispides*, comprenant les *Helix hispida*, *H. sericea* et *H. plebeia*, a été l'objet d'un travail tout spécial de M. Clessin (1). Cet auteur admet dans ce même groupe un certain nombre d'espèces dont plusieurs sont nouvelles : *Helix concinna* Jeffreys, *H. Putonii* Clessin, *H. granulata* Alder, *H. expansa* Clessin, *H. dubia* Clessin, *H. corneola* Clessin, *H. liberta* Westerlund, *H. pseudosericea* Benoît, et *H. terrena* Clessin. Ces coquilles sont plus particulièrement différenciées entre elles par la hauteur de la spire, le nombre des tours et les dimensions de l'ombilic. Une seule de ces formes paraît se retrouver dans nos régions, c'est l'*Helix liberta*.

ANOMALIES. — Les cas d'albinisme ne sont pas très rares chez ce mollusque, nous avons pu en observer quelques-uns aux environs de Lyon, mais ce sont presque toujours des cas isolés.

MONSTRUOSITÉS. — Les cas de monstruosité nous paraissent relativement fort rares pour une coquille aussi commune que celle de l'*Helix hispida;* nous possédons cependant un échantillon senestre parfaitement adulte, de taille ordinaire; nous l'avons récolté dans les alluvions du Rhône, au nord de Lyon.

Nous avons fait figurer (pl. II) deux formes assez curieuses de cette Hélice; la figure 7 représente un individu subscalaire, dans lequel les tours s'étagent les uns au-dessus des autres, de façon à modifier totalement l'aspect de la coquille. Il a été trouvé par M. Roy au Moulin-à-Vent. L'autre échantillon (fig. 8) fait partie de notre collection et provient des alluvions du Rhône; sa forme est exceptionnellement globuleuse ; le dernier tour est tout à fait arrondi ; en même temps la coquille a une tenance à la scalariformité.

(1) S. Clessin, 1876, *Studien über die Helix-Gruppe fruticola Held, in Jahrbücher der deutschen malako-zoologischen Gesellschaft*, p. 305.

HELIX GRATIANOPOLITANA, Rambur

Helix glabella, A. Gras, 1840. *Moll. Isère*, p. 33, n° 23, pl. II, fig. 25.
— *Gratianopolitana*, Rambur, 1869. *In Journ. de Conch.*, vol. XVII, p. 267.

Habitat. — Cette forme, d'après Rambur, habite aux environs de Grenoble, dans les lieux frais et couverts ; elle se tient fixée aux feuilles des orties et des autres plantes, parfois aussi aux parois des rochers ; elle est assez commune.

Origine. — Nous ne connaissons pas cette coquille à l'état fossile.

Variations. — Rambur n'a indiqué aucune variation dans la coquille de ce mollusque.

Rapports et différences. — D'après l'auteur que nous venons de citer, Albin Gras aurait figuré cette coquille sous le nom d'*Helix glabella*. « Elle ressemble beaucoup pour la forme à l'*Helix hispida*, mais elle est plus déprimée, plus lisse, finement striée et d'une manière régulière, assez transparente, et elle a souvent le dernier tour, en dessous, marqué par une ou plusieurs nuances transversales d'un blanc un peu jaunâtre ou roussâtre ; le dernier tour s'accroît un peu plus vite que les autres, et est infléchi par en bas en avant, non dévié. La spire est composée de cinq tours et demi, déprimée en dessus et en dessous, obtuse au sommet, qui est jaunâtre. La suture est assez marquée ; l'ombilic grand, très arrondi ; l'ouverture large, rétrécie d'avant en arrière et un peu déprimée dans ce sens, arrondie sur les côtés, rarement munie d'un faible bourrelet du côté gauche, largement échancrée par le dernier tour. Le bord droit est arrondi, le columellaire un peu prolongé et terminé d'une manière aiguë. La couleur du test est corné pâle ou roussâtre, un peu luisante et souvent blanchâtre en dessous. La surface est tantôt presque glabre, tantôt couverte de poils très serrés, caducs, laissant peu de traces sur la coquille et ne la rendant pas rugueuse comme chez l'*hispida*, ayant un aspect soyeux et marqué d'une bande blanchâtre ceignant le dernier tour. »

HELIX DEPILATA, Draparnaud

Helix depilata, Draparnaud, 1801. *Tabl. Moll.*, p. 72 (n. C. Pfeiffer).
— *edentula*, Draparnaud, 1805. *Hist. Moll.*, p. 80, pl. VII, f. 14.
Petasia edentula, Beck, 1837. *Index Molluscorum*, p. 21.
Helix unidentata, Rossmæsler, 1838. *Iconographie*, VII, p. 433 (var. *Monodon*).
— *Cobresina*, L. Pfeiffer, 1848. *Monogr. Helic.*, t. I, p. 151 (β).
Zonites edentula, Adams, 1853. *Gen. Recent Mollusca*, p. 116.
Hygromia edentula, Morch, 1864. *Syn. Moll. Daniæ*, p. 18.

Habitat. — Cette forme figure dans la faune du mont Pilat, et dans celle de presque toute la ligne des Alpes françaises, jusque dans le Jura et les Vosges ; dans certaines parties des Alpes, elle est très répandue. « C'est, dit M. Bourguignat, une des espèces les plus caractéristiques de la Grande-Chartreuse. Cette coquille est en effet si abondante sous les feuilles, les détritus, les bois pourris, dans les anfractuosités des rochers, qu'elle peut être considérée comme un mollusque spécial du Désert » (1). Nous la connaissons dans les régions montagneuses élevées de la Loire, de l'Isère, de l'Ain, de la Savoie et du Jura. Elle vit de préférence à une altitude comprise entre 500 et 2000 mètres.

Origine. — Ce mollusque existait déjà à l'époque quaternaire, sinon en France, du moins en Autriche. M. Sandberger l'a signalé dans le pleistocène moyen de Nussdorf près Vienne (2). Nous ne croyons pas qu'il ait été indiqué dans d'autres stations.

Variations.—L'*Helix depilata* est sujet à d'assez grandes [variations dans sa taille, sa forme et les caractères de son ouverture. Suivant les localités, il est plus ou moins développé. A la Grande-Chartreuse, M. Bourguignat reconnaît que cette forme varie de 3,75 millimètres de hauteur à 6 millimètres, tandis que son diamètre passe de 5,50 à 8 millimètres. Les plus beaux échantillons que nous ayons vus proviennent précisément de la Grande-Chartreuse. Dans l'Ain, à Hauteville par exemple, et dans le Jura, ils sont en général de petite taille. La spire est plus ou moins élevée ; Moquin-Tandon signale même une variété *depressula* (3), dont la coquille est moins conoïde (var. *b. Menke*). Le dernier tour, normalement

(1) Bourguignat, 1864. *Malocologie de la Grande-Chartreuse*, p. 57, pl. VII, f. 1-12.
(2) Sandberger, 1875. *Die Land und Süss. Conch.*, p. 885.
(3) Moquin-Tandon, 1855. *Hist. Moll.*, t. II, p. 122.

subcaréné, peut quelquefois être arrondi, notamment dans les échantillons de taille un peu forte. Enfin, la bande blanchâtre, comme pellucide qui, sur le dernier tour, correspond à la ligne subcarénale, fait parfois totalement défaut.

La forme caractéristique de l'ouverture ne présente pas une fixité absolue. Tantôt elle est étroite, déprimée, tout à fait analogue à celle de l'*Helix Cobresina*, tantôt au contraire son bord inférieur s'infléchit davantage, et le profil en devient plus arrondi. Cette ouverture est ornée d'une callosité subdentiforme qui s'étend sur tout le bord inférieur, et qui a son maximum de développement à la place même où se trouvent les dents de l'*Helix bidens*, tellement bien que dans quelques échantillons de ce dernier type, on distingue souvent, au lieu de ces dents, deux saillies bien marquées dans le bourrelet. Enfin, comme en Allemagne (1), il existe quelques individus chez lesquels l'ombilic n'est pas entièrement recouvert par le développement du péristome; il paraît alors plus grand et mieux ouvert.

C'est à tort que Draparnaud avait donné en 1801 à cette espèce le nom de *depilata*, alors qu'au contraire elle est presque toujours couverte de poils raides et courts qui ne tombent qu'avec l'âge. Cette dénomination, la première donnée, doit cependant être conservée plutôt que celle admise en 1805 par le même auteur.

RAPPORTS ET DIFFÉRENCES. — L'*Helix depilata* a été classé de bien des manières dans la méthode, par suite de ses affinités avec d'autres types voisins. Moquin-Tandon le range dans ses *Petasia* à côté de l'*Helix bidens*. Nous avons signalé, à propos de cette dernière coquille, les rapports et différences qui existent dans les différents types français de ce groupe. D'autres auteurs, comme MM. Kreglinger, Westerlund, etc., la rapprochent, comme nous l'avons fait, de l'*Helix hispida*. Enfin M. Bourguignat, dans sa *Malocologie de la Grande-Chartreuse*, le place à la suite des *Helix hispida* et *H. circinnata*. Par son galbe tout particulier, par la forme de son ouverture, par la manière d'être de son ombilic, il sera toujours facile de séparer l'*Helix depilata* de ses congénères.

(1) **Kreglinger**, 1870. *Syst. Verzeich. Deutsch.*, p. 88.

HELIX BOURNIANA, Bourguignat

Helix Bourniana, Bourguignat, 1864. *Malacologie de la Grande-Chartreuse*, p. 54, pl. VII, f. 13-17.

Habitat. — M. Bourguignat a signalé le premier cette coquille comme étant peu abondante, sous les détritus, dans les mousses, le long du sentier de Chartreusette, à la Grande-Chartreuse, dans l'Isère.

Origine. — L'*Helix Bourniana* paraît jusqu'à présent propre à la faune alpestre moderne. Il n'a pas été signalé à l'état fossile.

Variations. — Cette coquille ne nous est connue que par la description et la figuration qu'en a données l'auteur.

Rapports et différences. — Quoique M. Bourguignat place l'*Helix Bourniana* entre l'*Helix plebeia* et l'*H. sericea*, nous croyons que par sa forme il peut être rapproché, tout en tenant compte de l'absence de tous poils, de l'*Helix depilata*. Il diffère de cette dernière forme par sa taille un peu plus forte, ses tours moins nombreux, son ombilic très profond et bien accentué, enfin par son péristome droit, aigu, non épaissi. A ce point de vue, il tiendrait en effet de l'*Helix plebeia* par sa forme générale comme par celle de son péristome, et de l'*Helix hispida* par le développement de son ombilic.

HELIX COBRESINA, v. Alten

Helix unidentata, Draparnaud, 1805. *Hist. Moll.*, p. 81, pl. VII, f. 15 (n. Chen.).
— *Cobresina*, v. Alten, 1812. *Syst. Abhandl.*, *Conch.*, p. 79, pl. IX, f. 18.
— *pyramidea*. Hartmann, 1822. *Syst. Gasterop.* p. 53, pl. IX, f. 27.
— *monodon*, Ferussac, 1822. *Tabl. System. Moll.*, p. 39.
— *ventricosa*, Cristofori et Jan, 1832. *Cat. res. nat.*, p. 6, n° 5 (n. Müll.).
Conulus unidentatus, Fitzinger, 1833. *Syst. Verzeichn. Œster.*, p. 94.
Petasia Cobresina, Beck, 1837. *Index Molluscorum*, p. 21.
Trochiscus unidentatus, Held, 1837. *In Isis von Oken*, p. 915.

Habitat. — L'*Helix Cobresina*, comme l'*Helix bidens*, est très peu répandu en France; Draparnaud l'a signalé dans la Bresse où il a pris son type, et MM. Potiez et Michaud l'indiquent dans la Franche-Comté et le Jura (1). Ce serait à tort qu'on l'aurait signalé à la Grande-Chartreuse, dans le département de l'Isère ; M. Bourguignat, dans sa *Malacologie de la Grande-Chartreuse* (2), déclare que cette forme n'y a jamais été récoltée ; ce fait est également confirmé par M. de Mortillet (3). Cependant, sans que nous osions rien affirmer, M. Michaud nous a donné récemment trois échantillons de l'*Helix Cobresina* bien caractéristiques portant cette dénomination locale.

ORIGINE. — Cette coquille est bien certainement d'origine récente. Nous ne la connaissons pas en France à l'état fossile. M. Sandberger ne l'indique pas non plus dans les dépôts quaternaires d'Allemagne, et M. Clessin la donne comme se trouvant seulement dans les alluvions des cours d'eau de l'Autriche (4).

VARIATIONS. — Le petit nombre d'échantillons français qu'il nous a été possible d'étudier dans différentes collections, nous montrent que la présence de la dent péristoméale n'est point un caractère constant ; souvent cette petite dent est réduite à une simple saillie qu'il n'est pas toujours facile de distinguer. La taille de ces Hélices est plus petite que celle des beaux échantillons de l'*Helix depilata* de la Grande-Chartreuse ; mais parfois aussi le dernier tour est moins arrondi qu'on ne l'indique généralement, de telle sorte que ce type se rapprocherait encore de l'*Helix depilata*, dont le dernier tour est légèrement subcaréné.

Enfin on rencontrerait également, d'après Moquin-Tandon (5), deux variétés de cette coquille, l'une, var. *depressula*, à spire moins conoïde, l'autre, var. *unidens*, de taille plus petite, avec un ombilic plus large. Ces variétés sont données par cet auteur sans désignation de localité ; nous ne les avons pas encore rencontrées.

RAPPORTS ET DIFFÉRENCES. — A propos de l'*Helix bidens*, nous nous sommes suffisamment étendu sur les rapports et les différences qui existent entre l'*Helix Cobresina* et ses congénères, nous n'avons donc pas à y revenir. On le distinguera du reste très facilement des autres hispides.

(1) Moquin-Tandon cite, d'après MM. Potiez et Michaud, la station de la Grande-Chartreuse près de Saint-Bruno : vérification faite, nous ne trouvons pas cette citation dans la *Galerie des Mollusques* de ces deux savants auteurs.
(2) Bourguignat. 1864. *Malacologie de la Grande-Chartreuse*, p. 28.
(3) De Mortillet, 1861. *Annexion à la faune malacologique de France*, II, p. 22.
(4) S. Clessin, 1877. *Vom Pleistocaen zur Gegenwart, eine conchyliologi-che Studie*, p. 61.
(5) Moquin-Tandon, 1855. *Hist. Moll.*, II, p. 122.

Anomalies. — Moquin-Tandon indique, mais sans désignation de provenance, une variété albine de l'*Helix Cobresina*. Quoique nous ne l'ayons jamais rencontrée, nous devons cependant citer, au moins à titre de renseignement, cette anomalie.

HELIX LIBERTA, Westerlund.

Helix concinna, Dupuy, 1847. *Moll. France*, p. 186, tab. VIII, fig. 6.
— *sericea*, Gyssen, 1863. *Moll. Badens*, p. 12 (v. *depilata*).
— *liberta*, Westerlund, 1870. *Synop. Crit. Moll.*, p. 54.

Habitat. — Nous croyons pouvoir rapporter à l'*Helix liberta* de rares individus récoltés dans les alluvions du Rhône au nord de Lyon, provenant sans doute des régions submontagneuses des Alpes.

Origine. — Cette espèce ne nous est pas connue à l'état fossile.

Variations. — S'il faut admettre comme synonymie de l'*Helix liberta* l'*Helix concinna* figuré par M. l'abbé Dupuy (1), nous remarquerons que nos échantillons ont une forme un peu moins globuleuse ; leur galbe rappelle un peu celui de l'*Helix plebeia* par suite de la forme très légèrement subcarénée du dernier tour; ils constitueraient alors une var. *depressa* par rapport à ce type. Ils ont au contraire plus d'analogie avec la figure donnée par M. S. Clessin.

Rapports et différences. — L'*Helix liberta* a été classé par M. Westerlund (2) avant l'*Helix plebeia* et loin de l'*Helix sericea ;* cette forme cependant a bien au moins autant d'analogie avec cette dernière coquille qu'avec la première. On la distingue de l'*Helix plebeia* par son galbe plus renflé, plus globuleux, par son ouverture plus arrondie ; on la séparera au contraire de l'*Helix sericea* par sa taille plus forte, son galbe un peu plus déprimé et son ombilic plus petit. En résumé, l'*Helix liberta* tient à l'*Helix sericea* par son galbe général, et à l'*Helix plebeia* par les dimensions de son ombilic.

(1) Clessin, 1874. *Studien über die Helix-Gruppe fruticola Held, in Jahrbücher der deutschen malako-zoologischen Gesellschaft*, p. 320.
(2) Westerlund, 1876. *Fauna Europea molluscorum prodromus*, p. 52.

HELIX PLEBEIA, Draparnaud

Pl. II, fig. 4-6.

Helix plebeium. DRAPARNAUD, 1805. *Hist. Moll.*, p. 103, pl. VII, f. 5.
— *rudis*, STUDER, 1820. *Kurz. Verzeichn. Œster.* p. 86.
— *lurida*, ZIEGLER, 1828. *In C. Pfeiffer, Deutschl. Moll.*, III, p. 33, pl. VI, f. 14, 15.
— *plebeia*, MICHAUD, 1831. *Compl. Drap.*, p. 29.
— *hispida*, CHARPENTIER, 1837. *Moll. Suisse*, p. 10 (v. *depilata*).
Bradybæna plebeia, BECK, 1837. *Index Molluscorum*, p. 20.

HABITAT. — Moins répandu que l'*Helix hispida*, l'*H. plebeia* vit dans
la plupart de nos contrées; en même temps il est plus cantonné, moins
dispersé et paraît un peu moins alpestre; il préfère les altitudes inférieures à 700 mètres. Nous ne pensons pas qu'il puisse s'élever dans les
Alpes à une altitude supérieure. A 500 mètres, il est déjà plus rare, tandis
qu'on le trouve assez communément mais toujours localisé dans les
régions basses des plaines et des vallées du Lyonnais, du Dauphiné, de
la Bresse et du Jura.

ORIGINE. — Nous ne connaissons pas encore cette coquille à l'état fossile
dans notre région; nous ne l'avons pas non plus rencontrée dans la faune
des alluvions de la Saône de la période préhistorique. Il est donc fort
probable qu'elle a fait son apparition dans notre pays à une époque très
récente. MM. Sandberger et Clessin ne l'ont pas non plus signalée dans
les dépôts quaternaires ou alluviens d'Allemagne et d'Autriche.

VARIATIONS. — L'*Helix plebeia* est certainement l'espèce la plus polymorphe de tout ce groupe déjà si difficile des hispides; de là les difficultés sans nombre que plus d'un naturaliste a éprouvées pour son classement et sa détermination. Ses principales variations sont les suivantes :
dans nos régions, l'*Helix plebeia* est ordinairement plus petit que les
plus grandes formes de l'*Helix hispida;* en même temps, sa taille ne paraît pas égaler celle de la variété *minor* de ce même type; c'est dire
que la taille de l'*Helix plebeia* est ordinairement plus régulière. Il n'en
est pas de même de sa forme.

Le type doit être un peu subglobuleux, et tantôt quelques échantillons
affectent une forme nettement conique, tantôt ils sont subdéprimés à la
manière du type de l'*Helix hispida*. Le dernier tour, qui doit être obtusé-

ment caréné à sa naissance, est parfois arrondi comme dans l'*Helix sericea*, et cela plus particulièrement dans les variétés les plus globuleuses. La bande blanchâtre qui répond sur le dernier tour à la ligne carénale, peut faire défaut comme dans les formes voisines, tandis que parfois elle est très nettement visible.

Les caractères de l'ombilic sont des plus variables : tantôt il est presque fermé par le développement du bord columellaire du péristome, tantôt il est tout à fait analogue à celui de l'*Helix sericea*, tantôt enfin il semble s'élargir, et a une fausse tendance à se développer comme celui de l'*Helix hispida*. Nous avons récolté à la Pape, au nord de Lyon des individus répondant à tous les caractères de l'*Helix plebeia*, mais dont l'ombilic était à peu près égal à l'*Helix hispida*.

L'ouverture, très fragile quand les échantillons ne sont pas parfaitement adultes, n'est pas toujours aussi arrondie que le comporte le vrai type ; parfois son bord inférieur reste plus droit, et la forme de l'ouverture rappelle alors celle de l'*Helix hispida*.

Quant à la coloration de la coquille, elle présente exactement les mêmes variations que celles que nous avons déjà indiquées à propos de ce dernier mollusque.

Les variétés pâles se trouvent ordinairement dans les régions les plus élevées, tandis que celles qui sont le plus foncées ou dont le test est plus épais, vivent au contraire dans les régions basses des plaines et des vallées.

RAPPORTS ET DIFFÉRENCES. — Ainsi que nous l'avons déjà dit, l'*Helix plebeia* est très voisin des *Helix hispida* et *Helix sericea*. C'est une forme intermédiaire entre ces deux types ; il se rapproche surtout de l'*Helix sericea* par sa forme subconique, moins déprimée que celle de l'*Helix hispida*, mais moins globuleuse que celle de l'*Helix sericea*. Son ombilic doit être un peu plus grand que celui de cette dernière coquille, et toujours plus petit que celui de la première. Son ouverture doit également avoir plus d'analogie avec celle de l'*Helix sericea* qu'avec celle de l'*Helix hispida*. Mais si l'on tient compte de toutes les variations que nous avons signalées pour chacune de ces coquilles, on comprendra combien il peut parfois être difficile de leur assigner une bien exacte détermination.

ANOMALIES. — Nous connaissons quelques cas d'albinisme chez cette coquille ; ces individus ont été récoltés au Vernay et à Couzon, près de Lyon. On peut observer également des tendances à la scalarité. Nous avons fait figurer, pl. II, fig. 4-6, un échantillon dont le dernier tour entier s'est déplacé, et a pris une direction inférieure à sa direction normale, de telle façon que l'avant-dernier tour a une position scalariforme relativement au dernier. Cet échantillon a été trouvé par M. Roy, au Moulin-à-Vent, près Lyon.

HELIX SERICEA, Draparnaud

Helix sericea, Draparnaud, 1801. *Tabl.*, p. 85; *Hist.*, p. 103, pl. VII, f. 16-17 (n. Müller).
Monacha sericea, Fitzinger, 1833. *Syst. Verzeichn. Œster.*, p. 89.
Fruticola sericea, Held, 1837. *In Isis von Oken*, p. 914.
Helix piligera, Ziegler, 1839. *In Anton, Verzeichn. Conch.*, p. 86.
Hygromia sericea, Jousseaume, 1878, *Faune malac. Paris, in Bull. soc. zool.*, p. 115, pl.
III, f. 82, 83.

Habitat. — L'*Helix sericea* est peu commun dans notre région, et paraît cantonné sur quelques points seulement. Nous ne l'avons pas encore récolté aux environs de Lyon. Cependant M. Bourguignat l'a signalé : dans l'Isère, à la Grande-Chartreuse, le long de la route du Désert, vers le rocher de l'Œillette ; dans la Savoie, dans le bassin d'Annecy et aux environs d'Aix-les-Bains, où nous l'avons également récolté. Albin Gras l'a également rencontré près de Grenoble ; dans l'Ain, nous l'avons reçu des environs de Dompierre. Il vit à d'assez grandes altitudes ; Puton le cite dans les Vosges, à 1150 mètres d'altitude.

Origine. — Nous n'avons pas encore trouvé cette coquille à l'état fossile aux environs de Lyon, et pourtant elle était connue en Allemagne dès le pleistocène inférieur. A cette époque, si sa forme est bien celle du type qui vit actuellement, sa taille était différente, à en juger d'après les figurations données par M. Sandberger (1). Mais il est à remarquer que ce même auteur a représenté des formes avec un ombilic beaucoup plus grand que ne l'a l'*Helix sericea* vivant ; nous avons eu entre les mains des échantillons de cette coquille provenant de Cannstadt, et ils avaient, nous devons l'avouer, beaucoup plus d'analogie avec le type de nos pays qu'avec les deux figures de l'atlas de M. Sandberger. Enfin, nous ferons observer que relativement à l'ouverture, cet auteur pose la diagnose suivante : *Apertura lunata, vix latior quam altior, intus leviter aut vix labiata, marginibus simplicibus acutis.* Cette diagnose des formes fossiles est bien conforme à celle de Draparnaud qui a créé le type ; elle nous montre

(1) Sandberger, 1870. *Die Land u. Süssw. Conch.*, p. 811, t. XXXIII, f. 40 ; taf. XXXVI, f. 7.

que déjà les échantillons les plus anciennement connus présentaient ce caractère si remarquable de variabilité dans la disposition intérieure du péristome.

VARIATIONS. — L'*Helix sericea*, comme toutes les formes du groupe des hispides, est sujet à des variations telles qu'il est parfois fort difficile de les classer exactement. Ainsi son principal caractère distinctif repose sur sa forme globuleuse, à peine subconique, sur son ouverture arrondie et sur la présence d'un mince bourrelet intérieur. Or, parfois cette forme se déprime un peu, le dernier tour est légèrement subcaréné ; en même temps les caractères de l'ouverture se modifient forcément, et si la coquille est de grande taille, elle passera à l'*Helix plebeia*. A cela on objectera encore les caractères basés sur le plus ou moins de longueur ou d'espacement des poils, mais rien n'est plus fugace qu'un pareil caractère qui disparaît avec l'âge, et qui se modifie suivant les altitudes. On le voit donc par ce qui précède, dans notre région l'*Helix sericea* varie de taille et de forme; il peut perdre un peu de ses caractères de globulosité et passer à une forme plus conique avec le dernier tour moins arrondi.

M. Bourguignat a reconnu à Cornin, près d'Aix-les-Bains, deux variations importantes à noter. La première correspond à une forme de taille plus petite, à perforation ombilicale un peu plus dilatée; la seconde serait également de taille petite, mais avec une ouverture plus arrondie.

RAPPORTS ET DIFFÉRENCES. — L'*Helix sericea* de Müller, d'après M. Westerlund (1), ne serait autre chose que l'*Helix incarnata* jeune du même auteur. D'autre part Jeffreys (2) prétend que l'*Helix sericea* de la collection de Draparnaud serait représenté par un individu de l'*Helix hispida* var. *subglobulosa*, et par des échantillons de l'*Helix revelata* de Michaud. Albin Gras de son côté a cité l'*Helix revelata* dans les vallons des Alpes (3); nous avons tout lieu de croire qu'il a confondu avec cette coquille de jeunes individus de l'*Helix sericea*. Quoi qu'il en soit, nous rapportons à l'*Helix sericea* une forme qui nous paraît bien typique et bien différente des autres formes du même groupe. Cette coquille est en effet très voisine des *Helix plebeia* et *Helix hispida*. Elle se rapproche de l'*Helix plebeia* par sa forme arrondie et par l'étroitesse de son ombilic, mais elle en diffère par les caractères de son ouverture et par sa forme encore plus globu-

---

(1) Westerlund, 1876. *Fauna europea Moll. prodr.*, p. 57.
(2) Jeffreys, 1862. *British conchology*, vol. I, p. 810.
(3) A. Gras, 1840. *Descr· Moll. de l'Isère*, p. 428.

leuse. Elle est très voisine de certaines formes petites et arrondies de l'*Helix hispida*, mais dans cette dernière l'ombilic est toujours plus grand. Quand l'*Helix plebeia* est jeune, il est très facile de le confondre avec l'*Helix sericea ;* les caractères du péristome faisant défaut, les formes de ces deux coquilles sont extrêmement voisines. Enfin, M. J. Mabille a désigné sous le nom d'*Helix matronica* une forme que M. le Dr Jousseaume a décrite avec le plus grand soin sous le nom d'*Hygromia matronica* (1), qui vit aux environs de Paris, et que nous avions considérée comme une variété de l'*Helix sericea*. Cette forme très remarquable, est intermédiaire entre l'*Helix sericea* et l'*Helix hispida*, et à ce point de vue elle doit appeler toute notre attention. Son galbe est plus globuleux que celui de l'*Helix hispida*, sa spire plus conique, en outre son ombilic est à peine plus large que celui de l'*Helix sericea ;* enfin l'ouverture est ornée d'un bourrelet saillant dans le bas et à peine indiqué dans le haut. Si nous imaginions le fruit de l'accouplement de l'*Helix sericea* et de l'*Helix hispida*, nous n'aurions certes pas un produit intermédiaire qui tînt autant des deux formes génitales. Ajoutons enfin que ce type est très commun sur les bords de la Marne où nous en avons récolté plus de deux cents échantillons, à Lagny, alors que nous n'y trouvons ni l'*Helix sericea* ni l'*H. hispida*. Enfin M. J. Mabille a démembré de l'*Helix sericea* son *Helix saporosa* (2) caractérisé par sa forme plus déprimée, son test moins hispide, avec le dernier tour moins développé.

HELIX CILIATA, Venetz

Helix ciliata, Venetz, 1830. *In Studer, Kurz. Verzeichn.*, p. 86.
Hygromia follicula, Risso, 1826. *Hist. nat. Eur. mérid.*, t. IV, p. 67.
Helix hirsuta, Cristofori et Jan, 1833. *Catal.*, VI, n° 84.
Bradybæna ciliata, Beck, 1837. *Index Molluscorum*, p. 20.
—   *biformis*, Beck, 1837. *Index Molluscorum*, p. 20
Hygromia ciliata, Adams, 1833. *Genera recent Mollusca*, p. 214.

Habitat. — Cette forme alpestre et subalpestre vit actuellement dans toute la chaîne, depuis Nice jusque dans le Tyrol ; elle est toujours cantonnée dans un certain nombre de stations assez restreintes où on la trouve alors plus communément. MM. Dumont et de Mortillet l'ont rencontrée dans le bassin de Saint-Jean de Maurienne, en Savoie, au-dessus de Bramant, à 1300 mètres d'altitude, et au-dessus de Lans-le-Villard, à 1700 mètres.

(1) Jousseaume, 1878. *Faune malacologique des environs de Paris*, 7° article, in Bull. Soc. zool. France, p. 133, pl. III, f. 28, 29.
(2) J. Mabille, 1877. *Test. nov. diag.*, in Bull. Soc. zool. France, p. 305.

Origine. — L'*Helix ciliata* n'a pas encore, croyons-nous, été cité à l'état fossile ; c'est une forme propre à la faune actuelle, d'origine récente et jusqu'à présent assez localisée.

Variations. — Moquin-Tandon a indiqué pour ce mollusque, d'après d'autres auteurs, deux variétés : *hispida* et *minor*. Nous ne les connaissons pas encore dans notre région, mais nous trouvons, comme l'ont fait observer MM. Dumont et de Mortillet (1), une *var. glabra* dont les échantillons, soit jeunes soit adultes, sont dénués de cils à la carène et dont les stries épidermiques sont très atténuées. Nous avons reçu cette même variété du Var, où le type est plus abondant. Enfin, ces mêmes auteurs ont indiqué dans un seul échantillon recueilli à Bramant la présence d'un fort bourrelet à l'intérieur de l'ouverture. Est-ce le caractère d'une nouvelle variété ou une simple anomalie? c'est ce que nous ne saurions préciser à la vue d'un seul échantillon. Rappelons que le type adulte n'a à l'intérieur qu'un très léger renflement.

Rapports et différences. — En nous occupant de l'*Helix cinctella*, nous montrerons les rapports et différences qui existent entre l'*Helix ciliata* et les autres formes voisines du même groupe.

HELIX CINCTELLA, Draparnaud

Pl. II, f. 18.

Helix cinctella, Draparnaud, 1801. *Tabl. Moll.*, p. 87; *Hist.*, p. 99, pl. VI, f. 28.
Hygromia cinctella, Risso, 1826. *Hist. nat. Eur. mérid.*, t. IV, f. 67.
Caracolla albella, Costa, 1829. *Cat. test. Siciliæ*, p. 116 (n. Lamarck).
Bradybœna cinctella, Beck, 1837. *Index Molluscorum*, p. 18.
Fruticola cinctella, Held, 1837. *In Isis von Oken*, p. 914.

Habitat. — Cette coquille est peu répandue dans nos régions ; elle vit en colonies assez régulièrement cantonnées et peu dispersées. Nous la connaissons à Lyon même, dans le jardin du parc de la Tête-d'Or, aux Chartreux, et plus au nord, à la Pape; on la retrouve également sur quelques points des environs immédiats de la ville. Albin Gras l'indique aux environs de Vienne et de Valence. M. de Fréminville l'a récoltée dans sa propriété de Laumusse, dans l'Ain. Nous ne croyons pas qu'elle figure dans la faune alpestre.

(1) Dumont et Mortillet, 1857. *Catal. crit. et malac.*, p. 49.

ORIGINE. — L'*Helix cinctella* est certainement d'apparition fort récente ; nous ne le connaissons à l'état fossile dans aucun pays. Nous ne l'avons pas même rencontré dans la faune des alluvions préhistoriques de la vallée de la Saône.

VARIATIONS. — Les caractères de cette coquille sont assez précis, et sa formevarie peu. Sa conicité, comme l'acuité de sa carène, peuvent présenterquelques fluctuations inhérentes à l'individu, mais ne sortant pas des limites nécessaires pour constituer des variétés. A. Gras (1) admet cependant une certaine variabilité dans les dimensions de l'ombilic, qui, tout en étant très étroit, peut devenir presque imperceptible. Quant à la coloration même de la coquille, elle serait un peu plus sujette à variations passant du corné clair au fauve pâle.

RAPPORTS ET DIFFÉRENCES. — Les *Helix limbata, H. ciliata* et *H. cinctella*, sont incontestablement très voisins. L'*Helix ciliata*, dont l'habitat alpestre et un peu méridional, paraît assez restreint, se reconnaît facilement lorsqu'il est revêtu de ses cils caractéristiques; mais lorsqu'il en est privé, il ne se distingue que par sa coloration plus foncée et par un péristome qui peut être un peu plus réfléchi. Si l'*Helix cinctella* est glabre, il a sur sa ligne carénale une bande étroite d'un jaune pâle qui tient lieu d'ornementation. Quant à l'*Helix limbata*, autre forme méridionale, mais à dispersion géographique plus étendue, il affecte un galbe moins conique, avec un péristome plus légèrement réfléchi; mais lorsque ces coquilles ne sont point adultes, il est fort difficile de les distinguer. Si dans ces trois formes les caractères de l'ombilic peuvent présenter une certaine différence, nous devons observer qu'ils n'ont pas une fixité suffisante, car nous voyons des *Helix ciliata* dont l'ombilic est presque fermé, tandis qu'il y a des *Helix limbata* qui laissent voir un très petit ombilic. En outre, les animaux de ces trois coquilles présentent une constitution anatomique bien similaire, de telle sorte que nous nous demandons jusqu'à quel point on ne serait pas autorisé à considérer ces trois formes comme se rattachant à une seule et même espèce, dont elles ne constitueraient que des variétés bien et duement localisées. L'*Helix limbata* serait le type, tandis que l'*Helix cinctella* serait une *var.* caractérisée par sa forme plus conique et plus carénée, et l'*Helix ciliata* par la présence de ses cils ornementaires.

(1) A. Gras, 1840. *Descr. Moll. terr. et fluv. de l'Isère*, p. 426.

Monstruosités. — Nous avons fait représenter Pl. II, f. 18, un individu subscalaire de l'*Helix cinctella*, trouvé au parc de la Tête-d'Or
par M. Roy. Dans cet échantillon, les deux derniers tours sont développés
dans un plan plus inférieur que le plan normal, et sont régulièrement superposés; la ligne carénale fait une forte saillie au-dessus de chaque tour
et donne à la coquille l'aspect scalariforme des mieux accentués.

M. Gabillot possède un autre individu plus nettement scalaire de cette
coquille, récolté à Lyon, dans le clos des Chartreux ; sa taille est assez
petite, il n'est pas tout à fait adulte.

HELIX INCARNATA, Müller

Helix incarnata, Muller, 1874. *Verm. terr. et fluv. hist.*, II, p. 63, n° 259
Monacha incarnata, Fitzinger, 1833. *Syst. Verzeichn. Œster.*, p. 95 .
Bradybæna incarnata, Beck, 1837. *Index Molluscorum*, p. 20.
Fruticola incarnata, Held, 1837. *In Isis von Oken*, p. 914.
Helix sylvestris, Hartmann, 1842. *In Neue Alpina*, I, p. 232.
Theba incarnata, Gray, 1842. *Figures of Moll. anim.*, t. CCXCIV, f. 8.
Hygromia incarnata, Adams, 1853. *Gen. recent. Moll.*, p. 214.

Habitat. — Cette coquille est toujours assez rare ; en outre, les individus d'une même région vivent ordinairement un peu isolés les uns des
autres. Nous l'avons récoltée : aux environs de Lyon, dans le parc de la
Tête-d'Or, à Saint-Romain au Mont-d'Or, à Saint-Fons (Rhône), Miribel,
Crottet (Ain); dans l'Isère, nous la connaissons à Saint-Geoirs, aux environs de Grenoble, et M. Bourguignat l'a signalée à la Grande-Chartreuse ;
on la retrouve également dans la Savoie. Dans les régions alpestres, elle
s'élève rarement à une altitude supérieure à 1000 ou 1100 mètres.

Origine. — Nous ne connaissons pas cette forme à l'état fossile ni dans
notre région ni en France. Cependant elle a été recueillie déjà dans le
pleistocène moyen du Wurtemberg et de la Saxe ; elle existe également
dans le Thallöss de la vallée de l'Elbe.

Variations. — Nous pouvons signaler d'assez nombreuses variations
dans la taille comme dans la forme de cette coquille. La taille semble varier suivant l'altitude où vivent les échantillons; ils sont plus petits dans
les régions élevées ou montagneuses que dans les vallées. La hauteur de la
spire est loin d'être constante. Déjà M. Bourguignat a signalé à la Grande-

Chartreuse (1) une variété à spire élancée qui s'écarte notablement du type. Par contre, nous indiquerons une forme à spire surbaissée, observée notamment à Saint-Geoirs, dans l'Isère, et que l'on retrouve dans quelques échantillons de la vallée du Rhône. La forme du dernier tour se modifie suivant le plus ou moins de dépression de la coquille; quand la coquille est un peu déprimée, le dernier tour paraît subcaréné; il est au contraire plus arrondi quand la coquille est un peu élancée. La bande blanchâtre qui marque la ligne carénale n'est pas toujours bien apparente, souvent elle fait à peu près défaut, notamment dans des coquilles un peu minces, un peu transparentes des régions montagneuses. L'ombilic est assez irrégulier dans ses dimensions apparentes, tantôt il est masqué comme dans la *var. tecta* de Moquin-Tandon (2) que l'on rencontre dans les régions alpestres, tantôt au contraire, il est plus découvert ou présente la plus complète similitude avec celui de l'*Helix Cantiana*.

Enfin, l'épaisseur du test et la coloration de cette coquille varient également suivant les stations : dans les régions basses et les vallées, l'*Helix incarnata* est d'un roux corné ou fauve bien prononcé avec un test assez épais, tandis que dans les régions élevées il est ordinairement plus mince, plus transparent, et d'un corné clair plus ou moins rosé.

Rapports et différences. — Lorsque l'*Helix incarnata* est jeune et qu'il est un peu subcaréné, il passe à l'*Helix limbata*; de même, lorsqu'au contraire la forme de son dernier tour est plus arrondie, il passe à l'*Helix Cantiana*. Toutes ces formes ordinairement sont bien facilement distinctes à l'âge adulte, soit par le galbe du dernier tour, soit par le développement du péristome. Nous avons vu cependant un *Helix incarnata* des environs de Paris qui, tout en ayant les caractères de son espèce avec une ligne carénale bien marquée, était orné du liséré blanc opaque qui marque la carène des *Helix limbata* et *H. cinctella*; il avait été récolté avec d'autres individus de l'*Helix incarnata* parfaitement caractérisés.

La présence de cette carène ou de la ligne carénale n'est du reste pas un caractère absolu, même chez l'*Helix limbata*; il arrive parfois, en effet, que le dernier tour, au moins à titre d'anomalie, s'arrondit soit partiellement sur une certaine longueur, soit même en totalité; dans ce cas la ligne blanche fait entièrement défaut; la forme de la coquille présente

---

(1) Bourguignat, 1864. *Malac. de la Grande-Chartreuse*, p. 51.
(2) Moquin-Tandon, 1855. *Hist. Moll.* II, p. 199, *non Helix tecta* Ziegler, *in* A. *Schmidt. Malac. Blätte*, I, p. 14, qui est *l'Helix vicina* Rossmæssler, 1842, *Iconogr.* XI, p. 3, fig. 689

alors une grande analogie avec celle de l'*Helix incarnata*. Nous avons constaté ce fait à diverses reprises, notamment dans des *Helix limbata* récoltés à Montpellier.

HELIX JURINIANA, Bourguignat

Helix Juriniana, Bourguignat, 1864. *Malacologie d'Aix-les-Bains*, p. 32, pl. I, f. 1-3.

Habitat. — M. Bourguignat a donné l'habitat suivant de cette coquille en Savoie : « Dans le petit bois, au-dessus de la chapelle Saint-Victor, sur le revers du Nivolet, où cette espèce paraît très rare;—un peu moins rare dans un bois situé presque vis-à-vis du pont, placé sur le Chéran, à un kilomètre à peu près avant la grotte de Banze. »

Rapports et différences. — Comme le fait observer M. Bourguignat, cette coquille appartient au groupe des *Helix incarnata* et *H. limbata;* elle se rapproche surtout de l'*Helix dolopida* Jan (1). Il ne nous a été donné ni de la récolter ni de la voir dans aucune collection. D'après sa figuration et sa diagnose, elle nous paraît plus spécialement caractérisée par sa taille, par le nombre de ses tours, par la forme de son ouverture et par son petit ombilic.

HELIX CEMENELEA, Risso

Theba cemenelea, Risso, 1826. *Hist. nat. Eur. merid.*, IV, p. 73, n° 168.
— *galloprovincialis*, Dupuy, 1844. *Hist. Moll.*, p. 204, t. IX, fig. 3, a, b. (n. Ross.).
Helix cemenelea, Bourguignat, 1864. *Étude synon. Moll. Alpes marit.*, p. 38.
— *Cantiana*, Kreclinger, 1870. *Syst. Verzeich. Deutsch. Moll.*, p. 94 (var.).

Habitat. — Nous avons récolté un seul échantillon de cette coquille dans les alluvions du Rhône, sur la rive gauche du fleuve au nord de Lyon. Nous ignorons quel est le véritable habitat de ce mollusque.

Origine. — Cette forme n'a pas encore été signalée à l'état fossile.

(1) De Christofori et Jan, 1832. *Mantissa Catal. test..* p. 1.

VARIATIONS. — Notre échantillon n'est pas tout à fait adulte; malgré cela sa détermination ne saurait laisser subsister le moindre doute; M. Bourguignat, à qui nous l'avons montré, a pu l'identifier avec les types de Nice.

RAPPORTS ET DIFFÉRENCES. — L'*Helix cemenelea* ne peut être confondu parmi les mollusques de notre région qu'avec l'*Helix rubella*, dont nous allons parler et l'*Helix carthusiana*. On le séparera de cette dernière forme par sa taille plus forte, son galbe moins déprimé, son dernier tour plus renflé, plus arrondi, son test plus mince, de couleur cornée, son ombilic légèrement découvert, etc.

HELIX RUBELLA, Risso

Theba rubella, RISSO, 1826. *Hist. nat. Eur. merid.*, IV, p. 75, n. 169.
Helix rubella, BOURGUIGNAT, 1861. *Étude synon. Moll. Alpes marit.*, p. 38.
— *Cantiana*, KREGLINGER, 1870. *Syst. Verzeichn. Deutsch. Mol.*, p. 94. (var.).

HABITAT. — A trois reprises différentes nous avons récolté cette Hélice sur la rive gauche du Rhône, au nord de Lyon, dans les alluvions, sans retrouver son véritable habitat (1).

ORIGINE. — L'*Helix rubella* n'a pas encore été signalé dans une station française aussi septentrionale; il est probable que c'est encore une espèce à ajouter à la liste des formes méridionales qui ont émigré dans nos régions, en remontant la vallée du Rhône.

VARIATIONS. — Deux de nos échantillons sont parfaitement adultes, et leur état de fraîcheur et de conservation donne tout lieu de croire qu'ils ont vécu non loin de l'endroit où nous les avons récoltés. M. Bourguignat a pu les identifier devant nous avec les formes niçoises. Ils sont parfaitement conformes au type. Nous rapporterons à la *Var. Charpentieri* un de nos échantillons qui n'est pas encore adulte, dont la forme ne diffère pas sensiblement des autres, et dont la couleur est d'un blanc salé un peu corné.

(1) Moquin-Tandon, *loc. cit.* p. 203, indique l'*Helix Cantiana* dans l'Isère, d'après Albin Gras; vérification faite nous ne trouvons dans ce dernier ouvrage aucune mention de l'*Helix Cantiana*.

RAPPORTS ET DIFFÉRENCES. — Plusieurs auteurs rapportent cette coquille et la précédente à l'*Helix Cantiana* de Montagu, et ne l'admettent qu'à titre de variété. L'*Helix Cantiana* type n'existe pas dans notre région, malgré les assertions de quelques auteurs, notamment de Moquin-Tandon. Quoi qu'il en soit, l'*Helix rubella* diffère de l'*Helix Cantiana* par sa taille plus forte, son galbe plus globuleux, son ombilic plus recouvert, son dernier tour plus dilaté, son ouverture moins arrondie etc.; ces mêmes caractères le séparent *a fortiori* de l'*Helix carthusiana*.

HELIX CARTHUSIANA, MÜLLER

Pl. III, fig. 9.

Helix carthusiana, MÜLLER, 1774. *Verm. ter. et fluv. Hist.*, II, p. 15, n° 214.
—   *nitida*, CHEMNITZ, 1780. *Syst. Conch.*, IX, part. 2°, p. 103, t. CXXVII, f. 1130, 1131.
—   *arenaria*, OLIVI, 1792. *Zool. Adriat.*, p. 178 (n. Ziegler).
—   *carthusianella*, DRAPARNAUD, 1801. *T.* p. 86; *H.*, p. 103, t. VI, f. 31-32; t. VII, f. 3-6.
—   *Olivieri*, PFEIFFER, 1821. *Hist. Nat.*, III, p. 25, t. VI, f. 4.
Theba carthusiana, RISSO, 1826 *Hist. nat. Eur. merid.*, IV, p. 74, n° 166.
—   *carthusianella*, RISSO, 1826. *Hist. nat. Eur. merid.*, IV, p. 75, n° 167.
Helix clausiralis, ZIEGLER, 1830. *In Mus. Fer. Hist.*, t. III, Liv. XXXIV, f. 11.
—   *Gibsii*, LEACH, 1833. *In Brown, Illust. Conch.*, t. XL, f. 49-51.
—   *Gypsii*, FERUSSAC, 1833. *In Journ. phys.*, XC, p. 300.
Monacha carthusianella, FITZINGER, 1833. *Syst. Verz. Erzher. Œster.*, p. 95.
Helix rufilabris, JEFFREYS, 1833. *Syn. Moll., in Lin. trans.*, XVI, p. 509.
Fruticola carthusianella, HELD, 1837. *In Isis von Oken*, p. 914.
Bradybæna carthusiana, BECK, 1837. *Index Molluscorum*, p. 49.
Helix carthusianum, GRAY, 1840. *Man. Shell's British Islands*, p. 146, t. III, f. 27.
Hygromia carthusiana, ADAMS, 1853. *Gen. recent. Moll.*, p. 214.
Helix chartusiana, PIRONA, 1865. *Pr. Mol. Friuli, in Atti inst. Venezia.* X, s. III, p. 7.

HABITAT. — L'*Helix carthusiana* est le céphalé propre aux plaines basses et aux vallées de nos pays. Il est partout très commun et très répandu. Nous le connaissons dans tous les départements de la région, mais il ne semble pas s'élever à une altitude supérieure à 500 mètres. Dans le Midi, il atteindrait une plus grande altitude; d'après M. Fischer (1), il pourrait s'élever dans les Pyrénées jusqu'à 1000 mètres.

ORIGINE. — Quoique peu répandue dans nos pays à l'état fossile, nous retrouvons cependant cette coquille dans le lehm des environs de Lyon, au

_____

(1) P. Fischer, 1876. *In Journ. de Conch.*, vol. XXIV, p. 65.

Mont-d'Or, à la Croix-Rousse et dans le département de l'Ain. Elle n'a pas encore été signalée, croyons-nous, à l'état fossile hors de France.

VARIATIONS. — La synonymie si longue et si souvent discutée de cette coquille nous montre déjà à combien d'interprétations différentes ses variations ont donné lieu ; nous distinguerons les suivantes :

1° *Taille.* — Si nous envisageons dans un même ensemble toutes les variétés de l'*Helix carthusiana*, nous observerons des différences de taille considérables et cela dans une même station, ou tout au moins sur deux points très rapprochés d'une même station. Ces variations sont les suivantes :

LOCALITÉS.	DIAMÈTRE.	HAUTEUR.
Mont-d'Or lyonnais.	18,00	9,00
Le Vernay (Rhône).	14,75	9,00
Irigny (Rhône).	14,00	7,25
Feyzin (Isère).	9,50	5,75
Collonges (Rhône).	7,25	4,00

Comme on le voit, dans cette coquille la taille varie plus que du simple au double ; les premiers échantillons appartiennent au véritable type, tout en étant de taille très forte, tandis que les derniers, ou *var. minor*, répondent à l'*Helix rufilabris* de Jeffreys (1), que tous les auteurs envisagent maintenant comme une variété de l'*Helix carthusiana*.

Dans nos échantillons, la hauteur de la coquille ne varie pas en proportion de son diamètre maximum. Pour s'en convaincre, il suffit de jeter un coup d'œil sur le tableau précédent ; on verra par exemple que dans les deux premiers types, pour une même hauteur totale de 9 millimètres, le diamètre maximum varie de 14,75 à 18 millimètres, ce qui est un écart considérable pour une coquille de cette taille. En général, les formes les plus grandes sont les plus déprimées ; la *var. rufilabris*, qui s'applique aux échantillons les plus petits, a au contraire une forme plus élancée, plus globuleuse ; si dans le premier cas le diamètre est le double de la hauteur, la proportion n'est pas la même dans les autres.

2° *Spire.* — D'après ce que nous venons de dire, la forme de la spire varie considérablement suivant la taille ; dans les grands échantillons, cette spire, tout en ayant un ensemble déprimé, est assez conique à son extrémité ; en même temps la suture est large et profonde ; dans les petits,

(1) Jeffreys, 1870. *In Trans. Linn.*, XVI, p. 509.

au contraire, la forme de la spire est plus régulièrement conique et l^a suture moins profonde. Mais quoi qu'il en soit, cette coquille a toujours son ensemble un peu déprimé, jamais bien globuleux, et c'est là un de ses caractères essentiellement distinctifs.

3° *Ombilic.* — Sans que nous puissions préciser de règles à l'avance, nous observons aussi bien dans les grandes formes que dans les petites, tantôt un ombilic nul ou presque nul, tantôt au contraire un ombilic bien marqué, quoique toujours assez petit. Il ne saurait donc être pris comme caractère séparatif entre cette coquille et les formes voisines.

4° *Coloration.* — En général la couleur de l'animal est plus foncée dans les variétés de petite taille que dans celles qui sont plus grandes. Dans la var. *rufilabris* par exemple, il est gris foncé, quelquefois même presque noir. Quant à la coquille, elle passe du blanc laiteux translucide au corné pâle un peu roux. Dans les petits individus le péristome est coloré en fauve foncé ; cette coloration est très vive lorsque ces coquilles sont fraîches ; elle s'atténue parfois assez rapidement.

5° *Variétés.* — Moquin-Tandon a cité trois variétés dans ce type ; nous les retrouvons toutes les trois partout, sans distinction de localité :

Lutescens, Moquin-Tandon (1). — Assez commun ; coquille jaunâtre, ordinairement d'une forte taille, à test épais, subopaque. .

Lactescens, Moq.-Tand. — Assez commun ; coquille d'un blanc laiteux transparent, sans bandes, à test un peu plus solide.

Minor, Moq.-Tand. — Moins fréquent; coquille plus petite, spire plus élevée, avec ouverture plus arrondie et test plus épais, c'est à cette dernière variété que la plupart des auteurs rapportent l'*Helix rufilabris* de Jeffreys.

RAPPORTS ET DIFFÉRENCES. — Étant admis que l'*Helix rufilabris* n'est qu'une variété à taille plus petite et à spire plus élevée de l'*Helix carthusiana*, notre coquille pourra toujours être rapprochée des autres formes si multiples de ce groupe; mais on la distinguera, quelle que soit sa taille, à sa spire surbaissée, à son galbe tout particulier, et à la forme de son ombilic. En parlant de chacun de ces types nous croyons avoir suffisamment fait ressortir les caractères qui leur étaient propres.

MONSTRUOSITÉS. — Les cas d'anomalies et de monstruosité sont rares

---

(1) Moquin-Tandon, 1855. *Hist. Moll.*, II, p. 207.

dans cette coquille ; nous avons cependant observé une seule fois un individu subscalaire ; l'avant-dernier tour se déroule tout à fait en dessous du tour précédent, avec un déplacement de plus d'un millimètre. Nous avons récolté cet individu dans les alluvions du Rhône, à Lyon ; il est représenté pl. III, f. 9.

HELIX GLABELLA, Draparnaud

Helix glabella, Draparnaud, 1801. *T. Moll.*, p. 87 ; *Hist.*, p. 102, pl. VIII, f. 6, (n. Pfeiffer).
Bradybæna glabella, Beck, 1837. *Index Molluscorum*, p. 20.
Fruticola glabella, Held, 1837. *In Isis von Oken*, p. 916.
Helix sericea, Rossmässler, 1838. *Iconographie*, II, p. 2 (var.).

Habitat. — C'est dans notre région qu'il faudrait prendre le véritable type de l'*Helix glabella* tel qu'il a été créé par Draparnaud, et dont bien des auteurs ont embrouillé la synonymie faute d'avoir eu entre les mains ce véritable type. Cette coquille est rare ; Draparnaud la cite à Lyon et à Crest, dans la Drôme ; Sionest, d'après son catalogue, l'a également récoltée à la fin du siècle dernier, aux environs de Lyon. A-t-elle disparu complètement des environs de cette ville, ou l'indication donnée par Draparnaud était-elle, comme cela lui est arrivé bien souvent, par trop générale, c'est ce que nous ne saurions dire. Mais actuellement, malgré de longues recherches, nous n'avons pas encore reconnu cette forme aux environs de notre ville. C'est dans le département de l'Isère, comme l'indique Albin Gras, qu'il faut la rechercher. Nous en avons vu de très bons échantillons dans la collection Terver, au Muséum de Lyon, récoltés aux environs de Grenoble et à la Grande-Chartreuse.

Origine. — L'*Helix glabella* fait partie de la faune subalpestre récente ; nous ne le connaissons pas à l'état fossile.

Variations. — Cette forme bien établie nous paraît assez régulière et constante ; les échantillons ne varient entre eux que par la forme plus ou moins déprimée de la spire, qui donne au dernier tour une apparence obtusément carénée, et par le plus ou moins d'évasement de son ombilic. M. H. Drouët en a donné une bonne diagnose sur la vue de ces mêmes échantillons (1).

(1) H. Drouët, 1855. *Mollusques terrestres et fluviatiles de la France continentale*, p. 43.

RAPPORTS ET DIFFÉRENCES. — C'est à tort que Brard (1) a pris cette coquille pour un *Helix hispida* glabre ; ces deux formes n'ont aucun rapport ; C. Pfeiffer et Rossmässler l'ont également confondue avec l'*Helix sericea* glabre, qui en diffère totalement. M. l'abbé Dupuy (2) l'a fait rentrer dans la trop longue synonymie de son *Helix rufescens* dont elle commence il est vrai à se rapprocher par quelques caractères ; mais elle en diffère, si nous envisageons le véritab'e type de l'*Helix rufescens* tel qu'il vit dans le Nord, par la taille, la forme de la spire, les dimensions de l'ombilic, etc. Enfin Moquin-Tandon (3), plus logique, l'a rapprochée des *Helix Moutoni* et *H. Telonensis*. Tout en considérant l'*Helix glabella* comme une forme spéciale, nous reconnaissons qu'il a de grandes affinités avec l'*Helix Telonensis*, comme taille et comme forme. Il est cependant un peu plus petit, plus comprimé en dessus, avec le dernier tour moins arrondi; l'ombilic est un peu plus large ; mais l'ensemble de la coquille est très voisin, et nous estimons que l'on pourrait considérer ces deux formes comme les variétés d'une espèce unique dues à des modifications d'habitat. On distinguera toujours ce type des *var. minor* de l'*Helix carthusiana*, par son test plus mince, plus corné, par son galbe plus globuleux, son dernier tour plus arrondi, son ouverture plus circulaire, et son bourrelet moins saillant et plus profond. Enfin, quoique M. Bourguignat n'ait pas comparé son *Helix Lavandulæ* à l'*Helix glabella*, nous croyons toutes ces formes très voisines et s'échelonnant suivant une plus ou moins grande dépression de la spire, depuis l'*Helix glabella* jusqu'à l'*Helix Lavandulæ*, en passant par l'*Helix Telonensis*.

HELIX LAVANDULÆ, BOURGUIGNAT

Helix Lavandulæ, BOURGUIGNAT, 1863. *Moll. nouv. litig.*, 3ᵉ décade, p. 55, n° 24, pl. VIII f. 1-5.

HABITAT. — L'*Helix Lavandulæ* a été reconnu par M. Bourguignat aux environs d'Aix-les-Bains (Savoie), et dans l'Oisans (Isère). Il en avait récolté le type sur des touffes de lavande le long de la Durance, près de Briançon, où cette coquille est, paraît-il, abondante.

(1) Brard, 1815. *Hist. Coq. env. Paris*, p. 40.
(2) Dupuy, 1849. *Hist. Moll.*, p. 195.
(3) Moquin-Tandon, 1855. *Hist. Moll.*, II. p. 269, pl. XVI, f. 27, 32.

ORIGINE. — Cette forme nouvelle semble appartenir exclusivement à la faune actuelle et régionale.

VARIATIONS. — Nous ne connaissons cette coquille que par la description et la figuration qu'en a données M. Bourguignat ; il ne nous est donc pas possible de parler de ses variations.

RAPPORTS ET DIFFÉRENCES. — D'après M. Bourguignat, « l'*Helix Lavandulæ* ne peut être confondu qu'avec les *Helix Telonensis* et *Helix Moutoni ;* mais il diffère de ces coquilles provençales par sa spire moins déprimée, plus convexe ; par son dernier tour plus brusquement et moins fortement descendant et parfaitement convexe, arrondi en dessous, tandis que chez les *Helix Telonensis* et l'*Helix Moutoni* la convexité basale du dernier tour est surtout prononcée vers le pourtour de la perforation ombilicale ; par son ouverture plus échancrée, oblongue et non arrondie, par ses bords marginaux plus distants, non convergents, non rapprochés, par son ombilic proportionnellement moins ouvert. »

HELIX DIURNA, BOURGUIGNAT

Pl. III, f. 11-12.

Helix diurna, BOURGUIGNAT, *in Sched.*

HABITAT. — C'est sur la détermination que nous devons à l'extrême complaisance de M. Bourguignat que nous indiquons ici cette forme encore inédite et très rare ; nous l'avons récoltée dans les alluvions du Rhône, au nord de Lyon.

DESCRIPTION. — Nous laissons à ce savant auteur le soin d'en décrire la diagnose complète ; bornons-nous à en donner une rapide description :

Coquille déprimée, légèrement convexe en dessus, bombée en dessous, à stries longitudinales très fines, assez régulières, subégales ; test assez solide, subopaque (1), de couleur blanche avec de longues flammes longitudinales, couleur grise plus foncée, s'étendant sur toute la spire en suivant la ligne des stries ; spire composée de six à sept tours croissant

---

(1) Il s'agit ici d'un échantillon récolté dans les alluvions du fleuve et appartenant à un individu mort depuis un temps inconnu.

un peu inégalement, le dernier proportionnellement plus grand et non caréné ; suture assez profonde ; sommet mamelonné ; ombilic très petit, en partie recouvert par le développement péristoméal ; ouverture oblique, ovale-allongée ; péristome interrompu, évasé, réfléchi vers l'ombilic, avec un bourrelet blanc saillant à l'intérieur. — Diamètre maximum, 11 1/4 millimètres ; hauteur, 7 millimètres.

RAPPORTS ET DIFFÉRENCES. — Cette forme appartient au groupe de l'*Helix carthusiana ;* elle diffère de ce type qui en est certainement très voisin, par la forme plus surbaissée de sa spire, sa suture plus profonde, son ouverture moins arrondie, tout aussi large, mais plus allongée, par le développement du péristome qui est plus réfléchi surtout vers le bord columellaire. Enfin, nous n'avons jamais observé de marbrures semblables à celles que nous venons d'indiquer dans les *Helix carthusiana* récoltés dans les mêmes conditions.

HELIX PUTONIANA, J. MABILLE

Pl. III, f. 13-14.

Helix Putoniana, J. MABILLE, *in Sched.* (*teste* Bourguignat).

HABITAT. — Nous devons la détermination de l'unique échantillon que nous ayons récolté dans les alluvions du Rhône à M. Bourguignat. Il le rapporte à une espèce non décrite, mais déjà récoltée par M. J. Mabille, sous le nom de *Helix Putoniana*, et appartenant au groupe de l'*Helix cemenelea*.

DESCRIPTION. — Coquille subdéprimée-globuleuse, convexe en dessus, assez bombée en dessous, à stries longitudinales peu marquées, fines et inégales ; test un peu mince, assez solide, un peu luisant et subtransparent, de couleur cornée pâle, un peu roux ; spire composée de six à sept tours croissants assez régulièrement, un peu arrondis, séparés par une ligne suturale bien marquée ; sommet mamelonné ; ombilic petit, à moitié recouvert par le développement du bord columellaire ; ouverture oblique, assez arrondie, péristome interrompu, presque droit, légèrement réfléchi vers la columelle, bordé en dedans par un mince bourrelet blanchâtre. — Diamètre maximum, 12 millimètres 1/2 ; hauteur, 7 1/2 millimètres.

Rapports et différences. — Cette coquille diffère de la précédente par sa taille plus forte, sa forme plus renflée, plus globuleuse, par son dernier tour plus arrondi, par son ouverture presque ronde, par son ombilic plus ouvert, etc. ; elle diffère également de l'*Helix cemenelea* par sa taille plus petite, sa forme moins globuleuse, moins arrondie; c'est en quelque sorte un type intermédiaire entre les deux types que nous venons de citer.

HELIX nov. form.

Pl. III, f. 45-46.

Habitat. — Nous avons observé dans la collection de M. Gabillot une forme très remarquable récoltée autrefois aux environs de Lyon par Foudras, et inscrite sous le nom d'*Helix glabella*, Draparnaud. M. Bourguignat, à qui nous avons communiqué un des échantillons que M. Gabillot a bien voulu nous céder, a reconnu là une forme nouvelle dont nous allons donner une description succincte.

Description. — Coquille subdéprimée, un peu convexe en dessus, subglobuleuse en dessous, à stries longitudinales très fines, peu marquées, subinégales; test assez solide, un peu épais, glabre, luisant, subtransparent, de couleur cornée, pâle avec une légère bande plus pâle sur le dernier tour; spire composée de cinq à six tours légèrement convexes, les derniers plus largement déroulés, séparés par une suture peu profonde mais bien marquée, le dernier tour légèrement subcaréné, la ligne carénale passant au-dessus de l'ouverture pour se confondre plus loin avec la ligne suturale; ombilic très petit, bien visible, légèrement recouvert par le développement péristoméal; ouverture très oblique, assez régulièrement arrondie; péristome interrompu, légèrement évasé, surtout dans le bas, accompagné d'un bourrelet d'un blanc un peu rose assez saillant à l'intérieur. — Diamètre maximum, 10 millimètres ; hauteur, 7 millimètres.

Rapports et différences. — Cette forme appartient encore au groupe de l'*Helix cemenelea;* mais elle est caractérisée par sa taille plus petite, sa forme moins arrondie, son dernier tour subcaréné, son ombilic peu ouvert, son ouverture un peu surbaissée, très oblique. Elle diffère de l'*Helix glabella* par sa taille plus forte, son test plus épais, sa spire plus apl. tie en dessus, son ouverture moins arrondie, etc.

HELIX FRUTICUM, Müller

Pl. II, f. 20-21.

Helix fruticum, Müller, 1784. *Verm. terr. et fluv. Hist.*, p. 71, n° 267.
— *terrestris*, Gmelin, 1788. *Syst. naturæ*, 13ᵉ édit. 3630.
— *cinerea*, Poiret, 1801. *Coq. fluv. terr.*, *Prodrome*, p. 73.
— *lucana*, Vallot, 1801. *Exerc. Hist. nat.*, p. 14 (n. Müller).
Fruticola fruticum, Held, 1827. *In Isis von Oken*, p. 914.
Helicella fruticum, Fitzinger, 1833. *Syst. Verzeichn. (Ester.*, p. 95.
Bradybæna fruticum, Beck, 1837. *Index Molluscorum*, p. 19.
Eulota fruticum, Hartmann, 1840. *Erd. u. Süssw. Gaster.*, I, p. 179, t. LXIII, f. 64.
Arianta fruticum, Gray, 1842. *Fig. Moll. anim.*, t. CXCIV, f. 1.
Hygromia fruticum, Adams, 1858. *Gener. recent. Moll.*, p. 214.
Helix carduelis, Reinisch, 1855. *In Allg. Deutsch. Nat. Zeit. d. Isis.*
H.(eulota) fruticum, Sandberger, 1875. *Land. u. Süss. Conch.*, p. 813, t. XXXIV, f. 7 ;
t. XXXVI, f. 3.

HABITAT. — Cette coquille habite dans tous les départements de notre région, mais presque toujours elle est localisée dans certaines contrées, où elle devient parfois assez commune. Ainsi, pour ne citer qu'un exemple, aux environs de Lyon, elle est beaucoup plus répandue dans la vallée du Rhône, depuis Miribel jusqu'à Givors, que dans la vallée de la Saône, au nord de Lyon. Elle devient plus rare et surtout plus localisée à mesure que l'on se rapproche des régions alpestres. Entre 400 et 600 mètres, on la trouve encore assez communément. M. Bourguignat l'a récoltée dans le bois qui précède le couvent de la Grande-Chartreuse, dans l'Isère, soit à environ 900 mètres d'altitude. Dans la Savoie, MM. Dumont et de Mortillet ne l'ont pas indiquée au delà de 700 mètres d'altitude.

ORIGINE. — L'*Helix fruticum* vivait aux environs de Lyon à l'époque des dépôts du lehm de Saint-Fons et d'Irigny ; nous le retrouvons également plus tard dans les argiles lacustres de la vallée du Rhône, à Gerland, près de Lyon. Il existait déjà plus anciennement en Allemagne, puisqu'il a été signalé dans les dépôts du pleistocène inférieur du duché de Nassau, du Wurtemberg, de la Bavière, de la Saxe, etc. Son apparition en France paraît donc postérieure à ces formations.

VARIATIONS — Dans ce mollusque, la forme générale de la coquille, à part la taille, varie peu ; c'est à peine si nous rencontrons quelques indi-vidus de forme plus surbaissée, dont la spire, un peu moins haute, donne alors à la coquille une forme plus globuleuse. Parfois aussi l'ombilic est un peu moins ouvert. Quant aux variations dues à la coloration, elles sont plus nombreuses ; nous avons observé les suivantes :

Minor, nob. — Coquille de petite taille, bien conforme au type, mais ne mesurant que 15 à 18 millim. de diamètre, de couleur cendrée; peu commune; les environs de Lyon, les Brotteaux, Saint-Fons, Vernaison (Rhône), Sassenage (Isère), etc.

Cinerea, Poiret (1). — Coquille cendrée, sans taches ni bandes; commune; les environs de Lyon, Condal (Saône-et-Loire).

Rufula, Moq.-Tand. (2) — Coquille roussâtre, cornée ou couleur de chair, sans taches ni bandes ; assez commune; les environs de Lyon, Miribel (Ain), Allevard-les-Bains (Isère), Condal (Saône-et-Loire).

Rubella, Moq.-Tand. — Coquille d'un brun rougeâtre plus ou moins vif, sans taches ni bandes ; assez rare; les environs de Lyon, Allevard-les-Bains (Isère).

Fuscosa, Moq.-Tand. — Coquille brune ou brun rouge très obscur, sans taches ni bandes ; rare ; les environs de Lyon.

Fasciata, Moq.-Tand. — Coquille cornée ou blanchâtre, avec une bande brune ; peu commune ; les environs de Lyon, les Brotteaux, Saint-Fons, Vernaison (Rhône), Miribel (Ain), Allevard-les-Bains (Isère), les bords du Guie.s, Oncin, les bords de l'Arve (Savoie).

Fusco-fasciata, nob. — Coquille d'un brun violacé avec une bande d'un brun foncé; rare; les Brotteaux, Vernaison (Rhône), A levard-les-Bains (Isère).

Rufulo-fasciata, nob. — Coquille rose ; cornée, ou couleur de chair avec une bande brune ; rare ; Saint-Fons (Rhône).

Subviolacea, nob. — Coquille semblable au type, mais avec un bord rose ou violacé visible à l'intérieur et à l'extérieur de la coquille sur une étendue plus ou moins grande; assez rare; Saint-Fons (Rhône).

D'après cette énumération, on voit que presque toutes nos variétés portent sur la coloration de la coquille et sur la présence ou l'absence d'une bande colorée. Nous n'avons pas encore rencontré, dans notre région, ces curieuses variétés à taches, à points colorés noirs

---

(1) *Helix cinerea*, Poiret. 1801. *Coq. fluv. et terr. de l'Aisne*, p. 73.
(2) Moquin-Tandon, 1855. *Hist. Moll.*, II, p. 196.

ou dorés indiquées par Moquin-Tandon, mais sans désignation de localité.

Nous devons enfin signaler quelques individus assez localisés, chez les-quels l'ombilic tend à se recouvrir par suite du développement du péristome vers le bord columellaire; nous avons plusieurs fois observé ce cas qui est parfois très accentué, notamment aux environs de Belley (Ain); cependant ce caractère s'applique plutôt à des individus isolés qu'à une colonie, de telle sorte que nous ne saurions en faire une variété bien distincte.

Quant à la taille, elle est, comme nous l'avons dit, assez variable ; nos plus grands échantillons mesurent 22 millimètres de diamètre maximum pour une hauteur de 17 millimètres ; en même temps, nous trouvons des individus qui ne mesurent plus que 17 millimètres de diamètre pour une hauteur de 12 millimètres, et qui constituent une variété *minor* fort remarquable, servant en quelque sorte de passage entre l'*Helix fruticum* et l'*Helix strigella*. Cette variété a été trouvée par M. Roy, sur les bords du Rhône, à Saint-Fons.

RAPPORTS ET DIFFÉRENCES. — L'*Helix fruticum* n'a de rapports qu'avec l'*Helix strigella*, dont nous parlerons plus loin.

ANOMALIES. — Les anomalies semblent fort rares dans cette coquille. Nous avons cependant un cas fort singulier à signaler et à décrire ; nous l'avons fait figurer pl. II, f. 20-21. Dans une coquille de taille normale, parfaitement adulte, il existe sur le premier tiers supérieur du dernier tour, une saillie qui s'étend régulièrement depuis le péristome sur une longueur d'un tour et quart. Extérieurement cette saillie ou bourrelet est tracée avec une parfaite régularité; elle va en décroissant de hauteur et de largeur jusqu'à son extrémité où elle se perd dans les stries de la coquille. A l'intérieur elle se traduit par un sillon ou gouttière creusé comme l'indique le dessin, et pourvu d'une couche de nacre qui tapisse ses parois comme le reste de la coquille. Nous citerons à propos de l'*Helix pomatia* la présence de petites saillies longitudinales sur lesquelles viennent s'infléchir les stries : nous pensons qu'il faut rattacher au même phénomène pathologique ces deux exemples, sans être encore en mesure, nous devons l'avouer, de pouvoir l'expliquer.

Enfin, nous possédons dans notre collection un échantillon récolté aux environs de Lyon qui porte des traces de bandes subtransparentes assez distinctes ; ces bandes sont ainsi placées : 000 | 45 ; la coquille est complètement blanche et ne présente absolument rien d'anormal ; quand l'animal remplissait sa coquille, ces bandes étaient plus visibles encore que depuis que l'animal n'y est plus.

Monstruosités. — M. de Mortillet a signalé la forme scalaire de l'*Helix fruticum* comme ayant été trouvée à Lancy près Genève, par Humbert (1).

HELIX STRIGELLA, Draparnaud

Helix strigella, Draparnaud, 1801. *Tabl. Moll.*, p. 81; *Hist.*, p. 84, pl. VII, f. 1-2.(n. Gerstf.).
— *sylvestris*, v. Alten, 1812. *Syst. Abhandl. Conch.*, p. 69, pl. VII, f. 13.
— *altenana*, Gartner, 1813. *Versuch. syst. Besch. Conchr.*, p. 27.
— *cornea*, Hartmann, 1821. *Syst. Schweiz, in n. Alpina*, I, 229.
Helicella strigella, Fitzinger, 1833. *Syst. Verz. Erzherz. Œster.*, p. 95.
Helix plebeja, Krynicki, 1836. *In Bull. Soc. nat. Mosc.*, VI, p. 430 (n. Drap.).
Bradybæna strigella, Beck, 1837. *Index Molluscorum*, p. 19.
Fruticola strigella, Held, 1837. *In Isis von Oken*, p. 914.
Theba strigella, Gray, 1842. *Fig. Moll. anim.*, p. 115, t. CXCVI, f. 6.
Hygromia strigella, Adams, 1853. *Gener. recent. Moll.*, p. 215.
H. (eulota) strigella, Sandberger, 1875. *Land. u. Süssw. Conch.*, p. 889, t. XXXIV, f. 8.

HABITAT. — L'*Helix strigella*, comme l'*Helix fruticum* paraît vivre en colonie dans nos régions ; il est plus répandu dans les montagnes bugey-siennes et subalpestres que dans les plaines basses et les vallées. Si nous le rencontrons parfois sur les bords du Rhône, comme à la Pape par exemple, c'est qu'il a sans doute été entraîné par les cours d'eau. Il est assez commun dans l'Ain, au Colombier, aux environs de Belley, etc. ; dans l'Isère, on le retrouve aux environs de Grenoble, à Allevard, à Moirans, à Décines, à la Grande-Chartreuse ; dans la Savoie, il a été reconnu dans un grand nombre de stations, notamment à Fontaines-Salins. Dans les Alpes, il remonte à une altitude de 1200 à 1400 mètres, mais il est plus répandu entre 300 et 800 mètres d'altitude.

ORIGINE. — Cette coquille vivait à la fin de l'époque où le lehm se déposait aux environs de Lyon. Nous l'avons retrouvée dans les dépôts du lehm des plateaux au sud de Lyon. En Allemagne, elle ne remonte pas au delà du pleistocène moyen.

VARIATIONS. — Les variations que nous avons à signaler dans cette co-

(1) Mortillet, 1851. *Bull. Soc. Sav.*, p. 53.

quille sont peu nombreuses ; elles portent surtout sur la taille des échantillons. Nos formes les plus grandes mesurent 11 millimètres de hauteur
pour 16 de diamètre ; les formes les plus petites ont 7 millimètres de hauteur et 11 de diamètre. On trouve toutes les tailles intermédiaires entre
ces deux tailles extrêmes, de telle sorte qu'il est bien difficile de dire où
finit le type et où commence la var. strigellula (1). Nous avons également
observé quelquefois des formes à spire un peu déprimée, mais qui semblent accidentelles dans une série d'individus d'un même habitat. Quant
à la coloration, elle passe du corné clair au corné fauve, parfois un peu
rosé, et cela suivant les localités. Enfin le caractère du bourrelet intérieur est bien loin d'être constant, même chez les coquilles parfaitement
adultes ; c'est plutôt un simple épaississement du péristome, réduit parfois à une bande blanche plutôt qu'un bourrelet réellement saillant.

RAPPORTS ET DIFFÉRENCES. — Il est incontestable que l'Helix strigella
est très voisin de l'Helix fruticum. Quand les coquilles sont adultes, on
les sépare facilement, mieux encore d'après la taille que d'après la
présence du bourrelet plus ou moins saillant, situé à l'intérieur, de l'Helix strigella. Et en effet, bien souvent dans l'Helix fruticum, on remarque à la naissance du péristome sinon un renflement intérieur, du moins
une bande blanche plus opaque que le reste de la coquille tout à fait analogue à celle de l'Helix strigella. Mais quand les coquilles sont jeunes, il
est bien difficile de les distinguer. M. l'abbé Dupuy dit que l'Helix fruticum a une forme plus globuleuse que l'Helix strigella ; cela est vrai en
principe, mais n'avons-nous pas vu que parfois l'Helix fruticum perdait
ce caractère. Le même auteur ajoute que l'Helix strigella a son ouverture moins arrondie que l'Helix fruticum ; ici nous sommes encore moins
d'accord, car bien souvent l'Helix strigella a son ouverture tout aussi
régulièrement arrondie que celle de l'Helix fruticum. Enfin, nous avons
reconnu une var. minor de l'Helix fruticum qui se rapproche beaucoup de
l'Helix strigella, et qui n'en diffère plus que par sa forme un peu plus
globuleuse. Ne serait-on pas en droit de considérer l'Helix strigella
comme une forme dérivée de l'Helix fruticum, de taille plus petite, avec un
péristome épaissi à l'intérieur, tout comme l'Helix hortensis n'est qu'une
forme dérivée de l'Helix nemoralis ? Il est à remarquer que les différences
anatomiques des deux animaux sont bien faibles et que ces deux mollusques ont la même allure et les mêmes mœurs.

(1) Hartmann 1821. Syst. Gasterop., p. 52.

ANOMALIES. — Les seules anomalies que nous ayons à signaler consistent en quelques rares cas d'albinisme, pourtant bien caractérisés. Nous les avons notamment observés dans des coquilles récoltées à la Pape, sur les bords du Rhône, au nord de Lyon.

HELIX ALPINA, FAURE-BIGUET

Helix alpina, FAURE-BIGUET, 1822. In Ferussac, Tabl. syst., p. 62.
Campylæa alpina, BECK, 1837. Index Molluscorum, p. 74.
Cingulifera alpina, HELD, 1837. In Isis von Oken, p. 911.
Iberus alpinus, ADAMS, 1833. Gener. recent Mollusca, p. 210.

HABITAT. — C'est dans les régions tout à fait alpestres qu'il faut rechercher cette coquille. Elle vit toujours à une altitude supérieure à 1200 mètres et s'élève jusqu'à 2000 mètres ; on l'a signalée en effet à la Grande-Chartreuse jusqu'au sommet du Grandson. MM. Dumont et de Mortillet l'ont rencontrée également dans différentes stations des bassins de Chambéry, de Moutiers, de Saint-Jean de Maurienne, etc. D'après Ferussac, on trouverait aussi cette coquille dans la Drôme, au-dessus de Die.

ORIGINE. — L'Helix alpina n'a pas encore été signalé à l'état fossile ; il semble faire partie de la faune alpestre la plus récente, dont il est en quelque sorte la forme caractéristique.

VARIATIONS. — Le galbe, la taille et l'ornementation de cette coquille sont assez variables. M. Bourguignat a décrit les variétés suivantes (1) :

Depressa, Bourg. — Coquille à spire déprimée, presque aplatie ; test ordinairement plus grand, plus sensiblement caréné ; perforation ombilicale plus ouverte ; assez commune ; la Grande-Chartreuse, le col de l'Arc près Grenoble (Isère).

Globulosa, Bourg. — Coquille à spire très élevée ; dernier tour non caréné ; stries plus fortes ; perforation ombilicale un peu plus petite et un tant soit peu recouverte par le bord columellaire ; plus rare ; la Grande-Chartreuse (Isère), etc.

Minor, Bourg. — Coquille de faible taille, d'une teinte ordinairement

(1) Bourguignat, 1864. Malacologie de la Grande-Chartreuse, p. 68.

grisâtre ou même d'un fauve terne; peu commune; la Grande-Chartreuse, le mont Glaise et le chalet du Sault, près Brives en Savoie, à 2154 mètres d'altitude.

Comme le fait fort bien observer M. Bourguignat, toutes ces variétés rentrent, du reste, par de nombreux intermédiaires les unes dans les autres. Et en effet, il est souvent fort difficile d'assigner à une coquille donnée telle ou telle place dans l'une de ces trois subdivisions. Mais ce qu'il importe pour nous de bien faire ressortir, c'est que la forme type de l'espèce, si bien définie par de nombreux auteurs, peut parfois se modifier d'une façon très notable, au point de présenter des formes de passage avec certaines espèces voisines.

RAPPORTS ET DIFFÉRENCES. — En nous occupant de l'*Helix Fontenilli*, nous discuterons les rapports et différences qui existent entre ces deux types. Nous ne parlerons ici que des rapprochements que l'on peut établir entre l'*Helix alpina* et l'*Helix carascalensis*. L'*Helix carascalensis* est toujours de taille plus petite, avec un test plus mince, une forme généralement moins globuleuse, l'ombilic plus étroit, l'ouverture plus arrondie avec un péristome plus réfléchi. Ces formes sont donc certainement différentes, tout en ayant de nombreux points communs ; mais il serait fort intéressant de savoir ce que deviendraient, au bout d'un certain nombre de générations, des *Helix alpina* sous le même climat, dans les Pyrénées. Pour nous, l'*Helix carascalensis* est la forme pyrénéenne de l'*Helix alpina*, avec les mêmes mœurs et les mêmes habitudes, mais modifiée par suite des différences de conditions biologiques. Espérons qu'une expérience décisive viendra jeter un jour nouveau sur cette intéressante question de la variation des espèces.

ANOMALIES. — MM. Dumont et de Mortillet (1) ont récolté des individus qui tendent à affecter une forme scalaire, et qui ont le quatrième ou le cinquième tour inséré plus bas que le précédent. Ces anomalies sont du reste assez rares. Nous ne connaissons pas de cas d'albinisme complet, quoique l'on rencontre parfois des coquilles presque blanches, notamment dans la var. *minor*.

----

(1) Dumont et Mortillet, 1857. *Catal. crit. et malac.*, p. 66.

HELIX GLACIALIS, Thomas

Helix glacialis, Thomas, 1822. *In Ferussac, Tabl.*, p. 42 ; *Hist.*, pl. XLVII, f. 2.
Campylæa glacialis, Beck, 1837. *Index Molluscorum*, p. 24.
Iberus glacialis, Adams, 1852. *Gener. recent Mollusca*, p. 211.

Habitat. — Cette forme est assez rare et surtout très localisée ; elle vit généralement à la même altitude que l'*Helix alpina*, c'est-à-dire entre 1200 et 2000 mètres d'altitude. M. Drouët l'a signalée sur le versant français du mont Thabor ; MM. Dumont et de Mortillet l'ont récoltée en Savoie, à Lans-le-Villard et Bramans. Nous l'avons reçue dernièrement du mont Genèvre, dans les Hautes-Alpes, et de la Pyramide, aux Grandes-Rousses, à 3000 mètres d'altitude. D'après les quelques renseignements que nous avons pu recueillir, ce mollusque, tout en paraissant vivre à des altitudes un peu moins élevées que l'*Helix alpina*, craint encore moins le froid et se trouve souvent dans des stations exposées au nord et au vent.

Origine. — Comme l'*Helix alpina*, cette forme n'a jamais été signalée à l'état fossile et semble exclusive à la faune alpestre moderne.

Variations. — Les seules variations que nous ayons observées dans cette coquille portent plus particulièrement sur la taille et sur les stries. Suivant les stations ou les altitudes, la taille de l'*Helix glacialis* varie de 11 à 16 millimètres pour le diamètre maximum avec une hauteur de 5 à 8 millimètres ; quelle qu'en soit la taille, la forme générale de la coquille varie peu, et contrairement à ce qui arrive ordinairement, la spire n'est pas plus déprimée dans un cas que dans l'autre. Mais dans les échantillons de petite taille, les stries longitudinales qui ornent la coquille, notamment en dessus, sont plus profondes tout en étant plus fines et plus serrées. En dessous, ces mêmes stries sont toujours très atténuées. Quant aux stries spirales, qui viennent recouper les stries longitudinales, elles ne sont pas toujours apparentes, même à la loupe.

On pourrait donc distinguer, d'après ce qui précède, deux variétés de l'*Helix glacialis*, basées d'après les dimensions de la coquille, l'une *major*, mesurant plus de 15 millimètres de diamètre, l'autre *minor*, de taille plus petite, à stries plus marquées.

Rapports et différences. — L'*Helix glacialis* peut être rapproché des

Helix Fontenilli, H. alpina, et *H. carascalensis;* mais il s'en distinguera toujours par sa bande colorée. C'est avec l'*Helix Fontenilli* qu'il a le plus de rapports comme forme générale de la coquille, avec sa spire déprimée, son dernier tour caréné, son ombilic et les caractères de l'ouverture ; mais il s'en distingue par sa taille, les doubles stries de sa surface, et enfin par sa bande colorée.

HELIX FONTENILLI, Michaud

Helix Fontenilli, Michaud, 1829. *In Bull. Soc. Linn. Bordeaux,* III, 267, f. 13, 14.
Campylæa Fontenillii, Beck, 1837. *Index Molluscorum,* p. 25.
Helix tigrina, Rossmassler, 1838. *Iconogr.,* VII, VIII, p. 32, f. 510 *(v. Michaudiana),* ⸱
  — *alpina,* Deshayes, 1842. *In Ferussac, Hist. Moll.,* p. 35 (var. c.).

Habitat. — Jusqu'à présent l'*Helix Fontenilli* paraît localisé dans les montagnes de la Grande-Chartreuse. Plusieurs essais d'acclimatation ont été faits soit aux environs de Grenoble, soit dans le Jura ; aucun d'eux encore n'a réussi. Cette coquille a donc un habitat assez localisé ; on la trouve dans le désert de la Chartreuse, depuis les portes de Fourvoirie et du Sappey jusqu'à la chapelle de Saint-Bruno. Elle ne descend pas au delà d'une altitude de 800 mètres, et ne s'élève pas à plus de 1300 mètres.

Origine. — Comme l'*Helix alpina,* l'*H. Fontenilli* semble appartenir exclusivement à la faune alpestre récente ; nous ne le connaissons pas à l'état fossile.

Variations. — M. Bourguignat, qui a étudié cette forme avec un soin tout particulier (1), a indiqué trois variétés bien distinctes :

Planulata, Bourg. — Coquille très mince et très mouchetée, spire tout à fait déprimée, aplatie en dessus ; peu abondante ; la porte du Sappey, le rocher de l'Œillette, et le long du Guiers-Mort, au-dessous du sentier de Vallombrey.

Globulosa, Bourg. — Coquille moins déprimée, à spire plus élevée, carène moins saillante ; commune sur le rocher qui supporte la chapelle Saint-Bruno, et dans les anfractuosités des roches, le long du torrent desséché qui descend du col de la Ruchère, vers la maison des Dames.

(1) Bourguignat, 1864. *Malacologie de la Grande-Chartreuse,* p. 74, pl. IV et V.

Subtigrina, Bourg. — Coquille de grande taille, bien carénée et ressemblant assez bien à première vue à un *Helix tigrina* ; peu abondante ; dans les endroits humides et ombragés, sur les rochers, vers la porte du Sappey.

Ces trois variétés comprennent bien en effet toutes les formes que nous avons rencontrées ; on voit d'après cela que la coquille en général varie de taille, de forme et d'ornementation dans des limites assez étendues, de telle sorte qu'elle peut, par sa seconde variété ou *var. globulosa,* passer à l'*Helix alpina,* et par sa troisième ou *var. subtigrina,* se rapprocher de l'*Helix tigrina.*

Rapports et différences. — « La coquille de l'*Helix Fontenilli,* dit M. Bourguignat, se distingue de celle de l'*Helix alpina* par son ombilic plus ouvert et plus régulièrement en entonnoir ; par son test plus mince, plus délicat, assez translucide, plus finement strié ; par sa carène plus prononcée ; par son dernier tour plus dilaté, moins bien arrondi et descendant moins fortement vers l'ouverture ; par sa spire toujours plus déprimée et moins élevée ; par son ouverture moins oblique, plus oblongue, moins ronde que celle de l'*alpina ;* enfin par sa coquille d'une teinte grise jaunacée, mouchetée de taches blanchâtres, entre lesquelles viennent se détacher en transparence d'autres taches cornées, imitant assez bien les taches d'huile sur le papier. L'*alpina,* au contraire, est opaque, plus épaisse, d'une teinte grisâtre sale, à l'exception du dernier tour, où l'épiderme se montre, vers l'ouverture, d'un ton jaune gomme-gutte généralement très foncé.

« L'animal de la *Fontenilli* diffère de celui de l'*alpina :*

« 1° Par sa mâchoire ornée de quatre denticulations, dont deux centrales plus saillantes, et deux autres latérales, tandis que celle de l'*alpina* possède sept denticules ;

« 2° Par sa glande hermaphrodite beaucoup plus allongée, plus digitée que celle de l'*alpina ;*

« 3° Par son oviducte, sa poche à dard et ses deux glandes vaginales débouchant dans le vagin presqu'à la même hauteur, tandis que chez l'*alpina,* l'oviducte débouche sur le vagin, au-dessus de l'insertion des glandes vaginales et de la poche du dard ;

« 4° Par ses glandes vaginales, au nombre de deux, comme chez l'*alpina,* mais bien moins divisées et dont les petites branches ou vésicules sont d'inégale grandeur, ce qui est l'inverse de l'*alpina.* »

Ces caractères sont-ils suffisants pour établir deux bonnes espèces bien distinctes ? Évidemment oui, lorsque l'on prendra deux formes bien typiques à des altitudes différentes. Mais si nous avons à séparer certaines variétés de l'une ou de l'autre de ces deux espèces, nous devons avouer que parfois cette séparation sera fort difficile, et que telle coquille peut à la rigueur être aussi bien considérée comme une variété globuleuse de l'*Helix Fontenilli* ou déprimée de l'*Helix alpina*, si nous ne tenons pas rigoureusement compte de l'altitude où elle aura été découverte. Cette altitude joue un très grand rôle dans l'habitat de ces deux formes. En effet, c'est à une altitude supérieure à 1000 ou 1200 mètres, dans des endroits plus ombragés et plus humides, que l'on trouve le véritable type de l'*Helix alpina*, tandis qu'il faut descendre à environ 800 mètres, sur les sommets des rochers souvent secs et dénudés, pour retrouver le véritable *Helix Fontenilli*. On conçoit comment une espèce a pu se remodifier dans des conditions d'habitat aussi différentes, et nous nous rangeons bien volontiers avec Deshayes (1), MM. l'abbé Dupuy (2), Dumont et de Mortillet (3), qui considèrent l'*Helix Fontenilli* comme une variété aussi tranchée qu'on le voudra de l'*Helix alpina*, variété due à une modification apportée dans l'habitat des deux formes. Quant aux différences basées sur l'anatomie des animaux, M. Bourguignat ne nous dit pas sur combien de sujets d'observation elles portent; de même qu'il est difficile de conclure sur les rapports et différences de deux espèces d'après un très petit nombre de coquilles appartenant à chacune d'elles, de même aussi ne doit-on tirer aucune conclusion générale sur des différences anatomiques, à moins qu'elles ne s'appliquent à un grand nombre de sujets.

Quant à ses rapports avec l'*Helix tigrina*, établis par Rossmässler (4), ils sont moins nets; ces formes sont certainement voisines, mais elles nous paraissent bien tranchées, soit au point de vue de la taille de la coquille, de la forme de l'ouverture et du dernier tour, de l'ornementation, soit encore au point de vue de l'anatomie des deux animaux.

ANOMALIES. — Nous ne connaissons pas d'individus scalaires, mais par contre, on trouve, assez rarement il est vrai, des échantillons dont la spire est tout à fait déprimée, presque horizontale en dessus, et dont le dernier tour est alors plus fortement encore caréné que dans le type.

(1) Deshayes, 1838. *in Lamarck, anim. s. vertèbres*, 2ᵉ édit., vol. VIII, p. 84.
(2) Dupuy, 1849. *Hist. nat. des Mollusques*, p. 146.
(3) Dumont et de Mortillet, 1857. *Catal. critique et malac.*, p. 67.
(4) Rossmässler, 1838. *Iconogr.*, VII, VIII, p. 32.

HELIX ZONATA, Studer

Helix zonata, Studer, 1820. *Kurzes Verzeichn. Conch.*, p. 87, n° 11.
— *zonaria*, Hartmann. 1821. *Syst. Gasterop.*, p. 228, t. II f. 8.
Chilostoma zonatum, Fitzinger, 1833. *Syst. Verzeichn. Œster.*, p. 98.
Campylæa zonata, Beck, 1837. *Index Molluscorum*, p. 25.
Corneola zonata, Held, 1837. *In Isis von Oken*, p. 912.
Theba zonata, Gray, 1842. *Fig. Moll. anim.*, t. CCLXXXIX, f. 5.
Iberus zonatus, Adams, 1852. *Gener. recent moll.*, p. 241.
Helix fœtens, Moquin-Tandon, 1855. *Hist. Moll.*, II, p. 132, pl. XI, f. 15, 17.
— *flavo-virens*, Dumont et Mortillet, 1855. *Hist. moll. Savoie, prospectus*, p. 3.

Habitat. — MM. Dumont et de Mortillet ont signalé cette belle coquille dans plusieurs stations élevées des bassins de Moutiers et de Saint-Jean de Maurienne, en Savoie. Dans cette région, elle vit à des altitudes supérieures à 1000 mètres, atteignant parfois même jusqu'à 2100 mètres, près des glaciers.

Origine. — Cette forme appartient à la faune alpestre moderne ; elle n'a encore, croyons-nous, été signalée nulle part à l'état fossile.

Variations. — Les savants auteurs du *Catalogue critique et malacostatique des mollusques de la Savoie* (1) ont démontré comment le nom d'*Helix fœtens* devait être appliqué à une variété peu abondante et non pas au type de l'espèce tel que Studer l'avait créé. Nous ne discuterons pas cette manière de voir qui paraît établie avec preuves en main. En même temps, ils indiquent une variété *albo-cincta* recueillie en Tarantaise, dont les individus sont ornés d'une bande blanche bien distincte au-dessous de la bande brune. Nous admettons également à titre de variété une forme très voisine que les mêmes auteurs ont indiquée sous le nom d'*Helix flavo virens*, et qui diffère du type par son test plus solide et plus calcaire, à peine pellucide et non zonée ; comme ils l'ont fait observer, c'est une variété locale bien définie, mais dont les caractères ne sont réellement pas assez tranchés pour que cette forme soit portée au rang d'espèce nouvelle.

Rapports et différences. — Cette forme, qui nous paraît encore mal définie, et dont la synonymie est loin d'être complète, est certainement bien

(1) Dumont et Mortillet, 186. *loc. cit.*, p. 76.

distincte de toutes nos espèces françaises, mais elle a de grands rapports avec un certain nombre d'espèces d'Allemagne ou d'Italie, dont elle n'est peut-être qu'une forme accidentelle localisée dans les régions alpestres à de grandes altitudes. N'ayant pas eu ces types entre les mains, nous nous en rapporterons à la description donnée par MM. Dumont et de Mortillet.

HELIX FŒTENS, Studer

Helix fœtens, STUDER, 1820. *Kurz. Verzeich. Conch.*, p. 14.
— *zonata*, FERUSSAC, 1842. *Hist. Moll.*, t. 69, f. 3 (var.).
— *zonaria*, HARTMANN, 1821. *In Neue Alpina*, I, p. 228, t. II, f. 10.
— *planospira*, MICHAUD. 1831. *Compl. Moll.*, p. 36, pl. XIV, f. 3-4 (n. Lamk., n. Gray).
Campilæa fœtens, BECK, 1837. *Index Molluscorum*, p. 23.
Corneola fœtens, HELD, 1837. *In Isis von Oken*, p. 912.
Vallonia cornea, GRAY, 1850. *Fig. Moll. anim.*, t. CCXCVI, f. 7.
Iberus fœtens, ADAMS, 1853. *Genera recent Moll.*, p. 211.
Arianta fœtens, MORCH, 1865. *In Journ. Conch.*, XIII, p. 388.

HABITAT. L'*Helix fœtens* habite les régions élevées du Haut-Dauphiné ; nous l'avons reçu à diverses reprises des environs de Briançon.

ORIGINE. — Nous ne connaissons pas cette coquille à l'état fossile.

VARIATIONS. — A part une question de taille, résultant de variations individuelles, nous n'avons constaté aucune différence notable dans les échantillons qui ont passé sous nos yeux.

RAPPORTS ET DIFFÉRENCES. — Nous avons communiqué nos échantillons à M. Mousson, le savant professeur de Zurich, qui a bien voulu nous transmettre les observations suivantes : « L'*Helix fœtens*, de Briançon, n'est point typique ; le type provenant du versant nord du mont Saint-Bernard a ses bords plus rapprochés à leur insertion, l'ouverture relevée en haut, ce qui lui donne un aspect quasi triangulaire, et le bord basal encore plus transverse ; mais elle diffère encore plus de l'*Helix zonata* de Studer que l'on rencontre autour du mont Rose et du Saint-Gothard. L'*Helix fœtens*, du Saint-Bernard, paraissait jusqu'ici isolée, il est donc intéressant de la voir reparaître, quoique un peu modifiée, dans une autre station. »

HELIX LAPICIDA, Linné

Pl. II, fig.. 11-17.

Helix lapicida, Linné, 1758. *Syst. naturæ*, 10ᵉ édit., p. 768.
— *acuta*, DA COSTA, 1778. *Hist. nat. test. Brit.*, p. 55, t. IV, f. 9.
— *affinis*, GMELIN, 1778. *Syst. naturæ*, 13ᵉ éd., p. 3621.
Vortex lapicida, OKEN, 1815. *Lehrb. nat.*, III, p. 314.
Caracolla lapicida, LAMARCK, 1822. *Hist. nat. d. an. s. vert.*, VI, p. 99.
Helicigona lapicida, RISSO, 1826. *Hist. nat. Eur. merid.*, IV, p. 66.
Chilotrema lapicida, LEACH, 1831. *Moll. Brit. Synops.*, p. 106 (ex Turt.).
Latomus lapicida, FITZINGER, 1833. *Syst. Verzeich. Œst.*, p. 97.
Lenticula lapicida, HELD, 1837. *In Isis von Oken*, p. 913.
Iberus lapicidus, GRAY, 1842. *Fig. Moll. anim.*, t. CCXCIV, f. 4.
Arianta lapicida, MORCH, 1865. *In Journ. Conch.*, XIII, p. 388.
H. (arianta) arbust., SANDBERGER, 1865. *Land. u. Süssw. Conch.*, p. 928, t. XXXIV, f. 2.

HABITAT. — L'*Helix lapicida* est très répandu dans toute la région montagneuse de nos pays. Nous le trouvons depuis le Mont-d'Or lyonnais à 200 mètres d'altitude, jusqu'au mont Pilat et aux Alpes, à 1300 mètres. Sa forme générale est moins grande que celle des individus du Midi de la France. Il se plaît surtout dans les parties rocheuses ou rocailleuses froides et humides de tous les départements de la région.

ORIGINE. — L'*Helix lapicida* apparaît dans les environs de Lyon avec le lehm du plateau bressan et surtout avec le lehm remanié de la plaine du Dauphiné (1). Plus anciennement encore nous retrouvons sa forme ancestrale dans les marnes pliocènes de Hauterives avec le *Planorbis Thiollieri*, le *Milne-Edwarsia (Clausilia) Terveri*, etc. (2).

VARIATIONS. — Les formes particulières de cette coquille si différente de ses congénères, devaient nécesssairement se prêter à des variations assez nombreuses et d'autant plus tranchées que ses caractères spécifiques sont plus exagérés ; aussi trouvons-nous de fréquentes modifications et de nombreuses anomalies.

En général, dans la région lyonnaise, le rapport de la hauteur totale de la coquille à son diamètre varie peu, sauf dans certains cas d'anomalies dont nous parlerons plus loin. Mais il n'en est plus de même dans le

---

(1) A. Locard, 1879. *Faune malacol. quater. des env. de Lyon*, p. 51.
(2) A. Locard, 1878. *Descr. faune mollasse Lyonn. et Dauph.*, *in* Arch. Mus. Lyon, vol. II, p. 201.

profil de la spire au-dessus de la carène : tantôt ce profil offre une ligne courbe, tantôt au contraire il est presque rectiligne. En même temps la ligne suturale varie beaucoup de profondeur, de telle sorte que la partie supérieure d'un tour donné est elle-même rectiligne ou convexe. Souvent aussi, sur une faible proportion de la spire, la carène fait saillie au dessus du tour suivant, et apparaît sous forme subscalaire.

La carène, si caractéristique dans cette coquille, peut également varier beaucoup : tantôt elle est large et saillante, et donne au dernier tour un profil anguleux très prononcé, tantôt au contraire elle tend à s'émousser, et la coquille paraît plus globuleuse en dessus comme en dessous de la spire. La forme de l'ouverture peut présenter de nombreuses variations : parfois le péristome se développe d'une façon anormale, et tend à se relever et à s'écarter du dernier tour de la spire, contre lequel il est entièrement adhérent lorsqu'il est moins développé. Si d'autre part on tient compte des variations de forme que peut subir le dernier tour de la coquille, on comprendra le peu de fixité que peuvent présenter les caractères de la forme de l'ouverture dans cette coquille.

Les variations dues à la coloration sont très fréquentes. On peut en quelque sorte dire que les coquilles de chaque habitat ont leur couleur propre. Elles passent ainsi du fauve foncé plus ou moins tacheté au brun ou gris cendré avec taches roussâtres. Nous signalerons, d'après cela, les variétés suivantes :

Minor, Moq.-Tand. (1). — Coquille de petite taille, presque toujours de coloration foncée avec taches ou flammes peu apparentes ; assez commune ; les régions élevées de l'Isère, de la Savoie et de la Haute-Savoie.

Fulva, Moq.-Tand. — Coquille de taille forte ou moyenne, d'un fauve clair avec taches brunes plus ou moins foncées ; assez commune ; dans les parties basses de toute la région.

Grisea, Moq.-Tand. — Coquille de taille moyenne, de couleur grise, plus ou moins cendrée ou cornée avec taches roussâtres ; peu commune ; la Grande-Chartreuse (Isère), Salins (Savoie), le Mont-d'Or lyonnais.

Flavescens, Moq.-Tand. — Coquille de taille moyenne, de couleur jaune, pâle ou corné clair, sans taches ni flammes ; rare ; les environs de Lyon.

RAPPORTS ET DIFFÉRENCES. — Les anomalies présentant une forme arrondie dans leur dernier tour, servent en quelque sorte de passage entre

(1) Moquin-Tandon, 1855. *Hist. Moll.*, II. p. 127.

les *Helix lapicida* et *H. cornea*, en tenant compte de la forme intermédiaire de l'*H. Démoulinsi;* les formes extrêmes de ces deux premières coquilles sont cependant tout à fait distinctes.

ANOMALIES. — Relativement à la coloration, nous aurons à signaler quelques cas d'albinisme (collection Terver), et plus fréquemment des tendances au mélanisme chez l'animal lui-même. Il n'est pas rare en effet de trouver des individus chez lesquels la coloration de l'animal est beaucoup plus foncée qu'à l'état normal, sans que la coquille soit elle-même plus colorée.

MONSTRUOSITÉS. — Nous avons fait figurer pl. II, d'après des échantillons de la collection Terver (muséum de Lyon), un certain nombre de monstruosités assez singulières dans cette espèce.

1° Fig. 11-12. Le dernier tour, brusquement infléchi en dessous, se sépare de la ligne carénale de l'avant-dernier tour à une assez grande distance, de telle sorte que la coquille a une fausse apparence de scalarité. — 2° fig. 13. Dans cet individu, à peine adulte, la coquille est très obtusément carénée, les tours sont étagés et séparés par une ligne suturale profonde ; la coquille est régulièrement scalariforme. — 3° fig. 14. La carène est presque nulle, le dernier tour est arrondi, de telle façon que la coquille a tout à fait le profil et la forme d'un *Helix cornea*. — 4° fig. 15-16. La spire est entièrement déprimée en dessus, sans fracture ni brisure ; le dessous est absolument normal ; la coquille ressemble à celle de l'*Helix explanata* du Midi de la France. — 5° fig. 17. La carène disparaît entièrement, et le dernier tour est exactement arrondi ; l'extrémité du dernier tour s'infléchit en dessous, et l'ouverture se présente obliquement.

HELIX ARBUSTORUM, LINNÉ

Pl. II, fig. 23.

Helix arbustorum, LINNÉ, 1758. *Syst. naturæ*, 10° éd., p. 771.
— *gothica.*, LINNÉ, 1758. *Syst. naturæ*, 10° éd. p. 770.
Cochlea unifasciata, DA COSTA, 1778. *Hist. nat. test. Britan.*, p. 75, t. VII, f. 6 (Gray).
Arianta arbustorum, LEACH, 1831. *Moll. Brit. Synop.*, p. 86.
Helix alpestris, ZIEGLER, 1835. *Ex Rossm. Icon.*, I, p. 87.
— *picea*, ZIEGLER, 1835. *Ex Rossm., Icon.*, p. 87.
Cingulifera arbustorum, HELD, 1837. *In Isis von Oken*, p. 911.
Arianta Wittmanni, ZAWADZKY, 1842. *Ex Lud. Pfeif.*, *Symb. ad hist. hel.*, II, p. 109.
Iberus arbustorum, ADAMS, 1853. *Gen. recent. Moll.*, p. 211.
Arianta rudis, MORCH, 1865. *In Journ. de Conch.*, pl. XIII, p. 388.
H. (arianta) arbustorum, SANDBERGER, 1875. *Land u. Süssw. Conch.*, p. 805, t. XXXV, f. 39 ; t. XXXVI, f. 1-2.

HABITAT. — Cette coquille, autrefois véritablement alpestre, s'est répandue et propagée avec une notable rapidité. Aux environs de Lyon, nous trouvons de grands et beaux échantillons sur les bords du Rhône, mais bien plus rarement sur ceux de la Saône. Dans les départements voisins, cette forme vit ordinairement à une altitude variant de 300 à 800 mètres pour le type, tandis que la var. *minor* ou *alpicola* préfère des stations beaucoup plus élevées dépassant même 2000 mètres d'altitude. Nous la connaissons dans l'Ain, le Rhône, la Savoie, la Haute-Savoie, l'Isère, le Jura, etc.

ORIGINE. — L'*Helix arbustorum* a été introduit aux environs de Lyon avec l'époque glaciaire ; il était alors beaucoup plus abondant qu'aujourd'hui, et vivait en compagnie du Mammouth sur les sommets de nos montagnes, fuyant l'invasion incessante des glaciers (1). Nous le trouvons dans les plus anciens de nos dépôts quaternaires sous une forme globuleuse de taille très petite, analogue à celle qui vit de nos jours dans les régions véritablement alpestres, à une altitude supérieure à 1000 mètres. En Allemagne, cette coquille aurait apparu à l'époque du pleistocène inférieur, tandis qu'en Angleterre elle serait peut-être plus ancienne encore. Actuellement elle est souvent amenée dans nos régions par les débordements annuels des cours d'eaux qui la déposent plus volontiers sur la rive gauche du Rhône, où elle a fini par s'acclimater et faire souche. C'est ainsi que nous la trouvons à l'état de colonie dans les prairies de Villeurbanne, des Brotteaux, de Gerland, d'Irigny, etc.

VARIATIONS. — Peu de coquilles, dans la partie centrale du bassin du Rhône, sont aussi polymorphes relativement à leurs dimensions. Il suffira de donner ici les dimensions aussi rigoureuses que possible de quelques échantillons, pour se rendre compte de ces curieuses variations.

LOCALITÉS.	DIAMÈTRE.	HAUTEUR.
La Grande-Chartreuse (Isère).	30	22
Saint-Fons (Rhône).	25	19
Volognat (Ain).	24	16
La Grande-Chartreuse (Isère).	21	20
Bonneville (Haute-Savoie).	19	16
Saint-Gervais (Haute-Savoie).	18	14
Bourg Saint-Maurice (Isère).	17	14
Col du Grand-Bornand (Savoie).	15	12

(1) A. Locard, 1879. *Malacol. quaternaire des environs de Lyon*. p. 82, 169, 173, fig. 22-23.

Comme on peut le voir d'après ce tableau, nous avons dans notre région des formes dont les dimensions varient du simple au double. La première forme est, il est vrai, de taille extraordinaire, et encore l'individu n'est-il pas tout à fait adulte. L'échantillon des environs de Lyon peut encore être classé dans la *var. major*, tandis que les derniers répondent tout à fait à la forme *alpicola*.

En même temps, ces proportions varient notablement entre elles.; en thèse générale, les échantillons de petite taille sont de forme plus globuleuse, à spire plus élevée, tandis qu'il n'est point rare de voir l'ensemble des individus d'une même colonie de la *var. major* avoir une forme un peu déprimée, s'écartant encore du type normal. Un autre genre de variations assez curieux et que nous avons observé à plusieurs reprises, réside dans la forme et la direction du péristome. Ordinairement il est d'un beau blanc, large, bien développé chez les coquilles adultes et notablement réfléchi. Il arrive parfois, et cela dans toutes les coquilles d'une même station, que ce péristome, tout en étant très large, reste presque droit, et paraît tranchant; le bord blanc a dans ce cas tout à fait l'apparence d'un bourrelet marginal. Nous avons remarqué cette forme dans plusieurs stations de la Grande-Chartreuse; il semble même se reproduire avec une certaine constance.

Les variations dues à la coloration sont assez nombreuses. En général, les formes appartenant aux altitudes les plus élevées sont les moins colorées; les échantillons de la vallée du Rhône sont au contraire d'un brun foncé et brillant. On trouve également des échantillons nonochromes d'un jaune uniforme, mais ils sont plus rares. Nous avons observé les variétés suivantes :

Draparnaudia (Moquin-Tandon 1). — Coquille d'un brun verdâtre taché de jaune; commune; les environs de Lyon, la Grande-Chartreuse, les environs de Grenoble, le Revermont (Ain), etc.

Poiretia, Moq.-Tand. — Coquille brune tachetée de jaune et de blanc; assez commune; les environs de Lyon, la Grande-Chartreuse, l'Oisans, etc.

Boissieria, Moq.-Tand. — Coquille violette tachetée de blanc; assez rare; la Grande-Chartreuse.

Rufescens, Moq.-Tan. — Coquille roussâtre tachetée de blanc; peu commune; les environs de Lyon, la Grande-Chartreuse, l'Oisans, la Savoie, les environs de Grenoble, etc.

(1) Moquin-Tandon, 1855. *Hist. Moll.*, II, p. 128.

Thomasia, Moq.-Tand. — Coquille grise tachetée de blanc, avec ou sans bande ; assez rare ; la Grande-Chartreuse, le Revermont (Ain).

Flavescens, Moq.-Tand. — Coquille jaunâtre, presque incolore; peu commune ; la Grande-Chartreuse (Isère), Volognat, le Revermont (Ain), Brides-les-Bains (Savoie), les environs de Lyon.

Nigrescens, nob. — Coquille d'un brun foncé presque noirâtre, avec une bande à peine apparente, un peu plus foncée ; rare; la Grande-Chartreuse (Isère).

Alpicola, Charpentier (1). — Coquille de moitié plus petite, à spire un peu plus élevée, jaunâtre et tachetée, avec une bande fauve, quelquefois presque unicolore; assez commune ; toutes les régions élevées des Alpes, l'Isère, la Savoie, la Haute-Savoie, etc. (2).

Luteola, nob. — Coquille jaune pâle tachetée de jaune plus foncé, avec ou sans bandes; assez rare; la Grande-Chartreuse, la Savoie, Sain-Fons (Rhône), le Revermont (Ain).

Fasciata, nob. — Coquille rousse ou brune, foncée, avec une ou plusieurs bandes plus foncées, à peine prononcées ; rare! la Grande-Chartreuse (signalée par M. Bourguignat).

Lutescens, Dumont et Mortillet (3). — Coquille jaune pâle, à test transparent, jaspé de jaune paille extérieurement, blanc hyalin jaspé de blanc de lait intérieurement, pas de bandes ; rare ; la Savoie.

Luteofasciata, Dum. et Mort. — Coquille semblable à la précédente, avec une bande pâle peu apparente ; rare; la Savoie.

Fuscescens, Dum. et Mort. — Coquille rousse ou brune, sans facies, intérieur de la bouche violâtre; peu commune ; la Grande-Chartreuse (Isère), Brides-les-Bains (Savoie).

Fuscescenti-fasciata, Dum. et Mort. — Coquille semblable à la précédente, mais fasciée; dans ces deux dernières variétés, l'intensité de la

---

(1) De Charpentier, 1837. *Catal. Moll. terr. de la Suisse*, p. 6.

(2) M⁻ᵉ la marquise Paulucci, dans ses *Matériaux pour servir à l'étude de la Faune Malacologique de l'Italie* (Paris 1878), p. 5, admet les var. *alpicola* Moquin-Tand. (Fcruss., *Hist.* pl. XXVII, f. 7), et *alpestre* Ziegler (Rossm. *Icon.*, f. 297, c.). A vrai dire, nous ne saisissons pas bien les différences qui peuvent exister dans ces deux variétés ; elles se rapportent, croyons-nous, toutes les deux aux mêmes formes alpestres, signalées toutes les deux la même année (1837) par de Charpentier et Rossmüssler. Si ces deux figurations sont un peu différentes, elles ont cependant bien certainement en vue le même type d'échanti lon, à la taille petite, au galbe élancé, à la coloration pâle, qui représentent la forme alpestre de l'*Helix arbustorum*.

(3) Dumont et Mortillet, 1857. *Catal. crit. et malac.*, p. 78.

couleur varie beaucoup; assez rare; la Savoie, la Grande-Chartreuse, les environs de Lyon.

RAPPORTS ET DIFFÉRENCES. — Cette coquille bien typique peut cependant donner lieu à des confusions. Il nous est arrivé plusieurs fois d'éprouver de sérieuses difficultés pour bien la distinguer à l'état fossile de certaines formes de l'*Helix nemoralis*. Ordinairement, malgré la fossilisation, on retrouve sur les échantillons les traces des fascies qui ornaient la coquille. Mais parfois, ces traces font totalement défaut, soit que la coquille ait appartenu à une variété unicolore, soit que la fossilisation les ait fait dis-paraître. La détermination peut alors devenir fort difficile.

Doit-on rattacher à l'*Helix arbustorum*, les *H. Canigonensis* (1) et *H. Xatarti* (2), localisés en France dans les Pyrénées-Orientales? Il est bien certain que toutes ces formes sont notablement distinctes, et leurs animaux eux-mêmes ont un aspect différent. Il est à remarquer en outre que si l'on trouve ces deux dernières formes dans les Pyrénées, comme l'indique M. P. Massot (3), la première fait réellement défaut. Malgré cela, l'étude anatomique de ces animaux montre leur similitude d'organes, et l'examen de la coquille porte à considérer ces formes comme des variétés pyrénéennes ou méridionales d'un même type donné. Si l'on considère dans notre région les deux formes extrêmes de l'*Helix arbusto-rum* dont nous avons donné plus haut les dimensions, on trouvera autant de raisons pour les élever au rang d'espèce que pour admettre au même titre les *Helix Xartarti* et *H. Canigonensis*. Nous reconnaissons donc dans toutes ces prétendues espèces des formes bien différentes, mais pour nous elles se rattachent toutes à un même type donné, modifié suivant des conditions biologiques particulières.

ANOMALIES. — Nous ne connaissons que peu d'exemples d'anomalies bien caractérisées parmi les échantillons de cette coquille recueillis dans nos régions; nous signalerons cependant un individu de la collection Terver, au muséum de Lyon, dont la spire est régulièrement enroulée, mais très fortement déprimée; il mesure 25 millimètres de diamètre, pour une hau-teur de 15 millimètres seulement; sa coloration et son ornementation sont conformes à celles de ses congénères. Nous l'avons fait représenter pl. II, fig. 23.

(1) *Helix Canigonensis*, Boubée, 1833. *Bull. Soc. Perpignan*, p. 36.
(2) *Helix Xatartii*, Farines, 1834. *Descr. Coq.*, p. 6, fig. 7-9.
(3) P. Massot, 1872. *Enum. Moll. Pyr.-Orient.*. p. 56 et p. 78.

Monstruosités. — Nous ne connaissons qu'un seul cas de subscalarité bien défini ; c'est un échantillon de la var. *minor*, de couleur jaune pâle, trouvé par notre ami M. Ch. Perroud à Brives-les-Bains (Savoie); l'avant-dernier tour est nettement étagé au-dessus du dernier sur une grande partie de sa périphérie. Parfois on rencontre des échantillons à tendance scalariforme, chez lesquels notamment la bande carénale se poursuit bien nettement sur les tours supérieurs développés eux-mêmes dans un plan plus élevé que le plan de déroulement hélicoïdal de la coquille. Nous avons observé ce fait dans plusieurs coquilles récoltées par M. Roy à Saint-Fons, sur les bords du Rhône.

Sous le nom de var. *contraria* Charpentier, MM. Dumont et de Mortillet (1) ont indiqué sans spécification de localité la forme senestre de l'*Helix arbustorum* déjà signalée en Suisse par de Charpentier.

HELIX REPELLINI, Charpentier

Helix Repellini, Charpentier, *in Reeve, Conch. Icon.*, t. CXLVI, f. 945.
— *planospira*, Gras, 1840. *Catal. Moll. Isère*, p. 36, pl. III, f. 11 (n. Auct.).
— *arbustorum*, Moquin-Tandon, 1855. *Hist. Moll.*, II, p. 124 (var.).

Habitat. — L'*Helix Repellini* vit dans le département de l'Isère et en Piémont ; de Charpentier l'a récolté à Queyras, près de Grenoble, et Albin Gras le signale sur la route du Lautaret, au pied des rochers ; c'est du reste une forme rare ; nous en avons observé trois beaux échantillons dans la collection de notre ami M. Ch. Perroud ; ils avaient été recueillis au col de la Traversette au mont Viso. L'abbé Stabile a signalé cette même forme en Piémont, dans la haute vallée du Pô. C'est un type alpestre. D'après ce même auteur, il s'élève jusqu'à 2000 mètres d'altitude sur les roches crystallines et métamorphiques du mont Viso (2).

Origine. — Nous ne connaissons pas cette coquille à l'état fossile.

Variations. — Les échantillons de la collection de M. Ch. Perroud sont parfaitement caractérisés ; ils sont de grande taille, et mesurent environ 23 millimètres de diamètre, pour 14 de hauteur ; ils présentent donc une

(1) Dumont et Mortillet, 1887. *Catal. crit. et Malacol.*, p. 79.
(2) Stabile, 1864. *Mollusques terrestres vivants du Piémont*, p. 64.

forme surbaissée, un peu analogue à celle de l'*Helix cingulata* Studer ; ils sont couverts de rides assez fortes ; la coquille est mince, un peu transparente, de couleur verdâtre ; l'animal était d'un beau noir. Les échantillons sont tous semblables entre eux.

RAPPORTS ET DIFFÉRENCES. — Cette coquille est certainement très voisine de celle de l'*Helix arbustorum* ; elle en diffère toutefois par les dimensions de son ombilic, par le plus grand développement du péristome, par sa spire beaucoup plus déprimée, comme aplatie, enfin par sa coloration. Si l'on admet au rang d'espèces les *Helix Xatarti* et *Helix Canigonensis*, il faut à plus forte raison faire une espèce spéciale de l'*Helix Repellini*, car il y a certainement moins de différence entre les formes pyrénéennes et l'*Helix arbustorum* qu'entre ce type et l'*Helix Repellini*. Plusieurs auteurs, tels que Moquin-Tandon (1) et M. Westerlund (2), n'en font qu'une variété de l'*Helix arbustorum*.

HELIX PISANA, Müller

Helix pisana, MÜLLER, 1774. *Verm. terr. et fluv. hist.*, II, p. 60, n° 258.
— *zonaria*, PENNANT, 1777. *British zoology*, p. 137, pl. LXXXV, f. 133 (n. Donov.).
Cochlea virgata, DA COSTA, 1778. *Testacea Britannica*, p. 79, t. IV, f. 7.
Helix petholata, OLIVI, 1792. *Zoologia adriatica*, p. 178.
— *rhodostoma*, DRAPARNAUD, 1801. *Tabl. Moll.*, p. 74.
— *cingenda*, MONTAGU, 1803. *Testacea Britannica*, p. 418, supl. t. XXIV, f. 4.
— *strigata*, DILLWYN, 1817. *Descr. cat. Shell's*, p. 911 (n. Müller).
Theba pisana, RISSO, 1826. *Hist. nat. Eur. merid.*, IV, p. 73, n° 163.
— *leucostoma*, RISSO, 1826. *Hist. nat. Eur. merid.*, IV, p. 76, n° 172 (*Juv.*).
Teba cingenda, LEACH, 1831. *Moll. Brit. Synop.*, p. 92 (ex Turton).
Xerophila Pisana, HELD, 1837. *In Isis von Oken*, p. 913.
Euparipha rhodostoma, HARTMANN, 1840. *Gasterop.*, I, p. 204, pl. LXXIX, LXXX.
— *pisana*, MORCH, 1865. *Journ. Conch.*, XIII, p. 385.
Theba virgata, JOUSSEAUME, 1879. *Faun. Malac. Paris, in Soc. Zool.*, p. 214.

HABITAT. — Cette coquille, qui bien certainement n'appartient pas à la faune de notre région, a été cependant retrouvée aux environs de Lyon, en 1878, par M. le capitaine Michaud, le doyen de nos malacologistes. Il a pu en récolter aux portes de la ville, à la Mouche, trente-sept individus parfaitement adultes et tous bien vivants.

ORIGINE. — C'est tout à fait accidentellement que ces échantillons ont été introduits dans notre faune lyonnaise ; ils ont dû, comme nous l'ex-

(1) Moquin-Tandon, 1855. *Hist. Moll.*, II, p. 124.
(2) Westerlund, 1876. *Fauna Europ. Moll. Prod.*, p. 89.

pliquerons plus loin, y être apportés très jeunes ; mais il est certain qu'ils sont arrivés à leur parfait développement dans nos environs; peut-être même s'y sont-ils reproduits, mais nous doutons fort que les jeunes aient pu survivre au premier hiver un peu rigoureux.

VARIATIONS. — Les échantillons que nous avons vus étaient tous de grande taille, mesurant jusqu'à 22 millimètres de diamètre maximum pour une hauteur de 16 millimètres ; mais tous étaient de couleur pâle, avec l'ouverture à peine rose à l'intérieur ; quant à l'ornementation extérieure, elle se bornait en général à quelques bandes flammulées en partie ou effacées. Il est évident que l'animal se trouvant dans des conditions biologiques différentes de celles de son état normal, sa coquille en se développant a dû éprouver des modifications dans sa coloration. Si ces individus avaient pu faire souche et s'acclimater, nous aurions eu à constater plus tard des variations plus importantes dans la forme ou dans la structure de la coquille.

RAPPORTS ET DIFFÉRENCES. — Cette coquille, suffisamment typique, ne saurait être confondue avec aucune autre hélice de notre région.

HELIX ERICETORUM, MÜLLER

Pl. II, fig. 1-3.

Helix ericetorum, MÜLLER, 1774. *Verm. terr. et fluv. Hist.*, II, p. 33, n° 236.
— *erica*, DA COSTA, 1778. *Testacea Britannica*, p. 53, t. IV, f. 8.
— *media*, GMELIN, 1789. *Syst. naturæ*, 13ᵉ édit., p. 3640, n° 177.
Zonites ericetorum, LEACH, 1820. *Moll. Brit. Synop.*, p. 104.
Helicella ericetorum, RISSO, 1826. *Hist. nat. Eur. merid.*, t. IV, p. 135.
Oxychilus ericetorum, FITZINGER, 1833. *Syst. Verzeich. Œster.*, p. 100.
Theba ericetorum, BECK, 1837. *Index Molluscorum*, p. 13.
Xerophila ericetorum, HELD, 1837. *In Isis von Oken*, p. 913.
Jacosta ericetorum, MONCU, 1864. *Syn. Moll. Daniæ*, p. 20.

HABITAT. — Coquille commune, à dispersion géographique assez étendue, vivant de préférence dans les endroits secs un peu chauds. On la trouve dans tout le département du Rhône ainsi que dans les départements voisins de la région. Dans les Alpes, elle s'élève à une assez grande altitude. MM. Dumont et de Mortillet l'ont récoltée au Grand-Salève, à 1500 mètres. Dans les Pyrénées, d'après M. le Dr Fischer, elle atteindrait jusqu'à 2000 mètres (1).

ORIGINE. — L'*Helix ericetorum* vivait en France et dans notre contrée à l'époque quaternaire. Nous l'avons indiqué dans le lehm de Neyron, dans le département de l'Ain; plus anciennement encore, il faisait partie de la faune quaternaire des tufs de la Celle, près Moret, sous une forme un peu différente de la forme actuelle. Il est à remarquer que cette coquille, si commune aujourd'hui dans toute l'Europe, et qui se retrouve même en Afrique et jusque dans l'Asie Mineure, n'a pas été citée dans la faune quaternaire, si riche pourtant, de l'Allemagne et de l'Autriche.

VARIATIONS. — Les variations de cette coquille portent plus particulièrement dans notre région sur la taille et sur l'ornementation. La taille varie suivant les stations dans de larges limites, ainsi qu'on peut s'en rendre compte par le tableau ci-dessous :

LOCALITÉS	VARIÉTÉS	DIAMÈTRE	HAUTEUR
Environs de Lyon. . . .	*Trivialis*.	17,00	8,00
Aix-les-Bains (Savoie) . .	*Leucozona*. .	14,25	7,15
Irigny (Rhône).	*Trivialis*.	13,00	7,00
Culoz (Ain).	*Fasciata*.	11,00	6 50
—	*Trivialis*.	9,00	5,00

Comme on peut le voir d'après ce tableau, nos échantillons les plus grands sont loin d'atteindre les dimensions des beaux individus du Midi de la France qui ont jusqu'à 25 millimètres de diamètre. Nous n'avons ici que des formes *minor* et *intermedia*.

Les variations dues à l'ornementation sont les suivantes :

Trivialis, Moq.-Tand (2). — Coquille de toutes tailles, avec une bande brune continuée en dessus et plusieurs bandes de même couleur en dessous ; la largeur et l'intensité de la couleur de la bande étant très variables ; très commune ; se trouve partout.

Fasciata, Moq.-Tand. — Coquille avec plusieurs bandes étroites brunes continuées en dessus ; moins commune ; les environs de Lyon, le Mont-d'Or lyonnais, l'Ain, l'Isère, etc.

Elegans, Moq.-Tand. — Coquille avec plusieurs bandes étroites bru-

(1) Fischer, 1876. *In Jour. Conch.*, p. 66.
(2) Moquin-Tandon, 1855. *Hist. Moll.*, II, p. 253.

nes continuées en dessus, les unes entières, les autres réduites à des points ou à des traits alternant avec les premières ; assez commune ; presque partout.

Lentiginosa, Moq.-Tand.— Coquille avec des taches et des points d'un brun foncé, qui semblent rayonner ; plus rare ; les environs de Lyon et de Grenoble.

Deleta, Moq.-Tand. — Coquille avec des taches et des points d'un brun pâle presque confondus, qui la rendent à peu près roussâtre en dessus, et des lignes brunes plus ou moins entières en dessous ; l'ornementation de cette variété présente beaucoup d'analogie avec celle de l'*Helix fasciolata ;* assez rare ; les environs de Lyon, Saint-Symphorien d'Ozon (Isère), etc.

Leucozona. — Moq.-Tand. — Coquille plus ou moins roussâtre avec une ligne blanche parfois subtransparente au dernier tour, et souvent plusieurs lignes d'un brun pâle ou blanches en dessous ; assez commune ; presque partout.

Obscura, Moq. Tand. — Coquille d'un roussâtre foncé, sans bandes ni lignes, parfois avec quelques larges taches brunes ; peu commune ; les environs de Lyon, Aix-les-Bains (Savoie), Grenoble (Isère), etc.

Lutescens, Moq.-Tand. — Coquille monochrome d'un blanc grisâtre ou un peu jaune, sans taches ni bandes ; peu commune ; les environs de Lyon, Aix-les-Bains (Savoie), la Maurienne, etc.

Vitrea, Dumont et Mortillet (1). — Coquille de couleur blanche, entièrement vitrée, transparente ; rare ; les bords de l'Arve, près de Genève, et dans la Maurienne.

Cornea, nob. — Nous proposons ce nom pour une variété trouvée par M. Bourguignat (2), non loin de la vacherie de la dent du Chat (Savoie) et qui « offre un test petit, entièrement corné, sur lequel se détachent, par transparence, quatre zonules. »

Enfin M. de Mortillet (3) indique à Ferney-Voltaire une variété subcarénée ; à Moutiers et à Rumilly, près Bonneville, dans la Savoie, les échantillons sont très sensiblement carénés, surtout au point où le dernier tour est en contact avec l'avant-dernier ; il ne nous a pas été donné de pouvoir vérifier cette assertion.

---

(1) De Mortillet, 1851. *Bull. Soc. d'Hist. de Savoie,* p. 54.
(2) Bourguignat, 1864. *Malacologie d'Aix-les-Bains,* p. 40.
(3) Dumont et Mortillet, 1857. *Catal. crit. et malac.,* p. 59.

Rapports et différences. — L'*Helix ericetorum*, quoique ayant une forme et des caractères spécifiques assez tranchés, est bien voisin des *Helix neglecta* (1), *H. cespitum* (2), *H. arenosa* (3), *H. Terveri* (4), etc. Les petites formes de la variété *minor* peuvent se rapprocher plus particulièrement des *H. arenosa*, *H. nubigena*, *H. ignota* et même *H. fasciolata*, avec qui nous l'avons vu plus d'une fois confondue dans les collections; on les distinguera à leur forme déprimée, à la finesse des stries et aux dimensions de l'ombilic, caractères principaux sur les variations desquels sont basées les formes voisines que nous citons.

Quant aux échantillons de taille moyenne, on pourra toujours les reconnaître à la dépression de la spire, à la forme de l'ombilic, etc. Parfois cependant, nous devons le reconnaître, il est bien difficile de distinguer toutes ces coquilles lorsqu'elles sont encore jeunes et que l'on n'est point guidé par leur habitat. En effet, on sait que de toutes les formes que nous venons de citer, l'*Helix fasciolata* et l'*Helix ericetorum* seuls vivent dans notre région. Si l'*Helix cespitum* a été indiqué dans nos pays, c'est incontestablement par erreur ou mieux par confusion de forme avec l'*Helix ericetorum*.

Anomalies — Nous n'avons pas retrouvé dans notre région la var. *alba* indiquée par Charpentier (5) comme fréquente dans les montagnes basses, et qui constitue un véritable cas d'albinisme.

Monstruosités. — Nous avons fait représenter, pl. II, trois cas assez curieux de monstruosité de l'*Helix ericetorum*, qui tendent à la scalarité; dans les deux premiers, fig. 1, 2, les derniers tours de la coquille ont seuls une tendance brusquement marquée à s'écarter du plan normal du développement de la ligne spirale. Dans le troisième, fig. 3, la coquille entière a sa spire surélevée; sa forme est totalement modifiée; son profil est presque celui d'un *Helix lineata*. Ces trois échantillons ont été récoltés aux environs de Lyon, et font partie de la collection Terver, au muséum de Lyon.

---

(1) *Helix neglecta*, Draparnaud, 1805. *Hist. Moll.*, p. 108, pl. VI, f. 12-13.

(2) *Helix cespitum*, Draparnaud, 1801. *Tabl. Moll.*, p. 92; et *Hist. Moll.*, p. 109, pl. VI, f. 14-15 (non fig. 16-17).

(3) *Helix arenosa*, Ziegler, 1838. *In Rossmässler*, *Iconogr.*, VII et VIII, p. 34.

(4) *Helix Terverii*, Michaud, 1831. *Compl. Hist. Moll.*, p. 26.

(5) De Charpentier, 1837. *Catal. Moll. Suisse*, p. 12, pl. I, f. 18.
Moquin-Tandon, 1855. *Hist. Moll.*, II, p. 253.

HELIX ERICETELLA, Jousseaume

Helix ericetorum, Dupuy, 1849, *Hist. Moll.*, pl. XIII, f. 7.
Theba ericetella, Jousseaume, 1879, *Faune malacol. des env. de Paris, in Bull. Soc zool. France*, p. 229, pl. III, f. 11, 12.

Habitat. — Sur les indications qui nous ont été données par M. le Dr Jousseaume, nous avons récolté aux environs de Lyon plusieurs individus qui se rapportent à ce nouveau type.

Origine. — Nous ne connaissons pas cette forme à l'état fossile; cependant quelques échantillons de l'*Helix ericetorum* des dépôts quaternaires des environs de Lyon tendraient par les dimensions de leur ombilic à se rapprocher de l'*Helix ericetella*.

Variations. — Cette forme, encore peu connue, paraît présenter les mêmes variations que l'*Helix ericetorum;* cependant la plupart des échantillons que nous avons observés sont de taille assez petite, plus petite même que ceux des environs de Paris que nous tenons de M. le Dr Jousseaume.

Rapports et différences. — « Cette coquille, dit M. Jousseaume, beaucoup plus aplatie au dernier tour, moins évasée près de l'ouverture, et à l'ombilic plus large que la *Theba neglecta*, se distingue de la *Theba ericetorum* par son test plus mince, son enroulement plus régulier, son ombilic un peu moins ouvert, son ouverture plus arrondie, et les bords de son péristome plus déjetés en dehors. »

HELIX VARIABILIS, Draparnaud

Helix ericetorum, Chemnitz, 1780. *System. Conch. cab.*, IX, f. 1194, 1195 (n. Müller).
— *zonaria*, Donovan, 1800. *British Shell's* II, t. LXV (n. Pennant).
— *variabilis*, Draparnaud, 1801. *Tabl. Moll.*, p. 73.
— *subalbida*, Poiret, 1801. *Coq. fluv. et terr. de l'Aisne, Prodr.*, p. 83.
— *virgata*, Montagu, 1803. *Testacea Britannica*, p. 445, t. XXIV, f. 1.
— *striata*, Brard, 1815. *Hist. coq. env. de Paris*, p. 36, pl. II, f. 5-6.
— *elegans*, Brown, 1817. *Wern. trans.*, VI, p. 524, pl. XXIV, f. 9 (n. Drap.).
— *pisana*, Dillwyn, 1817. *Descr. Catal. Schll's*, II, p. 911.

Helicella variabilis, Risso, 1826. *Hist. nat. Eur. merid.*, IV, p. 71, n° 156.
Teba virgata, LEACH, 1831. *Brit. Moll.*, p. 93 (ex Turton).
Xerophila variabilis, HELD, 1837. *In Isis von Oken*, p. 913.
Helix cespitum, CALCARA, 1844. *Expos. Moll. di Palermo*, p. 8.
Jacosta variabilis, MORCH, 1865. *In Journ. de Conch.*, XIII, p. 386 (var.).

HABITAT. — Avant le développement de la ville de Lyon dans la région sud, cette coquille se trouvait soit à Perrache, soit aux Étroits. Aujourd'hui elle a complètement disparu de toute notre contrée (1). D'autre part, Albin Gras (2) cite avec un point de doute, il est vrai, cette coquille comme ayant été trouvée aux environs de Grenoble.

ORIGINE. — A quelle époque cette forme, qui n'appartient pas à la faune quaternaire d'Europe, a-t-elle fait son apparition dans nos contrées? Nous n'avons aucune donnée à ce sujet ; nous savons seulement par quelques exemplaires bien authentiques qu'elle y a vécu, puis, ne la retrouvant plus aujourd'hui, nous ne pouvons que constater sa disparition. Sa présence dans nos régions n'a, du reste, rien de bien anormal, puisque nous la trouvons dans presque toute la France ; cependant nous croyons remarquer que dans le Centre et plus particulièrement dans l'Est, elle est moins fréquente que dans le Nord et surtout que dans le Midi. Ajoutons que nous ne l'avons pas retrouvée dans la faune récente des alluvions de la Saône.

VARIATIONS. — Les seuls individus récoltés par Terver se rapportaient à la variété *albicans*, Moquin-Tandon, avec le dernier tour plus ou moins arrondi. Cette même forme est très commune dans le Sud de la France.

RAPPORTS ET DIFFÉRENCES. — L'*Helix variabile* ne saurait être confondu qu'avec la forme suivante, que plusieurs auteurs se sont plu à considérer comme variété constante et bien définie.

HELIX LINEATA, OLIVI

Helix lineata, OLIVI, 1799. *Zoologia Adriat.*, p. 77 (n. Wood, n. Walk., n. Say).
— *maritima*, DRAPARNAUD, 1805. *Hist. Moll.*, p. 85, pl. V, fig. 9 10.
Theba maritima, BECK. 1837. *Index molluscorum*, p. 12.

(1) A. Locard, 1877. *Malacologie lyonnaise*, p. 48.
— 1878. *Note sur les migrations des mollusques*, p. 26.
(2) A. Gras, 1840. *Description des mollusques de l'Isère*, p. 421.

Habitat. — M. de Fréminville a récolté, il y a quelques années, dans son parc du château de Laumusse dans le département de l'Ain, trois coquilles adultes et parfaitement déterminables de l'*Helix lineata* qu'il a bien voulu nous remettre. Comment cette forme méridionale est-elle venue dans la vallée de la Saône? nous l'ignorons, mais il est probable qu'il faut l'ajouter à la liste des *Helix variabilis*, *H. pisana*, *H. trochoides*, etc. que nous avons déjà signalés dans la partie centrale du bassin du Rhône.

Origine. — Nous ne connaissons pas cette forme à l'état fossile.

Variations. — Les trois échantillons ne sont point absolument semblables; deux sont ornés d'une bande brune continuée en dessus et de deux bandes inférieures; c'est la var. *alba* de Draparnaud (1), ou var. *vittata* de Moquin-Tandon (2); le troisième, de taille un peu plus petite, outre la bande supérieure, a trois petites bandes interrompues en dessous.

Rapports et différences. — L'*Helix lineata* est incontestablement voisin de l'*Helix variabilis;* il s'en distingue plus particulièrement par sa taille plus petite, par sa forme plus conique, à tours plus arrondis, par son test relativement plus solide et plus épais, enfin par son ombilic proportionnellement plus étroit.

Il est à remarquer que l'*Helix variabilis* a été trouvé vivant jadis à Lyon même; peut-être remontait-il autrefois la vallée de la Saône; l'*Helix lineata*, forme bien voisine, a pu l'accompagner pour disparaître ensuite avec lui. Dans tous les cas, nous ne pouvons qu'émettre des hypothèses relativement à l'origine de ce type dans nos pays.

HELIX FASCIOLATA, Poiret

Pl. II, f. 10.

Helix fasciolata, Poiret, 1801. *Coq. fluv. et terr. Aisne, Prodr.*, p. 79.
 — *striata*, Draparnaud, 1801. *Tabl. Moll.*, p. 91 (n. Müller).
 — *crenulata*, Dillwyn, 1817. *Descr. cat. Shell's*, p. 895.
 —· *strigata*, Studer, 1820. *Kurz. Verzeichn.*, p. 87 (n. Müller, n. Dillwynn. Rossm.)
Xerophila striata, Held, 1837. *In Isis. von Oken's*, p. 913.
Teba striata, Adams, 1853. *Gener. recent. Moll.*, p. 216.
Helix profuga, Kreglincer, 1870. *Syst. Verzeich. binnen. Moll.*, p. 101 (pars).

(1) Draparnaud, 1804. *Hist. Moll.*, p. 8᠈.
(2) Moquin-Tandon, 1855. *H st. M.ll.*, 1᠈, p. 265.

HABITAT. — L'*Helix fasciolata* est assez répandu dans les régions basses et les plateaux peu élevés de notre contrée, on peut le récolter dans tout le Mont-d'Or lyonnais, les plateaux de la Bresse, du Dauphiné, etc., il ne s'élève pas à de grandes altitudes ; M. Bourguignat ne l'a rencontré ni à la Grande-Chartreuse ni dans la Savoie. Il craint peu la chaleur et fréquente volontiers les endroits un peu secs, tout en se tenant sous les herbes et sous les pierres près du sol.

ORIGINE. — Nous n'avons pas retrouvé cette coquille à l'état fossile dans nos environs ; nous ne croyons pas qu'elle ait été reconnue dans d'autres pays comme ayant vécu avant l'époque actuelle.

VARIATIONS. — Les variations de l'*Helix fasciolata* portent en général sur la taille, la dépression de la spire, les dimensions de l'ombilic et l'ornementation de la coquille. La taille varie beaucoup ; nos plus grands échantillons mesurent facilement plus de 12 millimètres de diamètre pour une hauteur de 6 millimètres, tandis que l'on peut récolter des formes parfaitement adultes qui ne mesurent plus que 7 millimètres de diamètre pour 4 millimètres de hauteur. Nous avons récolté les plus grands individus dans les régions basses, sur les bords du Rhône ; les plus petits provenaient de contrées un peu plus élevées et plus montagneuses. La hauteur proportionnelle de la spire varie suivant la taille des échantillons ; en général la spire est notablement plus surbaissée dans les coquilles de grande taille que dans les petites, sans que pour cela la ligne suturale soit plus profondément accusée. En même temps, dans ces grands échantillons, l'ombilic est plus ouvert et laisse apercevoir une plus grande proportion de l'avant-dernier tour, tandis que l'ouverture de la coquille paraît un peu moins arrondie. Quant au bourrelet, il ne nous a jamais paru aussi fort dans les échantillons de notre pays que dans ceux du Midi de la France.

L'ornementation de la coquille est très variable. Nous avons remarqué les variétés suivantes :

Fournetia, Locard (1). — Coquille blanchâtre ou grisâtre, avec une bande brune entière ou ponctuée, continuée en dessus, presque carénale ; peu commune ; le Mont-d'Or lyonnais.

Dumortieria, Loc. — Coquille de même couleur, avec une seule bande entière ou ponctuée, continuée en dessus ; plus fréquente ; Lyon, la Pape.

_____

(1) A. Locard, 1877. *Malacologie lyonnaise*, p. 46.

Jourdania, Loc. — Coquille de même couleur, avec une seule bande entière ou ponctuée, mince, continuée en dessus et en dessous ; assez commune ; les environs de Lyon.

Lortetia, Loc. — Coquille de même couleur, avec plusieurs bandes ponctuées en dessus et point en dessous ; assez rare ; mêmes localités.

Falsania, Loc. — Coquille de même couleur, avec deux bandes ponctuées ou flammulées en dessous, et une seule en dessus ; assez commune ; mêmes localités.

Chantrea, Loc. — Coquille de même couleur, avec deux bandes flammulées très rapprochées en dessous, et une seule entière ou ponctuée en dessus ; très commune ; presque partout.

Perroudia, Loc.—Coquille de même couleur, avec trois ou même quatre bandes ponctuées ou flammulées en dessous et une seule en dessus ; plus rare ; le Mont-d'Or lyonnais.

Courtia, Loc. — Coquille de même couleur, avec trois ou même quatre bandes ponctuées ou flammulées en dessous, et point en dessus ; assez commune ; presque partout.

Mulsania, Loc. — Coquille de même couleur, avec une bande large, pleine ou flammulée en dessus et étroite en dessous ; rare ; les environs de Lyon.

Unicolor, Moquin-Tandon. — Coquille monochrome, d'un gris roussâre plus ou moins clair, sans bandes ni points ; assez commune ; presque partout.

Toutes ces variétés, que l'on pourrait encore multiplier à l'infini, peuvent se trouver ensemble dans les mêmes localités.

Rapports et différences. — Un grand nombre d'auteurs désignent la forme qui nous occupe sous le nom d'*Helix striata*. Cette dénomination a donné lieu à de grandes confusions. L'*Helix striata* de Müller est une forme particulière que nous ne possédons pas en France. Celle de Draparnaud se rapporte à l'*Helix fasciolata* de Poiret ; mais comme il est reconnu que l'ouvrage de Draparnaud est postérieur de quatre mois à celui de Poiret, il convient, pour respecter les droits de priorité et pour éviter toute confusion, d'adopter la dénomination proposée par Poiret, c'est-à-dire celle d'*Helix fasciolata*. Cependant il est bon d'observer que cet auteur a confondu avec le véritable *Helix fasciolata* une var. *minor* de l'*Helix ericetorum* que l'on trouve aux environs de Paris, comme du reste aux environs de Lyon. Quant à la forme algérienne désignée par Terver (1) et par M. Aucapitaine (2), sous le nom d'*Helix striata*, ce serait une forme particulière dont M. Bourguignat a fait son *Helix submeridionalis* (3).

L'*Helix fasciolata* fait partie d'un groupe dont on a dérivé des espèces fort nombreuses et souvent bien voisines les unes des autres. Aussi, is leur détermination est encore assez facile lorsque la coquille appartient à un individu bien adulte, n'en est-il point de même lorsqu'elle provient d'un jeune mollusque. Parmi les types de notre région, l'*Helix fasciolata* peut être rapproché des *Helix costulata*, *H. Heripensis*, *H. Diniensis*, *H. Gesocribatensis* et *H. caperata ;* nous en reparlerons à propos de chacune de ces formes.

ANOMALIES. — Les cas d'albinisme ne sont pas très rares chez l'*Helix fasciolata ;* nous en avons observé plusieurs. En même temps nous avons rencontré à différentes reprises des coquilles à tendances scalariformes. Nous avons fait figurer, pl. II, fig. 10, une coquille dont le dernier tour est complètement scalariforme relativement au reste de la coquille ; elle a été récoltée par M. Roy. dans les alluvions du Rhône, près de Lyon. Cette tendance à la scalarité paraît même localisée et héréditaire chez certaines colonies ; ainsi elle est fréquente dans les échantillons que nous avons récoltés avec notre ami M. de Fréminville, dans les allées du parc de son château de Laumusse, dans le département de l'Ain.

HELIX GESOCRIBATENSIS, BOURGUIGNAT

Helix Gesocribatensis, BOURGUIGNAT, *in sched.*

HABITAT. — M. Bourguignat a reconnu cette forme dans des échantillons que nous lui avons montrés et qui avaient été récoltés par notre ami M. de Fréminville, dans son parc du château de Laumusse, dans le département de l'Ain.

ORIGINE. — Nous ne connaissons pas cette coquille à l'état fossile.

(1) Terver, 1839. *Catal. Moll. Nord-Afrique*, p. 24.
(2) Aucapitaine, 1862. *Moll. Haute Kabylie*, *in Rev. et Mag. zool.*, p. 152.
(3) Bourguignat, 1870. *Malacologie de l'Algérie*, p. 100.

DESCRIPTION. — En attendant que M. Bourguignat établisse la diagnose
de cette coquille, nous croyons devoir en donner ici une description
sommaire : Coquille de taille assez petite, de forme globuleuse, conique en dessus, arrondie en dessous, à test solide, épais, opaque, ornée
en dessus comme en dessous de stries fines et régulières bien visibles à
l'œil nu ; spire composée de cinq tours à cinq tours et demi, un peu
arrondis, croissant régulièrement, s'étageant les uns au-dessus des autres
avec régularité, séparés par une ligne suturale peu profonde ; ombilic
profond, étroit, mais laissant cependant voir une portion de l'avant-
dernier tour ; ouverture oblique, arrondie, un peu marquée, médiocrement échancrée par l'avant-dernier tour ; péristome interrompu ou sub-
interrompu, presque droit, avec un bourrelet blanchâtre intérieur peu
profond, à bords un peu rapprochés, convergents, le bord columellaire
très légèrement arqué et évasé vers l'ombilic.

Diamètre maximum, 8 millimètres ; hauteur totale, 5 millimètres.

VARIATIONS. — Nous ne possédons encore que trois échantillons de
l'*Helix Gesocribatensis ;* ils paraissent entre eux aussi semblables que
possible ; nous ne voyons de différence réelle que dans la forme du péristome, qui est plus ou moins interrompu, suivant l'âge des échantillons.

RAPPORTS ET DIFFÉRENCES. — Cette forme bien typique, tout en se
rattachant par les caractères de son test au groupe des striées, se distingue de toutes les autres formes de ce groupe par son galbe conique, par
la forme élevée de sa spire, par les petites dimensions de son ombilic.
C'est assurément une forme distincte, facile à reconnaître entre toutes
au premier coup d'œil ; mais malgré cela, ses rapports directs avec
l'*Helix fasciolata* sont incontestables.

HELIX HERIPENSIS, J. MABILLE

Pl. II, f. 9.

Helix Heripensis, J. MABILLE, 1877. *In Bull. soc. zool.,* p. 304.

HABITAT. — Nous avons récolté cette jolie coquille dans plusieurs
stations de notre région où elle ne paraît pas très rare, notamment à
Chavornay, dans le département de l'Ain, et dans les alluvions du
Rhône ; on la trouve également dans la Drôme.

ORIGINE. — Nous ne connaissons pas cette forme à l'état fossile.

VARIATIONS. — L'*Helix Heripensis* type, c'est-à-dire tel que l'a envisagé M. J. Mabille, est de taille assez variable, puisque son diamètre passe de 8 à 15 millimètres, tandis que sa hauteur atteint de 5 millimètres et demi à 7 millimètres. Nos échantillons sont de taille intermédiaire et ne dépassent pas 12 millimètres de diamètre pour une hauteur de 6 millimètres et demi. Ils varient entre eux par le plus ou moins d'élévation de la spire qui, dans quelques échantillons, paraît plus surbaissée. Il existe également quelques variations dans le mode d'enroulement des tours ; en examinant l'ombilic, on voit que la partie visible de l'avant-dernier tour est plus ou moins considérable, non seulement suivant les échantillons, mais même encore peut-être suivant les colonies ; ainsi nos échantillons de Chavornay ont l'ombilic plus ouvert intérieurement que nos échantillons du parc de Beausemblant dans la Drôme. Enfin il existe quelques différences, mais alors purement individuelles, dans la direction de l'extrémité du dernier tour; tantôt son enroulement est presque droit; tantôt, au contraire, il est un peu infléchi; dans le premier cas, le dessous du dernier tour paraît plus renflé et plus arrondi.

Quant à la coloration et à l'ornementation, elles varient suivant les colonies ; la coloration passe du blanc jaunâtre au gris sale ; les coquilles sont tantôt monochromes, tantôt ornées de bandes ponctuées, situées en dessus et en dessous de la coquille ; souvent, par suite de la réunion de plusieurs bandes ponctuées, les taches forment sur la coquille de véritables flammes.

RAPPORTS ET DIFFÉRENCES. — On ne peut rapprocher l'*Helix Heripensis* dans nos régions que de l'*Helix fasciolata;* on le distinguera facilement à sa taille toujours plus grande, à sa coloration généralement plus pâle, à son ouverture un peu moins arrondie, surtout enfin à son ombilic plus large et plus ouvert. C'est probablement cette même forme que Dumont avait déjà signalée aux environs de Lyon, dans sa *Monographie des Hélices striées* (1).

MONSTRUOSITÉS. — Par suite d'une tendance assez fréquente à une surélévation de la spire, comme cela a lieu du reste assez souvent chez les coquilles du groupe des striées, il n'est pas rare de voir des individus prendre une apparence subscalariforme. Parfois, au contraire, le dernier

(1) Dumont, 1850. *Monographie des Hélices striées*, p. 22.

tour est brusquement tombant ; nous avons fait représenter, pl. II, fig. 9, un échantillon récolté dans les alluvions du Rhône et qui présente ce singulier caractère.

HELIX INTERSECTA, Michaud.

Helix intersecta, Michaud, 1831. *Compl. Moll*, *Drap.*, p. 30, pl. XIV, f. 33-35 (n. Poiret(.
— *ignota*, J. Mabille, 1865. *Etudes faun. Saint-Jean de Luz, in Journ. de Conch.*,
t. XIII, p. 255.

Habitat. — Cette forme paraît assez rare dans notre région ; on la retrouve dans les vallées du Rhône et de la Saône, au nord de Lyon, non loin des bords de l'eau, dans les prairies un peu sèches ; elle devient plus commune dans la partie méridionale de nos pays.

Origine. — Nous ne connaissons pas cette coquille à l'état fossile.

Variations. — Nos échantillons ne paraissent pas différer sensiblement du type tel que M. Michaud lui-même l'avait compris. Nous devons ajouter que ce savant auteur avait reconnu et admis la présence de cette forme aux environs de Lyon.

En général les formes de nos régions ont des stries un peu moins fortes que celles du Midi de la France ; leur taille serait un peu plus grande et leur coloration plus pâle.

Rapports et différences. — L'*Helix intersecta* se distingue de l'*Helix fasciolata* par sa forme plus allongée, plus conique, par ses tours moins distincts, plus aplatis, séparés par une ligne suturale moins profonde, par son ombilic un peu moins ouvert, enfin par ses stries plus égales et plus régulièrement tracées. C'est une forme voisine encore de l'*Helix caperata* de Montagu ; cette dernière est plus cantonnée dans le Nord et dans l'Est de la France, l'*Helix intersecta* paraît lui succéder dans nos pays et la remplacer totalement dans le Midi. M. Mabille, en présence de la confusion qui pouvait résulter entre les dénominations identiques de Poiret et de M. Michaud s'appliquant à deux formes différentes, a proposé le nom d'*Helix ignota* pour le type de M. Michaud.

HELIX CAPERATA, Montagu

Helix caperata, Montagu, 1803. *Test. Brit.*, p. 433, pl. II, f. 11 (n. Pfeiffer, n. Morelet).
— *striata*, Draparnaud, 1805. *Hist. Moll.* p. 105 (pars).
Theba caperata, Leach, 1831. *Brit Moll.*, p. 97 (ex Turton).
Helix fasciolata, Drouet, 1855. *Moll. Franche-Comté*, p. 16 (pars).

Habitat. — MM. Dumont et de Mortillet ont signalé (1) l'*Helix caperata* comme ayant été récolté soit à Fernex, dans le département de l'Ain, soit aux environs de Lyon.

Origine. — Nous ne connaissons pas cette forme à l'état fossile.

Variations. — Nous n'avons pas rencontré dans notre région cette forme, indiquée par les savants auteurs de la *Malacologie de la Savoie ;* d'après eux, les échantillons trouvés à Fernex se rapporteraient positivement à l'*Helix caperata* de Montagu ; peut-être il y a eu confusion entre ce type septentrional qui s'étend cependant assez avant dans l'Est et l'*Helix Diniensis*, qui paraît remplacer cette forme à mesure que l'on s'avance dans le Sud-Est de la France.

Rapports et différences. — Un grand nombre d'auteurs n'envisagent l'*Helix caperata* qu'à titre de variété septentrionale de l'*Helix fasciolata ;* cependant M. Westerlund l'admet au rang d'espèce (2). Quoi qu'il en soit, cette forme diffère du type de l'*Helix fasciolata* par sa spire plus déprimée, sa taille plus petite, son ombilic un peu plus étroit, subinfundibuliforme, par le dernier tour moins arrondi, faiblement caréné, etc.

Il est fort probable que la coquille désignée sous le nom d'*Helix intersecta* par Poiret est la même que celle que Montagu a appelée *Helix caperata*, avec de simples modifications dues aux différences de l'habitat. Quant à l'*Helix intersecta* de Michaud, il présente des caractères différents de celui de Poiret ; M. J. Mabille a proposé de lui donner le nom d'*Helix ignota*. Enfin, sous cette même dénomination d'*Helix caperata*, M. Moret (3) a signalé une forme algérienne qui serait différente, et que

(1) Dumont et Mortillet, 1857. *Catal. crit. et malac.*, p. 61.
(2) Westerlund, 1876. *Fauna europæa Moll. extramar. Prodr.*, p. 109.
(3) Morelet, 1853. *Catal. Moll. Algériens; in Journ. de Conch.*, t. IV, p. 282.

VAR. MAL. 11

M. Bourguignat a désignée sous le nom d'*Helix submeridionalis* (1) ; c'est cette même coquille que M. Aucapitaine avait inscrite sous le nom d'*Helix intersecta* (2).

HELIX DINIENSIS, Rambur

Helix Diniensis, Rambur, 1868. *In Journ. de Conch.*, XVI, p. 267 ; XVII, p. 258, pl. IX. f. 2.

Habitat. — Cette forme, dont nous devons la détermination à M. Bourguignat, paraît assez commune dans notre région ; elle vit dans les mêmes conditions que l'*Helix fasciolata*, avec laquelle on la confond presque toujours ; nous l'avons récoltée dans l'Ain, dans le Rhône et jusque dans la Drôme.

Origine. — Nous ne connaissons pas cette coquille à l'état fossile.

Variations. — Tous nos échantillons appartiennent à une var. *minor*. M. Bourguignat a retrouvé cette même variété de petite taille dans le Puy-de-Dôme. Quant aux variations que présentent nos échantillons, à part la question d'ornementation, ces variations sont absolument les mêmes que celles que l'on observe chez l'*Helix Heripensis* Mabille, c'est-à-dire une plus ou moins grande surélévation de la spire, un enroulement relativement variable dans les derniers tours d'où dépendront la forme et les dimensions de l'ombilic. Quant à l'ornementation, elle varie avec les colonies ; mais souvent aussi dans une même colonie, on trouve des individus diversement ornementés ; tantôt, et c'est le cas le moins fréquent, la coquille est monochrome, tantôt au contraire, elle est ornée de bandes, soit continues, soit interrompues, en dessus comme en dessous de la coquille ; le plus souvent ce sont les bandes inférieures qui sont seules continues ; elles sont également plus nombreuses, et parfois aussi plusieurs d'entre elles sont soudées ensemble. Les bandes ponctuées du dessus de la coquille sont souvent manifestées par de véritables flammes qui règnent sur chaque tour de spire.

Rapports et différences. — L'*Helix Diniensis*, comme le reconnaît

(1) Bourguignat, 1870. *Malacologie de l'Algérie*, I, p. 278.
(2) Aucapitaine, 1862. *Moll. Haute-Kabylie*, in *Rev. et Mag. zool.*, p. 151.

lui-même Rambur, est très voisin de l'*Helix caperata* Montagu, dont il « pourrait être une variété. » Dans nos pays, il a à peu près la même taille ; il en diffère « par l'extrémité du côté interne du dernier tour, qui s'arrondit moins autour de l'ombilic et prend une direction subitement extérieure, par la forme de l'ouverture qui est plus évasée, avec le bourrelet placé plus profondément, enfin par le bord gauche qui, à son insertion, s'arrondit et se déjette davantage du côté de l'ombilic. »

HELIX COSTULATA, Ziegler

Helix costulata, Ziegler, 1828. *In Pfeiffer*, *Deut. Moll.*, p. 32, t. VI, f. 21, 22 (n. Fer.).
Helicopsis striata, Fitzinger, 1833. *Syst. Verz. Erzher. Œster.*, p. 101.
Theba costulata, Beck, 1837. *Index Molluscorum*, p. 11, n° 17.
Helix rugosiuscula, Buvignier, 1840. *Cat. Moll. Meuse*, *In Soc. phil. Verdun*, p. 218).
  — *compressula*, Stentz, 1842. *In L. Pfeiffer*, *Symb. Hist. Helic.*, II, p. 72.
  — *conspurcata*, Moquin-Tandon, 1855. *Descr. Moll.*, II, p. 287, pl. XVIII, f. 5-6.
  — *striata*, Kreglinger, 1870. *Syst. Verz. Deutsch. Moll.*, p. 100 (pars).
H. (Xerophila) costulata, Sandberger, 1875. *Land. u. Süssw. Conch.*, p. 807, t. XXXV.
  f. 12, 13 ; t. XXXIV, f. 4.

Habitat. — Cette forme est rare dans notre région ; nous ne l'avons pas encore rencontrée vivante dans les environs de Lyon ; cependant on peut en récolter quelques échantillons dans les alluvions du Rhône. Nous devons à l'obligeance de M. Gabillot de bons échantillons, parfaitement caractérisés, récoltés à Saint-Symphorien d'Ozon, dans l'Isère ; on la retrouve également à Bonneval et à Bourg-Saint-Maurice, en Savoie, et à Sassenage dans l'Isère.

Origine. — La présence de cette coquille dans notre faune n'a du reste rien de bien anormal ; nous l'avons déjà rencontrée dans le lehm le plus récent des environs de Lyon, à Saint-Fons. Elle paraît y être rare. Les échantillons fossiles ne nous ont présenté aucune différence avec le type vivant de notre région.

Variations. — Nos échantillons sont de petite taille, tout en étant parfaitement caractérisés. Ils ne mesurent que 6 millimètres de diamètre pour une hauteur de 4 millimètres. M. H. Drouët, nous a adressé des échantillons récoltés aux environs de Dijon et qui mesurent près de 9 millimètres de diamètre pour une hauteur de 6 millimètres. Les coquilles de Saint-Symphorien d'Ozon sont de couleur gris-jaunâtre avec une bande carénale un peu plus foncée et comme ponctuée ; quelques échantillons ont en dessous des bandes très minces, ponctuées, à peine marquées, presque de la même couleur. Nous avons récolté ces mêmes formes et variétés dans les bois de Châtillon-sur-Seine, dans la Côte-d'Or.

RAPPORTS ET DIFFÉRENCES — L'*Helix costulata* a surtout une grande analogie avec les *Helix apicina* et *Helix rugosiuscula*. En général l'*Helix apicina* a une forme plus globuleuse, le dernier tour plus tombant, la spire moins acuminée. Quant à l'*Helix rugosiuscula*, outre son habitat plus méridional, il se distingue plus particulièrement par la présence d'un bourrelet plus ou moins fort situé à l'intérieur de l'ouverture, et qui n'existe dans l'*Helix costulata* qu'à l'état de simple ligne. Si nous tenons compte de l'habitat de ces deux formes si voisines, nous observerons que l'*Helix costulata* appartient à la faune du Nord-Est de la France, et qu'il atteint son maximum de développement en Suisse et en Allemagne, tandis que l'*Helix rugosiuscula* est plus particulièrement confiné dans les régions méridionales de la France. Ne serait-il pas possible de considérer cette dernière forme comme une variété de la première, résultant de la différence d'habitat ? Nous donnerions nécessairement la priorité de date à l'*Helix costulata* qui vivait plus anciennement d'abord, et dont le nom a été créé par Ziegler trois ans avant celui donné par M. Michaud. La synonymie de cette coquille a du reste été fort discutée ; mais nous ne saurions avec M. H. Drouët (1) nous ranger à l'avis de Rossmässler, qui n'en fait qu'une simple variété de l'*Helix candidula,* pas plus qu'à celui de L. Pfeiffer, qui la donne en synonymie à l'*Helix intersecta.* Certes, toutes ces formes ont plus d'un point d'analogie, mais si l'on doit restreindre les espèces de ce groupe, il faudra incontestablement rapprocher plus judicieusement l'*Helix costulata* des *H. apicina* et *H. rugosiuscula*, dont la taille, la forme et les costulations présentent plus d'analogie.

Quant à ses rapports avec l'*Helix fasciolata*, on le distinguera toujours à sa taille légèrement plus petite, à la forme de son ombilic, et surtout à la force et au groupement des stries qui ornent sa surface.

---

(1) H. Drouët, 1855. *Énumération des mollusques de la France continentale*, p. 43.

HELIX UNIFASCIATA, Poiret

Helix unifasciata, Poiret, 1801. *Coq. fluv. et terr. de l'Aisne, Prodr.*, p. 41.
— *bidentata*, Draparnaud, 1801. *Tab. Moll.*, n° 25 (n. Gmelin).
— *striata* Draparnaud, 1804. *Hist. Moll.*, p. 106, VI, pl. 21 (var. t).
— *thymorum*, v. Alten, 1812. *Syst. Abh. Conch.*, p. 56, t. V, f. 9.
— *candidula*, Studer, 1818. *Syst. Verz.*, p. 87.
— *striatula*, Hartmann, 1821. *Syst. der Schweiz.*, p. 51.
Theba thymorum. Beck, 1837. *Index Molluscorum*, p. 11.
— *candidula*, Beck, 1837. *Index Molluscorum*, p. 11.
Xerophila thymorum, Held, 1837. *In Isis von Oken*, p. 913.
Helix tæniata, Müller, 1842. *In L. Pfeiffer, Symb. hist. Helic.*, II, p. 104.
— *unizona*, Andrzejoswki, 1842. *In L. Pfeiffer, Symb. hist. Heli.*, II, p. 67.
Jacosia candidula, Mörch, 1864. *Syn. Moll. Daniæ*, p. 20.
Theba unifasciata, Jousseaume, 1872. *Faune env. Paris, in Bull. Soc., zool.*, p. 217,

Habitat. — L'*Helix unifasciata* est très répandu dans tout le bassin qui nous occupe, aussi bien dans les régions basses que dans les parties alpestres. Il craint peu la sécheresse, et peut se récolter pendant toute la belle saison. Dans les Alpes, il s'élève jusqu'à près de 2000 mètres d'altitude.

Origine. — A l'époque des dépôts du lehm cette petite forme vivait déjà dans les environs de Lyon ; nous l'avons signalée dans le lehm du plateau bressan et du Dauphiné ; elle figure également dans la faune des argiles lacustres de la vallée du Rhône et de la Saône, à l'étranger elle ne fait son apparition qu'à la fin de la période quaternaire.

Variations. — Sans atteindre la taille de l'*Helix gratiosa* de Studer dont nous parlons plus loin, on trouve des échantillons qui sont certainement plus gros que le type ; ils vivent en général dans les régions basses des plaines et des vallées, notamment aux environs de Lyon.

Quelques exemples pris dans différentes stations nous montrent que les dimensions de cette coquille peuvent varier dans des proportions considérables.

LOCALITÉS	VARIÉTÉS	DIAMÈTRE	HAUTEUR
Miribel (Ain)	*Interrupta.* .	7,25	4,25
Culoz (Ain).	*Candidula* . .	6,00	3,75
Environs de Grenoble (Isère). .	*Hypogramma* .	5,50	3,25
Lyon, alluvions du Rhône. . .	*Typus.* . . .	5,00	3,00

Si les stries de la coquille passent à l'état de côtes à partir d'une certaine altitude, il y a des points de passage fort curieux à examiner : dans des échantillons de Culoz, de Belley, etc., les stries deviennent plus fortes, plus visibles, et ce n'est que lorsque l'on franchit cette altitude que l'on arrive à la var. *candidula* nettement caractérisée. Il est à remarquer qu'au milieu de toutes ces modifications, les caractères de forme de la spire, à part des différences individuelles nécessaires, les caractères de l'ouverture, du péristome, de l'ombilic, etc., changent fort peu, et restent presque toujours les mêmes. Nous avons donc un très grand nombre de variétés à citer dans cette coquille, variétés qui reposent sur la taille, la forme, le mode de costulations ou d'ornementation. Nous les examinerons chacune en particulier.

Minor, Dum. et Mort. (1) — « Cette coquille généralement très petite, disent MM. Dumont et Mortillet, se subdivise en deux sous-variétés, l'une nettement et irrégulièrement striée, presque côtelée, *v. striata*, l'autre à peu près lisse, *v. sublœvis*, habitant parfois des localités séparées, mais souvent mêlées ensemble et se trouvant indistinctement au nord ou au midi. » Cette dernière forme serait plus particulièrement alpestre.

Candidula, Studer (2). — Comme l'a fait observer M. Bourguignat (3), « cette variété se distingue du type par un test plus fortement strié, par une ouverture plus arrondie, moins oblique transversalement, par son péristome moins fortement bordé et présentant d'une manière à peine sensible sur son bord columellaire, ce renflement tuberculeux, souvent si prononcé de certains échantillons du centre de la France. L'*Helix candidula* de Studer est la forme alpestre de l'*Unifasciata* de Poiret ». Cette forme très remarquable qui existait déjà à l'état fossile à l'époque quaternaire aux environs de Lyon, vit aujourd'hui dans toute la partie montagneuse de notre région. Tel est l'aspect que revêt l'*Helix unifasciata* dès qu'il atteint une altitude supérieure à 500 mètres, dans l'Isère, l'Ain, la Savoie le Jura, etc.

Radiata, Moquin-Tandon (4). — Coquille à bande supérieure représentée par des taches rayonnantes ; assez commune ; les environs de Lyon et dans les régions basses des plaines et des vallées.

Interrupta, Moq.-Tand. — Coquille à bande supérieure interrompue,

(1) Dumont et Mortillet, 1857. *Catal. crit. et malac.*, p. 63.
(2) Studer, 1820. *Kurzes Verzeichn*, p. 87.
(3) Bourguignat, 1864. *Malac. de la Grande-Chartreuse*, p. 82.
(4) Moquin-Tandon, 1855. *Hist. Moll.* II, p. 284.

réduite à des points plus ou moins apparents; plus rare ; mêmes stations ; ce même mode de variation se retrouve dans la var. *candidula*.

Hypogramma, Moq.-Tand. — Coquille blanche en dessus avec plusieurs lignes roussâtres ou brunes en dessous, quelques-unes parfois réduites à l'état de taches ou de points ; commune ; dans les régions basses des plaines et des vallées.

Obscura, Moq.-Tand. — Coquille entièrement brune ; rare ; dans les mêmes stations, toujours localisée.

Bizonata, nob. — Coquille entièrement brune en dessous avec une large bande brune en dessus ; rare ; les environs de Lyon.

Alpina, Dumont et de Mortillet (1). — Coquille de taille plus forte, à test plus épais, moyennement striée, à ouverture arrondie ; peu commune dans la partie élevée de la Savoie, depuis Moutiers jusqu'au sommet de la Tarantaise, et depuis Saint-Jean de Maurienne jusqu'à l'extrémité supérieure de cette province.

En résumé, on voit d'après ce qui précède combien cette coquille présente de variations ; et cependant, dans toutes ces formes on retrouve toujours bien les caractères essentiels du type, ces variations ne dénaturant pas les formes caractéristiques de l'espèce.

RAPPORTS ET DIFFÉRENCES. — Ainsi envisagé, l'*Helix unifasciata*, tout en étant très voisin des *Helix apicina*, *H. striata*, *H. costulata*, *H. rugosiuscula*, *H. conspurcata*, se distinguera assez facilement. Et d'abord dans nos régions il ne pourrait être rapproché que de l'*Helix striata* et de l'*Helix costulata* qui seuls vivent avec lui, puisqu'il a été démontré que c'est par erreur que l'*Helix cenisia vel Helix apicina* avant été indiqué par Charpentier au Mont-Cenis (2). Or ces deux formes ordinairement de taille plus grande, sont toutes les deux striées ou côtelées différemment. Quant aux autres caractères, nous devons avouer qu'ils sont incontestablement fort voisins, et qu'ils ne peuvent pas toujours être pris comme base de distinction.

ANOMALIES. — Nous n'avons à citer dans cette coquille, en fait d'anomalies, que quelques rares cas d'albinisme observés soit aux environs de Lyon, soit dans la Maurienne.

(1) Dumont et Mortillet, 1857. *Catal. crit. et maloc.*, p. 64.
(2) *Loc. cit.*, p. 60.

HELIX GRATIOSA, Studer

Helix gratiosa, Studer, 1820. *System. Verzeichn. Schw. Conch.*, p.87.
— *unifasciata*, Moquin-Tandon, 1855. *Hist. moll.*, II, p. 234 (v. *gratiosa*).

Habitat. — MM. Dumont et de Mortillet ont indiqué cette coquille dans
les bassins de Chambéry et de Saint-Jean de Maurienne dans la Savoie;
nous la retrouvons également aux environs de Lyon, où elle paraît rare;
elle ne dépasse pas une altitude de 600 mètres.

Origine. — Nous ne connaissons pas cette forme à l'état fossile.

Variations. — L'*Helix gratiosa*, comme l'a très bien fort observer Moquin-Tandon peut présenter les mêmes variations dans son ornementation
que l'*Helix unifasciata ;* nous aurons donc les var. *radiata, interrupta,
hypogramma, obscura* et *alba.* En même temps, et suivant les stations, les
échantillons peuvent être plus ou moins fortement striés.

Rapports et différences. — L'*Helix gratiosa* diffère de l'*Helix unifasciata* par sa taille plus forte ; elle mesure de 8 à 9 millimètres de diamètre; l'ouverture est bien arrondie et bordée d'un bourrelet parfaitement régulier et uniforme. Pour Moquin-Tandon et bien des auteurs,
l'*Helix gratiosa* n'est qu'une var. *major* de l'*Helix unifasciata.*

En résumé, ce groupe des Hélices striées comprend un grand nombre
de formes distinctes, élevées au rang d'espèces, et autour desquelles
viennent se grouper de nombreuses variétés basées non seulement sur
l'ornementation, mais encore sur le galbe même de la coquille. Plusieurs
de ces formes paraissent propres à des stations différentes; les unes
appartiennent à la faune septentrionale, les autres à la faune méridionale
de la France, tandis qu'il en est d'autres encore qui sont communes à ces
deux faunes. Il est incontestable pour nous que plusieurs de ces prétendues espèces ne sont en définitive que des manières d'être différentes d'un
nombre de types plus restreint qui se sont modifiés en s'adaptant à des
milieux dissemblables. C'est ainsi que l'on peut plus particulièrement rapprocher de l'*Helix fasciolata* les *H. Gesocribatensis* et *H. Heripensis,* tandis
que l'on reconnaîtra qu'il existe des affinités tout aussi grandes entre les
Helix intersecta, H. caperata et *H. Diniensis* d'une part, et les *H. unifas-*

ciata et *H. gratiosa* d'autre part. Quant au groupe des *Helix apicina* et *H. rugosiuscula* du Midi, il se rattacherait à l'*Helix costulata*. Espérons que la découverte de nouveaux types intermédiaires permettra encore de mieux combler les lacunes qui peuvent exister entre ces types et de les rapprocher définitivement.

HELIX TROCHOIDES, Poiret

Helix trochoides, Poiret, 1789. *Voyage en Barbarie*, II, p. 29.
— *conica*, Draparnaud, 1801. *Tabl. Moll.*, p. 69 ; *Hist.*, p. 79, pl. V, fig. 3-5.
Hellicella conica, Risso, 1826. *Hist. nat. Eur. merid.*, IV, p. 68.
Theba conica, Beck, 1837. *Index Molluscorum*, p. 10.
— *trochoides*, Beck, 1837. *Index Molluscorum*, p. 11.
Xerophila conica, Held, 1837. *In Isis von Ohen*, p. 913.
Trochula trochoides, Mörch, 1865. *In Journ. de Conch.*, XIII, p. 386.

Habitat. — Cette coquille, qui normalement fait partie de la faune méridionale méditerranéenne, a été trouvée à Lyon même dans les alluvions du Rhône une seule fois. Depuis, nous ne l'avons jamais rencontrée (1).

Origine. — L'*Helix trochoides* a vécu accidentellement dans nos pays ; il n'a jamais été signalé dans les faunes quaternaires, et nous en considérons la présence dans notre région comme tout à fait accidentelle (2).

Variations. — Toutes les coquilles que nous avons examinées étaient de petite taille, quoique adultes ; faut-il en conclure qu'elles ont vécu pendant un certain temps dans nos pays, comme celle de l'*Helix pisana ?* Mais ici nous trouvons une singulière contradiction, puisque les *Helix pisana* de Lyon ont tous atteint une taille assez grande et n'ont éprouvés de modifications que dans la coloration de la coquille, tandis qu'au contraire les *H. trochoides* sont restés plus petits que le type. Bornons-nous à signaler ces singulières anomalies sans prétendre en tirer la moindre conclusion.

Les huit échantillons que nous avons étudiés appartenaient à deux variétés :

Fasciata, Moquin-Tandon (3). — Coquille blanche ou grisâtre avec

(1) A. Locard, 1877. *Malacologie lyonnaise*, p. 49.
(2) A. Locard, 1878. *Note sur les migrations malacologiques.*
(3) Moquin-Tandon, 1855. *Hist. Moll.*, II, p. 273 (*Helix conica*, var α et β, Drap. hist., Moll. p. 79).

une bande brune continuée en dessus et trois bandes plus minces, mais bien distinctes en dessous.

Semiornata, Moq.-Tand. — Coquille blanche ou grisâtre, avec une bande brune continuée en dessus, et sans bandes en dessous. Cette variété paraît plus commune.

RAPPORTS ET DIFFÉRENCES. — Cette forme typique ne saurait être confondue avec aucune des autres formes de notre bassin.

HELIX ACUTA, MÜLLER

Helix acuta, MÜLLER, 1774. *Verm. terr. et fluv. hist.*, II, p, 100 (n. Lamarck, n. da Costa).
Turbo fasciatus, PENNANT, 1777. *British zoology*, p. 131, t. LXXXII, p. 119.
Bulimus acutus, BRUGUIÈRE, 1789. *Encyclop. méth.*, VI, I, p. 323.
Helix bifasciata, PULTNEY, 1799. *Catalogue Dorsetshire*, p. 49.
Bulimus variabilis, HARTMANN, 1815. *In Sturm.*. VI, n° 12.
Cochlicella meridionalis, RISSO, 1826. *Hist. nat. Europ. merid.*, IV, p. 73.
Lymnæa fasciata, FLEMMING, 1830. *In Edinb. Encyclop.*, VIII, 78.
Elisma fasciata, LEACH, 1831, *Brit. Mollusc.*, p. 119 (ex Turton).
Bulimus fasciatus, TURTON, 1831. *Shells Brit.*, p. 84.
Cochlicellus acutus, BECK, 1837, *Index molluscorum*, p. 60.

HABITAT. — L'*Helix acuta* a été récolté à Lyon dans les mêmes conditions que l'*Helix trochoides* qui l'accompagnait. Comme lui, on ne l'a rencontré qu'une seule fois.

ORIGINE. — L'histoire de l'*Helix acuta* de Lyon est la même que celle de l'*Helix trochoïdes*. Ces deux formes appartiennent à peu près à la même faune, quoique la première ait pourtant une extension géographique plus considérable, mais pas plus l'une que l'autre n'ont fait partie de faunes anciennes. C'est donc à titre accidentel qu'elles figurent dans la faune lyonnaise.

VARIATIONS. — Nos *Helix acuta*, comme nos *Helix trochoides*, sont de petite taille, de forme renflée ; ils ne dépassent pas 10 millimètres de longueur pour un diamètre de 4 millimètres, et ont en quelque sorte une forme intermédiaire entre l'*Helix bulimoides* et l'*Helix acuta* type. Sur six échantillons, trois appartiennent à la var. *unifasciata* Menke (1), tandis que les autres n'ont aucune trace de bandes sur le dernier tour.

RAPPORTS ET DIFFÉRENCES. — On ne saurait confondre cette coquille avec aucune autre forme de notre région.

(1) Menke, 1830. *Bulimus acutus var. β unifasciatus, in Syn. Moll.*, p. 27.

HELIX NÉMORALIS, Linné

Pl. II, fig. 24-29, et pl. V.

Helix nemoralis, Linné, 1758. Systema naturæ, 10e édit., p. 773.
Cochlea fasciata, DA Costa, 1778. Hist. nat. Test. Brit., p. 76, pl. V, f. 1-3, 8-19.
Helix hybrida, Poiret, 1801. Coq. fluv. et terr. Aisne, prodr., p. 68.
— fusca, Poiret, 1801. Coq. fluv. et terr. Aisne, prodr., p. 70.
Cochlea mutabilis, Hartmann, 1821. Syst. Schweiz, in N. Alp., I. p 242.
Helicogena nemoralis, Risso, 1826. Hist. nat. Europ. merid., IV, p. 60. n° 133.
— libellula, Risso, 1826. Hist. nat. Europ. merid., IV, p. 62, n° 134.
— imperfecta, Risso, 1826. Hist. nat. Europ. merid., IV. p. 62, n. 135.
olivacea, Risso, 1826. Hist. nat. Europ. merid., IV, p. 63, n° 136 (?).
Tachea nemoralis, Leach, 1831. Syn. Brit. Moll., p. 84.
Helix cincta, Sheppart, 1833. Lin. Trans., XIV, p. 163.
— quinquefasciata, Sheppart, 1833. Lin. Trans., p. 163.
— turturum, Stewart, 1837. Elem. natur. hist., II, p. 413 (Gray).
Helicogena hybrida, Beck, 1835. Index Molluscorum, p. 39.
Cepæa nemoralis, Held, 1837. In Isis von Oken, p 910.
Acavus nemoralis, Gray, 1842. Fig. moll. anim., t. CCXCVIII, f. 8.
Iberus nemoralis, Moncu, 1865. In Journ. conch., XIII, p. 389.
H. (pentatænia) nemoralis, Sandberger, 1875. L.nd.u. Süssw. Conch., p 853, t.XXXV,f 3.

HABITAT. — L'Helix nemoralis est la coquille la plus commune et la plus répandue dans notre région. Elle appartient surtout aux régions basse et moyenne des plaines et des vallées ; dans les régions alpestres, si nous nous en tenons à son véritable type, nous ne la voyons pas dépasser normalement une altitude de 1300 mètres. Cependant on la retrouve quelquefois jusque près des glaciers, notamment dans l'Isère.

Elle vit en colonies très nombreuses, plus particulièrement localisées sur certains points. Sans rechercher une trop grande humidité, elle se plaît dans les endroits frais, mais non couverts, dans les jardins, sous les haies et les buissons.

ORIGINE. — C'est dans les dépôts du lehm les plus anciens du Mont-d'Or lyonnais, que nous voyons apparaître pour la première fois cette forme (1); son galbe est le même que celui des échantillons qui de nos jours sont répandus dans toute la région. D'autre part, M. Bourgnignat (2), à propos de la présence de l'Helix nemoralis dans les dépôts

(1) A. Locard, 1877. Faune malacologique quaternaire, p. 57.
(2) Bourguignat, 1868, Note complémentaire sur diverses espèces de Mollusques et de Mammifères découverts dans une caverne près de Vence, 1 868, p. 6.

quaternaires du Midi de la France, a montré d'une façon très judicieuse
la filiation successive de cette coquille dont l'ancêtre, suivant lui, a dû
exister ou existe encore peut-être dans le plateau central de l'Asie. Il suit
son acclimatation et sa marche progressive d'orient en occident en montrant comme elle s'est modifiée peu à peu depuis l'*Helix Pallasi* Du-
bois, de la Géorgie, jusqu'à la forme actuelle, en passant par une série
de formes intermédiaires qui ont laissé des représentants aujourd'hui
fixés dans les différentes régions qui nous séparent de son pays origi-
naire.

VARIATIONS. — Les formes et surtout l'ornementation de l'*Helix nemoralis* sont extrêmement variées. Tantôt la coquille est de forte taille et
d'un galbe globuleux ou déprimé; tantôt sa taille est très petite et présente les mêmes variations dans sa forme générale; souvent aussi, et
sans trouver de causes apparentes, on arrive graduellement à des formes tout à fait anormales, et dont nous parlerons plus loin. Terver
avait cru remarquer avec juste raison qu'il existait une *var. depressa*
dans laquelle la coquille perdait un peu de sa forme globuleuse et
présentait une spire déprimée. C'est incontestablement une variété et
non une anomalie, car ce fait semble propre à quelques stations, où l'on
peut rencontrer un certain nombre d'échantillons présentant d'une façon
assez normale ce caractère. Terver l'avait observé à la Pape et au Vernay, près de Lyon. Nous l'avons nous-même trouvé d'une façon plus
accentuée encore, dans des échantillons provenant du parc d'Aix-les-
Bains. Nous avons fait figurer pl. II, fig. 24, un individu de cette localité
qui présente cette forme déprimée poussée à un degré presque anormal.

On trouve aux environs mêmes de Lyon, et plus particulièrement sur
les bords du Rhône, des individus qui, sans atteindre la taille colossale de
certaines formes du Midi de la France, sont déjà de belles dimensions;
nos plus beaux échantillons mesurent 23 millimètres de hauteur pour
28 millimètres de diamètre. A mesure que l'on s'élève en altitude, la taille
comme l'épaisseur de la coquille tendent en général à diminuer. Dans
les Alpes, cette coquille s'élève jusqu'à 1300 mètres d'altitude. Pour mieux
fixer les idées, donnons ici les dimensions de quelques types :

LOCALITÉS	VARIÉTÉS	HAUTEUR	DIAMÈTRE
Vaugris (Isère)	*Rumphia.*	23,00	28,50
La Mulatière, près Lyon. . .	*Jaune à peristome blanc.*	19,50	27,50
Saint-Fons (Rhône)	*Quinque fasciata.* . . .	19,00	26,25

LOCALITÉS	VARIÉTÉS	HAUTEUR	DIAMÈTRE
Aix-les-Bains (Savoie) . . .	Quinque-fasciata . . .	14,50	23,50
Tramoyes (Ain)	Olivia	15,00	20,50
Saint-Geoire (Isère)	Brissonnia	14,00	19,00
Le Moulin-à-Vent (Rhône) . .	Listeria	14,00	18,50

Comme dimension on arrive ainsi graduellement à l'*Helix hortensis*, véritable forme alpestre ou subalpestre de l'*Helix nemoralis*. Il est à remarquer que les différentes formes de l'*Helix nemoralis*, même celles qui sont affectées d'une ornementation particulière, sont presque toujours localisés, et qu'elles se reproduisent avec un certain caractère de régularité. Ainsi, dans une même station telle forme globuleuse, déprimée, grosse ou petite, domine, tandis que dans un même jardin, une même haie, on trouvera en plus grand nombre les variétés monochromes ou les variétés fasciées à bandes libres ou soudées. Les formes globuleuses chez l'*Helix nemoralis* comme chez l'*Helix arbustorum*, semblent plutôt être des formes montagnardes, du moins dans nos contrées ; mais aucun indice jusqu'à présent n'a pu nous éclairer relativement à la coloration et à l'ornementation de la coquille. Nous reconnaissons bien leur localisation très marquée, mais la cause première nous échappe.

Le péristome présente des variations très curieuses à étudier. Tantôt, et c'est là le cas le plus fréquent, sa coloration est d'un brun très foncé ; il est accompagné d'une tache ombilicale large et bien marquée ; tantôt, au contraire, il est d'un blanc immaculé, et la tache ombilicale s'atténue ou fait totalement défaut, et cela chez des individus de grande taille. Cette variété à péristome blanc, se reproduit d'une façon normale avec son caractère et constitue parfois de véritables colonies, bien nettes et bien distinctes. Nous l'avons observé notamment aux portes de Lyon, à la Mulatière ; là on rencontre de beaux *Helix nemoralis* d'un jaune vif, mesurant jusqu'à 28 millimètres de diamètre, et chez lesquels le péristome est entièrement blanc. Terver avait également trouvé cette variété à Lyon même, à Saint-Clair, et aux environs de Lyon, au Pont-d'Alaï, aux environs de Grenoble, à la Grande-Chartreuse, etc. ; d'autre part Sionnest avait indiqué dans son catalogue manuscrit une « var. à trois rubans avec le péristome blanc » trouvée à Crest (Drôme). Enfin, on rencontre également des échantillons chez lesquels le péristome est brun extérieurement et blanc intérieurement, et cela chez des coquilles le plus ordinairement unicolores, jaunes, roses ou fauves. Dans ce cas la tache ombilicale est très atténuée, ou même tend à disparaître complètement.

Nous avons constaté l'existence de cette variété *bimarginata* non seulement dans les environs de Lyon, mais encore dans la plupart des départements voisins, l'Ain, l'Isère, la Loire et Saône-et-Loire.

Si maintenant nous cherchons à étudier les nombreuses variations
que peuvent présenter les bandes qui servent d'ornement à la coquille,
nous arriverons à une série en quelque sorte indéfinie, dans laquelle les
sous-variétés passent des unes aux autres, sans qu'il soit possible de leur
assigner des limites parfaitement précises. Nous avons cependant essayé,
en suivant la méthode de Moquin-Tandon (1), de classer les principales
et les plus importantes de ces sous-variétés :

COQUILLES A BANDES DISTINCTES

Sexfasciata, Moquin-Tandon. — 123 | 456, jaune. Très rare : le parc de
la Tête-d'Or à Lyon, Saint-Fons (Rhône); les environs d'Annecy (Savoie).

Quinquefasciata, Moq. — 123 | 45, jaune. Très commune : se trouve par-
tout; la taille varie de 20 à 27 millimètres de diamètre, pour une hauteur de 15 à 19 millimètres ; la couleur passe du jaune vif au jaune très
pâle, un peu grisâtre ou rosacé.

Brissonia, Moq. — 123 | 45, fauve. Très commune : accompagne presque
toujours la sous-variété précédente.

Kreglingeria, nob. — 123 | 45, brune. Rare : les environs de Mâcon, sur
les bords de la Saône.

Bornea, Moq. — 123 | 45, blanche. Très rare : trouvée par M. l'abbé
Philippe à Miribel (Ain); M. Ch. Perroud a rencontré à Irigny (Rhône),
une coquille d'un jaune extrêmement pâle qui tend à se rapprocher de cette
sous-variété. Il importe de bien faire remarquer que les coquilles dont
l'animal est mort depuis un certain temps, et qui sont privées de leur épiderme, sont très souvent blanches ; c'est un cas dont il ne faut évidemment tenir aucun compte.

Favanea, Moq. — 120 | 45, jaune. Peu commune : Saint-Fons, Vernaison
et les environs de Lyon (Rhône); Saint-Geoire (Isère) ; Saint-Pierre de
Bœuf (Loire) ; Saint-Laurent, Laumusse (Ain); Mâcon (Saône-et-Loire),
etc. Les échantillons varient beaucoup comme taille ; à Saint-Geoirs, par
exemple, ils passent de 22 à 26 millimètres de diamètre. Notre échan-

(1) Moquin-Tandon, 1855. *Hist. Moll.*, vol. I, p. 279, et vol. II, p. 163.

tillon de Saint-Pierre de Bœuf a son péristome bicolore, bien foncé extérieurement, souligné d'une large bande blanche intérieure.

Michaudia, nob.—120 | 45, fauve. Rare : trouvé sur les bords du Rhône, à Lyon au milieu d'abondants *Helix hortensis ;* sa taille ne dépasse pas 22 millimètres ; sa couleur est d'un jaune fauve bien prononcé.

Argenvillea, Moq. — 103 | 45, jaune. Assez rare : Saint-Fons (Rhône); Miribel, Culoz (Ain); environs de Grenoble (Isère).

Requienia , Moq. — 103 | 45, fauve. Assez rare : Saint-Fons (Rhône); Miribel (Ain), etc.; souvent d'un fauve un peu jaunâtre.

Lacroixia, nob.—123 | 00, jaune. Très rare : trouvé par M. Lacroix aux environs de Mâcon, et par M. Roy dans son jardin au Moulin-à-Vent, près de Lyon.

Tiberia, nob. — 103 | 50, fauve. Très rare : les bords du Rhône à Vernaison.

Roya, nob.—103 | 00, jaune. Très rare: trouvé par M. Roy au Moulin-à-Vent, près de Lyon.

Perroudia, nob.— 103 | 00, fauve. Très rare : trouvé par M. Perroud dans l'île Jaricot, à Vernaison (Rhône).

Sionnestia, nob.— 100 | 45, jaune. Très rare : cette sous-variété nouvelle que nous avons récoltée aux environs de Lyon, présente en même temps une anomalie de forme très singulière ; nous l'avons fait figurer pl. II, fig. 27.

Montrouzieria, nob.—100 | 45, fauve. Très rare : Albertville (Savoie); avec de larges bandes.

Jarsia, nob. — 100 | 05, rose. Rare : les environs de Lyon, les bords du Rhône à Vernaison.

Schroteria, Moq. —023 | 45, jaune. Très rare: le Moulin-à-Vent, près de Lyon ; la bande est très mince , mais bien marquée.

Paladilhæa, nob. — 023 | 45, fauve. Très rare : Vernaison (Rhône), la bande 2 est très mince.

Pascalia, nob.—020 | 45, jaune. Très rare: Vernaison (Rhône).

Listeria, Moq.—003 | 45, jaune. Très commune : presque partout ; coquille de toute taille , et dont la couleur passe du jaune vif au jaune très clair. La bande 4 se bifurquant sur une portion du dernier tour; très rare : Vernaison (Rhône);

Olivia, Moq. —003 | 45, fauve. Un peu plus rare : la Grande-Chartreuse,

le Mont-d'Or lyónnais, l'Ain, presque partout dans la région submontagneuse ; souvent dans cette sous-variété la partie inférieure de la coquille
est plus pâle et passe au jaune clair. Parfois la bande 4 est très rapprochée de la bande 3, et il reste un large espace entre les bandes 4 et 5;
assez rare : Vernaison (Rhône).

Rumphia, Moq.—003 | 45, jaune ; la bande carénale non continuée en
dessus. Assez rare : Saint-Fons (Rhône) et le Mont-d'Or lyonnais ; Saint-
Geoire et les environs de Grenoble (Isère), etc.

Brotia, nob. — 003 ! 40, jaune. Très rare : Vernaison (Rhône).

Biguetia, Moq. — 000 | 45, jaune. Peu commune : le Mont-d'Or lyon-
nais, Vernaison, Saint-Fons, Écully (Rhône); Miribel, Saint-Laurent (Ain);
les environs de Grenoble et de Mâcon.

Poupartia, Moq.—000 | 45, fauve. Assez rare; les environs de Lyon et
de Mâcon. Souvent de grande taille, ou d'un fauve clair avec bandes
minces, très foncées : Saint-Fons (Rhône).

Bruguieria, Moq.—003 | 05, jaune. Assez rare: les environs de Lyon,
le Mont-d'Or, Saint-Fons, Aigueperse (Rhône); les environs de Grenoble,
Sassenage, Saint-Geoire (Isère); les environs de Mâcon, etc.; souvent de
grande taille.

Gabillotia, nob.—003 | 05, fauve. Assez rare: les jardins de l'usine de
l'Horme (Loire), Pont-de-Veyle (Ain); nous l'avons également reçu de la
Nièvre.

Freminvillea, nob.— 023 | 00, jaune. Très rare : les environs de Mâ-
con (Saône-et-Loire).

Cuvieria, Moq.—003 | 00, jaune. Commune : se trouve presque partout;
M. Falsan nous a rapporté de Culoz (Ain) de très beaux échantillons
mesurant 27 millimètres de diamètre, avec une bande de près de 3 millimètres de largeur. Au Colombier (Ain), cette même sous-variété n'atteint
plus que 20 millimètres, et sa bande a à peine 1 millimètre de large; en
même temps, le péristome est de couleur plus pâle. Enfin, dans les régions alpestres, notamment en Savoie, on retrouve ce même type, mais
avec la coquille très mince et transparente.

Polia, Moq.—003 | 00, fauve. Commune : se trouve presque partout ; la
couleur passe au rose et au jaune; souvent la bande brune carénale est
accompagnée d'une large bande jaunâtre qui se fond dans le fauve en
dessus et en dessous de la bande. Quand l'épiderme de la coquille disparaît, celle-ci prend parfois une très jolie teinte rose.

Guettardia, Moq.—003 | 00, rose. Assez rare : Miribel (Ain); Saint-Fons et les environs de Lyon (Rhône); d'un rose vif à la Grande-Chartreuse (Isère). On est souvent porté à ranger dans cette sous-variété des échantillons de la sous-variété précédente qui ont perdu leur épiderme.

Rissoa, Moq.—003 | 00, blanche. Rare : les envions de Grenoble.

Euthymea, nob.—003 | 00, brune. Rare: les environs de Lyon. D'un brun clair passant au jaune foncé : Pierre-Bénite (Rhône) ; Saint-Geoire (Isère); les environs de Mâcon (Saône-et-Loire).

Dillwynia, Moq. — 000 | 05, jaune. Rare : Culoz (Ain); Aix-les-Bains (Savoie); les bords du Rhône dans les alluvions du nord de Lyon; Vernaison (Rhône), etc. En général, de taille assez petite.

Moussonia, nob. — 000 | 05, rose. Rare : l'île Jaricot à Vernaison (Rhône).

COQUILLES A BANDES SOUDÉES

Réaumuria, Moq.- 123 | 4$\overline{5}$, jaune. Assez commune ; fréquemment de petite taille ; la bande 5 n'est souvent soudée à la bande 4 que sur une portion du dernier tour : l'Ain, l'Isère, la Savoie (v. *depressa*), la Loire, les environs de Lyon, etc.

Arcelinia, nob.—123 | 4$\overline{5}$, fauve. Plus rare : le Dauphiné, les environs de Roanne et de Rive-de-Gier dans la Loire.

Ducrostia, nob.—123 | 4$\overline{5}$, blanche. Très rare, de petite taille : Saint-Chamond (Loire), avec des *Helix hortensis*; les environs de Grenoble (Isère).

Woodia, Moq.— 12$\overline{3}$ | 45, jaune. Peu commune; les bandes 4 et 5 sont ordinairement très larges : les environs de Lyon, de Grenoble, de Mâcon; Culoz (Ain) ; Saint-Vallier (Drôme), etc.

Brardia, Moq.— 12$\overline{3}$ | 4$\overline{5}$, jaune. Peu commune ; ordinairement de taille assez petite : les environs de Mâcon et de Grenoble.

Wartelia, Moq.—12$\overline{3 | 45}$, jaune. Rare : les Brotteaux, près de Lyon.

Poiretia, Moq.—12$\overline{3}$ | 45, jaune. Peu commune; la bande 3 est ordinairement aussi large que les bandes $\overline{12}$: les environs de Lyon, Culoz, Bourg et le Bugey (Ain); Rive-de-Gier (Loire).

VAR. MAL. 12

Lortetia, nob.— 123 | 45, jaune. Peu commune : Oullins, Fontaines-sur-Saône, Saint-Fons, les Brotteaux, etc.

Falsania, nob. — 120 | 45, jaune. Rare ; dans les premiers tours de la spire, les bandes 1 et 2 sont impartiellement soudées : les environs de Bourg-en-Bresse, les bords du Rhône au sud de Lyon.

Gronovia, Moq.— 123 | 45, jaune. Rare ; il arrive souvent que la bande 1 n'est qu'impartiellement soudée aux deux autres : les environs de Lyon, de Belley (Ain), de Mâcon, de Grenoble, etc.

Lowea, Moq. — 123 | 45, rose. Rare : Saint-Fons, Villefranche (Rhône), Sassenage et les environs de Grenoble (Isère).

Nilssonia, Moq.—123 | 45, jaune. Rare ; parfois la bande 1 n'est qu'impartiellement soudée aux deux autres : Saint-Fons, les Brotteaux, Tassin, Feyzin, etc., aux environs de Lyon.

Veranya, nob. — 123 | 4 5, fauve. Très rare : les bords du Rhône à Vernaison.

Kleinia, Moq.—123 | 45, jaune. Très rare ; Sionnest avait déjà cité cette belle variété dans son catalogue manuscrit, aux environs de Lyon ; Ter-ver l'a retrouvée aux Brotteaux, près Lyon.

Gassiesia, nob.—103 | 45, jaune. Très rare : Vernaison (Rhône).

Souleyetia, Moq. — 003 | 45, jaune, la bande 3 non continuée en dessus. Peu commune : Aix-les-Bains (Savoie); Saint-Pierre de Bœuf (Loire); Tramoyes (Ain); les environs de Lyon, etc.

Gmelina, Moq.—003 | 45, jaune. Assez commune ; la bande 3 persiste au-dessus de la spire ; souvent les bandes 4 et 5 ne sont soudées que sur une portion du dernier tour : les environs de Lyon, Villefranche, Aigueperse (Rhône) ; Bourg, Culoz (Ain) ; Saint-Pierre de Bœuf, Saint-Chamond, Rive-de-Gier (Loire) etc.

Dugesia, Moq. — 003 | 45, fauve. Plus rare ; mêmes observations que pour la s.-var. *Gmelina :* Tramoye (Ain) ; Saint-Chamond (Loire) ; les environs de Lyon, etc.

Chantrea, nob. — 000 | 45, jaune. Rare ; les bandes 4 et 5 sont parfois irrégulièrement tachetées ou imparfaitement soudées : Miribel (Ain); Saint-Chamond (Loire) ; Vernaison, Givors et les bords du Rhône au sud de Lyon.

Costasia, Moq. — 000 | 45, fauve. Rare : l'île Jaricot à Vernaison (Rhône).

COQUILLES A BANDES INTERROMPUES, RÉDUITES A DES TACHES
OU A DES POINTS

Adansonia, Moq. — 1 : 3 | 45, jaune. Assez commune : Culoz (Ain); de petite taille et d'un jaune pâle dans l'Oisans près des glaciers, en Savoie et en Maurienne.

Mortilletia, nob. — 02 : | 45, fauve. Rare : la Maurienne, les environs de Belley et d'Hauteville (Ain) ; Saint-Fons (Rhône).

Turtonia, Moq. — 003 | : 5, jaune. Assez commune ; parfois la bande 5 a des tendances à être flammulée comme la bande 4 : environs de Lyon et de Villefranche (Rhône); Mâcon (Saône-et Loire); Saint-Geoire, Saint-Marcellin (Isère), etc.

Dumontia, nob. — 003 | : :, jaune. Assez commune ; les bandes inférieures peuvent être plus ou moins flammulées : les environs de Lyon ; Miribel (Ain) ; Grenoble (Isère); Roanne (Loire), etc.

Grognotia, nob. — 003 | : :, fauve. Plus rare : beaux échantillons sur les bords du Rhône à Saint-Pierre de Bœuf (Loire).

Turtonia, Moq. — 003 | : 5, jaune. Peu commune ; jolie variété à bandes étroites : les environs de Lyon ; Condal (Saône-et-Loire) ; Pont-de-Veyle (Ain).

Mabillea, nob. — 003 | : 5, fauve. Rare ; cette sous-variété ressemble à la précédente, la couleur seule varie : Saint-Chamond (Loire). La bande 4 largement flammulée : Pont-de-Veyle (Ain).

Crossea, nob. — 003 | 0 :, jaune. Rare : les environs de Mâcon (Saône-et-Loire).

Fischeria, nob. — : : 3 | 45, jaune. Peu commune : Aigueperse (Rhône).

Tournouëria, nob. — : 03 | 45, jaune. Rare : Aigueperse (Rhône) ; les environs de Grenoble (Isère).

Gaudrya, nob. — 000 | : 5, jaune. Assez rare : parfois les deux bandes 4 et 5 tendent à se souder vers l'ouverture de la coquille : Saint-Fons (Rhône); Saint-Geoire (Isère); Mâcon et Tournus (Saône-et-Loire) ; Aix-les-Bains (Savoie).

Bourguignatia, nob. — 0 : 0 : | 5, jaune. Rare ; la bande 2 est réduite à un mince filet, la bande 4 est largement flammulée : Aix-les-Bains (Savoie).

Donovania, Moq. — 00: ! 45, jaune. Peu commune : les environs de Lyon, la Pape, les Brotteaux, Saint-Fons (Rhône).

Forbesia, Moq. — 00: | 45, fauve. Assez rare ; la bande 3 est réduite à l'état de simple liséré intermittent : les environs de Lyon, les bords du Rhône à Saint-Pierre de Bœuf (Loire).

Fournetia, nob. — 00: | 45, rose. Rare ; la bande 3 est peu visible, les deux autres sont bien tracées : Saint-Fons (Rhône).

Jousseaumea, nob. — 00: | :5, fauve. Rare ; les bandes 3 et 4 sont à peine visibles, subtransparentes ; la bande 5 est large et bien tracée : Saint-Chamond (Loire), au pied du mont Pilat.

Mülleria, Moq. — : : : | : :, peu commune ; presque toujours localisée: Culoz (Ain) ; Bron, près Lyon ; Hauteville et les environs de Belley (Ain); de petite taille et d'un jaune pâle, près des glaciers dans l'Oisans, et dans les régions froides de la Savoie et de la Haute-Savoie.

Pacomea, nob. — 0:: | : :, jaune. Rare : Culoz (Ain); parfois les bandes ponctuées tendent à se confondre deux à deux, et paraissent flammulées.

Repellinia, nob. — 00: | 00, jaune. Rare : Culoz (Ain).

Closia, Moq. — 00: | : :, jaune. Peu commune : les environs de Lyon et de Grenoble ; Culoz et le Colombier (Ain).

Moquinia, nob. — 000 | : :, jaune. Peu commune : les environs de Lyon, Saint Fons, Irigny (Rhône); Culoz (Ain); les environs de Grenoble et Saint-Geoire (Isère); Rive-de-Gier et les abords du mont Pilat (Loire).

Loryi, nob. — 00: | : :, fauve. Rare : Culoz (Ain); de couleur plus pâle dans l'Oisans, près des glaciers.

Desoria, nob. — :0: | : :, jaune. Rare : dans l'Oison, près des glaciers.

Jourdania, nob. — : : : | 00, jaune. Rare ; de petite taille : les environs de Lyon, Bron, Feyzin, Saint-Fons, etc.

Bomarea, Moq. — : : : | : :, fauve. Rare : les environs de Lyon.

Fuchsia, nob. — 000 | :5, jaune, Rare : Saint-Geoire (Isère); nous avons reçu également cette sous-variété de Valenciennes (Nord).

Matheronia, nob. — 003 | :5, fauve. Assez rare : Saint-Chamond et les abords du mont Pilat (Loire); les bords de la Saône au delà de Mâcon.

Seringea, nob. — 003 | :5, fauve. Peu commune : les environs de Lyon; Saint-Chamond, Rive-de-Gier (Loire).

Courtia, nob. — : : : | : :, jaune. Très rare : Pierre-Bénite, près Lyon.

COQUILLES A BANDES TRANSPARENTES

Hermania, Moq. — 123 | 45, jaune. Assez rare; le péristome est tantôt complètement blanc, tantôt faiblement coloré, sans tache ombilicale : Lyon, le Grand-Camp, les bords du Rhône à Saint-Fons (Rhône) et à Saint-Pierre de Bœuf (Loire); les environs de Mâcon et de Grenoble, etc.

Leachia, Moq. — 123 | 45, rose. Assez rare ; passant parfois au fauve clair, péristome brun, peu foncé : Culoz (Ain) ; Saint-Pierre de Bœuf (Loire), Bonneville (Savoie).

Foucheyrandia, nob. — 003 | 45, blanche. Rare ; péristome blanc, bandes fauve très clair : Lyon, place Saint-Clair.

Faivrea, nob.— 000 | 45, jaune pâle. Rare ; la bande 5 est très large et bien transparente, péristome blanc : les environs de Grenoble.

Duchampia, nob. — 003 | 00, jaune. Rare ; la bande 3 est peu marquée et faiblement colorée : Culoz, Miribel (Ain) ; Saint-Fons (Rhône).

Magninia, nob. — :03 | 45, jaune. Rare ; bande transparente, avec péristome blanc : environs de Grenoble.

Detangeria, nob. — 01̑2 | 00, jaune. Très rare ; péristome noir, tache ombilicale bien marquée ; les deux bandes soudées sont blanches et transparentes : Saint-Geoire (Isère).

COQUILLES SANS BANDES

Libellula, Riss. — Jaune. Très commune ; très variable de taille, passant du jaune vif au jaune pâle, avec le péristome et la tache ombilicale très noire, se trouve presque partout. Beaucoup plus rarement avec le péristome blanc et sans tache ombilicale : Les environs de Lyon, la Mulatière, le pont d'Alaï, Tassin, Saint-Clair (Rhône); les environs de Grenoble, la Grande-Chartreuse (Isère).

Grisea, nob. — Grise. Rare ; d'un gris légèrement verdâtre, ordinairement de taille un peu faible : les environs de Roanne, de Feurs (Loire); Aix-les-Bains (Savoie) ; la Grande-Chartreuse (Isère), etc.

Albescens, Moq. — Blanchâtre. Rare ; c'est probablement un cas pathologique, l'animal malade n'a pu sécréter l'épiderme de sa coquille; le péristome est faiblement coloré ; toute la coquille est terne : les environs de Lyon.

Rubella, Moq. — Rose. Commune ; passant du rose vif au rose pâle ou au jaune ; péristome toujours noir, tache ombilicale plus ou moins forte et foncée : la Grande-Chartreuse, Aix-les-Bains, le Mont-d'Or, les environs de Lyon, de Grenoble, etc., presque partout.

Petiveria, Moq. — Fauve. Très commune ; passant à la variété précédente ; se trouve presque partout, mais surtout dans les régions basses.

Castanea, Moq. — Fauve. Peu commune, mais très bien caractérisée : les environs de Roanne (Loire); Vernaison, Saint-Fons (Rhône); les environs du lac de Silan (Ain); les environs de Mâcon (Saône-et-Loire).

Gesneria, Moq. — Olivâtre. Rare : à la Grande Chartreuse (Isère).

Studeria, Moq. — Fauve-lilacée. Rare ; intérieur lilas, péristome brun : à Aigueperse (Rhône) ; on retrouve cette même variété à Clermont-Ferrand et au puy de Dôme.

RAPPORTS ET DIFFÉRENCES. — Si nous nous en tenons strictement aux limites géographiques de notre région, il sera toujours facile de distinguer l'*Helix nemoralis* de l'*Helix hortensis*. Dans ce cas la taille seule des individus nous servira de base, car jamais l'*Helix nemoralis* n'atteint une taille aussi petite que celle de l'*Helix hortensis*. En outre ces deux coquilles paraissent, en général, assez bien cantonnées, et là où|vit l'une des deux formes l'autre fait défaut ou tout au moins y est fort rare. Mais il est bien certain que nous ne saurions accepter ce caractère autrefois admis de la présence d'un péristome blanc chez l'*Helix hortensis* et d'un péristome noir chez l'*Helix nemoralis*. Pareil caractère n'a ici aucune fixité, puisque nous trouvons des *Helix hortensis* les mieux caractérisées suivant le dire des auteurs avec le péristome noir, tandis que nous voyons d'autre part des *Helix nemoralis* dont la détermination ne saurait faire pour eux le moindre doute, avec un péristome blanc. On ne saurait non plus se baser pour séparer ces deux types sur la forme générale de la coquille, sur la forme de son ouverture, sur la présence de la tache ombilicale, etc., toutes choses qui pour nous n'ont pas plus de fixité. Si l'on doit maintenir ces deux espèces, chose qui nous paraît fort douteuse, leur séparation ne peut être absolument basée que sur leur différence de taille.

On doit en effet, pouvoir séparer ces deux types aussi bien à l'état fossile que lorsqu'ils sont vivants. Or, chez les coquilles fossiles, il n'est pas possible de se rendre compte de la coloration que pouvait avoir le péristome, pas plus que de la présence ou de l'absence de la tache ombilicale. D'autre part, la forme du bord columellaire, l'existence d'une saillie aperturale, en un mot, tous les caractères fournis par l'ouverture sont aussi variables chez l'*Helix nemoralis* que chez l'*Helix hortensis*. Enfin, quant au galbe lui-même, il suffit de jeter un coup d'œil sur notre planche V pour se rendre compte de son polymorphisme. En résumé, l'*Helix hortensis* n'est pour nous qu'une manière d'être submontagnarde de l'*Helix nemoralis,* caractérisée par sa taille plus petite et par son galbe ordinairement plus globuleux.

ANOMALIES. — Nous avons observé chez l'*Helix nemoralis* un certain nombre d'anomalies dont nous avons fait représenter les principaux cas. — Pl. II, fig. 26. Coquille de forme globuleuse, plus haute que large, solide, épaisse, bien adulte, de couleur jaune, ornée d'une double bande inférieure ; trouvée aux environs de Lyon ; collection Terver (Muséum de Lyon).— Fig. 27. Autre forme globuleuse, coquille aussi haute que large, pas tout à fait adulte, de couleur jaune. L'ornementation répond à la diagnose 100 | 45 ; les environs de Lyon ; notre collection. — Fig. 24. Forme déprimée, normalement développée en dessous, très aplatie en dessus ; c'est l'exagération d'une var. *depressa* dont nous avons déjà parlé ; le parc d'Aix-les-Bains en Savoie ; notre collection.

MM. Dumont et de Mortillet ont cité des cas d'albinisme partiel ou complet dans plusieurs stations ou régions alpestres. Peut-être devrions-nous citer également parmi les anomalies les cas de péristome blanc, que nous avons indiqués avec les variétés

MONSTRUOSITÉS. — *Senestra.* La collection Terver, au Muséum de Lyon, renferme deux échantillons de cette monstruosité ; l'un parfaitement adulte, de taille ordinaire, est de couleur jaune et porte cinq bandes ; l'autre plus jeune, a la même ornementation ; ces deux échantillons ont été trouvés aux environs de Lyon. D'après un renseignement que nous devons à l'obligeance de M. Michaud, un troisième individu de cette même forme aurait été également récolté par Devilliers aux environs de Lyon. — *Scalaria.* La collection de Terver nous présente un échantillon scalaire que nous avons fait figurer, pl. II, fig. 25, en grandeur naturelle. Les premiers tours sont enroulés dans une direction régulière et normale ; les deux derniers sont au contraire enroulés d'une façon toute particulière, de telle sorte que la véritable scalarité ne se manifeste que dans les derniers tours ; la coquille est adulte, de couleur jaune et ne porte qu'une seule bande médiane; elle a été trouvée aux environs de Lyon. — *Bilabiata*. Nous donnons fig. 28 et 29 un exemple de cette singulière monstruosité de la formation naturelle d'une seconde ouverture établie sur le prolongement du dernier tour, dans une coquille déjà adulte et complète. Ce cas n'est point nouveau; c'est ce que C. Porro a désigné sous le nom de « *Anomalia per sopra-eccitazione di vita* » (1); cet auteur a figuré un *Helix nemoralis*, *var. quinque-fasciata* présentant cette particularité. Notre échantillon nous paraît en meilleur état, et nous avons cru devoir à notre tour le faire dessiner; les deux péristomes sont complets, et bien développés; l'espace qui les sépare, ou le prolongement du dernier tour, mesure à peu près 1 centimètre de longueur; extérieurement il est moins lisse et plus pâle que le reste de la coquille; en dedans il est recouvert par la même matière cornée qui tapisse l'intérieur du test; la coquille est jaune et sans bande. Nous avons récolté cette monstruosité aux environs de Lyon.

HELIX HORTENSIS, MÜLLER

Helix hortensis, MÜLLER, 1774. *Verm. terr. et fluv. hist.*, p. 52, n° 247.
   — *hybrida*, POIRET, 1801. *Coq. fluv. et ter. de l'Aisne, Prodr.*, p. 71.
   — *fusca*, POIRET, 1801. *Coq. fluv. et ter. de l'Aisne, Prodr.*, p. 71 (n. Mont.).
   — *mutabilis*, LEACH, 1831. *Syn. Brit. moll.*, p. 85.
Cepæa hortensis, HELD, 1837. *In Isis von Oken*, p. 910.
Helicogena hortensis, BECK, 1837. *Index molluscorum*, p. 39.
   — *hybrida*, BECK, 1837. *Index molluscorum*, p. 39.
Acavus hortensis, GRAY, 1842. *Fig. moll. anim.*, t. CCXC, f. 10.
Helix subglobosa, DE KAY, 1843. *Zool. New-York, Moll.*, p. 32, t. II, f. 14; t. III, f. 29.
   — *nemoralis*, PFEIFFER, 1848. *Monogr. Helic. viv.*, I, p. 276, n° 723 (v. B.).
Iberus hortensis, MORCH 1865. *In Journ. conch.*, XIII, p. 389.
H. (pentatænia) hortensis, SANDBERGER, 1875. *Land. u. Süssw. Conch.*, p. 852.

HABITAT. — Dans nos pays l'*Helix hortensis* ne figure normalement que dans la faune submontagnarde ou montagnarde. S'il existe dans les régions basses, c'est que presque toujours, comme les *Helix sylvatica*, *H. arbustorum*, *H. obvoluta*, il y a été amené par les cours d'eau. Mais à partir de 300 mètres d'altitude, au voisinage des bois, il devient plus commun, et on le trouve localisé en plus grandes troupes, ce qui prouve bien qu'alors il est dans ses conditions normales d'habitat. C'est ainsi que nous le

_____

(1) C. Porro, *Studii su talune variazioni offerte da Molluschi fluv. e terr. a conchiglia univalve*.

voyons fréquemment dans les montagnes du Lyonnais, du Beaujolais, de la Loire, du Bugey, etc., vivant plus volontiers et *normalement* à une altitude qui varie de 500 à 1200 mètres. Là il existe à l'état de véritables colonies, et, quoi qu'en aient dit certains auteurs, les colonies d'*Helix hortensis* et de *H. nemoralis* ne nous paraissent pas se confondre. S'il y a eu des accouplements entre ces deux formes, chose probable, mais malheureusement pas encore bien démontrée, c'est le résultat d'un fait exceptionnel, anormal, et non un fait régulier et constant comme on l'a prétendu bien à tort. Nous pouvons citer plus d'une station où les *Helix hortensis* sont très communs, vivent ensemble, sans mélange, tandis qu'il faut aller plus loin pour retrouver l'*Helix nemoralis* vivant dans des conditions similaires. Ce n'est donc pas dans notre région, croyons-nous, qu'il faut chercher cette fusion naturelle de deux formes pourtant si voisines ; si elle a lieu, c'est lorsqu'un *Helix hortensis* a été entraîné par les cours d'eau loin de sa station primitive et normale, et qu'il vit loin de ses congénères. Quant au produit résultant de cette union, nous ne le connaissons pas, pas plus que dans un autre ordre d'idées tout à fait similaire, nous ne connaissons le résultat de l'accouplement d'un *Helix arbustorum* var. *alpicola* des montagnes du Bugey ou de la Savoie, avec un *Helix arbustorum* type, comme celui que l'on rencontre aux environs de Lyon.

ORIGINE. — Cette forme n'a fait son apparition dans nos pays qu'après l'*Helix nemoralis ;* nous la voyons pour la première fois à l'état de rareté dans le lehm du Dauphiné (1) ; plus tard elle devient plus commune dans les argiles lacustres de la vallée du Rhône. En d'autres pays, où elle est plus ancienne, comme en Allemagne, en Saxe, en Thuringe, etc., elle ne remonte pas au delà du pleistocène moyen.

VARIATIONS. — La forme de l'*Helix hortensis* paraît sujette à moins de variations que celle de l'*Helix nemoralis ;* elle est toujours un peu globuleuse, arrondie, parfois élevée, mais très rarement déprimée. Sa taille varie peu, ainsi que l'on en peut juger par les exemples suivants :

LOCALITÉS	VARIÉTÉS	HAUTEUR	DIAMÈTRE
Les Ardillats (Rhône) . . .	*Quinquevittata*	16,00	20,50
Aix-les-Bains (Savoie) . . .	*Quinquevittata*	14,00	19,75
Tapigneux (Loire)	*Aleronia*	13,00	18,00
Saint-Chamond (Loire) . . .	*Philibertia* . . • .	11,75	16,00
Bief-du-Bourg (Jura) . . .	*Aleronia*	10,00	14,50

(1) A. Locard, 1879. *Malacologie des terrains quaternaires*, p. 60.

D'après ce tableau, on voit que les deux premières de ces formes sont égales ou surpassent la taille des plus petits *Helix nemoralis* que nous avons indiqués. Nous devons dire que la première, celle récoltée aux Ardillats, vivait dans une véritable colonie d'*Helix hortensis* de toutes formes comme de toutes tailles, sans qu'il y ait un seul *Helix nemoralis*. Il en est de même de la seconde forme. Quant à celle du Bief-du-Bourg, que nous tenons de M. Charpy, elle répond aux plus petits échantillons d'*Helix hortensis* que nous connaissions.

Moquin-Tandon a donné, sous le nom de var. *Ludoviciana* (d'Aumont), une variété dont la coquille est très petite et transparente (1). Nous n'avons pas retrouvé cette petite forme dans nos régions, mais nous connaissons des échantillons qui, tout en conservant la taille du type de l'espèce, n'en sont pas moins transparents ; toute la coquille porte avec elle ce caractère, de telle sorte que vue sous un jour convenable, on distingue très bien au travers de sa surface la spire tout entière. Parfois au contraire la partie inférieure de la coquille, à partir de sa ligne carénale, est seule transparente, tandis que la partie supérieure est opaque. Cette variété, rare dans le Beaujolais, est un peu plus fréquente dans les montagnes du Dauphiné ; nous l'avons observée dans des échantillons venant de Saint-Geoire (Isère) et Condal (Saône-et-Loire). Les individus à bandes transparentes, sans être bien communs, se trouvent encore assez souvent dans le Beaujolais et le Dauphiné. Quant à la coloration du péristome, nous trouvons ici les mêmes variations que chez l'*Helix nemoralis*. Le plus ordinairement dans les coquilles jaunes le péristome est blanc. Il est plus souvent d'un brun foncé dans les coquilles roses ou jaunes. Nous avons observé à plusieurs reprises et dans des stations différentes des colonies chez lesquelles il existait des *Helix hortensis* parfaitement caractérisés sous le rapport de la taille, de la forme et de la coloration, qui n'avaient aucune tache ombilicale et dont le péristome était blanc ; mais en même temps vivaient au milieu d'eux des individus de même taille, de même forme, de même couleur, mais avec la tache ombilicale plus ou moins accentuée et le péristome teinté de brun, comme chez l'*Helix nemoralis ;* et cependant il aurait fallu aller bien loin de là pour retrouver soit une colonie d'*Helix nemoralis*, soit même un seul échantillon de ce type. Enfin, la var. *bimarginata*, dont le péristome est moitié blanc, moitié brun ou rose, n'est pas rare ; nous l'avons ob-

---

(1) Moquin-Tandon, 1855. *Hist. Moll.*, **II.** p. 168.

servée dans les coquilles des montagnes du Beaujolais, de Rive-de-Gier et de Saint-Chamond dans la Loire, etc.

Les variations dues à l'ornementation sont les suivantes :

COQUILLES A BANDES DISTINCTES

Quinque-vittata, Moquin-Tandon (1),—123 | 46, jaune. Très commune . le Beaujolais ; Saint-Chamond, Rive-de-Gier (Loire); Oullins, Saint-Fons, Tassin, les Brotteaux, etc., aux environs de Lyon ; le Bugey, la Savoie, les environs de Grenoble, etc.; var. *bimarginata* : la plaine d'Yvour (Rhône) ; avec péristome noir, Vernaison (Rhône).

Alderia, Moq. — 123 45, fauve. Commune ; péristome noir et blanc : presque toujours avec la sous-variété précédente.

Lafondia, nob. — 123 | 45, jaune-verdâtre. Peu commune; de couleur bien tranchée: Condal (Saône-et-Loire) ; Aix-les-Bains (Savoie).

Barnesia, Moq. — 103 | 45, jaune. Peu commune ; péristome noir ou blanc : les Ardillats, Vernaison, Sains-Fons (Rhône); Pont-de-Veyle (Ain), etc.

Devilliersia, nob. — 120 | 45, jaune. Rare; péristome noir ou blanc : les Ardillats, Vernaison (Rhône).

Moulinsia, Moq. — 103 | 05, jaune. Assez rare ; péristome noir ou blanc: Saint-Chamond (Loire), les environs de Lyon.

Bernardia, nob. — 103 | 05, fauve. Rare : Vernaison (Rhône) et les bords du Rhône au sud de Lyon.

Debeauxia, nob. — 100 | 45, jaune. Peu commune; péristome noir ou blanc : les environs de Lyon.

Folinia, nob. — 103 | 00, jaune. Assez rare: les environs de Mâcon, la Bresse.

Mayeria, nob. — 100 | 05 jaune. Assez rare; péristome noir ou blanc : Feyzin (Isère) ; Vernaison (Rhône).

Venetzia, Moq. — 023 | 45, jaune. Assez rare: les environs de Mâcon.

Fagotia, nob. — 003 | 45, fauve. Rare: le Mont-d'Or lyonnais, les environs de Grenoble.

Sarratia, Moq. — 003 | 00, jaune. Commune; avec péristome blanc ou

(1) Moquin-Tandon, 1855. *Hist. Moll.*, vol. I, p. 294, et vol. II. p. 170.

noir : les environs de Lyon, Vernaison, le Beaujolais (Rhône) ; les abords
du mont Pilat (Loire) ; la Grande Chartreuse, Saint–Geoire ; les environs
de Grenoble dans l'Isère ; les environs de Mâcon, etc.

Moreletia, nob. — 000 | 05, jaune ; péristome blanc ou fauve : les envi-
rons de Lyon et de Mâcon.

COQUILLES A BANDES SOUDÉES

Charpentieria, Moq. — $\widehat{1}$23 | 45, jaune. Peu commune ; péristome noir
ou blanc : les Ardillats, Vernaison (Rhône) ; Saint-Chamond (Loire).

Philibertia, Moq. ~ 1$\widehat{23}$ | 45, jaune. Assez rare ; la bande 4 est souvent
très large : Vernaison, Feyzin (Rhône) ; Saint-Chamond (Loire) ; les environs de Grenoble.

Lespesia, Moq. — 1$\widehat{23}$ | 45, fauve clair ou rose. Assez rare ; péristome
noir ou blanc : Saint-Chamond (Loire) ; Vernaison (Rhône) ; la bande 4
est ordinairement très large.

Drouëtia, Moq. — 1$\widehat{23}$ | $\widehat{45}$, jaune. Assez commune ; les bandes sont
parfois impartiellement soudées : Pont-de-Veyle (Ain) ; Saint-Chamond
(Loire) ; la Grande-Chartreuse, les environs de Grenoble (Isère), etc.

Pauluccia, nob. — $\widehat{123}$ | 45, jaune. Rare : les bords du Rhône au sud
de Lyon, Vernaison, etc.

Putonia, Moq. — 1$\widehat{23}$ | $\widehat{45}$, jaune. Peu commune : Saint - Fons , les
Brotteaux, Vernaison (Rhône), le parc de la Tête-d'Or à Lyon ; Saint-
Chamond (Loire) ; la Grande-Chartreuse (Isère) ; le château de Laumusse,
le Bugey (Ain), etc.

Bouchardia, Moq. — $\widehat{123}$ | 45, jaune. Assez commune aux environs de
Saint-Chamond, mais souvent corrodée ; rare partout ailleurs : les Brotteaux, près Lyon.

Tiberia, nob. — $\widehat{123}$ | 45, jaune. Très rare : Vernaison (Rhône) ;

COQUILLES A BANDES INTERROMPUES RÉDUITES A DES TACHES
OU DES POINTS

Dunkeria, nob. — 123 | :0, jaune. Rare ; péristome brun : Saint-Cha-
mond (Loire) ; les environs de Grenoble (Isère).

Bellardia, nob. — 1:3 | 45, jaune. Peu commune : les environs de Mâcon, la Bresse, le Beaujolais, etc.

Forestia, nob. — 003 | :5, jaune. Rare; péristome brun : Saint-Chamond (Loire) et les abords du mont Pilat.

Terveria, Moq. — 00: | ::, jaune. Rare : les environs de Lyon; la couleur passe parfois au brun clair.

Kohloia, Moq. — ::: | :.., jaune. Assez rare : le Grand-Camp à Lyon ; Saint-Chamond (Loire), la Grande-Chartreuse et les environs de Grenoble (Isère); Verna son (Rhône); parfois les bandes ponctuées se traduisent sous forme de larges taches noires vers le péristome : environs de Vernaison.

Hidalgoia, nob. — ::: | 00, jaune. Très rare; Feyzin (Isère);

COQUILLES A BANDES TRANSPARENTES

Petitia, Moq. — 123 | 45, jaune. Assez fréquente : les Ardillats (Rhône), les environs de Grenoble, Feyzin (Isère); Rive-de Gier (Loire) ; Hauteville (Ain); la Savoie.

Raymondia, Moq. — 123 | 45, rose. Rare : bandes subtransparentes ; les environs de Grenoble, Feyzin (Isère).

Vallotia, Moq. — 103 | 45, jaune. Rare : les environs de Lyon et de Grenoble.

Reclusia, Moq. — 103 | 45, fauve. Assez commune : les environs de Lyon et de Grenoble, le Bugey, la Savoie.

Bouilletia, Moq. — 103 | 45, Blanche. Rare : les environs de Grenoble.

Clessinia, nob. — 003 | 00, jaune. Rare : Bourg-en-Bresse (Ain); la Grande-Chartreuse (Isère).

Westerlundia, nob. — 003 | 40, jaune. Rare : les environs de Lyon.

COQUILLES SANS BANDES

Lutea, Moq. — Jaune. Très commune : les environs de Lyon, Tassin, Yvour, les Ardillats (Rhône); Condal, les environs de Mâcon (Saône-et-Loire); le Bugey (Ain) ; la Grande-Chartreuse, les environs de Grenoble

(Isère); Aix-les-Bains (Savoie), etc.; péristome noir : Yvour, Vernaison, etc.; péristome violacé : Vernaison, Feyzin.

Filholia, Moq. — Olivâtre. Rare : Aix-les-Bains (Savoie).

Baudonia, Moq. — Fauve. Commune : les Ardillats, les environs de Lyon, Tassin (Rhône); le Bugey et les environs de Belley (Ain); Saint-Chamond, Rive-de-Gier (Loire); les environs de Grenoble, etc.

Incarnata, Moq. — Rose. Assez commune : presque partout, les envions de Lyon, le Beaujolais, le Bugey, la Grande-Chartreuse, etc. Le péristome est tantôt blanc, tantôt brun, parfois même bicolore.

Subalbida, nob. — Presque blanche. Assez rare; trouvée par M. Ch. Perroud, aux environs de Vernaison (Rhône).

RAPPORTS ET DIFFÉRENCES. — A propos de l'*Helix nemoralis* nous nous sommes suffisamment étendu sur les rapports et différences qui existent entre ces deux formes, nous n'y reviendrons pas ici.

ANOMALIES. — Faut-il faire rentrer dans le cadre des anomalies la coloration dite anormale du péristome, aussi bien chez l'*Helix hortensis* que chez l'*Helix nemoralis ?* nous ne le pensons pas. Il y a des règles presque normales dans ces prétendues anomalies. En général, et pour nos pays le péristome peut être noir, brun ou bicolore dans les *Helix hortensis* à fond rose, fauve ou rouge ; de même que dans l'*Helix nemoralis* le péristome peut être blanc chez des s.-var. *libellula*. Or ces caractères se reproduisant avec une certaine régularité, puisque c'est toujours dans le même habitat que nous avons pu, pendant plusieurs années, recueillir les mêmes observations ; il s'ensuivrait que ces irrégularités devraient plutôt être envisagées comme variétés que comme anomalies.

On peut en revanche considérer comme anomalies dues au mélanisme les cas, assez rares du reste, dans lesquels il se produit extérieurement vers le bourrelet du péristome un développement exceptionnel et irrégulier de la matière colorante des bandes ; nous avons vu pareil fait chez des échantillons à cinq bandes soit pleines, soit ponctuées, soit même subtransparentes, et qui, vers le péristome, ont leurs bandes soudées, ou plus fortement accentuées comme dimension ou comme coloration.

HELIX SYLVATICA, Draparnaud

Pl. II, fig. 22.

Helix montana, Studer. 1789. *In Coxe*, *Trav. Switz.*, III, p. 419 (n. auct.).
— *lucorum*, Razoumowzski, 1789. *Hist. nat. mont Jorat*, I, p. 274 (n. auct).
— *sylvatica*, Draparnaud, 1801. *Tab. moll.*, p. 79; *Hist.*, p. 93, pl. VI, f. 1-2.
— *mutabilis*, Hartmann, 1821. *Syst. Schweiz.*, *in. Alpina*, I, p. 242.
Helicogena sylvatica, Beck, 1837. *Index molluscorum*, p. 38.
Cepæa sylvatica, Held, 1837. *In Isis von Oken*, p. 916.
Helix nemoralis, Deshayes, 1838. *In Lamarck, Anim. s. vert.*, 2e édit., t.V III, p. 55.
Tachæa sylvatica, Hartmann, 1840. *Gasterop. v. s. Gallen*, t. I, p. 214, f. 82.
— *montana*, Hartmann, 1840. *Gasterop. v. s. Gallen*, I, p. 214, f. 81.
Helix Vindobonensis, Dupuy, 1847. *Malac. Fr.*, p. 133, t. V, f. 6 (pars, n. auct.).
Acavus sylvatica, Adams, 1853. *Gener. recent. moll.*, p. 195.
Iberus sylvatica, Mörch, 1855. *In Journ. Conch.*, t. XIII, p. 389.
H.(pentatænia)sylvatica, Sandberger, 1875. *Land.u. Süssw. Conch.*, p. 804, t. XXXI, f. 38.

Habitat.—C'est la forme montagnarde par excellence du groupe des *Tachea*. On ne la trouve dans les régions basses des plaines et des vallées que tout à fait accidentellement, apportée par les débordements des cours d'eau, mais ne vivant point en ces endroits à l'état de colonie. Si l'on s'élève à une altitude supérieure à 500 mètres dans les montagnes du Bugey, du Jura, de la Chartreuse, etc., elle devient aussitôt beaucoup plus commune ; c'est une forme véritablement alpestre. M. Bourguignat l'a retrouvée jusqu'au sommet du Grandson dans l'Isère, et MM. Dumont et de Mortillet l'ont indiquée dans le bassin de Bonneville, au col de Léchaud à 2000 mètres d'altitude. Elle devient moins fréquente, lorsque l'on s'écarte de la vallée du Rhône ; nous ne l'avons rencontrée que très rarement au mont Pilat dans la Loire; dans la Drôme, on trouve à Saint-Nazaire des échantillons de très grande taille; c'est de cette station que proviennent nos plus beaux spécimens.

Origine. — L'*Helix sylvatica* a fait son apparition dans nos pays en même temps que l'*Helix arbustorum*. S'il est rare dans le lehm du Mont-d'Or lyonnais, il devient un peu plus commun dans les argiles lacustres. En Allemagne, il était connu déjà à l'époque du pleistocène moyen et inférieur dans les duchés de Nassau et du Wurtemberg; mais il est à remarquer que cette coquille, commune aujourd'hui dans ces régions, était en général assez rare et peu répandue durant toute la période quaternaire.

VARIATIONS. — La taille, la forme et l'ornementation de la coquille de l'*Helix sylvatica* sont sujettes à de nombreuses variations ; la taille peut, en effet, suivant les stations, varier d'une façon notable ; quelques exemples traduiront mieux notre pensée :

LOCALITÉS	VARIÉTÉS	HAUTEUR	DIAMÈTRE
Saint-Nazaire (Drôme) . . .	*Irnornata*	18,50	26,50
Salins (Savoie)	*Punctato-fasciata*. . .	16,25	22,50
Vologuat (Ain)	*Lactea*.	14,25	19,25
La Grande-Chartreuse (Isère) .	*Punctato-fasciata*. . .	13,00	18,75
La Grande-Chartreuse (Isère) .	*Punctato-fasciata*. . .	11,00	15,75

On passe, comme on le voit, pour une même station, d'une *var. minor* à une *var. intermedia*. En général, dans les régions montagneuses, les petites formes dominent ; elles deviennent plus grandes en descendant des hauteurs et en se rapprochant du Midi. En même temps, suivant la nature du sol, la coquille est plus ou moins épaisse ; mais nous ne trouvons pas chez l'*Helix sylvatica*, comme chez les *Helix nemoralis* et *H. hortensis*, des coquilles diaphanes. Parfois les bandes sont transparentes, mais nous n'avons pas encore rencontré d'échantillons chez lesquels le fond même de la coquille soit transparent. En même temps cette coquille répondant à une forme plus solide, plus robuste, est presque toujours, à taille égale, plus épaisse et plus lourde que celle des *Helix nemoralis* et *H. hortensis*.

La forme extérieure varie beaucoup. Tantôt, et ce'a plus volontiers dans les échantillons de petite taille et de taille moyenne, si la spire est un peu élevée, la coquille paraît alors plus globuleuse ; parfois même, passant à une forme anormale, l'avant-dernier tour, souligné par une bande noire entre deux bandes ponctuées (*var. punctato-fasciata*), semble s'élever davantage au-dessus du dernier tour. Tantôt au contraire, la coquille est notablement surbaissée, ce qui modifie totalement son profil. On trouve notamment à Moutiers, en Savoie, une véritable *var. depressa*, d'assez grande taille.

Le caractère de la forme de l'ouverture, bien plus arrondie que dans les Hélices précédentes, est de beaucoup le plus constant. Même dans les formes déprimées, cette ouverture est moins longue et bien plus arrondie. Quant au péristome, il est ordinairement fauve ou mieux un peu violacé ; mais parfois, dans les variétés à bandes transparentes, il est blanc ou légèrement jaunâtre.

Les stries, plus fortes et plus marquées dans cette coquille que dans les précédentes, sont inégalement grosses. Les échantillons les plus fortement striés que nous ayons eus entre les mains proviennent du Jura. Il n'existe du reste aucune corrélation entre la taille des échantillons et la force des stries, lorsque ces échantillons sont bien adultes.

Nous avons observé les principales variétés suivantes au point de vue de l'ornementation et de la distribution des bandes sur la coquille :

Punctato-fasciata, Moquin-Tandon (1). — : :3 I 45 Commune; presque partout : Hauteville, Salins (Savoie) ; la Grande-Chartreuse, Sassenage (Isère); Saint-Nazaire, Valence (Drôme) ; Belley, Hauteville, Villebois et tout le Bugey (Ain).

Var. *alpicola*, de très petite taille, à la Grande-Chartreuse.

Var. *major*, de très grande taille, à Saint-Nazaire.

Fasciata, Moq.-Tand.— 123 I 45. Jaune ou d'un blanc jaunâtre. Assez commune : Hauteville (Ain) ; la Grande-Chartreuse (Isère); toute la Savoie, etc.

Trizona, Moq.-Tand. — 003 I 4: Assez commune; Saint-Nazaire, Valence (Drôme) ; Bonneville, Moutiers (Savoie), etc.

Pallida, Moq.-Tand. — 005 I 40. Jaune ou jaunâtre. Assez rare : Cluze (Isère); Bonneville, Albertville (Savoie).

Elegans, Moq.-Tand. — :25 I 45. Jaune ou jaunâtre. Peu commune : environs de Grenoble; Bonneville (Savoie); la Grande-Chartreuse (Isère).

Maculosa, Moq.-Tand. —123 I 45. Jaunâtre. Peu commune : environs de Grenoble, à Engins, Lans-le-Villard (Isère); Saint-Nazaire (Drôme).

Modesta, Moq.-Tand. — 003 I 45. Blanche. Peu commune : Mousserolles, près Grenoble, la Grande-Chartreuse (Isère) ; entre Versoix et le Petit-Saint-Bernard (Savoie).

Punctata, Moq.-Tand. — : : : I : : Jaune. Assez rare ; échantillons de grande taille : Saint-Nazaire (Drôme); Vizille (Isère) ; Volognat, Nantua, le Colombier (Ain).

Inornata, Moq.-Tand. — : : : I : : Blanche. Peu commune; échantillons de grande taille : Saint-Nazaire (Drôme); Volognat, environs de Belley (Ain) ; Albertville et une partie de la Savoie; Lente, Vizille, le col de Glaize (Isère).

Lactea, Moq.-Tand. — 003 I 45. Blanche, avec bandes transparentes.

(1) Moquin-Tandon, 1855. *Hist. Moll.*, vol. I, p. 294, vol. II, p. 171.

Assez rare : Mousseroles, près Grenoble (Isère) ; Moutiers, Albertville (Savoie) ; Hauteville (Ain).

Subpellucida, nob.— : : 3 1 45. Jaune pâle, à bandes transparentes plus foncées. Rare : Volognat, Hauteville, Nantua (Ain).

Carthusiana, nob. — :00105. D'un jaune roux. Rare : la Grande-Chartreuse (Isère) ; Bonneville, Moutiers (Savoie).

Pellucida, nob. — : : 3145. Presque blanche, à bandes transparentes, péristome blanc. Peu commune : Salins (Savoie) ; bois au-dessus de Novarey, la Grande-Chartreuse (Isère) ; Montagne de Parves, prèsBelley ; Volognat (Ain) ; Bonneville, Albertville , Moutiers, la vallée de Chamounix, etc. (Savoie),

Punctulata, nob. — ̈: | ̈:::. Presque blanche. Très rare : environs de Grenoble, la Grande-Chartreuse (Isère).

RAPPORTS ET DIFFÉRENCES. — Cette forme est très voisine des deux précédentes. Souvent même, lorsqu'on la recueille à l'état fossile ou que, par une cause quelconque, elle a perdu son ornementation, il est fort difficile de la distinguer de certaines variétés des *Helix nemoralis* ou *H. hortensis.* Le caractère de différenciation le plus saillant, du moins pour les individus de notre région, réside dans la forme arrondie de l'ouverture. Ce caractère n'a pas été mis en saillie, ni par M. l'abbé Dupuy, ni par Moquin-Tandon. Nous le considérons comme étant le meilleur, car ce n'est qu'exceptionnellement que l'*Helix sylvatica* a son ouverture allongée ou que les *Helix nemoralis* et *H. hortensis* l'ont de forme aussi courte et aussi arrondie. Déjà Deshayes avait réuni ces trois types sous une seule dénomination(1) ; mais nous croyons que l'on devra toujours en distraire au moins l'*Helix sylvatica* dont les caractères distinctifs nous semblent mieux tranchés que ceux des deux autres coquilles.

ANOMALIES. — MM. Dumont et de Mortillet (2) ont indiqué une variété *concolor,* toute blanche, sans fascies, dont l'animal est entièrement blanc ; c'est un véritable cas d'albinisme, cas qui du reste paraît assez rare.

MONSTRUOSITÉS. — Nous avons fait figurer, pl. II, fig. 22 un exemple fort remarquable d'une monstruosité subscalaire de l'*Helix sylvatica.* Quoiqu'il n'ait pas été exactement récolté dans la région qui nous occupe, sa forme est telle que nous avons cru devoir la faire connaître. Cette

(1) Deshayes, 1888. *In Lamarck, Anim. sans vertèbres,* 2ᵉ éd , t. VIII, p. 55.
(2) Dumont et Mortillet, 1857. *Catal. crit. et malacol.,* p. 91.

curieuse coquille, trouvée dans la Côte-d'Or par notre ami, M. G. Coutagne, zélé malacologiste, présente une forme très régulièrement subscalaire; les tours restent joints mais s'étagent de façon à laisser en dehors de la suture environ les deux tiers de la hauteur totale de chaque tour; le type normal devait être de petite taille, à en juger par le diamètre du dernier tour. La coquille n'est pas tout à fait adulte et appartient à la s.-var. *punctato-fasciata*, quoique la seconde bande soit à peine marquée.

HELIX SUBAUSTRIACA, Bourguignat

Helix Vindobonensis, Dupuy, 1848. *Hist. Moll.*, p. 188 (pars).
— *subaustriaca*, Bourguignat, 1880. *Descr. Moll. de Saint-Martin de Lantosque*, p. 1.

HABITAT. — Cette forme, qui vient d'être nouvellement décrite par M. Bourguignat, paraît s'étendre, d'après ce savant auteur, depuis la Savoie, sur le Dauphiné, les Alpes-Maritimes, l'Italie septentrionale et centrale, jusqu'en Carniole et en Dalmatie.

ORIGINE. — Nous ne connaissons pas cette coquille à l'état fossile, mais elle se rapproche de divers types qui ont été découverts dans les dépôts quaternaires de Menton et de Monaco.

VARIATIONS. — Cette forme ne nous est encore connue que par la description qu'en a donnée M. Bourguignat, qui n'a signalé aucune variété.

RAPPORTS ET DIFFÉRENCES. — « L'*Helix subaustriaca* se distingue de la *Vindobonensis*, dit M. Bourguignat, par sa spire moins élevée, non conoïde, par son test plus brillant, un peu plus grossièrement strié; par ses tours moins convexes; par son dernier tour descendant plus brusquement à l'insertion du bord externe et offrant en dessous une surface plus striée, presque lisse et légèrement concave vers la région ombilicale; par son ouverture plus transversalement oblongue, à base plus rectiligne; par son bord externe ne présentant pas, comme chez la *Vindobonensis*, vers le point d'insertion, un léger contour en forme d'éventail, mais une direction droite et régulière, comme chez la *nemoralis*. Chez la *subaustriaca*, le bord columellaire (qui forme la base de l'ouverture) descend obliquement presque en ligne droite jusqu'à la base externe, en présentant un bord émoussé, légèrement calleux. A cette extrémité, le bord columellaire devient subitement patulexe. Or, chez la *Vindobonensis*, le bord columellaire, très court, devient patulescent à moitié de sa longueur. »

HELIX MURALIS, Müller

Helix muralis, Müller, 1774. Verm. terr. et fluv. Hist., II, p. 14 (n. Stud.).
Helix undulata, Michaud, 1831. Compl. Hist. Moll., p. 22, pl. XIV, f. 9-10 (n. Fer).
Helicogena muralis, Beck, 1837. Index molluscorum, p. 40.

Habitat.— A. Gras a signalé cette coquille dans le sud du département de l'Isère. Sans prétendre mettre en doute cette assertion, nous devons déclarer que nous n'avons pas pu constater ce fait.

Origine. — L'Helix muralis n'a pas été signalé à l'état fossile.

Variations. — D'après ce même auteur, les échantillons de la partie sud du département doivent être rapportés à la var. undulata, Poüez et Michaud (1) décrite primitivement par M. Michaud sous le nom d'Helix undulata ; ces échantillons mesureraient 9 millimètres de hauteur pour un diamètre de 16 à 17 millimètres. Cette variété, comme on le sait, est caractérisée par l'oblitération des rides si accentuée dans le type.

Rapports et différences. — Cette forme, bien typique, ne saurait être confondue avec aucune autre de ses congénères de nos régions.

HELIX ASPERSA, Müller
Pl. I, fig. 1-10.

Helix aspersa, Müller, 1774. Verm. terr. et fluv. Hist , II, p. 59.
— hortensis, Pennant, 1776. Brit. zool., p. 136, t. LXXXIV, f. 129 (n. Müll.)
Cochlea vulgaris, da Costa, 1778. Test. Brit., p. 72, t. IV. f. 1.
Helix variegata, Gmelin, 1788. Systema naturæ, édit. XIII, p. 3650, n. 190.
— grisea, Gmelin, 1788. Systema naturæ, édit. XIII, p. 3649, n. 141.
— lucorum, Razoumowski, 1789. Hist. nat. mont Jorat, t. 1, p. 274 (n. Linné).
Pomatia adspersa, Beck, 1837. Index Molluscorum, p. 44.
Cœnatoria aspersa, Held, 1837. In Isis von Oken, p. 911.
Acavus aspersa, Gray, 1842. Fig. Moll. anim., t. CCXCVI, f. 13.
Helix adspersa, E. v. Martens, 1857. Reiseb. binnen mol. Ital., in Mla. bul., IV, p. 151.

Habitat. — L'Helix aspersa est aujourd'hui très répandu dans notre bassin ; on le trouve presque partout dans les régions basses des plaines

(1) Poliez et Michaud, 1838. Galerie de Douai, vol. I, p. 95.

et des vallées, cherchant dans les jardins, les bois et les vignes, les endroits frais et humides. Il ne s'élève pas à une grande altitude. M. Bourguignat ne l'a pas rencontré à la Grande-Chartreuse; cependant MM. Dumont et de Mortillet l'ont signalé au pied du Mont-Cenis, à Suze.

ORIGINE. — Cette coquille est une des plus récemment introduites dans la faune de nos régions. Nous n'en trouvons aucun vestige dans les temps géologiques, pas plus que dans la faune des alluvions de la Saône. Selon toutes probabilités, elle aurait été apportée dans nos pays par les moines au moyen âge, qui s'en servaient pour les besoins de leur alimentation maigre. En Suisse également, l'existence de ce mollusque est de date toute récente (1). Comme cette forme est beaucoup plus commune dans le Midi de la France et dans l'Italie où elle est fort belle, il est très probable que c'est de ces régions qu'elle a été importée dans nos pays. Mais quant à remonter à sa véritable origine, nous serions fort embarrassé pour le faire, attendu que nous n'avons aucune donnée géologique sur ce type à l'époque quaternaire dans aucun pays.

VARIATIONS. — L'*Helix aspersa* est une des coquilles, qui tout en conservant ses caractères généraux, présente les plus grandes variations dans les rapports de ses principales dimensions. Comme taille, les échantillons de notre région ne varient qu'entre des limites assez restreintes : de 28 à 35 millimètres pour la hauteur, et 30 à 40 millimètres pour le diamètre. C'est dire que nous n'avons dans nos pays ni les grandes formes méridionales dont la taille est presque celle de l'*Helix pomatia,* ni ces élégantes petites coquilles des environs de Paris (2) et du Pas-de-Calais, dont la taille est plus petite que celle de l'*Helix nemoralis;* nos plus petits échantillons, r cueillis au Moulin-à-Vent et à Saint-Fons, au sud de Lyon, mesurent 23 millimètres de hauteur et 21 de diamètre. Les variations de forme et d'aspect de la coquille nous semblent du reste assez bien localisées; c'est dire que ces caractères se reproduisent normalement. Ainsi, aux environs de Vernaison (Rhône), la coquille affecte volontiers une forme un peu transverse, par suite de l'allongement du plus grand diamètre de l'ouverture, tandis qu'en face, de l'autre côté du Rhône, on peut observer une forme plus allongée. Ce galbe un peu

(1) Blanchet,'*Note sur l'Helix aspersa, in* 49° *Bulletin de la Société vaudoise des sciences naturelles.*

(2) Nous avons dernièrement récolté à Lagny (Seine-et-Marne) des individus parfaitement adultes qui ne mesurent que 21 millimètres de hauteur pour 20 millimètres de diamètre.

élevé est du reste assez fréquent ; aussi rencontrons-nous parfois des formes anormales résultant de l'exagération de ce même caractère.

L'épaisseur de la coquille, comme le développement du péristome et plus particulièrement du bord columellaire, est extrêmement variable, et sans que nous puissions en préciser la cause. En effet, nous avons plusieurs fois observé de véritables colonies à coquilles minces, sub-transparentes, à péristome peu développé, aussi bien dans des pays calcaires que dans des pays granitiques. Aux environs de Lyon par exemple, au Moulin-à-Vent, M. Roy a trouvé dans son jardin des coquilles très minces, pâles, subopaques, vivant pourtant sur un sol calcaire, alors que dans la Loire nous avons récolté des quantités considérables d'échantillons vivant sur un sol siliceux, et tout à fait conformes au type normal. L'épiderme de la coquille nous a paru sujet aussi à variation. Il nous semble plus épais, plus fort, plus résistant dans les régions un peu élevées, dépassant de 4 à 500 mètres d'altitude.

Si nous avons pu indiquer pour les *Helix nemoralis, H. hortensis, H. sylvatica*, des sous-variétés basées sur la coloration et le système de répartition des bandes ornementales de la coquille, nous sommes beaucoup plus embarrassé pour l'*Helix aspersa ;* la disposition de ces bandes plus ou moins fondues, plus ou moins flammulées rend, à nos yeux un classement fort difficile. C'est en vain que nous avons cherché à appliquer la nomenclature de Moquin-Tandon aux innombrables sous-variétés que nous avons eues entre les mains ; bien certainement nous avons reconnu les *s.-var. obscurata, zonata, grisea, marmorata, unicolor, albida* etc.; mais entre ces types, il y a des passages en quelque sorte indéfinis. Aussi, n'essayerons-nous pas de les classer. Disons seulement que dans toute la région, l'ornementation de la coquille est des plus variées, soit au point de vue de la coloration, soit ou point de vue de la distribution des bandes et des flammes.

Enfin le nombre d'œufs d'une même ponte varie souvent d'une façon considérable; Moquin-Tandon donne le nombre de 50 à 80, et Bouchard-Chanteraux celui de 100 à 110 ; dans un nid trouvé au Moulin-à-Vent, M. Roy a compté 194 œufs; ce chiffre nous montre la fécondité vraiment étrange de ce mollusque dans certaines localités plus propices que d'autres à son rapide développement.

RAPPORTS ET DIFFÉRENCES — Quelles que soient les variations de cette coquille, elle ne saurait être confondue avec aucune autre espèce française ou même étrangère.

ANOMALIES. Nous avons fait représenter un certain nombre d'anomalies assez curieuses trouvées dans notre région.

Anomalies résultant d'un allongement de la spire. — Pl. I, fig. 1. Coquille de petite taille, bien adulte, à spire élevée, le grand diamètre de l'ouverture est presque vertical ; des environs de Lyon ; collection Terver, au Muséum de Lyon. Nous avons retrouvé dernièrement cette même forme dans les montagnes du Beaujolais, aux Ardillats.

Pl. I, fig. 3. — Coquille de taille plus forte, affectant le même caractère, le dernier tour est très tombant, et le grand axe de l'ouverture forme un angle très aigu avec l'axe vertical de la coquille ; les environs de Lyon ; collection Terver, au Muséum de Lyon.

Pl. I, fig. 2. — Coquille de taille encore plus forte, présentant les mêmes caractères, et servant de passage au véritable type ; les environs de Lyon ; collection de M. Gabillot.

Anomalies résultant d'un allongement transversal. — Pl. I, fig. 9. Coquille adulte de grande taille, dans laquelle la spire est peu élevée, et le diamètre maximum très grand ; l'ouverture est grande et très large ; son diamètre est presque horizontal ; Vernaison (Rhône) ; collection de M. Gabillot.

Anomalies de structure. — Pl. I, fig. 6. et 7. Dans son mémoire sur les anomalies [1] Carlo Porro a désigné sous le nom de *canaliculazione* une modification fort singulière de la coquille dont nous reproduisons ici un exemple. Dans cet échantillon, la ligne suturale se creuse et s'élargit à partir d'un point donné, de façon à former un véritable canal ou sillon établi au détriment de la matière calcaire du tour dernier. A l'extérieur, le bord supérieur du canal sutural porte de nombreux plis se traduisant intérieurement par des renflements irréguliers de la coquille ; au dedans, la partie nacrée est épaisse ; il y a eu excès de sécrétion sur toute cette portion de l'individu. Quant aux dimensions du canal, il a jusqu'à trois millimètres de large pour deux millimètres et demi de profondeur. Parfois, par suite de cette anomalie, la spire paraît abaissée ou enfoncée de toute la hauteur du canal. Ce canal sutural ne se produisant pas sur toute la longueur de la suture de la coquille, mais bien à partir d'un point donné facile à observer, il faut en conclure qu'il est le résultat d'un accident survenu pendant l'accroissement de l'animal. Mais le fait le plus curieux, c'est que nous avons observé cinq échantillons portant ce même

---

(1) Carlo Porro, 1839. *Studii su talune variazioni offerte da molluschi fluviatili e terrestri a conchiglia univalve*, p. 18.

caractère plus ou moins accentué, et recueillis tous les cinq dans la même propriété. Quelle peut être la cause de cette singulière anomalie? Malgré les expériences que nous avons pu faire, nous n'avons obtenu encore aucun résultat qui puisse nous éclairer à ce sujet. Le Moulin-à-Vent près de Lyon ; collection de M. Roy.

Pl. I, fig. 4 et 5. Nous avons représenté dans cette figure une assez curieuse anomalie ou plutôt une blessure d'un *Helix aspersa* parvenu cependant à l'âge adulte. Une fracture reçue avant la formation du péristome, et régnant sur les cinq sixièmes de la périphérie de l'ouverture, a déterminé une abondante sécrétion de matière calcaire sur le point même de la fracture ; le développement extérieur s'est déjeté de sept millimètres en dehors, et l'animal a terminé son dernier tour en le raccordant avec le reste de la coquille, de telle façon que le péristome est venu plus tard occuper exactement sa véritable place. A l'intérieur il est resté une cavité difforme recouverte de nacre, et rappelant la forme externe de la coquille. Environs de Lyon ; collection de M. Gabillot.

Albinisme — Nous avons déjà parlé de cette anomalie, à propos des variations de l'*Helix aspersa*. Ces coquilles sont d'un jaune pâle, très minces, transparentes, avec des vermiculations d'un jaune un peu plus foncé. Sous l'épiderme la coquille est entièrement blanche. A l'intérieur le fond est blanc, et les flammules des vermiculations se reproduisent en blanc plus mat et plus nacré. Cette curieuse anomalie se reproduit normalement avec ce caractère, puisque depuis plus de trois ans M. Roy a pu observer dans son jardin des individus tout à fait semblables et à différents âges. M. Gabillot a retrouvé cette même anomalie à Montagny près Givors (Rhône).

MONSTRUOSITÉS. — *Coquilles scalaires*. — Les formes scalaires ou mieux subscalaires sont assez rares dans nos contrées. Nous en avons observé cependant cinq échantillons, tous récoltés aux environs de Lyon et répartis dans différentes collections.

Pl. I, fig. 10. —Forme subscalaire; la spire à partir du deuxième tour s'écarte de la ligne spirale normale et s'infléchit en dessous d'une façon considérable ; les tours, sans être disjoints, sont nettement superposés ; la coquille est arrivée à l'âge adulte ; environs de Lyon ; collection Terver, au Muséum de Lyon.

Ce cas est le plus fréquent. Tous les échantillons que nous avons examinés rentrent dans cette forme. Nous n'avons pas encore observé de scalarités complètes dans nos pays, c'est-à-dire d'échantillons dans lesquels les tours sont entièrement disjoints, de telle façon que la coquille se déroule en forme de corne d'abondance.

Coquille sénestre. — Pl. I, fig. 8. Les coquilles de l'*Helix aspersa* à forme sénestre sont plus rares encore que les coquilles à forme subscalaire; nous n'en connaissons que deux spécimens trouvés tous les deux aux environs de Lyon. Notre avons fait dessiner l'un de ces types répondant à un individu parfaitement adulte, et qui en même temps a des tendances à la scalariformité par suite de l'inflexion de l'ouverture; de la collection de M. Gabillot.

HELIX POMATIA, Linné

Pl. I, fig. 11-12.

Helix pomatia, Linné, 1758. *Systema naturæ,* 10ᵉ édit., I, p. 771.
— *pomaria,* Müller, 1774. *Verm. terr. et fluv. hist.,* II, p. 43, n° 244.
— *scalaris,* Müller, 1774. *Verm. terr. et fluv. hist.,* II, p. 113, n° 313.
Cochlea pomatia, Da Costà, 1778. *Test. Britan.,* p. 67, pl. IV, f. 14.
Helicogena pomatia, Risso, 1820. *Hist. natur. europ. merid.,* IV, p. 6.
Pomatia antiquorum, Leach, 1831. *Brit. Moll.,* p. 89 (ex Turton.).
— *pomatia,* Beck, 1837. *Index Molluscorum,* p. 43.
Cænatoria pomatia, Held, 1837. *In Isis von Oken,* p. 911.

Habitat. — L'*Helix pomatia,* connu de tout le monde dans nos pays, sous la dénomination usuelle d'Escargot de Bourgogne, est très commun et très répandu dans les régions basses des plaines et des vallées de tous les départements de la région; on le trouve de préférence dans les champs, les vignes, et en général dans les terrains calcaires un peu forts. Il remonte à une assez grande altitude ; à la Chartreuse, M. Bourguignat l'a signalé depuis les portes de Fourvoirie et du Sappey jusqu'au sommet du col de Bovinant. Dans les régions alpestres de la Savoie, MM. Dumont et de Mortillet l'ont indiqué jusqu'à 1800 mètres d'altitude.

Origine. — Nous ne pensons pas que l'*Helix pomatia* ait fait son apparition dans nos pays avant l'époque gallo-romaine. Nous l'avons retrouvé dans des dépôts remaniés de cette époque, et M. Arcelin nous l'a adressé des berges de la Saône, au sud de Mâcon, comme ayant été trouvé dans des formations du même âge.(1). En Allemagne, cette co-

---

(1) A. Locard, 1879. *Descr. Faune quaternaire,* p. 64.

quille remonte à une époque beaucoup plus ancienne, car elle figure dans les dépôts pleistocènes de Cannstadt dans le Wurtemberg.

VARIATIONS. — Les formes de cette coquille paraissent beaucoup plus régulières que celles de l'espèce précédente ; aussi avons-nous peu de variations à signaler, quoiqu'il nous ait été donné d'examiner un nombre véritablement considérable d'échantillons. Comme taille, on peut cependant trouver des différences sensibles. Les échantillons les plus gros sont ceux des régions basses ; à mesure que l'altitude augmente, les dimensions des échantillons semblent diminuer ; mais ceci n'est point une règle absolue pour l'*Helix pomatia*. Indiquons les dimensions de quelques types :

LOCALITÉS	DIAMÈTRE	HAUTEUR
Environs de Lyon	51,00	58,50
Environs de Mâcon	54,00	53,00
Environs de Lyon	46,00	48,00
Environs de Grenoble	43,25	45,00
Les Ardillats (Rhône)	40,00	39,00

Le premier de ces échantillons est remarquable par ses dimensions véritablement étranges ; sa coquille, privée de l'animal, pèse seule 25 grammes, alors qu'une forme ordinaire ne pèse que de 10 à 15 grammes. Cette curieuse coquille a été récoltée, il y a quelques années, par M. Gabillot, dans un lot d'*Helix pomatia* qu'un paysan de nos environs venait vendre à un pharmacien de la ville. Dans les régions alpestres, la taille devient plus petite encore que celles que nous avons données. MM. Dumont et de Mortillet ont indiqué des échantillons dont le petit diamètre n'est que de 28 millim., trouvés à Saint-Marcel, dans le bassin de Moutiers, à 600 mètres d'altitude.

Les stries longitudinales de la surface sont souvent fortes et bien marquées. Dans le gros individu dont nous venons de parler, elles figurent près de l'ouverture de véritables plis et donnent à la surface de la coquille une apparence rugueuse.

Une autre variation que nous devons signaler est celle du recouvrement plus ou moins marqué de l'ombilic par le développement du bord columellaire du péristome. Parfois, et cela plus volontiers dans des échantillons de petite taille, ce développement est tel que l'ombilic est entiè·rement recouvert ; il se forme par suite du développement du péristome un véritable callum qui se soude avec la coquille et masque l'ombilic.

D'autres fois, ce développement se fait en avant, de telle sorte que le bord columellaire se relève davantage, et l'ombilic apparaît sous forme d'une véritable fente bien oblique. Enfin, il arrive également que le bord columellaire se relève tout à fait, et l'ombilic devient plus apparent.

On observe dans la coloration de la coquille de grandes différences, mais qui semblent à peu près uniformément réparties suivant les stations. En certaines localités, l'ensemble des *Helix pomatia* affectera une coloration d'un roux brunâtre bien prononcée, tandis que dans d'autres, elles tendront à prendre un caractère d'albinisme, sans que pour cela la coquille soit plus mince et partant plus transparente.

Nous avons observé les variétés suivantes :

Quinquefasciata, (1) Moq.-Tand. — Coquille ornée de cinq bandes plus ou moins distinctes ; peu commune : les environs de Lyon, les Ardillats (Rhône) ; la Savoie.

Bifasciata, nob. — Les bandes supérieures et les bandes inférieures sont soudées entre elles et séparées par un mince filet plus pâle ; rare : les Ardillats (Rhône); Salvisinet (Loire) ; les environs de Lyon.

Brunea, Moq.-Tand. — Coquille brune, avec des bandes peu apparentes; peu commune : les environs de Lyon.

Albida Moq.-Tand. — Coquille blanchâtre unicolore; assez fréquente : les environs de Lyon et de Grenoble, la Savoie.

Grandis Moq.-Tand. — Coquille beaucoup plus grande ; rare : les environs de Lyon.

RAPPORTS ET DIFFÉRENCES. — Parmi nos coquilles de la faune française il n'en est aucune qui puisse être confondue avec l'*Helix pomatia*, surtout en tenant compte de ce fait que c'est par erreur que l'*Helix cincta* de Müller a été indiqué comme se trouvant en France, aux environs de Tonnerre (2).

ANOMALIES. — Nous n'avons pas d'anomalies constitutionnelles bien remarquables à signaler pour cette coquille. Souvent attaquée par d'autres animaux, notamment par des oiseaux de proie, ou froissée quand elle est jeune, par la main de l'homme, la coquille peut présenter plus tard, lorsqu'elle s'est reconstituée, des cicatrices plus ou moins profondes, et dont quelques-unes sont parfois bien singulières ; mais elles n'offrent

(1) Moquin-Tandon, 1855. *Hist. Moll.*, II, p. 179.
(2) Dupuy, 1848. *Hist. Moll.*, p. 103.

en général rien d'anormal ; l'animal blessé refait plus ou moins rapidement la partie détériorée de son test en secrétant sur le point malade
un excès de matières calcaires, et, la blessure fermée, la sécrétion reprend
son cours régulier.

Toutefois, il est un cas assez curieux que nous avons observé bien
des fois. L'animal ayant été blessé avant d'être adulte, il subsiste dans
la partie refaite une sorte de couture transversale ou de petit bourrelet
externe peu saillant, servant de point de liaison aux stries longitudinales de la coquille, beaucoup plus fortes en cet endroit, et déviées en sens
inverse de part et d'autre du bourrelet. Plusieurs bourrelets peuvent
exister, et les stries, dans ce cas, forment une série d'ondulations bien
marquées. Si la couture ou le bourrelet se portent vers la ligne suturale, on
obtiendra le cas de canaliculation que nous avons figuré à propos de
l'*Helix aspersa*, et qui paraît plus rare encore chez l'*Helix pomatia*. Sur
une même coquille, nous avons observé jusqu'à quatre coutures bien
parallèles et régnant sur une longueur de quatre à cinq centimètres sur
le dernier tour.

Les cas d'albinisme sont peu fréquents ; nous en avons cependant
constaté quelques-uns ; MM. Dumont et de Mortillet ont trouvé deux
échantillons présentant cette anomalie, l'un aux environs de Genève,
l'autre dans les vignes de Saint-Étienne, près Bonneville (Savoie).
Dans ce cas, l'animal lui-même participe à la coloration de la coquille,
qui est du reste ordinairement de taille au-dessous de la moyenne.

MONSTRUOSITÉS. — Soit que l'on récolte plus d'*Helix pomatia* que de
toute autre espèce, soit que, par suite de sa grande taille, l'observation
en soit plus facile, il semblerait que les cas de monstruosité sont plus
fréquents chez cette coquille que chez les précédentes. Avec un peu de
persévérance, il n'est pas un amateur qui n'arrive à enrichir sa collection
de quelques spécimens de l'*Helix pomatia* sénestre ou scalaire. La proportion des monstres par rapport aux individus sains et normaux nous
paraît être de un à dix mille environ.

1° *Coquilles scalaires.* — La scalarité ou subscalarité est assez fréquente ; nous en avons donné un exemple pl. I, fig. 11. Ce bel échantillon, trouvé à Vourles (Rhône), par M. Gabillot et faisant partie de sa
collection, nous présente le maximum de scalarité de tous les échantillons
que nous avons étudiés dans notre région. Il n'est malheureusement pas
tout à fait adulte ; les tours se développent régulièrement et sont bien

subarrondis ; le déroulement scalariforme de la coquille s'effectue dès le commencement du second tour.

Nous avons fait figurer pl. I, fig. 12, un autre exemple de scalarité remarquable par son irrégularité ; la ligne suturale est irrégulièrement spirale ; les tours subcarénés dans le haut sont parfois infléchis dans le bas, et quelques déchirures traduites par des plissements partant de la suture subsistent sur la coquille ; le déroulement scalariforme ne commence qu'à la fin du second tour ; les environs de Lyon ; de la collection Terver, au Muséum de Lyon.

Coquilles sénestres. — Nous avons observé dans différentes collections plus de trente individus sénestres de l'*Helix pomatia*, dont la plupart sont arrivés à l'âge adulte. Dans leur structure, étant admis ce mode d'enroulement, ils ne nous ont rien présenté de bien particulier ; ils s'enroulent régulièrement jusqu'au sommet et atteignent parfois la même taille que les individus normaux.

Genre BULIMUS, Scopoli

BULIMUS MONTANUS, Draparnaud

Pl. III, fig. 17-18.

Helix sylvestris, Studer, 1789. *Faun. Helv., in Coxe Trav. Switz.,* III, p. 43 (s. car.).
Bulimus montanus, Draparnaud, 1801. *Tab. Moll.* p. 65.
Helix Lackhamensis, Montagu, 1803. *Test. Britan.,* p. 394, pl. II, f. 3.
— *buccinata,* v. Alten, 1812. *Syst. abhandl. fluss. Conch.,* p. 100, pl. XII, f. 22.
Lymnæa Lackhamensis, Fleming, 1814. *In Edinb. Encyclop.,* VII, I, 78.
Bulimus obscurus, Hartmann, 1821. *Syst. Gasterop.,* p. 50 (v. *montanus*).
Helix montana, Ferussac, 1822. *Tabl. Syst.,* p. 60 (n. auct.).
Bulimus Lackhamensis, Fleming, 1828. *Brit. anim.,* p. 265.
— *Montacuti,* Jeffreys, 1830. *Syn. test., in Trans , Linn.,* XVI, p. 345.
Ena montana, Leach, 1831. *Brit. Moll.,* p. 112, (ex Turt.).
Buliminus Lackhamensis, Beck, 1837. *Index Molluscorum,* p. 71,
Merdigera montana, Held, 1837. *In Isis von Oken,* p. 917.
Bulimulus montanus, Gray, 1842. *Fig. Moll. anim.,* p. CCC, f. 10.
Buliminus montanus, Albers, 1860. *Dic. Helic.,* 2ᵉ édit., t. 234.
— (*napæus*) *montanus,* Sandberger, *Land u. Süssw. Conch.,* p. 803, t. XXXIII, f. 37.

HABITAT. — Le *Bulimus montanus* est une forme alpestre de notre région, qui vit dans toutes les parties montagneuses et plus particulièrement dans les bois de sapin supérieurs à la région des vignes des départements de l'Ain, de l'Isère, de la Savoie, du Jura etc. ; on peut le trouver depuis l'altitude de 600 mètres, jusqu'à 1600 mètres. Le plus ordinairement les échantillons sont dispersés et se trouvent assez loin les uns des autres ; ils ne paraissent pas former de colonies.

ORIGINE. — Cette coquille existe depuis fort longtemps ; on l'a signalée dans les plateaux inférieurs du duché de Nassau, du Wurtemberg, de la Saxe, et plus tard dans des dépôts plus récents d'Allemagne, d'Autriche, d'Angleterre, de Suisse et de France. A l'époque quaternaire, cette forme était plus commune et plus répandue qu'aujourd'hui. Dans les environs de Lyon, nous avons cité sous le nom de var. *Terverianus* (1) une forme un peu différente du type actuellement vivant, qui provenait des derniers dépôts quaternaires de notre région.

VARIATIONS. — Nous avons surtout à citer à propos de cette forme des variations individuelles portant sur la taille, l'épaisseur de la coquille, ou même les dimensions de son ouverture. Dans les régions élevées le test est plus mince, plus transparent, son galbe peut être un peu plus allongé ; dans les régions plus basses elle devient au contraire plus solide, plus brune, presque subopaque, avec les tours un peu plus arrondis. Enfin, comme l'a très judicieusement fait observer Moquin-Tandon, la couleur de l'animal varie d'intensité suivant les individus.

Mais une des modifications les plus intéressantes à observer dans la coquille du *Bulimus montanus* est celle du mode d'enroulement des tours de la spire, ainsi qu'on peut le voir dans les deux figures que nous en donnons pl. III, fig. 17 et 18 ; ces tours s'enroulent plus ou moins rapidement, de telle sorte que l'avant-dernier tour peut paraître plus ou moins grand.

Nous avons observé les principales variétés suivantes :

Major, Rossmässler (2). — Coquille de taille plus forte que le type, mais moins grande pourtant que celles représentées par cet auteur, d'un galbe un peu allongé, de forme plus cylindroïde, les tours régulièrement développés, la coloration souvent plus foncée ; rare : la Grande-Chartreuse (Isère).

Ventricosa, nob. — Coquille de taille souvent plus petite, de forme

(1) A. Locard, 1879. *Faun. mal. quatern.*, p. 63, f. 31-36.
(2) Rossmässler, 1838. *Iconographie*, VI, p. 46, fig. 386.

courte, ramassée, ventrue, souvent un peu pâle; les derniers tours croissent plus rapidement ; assez rare : la Grande-Chartreuse (Isère).

RAPPORTS ET DIFFÉRENCES. — Le *Bulimus montanus* est une forme typique qui ne saurait être confondue qu'avec la forme suivante.

ANOMALIES. — MM. Dumont et de Mortillet ont retrouvé, parmi des individus types de la vallée de Borne dans le bassin de Bonneville en Savoie, des individus appartenant à la var. *albinos* de Charpentier (1). La coquille est d'un blanc sale, un peu jaunâtre ou verdâtre et à demi transparente. Il ne faudrait pas confondre avec cette anomalie, des échantillons dont la coquille devient blanche en vieillissant par suite d'une excoriation naturelle, partielle ou presque complète ; ce dernier cas est assez fréquent.

BULIMUS OBSCURUS, Müller

Helix obscura. MÜLLER, 1774. *Verm. ter. et fluv. hist.*, II, p. 103, n° 302.

Turbo rupium, DA COSTA, 1778. *Testacea britannica*, p. 90.

Bulimus hordeaceus, BRUGUIÈRE, 1789. *Encyclop. Method.*, Vers. I, p. 334.

Helix stagnorum, POULTNEY, 1799. *Cat. Dorset.*, p. 49. pl. XIX, f. 27.

Bulimus obscurus, DRAPARNAUD, 1801. *Tabl. Moll.*, p. 65 (n. Poiret).

Lymnæa obscura, FLEMING, 1814. *In Edimb. encyclop.*, VII, I, p. 78.

Pupa placida, SAY, 1817. *Descrip. shells United States.* p. 24.

Bulimus obscurus, STUDER, 1820. *Kurz. Verzeichn.*, p. 88.

Janina edentula, RISSO, 1826. *Hist. nat. Eur. merid.*, p. 89.

Ena obscura, LEACH, 1831. *British Mollusca,* p. 113 (ex. Turton).

Buliminus obscurus, BECK, 1837. *Index Molluscorum,* p. 74.

Merdigera obscura, HELD, 1837. *In Isis von Oken,* p. 917.

HABITAT. — Le *Bulimus obscurus* vit dans toute notre contrée depuis la région basse des plaines et des vallées, jusqu'à une altitude de 1600 mètres. On le rencontre en colonies nombreuses disséminées sur une assez grande étendue, dans les endroits frais et humides, moussus et dégradés. Il sort volontiers de terre après les pluies, les jeunes les premiers, les individus adultes ensuite. Tout en s'élevant à d'assez grandes altitudes, il est cependant plus commun dans une zone moyenne ne dépassant pas 500 à 600 mètres.

---

(1) Charpentier, 1837. *Moll. Suisse*, p. 14, pl. II, f. 2.

ORIGINE. — Nous ne connaissons cette coquille à l'état fossile que dans le pleistocène supérieur d'Italie.

VARIATIONS. — Les variations portent sur la taille et sur la forme de l'ouverture. La taille, comme nous allons le voir, varie naturellement, non seulement suivant les stations, mais encore dans une même colonie, de telle sorte que, outre le type, on peut avoir des variétés *major* et *minor*. La forme de l'ouverture constitue à elle seule le principal caractère différentiel de l'individu, suivant que cette forme est plus ou moins droite, plus ou moins large, plus ou moins arrondie, et que ses bords ont le péristome plus ou moins développé. Quant à l'épaisseur de la coquille, sa coloration, la grosseur de ses stries, elles varient suivant les localités : elle est mince et pâle dans les régions dénuées de calcaire, beaucoup plus forte, plus grossièrement striée quand au contraire le calcaire abonde.

MM. Dumont et de Mortillet ont signalé (1) comme vivant en Savoie avec les individus de taille et de forme normales, des échantillons d'une taille très forte, qui semblent être intermédiaires entre le type du *Bulimus obscurus* et le *Bulimus montanus*. Il est à remarquer que cette dernière forme vit dans les mêmes stations, souvent à côté du *Bulimus obscurus*, et comme il y a une grande analogie entre les animaux de ces deux types, il peut très bien en résulter un accouplement accidentel donnant un produit intermédiaire entre ces deux types qui ont, somme toute et à part la différence de taille, de très grands rapports.

Nous avons observé les variétés suivantes :

Limbatus, nob. — Coquille de taille ordinaire, mais avec le péristome plus bordé, plus réfléchi, plus développé. Cette variété a été récoltée par MM. Dumont et de Mortillet au Petit-Bornant à 640 mètres d'altitude.

Strangulatus, nob. — Coquille de taille ordinaire, avec le dernier tour moins haut et plus déprimé à son extrémité, de telle sorte que l'ouverture paraît plus étroite ; MM. Dumont et de Mortillet ont récolté cette forme à Chancy (Savoie), à 320 mètres d'altitude.

Minor, nob. — Coquille de taille plus petite, à tours plus renflés, plus arrondis, avec la ligne suturale plus profonde. Nous avons observé cette variété sur les bords du Rhône, au nord de Lyon, dans les alluvions de la rive gauche.

RAPPORTS ET DIFFÉRENCES. — Deux formes françaises sont voisines du *Bu*-

---

(1) Dumont et Mortillet, 1857. *Catal. crit. et malac.*, p. 101.

imus obscurus, mais en diffèrent par la taille ; le *Bulimus montanus*, forme plus alpestre et de taille beaucoup plus grande, le *Bulimus Astieria-nus* (1), forme méridionale et de taille beaucoup plus petite. Tant que les échantillons sont adultes, il est toujours bien facile de les distinguer, mais s'ils sont encore jeunes leur confusion sera des plus possibles ; en outre les animaux eux-mêmes ont la plus grande analogie. Il est à remarquer que dans le *Bulimus obscurus*, taille intermédiaire entre les deux formes ex-rêmes, on trouve des individus de taille plus forte que le type et se rap-prochant du *Bulimus montanus*, tandis qu'il en est d'autres de taille plus petite se rapprochant au contraire du *Bulimus Astierianus*. On distinguera donc ces trois formes plutôt par leur taille que par tout autre caractère, car la convexité des tours de spire, la forme de l'ouverture, le plus ou moins de profondeur de la ligne suturale sont tout aussi variables dans les uns que dans les autres (2).

Anomalies. — On trouve parfois, des individus à coquille plus minces plus pâle, presque décolorée, qui répondent à des cas d'albinisme. Il, vivent au milieu des colonies normales et ne paraissent constituer que de simples cas accidentels.

BULIMUS DETRITUS, Müller

Helix detrita, Müller, 1774. *Verm. terr. et fluv. Hist.*, II, p. 101, n° 30.
— *sepium*, Gmelin, 1788. *Systema naturæ*, 13° éd., p. 3654, n° 200.
Bulimus radiatus, Bruguière. 1789. *Encyclop. Meth.*, Vers, I, p. 312, n° 25.
Helix turbinata, Olivi, 1792. *Zool. Adriat.*, p. 178 (n. Gmelin).
Lymnæa detrita, Fleming, 1814. *Conch., in Edimb. encycl.*, VI, I, p. 77.
Bulimus detritus, Studer, 1820. *Kurz. Verzeich. Conch.*, p. 88.
Bulinus sepium, Hartmann, 1821. *Syst. Schweiz., in n. Alpina*, I, 223.
Helix radiata, Ferussac, 1822. *Tabl. Syst.*, p. 57 ; *Hist.*, t. CXLII, f. 4-6.
Bulimus radiatus, Risso, 1826. *Hist. nat. Eur. merid.*, IV, p. 78, n° 175.
Limneus detritus, Jeffreys, 1830. *Syn. Test., in Lin. Trans.*, XI, 2, p. 378.
Zebrina radiata, Held, 1837. *In Isis von Oken*, p. 917.
Buliminus detritus, Beck, 1837. *Index Molluscorum*, p. 72.
Bulimulus detritus, Adams, 1853. *Gen. recent. Moll.*, p. 160, t. LXXV, f. 7 a.
Bulimus sepium, J. et P. Strobel, 1855. *Beitr. Moll., Tirol*, p.160.

(1) Dupuy, 1849. *Hist. Moll.*, p. 320, tab. XV, f. 7. — Moquin-Tandon, 1855. *Hist. Moll.* II, p. 294, pl. XXI, f. 10.

(2) M. Bourguignat a décrit sous le nom de *Bulimus Humberti* (in *Aménités malac.*, II, p. 28, pl. II, f. 5-7) une forme orientale très voisine du *Bulimus obscurus*, récoltée en Crimée, ca-ractérisée « par une ouverture moins oblique, plus petite et moins cornée, par un péristome non réfléchi, par des tours de spire plus convexes, plus nombreux, par l'accroissement régu-lier de sa spire, par sa perforation arrondie et moins allongée, etc. »

Habitat. — Nous trouvons cette coquille dans toute la région, vivant par places, en colonies nombreuses, mais toujours très localisée et assez peu commune. Elle habite depuis la région basse des plaines, des vallées et des coteaux jusqu'à 12 à 1400 mètres, fréquentant les endroits chauds et secs, mais ne sortant en abondance qu'après les pluies, vivant le reste du temps enfoncée sous le sol.

Origine. — A l'époque quaternaire, le *Bulimus detritus* vivait déjà dans nos environs; nous l'avons signalé dans le lehm de Fourvières et de Saint-Fons. En dehors de cette station, nous ne le connaissons que dans le lehm des bords du Rhin.

Variations. — On peut récolter de nombreuses variétés de cette coquille dans notre région; les variations portent sur la taille, la forme de l'ouverture et du dernier tour, et surtout sur l'ornementation de la coquille.

La taille varie dans des proportions considérables. Nous voyons suivant les stations des individus qui mesurent jusqu'à 25 millim. de longueur pour 10 millim. de diamètre et qui répondent à la var. *major*, tandis que d'autres n'ont que 15 millim. de long pour 7 de diamètre et appartiennent à la var. *minor*. Si dans les stations alpestres on trouve en général chez les mollusques plus volontiers les individus de taille d'autant plus petite que les régions sont élevées, il n'en est pas de même pour ce Bulime, puisque nos plus petits échantillons ont été récoltés aux Arborats, près de Givors, dans le département du Rhône, où ils constituent une colonie des mieux caractérisées, vivant dans les meilleures conditions pour arriver au maximum de développement; nous ne saurions donc pour cette forme faire intervenir la question d'altitude à propos de sa taille, pas plus que la question de la composition chimique du sol, car là où vivaient nos plus grands échantillons, le sol était de composition identique à celui où se trouvaient les plus petits; la cause de différence de taille dans le *Bulimus detritus* nous paraît être purement héréditaire; les premiers individus ont pu être petits parce qu'ils vivaient à une plus grande altitude, mais leurs descendants qui ont émigré par suite d'une cause quelconque, naturelle ou artificielle, ont conservé ce caractère de race et se sont reproduits sans se modifier.

Il n'en est plus de même lorsqu'il s'agit de l'ornementation de la coquille; les individus pâles, monochromes, non flammulés, sont beaucoup plus fréquents à mesure que l'altitude de leur habitat s'élève, ou qu'ils vivent dans une région froide ou très humide ; ils peuvent même s'excorier dans ce cas ; au contraire, les beaux échantillons richement flammulés vivent dans les parties basses, chaudes, et généralement bien exposées.

Les caractères de l'ouverture sont également très variables ; celle-ci est toujours droite, mais tantôt ovale-arrondie, tantôt suballongée et étroite ; le bord droit peut être bombé ou presque rectiligne, tandis que le bord columellaire, ordinairement un peu oblique, peut devenir tout à fait droit ou même rentrant. Ces caractères dépendent nécessairement en partie de la forme du dernier tour, qui peut être plus ou moins comprimé.

Nous avons dans notre région observé les variétés suivantes :

Major, nob. — Coquille de grande taille, mesurant jusqu'à 25 millimètres de longueur, flammulée ou non flammulée ; peu commune ; les environs de Lyon.

Minor, nob. — Coquille de petite taille, pouvant ne mesurer que 15 millimètres, de forme courte, un peu renflée, non flammulée, mais plus fortement striée ; assez commune ; les Arborats près Givors (Rhône).

Inflatus, nob. — Coquille de taille moyenne, mais de forme plus renflée, plus ventrue, les tours plus arrondis ; le dernier plus dilaté ; ordinairement non flammulée ; assez commune ; les environs de Lyon et de Grenoble.

Radiatus, Moquin-Tandon (1). — Coquille de toutes tailles, blanchâtre ou jaunâtre, avec des raies ou flammes cornées ou brunes, plus ou moins transparentes, parfois réduites à l'état de taches ; assez commune ; les environs de Grenoble, Sassenage (Isère); Salins (Savoie); les environs de Lyon, etc.

Unicolor Moq.-Tand. — Coquille de taille assez forte, entièrement cornée, avec un filet plus pâle vers la ligne suturale ; rare ; Saint-Pierre-de-Bœuf, sur les bords du Rhône, dans la Loire.

Intermedius, nob. — Coquille de taille moyenne, de couleur grise ou grisâtre, plus rarement marquée de bandes longitudinales irrégulières, d'un gris plus foncé. Assez rare ; les environs de Grenoble.

Excoriatus, Dumont et de Mortillet (2). — Coquille de petite taille, à surface épidermée, terne, ressemblant à celle d'une coquille morte; commune au-dessus de Chinallion, dans le bassin de Bonneville en Savoie.

---

(1) Moquin-Tandon, 1865. *Hist. Moll.*, II, p. 294.
2) Dumont et Mortillet, 1857. *Catal. crit. et malac.*, p. 99.

Strangulatus, nob. — Coquille de taille assez forte, flammulée ou nous flammulée, le dernier tour resserré dans le bas, l'ouverture plus étroite, plus allongée, le bord extérieur plus droit. MM. Dumont et de Mortillet ont signalé cette variété à Saint-Gervais (Haute-Savoie); nous l'avons également rencontrée sur les bords du Rhône , au sud de Givors.

RAPPORTS ET DIFFÉRENCES. — Le *Bulimus detritus* ne saurait être confondu, même jeune, avec aucun autre Bulime de la faune française.

Genre CHONDRUS, Cuvier

CHONDRUS TRIDENS, MÜLLER

Pl. IV, f. 1-2.

Helix tridens, MÜLLER, 1773. *Verm. terr. et fluv. Hist.*, II, p. 106, n° 305.
Turbo tridens, GMELIN, 1788 *Systema naturæ*, 12 éd., p. 3611. (n. Pult).
Bulimus tridens, BRUGUIÈRE, 1792. *Encyclop. method.*, Vers, II, p. 350.
Pupa tridens, DRAPARNAUD. 1801. *Tabl. Moll.*, p. 60, n° 16 (n. Gray).
Turbo quadridens, V. ALTEN, 1812. *Syst. Abhandl. Conch.*, p. 19.
Pupa tridentata, BRARD, 1815. *Coq. Paris*, p. 88, pl. III, f. 2 (n. Lamarck).
Bulimus variedentatus, HARTMANN, 1815. *In Sturm., Deutsch. Fauna*, VI, VII, pl. VIII.
Chondrus tridens, CUVIER, 1817. *Règne anim.*, p. II, 408.
Bulinus tridens. HARTMANN, 1821. *Syst. Gasterop.*, p. 50.
Jaminia tridens. RUSSO, 1826. *Hist. nat. Eur. merid.*, IV, p. 90, n° 205.
Chondrula tridens, BECK, 1837. *Index Molluscorum*. p. 87.
Gonodon tridens, HELD, 1837. *In Isis von Oken.* p. 918.
Torquilla tridens, VILLA, 1841. *Disp. syst. Conch.*, p. 24.
Buliminus tridens. ALBERS, 1860. *Die Helic.*, 2° éd. p. 237.
— (*chondrula*) *tridens*, SANDBERGER, 1875. *Land. u. Süssw. Conch.*, p. 853, t. XXXV, f 34.

HABITAT. — Le *Chondrus tridens* est assez commun dans toute notre contrée; il vit en colonies nombreuses, parfois assez dispersées, d'autres fois très cantonnées, sans que nous ayons pu en découvrir la raison; il ne dépasse pas trop l'altitude de 500 mètres ; A. Gras, David et M. l'abbé Dupuy l'ont indiqué à la Grande-Chartreuse ; MM. Bourguignat, Dumont et de Mortillet ne l'y ont jamais rencontré. S'il remonte à cette altitude, il y est donc assez rare. Il vit de préférence dans les endroits un peu secs, recherchant les sables et les terrains légers, sortant souvent avant la pluie.

ORIGINE. — A l'époque quaternaire, cette coquille vivait déjà aux environs de Lyon; quoiqu'elle soit peu commune, nous l'avons cependant récoltée dans plusieurs stations des différents dépôts du lehm de ces régions. Plus anciennement encore, elle a été rencontrée dans les dépôts du pleistocène inférieur de l'Allemagne, puis plus tard de l'Autriche, de la Russie, de l'Angleterre, etc. Les formes fossiles diffèrent du reste fort peu des formes vivantes.

VARIATIONS. — Les variations du *Chondrus tridens* portent surtout sur la taille de la coquille, la forme de l'ouverture et sa dentition. La taille varie assez pour pouvoir admettre, avec Moquin-Tandon, les deux variétés suivantes :

Major, Menke (1). — Coquille haute de 10 à 13 millimètres, de forme plus ou moins allongée par rapport au diamètre, tantôt à tours de spire déprimés, tantôt à tours arrondis et séparés par une ligne suturale profonde. Cette variété est dans notre bassin la plus méridionale, et celle qui vit aux plus basses altitudes. Nous l'avons récoltée dans l'Ain, à Laumusse et à Miribel, au sud de Lyon sur les bords du Rhône à Givors ; nos plus grands échantillons viennent de Hauterive dans la Drôme.

Minor, Menke. — Coquille haute au moins de 10 millimètres, et pouvant présenter dans son galbe les mêmes variations que la forme précédente. Cette variété est plus alpestre ; nous la trouvons volontiers à des altitudes plus élevées ; sa coquille est souvent plus forte, plus épaisse, tout en ayant des stries proportionnellement moins marquées. Nos plus petits échantillons n'ont que 6 1/2 millimètres de hauteur.

Les variations de l'ouverture sont pour ainsi dire infinies. Et d'abord nous nous poserons cette question : à quelle époque le *Chondrus tridens* est-il adulte ? Faut-il pour cela que son pourtour apertural soit simplement bordé et réfléchi, sans attendre le développement complet des trois dents plus ou moins caractéristiques ; ou faut-il que l'ouverture de la coquille ait reçu toute son ornementation ? Si nous suivons la marche du développement de l'ouverture, voici ce que nous observerons : quand la coquille a atteint à peu près son développement normal, l'ouverture se borde d'un pourtour blanchâtre qui se réfléchit peu à peu en s'épaississant ; en même temps la dent supérieure, ou dent pariétale de quelques auteurs, commence à faire saillie ; elle atteint à peu près la moitié de son développement total lorsque la dent latérale droite, qui jusque-là n'était signalée

_____

(1) *Pupa tridens, a, major,* Menke, *Syn. Moll.,* p. 34. — Moquin-Tandon, 1855. *His . Moll.,* II, p. 297.

que par un simple renforcement du bourrelet péristoméal, commence à se manifester ; lorsque celle-ci a à peu près acquis la moitié de son développement, c'est alors que la troisième dent ou dent inférieure apparaît. A ce moment, croyons-nous, la coquille est adulte, car si l'animal ne rencontre pas tous les éléments nécessaires à son parfait développement, ses dents péristoméales s'accroîtront peu ; dans ce cas nous voyons la première dent très développée, la seconde un peu moins, et la troisième à l'état rudimentaire. Si au contraire l'animal est dans des conditions excellentes pour son bon développement, la troisième dent se développera en même temps que les deux premières ; mais dans ce cas, une quatrième dent, de très petite taille, prendra naissance à côté de la première, dans l'angle supérieur de l'ouverture, comme l'a très bien figuré Moquin- Tandon (1). Tout ceci nous explique très bien cette différence de caractères dans l'ouverture des coquilles, caractères qui pour nous sont non seulement individuels, mais tiennent encore aux conditions de l'habitat de l'animal. Ajoutons enfin que ces variations dans la dentition se retrouvent aussi bien dans le type que dans les variétés *major* ou *minor*.

Quelques échantillons sont en outre ornés d'un développement calleux qui complète l'ornementation aperturale ; cette callosité n'est nullement un caractère ; elle peut se manifester chez des individus ornés déjà de leurs vraies dents, comme chez d'autres qui n'ont encore que leurs deux premières dents ; elle peut, à la rigueur, tenir lieu de la troisième dent, comme elle peut, au contraire, n'être qu'un large épanouissement de la base de cette troisième saillie dentaire.

Quant à la forme même de l'ouverture, elle paraît se modifier suivant les stations, comme chez le *Bulimus detritus*. Si le type du *Chondrus tridens* a son ouverture arrondie, avec le bord extérieur bien arqué, nous voyons au contraire cette même forme s'allonger, et le bord extérieur devenir tout à fait droit. Ce caractère peut s'appliquer à toute une colonie, et constitue une variété bien définie chez les échantillons de taille moyenne que nous désignerons sous le nom de var. *strangulatus*.

RAPPORTS ET DIFFÉRENCES. — Lorsqu'ils sont très jeunes, les *Bulimus obscurus* et *Chondrus tridens* peuvent être parfois confondus ; on les distinguera facilement à l'apparition première des dents chez le *Chondrus tridens*.

(1) Moquin-Tandon. *Hist. Moll.*, atlas, pl. XXI, f. 80.

ANOMALIES. — Nous connaissons quelques rares cas d'albinisme individuels ; la coquille est de couleur très pâle, presque blanchâtre ; l'animal
lui-même est plus faiblement coloré. Ces cas sont isolés et s'observent
au sein même d'une colonie normale.

MONSTRUOSITÉS. — Nous avons fait figurer, pl. VI, deux individus du
Chondrus tridens présentant des difformités assez intéressantes. L'un
d'eux, fig. 2, représenté en grandeur naturelle, est de taille très petite,
mais d'un galbe court, ramassé, ventru, tout à fait exceptionnel ; tous
les tours sont arrondis et séparés par une ligne suturale profonde ; l'individu est adulte, son péristome est complet et les trois dents bien développées. Cette monstruosité est le résultat d'un accident survenu quand
l'individu était jeune encore ; on aperçoit au milieu de l'avant-dernier
tour une trace de résection mal opérée qui a eu pour résultat de fausser
le développement de la coquille.

La fig. 1 représente un individu subscalaire : les tours, tout en étant
soudés, sont étagés ; ils sont carénés dans le haut, et la ligne suturale,
extrêmement profonde, est accompagnée de plis nombreux qui s'étendent sur la hauteur du premier tiers de la coquille. La scalarité commence dès le troisième tour et se poursuit régulièrement sur toute la
ligne ; quoique le péristome soit bien bordé et que la coquille paraisse
être celle d'un individu adulte, les dents sont à peine développées. Ces
deux échantillons ont été récoltés par M. Roy, à Saint-Fons, près Lyon.

CHONDRUS QUADRIDENS, MÜLLER

Pl. III, f. 20.

Helix quadridens, MÜLLER, 1774. *Verm. terr. et fluv. Hist.*, II, 107, n° 306.
Turbo quadridens, GMELIN, 1788. *Systema naturæ*, 13° éd., p, 3610, n° 92.
Bulimus quadridens, BRUGUIÈRE, 1792. *Encyclop. méch.*, *Vers*, I, p. 351, n° 91.
Pupa quadridens, DRAPARNAUD, 1801. *Tabl. Moll.*, p. 60, n° 15 ; *Hist. moll.*, p. 67, t. IV, f. 3.
Chondrus quadridens, CUVIER, 1817. *Règne animal*, II, p. 408.
Jaminia heterostropha, RISSO, 1826. *Hist. nat. Eur. merid.*, IV, p. 91, pl. III, f. 31.
Chondrula quadridens, BECK, 1837. *Index molluscorum*, p. 87.
Gonodon quadridens, HELD, 1837, *In Isis von Oken*, p. 918.
Eucore quadridens, AGASSIZ, 1840. *In Hartmann, Gasterop.*, I, p. 50, pl. XLIX, f. 1-3.
Torquilla quadridens, VILLA, 1841. *Disp. Syst. conch.*, p. 24.
Buliminus quadridens, ALBERS, 1860. *Die Helic.*, 2° éd., p. 237.

HABITAT. — Le *Chondrus quadridens* est un peu moins commun que le
Chondrus tridens et vit dans des conditions un peu différentes ; il recherche

davantage l'humidité et la fraîcheur ; aussi lui trouvons-nous une extension en altitude plus grande ; il vit dans les régions basses des plaines et des vallées, et peut s'élever à plus de 1000 mètres d'altitude. MM. Dumont et de Mortillet l'ont récolté dans la Maurienne en Savoie, à la Madeleine sur Lans-le-Villard, à 1750 mètres. Comme le *Chondrus tridens*, il est commun dans les alluvions de nos cours d'eaux.

ORIGINE. — Nous l'avons indiqué avec un point de doute dans la faune du lehm du Dauphiné ; il n'a du reste jamais été signalé à l'état fossile que dans des dépôts quaternaires les plus récents de Corse ou d'Italie.

VARIATIONS. — Tout ce que nous avons dit relativement aux variations du *Chondrus tridens* peut s'appliquer au *Chondrus quadridens* ; ce sont les mêmes modifications dans la taille, le galbe, l'ornementation ; et pourtant ces deux formes sont bien différentes. Comme taille, nos plus grands échantillons atteignent 12 millimètres de hauteur, tandis que les plus petits descendent jusqu'à 7 mill. ; de là la possibilité d'établir, comme pour le *Chondrus tridens*, les var. *major* et *minor,* dans lesquelles nous rencontrerons tous les accidents individuels dépendant de la grosseur, de l'aplatissemen, des tours, de leur plus ou moins de développement, de la profondeur de la ligne suturale, etc. Les dents de l'ouverture croissent de la même façon que celles du *Chondrus tridens*, à cette seule différence près que les deux dents de droite qui correspondent à la dent du bord gauche chez le *Chondrus tridens*, croissent à peu près simultanément. En général le *Chondrus quadridens* est plus régulièrement denté que le *Chondrus tridens*. Quant à la forme de l'ouverture, comme au développement d'un callum péristoméal, ils suivent les mêmes variations que pour cette dernière coquille. MM. Dumont et de Mortillet prétendent (1) que parfois l'ouverture se forme avant le développement normal de la spire, ce qui donne aux individus un aspect très raccourci et un peu gibbeux. Nous ne croyons pas cette assertion bien justifiée ; si ces coquilles ont une forme gibbeuse, qui en effet est assez fréquente, ils l'ont pendant toute la durée de leur existence aussi bien avant la formation et le développement des caractères de l'ouverture qu'après son achèvement. Cette forme gibbeuse est innée, et se retrouve souvent dans toute une colonie.

RAPPORTS ET DIFFÉRENCES. — La forme sénestre de cette coquille la fera toujours distinguer au milieu des autres Chondrus.

(1) Dumont et Mortillet, 1857. *Catal. crit. et malac.,* p. 105.

Anomalies.—Dans quelques individus, mais toujours à titre de rareté, et bien accidentellement, les deux dents de droite sont soudées ensemble et ne forment plus qu'une large protubérance dans l'intérieur du péristome. Les cas d'albinisme sont plus fréquents dans cette forme que dans la précédente, ils peuvent s'étendre à toute une colonie ; nous l'avons observé notamment sur les bords du Rhône à Saint-Pierre-de Bœuf dans la Loire.

Monstruosité.—Nous avons récolté dans les alluvions du Rhône au nord de Lyon un individu de grande taille mesurant 10 millimètres de longueur, mais de forme absolument cylindrique sur presque toute sa hauteur ; les trois ou quatre premiers tours seuls forment une pointe conique très courte. Nous l'avons représenté pl. III, fig. 20.

Genre FERUSSACIA, Risso

FERUSSACIA SUBCYLINDRICA, Linné

Helix subcylindrica, Linné, 1767. *Syst. nat.*, 12ᵉ éd., p. 1248. (n. Mont.)
— *lubrica*, Müller, 1774. *Verm. terr. et fluv. Hist.*, I, p. 104, n° 303.
Turbo glaber, da Costa, 1778. *Test. Brit.*, p. 87, pl. V. f. 18.
Helix splendidula, Gmelin, 1788. *Systema naturæ*, 13ᵉ éd., p. 3655, n° 201.
Bulimus lubricus, Bruguière, 1789. *Encyclop. Method.*, *Vers*, I, p. 311.
— *subcylindricus*, Poiret, 1801. *Coq. fluv. Aisne*, *Prodr.*, p. 45. (n. Matheron).
Lymnæa lubrica, Fleming, 1814. *Conch.*, in *Edimb. Encyclop.*, VII, I. p. 78.
Bulinus lubricus, Hartmann. 1821. *Syst. Gasterop*, in *Neue alpina*, I, p. 221.
Cionella lubrica, Jeffreys, 1830. *Sy t. test.*, in *Trans. Linn*, XVI, II, p. 347.
Cochlicopa lubrica, Risso, 1826. *Hist. nat. Eur. merid.*, IV, p. 80, n° 179.
Achatina lubrica, Menke, 1830. *Syn. Meth. Moll.*, p. 29.
Zua lubrica, Leach, 1831. *Brit. Moll.*, p. 114 (ex Turton).
Columna lubrica, Cristofori et Jan, 1832. *Catalogus*, IX, n° 6.
Styloides lubricus, Fitzinger, 1833. *Syst. Verzeich. Œster*, p. 105.
Achatina subcylindrica, Deshayes, 1839. *Ex Anton*, *Verzeich.. Conch.*, p. 44.
Hydastes lubricus, Zelebor, 1851. *Syst. Verzeich. Œster*, p. 12.
Oleacina lubrica, Adams, 1853. *Genera recent Moll.*, p. 106, t. LXXIV, f. 1.
Ferussacia subcylindrica, Bourguignat. 1853. *Aménités malacologiques*, I, p. 209.
Glandina lubrica, A. Morelet. 1858. *Coq. terr. Kamtsch.*, in *Journa. Conch.*, t. VII, p. 9.
Ferussacia lubrica, Morch, 1864. *Syn. Moll. Daniæ*, p. 26.
Cionella (zua) lubrica, Sandberger, 1875. *Land. u. Süssw.*, p. 802, t. XXXV, f. 32; t. XXXV, f. 17.

Habitat. — Le *Ferussacia subcylindrica* vit en colonies peu nombreuses dans tout le bassin et à toutes les altitudes depuis les régions basses des plaines et des vallées, jusqu'à près de 2000 mètres. Il a été rencontré par MM. Dumont et de Mortillet dans les plaines du Mont-Cenis à 1920 mètres, et par M. Bourguignat à dix minutes du sommet du Grand-son. Nous le trouvons dans tous les départements de notre région ; il est abondant dans les alluvions des cours d'eaux.

ORIGINE. — Ce mollusque vivait déjà à l'époque quaternaire aux environs de Lyon ; nous l'avons récolté dans le lehm du plateau bressan et du Dauphiné. Plus anciennement encore il faisait partie, en France, de la faune quaternaire de la Celle près Moret dans Seine-et-Marne ; on l'a également signalé depuis le pleistocène inférieur, en Allemagne, en Autriche, en Angleterre, en Afrique, en Suisse, en Algérie etc. Il est à remarquer qu'à l'époque miocène nous avions déjà dans la Drôme deux formes voisines de celle-ci, les *Cionella brevis* et *C. lævissima* (1).

VARIATIONS. — Les variations du *Ferussacia subcylindrica* portent sur sa taille, sa forme et sa coloration.

La taille peut varier dans d'assez notables proportions. Si les plus grands échantillons que nous ayons observés mesurent 7 millimètres, les plus petits peuvent perdre de 1 à 2 septièmes de la longueur totale. Dans les grands échantillons, les tours sont en général un peu arrondis et séparés par une ligne suturale bien marquée ; ils ont une tendance à être subfusiformes. Les plus petits, au contraire, sans passer au *Ferussacia collina*, sont souvent un peu obèses, courts et ramassés ; la spire est moins haute, le dernier tour est proportionnellement plus développé. Parfois on rencontre également la var. *fusiformis* (2), dont la coquille est plus étroite, plus cylindrique, avec les tours moins arrondis ; mais c'est une forme rare.

M. Bourguignat (3) a récolté dans plusieurs stations aux environs d'Aix-les-Bains en Savoie, une variété plus petite, plus allongée, plus transparente, qu'il rapporte à l'*Achatina lubricella* de Ziegler, ou *Achatina exigua* Menke, ou *Achatina pulchella* de Hartmann.

L'ouverture peut également présenter dans son galbe d'assez nombreuses variations, mais qui nous paraissent plutôt individuelles que généralisées dans une colonie. Cette ouverture est tantôt un peu courte, arrondie dans le bas et latéralement droite ou un peu oblique, à angle supérieur assez

---

(1) Locard, 1878. *Description de la faune de la mollasse*, p. 218.
(2) Picard, 1840. *Achatina lubrica, var. α, fusiformis, Moll. Somme*, p. 24.
(3) Bourguignat, 1864. *Malacologie d'Aix-les-Bains*, p. 44.

aigu; tantôt au contraire elle est plus allongée, plus pyriforme, avec le bord droit moins arrondi et l'angle supérieur plus aigu ; ces différentes variations apparaissent parfois dans une même colonie.

En même temps les caractères des bords droits ou columellaires sont loin d'être constants ou même réguliers : le bord droit est souvent plus ou moins épais, le bord gauche peut être individuellement plus ou moins sinueux, réfléchi sur la columelle, ou tronqué à sa base ; il présente en un mot des variations de formes très nombreuses pour un même âge, et très différentes dans une même colonie.

MM. Dumont et de Mortillet (1) ont observé qu'entre les stations les plus différentes comme altitude cette coquille varie peu ; dans les lieux élevés, elle a tout au plus une tendance à devenir plus pellucide, plus petite et un peu plus allongée. Cependant les individus de Moutiers, à 490 mètres, sont plus allongés que ceux du Mont-Cenis à 1920 mètres ; ceux du bois d'Éli dans le bassin de Genève, à 500 mètres, sont les plus ventrus. Il en résulterait donc que les variations, chez le *Ferussacia subcylindrica*, sont plutôt le fait de conditions biologiques locales, telles que la nature du sol, la nourriture, etc. que l'influence de l'altitude.

D'après ce qui précède, et en nous basant sur les variations dues à la coloration de la coquille, nous établirons les variétés suivantes :

Grandis, Menke (2). — Coquille atteignant au moins 7 millimètres de longueur, subfusiforme, avec des tours de spire un peu arrondis, séparés par une ligne suturale bien marquée ; peu commune : les environs de Lyon.

Fusiformis, Picard (3). — Coquille de taille moyenne, mais d'un galbe plus mince, plus étroit, plus cylindrique, souvent d'un jaune verdâtre ; peu commune : les environs de Lyon.

Exigua, Menke. — Coquille de taille plus petite, d'un galbe allongé, au est plus mince, plus transparent ; assez rare : les environs d'Aix-les-Bains et de Moutiers en Savoie.

Olivea, Locard (4). — Coquille de taille moyenne, mais parfois un peu ventrue, de couleur olivâtre , assez commune ; les environs de Lyon, dans les région s basses et humides.

(1) Dumont et Mortillet, 1827. *Catal. Crit. et Malac.*, p. 96.
(2) Menke, 1830. *Synops. Moll.*, p. 29.
(3) Picard, 1840. *Moll. Somme*, p. 243.
(4) A. Locard, 1877. *Malac. lyonnaise*, p. 53.

Fusca, Moquin-Tandon (1). — Coquille de taille moyenne, d'un brun roux, plus ou moins foncé ; assez commune : les environs de Lyon.

Grisea, Locard. — Coquille de taille moyenne, de couleur grisâtre ; peu commune : plus particulièrement propre aux altitudes un peu élevées.

Opaca, Locard. — Coquille de taille un peu plus petite que le type, complètement compacte ; de couleur gris clair, très brillant ; rare : les environs de Lyon et de Grenoble.

Pallida, Locard. — Coquille souvent plus petite que le type, d'un fauve corné très pâle ; presque transparente ; peu commune : les régions élevées des contrées alpestres.

Rapports et différences.— M. l'abbé Dupuy (2) a détaché du *Ferussaria subcylindrica* une coquille de la faune pyrénéenne sous le nom de *Zua Boissii* que quelques auteurs, M. Westerlund par exemple (3), admettent au rang d'espèce. Cette forme diffère de celle qui nous occupe, par son galbe beaucoup plus cylindrique, plus étroit, plus fusiforme, et son dernier tour proportionnellement plus haut ; elle se rapproche de la var. *fusiformis* que nous avons citée dans notre contrée. Sous le nom de *Bulimus subcylindricus* M. Matheron a décrit (4) une coquille fossile de taille et de forme toutes différentes de celle qui nous occupe ; M. Sandberger l'a rangée dans le genre *Amphidromus* (5). Enfin M. Drouët a démembré de ce même groupe une espèce nouvelle qui vit dans notre région et dont nous parlerons plus loin.

Monstruosité. — Nous connaissons le cas unique d'un *Ferussacia subcylindrica* sénestre ; il est de taille assez petite, mais parfaitement adulte, avec tous les caractères de son groupe ; nous l'avons récolté dans les alluvions du Rhône au nord de Lyon.

FERUSSACIA COLLINA, H. Drouët

Achatina collina, H. Drouët, 1855. *Enum. Moll. France cont ,* p. 46.
Bulimus subcylindricus, Moquin-Tandon, 1855. *Hist. Moll.* II, p. 404 (var. *collinus*).
Cochlicopa lubrica Westerlund, 1876. *Fauna Europea prodr.* p. 854 (v. *collinus*).
Ferussacia collina, A. Locard, 1879. *Descr. faune Malac. quatern.*, p. 73.

(1) Moquin-Tandon, 1855. *Hist. Moll.,* II, p. 304.
(2) Dupuy. 1848. *Hist. Moll.,* p. 332, tab. XV, fig. 9.
(3) Westerlund, 1876. *Fauna europea moll., prodromus,* p. 157.
(4) Matheron. 1842. *Catal. méthod.,* p. 206, pl. XXXIV, f. 76
  Sandberger, 1870. *Die Land und Süssw. Conch.,* p. 280

HABITAT. — Cètte petite forme a été trouvée pour la première fois dans nos environs par Terver, à Fontaines ; depuis lors nous l'avons récoltée à diverses reprises dans les alluvions du Rhône sur les deux rives du fleuve, dans les alluvions du lac du Bourget, et tout dernièrement nous l'avons reçue vivante d'Oyonnax dans le département de l'Ain. Le *Ferussacia collina* paraît former de petites colonies peu nombreuses, dispersées dans la région, mais ne s'élevant pas à de grandes altitudes.

ORIGINE. — Nous avons signalé comme vivant à l'époque quaternaire aux environs de Lyon une forme intermédiaire comme taille entre le *Ferussacia subcylindrica* et le *F. collina ;* dans les berges préhistoriques de la Saône nous rencontrons bien la première de ces deux formes, mais jusqu'à présent nous n'avons pas encore pu observer la seconde.

VARIATIONS. — Cette coquille, assez nettement caractérisée par sa petite taille, ne nous a jusqu'à présent offert que des variations individuelles portant sur la taille, le développement des tours, la forme de l'ouverture et le plus ou moins d'épaississement du péristome. Sa coloration, comme celle du *Ferussacia subcylindrica,* paraît varier suivant les stations.

RAPPORTS ET DIFFÉRENCES. — Plusieurs auteurs n'ont pas admis au rang d'espèce la forme décrite par M. H. Drouët, et l'ont considérée comme une simple variété du *Ferussacia subcylindrica.* Cette coquille est caractérisée par sa petite taille, qui ne dépasse pas de 4 à 5 millimètres de hauteur, par son ouverture plus allongée, plus pyriforme, par son péristome un peu épaissi, souligné par un bourrelet blanchâtre On peut dire qu'elle est au *Ferussacia subcylindrica* ce que le *Bulimus Astierianus* est au *Bulimus obscurus.*

FERUSSACIA LOCARDI, BOURGUIGNAT

Pl. III, f. 19.

Ferussacia Locardi, BOURGUIGNAT, 1880. *In sched.*

HABITAT. — Nous avons récolté dans les alluvions du Rhône, en 1877 deux échantillons d'un *Ferussacia* que M. Bourguignat a reconnu comme identique à des individus qu'il possédait de la Lombardie. Suivant ce savant naturaliste, cette forme, tout en se rattachant à l'*Achatina Hohen-warti* de la Dalmatie, serait incontestablement nouvelle.

DESCRIPTION. — Coquille dextre, ovoïde-fusiforme, légèrement ventrue, presque lisse, mince, peu solide, glabre, très brillante et subtransparente, d'un blanc corné pâle, légèrement grisâtre ; spire conique, pointue, composée de cinq à six tours un peu convexes, les premiers tours croissant lentement, les trois derniers beaucoup plus rapidement, le dernier sensiblement égal aux deux tiers de la hauteur totale ; tours séparés par une ligne suturale bien marquée, accompagnée inférieurement d'une seconde ligne assez visible, imitant une rainure suturale ; ouverture oblongue, presque droite, courte, arrondie dans le bas et latéralement, un peu plus grande que la hauteur totale de l'avant-dernier tour ; bord droit faiblement arqué ; columelle droite, tordue, faisant dans le bas une légère saillie, donnant un faux aspect de troncature ; les deux bords reliés par un léger callum à peine visible. Hauteur 6 millimètres ; diamètre 5 millimètres 1/2.

RAPPORTS ET DIFFÉRENCES. — Cette coquille diffère totalement de toutes les Ferussacies françaises et ne saurait être confondue avec aucune d'elles ; c'est en quelque sorte une forme intermédiaire entre les Cæcilianelles et les Ferussacies, quoiqu'elle n'ait pas d'une façon absolue le véritable caractère apertural des Cæcilianelles. Quant à l'animal, il nous est encore inconnu.

Genre CÆCILIANELLA, Bourguignat

CÆCILIANELLA ACICULA, MÜLLER

Pl. IV, f. 3.

Buccinum acicula, MÜLLER, 1774. *Verm. terr. et fluv. hist.*, II, p. 150, n° 340.
Bulimus acicula, BRUGUIÈRE, 1789. *Encyclop. méth.*, Vers, I, p. 311.
Helix acicula, STUDER, 1789. *Faunul. Helvet. in Coxe, Trav. Switz.*, III, p. 431.
Buccinum terrestre, MONTAGU, 1803. *Testacea Britann.*, p. 248, pl. VIII, f. 3.
Achatina ocicula, LAMARCK, 1822. *Anim. s. vert.*, VI, II, p. 133, n° 19.
Acicula eburnea, RISSO, 1826. *Hist. nat. Eur. mérid.*, IV, p. 81. n° 182.
Cionella acicula, JEFFREYS, 1830. *Syn. test., in Trans. Linn.*, XVI. II, p 847.
Styloides acicula, FITZINGER, 1833. *Syst. Verzeichn. Œster.*, p. 105.

Achatina acuta, ALKRON, 1837. *Moll. Pyr-Or.*, in *Bull. Soc. phil. Perpign.*, III, p 92.
Acicula acicula, BECK, 1837. *Index molluscorum*, p. 79, n° 1.
Polyphemus acicula, VILLA, 1841. *Disp. syst. conch.*, p. 20.
Cæcilioides acicula, BECK, 1846. *In Amit. Ber. Vers. Kiel*, p. 122.
Columna aciculoides, DE BETTA, 1852. *Malac. valle di Non del Tirolo Ital.*, p. 73, t. 1, f 3.
Achatina aciculoides, GAEDLER, 1856. *Tirols Land. u. Süsswas. Conch.*, p. 90.
Cæcilianella acicula, BOURGUIGNAT, 1856. *In Rev. et Mag. zool.*, p. 382.
Glandina acicula, ADAMS, 1856. *Genera of recent mol.*, p. 109.
Sira acicula, A. SCHMIDT, 1856. *Beiträge zur Malakol.*, VIII, p. 24.
Achatina pusilla, SCACCHI, 1857. *Catal. conch. reg. Neapol.*, éd. 2°, p. 10 (Olim)
Acicula hyalina, BIELZ, 1867. *Fauna moll. Siebenbürg.*, é.d 2°, p. 89.
Cochlicopa acicula, WESTERLUND, 1878. *Fauna Europ. Moll.*, *Prodr.*, p. 102.

HABITAT. — Cette petite forme est très difficile à récolter à l'état vivant, soit à cause de sa taille, soit surtout par suite de ses habitudes, qui la font vivre sous terre, souvent même à d'assez grandes profondeurs ; elle est au contraire très commune dans les alluvions des cours d'eaux, où on peut la récolter en abondance. Elle vit en général dans les régions basses, ne s'élevant pas trop à plus de 800 mètres d'altitude. Nous la connaissons dans tous les départements qui rentrent dans notre cadre.

ORIGINE. — Le *Cæcilianella acicula* vivait dans notre région à l'époque des dépôts du lehm du Dauphiné, où il paraît du reste fort rare. On ne l'a jamais signalé, soit en France soit à l'étranger, que dans des dépôts quaternaires et récents.

VARIATIONS. — Nous reconnaissons deux formes dans cette coquille. La première, la plus commune, se rattache directement au type tel qu'il a été décrit par les auteurs et très bien figuré par M. Bourguignat (1). Elle comporte un certain nombre de variations individuelles portant sur la taille, la grosseur, la forme plus ou moins arrondie de l'ouverture, le plus ou moins de développement de l'avant-dernier tour par rapport aux autres tours, etc. Une de ces formes, que nous pourrions appeler *var. elongata*, mesure jusqu'à 7 millimètres de longueur et présente un galbe étroit, allongé, fusiforme, des mieux caractérisés ; les tours s'enroulent régulièrement ; l'ouverture est étroite et allongée, le bord droit peu arqué ; cette variété, que nous avons récoltée dans les alluvions du Rhône, est rare.

RAPPORTS ET DIFFÉRENCES. — M. Bourguignat a publié une très bonne monographie du genre *Cæcilianella* (2). Il reconnaît en France plusieurs Cæcilianelles que nous aurons à citer dans ce travail.

(1) Bourguignat, 1856. *Aménités malacologiques*, vol. I, pl. XVIII, f. 1-3.
(2) Bourguignat, 1856. *Loc. cit*, vol. I, p. 210.

Anomalies. — Nous avons fait figurer, pl. IV, fig. 3, une assez curieuse anomalie du *Cæcilianella acicula ;* l'échantillon est de petite taille ; tout en s'enroulant régulièrement il a son axe fortement incliné jusqu'à son dernier tour ; cette inclinaison n'est point rectiligne, c'est une véritable courbure dans la déviation de l'axe de la coquille. Celle-ci a dû être fracturée dans la jeunesse de l'animal ; la matière calcaire s'est portée davantage sur le point lésé et l'enroulement de la coquille a conservé pendant tout le reste de la croissance ce mauvais pli une fois donné Deux échantillons montrant cette anomalie ont été récoltés par M. Roy dans les alluvions du Rhône à Saint-Fons. Nous l'avons également reconnue dans un individu de Rians dans le Var.

CÆCILIANELLA LIESVILLEI, Bourguignat

Bulimus acicula, Bruguière, 1789. *Encycl. meth.*, *Vers*, p. 311 (pars).
Achatina acicula, Lamarck, 1822. *Anim. de vert.*, VI, p. 133 (pars).
Cæcilianella Liesvillei, Bourguignat, 1856. *Aménités malac.* I, p. 217, pl. XVIII, f. 6-8.
Cochlicopa acicula, Westerlund, 1878. *Fauna europea*, *Moll. prodr.* p. 162 (v. *Liesvillei*),

Habitat. — Cette forme, que nous avons observée plusieurs fois dans les alluvions du Rhône, nous paraît fort rare ; nous ne l'avons pas encore récoltée à l'état vivant dans notre région ; elle est plus commune sur les bords du lac du Bourget, soit vivante, soit dans les alluvions.

Origine. — Le *Cæcilianella Liesvillei* paraît appartenir exclusivement à la faune moderne ; c'est une forme plus particulièrement commune au Nord et à l'Est de la France.

Variations. — Nos rares échantillons des alluvions du Rhône ne sont pas absolument conformes au type figuré par M. Bourguignat ; le bord droit paraît moins rectiligne, et l'ouverture a son axe moins oblique ; en même temps le callum du bord columellaire est très peu sensible. Notre coquille serait donc intermédiaire entre les deux types reconnus par M. Bourguignat des *Cæcilianella acicula* et *C. Liesvillei*.

Rapports et différences. — Cette forme, que plusieurs auteurs n'admettent qu'à titre de variété du *Cæcilianella acicula*, est caractérisée par sa taille plus petite que celle du *Cæcilianella acicula*, par la forme oblique de son ouverture pointue dans le haut, très élargie dans le bas, par son bord droit presque rectiligne, et par l'éminence tuberculeuse obsolète du callum.

CÆCILIANELLA UNIPLICATA, Bourguignat

Cæcilianella uniplicata, Bourguignat, 1864. *Malac. d'Aix-les-Bains,* p. 54, pl. II, f. 3-6

Habitat. — « Cette espèce, peu abondante, dit M. Bourguignat, ou plutôt difficile à trouver à cause de son extrême petitesse, habite sous les détritus, dans les anfractuosités des rochers, un peu au-dessus du village de Bordeau » près d'Aix-les-Bains en Savoie.

Origine. — Nous ne connaissons pas à l'état fossile cette forme nouvelle.

Variations. — C'est seulement par la description et la figuration qu'en a données son savant auteur que cette coquille nous est connue ; nous ne sommes donc pas en mesure de discuter ses variations générales ou individuelles.

Rapports et différences. — Le *Cæcilianella uniplicata* n'a de rapports qu'avec le *Cæcilianella Liesvillei* que nous trouvons également en Savoie aux environs d'Aix-les-Bains. Cette dernière forme est caractérisée par la présence d'une éminence tuberculeuse sur la partie presque médiane de la convexité de l'avant-dernier tour, tandis que la première porte un véritable pli lamelliforme au sommet de la columelle.

Genre CLAUSILIA, Draparnaud

CLAUSILIA MONGERMONTI, Bourguignat

Clausilia Mongermonti, Bourguignat, 1877. *Hist. Claus. de France, in Ann. sc. nat.,* p. 5.

Habitat. — Cette coquille a été recueillie par M. Louis Lebœuf, de Mongermont, dans la vallée de Saint-Jean de Maurienne, en Savoie. Elle vit sur les rochers les plus exposés au soleil.

Rapports et différences. — « Cette Clausilie, dit M. Bourguignat, res-

VAR. MAL. 15

semble, à s'y méprendre, pour la taille, le coloris et l'apparence, à un *Pupa cinerea*. C'est peut-être à cause de sa grande ressemblance extérieure avec le *Pupa* que cette coquille, qui est du reste peu commune, n'a pas encore été observée. » A elle seule, cette forme constitue le premier groupe des Clausilies françaises. Elle diffère cependant du *Pupa cinerea* non seulement par l'absence du clausilium, mais encore par la disposition de ses dents aperturales.

CLAUSILIA SILANICA, Bourguignat

Clausilia Silanica, Bourguignat, 1877. *Hist. Claus. de France, in Ann. sc. nat.*, p. 16.

Habitat. — Cette coquille a été signalée par M. Bourguignat, dans les alluvions du lac de Silan, au-dessus de Nantua, dans le département de l'Ain ; pareille forme serait alpestre ou subalpestre ; on la retrouve également en Suisse, au Rigi.

Rapports et différences. — Cette coquille appartient au groupe du *Clausilia laminata* que l'on trouve du reste dans la même région ; M. Bourguignat la définit ainsi : « Espèce caractérisée par une forme très élancée, bien fusiforme ; par un test entièrement lisse ; par des tours plus nombreux, à croissance plus lente que celle des autres Clausilies de ce groupe ; par une ouverture relativement plus petite et peu développée ; par des denticulations plus délicates, et par un sinus très prononcé au sommet du bord extérieur. »

CLAUSILIA LAMINATA, Montagu

Helix bidens, Müller, 1774. *Verm. terr. et fluv. Hist.*, II, p. 116, n° 315 (n. Ziegl.)
Turbo bidens, Pennant, 1777. *Brit. zool.*, p. 131 (n. Linné).
Bulimus bidens, Bruguière, 1792. *Encyclop. meth., Vers*, II, p. 352.
Pupa bidens, Draparnaud, 1801. *Tabl. moll.*, p. 61.
Turbo laminatus, Montagu, 1803. *Testacea britannica*, p. 359, pl. II, f. 4.
Clausilia bidens, Draparnaud, 1805. *Hist. Moll.*, p. 68, IV, f. 5-6 (n. Turton).
Odostomia laminata, Fleming, 1814. *In Edimb. encyclop.*, VII. I, p. 77.
Clausilia laminata, Turton, 1831. *Brit. Moll.*, p. 70.

Habitat. —· Cette coquille est très répandue dans tout notre bassin ; nous la trouvons depuis les régions basses des plaines et des vallées jusque dans les contrées alpestres, à plus de 1000 mètres d'altitude (1) ; elle vit en colonies assez nombreuses et peu dispersées, fréquentant volontiers les troncs des vieux arbres, dans les endroits frais et humides, de préférence au bord de l'eau. Elle est plus commune à de basses altitudes que dans les régions élevées, où elle paraît remplacée par le *Clausilia fimbriata*.

Origine.— Le *Clausilia laminata* existait, soit en France soit à l'étranger, avant l'apparition de la faune actuelle ; on le connaît en Allemagne depuis le pleistocène moyen. Nous ne le voyons apparaître dans notre région qu'avec l'époque gallo-romaine.

Variations. — Les limites des espèces admises pour les Clausilies françaises par M. Bourguignat sont maintenant tellement étroites qu'il est bien difficile d'avoir à constater autre chose que des variations individuelles. Celles-ci portent alors dans le type qui nous occupe, sur la taille et la grosseur des échantillons, sur la forme de l'ouverture qui peut être plus ou moins arrondie, avec une plus ou moins grande saillie des dents, et enfin sur la coloration de la coquille, qui varie nécessairement suivant l'habitat. Elle est plus foncée et plus épaisse dans les contrées basses et humides, tandis qu'elle est plus pâle et plus mince à mesure que l'altitude augmente.

Rapports et différences. — Le *Clausilia laminata* de nos pays est-il bien conforme au type? nous en doutons ; si nous le comparons aux échantillons danois et suédois, nous remarquons que ceux-ci sont en général plus grands, plus élancés, moins trapus. Nos échantillons constitueraient donc déjà une var. *minor* par rapport au véritable type. Pour nous, ils diffèrent autant du type que le *Clausilia fimbriata*, admis au rang d'espèce, diffère du *Clausilia laminata*.

Anomalies. — On rencontre parfois des individus chez lesquels une partie de la spire fait défaut; M. Roy a récolté aux environs de Lyon, à Saint-Fons, un individu qui n'avait plus que cinq tours de spire, les autres étaient tombés, comme chez le *Rumina decollata* du Midi de la France; il s'était formé une sorte de faux sommet incomplet et difforme.

(1) M. Collin l'a récoltée dans les Vosges à 1254 mètres, avec le *Hyalinia crystallina; in Ann. Soc. Malacol. de Belgique*, t. X, 1875, p. LXVII.

Nous avons à diverses reprises constaté que les Clausilies peuvent parfaitement vivre lorsqu'elles sont privées de leurs premiers tours de spire ; il y a, lorsqu'on a opéré l'ablation, un temps d'arrêt plus ou moins long dans leur développement, puis elles reprennent leur croissance normale bientôt après avoir réparé leur blessure par un simple cloisonnement.

CLAUSILIA FIMBRIATA, Ziegler

Clausilia fimbriata, ZIEGLER, 1835. *In Rossmässler*, *Iconogr.*, p. 2, f. 166.
— *phalerata*, ZIEGLER, 1850. *In Dupuy*, *Hist. Moll. France*, p. 345. pl. XVI, f. 7.
— *laminata*, MOQUIN-TANDON, 1855. *Hist. Moll.*, II, p. 318, pl. XXIII, f. 9. (v. *phalerata*)

HABITAT. — Cette forme vit de préférence dans les régions alpestres et montagneuses du Bugey, du Dauphiné, de la Savoie et du Jura ; M. Bourguignat l'a récoltée jusqu'à dix minutes du sommet du Grandson à la Grande-Chartreuse ; nous ne croyons pas qu'elle descende au delà d'une altitude de 500 mètres.

ORIGINE. — Peut-être faudrait-il rattacher au *Clausilia fimbriata*, forme évidemment plus alpestre, les types fossiles que les auteurs ont attribués au *Clausilia laminata*. Quoique la chose nous paraisse fort possible, nous ne pouvons rien préjuger de la question d'après les descriptions et figurations de l'ouvrage de Sandberger (1).

VARIATIONS. — M. Bourguignat (2) a décrit pour cette forme, deux variétés qui toutes deux se trouvent dans notre région :

Viridula. — Coquille de même taille que le type, mais de couleur verdâtre, et même quelquefois d'une belle teinte verte (*Malacol. de la Grande-Chartreuse*, pl. VIII, fig. 5) : Grenoble, la Grande-Chartreuse (Isère), Hauteville (Ain), etc.

Purpurea. — Coquille conforme au type, mais d'une belle teinte pourpre (*Malacol. de la Grande-Chartreuse*, pl. VIII, fig. 7) ; la Grande-Chartreuse.

RAPPORTS ET DIFFÉRENCES. — « Cette Clausilie, dit M. Bourguignat,

(1) Sandberger, 1870. *Land. und Süsswasser Conchylien der Vorwelt.*
(2) Bourguignat, 1877. *Histoire des Clausilies de France*, p. 19.

voisine de la *laminata*, en diffère par son test plus distinctement strié, surtout vers la suture et sur le dernier tour; par son ouverture ornée d'un calus palatal presque parallèle au péristome, se montrant à l'extérieur sous la forme d'un large bourrelet jaunâtre non saillant; par sa pariétale inférieure moins ascendante et plus portée en travers de l'ouverture; par son dernier tour un peu plus renflé vers la périphérie et plus globuleux vers la fente ombilicale. »

ANOMALIES. — C'est à cette même forme que nous rattachons la var. *albinos* (1) citée par plusieurs auteurs à la Grande-Chartreuse ; ce sont des individus appartenant à la var. *viridula* et dont la coloration est très pâle, d'un blanc légèrement verdâtre, et qui constituent un cas d'albinisme.

CLAUSILIA PUNCTATA, MICHAUD

Clausilia punctata, MICHAUD, 1831. *Compl. Hist. Moll.*, p. 55, pl. XV, f. 23.

HABITAT. — Coquille peu commune, vivant en petites colonies, peu disséminées, sur quelques points seulement de la région, notamment aux environs de Grenoble, de la Tour-sans-Venir, à Parizet, dans l'Isère, à Saint-Auban dans la Drôme. C'est plutôt une forme méridionale qui sans doute a émigré et s'est acclimatée aux environs de Grenoble.

ORIGINE. — Nous ne connaissons pas cette forme à l'état fossile.

VARIATIONS. — Cette belle Clausilie présente peu de variations; les quelques individus de notre région que nous avons eus entre les mains nous paraissent de taille un peu plus petite, de forme un peu plus ventrue que ceux du Midi de la France; ils sont également plus minces et moins colorés. En général dans cette coquille les variations individuelles portent sur le galbe et sur la forme de l'ouverture soit intérieurement, soit extérieurement. Le pli spiral, suivant les individus, est plus ou moins ondulé; il est quelquefois presque entièrement droit, infléchi seulement à son extrémité postérieure. Enfin la lunelle, toujours bien visible, se présente suivant la vigueur des échantillons sous une couleur plus ou moins tranchée sur le reste de la coquille.

(1) Moquin-Tandon, 1855. *Hist. Moll.*, II, p. 318.

RAPPORTS ET DIFFÉRENCES — S'il existe en dehors de France plusieurs formes de Clausilies très voisine de la nôtre, nous n'en voyons aucune qui puisse être réellement confondue avec celle du groupe qui nous occupe. M. Bourguignat a séparé du *Clausilia punctata* deux autres formes méridionales. Le *Clausilia Veranyi*, la plus grande et la plus forte des Clausilies de France, caractérisée par sa suture non papillifère, et le *Clausilia viriata*, d'un galbe plus ventru, plus fusiforme, plus fortement strié, et dont l'ouverture affecte une disposition notablement différente.

CLAUSILIA VENTRICOSA, Draparnaud

Helix muscosa, STUDER, 1789. *Faun. Helv.*, *in Coxe Trav. Switz.*, III p. 431 (s. car.).
Pupa ventricosa, DRAPARNAUD, 1801. *Tabl. Moll.*, p. 62.
Clausilia ventricosa, DRAPARNAUD, 1805. *Hist. Moll.*, p. 71, pl. IV, f. 14.
Helix ventriculosa, FERUSSAC, 1822. *Tabl. syst.*. p. 67.
Clausilia perversa, FITZINGER, 1833. *Syst. Verzeich.*, *(Ester.*, p. 104 (n. Desh).
—   *ventriculosa*, VILLA, 1841. *Disp. syst. Conch.*, p. 27.
Stomodonta ventricosa, MERMET, 1843. *Moll. Pyr.-Occidentales*, p. 48.

HABITAT. — Cette forme se rencontre dans plusieurs stations de la partie montagneuse de notre région, où elle forme de petites colonies peu nombreuses, peu disséminées. Nous la connaissons dans le département de l'Ain, à Bellegarde et à Hauteville, dans le Haut-Bugey ; dans l'Isère, à Uriage et à la Grande-Chartreuse; dans la Savoie, à Saint-Simon près d'Aix-les Bains ; nous l'avons plusieurs fois récoltée dans les alluvions du Rhône à Lyon, où elle avait sans doute été entraînée de beaucoup plus loin. C'est donc une forme subalpestre vivant de préférence entre 400 et 800 mètres d'altitude.

ORIGINE. — Le *Clausilia ventricosa* a depuis longtemps été signalé à l'état fossile hors de la France. Il vivait dès l'époque des dépôts du pleistocène inférieur en Autriche et en Allemagne. En France comme en Suisse il n'a été retrouvé que dans des dépôts beaucoup plus récents.

VARIATIONS. — Le *Clausilia ventricosa* est une des coquilles au galbe le plus régulier et le plus uniforme que nous connaissons. Nous n'y voyons que fort peu de variations individuelles portant alors plutôt sur la forme des lamelles de l'ouverture que sur le reste de la coquille ; suivant les échantillons la disposition des deux lames pariétales paraît se modifier un

peu, et comme l'a très bien fait observer M. Bourguignat, la lame pariétale inférieure peut chez quelques individus s'étendre jusqu'à la périphérie en projetant un léger prolongement ressemblant à un pli interla-
mellaire.

RAPPORTS ET DIFFÉRENCES.— M. Bourguignat(1) a distrait de cette forme
les variétés *Draparnaudi*, *Basilensis* et *lineolata* de Moquin-Tandon qu'il
rapporte la première au *Clausilia biplicata*, les autres à d'autres formes du
groupe du *Clausilia plicatula*. Quant aux vraies *ventricosa*, il n'en connaît en France que deux espèces, le *Clausilia ventricosa* proprement dit
et le *Clausilia micropleuros*, dont nous allons parler.

CLAUSILIA MICROPLEUROS, Bourguignat

Clausilia micropleuros, BOURGUIGNAT, 1877. *Hist. Clausilies de France*, *in Ann. sc. nat.*, p. 27.

HABITAT.— Cette forme, que M. Bourguignat a citée dans l'Aube, l'Aisne
et la Suisse, existerait d'après lui dans les bois de Nantua, dans le département de l'Ain.

RAPPORTS ET DIFFÉRENCES. — Le *Clausilia micropleuros*, d'après son auteur, « est surtout caractérisé par ses costulations épaisses, larges, peu
saillantes, comme écrasées, très serrées les unes contre les autres. Les
costulations de la *ventricosa*, bien écartées les unes des autres, sont fines,
latéralement comprimées, saillantes, et laissant entre elles un espace très
appréciable même à l'œil nu. La *micropleuros* se distingue encore de la
ventricosa par son arête cervicale gibbeuse, plus courte, et n'atteignant
pas le bord péristoméal ; par son ouverture moins large, plus oblongue ;
par sa lamelle plus arquée, etc. »

CLAUSILIA EARINA, Bourguignat

Clausilia earina, BOURGUIGNAT, 1877. *Hist. Clausilies de France*, *in Ann. sc. nat.*, p. 28.

HABITAT. — Cette forme paraît particulière à la vallée du Rhône.
M. Bourguignat la cite aux environs de Bellegarde dans l'Ain, et en
Suisse, dans la même vallée, au-dessus du lac de Genève.

(1) Bourguignat, 1877. *Hist. Claus, France*, *in An. sc. nat.*, p. 26.

RAPPORTS ET DIFFÉRENCES. — Cette coquille appartient au cinquième groupe des Clausilies de France de M. Bourguignat, dans lequel il retrouve trois séries : 1° la série des *ventricosa* dont nous avons cité les deux espèces ; 2° la série des *Helvetica*, formes suisses auxquelles se rattache la Clausilie dont nous parlons ; 3° enfin la série des *Rolphii*, dont nous parlerons plus loin. D'après M. Bourguignat, le *Clausilia earina* est très voisin du *Clausilia helvetica*(1) ; il en diffère : « par sa coquille moins allongée, plus ventrue et plus fusiforme ; par ses costulations plus espacées, dont les intervalles sont régulièrement martelés ; par sa spire plus brièvement atténuée et surmontée par un sommet plus obtus, fortement mamelonné ; par son ouverture arrondie, moins oblongue, dont les bords latéraux sont convexes au lieu d'être parallèles ; par son dernier tour non ascendant vers l'ouverture ; par sa pariétale continue avec le pli spiral. Chez l'*helvetica* il existe une assez grande solution de continuité entre le pli spiral et la pariétale supérieure. »

CLAUSILIA CARTHUSIANA, BOURGUIGNAT

| |*Clausilia carthusiana*, BOURGUIGNAT, 1877. *Hist. Clausilies de France, in Ann. sc.*
nat., p. 30.

HABITAT. — M. Bourguignat a signalé cette forme dans les anfractuosités des rochers, sur la route de Fourvoirie, à peu près vers le roc de l'Œillette, presque à moitié chemin de Saint-Laurent-du-Pont à la Grande-Chartreuse, dans le département de l'Isère.

RAPPORTS ET DIFFÉRENCES. — Cette forme se rattache à la série du *Clausilia Rolphii*, à qui M. Bourguignat l'avait primitivement rapportée. Elle es plus particulièrement caractérisée par son test à stries plus fortes et un peu plus écartées que celles du véritable *Clausilia Rolphii;* ses costulations ressemblent complètement à celles du *Clausilia lamellosa* de Villa, des Alpes de la Lombardie, tandis que les caractères de son ouverture se rapprochent davantage de ceux du *Clausilia Rolphii.*

(1) Bourguignat, 1862. *Malac. des Quatre-Cantons*, p. 34, pl. II, f. 4-6.

CLAUSILIA ROLPHII, Leach

Clausilia Rolphii, Leach, 1820. *Moll. Brit. syn.* 1re éd.; 2e éd., 1852, p. 86 (publ. Gray).

Habitat. — Cette forme, répandue dans toute la France, a été reconnue par M. Bourguignat au Mont-Cenis en Savoie; elle paraît vivre à des altitudes très différentes, habitant de préférence les forêts ou les anfractuosités des rochers; M. Gabillot nous l'a rapportée de Montagny dans le département du Rhône.

Origine. — M. A. Bell a indiqué le *Clausilia Rolphii* dans la faune du pleistocène supérieur de l'Angleterre, et M. P. Fagot dans les dépôts de la phase trizoïque de la Haute-Garonne.

Variations. — Nous avons eu entre les mains bien des échantillons du *Clausilia Rolphii* dont nous avons pu étudier les variations, mais ils ne présentaient en général que des variations individuelles. C'est tout au plus si en se basant sur les données fournies par des différences d'altitude, on peut établir des var. *major* et *minor*. Les caractères aperturaux, le mode d'ornementation de la coquille, enfin sa coloration elle-même, paraissent se modifier fort peu suivant les colonies.

Rapports et différences. — Le *Clausilia Rolphii* se rattache par sa forme générale au groupe du *Clausilia ventricosa;* on le distinguera toujours par son galbe plus court, et surtout par la présence des plis interlamellaires en nombre variable, il est vrai, mais toujours existants.

CLAUSILIA SABAUDINA, Bourguignat

Clausilia sabaudina, Bourguignat, 1877. *Hist. Claus. Franc.*, *in.* Ann. sc. nat., p. 37.

Habitat. — M. Bourguignat n'a signalé cette forme qu'aux environs de la tour de Grézy, près d'Aix-les-Bains en Savoie.

Rapports et différences. — Cette coquille appartient au cinquième groupe des Clausilies de France, où nous trouvons les *Clausilia lineolata* et *Cl. plicatula*. La Clausilie, d'après M. Bourguignat, qui se rapproche le plus du *Clausilia sabaudina*, est le *Clausilia latestriata* Bielz de Hongrie (1). « Mais cette dernière diffère de la *sabaudina* par son ouverture moins oblongue, plus large, surtout plus arrondie à sa base ; par la dépression centrale de sa gibbosité moins allongée et moins profonde ; par son péristome plus épais ; par son dernier tour un peu moins impressionné à la périphérie, vers sa partie supérieure, etc. Chez la *sabaudina*, le côté dextre de l'ouverture est simplement arqué, tandis que chez le *latestriata* il est convexe-arrondi. Les costulations de la *sabaudina* me paraissent, en outre, plus distinctes et plus régulières que celles de la *latestriata*. »

CLAUSILIA LINEOLATA, Held

Clausilia lineolata, HELD, 1866. *In Isis von Oken*, p. 275.
— *ventricosa*, MOQUIN-TANDON, 1855. *Hist. Moll.*, II, p. 344 (var. *lineolata*).

HABITAT. — Dans sa malacologie d'Aix-les-Bains M. Bourguignat a signalé cette forme comme étant « assez abondante dans les décombres et au pied des murs, dans les herbes, à la Tour-de-Grézy. Échantillons de belle taille et parfaitement caractérisés (2). » D'après le même auteur, cette forme se trouverait également dans le département de l'Isère à la Grande-Chartreuse, sous les détritus, dans les anfractuosités, le long du sentier qui conduit à Chartreusette (3).

RAPPORTS ET DIFFÉRENCES. — Si quelques auteurs, comme Rossmässler et Moquin-Tandon, ont considéré cette forme comme une variété du *Clausilia ventricosa*, il en est d'autres tels que MM. l'abbé Dupuy, Bourguignat, Kreglinger, etc. qui l'admettent au rang d'espèce. Dans son histoire des Clausilies de France M. Bourguignat la range dans le même groupe que le *Clausilia plicatula*. Si par sa forme ventrue elle se rapproche des *Clausilia ventricosa* et *Cl. Rolphii*, par ses plis interlamellaires au nombre de quatre, elle reste en effet dans le groupe du *Clausilia plicatula*.

(1) Bielz, 1877. *In A. Schmidt, Eur. Claus.*, p. 27, pl. I.I, f. 52-56, et pl. X, f. 182-184.
(2) Bourguignat, 1864. *Malacologie d'Aix-les-Bains*, p. 45.
(3) Bourguignat, 1864. *Malacologie de la Grande-Chartreuse*, p. 88.

CLAUSILIA MUCIDA, Ziegler

Clausilia plicatula, Rossmässler, 1837. *Iconogr.*, VII. p. 18, f. 475 (var).
— *mucida*, Ziegler, 1857. *In A. Schmidt, Europ. Claus.*, p. 74, pl. III, f. 38-42
et pl. IX, f. 175.

Habitat. — Cette forme a été signalée pour la première fois en France
aux environs d'Aix-les-Bains en Savoie par A. Mousson (1). M. Bourguignat l'a récoltée à la Grande-Chartreuse.

Rapports et différences. — Le *Clausilia mucida* a été considéré par
Rossmässler et M. l'abbé Dupuy comme une simple variété du *Clausilia
plicatula*. M. Bourguignat ainsi que plusieurs auteurs étrangers le recon-
naissent comme espèce à part, voisine du *Clausilia plicatula*. Il en diffère
par son galbe plus ventru, par ses costulations plus fortes, plus rapprochées, par son moins grand nombre de tours, enfin par les caractères
particuliers de l'ouverture.

CLAUSILIA PLICATULA, Draparnaud

Pupa plicatula, Draparnaud, 1801. *Tabl. moll.*, p. 64.
Clausilia plicatula, Draparnaud, 1805. *Hist. Moll.*. p. 72, pl. IV, f. 17-18 (n. Jayr).
Helix plicatula, Ferussac, 1827. *Tabl. syst.*, p. 67.

Habitat. — Cette forme vit en petites colonies assez localisées dans
notre région ; nous la connaissons, dans la Loire au mont Pilat; dans
l'Ain, dans les bois de Nantua et dans le Haut-Bugey ; dans la Savoie,
à la Dent-du-Chat, près du lac du Bourget et au Mont-Cenis; dans la
Haute-Savoie, aux environs de Saint-Gervais; dans l'Isère, à la Grande-
Chartreuse. C'est une forme subalpestre, particulière à l'Est et au Nord-
Est de la France ; elle vit de préférence à une altitude variant de 400 à
800 mètres, sans être jamais très commune.

Origine. — M. Sandberger a signalé cette coquille à l'état fossile en

(1) Mousson, 1847. *Die lebenden Mollusken der Gegend von Aix*.

Saxe et en Silésie, dans les dépôts du pleistocène supérieur. Nous ne la connaissons pas encore dans nos environs.

VARIATIONS. — Telle qu'elle a été envisagée par M. Bourguignat, cette forme ne présente plus guère dans notre région que des variations individuelles; celles-ci portent sur la taille de la coquille, qui paraît cependant varier suivant les stations ; les échantillons recueillis à de plus fortes altitudes seraient peut-être un peu plus petits avec le test plus fort et plus solide. On trouve dans une même colonie des échantillons qui, tout en ayant la même taille que leurs congénères, ont une forme plus ventrue dans le bas, plus fusiforme dans le haut. La couleur peut également varier suivant l'habitat; ainsi, au mont Pilat, dans la Loire, où le calcaire fait défaut, les coquilles sont plus minces et plus pâles que dans les stations des Alpes. Enfin, aux variations individuelles de la forme, de la direction ou de l'épaisseur des plis, viennent se joindre des variations plus sensibles dans les caractères des plis interlamellaires ; ceux-ci peuvent être au nombre de trois ou de quatre ; le plus ordinairement il y en a deux qui sont très visibles, même à l'œil nu, et le troisième est indiqué par une saillie naissante visible à la loupe ; nous avons vu peu d'échantillons possédant les quatre plis bien développés.

RAPPORTS ET DIFFÉRENCES. — Ce cinquième groupe de M. Bourguigna[t] renferme huit espèces dont quatre seulement sont propres à notre contrée. Les *Clausilia mucida*, *Cl. lineolata*, et *Cl. sabaudina*, qui vivent dans la même région, sont incontestablement très voisins, et il est souvent, nous devons l'avouer, bien difficile de les déterminer. Leurs différenciations reposent sur des nuances parfois délicates à saisir, malgré les descriptions si soignées et si détaillées qu'en a données le savant auteur de l'*Histoire des Clausilies de France*.

CLAUSILIA YLORA, Bourguignat

Clausilia Ylora, BOURGUIGNAT, 1878. *Hist. Claus. de France, in Ann. sc. nat.*, p. 17.

HABITAT. — Cette forme peu commune vit, d'après M. Bourguignat, dans les bois de la Grande-Chartreuse, dans l'Isère.

RAPPORTS ET DIFFÉRENCES. — Cette coquille constitue à elle seule le neuvième groupe des Clausilies françaises. « Chez cette espèce, dit M. Bourguignat, les tours, d'abord serrés vers le sommet, se développent avec rapidité vers l'ouverture ; la lamelle, excessivement petite, en forme de *c*, occupe seulement la moitié de la hauteur du dernier tour ; enfin, le pli spiral n'est pas continu avec la pariétale supérieure, bien que ce pli touche ou semble toucher cette pariétale. Cette lamelle, en effet, se contourne à droite à son extrémité ; c'est contre ce contour que vient butter le pli spiral. Comme forme extérieure, cette Clausilie a de grandes similitudes avec le *Clausilia Tibetana* du centre asiatique, de Deshayes. »

CLAUSILIA DUBIA, DRAPARNAUD

Clausilia dubia, DRAPARNAUD, 1805. *Hist. Moll.*, p. 70. pl. IV, f. 10 (n. anct.).
— *nigricans*, MOQUIN-TANDON, 1855. *Hist. Moll.*, p. 334 (pars).

HABITAT. — Cette forme, telle qu'elle a été rétablie par M. Bourguignat, vit dans les forêts dauphinoises du Vercors et du Devoluy. Il est probable, d'après lui, que le type de Draparnaud a été recueilli à Crest, dans les alluvions de la Drôme.

ORIGINE. — D'après Sandberger et beaucoup d'autres auteurs, le *Clausilia dubia* existerait depuis la période quaternaire inférieure en Allemagne, en Autriche, en Angleterre, en Suisse, etc. Mais faut-il bien rapporter à cette forme, telle que l'envisage maintenant M. Bourguignat, toutes ces formes certainement plus différentes les unes des autres que ne le sont maintenant les formes vivantes détachées du type draparnaldique ? c'est ce que nous ne saurions préjuger, d'après la description et la figuration de M. Sandberger (1), sans comparer les échantillons au type même. Quoi qu'il en soit, on peut toujours reconnaître que le groupe du *Clausilia dubia* actuel a eu une forme ancestrale beaucoup plus ancienne qui a pu se modifier, mais qui existait déjà en Allemagne, par exemple, à l'époque du pléistocène inférieur.

RAPPORTS ET DIFFÉRENCES. — Le *Clausilia dubia* est en tête de la dixième série des Clausilies de France de M. Bourguignat ; cette série comprend dix espèces dont quatre seulement vivent dans notre région. « Toutes, dit ce savant auteur, sont des espèces généralement ventrues, de forme obèse, à test peu brillant, souvent corné, plus ou moins fortement strié, presque toujours strigillé de linéoles blanches ou jaunâtres. »

(1) Sandberger, 1870. *Land und Süsswass. Conch. der Vorwelt.*

CLAUSILIA DUPUYANA, Bourguignat

Clausilia Dupuyana, BOURGUIGNAT, 1878. *Hist. Claus. de France, in Ann. sc. nat.,* p. 20.

HABITAT. — M. Bourguignat a récolté cette forme dans les forêts de la Grande-Chartreuse, entre le couvent et le col de Bonivant, dans l'Isère.

VARIATIONS. — Le même auteur admet, sous le nom de *var. macranœxis* une forme qui diffère du type par une ouverture un peu plus ample, par quelques striations légèrement strigillées, et par un petit pli palatal supérieur très enfoncé, peu visible; elle vit avec le type dans les mêmes localités.

RAPPORTS ET DIFFÉRENCES. — Les *Clausilia Dupuyana* et *Cl. dubia* sont très voisins; le second diffère du premier « par sa coquille plus petite; par sa fente ombilicale plus profonde; par des tours plus convexes; par une suture plus prononcée; par une ouverture ovale non piriforme, ni aussi rétrécie-anguleuse à sa partie supérieure. Chez la *Dupuyana*, de même que chez la *dubia*, l'éminence dorsale (crête cervicale) et le sillon adjacent sont aussi prononcés chez l'un que chez l'autre. »

CLAUSILIA GALLICA, Bourguignat

Clausilia dubia, DUPUY, 1850. *Hist. Moll.,* p. 356, Tab. XVII, f. 7.
— *gallica*, BOURGUIGNAT, 1877. *Hist. Claus. de France, in Ann. sc. nat.,* p. 21.

HABITAT. — Cette forme est très répandue dans toute la partie montagneuse de la chaîne alpestre; nous la trouvons depuis les environs de Lyon jusqu'au Mont-Cenis; elle vit depuis une altitude de 300 mètres jusqu'à plus de 1500 mètres. On peut la récolter dans tous les départements de la région.

ORIGINE. — C'est probablement à cette forme qu'il faudrait rapporter tout ou partie des échantillons fossiles cités par les auteurs sous le nom de *Clausilia dubia*, et qui remontent jusqu'aux formations du pléistocène inférieur d'Allemagne et d'Autriche.

VARIATIONS. — Le *Clausilia gallica* est, somme toute, assez variable, suivant qu'on le récolte dans les régions basses ou élevées ; ces variations portent surtout sur le galbe plus ou moins grêle ou ventru, et partant sur la taille de la coquille ; il est plus gros, plus fort, plus trapu dans les régions moyennes que dans les régions élevées ; en même temps ses stries peuvent être plus ou moins fortes et plus ou moins rapprochées, de même que sa coloration peut se modifier suivant l'habitat. M. Bourguignat admet les variétés suivantes :

Sthenaropleura. — Coquille sillonnée de stries plus fortes, plus écartées, ressemblant à des côtes : le Jura, la Savoie.

Eustilba. — Coquille plus grêle (hauteur, 12 millimètres ; diamètre, 2 3/4 millim.), à stries très fines, très serrées, peu sensibles ; intervalle des stries du dernier tour bien pointillé ; dernier tour moins renflé ; ouverture assez fortement canaliculée : Dent-du-Chat, près du lac du Bourget.

RAPPORTS ET DIFFÉRENCES. — D'après M. Bourguignat, tous les auteurs ont mal interprété la description du *Clausilia dubia* de Draparnaud ; pour lui, c'est une espèce peu commune, localisée ; la forme si répandue dans notre région et qui serait tout autre, est précisément son *Clausilia gallica*, tel que l'a décrit et figuré M. l'abbé Dupuy. Elle est donc plus particulièrement caractérisée par sa forme cylindrique-fusiforme, ramassée, et surtout par l'obliquité et l'inversion de sa lame supérieure.

CLAUSILIA REBOUDI, Dupuy

Clausilia Reboudii, Dupuy, 1850. *Hist. Moll. France*, p. 356, t. XVIII, f. 3-4.
— *Reboudi*, Bourguignat, 1877. *Hist. Claus. Franc.*, *in Ann. sc. nat.* p. 28.

HABITAT. — Cette forme paraît localisée dans notre région, aux environs de Saint-Marcellin dans l'Isère.

RAPPORTS ET DIFFÉRENCES. — Cette coquille, la plus petite du groupe se rapproche du *Clausilia obtusa* de C. Pfeiffer qui vit dans une grande partie de la France ; elle en diffère par sa taille notablement plus faible, par sa forme proportionnellement plus ventrue, par sa fente ombilicale à peine marquée, et par les dispositions ornementales de l'intérieur de l'ouverture.

CLAUSILIA CRUCIATA, Studer

Clausilia cruciata, Studer, 1820. Syst. Verzeichn., p. 20.
— pumila, L. Pfeiffer, 1847. Monogr. Hel., II, p. 274 (var. nitida).
— triplicata, Hartmann, 1857. In A. Schmidt, Europ. Claus., p. 49, pl. VI, f. 118-120, et pl. XI, 208.

Habitat. — Le Clausilia cruciata a été signalé par M. A. Mousson aux environs d'Aix-les-Bains en Savoie (1).

Variations. — Les individus de la Savoie se rapportent au Clausilia triplicata de Hartmann. MM. A. Schmidt et Bourguignat ont fait rentrer cette forme comme variété du Clausilia cruciata de Studer, forme assez abondante en Suisse.

Rapports et différences. « La triplicata, dit M. Bourguignat (2), ne se distingue guère de la cruciata que par une taille un peu plus forte, un peu plus renflée, et par ses striations plus serrées et plus fines vers l'ouverture. Chez la cruciata, les striations du dernier tour sont presque aussi fortes et aussi écartées que sur les autres. Quant aux denticulations de son ouverture, j'y remarque à peine des différences. »

CLAUSILIA MICRATRACTA, Bourguignat

Clausilia micratracta, Bourguignat, 1877. Hist. Claus. de France, in Ann. sc. nat., p. 30.

Habitat. — M. Bourguignat signale cette forme dans la forêt des Eparres, de l'autre côté du Grandson, entre la Grande-Chartreuse et Saint-Pierre d'Entremont dans l'Isère.

(1) A. Mousson, 1847. Bemerk. über die naturl. Verh. die Thermen von Aix, in Neue Denkschw., der allgem. Schw. Naturw., VII, p. 46.
(2) Bourguignat, 1878. Hist. Claus. de France, in An., sc. nat., p. 30.

RAPPORTS ET DIFFÉRENCES. — Cette forme appartient à la onzième série des Clausilies de France, dépendant du groupe du *Clausilia nigricans*. Nous ne connaissons absolument cette coquille que par la description fort complète du reste, qu'en a donnée son auteur. Elle est caractérisée par sa taille, par son galbe cylindrique, par ses stries profondes, enfin par son ornementation aperturale. On ne saurait, dit l'auteur, la confondre avec aucune autre Clausilie de ce groupe.

CLAUSILIA NIGRICANS, PULTNEY.

Turbo nigricans, PULTNEY, 1799. *Catal. Shells of Dorsetshire*, p. 48.
Clausilia nigricans, A. SCHMIDT, 1857. *D. Krit. Grupp. Eur. Claus.*, p. 47, pl. VI, fig. 110, 114, et pl. XI, fig. 204-205.

HABITAT. — Cette forme, d'après M. Bourguignat, paraît manquer dans le Dauphiné; il en a reconnu le type en Savoie, à Aix-les-Bains. Nous l'avons également reçue de notre ami M. le Vte de Chaignon, de Condal (Saône-et-Loire).

RAPPORTS ET DIFFÉRENCES. — Nous reconnaissons volontiers avec M. Bourguignat, que cette forme a été bien souvent mal interprétée ; d'après lui, Adolphe Schmidt est le seul malacologiste qui ait donné une bonne description et d'excellentes figures de cette Clausilie. On voit d'après cela combien elle diffère du *Clausilia, rugosa*, avec lequel on l'a souvent confondue.

CLAUSILIA NANTUACINA, BOURGUIGNAT

Clausilia Nantuacina, BOURGUIGNAT, 1877. *Hist. Claus. France, in Ann. sc. nat.*, p. 39.

HABITAT. — Cette forme a été trouvée dans le département de l'Ain, sous les pierres, dans les anfractuosités de la gorge en amont de Nantua, et sur les bords du lac Silan, dans les détritus rejetés par les eaux.

RAPPORTS ET DIFFÉRENCES. — La douzième série des Clausilies de France semble particulière à la Provence ainsi qu'au Dauphiné. Sur les trois espèces qu'elle renferme, une seule, le *Clausilia Nantuacina*, remonte jusqu'à Nantua dans le département de l'Ain, et vit dans la région montueuse des environs de cette ville. Les Clausilies de cette série sont presque toujours recouvertes de détritus ou de parties terreuses; elles habitent dans les anfractuosités des rochers, et ne craignent pas les ardeurs du soleil. Le caractère le plus saillant du *Clausilia Nantuacina*, c'est que, d'après M. Bourguignat, le pli palatal se prolonge dans cette coquille au delà de la lunelle, autant en arrière qu'en avant, si ce n'est même un peu plus.

CLAUSILIA CRENULATA, Risso

Clausilia crenulata, Risso, 1826. *Hist. nat. Eur. merid.*, IV, p. 86 (n. Rossm.).
—   *rugosa*, A. Schmidt, 1857. *Grup. Europ. Clausil.* p. 45, pl. VI, f. 108.

Habitat. — M. Bourguignat a reconnu cette forme jusqu'à présent méridionale dans des échantillons que nous lui avons communiqués et qui provenaient de la Grande-Chartreuse.

Variations. — Nos échantillons comparés avec le type même de la collection Risso, de Nice, sont peut-être un peu moins fusiformes; ils se rapprochent ainsi du *Clausilia rugosa*. Nous ne possédons du reste que cinq échantillons, de telle sorte que nous ne saurions nous baser sur ces seuls individus pour établir des variations suffisamment précises.

Rapports et différences. — Plusieurs auteurs et entre autres Adolphe Schmidt ont considéré cette coquille comme une variété du *Clausilia rugosa*, de Draparnaud. Comme l'a fait observer M. Bourguignat [1], le *Clausilia crenulata* diffère de l'espèce Draparnaldique : par ses tours de spire ornés de stries rugueuses très fortes et assez espacées surtout vers la suture; par son dernier tour plus creusé, dont la base se trouve ornée d'une carène plus forte, plus bombée, et au moins deux fois plus développée que celle du *Clausilia rugosa;* par son pli palatal inférieur plus petit et très enfoncé; par sa lamelle à peine arquée ; etc.

[1] Bourguignat, 1861. *Étude synonymique des Mollusques des Alpes-Maritimes*, p. 49.

CLAUSILIA BELONIDEA, Bourguignat

Clausilia belonidea, Bourguignat, 1877. *Hist. Claus. de France, in Ann. sc. nat.* p. 48.

Habitat. — M. Bourguignat a reconnu cette forme dans les anfractuosités des rochers de Sassenage près de Grenoble, dans le département de l'Isère.

Rapports et différences. — Cette forme ainsi que la précédente sont les seules de la treizième série des Clausilies de France qui vivent dans notre région. « Les espèces comprises dans ce groupe, dit M. Bourguignat, se composent de Clausilies ordinairement costulées, toujours cylindriques, grêles, allongées comme des aiguilles et pourvues d'une ou de deux arêtes cervicales extrêmement prononcées. Elles paraissent affectionner les contrées montueuses et méridionales de la France. »

CLAUSILIA DILOPHILA, J. Mabille

Clausilia dilophila, J. Mabille, 1874. *In sched.*
— — Bourguignat, 1877. *Hist. Claus. de France, in Ann. sc. nat.*, p. 47.

Habitat. — M. Bourguignat indique cette Clausilie en Savoie, aux environs d'Aix-les-Bains, et à Lyon, « montée de la Quarantaine. » Nous ne connaissons pas cette montée à Lyon. C'est sans doute le chemin de Choulans, qui part du quartier de la Quarantaine.

Rapports et différences. — Cette forme et les suivantes rentrent dans la dernière série des Clausilies de France, ou groupe de la *parvula;* M. Bourguignat reconnaît dans notre région quatre formes différentes appartenant à cette série.

Après avoir donné une très longue diagnose de cette forme, M. Bourguignat a cru devoir se dispenser d'indiquer les rapports et différences qui existent entre cette forme et le *Clausilia parvula;* nous devons avouer qu'après avoir récolté dans le chemin de Choulans plus de 200 échantillons du *Clausilia parvula*, nous n'avons pas pu rencontrer un seul *Clausilia dilophila* répondant à la diagnose du type.

CLAUSILIA PARVULA, Studer

Helix parvula, Studer, 1789. *Faunul. Helvet.*, *in Coxe*, *Trav. Switz*, III, p. 131. (s. car.)
Clausilia parvula, Studer, 1820. *Kurz. Verzeichn.*, p. 89.

Habitat. — De toutes les Clausilies de notre région c'est certainement la
plus commune et la plus répandue; elle peut être récoltée dans tout le
bassin, et s'étend depuis le niveau des vallées basses et des plaines, jusqu'à 1100 mètres d'altitude. M. Bourguignat admet que le type existe à la
Grande-Chartreuse, dans l'Isère.

Origine. — C'est à cette forme que nous avons rapporté les Clausilies
fossiles de nos dépôts quaternaires de la région lyonnaise. Plus anciennement encore elle était indiquée dans le pleistocène inférieur d'Allemagne.

Variations. — Dans cette forme telle que M. A. Schmidt l'a envisagée,
les variations sont assez nombreuses, mais elles s'appliquent indistinctement aux individus d'une même colonie. Nous distinguerons donc, en outre
des variations individuelles basées sur le profil de la coquille et la forme
des plis aperturaux, les var. *major* et *minor* souvent de taille très différente,
mais vivant ensemble. Enfin, en tenant compte de la coloration de la coquille on pourrait peut-être distinguer plusieurs autres variétés dues aux
conditions d'habitat.

Rapports et différences. — Cette coquille est bien voisine de toutes ses
congénères du même groupe ; on la distinguera à sa taille, à la finesse
de ses stries et à la disposition de ses plis aperturaux.

Anomalies. — Nous devons à l'extrême complaisance de notre ami
M. Gabillot la connaissance de quelques cas d'albinisme des mieux
marqués; ces échantillons avaient été récoltés, il y a trente-cinq ans
environ, par Foudras à Limonest (Rhône) ; comme les échantillons sont
en certain nombre, il faut en conclure qu'ils constituaient sans doute une
petite colonie.

Monstruosités. — On retrouve, mais très rarement il est vrai, des individus subscalaires isolés; nous en possédons un chez lequel la partie supérieure de chaque tour de spire porte un renflement très marqué, une sorte de

carène qui fait paraître la ligne suturale très profonde, et donne à l'ensemble de la coquille un aspect scalariforme. Cet échantillon a été recueilli aux environs de Lyon.

Un autre échantillon de notre collection se distingue par la forme scalaire du dernier tour; celui-ci est complètement séparé du reste de la spire, de telle sorte que l'ouverture se présente à la suite d'une sorte d'étranglement rectiligne assez allongé; nous avons récolté cette curieuse forme à Rochecardon, au Mont-d'Or.

CLAUSILIA CORYNODES, HELD

Clausilia corynodes, HELD. *In sched.*
— *gracilis*, ROSSMÄSSLER, 1838. *Iconogr.*, VII, f. 489 (n. C. Pfeif. et auct.)

HABITAT. — Cette forme très commune en Suisse n'est connue en France, d'après M. Bourguignat, que dans l'Isère, à la Grande-Chartreuse et à Sassenage près de Grenoble, et dans la Savoie, à Aix-les-Bains.

RAPPORTS ET DIFFÉRENCES. — Le *Clausilia corynodes* est très voisin du *Clausilia parvula;* on le distinguera à sa taille un peu plus longue que celle du *Clausilia parvula,* à sa forme un peu plus ventrue, à ses stries plus fortes, mais plus espacées et surtout plus irrégulières, à son péristome un peu plus épais, moins réfléchi, à son bourrelet plus fort et plus saillant.

CLAUSILIA TETTELBACHIANA, ROSSMÄSSLER

Clausilia Tettelbachiana, ROSSMÄSSLER, 1838. *Iconogr.*, VII, fig. 476.

HABITAT. — M. Bourguignat a reconnu cette forme autrichienne et bavaroise à Aix-les-Bains en Savoie. Nous l'avons également reçue de notre ami M. G. Coutagne qui l'avait récoltée à Hauteville dans le département de l'Aisne, à Villevert près de Lyon, et à Neuchâtel en Bray.

VARIATIONS. — Les échantillons de notre région sont de forme un peu moins ventrue, moins renflés dans le bas, que ceux d'Autriche, et même

que ceux du pays de Bray; ils constitueraient en cela une variété qui serait intermédiaire entre le *Clausilia parvula* à forme type un peu cylindrique, et le *Clausilia Tettelbachiana* au galbe ventru si caractéristique;
il est bien à remarquer que dans leur allure générale nos coquilles ont incontestablement plus d'affinités pour cette dernière forme que pour la
première. Quant aux autres caractères, ils nous paraissent conformes à
la figuration et à la description données par A. Schmidt (1).

RAPPORTS ET DIFFÉRENCES. — Cette forme est très voisine des précédentes; on la distingue à son galbe plus ventru, plus gros pour une même
longueur, à ses stries plus fortes et plus marquées, à la forme moins
régulière, plus élargie de son ouverture, et enfin à la disposition des plis
aperturaux.

MONSTRUOSITÉS. — Parmi les coquilles récoltées à Hauteville par M. Coutagne se trouve un échantillon à double ouverture. La première est celle
d'un individu adulte et ne présente absolument rien d'anormal; la seconde est immédiatement au-dessus de la première; elle est tournée à
droite et son plan est perpendiculaire à celui de la première; le bord
gauche est mince, et semble appartenir à un individu pas tout à fait adulte;
le bord droit est formé par la paroi elle-même de la coquille; la dent
aperturale est moins saillante dans la seconde ouverture que dans la première. Vue de profil, cette nouvelle ouverture semble implantée dans la
coquille, et son bord gauche se détache en gris sur le fond brunâtre du
test; sa paroi extérieure est ornée de rides comme dans l'ouverture normale.

Nous ne voyons pas ce qui a pu condamner le mollusque à se confec-
tionner ainsi une nouvelle ouverture; aucun corps anormal n'est apparent
à l'intérieur de l'ancienne ouverture; il est probable que quelques légères particules étrangères seront venues obstruer le jeu du *Clausilium*,
et qu'étant ainsi pris dans sa propre demeure, le mollusque aura dû re-
noncer à son ancienne ouverture pour en pratiquer une nouvelle.

(1) A. Schmidt, 1857. *Die Krit. Grup. Europ. Clausilinea*, p. 35, fig. 80-85 et 191.

Genre BALIA, Leach

BALIA PERVERSA, Linné

Turbo perversus, Linné, 1758. *Systema naturæ*, édit., X° I, p. 767.
Pupa fragilis, Draparnaud, 1801, *Tabl. Moll..* p. 64.
Bulimus perversus, Poiret. 1801. *Coq. de l'Aisne, Prodrome*, p. 57, n° 25.
Clausilia parvula, Gartner, 1813. *Conch. Wetter.*, p. 22 (n. Turton).
Odostomia perversa, Fleming, 1814. *In Edimb. Encyclop.*, VI, I, p. 76.
Clausilia fragilis, Studer, 1820. *Kurz. Verzeichn.*, p. 89.
Helix perversa, Ferussac, 1822. *Tabl. system.*, p. 66 (n. ..inné).
Balæa fragilis, Prideaux, 1824 *In Gray, Zool. Journ.*, 1. p 61.
 .— *perversa*, Fleming, 1828. *Brit. anim.*, p. 261.
Balia fragilis, Leach, 1831. *Brit. moll.* p. 116 (n. Turton).
Fusulus fragilis, Fitzinger, 1833. *Syst. Verzeichn.*, p. 105.
Clausilia perversa, Charpentier, 1837. *Moll. Suisse*, p. 17 (ex. C. Pfeiffer).
Pupa perversa, Potiez et Michaud, 1838. *Gal. Moll. Dou i*, I, p 166.
Eruca fragilis, Swainson, 1840. *Treat. malac.*, p. 334.
Balæa perversa, Gray, 1840. *Man. Shells Brit. Islands*, p. 207. t. VI, f. 70.
Stomodonta fragilis, Mermet, 1843. *Moll. Pyr.-Occident.*, p. 48.
Balia perversa, Bourguignat, 1856. *Rev. zool.*, p. 550, n° 5, pl. XVII, f. 1-3.

Habitat. — Le *Balia perversa* est assez répandu dans nos contrées, plus particulièrement dans les régions basses des plaines et des vallées, et dans les montagnes peu élevées ; il dépasse difficilement une altitude de 4 à 500 mètres. Il serait alors remplacé par le *Balia Deshayesiana*. On le trouve en colonies assez nombreuses, peu dispersées, vivant volontiers au bord de l'eau, dans les vieux troncs d'arbres ou sous les pierres moussues.

Origine. — Nous ne connaissons pas à l'état fossile cette coquille dont l'extension géographique actuelle est pourtant assez grande.

Variations. — Les variations du *Balia perversa* sont assez nombreuses et portent sur un ensemble de caractères qui s'appliquent volontiers à toute la colonie. Suivant les stations, on peut rencontrer des formes courtes un peu ramassées, à tours de spire plus arrondis, avec des stries mieux gravées ; dans ce cas l'ouverture a une forme quadrangulaire nettement dessinée, et lorsque la coquille est bien adulte, le tubercule calleux ou dent supérieure ne fait jamais défaut. Au contraire, dans d'autres stations, sans que nous puissions faire intervenir la question d'altitude, la forme est plus grêle, plus effilée, les stries moins bien marquées, et l'ouverture paraît plus étroite ; notre coquille se rapproche alors du *Balia pyrenaica*.

Enfin la position du tubercule calleux n'a rien de bien régulier ; tantôt, comme l'a très bien figuré M. Bourguignat (1), il est placé à une assez grande distance du point d'insertion du labre supérieur, tantôt, comme dans le *Balia Rayiana*, il s'en rapproche considérablement, et malgré cela la coquille garde les caractères du type. Ces variations dans la position de la dent, comme dans son développement ainsi que celui du callum, constituent plutôt des variations individuelles que locales. Dans quelques échantillons même, assez rares il est vrai, la dent est à peine saillante, tandis que le callum est plus fort et mieux développé ; il y a eu déplacement de la matière calcaire.

RAPPORTS ET DIFFÉRENCES. — M. Bourguignat, dans son étude du genre *Balia* a classé ces coquilles en deux groupes suivant qu'elles ont ou n'ont point de tubercule sur la paroi aperturale. Au groupe du *Balia perversa* il rattache les *Balia pyrenaica* et *B. Rayana*. Toutes ces formes fort voisines, et que quelques auteurs ne considèrent qu'à titre de variétés, se distinguent par un galbe un peu différent, par la grosseur des stries, la forme de la fente ombilicale, et surtout par celle de l'ouverture dans laquelle le tubercule calleux peut varier de place et de grosseur.

MONSTRUOSITÉS. — Moquin-Tandon a cité (2) un cas d'inversion chez ce mollusque récolté à Lyon par M. Michel; au lieu d'être sénestre, la coquille est dextre. C'est le seul que nous connaissions.

·

BALIA DESHAYESIANA, BOURGUIGNAT

Balia Deshayesiana, BOURGUIGNAT, 1857. *Rev, et Mag. Zool., et Aménités malacol.*, II, p. 74. pl. VIII, f. 4-6.

HABITAT. — M. Bourguignat a signalé cette forme dans les environs d'Aix-les-Bains en Savoie, et à la Grande-Chartreuse dans l'Isère. Elle

(1) Bourguignat, 1855. *Rev. et mag. de zool. et Aménités malacologiques*, II, p. 66, pl. XIII.
(2) Moquin-Tandon, 1855. *Hist. Moll.*, I, p. 322.

est toujours peu commune, et paraît s'élever à d'assez grandes altitudes, puisque ce savant chercheur l'a récoltée à dix minutes du sommet du Grandson. Nous ne la connaissons pas aux environs de Lyon.

ORIGINE. — Cette coquille paraît appartenir exclusivement à la faune subalpestre et alpestre moderne.

VARIATIONS. — Les échantillons que nous avons observés ne sont pas assez nombreux pour que nous puissions en étudier les variations autres que les modifications individuelles.

RAPPORTS ET DIFFÉRENCES. — « La *Balia Deshayesiana*, dit M. Bourguignat, se distingue de la *perversa*, avec laquelle elle présente le plus de rapports : 1° par sa coquille plus petite, moins élancée, plus obèse, plus fragile, plus transparente, enfin très finement striée ; 2° par ses tours de spire moins nombreux, et surtout par son dernier tour, arrondi à la base et non anguleux, et sillonné de stries fines et élégantes, et non garni de rugosités et de côtes saillantes, comme chez la *perversa;* 3° par sa perforation petite, arrondie et n'imitant point la fente ombilicale de la *perversa;* 4° par son ouverture un peu plus oblique, par son péristome plus aigu, par sa callosité ne présentant jamais de tubercule », etc.

Genre PUPA, Lamarck

PUPA QUINQUEDENTATA, BORN

Turbo quinquedentatus, BORN, 1778. *Mus. Vindobon. testacea*, p. 370.
Bulimus similis, BRUGUIÈRE, 1792. *Encyclop. method., Vers*, II, p. 355.
Pupa cinerea, DRAPARNAUD, 1801. *Tabl. Moll.*, p. 62; *Hist. Moll.*, p. 66, pl. III, f. 53.
Helix cinerea, GRAY, 1821. *Nat. arrang. Moll., in Med. repos.*, XV. p. 239.
Clausilia cinerea, RISSO, 1826. *Hist. nat. Eur. mérid.*, IV, p. 85.
Chondrus cinereus, CRISTOFORI et JAN, 1832. *Catalogus*, XII, n° 17.
Torquilla cinerea, BECK, 1827. *Index Molluscorum*, p. 87.
Pupa quinquedentata, DESHAYES, 1838. *In Lam., Anim. s. vert.*, VIII, p. 174 (n. Müll.).

HABITAT. — Cette forme plus particulièrement méridionale a été cependant rencontrée aux environs de Lyon, à la Pape, dans des conditions assez exceptionnelles (1) ; elle y est du reste fort rare et nous paraît tout à

(1) A. Locard. 1878. *Note sur les migrations malacologiques.*

fait accidentelle. Elle existe également, d'après Albin Gras, dans le département de l'Isère, vivant sur les rochers bien exposés, adhérant aux murs, à Bastille près Guy-Pape, etc.

ORIGINE. — Cette coquille, qui semble appartenir exclusivement à la faune actuelle, doit vivre accidentellement dans notre région. Quoiqu'on l'ait citée dans plusieurs pays plus septentrionaux que le nôtre, on peut voir par son habitat qu'elle ne s'est fixée dans notre contrée que sur les points bien exposés au soleil et dans des stations bien abritées; nous croyons donc son importation de date relativement très récente.

VARIATIONS. — Nous ne connaissons pas les échantillons cités par Albin Gras ; quant à ceux des environs de Lyon récoltés par nous ou plus antérieurement encore par Foudras, ils sont de petite taille bien conformes au type et trop peu nombreux pour présenter autre chose que des variations individuelles.

RAPPORTS ET DIFFÉRENCES. — Nous avons cité en tête de nos Clausilies le *Clausilia Mongermonti*, Bourguignat, « qui ressemble à s'y méprendre, pour la taille, le coloris et l'apparence à un *Pupa cinerea*. » Les échantillons que nous avons récoltés aux environs de Lyon sont bien de véritables *Pupa ;* mais vu cette si grande analogie, nous ne saurions affirmer si le *Pupa cinerea* d'Albin Gras ne serait point par hasard le *Clausilia Mongermonti* qui habite la vallée de la Maurienne. L'étude seule du *Clausilium* pourrait nous éclairer à cet égard.

PUPA MEGACHEILOS, CRISTOFORI ET JAN

Chondrus megacheilos, CRISTOFORI ET JAN, 1831. *Catalogus*, XII, n° 13.
Pupa megacheilos, DES MOULINS, 1835. *Act. Soc. Linn. Bordeaux*, VII, p. 158, pl. II, f. A.-D
Torquilla megacheilos, BECK, 1837. *Index Molluscorum*, p. 86.
Stomodonta megacheilos, MERMET, 1843. *Moll. Pyrénées-Occidentales*, p. 50.

HABITAT. — Nous ne possédons qu'un seul individu de cette forme considérée jusqu'à ce jour comme méridionale, et nous l'avons récolté sur les bords du Rhône au nord de Lyon. M. Bourguignat, après avoir examiné notre échantillon, a confirmé cette détermination spécifique.

ORIGINE. — Nous ne connaissons pas cette coquille à l'état fossile.

VARIATIONS. — Notre échantillon de couleur brun foncé avec le péris-

tome noir est tout à fait conforme à la figuration donnée par M. l'abbé
Dupuy (1). Peut-être faudrait-il ajouter à cette forme à titre de variété
le *Pupa Bigorriensis* dont nous parlons plus loin et qui a été signalé en
Savoie par M. de Mortillet.

RAPPORTS ET DIFFÉRENCES. — Le *Pupa megacheilos* peut être rapproché du
Pupa avenacea ; si tous les deux vivent à la fois dans les Pyrénées, on
observera que le premier y est beaucoup plus abondant que le second. On
les distinguera surtout par le galbe, qui est plus allongé et un peu plus
renflé chez le *Pupa megacheilos ;* en même temps chez cette dernière coquille, le péristome est, comme l'indique son nom, plus fort et plus développé ; l'ouverture est un peu plus anguleuse, enfin les plis sont moins
exactement opposés.

PUPA BIGORRIENSIS, CHARPENTIER

Pupa Bigorriensis, CHARPENTIER, 1855. *In des Moulins, Soc. Lin. Bordeaux,* t. VII,
p. 163 (var. *pusilla*).

HABITAT.— M. de Mortillet (2) a indiqué le *Pupa Bigorriensis* au Grand-
Bornand, en Faucigny ; les échantillons ont été déterminés par de Charpentier lui -même.

ORIGINE. — Cette forme jusqu'à présent a toujours été considérée comme
étant essentiellement pyrénéenne ; sa présence dans nos régions est donc
extrêmement curieuse et constitue une de ces anomalies dans l'habitat
qu'il faut ajouter à la liste que nous en avons déjà donnée.

VARIATIONS. — Nous ne connaissons point les échantillons du *Pupa Bigorriensis* de notre région.

RAPPORTS ET DIFFÉRENCES.— Ce Pupa tel que l'a compris de Charpentier,
tout en étant très voisin du *Pupa megacheilos,* en diffère par sa taille plus
petite, par sa forme plus courte, plus renflée, plus solide, par sa coloration
plus brune ; son ombilic est plus ouvert ; enfin l'ouverture est presque arrondie dans le bas, avec un péristome mince et évasé. Ainsi que l'ont fait

(1) Dupuy, 1849. *Hist. Moll. France,* p. 394, tab. XIX, f. 9.
(2) De Mortillet, 1854 *Annexion à la faune malacologique de France,* II, p. 17.

observe MM. P. Fagot et de Nansouty (1), il ne faudrait pas confondre le *Pupa Bigorriensis* de Charpentier, bien décrit par Charles des Moulins, avec la forme donnée par Rossmässler (2). Celle-ci en effet n'est qu'une variété du *Pupa ringens* (3).

PUPA AVENACEA, Bruguière

Helix cylindrica, Studer, 1789. *F. Hetc.*, *Coxe*, *Tr. Sto.*, III, p. 431. (s. car., n. Fer., n. Gray).
Bulimus avenaceus, Bruguière, 1792. *Encyclop. method.*, *Vers.* VI, II, p. 355.
Pupa avena, Draparnaud, 1801. *Tabl. Moll.*, p. 59; *Hist.*, pl. III, f. 47-48.
Chondrus avena, Cuvier, 1815. *Règne animal*, II, p. 408.
Torquilla avena, Studer, 1820. *Kurz. Verzeichn.*, p. 89.
Chondrus secale, Hartmann, 1821. *Syst. Gasterop.*, p. 50 (var. *avenaceus*).
Helix avena, Ferussac, 1822. *Tabl. syst.*, p. 64.
Granaria avena, Held, 1837. *In Isis von Oken*, p. 918.
Pupa avenacea, Moquin-Tandon, 1843. *Moll. Toulouse*, p. 8.
Stomodonta avena, Mermet, 1847. *Moll. Pyr.-Occidentales*, p. 52.
Alloglossa avenacea, Westerlund, 1873. *Consp. Moll. Suecice*, p. 8.

Habitat. — Cette coquille peut être récoltée dans toute notre région ; elle vit de préférence en colonies nombreuses et disséminées, sous les pierres, sur les murs, les rochers moussus ; elle est abondante entre 300 et 800 mètres d'altitude ; au delà elle devient beaucoup plus rare à mesure que l'altitude s'élève.

Origine. — Le *Pupa avenacea* n'a pas encore été signalé à l'état fossile dans notre région ; il n'a jamais été rencontré qu'avec une faune récente ou dans des terrains alluviens ; nous le connaissons cependant dans le pleistocène supérieur du Hainaut.

Variations. — Les variations du *Pupa avenacea* sont très nombreuses; et cela sans faire entrer en ligne de compte les deux formes suivantes que quelques auteurs ont pu considérer comme de simples variétés d'un même type unique. Ces variations portent sur la taille, la forme, la coloration et la saillie des costulations ; elles nous paraissent dépendantes de l'habitat, se reproduisant dans la colonie, mais sans relations bien marquées relativement à l'altitude, du moins pour ce qui est relatif à la taille et à la

(1) P. Fagot et de Nanssouty, 1875. *Moll. Hautes-Pyrénées*, p. 18 et 19.
(2) Rossmässler, 1838. *Iconographie*, V-VI, p. 14, f. 321.
(3) Caillaud, 1831. *In Michaud, Compl. Hist. Moll.*, p. 64, pl. XV, f. 35-36.

forme. En général les échantillons de coloration plus pâle et ceux dont les stries sont mieux marquées vivent à de plus grandes altitudes; mais nous avons vu dans des régions relativement basses, tantôt des échantillons de grande taille, tantôt de taille plus petite. Nous admettrons les variétés suivantes :

Cerealis, Moquin-Tandon (1). — Coquille de même forme que le type, mais de taille un peu plus grande, souvent avec des tours mieux marqués ; assez commune : les environs de Lyon et de Grenoble, le Bugey, etc.

Minor, Menke (2). — Coquille de même forme que le type, mais de taille plus petite, souvent plus fortement colorée ; commune : le Mont-d'Or lyonnais, la Grande-Chartreuse, Saint-Laurent du Pont (Isère), etc.

Minima, nob. — Coquille un tiers plus petite que le type, de forme un peu ramassée, un peu ventrue, à stries plus fortement marquées; peu commune : le Mont-d'Or lyonnais.

Dans tous ces échantillons l'ornementation aperturale est sensiblement la même, et ne présente que des variations individuelles ; nous remarquons cependant que, toutes proportions gardées, les plis paraissent mieux marqués, plus saillants dans les échantillons de petite taille que dans les grands. En même temps, suivant les stations, ces plis, ordinairement plus clairs que le fond de la région aperturale, peuvent parfois devenir aussi blancs que chez le *Pupa megacheilos*, et cela dans des échantillons souvent très fortement colorés.

Enfin on pourrait encore établir des variétés basées sur la coloration plus ou moins foncée de la coquille ; mais, comme ces variations de couleur peuvent se manifester dans les trois variétés que nous avons déjà indiquées, nous n'insisterons pas davantage.

RAPPORTS ET DIFFÉRENCES. — Le *Pupa avenacea* dans nos pays est certainement très voisin des deux formes suivantes; nous y reviendrons à propos de chacune d'elles; mais en même temps il a de grands rapports de forme avec le *Pupa megacheilos*, notamment la *var. cerealis ;* mais en général sa forme est moins allongée, sa surface moins striée, son ouverture un peu plus arrondie, les plis moins saillants et plus enfoncés Quant à la var. *cerealis*, elle tend à se rapprocher notablement du *Pupa hordeum*.

(1) Moquin-Tandon, 1855. *Hist. Moll.,* II, p. 357 ; *Torquilla cerealis,* Ziegler ; *Pupa avena,* var. *a, Major,* Menke, *Syn. Moll.,* p. 37.
(2) Menke, 1831. *Synopsis Molluscorum,* p. 33.

PUPA FARINESI, des Moulins

Pupa Farinesii, des Moulins, 1835. *Desc. Moll., in Soc. Lin. Bord.*, t. VII, p. 156, pl. II, f. E.
Torquilla Farinesii, Beck, 1837. *Index Molluscorum*, p. 88.
Stomodonta Farinesii, Mermet, 1843. *Moll. Pyr.-Occident.*, p. 49.
Pupa Farinesi, Bourguignat, 1864. *Malac. Grande-Chartreuse*, p. 91.

Habitat. — Cette forme, considérée comme exclusivement méridionale, habite cependant nos régions ; M. Bourguignat en a signalé le type à la Grande-Chartreuse sur les rochers de la route du Désert, notamment à l'Œillette et vers le premier tunnel. Terver l'avait également récoltée aux environs de Grenoble, mais sans désignation de localité.

Origine. — Le *Pupa Farinesi* appartient normalement à la faune méridionale française. Il est fort possible qu'il se soit acclimaté dans notre région, à moins qu'il ne représente comme le *Pupa hordeum* une forme accidentelle ou dégénérée du *Pupa avenacea*.

Variations. — Les échantillons récoltés dans le Midi de la France, notamment ceux des Pyrénées-Orientales où a été pris le type, sont absolument conformes à ceux de la Grande-Chartreuse. Mais en outre, « on rencontre également dans cette même localité, dit M. Bourguignat, une variété caractérisée par une petite denticulation obsolète située à la partie supérieure de la columelle. » Il est à remarquer que Moquin-Tandon (1) avait déjà signalé sous le nom de var. *dentiens* une coquille avec une callosité dentaire blanche et nacrée, à l'angle supérieur de l'ouverture. L'absence complète des plis n'est donc point un caractère distinctif de cette forme.

Rapports et différences. — Le *Pupa Farinesi* est certainement très voisin du *Pupa avenacea*. Les deux animaux, à part des différences qui ne sont peut-être qu'individuelles, nous paraissent différer fort peu d'après la descritpion qu'en donne Moquin-Tandon. Quant à la coquille, on peut dire qu'elle est peut-être un peu plus courte, plus renflée, plus ventrue, mais ses seuls et véritables caractères consistent dans l'absence des plis aperturaux, représentés cependant parfois par un pli unique supérieur, différemment placé suivant les individus.

(1) Moquin-Tandon. 1855, *Hist. Moll.*, II, p. 389, pl. XXVI, f. 11.

PUPA HORDEUM, Studer

Pl. IV, f. 9.

Torquilla hordeum, Studer, 1820. *Kurz. Verzeich. Conch.*, p. 19.
Pupa hordeum, Charpentier, 1837. *Catal. Moll. Suisse*, p. 16, pl. f. 7 (n. Cantr.).
— *secale*, Kreglinger, 1870. *Syst. Verzeichn. Deutsch.*, p. 194 (v. *gracilior ?*)

Habitat. — Cette forme, assez rare et toujours localisée, a été rencontrée dans plusieurs stations de notre région; nous la connaissons à Saint-Didier au Mont-d'Or et à Couzon (Rhône), à Talissieu (Ain), à Sassenage (Isère); presque toujours ces échantillons vivent au milieu d'une colonie de *Pupa avenacea*.

Origine. — Le *Pupa hordeum* est d'origine tout à fait récente; il n'a été signalé qu'en Suisse et en Allemagne.

Variations. — Il y a eu souvent confusion de formes sous cette appellation. Quelques auteurs ont considéré le *Pupa hordeum* comme une variété *minor* du *Pupa avenacea ;* nous l'envisageons ici tel que l'a compris et figuré de Charpentier qui a dû connaître le type de Studer et qui à représenté ce mollusque tel que nous le rencontrons dans notre région. C'est une coquille de forme allongée, cylindrique, composée de neuf à dix tours un peu arrondis, séparés par une ligne suturale bien marquée, avec une ouverture un peu allongée, rétrécie dans le bas, et possédant tous les caractères du *Pupa avenacea ;* nous remarquerons cependant que dans quelques échantillons, le troisième pli palatal, le plus inférieur est souvent plus rapproché du second que celui-ci ne l'est du premier. Sa taille peut atteindre jusqu'à 10 millimètres de longueur ; nos échantillons seraient donc un peu plus allongés que celui figuré par de Charpentier. Les variations de cette forme portent en général sur sa taille plus ou moins élancée, sur son galbe plus ou moins grêle, et ses stries souvent plus irrégulièrement tracées que dans le *Pupa avenacea* type.

Rapports et différences. Cette coquille est bien voisine du *Pupa avenacea*, et peut parfaitement, comme quelques auteurs l'ont admis, n'être considérée qu'à titre var. *maxima* de cette forme. La disposition des plis, leur nombre, en un mot les caractères aperturaux sur lesquels il faut toujours revenir pour classer les Pupas, sont les mêmes; la forme seule de la coquille diffère. Mais dans ce cas, pour être logique, il faudrait faire également rentrer le *Pupa Farinesi*, parmi les variétés du *Pupa avenacea*, car bien certainement il y a moins encore de différences entre ses deux dernières formes qu'entre le *Pupa hordeum* et le type du *Pupa avenacea*.

PUPA FRUMENTUM, Draparnaud

Pl. IV, fig. 4-6.

Pupa frumentum, Draparnaud, 1801. *Tabl. Moll.*, p. 50 ; *Hist. Moll.*, p. 65, pl. III, f. 51-52.
Turbo tridens, v. Alten, 1812. *Syst. Abhandl. Conch.*, p. 21.
Chondrus variabilis, Hartmann, 1821. *Syst. Gasterop.*, p. 50 (v. *frumentum*).
Helix frumentum, Férussac, 1823. *Tabl. Syst.*, p. 64
Chondrus frumentum, Cuvier, 1829. *Règne animal*, II, p. 408.
Torquilla frumentum, Fitzinger, 1833. *Syst. Verzeichn. Œster.*, p. 107.
— *callosa*, Ziegler, 1835. *In Rossmässler, Iconogr.*, 1, p. 81.
Granaria frumentum, Held. 1837. *In Isis von Oken*, p. 918.
Pupilla frumentum, Swainson, 1840. *Treat. malac. Shell.*, p. 334.

Habitat. — Le *Pupa frumentum* vit dans les environs de Lyon, dans les départements du Rhône, de l'Ain et de l'Isère ; on le retrouve également dans le Bas-Bugey, la Bresse, etc. Il ne s'élève pas à une grande hauteur, et ne paraît pas devoir dépasser une altitude supérieure à 5 ou 600 mètres. Il forme des colonies assez nombreuses et généralement dispersées. Dans les alluvions du Rhône il est parfois très commun après le débordement du fleuve.

Origine. — Cette forme existait déjà aux environs de Lyon à l'époque quaternaire ; nous l'avons signalée dans les dépôts du lehm du département de l'Ain ; il n'a jamais été reconnu dans des formations aussi anciennes dans d'autres pays.

Variations. — Cette forme est assez variable dans notre région, soit comme taille, soit comme galbe général. Nous trouvons en effet des colonies entières qui ont les unes une taille allongée, plus ou moins cylindrique, tandis qu'il en est d'autres dont la taille est beaucoup plus petite, et qui affectent un profil plus conique. Dans ces différents types le contour de l'ouverture présente des modifications assez nombreuses, mais plus particulièrement individuelles ; tantôt l'ouverture est ovale-arrondie à la base, tantôt au contraire elle est un peu pointue dans le bas, surtout dans la variété courte et conique ; tantôt le bord droit est légèrement arrondi, tantôt au contraire il est tout à fait rectiligne ou même un peu rentrant.

Le péristome, ordinairement peu réfléchi, s'épaissit beaucoup dans quelques stations ; en ce cas les plis palataux sont plus immergés. En général les plis sont bien marqués, et comme ils sont peu immergés si ce n'est le second pli supérieur, ils sont bien visibles ; mais il arrive souvent que le second pli columellaire est peu développé et réduit, même chez des échantillons adultes, à une simple saillie parfois peu accentuée. Enfin le quatrième pli palatal, le plus inférieur, est souvent peu visible, et toujours très près du bord columellaire. Nous distinguerons d'après ce qui précède les variétés suivantes :

Elongata, Rossmässler (1). — Coquille de taille plus grande que le type, dépassant de 8 à 9 millimètres de longueur, de forme subcylindrique ; assez rare : les environs de Lyon.

Subcylindrica, nob. — Coquille de taille moyenne, ne dépassant pas de 7 à 8 millimètres et demi de longueur ; sa forme est subcylindrique ou mieux ovoïde-allongée, tantôt droite dans la partie inférieure, tantôt un peu renflée ; peu commune : le Mont-d'Or lyonnais, les alluvions du Rhône au nord de Lyon.

Callosa, Moquin-Tandon (2). — Coquille de taille plus petite, d'un galbe normal, avec le pli supérieur imparfait, souvent à l'état de simple callosité ; rare : les environs de Lyon.

Ventricosa, nob. — Coquille de taille plus petite que le type, d'un galbe plus court, plus conique, plus renflé à la base ; cette dernière variété paraît plus particulièrement spéciale aux environs de Lyon ; nous l'avons à diverses reprises récoltée à la Pape et dans les alluvions du Rhône.

Bugeysiaca, nob. — Coquille de taille moyenne, mais de forme un peu ventrue avec le péristome développé et assez fortement réfléchi ; mais ce qui la caractérise plus particulièrement, c'est que les plis columellaires et palataux sont fortement immergés ; le troisième pli palatal est plus saillant que les autres, il remonte jusqu'au bord de l'ouverture, et seul est bien visible ; trouvée par M. A. Falsan à Thoys près Belley, dans le département de l'Ain.

RAPPORTS ET DIFFÉRENCES. — Les échantillons allongés du *Pupa fru-*

---

(1) Rossmässler, 1837. *Iconographie*, pl. XXIII, f. 311.

(2) Moquin-Tandon, 1855. *Hist. Moll.*, II, p. 361 (*Torquilla callosa*, Ziegler ; *Chondrus callosus*, Crist. et Jan, 1882. *Cat.*, XII, n° 8).

mentum se rapprochent beaucoup de certaines variétés du *Pupa multiden-tata ;* on les distinguera à leur forme moins allongée, plus conique et sur-tout à la présence du bourrelet blanc saillant qui existe en dehors près de l'ouverture. Quant aux caractères de différenciation basés sur l'existence de tours séparés par une suture plus profonde et ornée de stries fines et régulières, comme sur l'avancement des quatre plis palataux jusqu'au bord extérieur, il y faut peu compter; ces caractères sont trop peu cons-tants pour être d'une valeur positive.

ANOMALIES. — Nous avons représenté, pl. IV, fig. 4–6, un échantillon du *Pupa frumentum* recueilli par M. Roy dans les alluvions du Rhône au sud de Lyon, qui, après avoir eu son ouverture brisée par une cause accidentelle, s'est refait, en arrière, une seconde ouverture avec tous ses caractères ; une partie de l'axe columellaire est resté en dehors de la coquille, tandis qu'au dedans la transformation aperturale a été complète.

PUPA SECALE, DRAPARNAUD

Pupa secale, DRAPARNAUD, 1801. *Tabl. Moll.*, p. 59; *Hist.*, p. 64, pl. III, f. 49-50.
Turbo juniperi, MONTAGU, 1803. *Testacea britannica*, p. 340, pl. XII, f. 12.
Odostomia juniperi, FLEMING, 1814. *In Edinb. Encycl.*, VII, I, p. 76.
Torquilla secale, STUDER, 1820. *Kurz. Verzeichn.*, p. 80.
Chondrus secale, HARTMANN, 1821. *Syst. Gasterop.*, p. 50.
Helix secale, FÉRUSSAC, 1822. *Tabl. system.*, p. 64.
Jaminia secale, RISSO, 1826. *Hist. nat. Eur. merid.*, p. 89.
Abida secale, LEACH, 1831. *Brit. Moll.*, p. 165 (ex Turton).
Vertigo secale, TURTON, 1831. *Shells Brit.*, p. 101.
Granaria secale, HELD, 1837. *In Isis von Oken*, p. 918.
Pupa juniperi, GRAY, 1848. *In Turton, Shells Brit.*, p. 197, pl. VII. f. 81.
Stomodonta secale, MERMET, 1843. *Moll. Pyr.-Occident.*, p, 51.

HABITAT. — Cette coquille, sans être jamais très commune, habite ce-pendant à peu près toute notre région, depuis les plaines basses, les val-lées et les plateaux des environs de Lyon, jusque dans les montagnes des Alpes. M. Bourguignat l'a récoltée dans l'Isère jusqu'au sommet du col de Rovinant. Elle vit en colonies assez nombreuses, peu dispersées, bien localisées, dans les endroits un peu frais et moussus.

ORIGINE. — Nous savons que le *Pupa secale* vivait déjà à l'époque quater-naire. Quoique nous ne l'ayons pas encore rencontré à l'état fossile aux environs de Lyon, nous le voyons figurer dans la faune du pleistocène moyen de l'Allemagne, de la Suisse, etc.

VARIATIONS. — Dans cette coquille les variations peuvent porter sur la forme et sur l'ornementation aperturale. Nous distinguerons donc les variétés suivantes :

Minor, Moq.-Tand. (1). — Coquille de taille plus petite que le typo, mais de même forme et avec les mêmes plis aperturaux ; assez rare : les alluvions du Rhône, la Grande-Chartreuse, etc.

Cylindrica, nob. — Coquille de forme un peu cylindrique, allongée, non ventrue, mesurant de 8 à 9 millimètres de longueur, aux tours peu arrondis ; ouverture ornée de neuf plis, dont un pli peu saillant à l'angle du bord columellaire ; rare : dans les alluvions du Rhône.

Novem-plicata, Bourguignat (2). — Coquille semblable au type, mais avec trois plis supérieurs, deux columellaires et quatre pariétaux ; cette varité diffère du type par le grand pli placé à l'angle supérieur du bord externe, qui se trouve complètement divisé en deux ; assez rare : les environs d'Aix-les-Bains en Savoie.

Decem-plicata, Bourguignat. — Coquille semblable au type, mais avec quatre plis supérieurs, deux columellaires et quatre palataux ; « semblable à la variété précédente, en diffère seulement par un petit pli très mince, allongé, qui suit l'angle supérieur de la columelle. Cette variété imite au dernier point le *Pupa Boileausiana* de Charpentier. » Les environs d'Aix-les-Bains et les alluvions du Rhône.

Oyonnaxia, nob. — Coquille semblable au type, mais avec dix plis ainsi répartis : trois supérieurs, le petit pli de l'angle supérieur du bord externe ouvre peu distinct, trois plis columellaires, et quatre plis palataux ; le troisième pli columellaire est très inférieur et peu immergé, il est très net et très distinct dans quelques échantillons ; rare : Oyonnax dans le département de l'Ain.

Bourgetica, Bourguignat. — Coquille semblable au type, ornée de onze plis, quatre plis supérieurs, trois plis columellaires et quatre plis palataux. « Cette variété, ajoute M. Bourguignat, se distingue de la variété *decem-plicata* en ce sens que la columelle, au lieu d'offrir deux plis lamelliformes,

(1) Moquin-Tandon, 1835. *Hist. Moll.*, II, p. 366.
(2) Bourguignat, 1864. *Malac. d'Aix-les-Bains*, p. 49.

présente en outre un troisième pli punctiforme à sa base (1) ; » rare : entre Mouxy et la Chapelle Saint-Victor, près d'Aix-les-Bains en Savoie.

Sublævigata, Bourguignat. — Mêmes caractères que la variété précédente, seulement le test est presque lisse et ne laisse point apercevoir, à la loupe, les petites stries fines, obliques et serrées qui caractérisent le type ; rare : sur la Dent-du-Chat en Savoie.

Duodecim-costata, nob. — Coquille conforme au type, mais de taille un peu forte, ornée de douze plis ainsi répartis : quatre plis supérieurs ; deux plis columellaires, le pli supérieur très développé ; six plis palataux, le premier très immergé, les deuxième et quatrième très saillants, les trois autres réduits à l'état de plis punctiformes très nets et peu immergés ; rare : les environs de Lyon, le Vernet, collection de M. Gabillot.

RAPPORTS ET DIFFÉRENCES. — D'après ce que nous venons de voir ce n'est pas en général sur les caractères aperturaux qu'il faut se baser pour distinguer le *Pupa secale*. On peut le rapprocher dans nos pays surtout des *Pupa multidentata* et *Pupa frumentum;* on le distinguera à l'âge adulte du *Pupa frumentum* par l'absence du bourrelet blanc extérieur bien caractéristique de l'ouverture ; on le séparera du *Pupa multidentata*, par sa taille ordinairement plus petite, sa coquille plus épaisse, moins transparente, sa surface plus ridée, son galbe moins cylindroïde, etc.

PUPA GRANUM, DRAPARNAUD

Pupa granum, DRAPARNAUD, 1801. *Tabl. Moll.*, p. 50 ; *Hist.*, p. 63, pl. III, f. 45-46.
Torquilla granum, STUDER, 1820. *Kurzes Verzeichn.*, p. 89.
Chondrus granum, HARTMANN, 1821. *In Neue alpina*, p. 249.
Helix granum, FERUSSAC, 1812. *Tabl. system.*, p. 64.
Jaminia granum, RISSO, 1826. *Hist. nat. Eur. Merid.*, IV, p. 90.
Stomodonta granum, MERMET, 1843. *Moll. Pyr.-Occident.*, p. 52.

ANOMALIES. — Cette coquille, dont l'habitat est normalement méridional, a été retrouvée par Terver et par Foudras aux environs de Lyon, à Saint-Clair et à la Pape, dans les endroits secs, sous les pierres. Plus au sud, elle vit également dans la Drôme ; Albin Gras la signale dans les Alpes, mais sans désignation de localité ; nous l'avons observée assez rarement

(1) Bourguignat, 1864. *Malac. d'Aix-les-Bains*, p. 49, pl. II, f. 1-2.

il est vrai, dans les alluvions du Rhône à Lyon. Enfin nous l'avons récemment reçue de Russilly près Châlon dans le département de Saône-et-Loire.

ORIGINE. — Nous ne connaissons pas le *Pupa granum* à l'état fossile.

VARIATIONS. — Nos échantillons sont à peu près conformes à ceux du Midi de la France; ils sont de taille assez forte, avec des stries peut-être un peu plus saillantes que celles des individus de la Provence, et la même disposition des plis aperturaux ; le troisième pli palatal seul est bien visible et bien développé ; les trois autres sont plus immergés et plus difficiles à distinguer. Dans la croissance des plis palataux, c'est du reste le troisième pli qui apparaît le premier en même temps que le pli supérieur et avant les plis columellaires.

RAPPORTS ET DIFFÉRENCES. — Par son galbe, sa taille, la position centrale du pli supérieur, cette coquille ne pourra être confondue avec aucune de ses congénères ; elle n'a de rapports, dans la faune française, qu'avec le *Pupa Michelii* de Terver (1), qui paraît localisé dans la Provence, et dont la taille est plus forte et qui est plus particulièrement caractérisé par la présence de deux plis supérieurs.

PUPA POLYODON, DRAPARNAUD

Pupa polyodon, DRAPARNAUD, 1801. *Tabl. Moll.*, p. 60; *Hist.*, p. 67, pl. IV. f. 1-2.
Helix polyodon, FERUSSAC, 1812. *Tabl. system.*, p. 64.
Torquilla polyodon, BECK, 1837. *Index Molluscorum*, p. 86.
Granaria polyodon, HELD, 1837. *In Isis von Oken*, p. 918.

HABITAT. — Cette forme méridionale a été signalée aux environs de Grenoble, sur les rochers de Saint-Martin le Vinoux, au mont Néron, par Albin Gras ; Terver et Foudras l'ont également récoltée aux environs de cette ville. On la retrouve plus au sud dans la Drôme, et de là elle passe en Provence où se trouve son habitat réellement normal.

ORIGINE. — Le *Pupa polyodon* nous est inconnu à l'état fossile.

VARIATIONS — Nous n'avons pu examiner qu'une vingtaine d'échantil-

(1) *Pupa Michelii*, Terver, in *Dupuy, Hist. Moll*, p. 397, pl. XIX, f. 11.

lons récoltés dans notre région ; ils sont de taille un peu plus petite, de forme plus grosse, plus ventrue que les échantillons du Midi de la France, et peuvent constituer une var. *ventricosa;* la coquille est mince et peu colorée ; quant à l'ornementation aperturale, elle paraît varier suivant les échantillons, comme cela a lieu souvent dans les colonies méridionales de cette même coquille. Les plis supérieurs sont au nombre de deux ou de trois ; parfois les plis de l'angle externe sont confondus et forment un simple bourrelet granuleux ; les deux plis columellaires et trois des quatre plis palataux sont fort saillants et viennent s'épanouir jusque sur le péristome ; enfin les plis péristoméens sont en quantité très variable, et constituent par leur nombre ou leur groupement les variations individuelles les plus multiples.

RAPPORTS ET DIFFÉRENCES. — Par ses caractères aperturaux, le *Pupa polyodon* lorsqu'il est adulte, ne saurait être confondu avec aucune autre coquille de notre région.

PUPA MULTIDENTATA, OLIVI

Turbo multidentatus, OLIVI, 1792. *Zoologia Adriatica,* p. 17, pl. V, f. 2.
Pupa variabilis, DRAPARNAUD, 1801. *T. Moll.,* p. 60; *Hist.,* p. 66, pl. III, f. 53-56 (n. Braun).
Torquilla variabilis, STUDER, 1820. *Kurz. Verzeichn.,* p. 20.
Chondrus variabilis, HARTMANN, 1821. *Syst. Gasterop.,* p. 50.
Helix mutabilis, FERUSSAC, 1822. *Tabl. system.,* p. 64.
Granaria variabilis, HELD, 1837. *In Isis von Oken,* p. 918.
Pupilla variabilis, SWAINSON, 1840. *Treat. malac.,* p. 334.

HABITAT. — Cette coquille n'est en général pas très commune dans notre contrée ; on la trouve en colonies assez nombreuses, mais peu disséminées sur certains points des régions basses, des plateaux ou des vallées, ne dépassant pas une altitude de 500 mètres. Elle semble plus commune aux environs de Lyon que dans toutes les autres parties du bassin qui nous occupe ; elle vit également dans l'Ain, l'Isère, la Drôme, la Savoie, etc. mais toujours à une assez faible altitude.

ORIGINE. — Le *Pupa multidentata* n'a pas encore été signalé à l'état fossile ; il semble faire partie exclusivement de la faune française et sub-méridionale actuelle. Il n'a du reste été reconnu que dans un petit nombre de pays.

Variations. — Les variations dans cette coquille portent particulièrement sur le galbe lui-même plutôt que sur le nombre ou la disposition
des plis de l'ouverture ; nous sigalerons les variétés suivantes :

Major, Moquin-Tandon (1). — Coquille de grande taille mesurant jusqu'à
13 et 14 millimètres de hauteur, de forme un peu cylindrique, peu ou même
pas renflée dans le bas, avec des stries obsolètes ; parfois on rencontre à
l'intérieur un quatrième pli palatal peu marqué, peu saillant, presque rudimentaire ; rare : les environs de Lyon.

Minor, Moq.-Tand. — Coquille de petite taille ne mesurant parfois que
6 millimètres de hauteur, de forme courte, ramassée, ventrue, rappelant
comme galbe la variété minor du *Pupa frumentum*, mais sans bourrelet
blanc extérieur, et avec une seule dent palatale remontant jusqu'au bord
du péristome ; rare : Décines, Isère.

Pachygaster, Moq.-Tand. — Coquille de taille assez forte, pouvant
mesurer jusqu'à 12 millimètres de hauteur, pour 4 millimètres de diamètre, par conséquent fortement ventrue ; la surface est striée comme celle
d'un *Pupa frumentum* ; l'ouverture porte quatre plis palataux émergeant
jusqu'au péristome qui est mince et peu réfléchi ; extérieurement il n'y a
aucun bourrelet péristoméal saillant ; cette singulière variété dont nous
avons récolté quatre échantillons dans les alluvions du Rhône, peut par
ses caractères appartenir tout aussi bien au *Pupa frumentum* qu'au *Pupa
multidentata* ; elle tient autant de l'une que de l'autre.

Sabaudina, Bourguignat (2). — Coquille de petite taille, mesurant environ 10 millimètres de hauteur, avec une ouverture plus large que le type,
ornée de quatre plis palataux excessivement immergés, à l'exception du
troisième qui seul, sous la forme d'une lamelle, vient s'épanouir sur le
péristome ; assez commune : dans les endroits secs et élevés des environs d'Aix-les-Bains en Savoie.

Rapports et différences. — Les *Pupa multidentata* et *P. frumentum*
sont très voisins l'un de l'autre, et nous venons de décrire un type intermédiaire dont le classement peut laisser des doutes ; au delà des Alpes
on trouve une autre forme qui paraît locale, et qui a de grandes affinités
avec le *Pupa multidentata* ; c'est le *Pupa Mortilleti* Stabile (3). D'après
cet auteur, le galbe de ce *Pupa* serait constant et parfaitement défini. Nous

(1) Moquin-Tandon, 1855. *Hist. Moll.*, II, p. 375.
(2) Bourguignat, 1864. *Malacologie d'Aix-les-Bains*, p. 48, pl. II, f. 6-7.
(3) J. Stabile, 1864. *Mollusques terrestres vivants du Piémont*, p. 98, pl. II, f. 4.

avons déjà indiqué à propos du *Pupa frumentum* sur quels caractères différentiels les deux formes françaises étaient basées, nous n'y reviendrons pas davantage.

PUPA BIPLICATA, Michaud

Pupa biplicata, Michaud, 1831. *Compt. hist. Moll.*, p. 62, pl. XV, f. 33-34.
— *Ferrari*, Porro, 1838. *Mol. Comasco*, p. 65, tav. I, f. 4.
Sphyradium Ferrari, Hartmann, 1840. *Gasterop* , I, p. 53, pl. II, f. 1-2.

Habitat. — Ce petit *Pupa* fort rare a été trouvé pour la première fois par Terver dans les alluvions du Rhône à Lyon ; depuis lors il en a été récolté quelques échantillons fort peu nombreux, mais toujours dans les mêmes conditions.

Origine. — Cette forme qui vit aujourd'hui en Suisse et en Italie, et été signalée à l'état fossile dans le pleistocène supérieur d'Italie ; nous ne croyons pas qu'on l'ait reconnue dans d'autres pays.

Variations. — Nous ne connaissons de cette forme que les dix échantillons que renferme la collection Terver au muséum de Lyon. En dehors des variations individuelles, basées sur la taille générale et sur la forme si curieuse de l'ouverture, on distingue la variété suivante :

Guttula, Porro (1). — Coquille de taille plus petite, galbe un peu plus ramassé, de forme plus conique, composée de sept tours seulement avec les mêmes dispositions de l'ouverture. Cette variété paraît avoir été récoltée avec le type.

Rapports et différences. — Moquin-Tandon (2) a réuni au *Pupa biplicata* le *Pupa Ferrari* de Porro ; quelques auteurs cependant considèrent ces deux formes comme distinctes. C'est ainsi que l'a fait Mme la marquise Paulucci(3). Or, comme une partie de nos échantillons se rapportent, ainsi que Moquin-Tandon l'a constaté lui-même, à la var. *guttula* du véritable *Pupa Ferrari*, il s'ensuivrait que notre liste de Pupas devrait encore être enrichie de ce nom spécifique. Cependant l'étude des échantillons de la collection Terver qui ont passé par les mains de Michaud et de Moquin-Tandon, ne nous permet pas de séparer définitivement nos formes lyonnaises.

(1) Porro, 1838. *Malacologia terr. e fluv. della prov. Comasco*, p. 57, var. c. *guttula*.
(2) Moquin-Tandon, 1855. *Hist. Moll.*, II, p. 384.
(3) Paulucci, 1878 *Matériaux Faune malacol. Italie*, p. 11.

PUPA DOLIUM, Draparnaud

Pupa dolium, Draparnaud, 1801. *Tabl. Moll.*, p. 58; *Hist.*, p. 72, pl. III, f. 43.
Helix dolium, Ferussac, 1822. *Tabl. system.*, p. 63.
Pupilla dolium, Beck, 1837. *Index Molluscorum*, p. 83
Orcula dolium, Held, 1837. *In Isis von Oken*, p. 919.
Eruca dolium, Swainson, 1840. *Treat. maloc.*, p. 334.

Habitat. — Cette forme, sans être jamais très commune, se trouve partout dans notre région; elle forme de petites colonies peu nombreuses, peu dispersées, dans la plupart de nos départements; elle vit de préférence à une altitude inférieure à 500 mètres, mais elle peut s'élever bien au delà; Albin Gras et M. Bourguignat l'ont signalée à la Grande-Chartreuse; mais à mesure que l'altitude s'élève les échantillons deviennent plus rares.

Origine — Nous ne connaisssons le *Pupa dolium* à l'état fossile dans notre région que dans les dépôts du pleistocène supérieur des environs de Lyon. Il a été cependant signalé dès le pleistocène inférieur en Allemagne, puis plus tard en Suisse, en Autriche, etc.

Variations. — Dans cette coquille, les variations individuelles sont fort nombreuses; les variations générales portent surtout sur le galbe de a coquille, et à ce titre-là il serait facile de les multiplier indéfiniment, car on est presque en droit de dire que chaque colonie a son galbe particulier. Nous signalerons plus particulièrement les variétés suivantes :

Major, nob. — Coquille mesurant de 7 à 8 millimètres de hauteur, de taille cylindrique, régulière, allongée et non ovoïde, peu ventrue, avec un ou deux plis columellaires; rare : les environs de Lyon.

Minor, Moquin-Tandon (1). — Coquille de taille plus petite que le type, ne mesurant que 5 à 6 millimètres de hauteur, d'un galbe ovoïde, court et trapu, avec deux plis columellaires bien développés; peu commune; les environs de Lyon, notamment sur les bords du Rhône, au nord de la ville.

Globulosa, nob. — Coquille mesurant de 6 à 7 millimètres de hauteur,

(1) Var ε, L. Pfeiffer, *Symb. Helic.*, I, p. 27; *Pupa uniplicata, Ziegler*, *in* Potiez et Michaud, 176, pl. XVII, f. 13-14.

mais parfaitement ovoïde, globuleuse, ventrue, avec les deux plis columellaires du type; peu commune : l'Isère, la Savoie.

Pfeifferi, Moq.-Tand. (1). — Coquille de toutes tailles et de toutes formes avec un seul pli columellaire bien saillant, l'autre nul ou à peine visible ; assez commune : les environs de Lyon, la Bresse, la Dent-du-Chat en Savoie, les environs de Grenoble, etc.

Quadri-plicata, nob. — Coquille conforme au type, mais avec l'ouverture ornée de trois plis collumellaires, les deux premiers bien saillants, le troisième rudimentaire, mais bien visible : rare : les environs de Lyon.

RAPPORTS ET DIFFÉRENCES. — Cette forme n'a de rapport qu'avec la suivante; il sera toujours facile de les distinguer à leur taille lorsqu'elles seront adultes.

ANOMALIES — Nous retrouvons dans le *Pupa dolium* des cas d'albinisme se reproduisant avec tous leurs caractères; l'animal est lui-même de couleur plus pâle; la coquille de même taille que le type est d'un blanc brillant très remarquable, tout en conservant sa transparence ; les plis encadrés d'un péristome blanc mat se détachent nettement sur ce fond plus blanc. Cette jolie variété constituait une véritable colonie aux environs de Lyon au Vernay, où elle a été exploitée par les Terver, les Foudras etc., elle paraît avoir disparu aujourd'hui, ou du moins nous ne l'avons plus retrouvée.

PUPA DOLIOLUM, Bruguière

Helix coronata, STUDER, 1789. *F. Helv.*, *in Coxe, Trav. Switz*, III, p. 480 (s. car., n. Desh.).
Bulimus doliolum, BRUGUIÈRE, 1792. *Encyclop. méth., Vers*, II, p. 351.
Pupa doliolum, DRAPARNAUD, 1801. *Tabl., Moll.*, p. 58; *Hist.* p. 62, pl. III, f. 41-42.
Helix doliolum, FERUSSAC, 1822. *Tabl. system.*, p. 63.
Pupilla doliolum, BECK, 1837. *Index Molluscorum*, p. 84.
Orcula doliolum, HELD, 1837. *In Isis von Oken*, p. 919.
Pupa dolium, L. PFEIFFER, 1865. *Malak. Blätter*, XII, p. 104.

HABITAT. — L'habitat du *Pupa doliolum* est à peu près le même que celui du *Pupa dolium;* comme lui il vit en colonies peu nombreuses et peu dispersées ; il figure dans la faune des départements du Rhône, de Saône-

(1) Moquin-Tandon, 1855. *Hist. Moll.*, II, p. 385.

et-Loire, de l'Ain, de l'Isère, de la Savoie, mais ordinairement et le plus communément dans les régions ne dépassant pas 5 à 600 mètres de hauteur. Il s'élève cependant au delà, mais à une altitude un peu moins grande que le *Pupa dolium*.

ORIGINE. — Le *Pupa doliolum* paraît moins ancien que le *Pupa dolium* il ne remonterait pas d'après Sandberger et S. Clessin (1), au delà du pleistocène moyen de l'Allemagne. Nous ne le connaissons pas à l'état fossile dans notre région.

VARIATIONS. — Le galbe de cette coquille paraît être encore plus variable que celui de la coquille précédente; on peut affirmer ici avec plus de certitude encore que chaque colonie a son galbe propre se reproduisant avec ses mêmes caractères. Il est donc bien difficile d'assigner de réelles limites à ces innombrables variations. Nous signalerons plus particulièrement les variétés suivantes :

Major, nob. — Coquille mesurant plus de 7 millimètres de longueur; de forme presque cylindrique, assez régulière, à peine un peu plus renflée dans le haut, recouverte de stries peu saillantes; rare : les environs de Lyon et de Grenoble.

Minor, nob. — Coquille de taille plus petite que le type, tout en conservant le même nombre de tours, ne dépasant pas 4 millimètres de hauteur, de forme courte, ramassée, ventrue dans le haut, stries bien marquées rare : les environs de Lyon, le bas Bug-y.

Biplicata, nob. — Coquille d'un galbe conforme au type, mais avec un seul pli columellaire visible, le second obsolète ou réduit à l'état de simple saillie très immergée et peu visible ; rare : les alluvions du Rhône à Lyon,

Critica, Zélébor (2). — Coquille d'un galbe conforme au type mais dénué de plis columellaires, ou tout au moins avec des plis columellaires réduits à l'état de simples saillies très immergées; rare : les environs de Lyon, et les alluvions du Rhône au nord de Lyon.

RAPPORTS ET DIFFÉRENCES. — Lorsque la coquille du *Pupa doliolum* est jeune, on peut facilement la confondre avec celle des *Pupa muscorum*, *P. bigranata*, *P. triplicata* ; à l'état adulte on la distinguera de toutes ses con-

---

(1) Sandberger, 1870. *Land u. Süssw. Conch. der Vorwelt.*
    S. Clessin, 1877. *Vom. Pleistocaen zur Gegenwart.*
(2) *Pupa critica*, Zelebor, 1856, Pfeiff, *Mitth. in Mal. Bl.*, III, p. 177. n° 16.

génères par sa forme renflée dans le haut, par ses costulations assez fortes, et enfin par la disposition des plis de son ouverture.

ANOMALIES. — Les cas d'albinisme paraissent plus rares dans notre région chez cette coquille que chez la précédente; ils sont moins nettement accusés, et nous ne saurions dire s'ils se reproduisent; nous en avons récolté ainsi que Terver différents spécimens soit aux environs de Lyon, soit dans les alluvions du Rhône; ils sont en général de grande taille et se rattachent à notre var. *major*.

PUPA UMBILICATA, DRAPARNAUD

Bulimus muscorum, BRUGUIÈRE, 1792. *Encycl. meth.*, Vers, I, p. 334 (pars).
Pupa umbilicata, DRAPARNAUD, 1801. *Tabl. Moll.*, p. 62; *Hist.*, p. 62, pl. III, f. 39-40.
Bulimus unidentatus, VALLOT, 1801. *Exerc. Hist. nat.*, p. 6.
Turbo muscorum, MONTAGU, 1803. *Test. Brit.*, p. 335; suppl., pl. XXII, f. 3 (n. Lin.).
Odostomia muscorum, FLEMING, 1814. *In Edinb. Encycl.*, VII. I, p. 76.
Helix umbilicata, FERUSSAC, 1822. *Tabl. syst.*, p. 63 (n. Pultney).
Jaminia muscorum, RISSO, 1826. *Hist nat. Eur. merid.*, IV, p. 88.
Pupilla Draparnaldi, LEACH, 1831. *Brit. Moll.*, p. 126 (ex Turton).
— *umbilicata*, BECK, 1837. *Index Molluscorum*, p. 84.
Eruca umbilicata, SWAINSON, 1840. *Treat. malac.*, p. 334.
Stomodonta umbilicata, MERMET, 1843. *Moll. Pyr.-Occident.*, p. 53.
Pupa cylindracea, MOQUIN-TANDON, 1849. *In Act. Soc. Lin. Bord.*, XV.
Pupa Blakei, SCHUTTLEWORTH, 1860. *In Albers*, 2ᵉ édit., p. 354.

HABITAT. — Le *Pupa umbilicata* est assez répandu dans toute la contrée qui nous occupe; nous le connaissons dans les départements du Rhône, de l'Ain, de Saône-et-Loire, etc. Il vit en général à une altitude qui ne dépasse pas de 400 à 600 mètres, au delà il semble être remplacé par le *Pupa Semproni;* il vit en colonies assez nombreuses, mais peu dispersées, dans les endroits frais et ombragés, humides et moussus.

ORIGINE — Quoique nous ne connaissions pas cette forme à l'état fossile dans nos environs, nous savons cependant qu'elle a été déjà signalée dans le pleistocène supérieur de France, d'Autriche et d'Italie.

VARIATIONS. — En général les échantillons de notre région sont de taille moins forte que ceux du Midi de la France; déjà même dans la Drôme ils sont plus forts et surtout plus allongés. Les variations individuelles sont très nombreuses; elles portent plus particulièrement sur la direction du grand axe de l'ouverture, qui tantôt est droit ou presque droit, tantôt au contraire assez fortement oblique. Le pli supérieur est tantôt continu avec le bord extérieur, tantôt détaché, et cela dans une même colonie. Relativement aux variations générales nous établirons les variétés suivantes :

Edentula, Moquin-Tandon (1). — Coquille de taille un peu plus petite que le type avec l'ouverture tantôt droite, tantôt un peu oblique, mais ornée d'un pli obsolète ou réduit à l'état de simple tache blanchâtre ; peu commune : les environs de Lyon.

Biplicata, Bourguignat (2). — Coquille conforme au type de notre région, mais avec deux plis ; le premier sur la paroi aperturale placé comme dans le type, vers l'angle supérieur du bord droit, le second à peine sensible, sur le bord columellaire, assez profondément immergé et dans la partie centrale ; peu commune : les environs de Lyon.

Cornea, nob. — Coquille de taille assez forte, mais mince, un peu transparente, comme cornée, avec le pli apertural ordinaire ; c'est le type le plus commun de la région.

Subrufa, nob. — Coquille de taille un peu plus petite, assez épaisse, de couleur rousse un peu foncée, peu transparente ; assez commune : le Bugey, les environs de Grenoble, etc.

RAPPORTS ET DIFFÉRENCES.— M. Bourguignat (3) a suivi avec un soin particulier le développement de cette coquille depuis son jeune âge jusqu'à l'état adulte ; on peut voir d'après cela quelles différences elle présente tant qu'elle est jeune avec les autres formes du groupe du *Pupa muscorum* qui, à l'ombilic près, ont dans leur galbe général assez d'analogie avec elle. A l'état adulte, le *Pupa umbilicata* ne peut être confondu qu'avec le *Pupa Semproni* dont nous allons parler. Enfin, d'après ce même auteur, il ne faudrait pas confondre le véritable *Pupa umbilicata*, forme méridionale et littorale avec le *Pupa cylindracea* des Anglais (4), comme l'ont fait Moquin-Tandon (5), L. Pfeiffer (6) et plusieurs autres auteurs ; ce serait deux formes différentes depuis leur première période, jusqu'à leur entier développement.

(1) Moquin-Tandon, 1855. *Hist. Moll.*, II, p. 390.
Pupa umbilicata, var. b. Turton, 1831, *Shells Brit.*, p. 98.
(2) Bourguignat, 1870. *Malacologie de l'Algérie*, t. II, p. 92.
(3) Bourguignat, 1860. *Malac. terr. du château d'If*, p. 28.
(4) *Turbo cylindraceus*, da Costa, 1789. *Testacea Britannica*, p. 89, pl. V, f. 16.
(5) Moquin-Tandon, 1855. *Hist. Moll.*, II, p. 390, pl. XXVIII, f. 1, 4.
(6) L. Pfeiffer, 1841. *Monogr. Hel. viv.*, t. II, p. 329.

PUPA SEMPRONI, Charpentier

Pupa Sempronii, Charpentier, 1837. *Cat. Moll. Suisse*, p. 15, pl. II, f. 4.
Pupilla Sempronii, Adams, 1853. *Genera recent Mollusca*, p. 170.
Pupa umbilicata, Bourguignat. 1864. *Malac. d'Aix-les-Bains*, p. 52)v. *Semproni).*
Semproni, Paulucci, 1878. *Mater. Faune Malac. Italie*, p, 10, n° 262,

Habitat. — Cette petite forme, dont le type habite sur le versant méridional du Simplon, a été retrouvée dans les alluvions du Rhône à Bellegarde
dans le département de l'Ain, ou elle paraît fort rare. En outre, M. Bourguignat, sans reconnaître le type même de Charpentier, a récolté aux
environs d'Aix-les-Bains plusieurs variétés de cette coquille.

Origine. — Cette forme nous est encore inconnue à l'état fossile.

Variations. — M. Bourguignat a signalé les variétés suivantes de ce
Pupa qu'il considère avec bien juste raison comme étant lui-même une
variété du *Pupa umbilicata :*

Cornea, Bourguignat — Test corné, ouverture bidentée, une dent lamell-
liforme, sur la paroi aperturale vers l'angle supérieur du bord externe, et en
plus un petit pli sur la partie médiane de la columelle : différentes stations
des environs d'Aix-les-Bains en Savoie.

Viridula, Bourguignat. — Mêmes caractères que dans la variété précédente, seulement le test est d'une teinte uniforme blanche-verdâtre : au-
dessus de Bordeau près d'Aix-les-Bains.

Hyalina, Bourguignat. — Test cristallin, très transparent, ouverture
bidentée comme chez les deux variétés précédentes : la Tour de Grésy et
Bordeau, aux environs d'Aix-les-Bains.

Rapports et différences. — Cette forme est très voisine de la précédente;
bien des auteurs l'ont considérée comme simple variété ; d'autres, comme
Kreglinger, l'abbé J. Stabile, etc., l'admettent au rang d'espèce ; elle est caractérisée par sa taille plus petite que celle du *Pupa umbilicata* par sa dent
aperturale ordinairement plus petite, moins saillante, et par son péristome
moins blanc et moins épais. « Quant à la présence ou l'absence plus ou
moins absolue du petit pli ou dent de l'avant-dernier tour, touchant l'extrémité du bord extérieur du péristome, j'ai déjà fait observer, dit M. l'abbé

Stabile (1), lorsque j'ai parlé de la *Cæcilianella acicula*, que cette petite pièce accessoire a peu d'importance pour la détermination d'une espèce, parce qu'elle varie beaucoup selon l'âge des mollusques, les conditions physiques où il vit, etc. »

ANOMALIES. — Peut-être faudrait-il considérer la var. *hyalinia* comme un cas d'albinisme constitutionnel, s'appliquant à toute la colonie et se reproduisant normalement. C'est du moins ce que nous avons fait pour le *Pupa dolium ;* quoique nous n'ayons pas vu les échantillons cités par M. Bourguignat, ils nous semblent, d'après leur description, tout à fait analogues comme aspect à nos *Pupa dolium* du Vernet, près de Lyon. Il resterait à savoir quel est le degré de fixité de cette manière d'être.

PUPA MUSCORUM, LINNÉ

Pl. IV, fig. 7-8.

Turbo muscorum, LINNÉ, 1758. *Syst. nat.* éd,. 10°, p. 767 (n. Mont).
Helix muscorum, MÜLLER, 1774. *Verm. terr. et fluv. hist.*, II, p. 105.
Bulimus muscorum, BRUGUIÈRE, 1789. *Encycl. meth.*, Vers, I, p. 334.
Pupa marginata, DRAPARNAUD, 1801. *Tabl. moll.*, p. 58; *Hist. moll.*, p.61, pl. III, f. 36-38.
Turbo chrysalis, TURTON, 1819. *Conch. dict. Brit. Isl.*, p. 220.
Pupa muscorum, C. PFEIFFER, 1821. *Deutsch. Moll.*, I, p. 57, pl. III, f. 17-18.
— *unidentata*, C. PFEIFFER, 1821. *Deutschl. Moll.*, I, p. 58, pl. III, f. 19-20.
— *bidentata*, C. PFEIFFER, 1821. *Deutschl. Moll.*, I, p. 59, pl. III, f. 21-22 (pars).
Turbo marginatus, SHEPPART, 1823. *Brit. shells, in Tr. Linn.*, XIV, p. 152 (n. Brown).
Jaminia marginata, RISSO, 1826. *Hist. nat. Eur. merid.*, IV, p. 89, n° 202.
Alæa marginata, JEFFREYS, 1830. *Syn. test., in Trans. Linn.*, XVI, II, p. 357.
Pupilla marginata, LEACH 1831. *Brit. Moll.*, p. 127 (ex Turton).
— *muscorum*, BECK, 1837. *Index Molluscorum*, p. 84.
Torquatella muscorum, HELD, 1837. *In Isis von Oken*, p. 919.
Vertigo muscorum, BRUMATI, 1838. *Catal. system. conch. Monfalcone*, p. 40.
Stomodonta marginata, MERMET, 1843. *Moll. Pyrénées-Orientales*, p. 53.
Pupa (pupilla) muscorum, SANDBERGER, 1875. *Land. u. Süssw. Conch.* p. 797, t. XXXIII.
f. 35; t. XXXV, f. 24; t. XXXV, f. 23-24.

HABITAT. — De tous les *Pupa* de notre région, c'est la forme la plus commune et la plus répandue ; on la trouve partout en colonies nombreuses et très dispersées depuis les bas niveaux, jusqu'à une altitude de 700 à 800 mètres, vivant dans les endroits frais, humides, moussus; on la récolte en abondance dans les alluvions de la plupart de nos cours d'eau.

(1) J. Stabile, 1864. *Mollusques terrestres vivants du Piémont*, p. 102.

ORIGINE. — Le *Pupa muscorum* vivait déjà dans nos contrées à l'époque des dépôts les plus anciens de la période quaternaire ; nous l'avons signalé dans le lehm de tout le Mont-d'Or, et plus tard dans celui de la Bresse et du Dauphiné. Plus anciennement encore il figurait dans la faune du pleistocène inférieur du duché de Nassau, du Wurtemberg, de la Saxe, du duché de Bade, etc., et plus tard dans les dépôts plus récents de la France, de l'Italie de la Suisse, de l'Angleterre, de l'Allemagne et de l'Algérie.

VARIATIONS. — Dans une forme aussi commune et aussi dispersée les variations générales ou individuelles devaient nécessairement être assez nombreuses. Voici celles que nous avons observées : les variations individuelles portent surtout sur le galbe de la coquille, dont le nombre de tours paraît varier pour les individus adultes de 6 à 8 1/2. Dans ces conditions le galbe se modifie d'une façon fort notable, et la coquille paraît tantôt ovoïde-cylindrique, tantôt à peu près cylindrique. Ces modifications sont absolument individuelles, et nous ne croyons pas qu'elles puissent se généraliser dans une même colonie. Il n'en est plus de même lorsqu'il s'agit des stries parfois obsolètes qui ornent la coquille ; dans les individus des régions basses comme aux environs de Lyon, par exemple, ces stries sont à peine visibles, presque effacées ; elles peuvent devenir beaucoup plus sensibles et mieux gravées dans les individus récoltés à une plus grande altitude.

Un autre caractère individuel sujet à modifications est celui du bourrelet extérieur ; sa position par rapport à l'ouverture, sa forme, sa grosseur, sa coloration paraissent varier beaucoup ; il est parfois assez aplati et très large, et dans ce cas il s'étend jusque près du péristome, avec lequel il peut même se confondre ; le plus ordinairement il est gros, fort et saillant, et laisse entre lui et le péristome un sillon creux très net. Enfin il est tantôt d'un blanc corné jaunâtre, tantôt roux ou même rose dans la même colonie. Sa forme comme sa coloration doivent dépendre de la puissance vitale de l'individu ; il est toujours plus coloré dans les échantillons dont l'animal est de couleur plus foncée.

La forme de l'ouverture est également très variable suivant les individus ; tantôt elle est complètement arrondie, tantôt elle s'allonge longitudinalement ou transversalement ; Moquin-Tandon a du reste bien représenté deux de ces formes qui sont assez communes (1); outre ces deux types

---

(1) Moquin-Tandon, 1855. *Hist. Moll.*, atlas, pl. XXVII, f. 4 et 9.

qui ne sont même pas extrêmes, on peut insérer toute une série d'intermédiaires des plus variées.

Quant aux variations générales, on peut établir pour notre région les variétés suivantes, basées sur l'ornementation aperturale et sur la coloration de la coquille.

Edentula, Menke (1). — Coquille conforme au type, pouvant présenter toutes ses variations individuelles basées sur le nombre de tours, mais privée complètement des plis supérieurs; assez commune : dans toute la région, et plus particulièrement dans les environs de Lyon.

Rufula, nob. — Coquille conforme au type avec le pli supérieur d'une couleur brune foncée, un peu rougeâtre, assez épaisse, subtransparente ; assez commune : de préférence dans les mousses très humides, dans les endroits très ombragés.

Cornea, nob. — Coquille présentant toutes les variations du type, avec ou sans plis, mais mince, transparente, de couleur cornée pâle ; assez commune : dans les régions élevées et exposées à la sécheresse.

RAPPORTS ET DIFFÉRENCES. — Quand il est jeune, le *Pupo muscorum* peut être confondu avec la plupart de ses congénères, notamment avec les *Pupa bigranata* et *P. triplicata*. Lorsqu'il est adulte, ses caractères généraux, joints à la position de son pli apertural, le distinguent assez nettement de toutes les autres formes voisines.

ANOMALIES. — Les cas d'albinisme paraissent fort rares ; nous en avons cependant constaté quelques-uns qui nous semblent tout à fait individuels; ce sont des faits isolés au sein d'une colonie normale.

Nous avons fait figurer, pl. IV, fig. 7 et 8, un individu assez curieux dont l'ouverture a été brisée par quelque cause accidentelle ; il s'est formé un nouveau péristome en arrière du premier, péristome incomplet, difforme, mais qui cependant a dû appartenir à un individu parfaitement adulte. Nous avons récolté cet échantillon dans les alluvions du Rhône.

(1) Menke, 1830. *Synopsis Molluscorum*, var. *a*.

PUPA BIGRANATA, ROSSMÄSSLER

Pupa bigranata, ROSSMÄSSLER, 1838. *Iconogr.*, X, p. 27, f. 645.
— *muscorum*, MOQUIN-TANDON, 1855. *Hist. Moll.*, II, p. 393, pl. XXVIII, f. 13 (var
bigranata).
— *triplicata*, GREDLER, 1856. *Tyrols conchyl.*, p. 3.

HABITAT. — Le *Pupa bigranata* vit à peu près dans des conditions identiques à celles du *Pupa muscorum ;* on le trouve cependant à des altitudes
généralement moins élevées ; ce serait plus particulièrement une forme des
régions basses des plaines et des vallées ; nous le connaissons dans les
vallées du Rhône, de la Saône, de l'Ain, au Mont-d'Or, etc. Il paraît
former des colonies peu nombreuses vivant à part et non mélangées avec
celles des *Pupa muscorum.*

ORIGINE. — Cette forme est déjà très ancienne ; on la retrouve dès le
pleistocène inférieur d'Allemagne où elle est du reste assez rare. Nous
ne la connaissons pas dans notre région.

VARIATIONS. — Nous ne voyons dans cette forme que des variations
individuelles, portant comme chez le *Pupa muscorum* plus particulièrement
sur le galbe extérieur de la coquille, par suite de modifications dans le
nombre des tours. Quant à l'ornementation aperturale, si le pli supérieur est
toujours bien marqué, le pli inférieur peut être réduit à l'état de simple
saillie, parfois même obsolète, tantôt remontant presque jusque vers le
péristome, mais souvent assez profondément immergé. La position de ce
pli n'a rien de bien fixe ; sa forme elle-même varie suivant les échantillons ; ce peut être un simple bouton à peine saillant, presque rond
ou un pli un peu allongé, légèrement transverse. Quant à la coloration
des individus, elle est moins changeante que chez le *Pupa muscorum ;* ceux
que nous avons observés sont tous d'un corné jaune légèrement rougeâtre.

RAPPORTS ET DIFFÉRENCES. — Cette forme est extrêmement voisine de la
précédente, et pour bien des auteurs elle a été, à très juste titre, considérée
comme simple variété. Elle n'en diffère, somme toute, que par la présence
du pli inférieur, qui peut être accidentel, et rappelle les nombreuses variations aperturales que nous avons signalées pour le *Pupa secale*, par
exemple. Quelques auteurs cependant ont cru devoir séparer le *Pupa
bigranata* du *Pupa muscorum* et l'élever ainsi au rang d'espèce.

PUPA TRIPLICATA, Studer

Pupa triplicata, STUDER, 1820. *Kurz. Verzeich.*, p. 89.
Helix triplicata, FERUSSAC, 1822. *Tabl. system.*, p. 67.
Pupa tridentalis, MICHAUD, 1831. *Compl. hist. Moll.*, p. 61, pl. XV, f. 28-30.
Pupilla triplicata, BECK, 1837. *Index Molluscorum*, p. 84.
Torquatella triplicata, HELD, 1837. *In Isis von Oken*, p. 919,
Vertigo triplicata, ADAMS, 1858. *Gen. recent. Moll.*, p. 172.

HABITAT. — Le *Pupa triplicata* vit dans les régions basses des plateaux, des plaines et des vallées de toute notre région. On peut le récolter aux environs de Lyon dans plusieurs stations ; il existe également dans les mêmes conditions dans les départements de l'Ain, de l'Isère, de Saône-et-Loire et de la Savoie. En général il vit en petites colonies peu nombreuses et peu dispersées, ne s'élevant pas à une altitude supérieure à 500 ou 600 mètres. M. Bourguignat l'a retrouvé jusqu'à la Grande-Chartreuse, soit à plus de 900 mètres ; il habite de préférence sous les pierres et les rochers un peu secs, exposés au nord.

ORIGINE. — Nous avons retrouvé cette forme dans les argiles lacustres de la vallée du Rhône au sud de Lyon.

VARIATIONS. — Outre les variations individuelles basées sur le galbe général, la forme et la direction de l'ouverture, ou le nombre des tours, nous signalerons les variétés suivantes :

Biplicata, nob. — Coquille conforme au type, mais ornée seulement de deux plis : le pli palatal fait défaut ; le pli columellaire est souvent alors à peine saillant, presque obsolète, indiqué par une simple saillie du péristome ; assez rare : les environs de Lyon et de Grenoble.

Cinerea, Michaud (1). — Coquille de même taille, mais moins fortement striée, de couleur plus pâle, un peu cendrée ; peu commune : les environs de Lyon, à Chaponost (2) :

RAPPORTS ET DIFFÉRENCES. — Il est bien difficile de distinguer cette forme des deux précédentes, lorsqu'elle n'est point adulte ; mais à cet état on la reconnaîtra toujours non seulement à la disposition de ses trois plis, dont le supérieur toujours visible est médiocre, mais mieux encore à sa taille toujours plus petite et à sa forme générale plus renflée.

(1) Michaud, 1831. *Compl. hist. Moll.*, p. 61, var. *a*.
(2) C'est par erreur que Moquin-Tandon a inscrit cette station sous le nom de Chaponard.

Genre VERTIGO, Müller

VERTIGO MUSCORUM, Draparnaud

Pupa muscorum, Draparnaud, 1801. *Tabl. Moll.*, p. 56 (ex. syn. Lin. et Müll., n. Lk.).
— *minuta*, Studer, 1820. *Kurz. Verzeichn.*, p. 89.
— *minutissima*, Hartmann, 1821. *In neue Alpina*, p. 220, pl. II, f. 5.
Vertigo cylindrica, Ferussac, 1822. *Tabl. syst.*, p. 68.
Pupa obtusa, Fleming, 1828. *Brit. anim.*, p. 269.
Alæa cylindrica, Jeffreys, 1830. *Syn. test., in Trans. Linn.*, XVI, II, p. 359.
Vertigo muscorum, Michaud, 1831. *Compl. hist, Moll.*, p. 70.
Alæa minutissima, Beck, 1837. *Index Molluscorum*, p. 85.
Vertigo pupula, Held, 1837. *In Isis von Oken*, p. 308.
Eruca muscorum, Swainson, 1840. *Treat. malac.*, p. 334.
Stomodonta muscorum, Mermet, 1843. *Moll. Pyr.-Occident.*, p. 55.
Vertigo minutissima, Graells, 1846. *Cat. Moll. Esp.*, p. 7.
Pupa Strobeli, Gredler, 1856. *Tyrols Conchylien*, p. 114 (pars).

Habitat. — Le *Vertigo muscorum* est assez rare dans notre région ; il a été récolté aux environs de Lyon, à Saint-Clair et à Oullins par Terver; Albin Gras le signale dans l'Isère aux environs de Grenoble ; nous l'avons rencontré à différentes reprises dans les alluvions du Rhône. Il paraît former de petites colonies, peu nombreuses, assez localisées, vivant de préférence à de faibles altitudes, sous les pierres et la mousse, dans les endroits frais et humides.

Origine. — On connaît cette forme depuis les dépôts du pleistocène inférieur en Allemagne; elle a été récoltée également dans les dépôts plus récents de France, d'Angleterre et d'Allemagne ; nous ne la connaissons pas dans notre région.

Variations. — Les variations individuelles portent surtout dans cette forme sur le plus ou moins de longueur de la coquille, par suite du plus ou moins grand nombre de tours qui peut passer même chez des individus adultes, de 5 à 7 1/2. Les rides longitudinales ou stries sont assez fortes chez les échantillons de notre région ; elles paraissent plus saillantes, mais pas plus rapprochées dans les individus du Dauphiné que dans ceux des environs de Lyon.

Le type de l'espèce est privé de tout pli apertural; mais il existe aussi des variétés ornées de denticules (1), nous citerons :

Uniplicata, nob. — Coquille conforme au type, mais portant un pli supérieur sur l'avant-dernier tour , assez émergé; rare, dans les alluvions du Rhône ; plus commune aux environs de Grenoble.

Biplicata, nob. — Coquille de taille un peu plus courte, de forme plus ramassée, ornée de deux plis aperturaux, un supérieur sur l'avant-dernier tour, l'autre sur le bord columellaire, assez profondément immergé ; rare : les environs de Grenoble.

RAPPORTS ET DIFFÉRENCES. — Cette forme est caractérisée par sa petite taille et par sa disposition aperturale; elle ne peut être rapprochée que du *Vertigo inornata* dont la taille est presque double, soit en hauteur, soit en diamètre, mais qui comme elle ne possède normalement point de plis à l'ouverture.

VERTIGO INORNATA, MICHAUD

Pupa inornata, MICHAUD, 1831. *Compl. hist. Moll.*, p. 63, pl. XV, f. 31-32.
Alæa inornata, BECK, 1837. *Index Molluscorum*, p. 85.
Cylindrus inornatus, HARTMANN 1841. *In Villa., Disp. conch.,* p. 23.
Vertigo inornata, ADAMS, 1853. *Genera recent Moll.*, p. 173.
    — *columella,* MOQUIN-TANDON, 1855. *Hist. Moll.,* II, p. 401 (v. *inornata*).

HABITAT. — Cette coquille toujours fort rare, a été récoltée à plusieurs reprises par Michaud, Terver, Foudras et Lafond dans les alluvions du Rhône à Lyon. Nous l'avons nous-même recueillie une seule fois vivante à la Pape, au nord de Lyon, sur des plantes au bord de l'eau. C'est dans notre région que M. Michaud a pris le type qu'il a décrit.

ORIGINE. — MM. A. Braun et Arcelin ont indiqué cette petite forme dans les dépôts quaternaires du lehm de notre région, dans le département de Saône-et-Loire. Nous ne l'avons jamais rencontrée dans le lehm des environs de Lyon.

VARIATIONS. — Sous cette appellation les échantillons que nous avons vus répondent à divers types. Ils sont malheureusement trop peu nom-

----

(1) M. Bourguignat a signalé dans sa *Malacologie de l'Algérie* une var. *triplicata* (*Pupa Strobeli*, Gredler, 1856. *Tyrols Land und Süssw. Conch.,* p. 90.)

breux, pour qu'il nous soit possible de tirer des conséquences définitives; mais nous pouvons affirmer dès maintenant qu'ils appartiennent au moins à trois types ou variétés bien distinctes. Dans l'une, les échantillons sont de grande taille, et atteignent jusqu'à 4 millimètres de longueur, avec une forme régulièrement cylindrique, le dernier tour pas plus grand que l'avant-dernier ; c'est le véritable *Vertigo inornata* de M. Michaud. La seconde forme est de taille assez forte, mesurant de 2 à 3 millimètres de longueur mais avec le dernier tour plus gros, plus renflé, plus arrondi que l'avant-dernier ; par leur galbe ces échantillons se rapprochent du type du Midi de la France, de Toulouse par exemple, que quelques auteurs rapportent au *Pupa columella* de Benz ; cette forme a été récoltée par Foudras, à Saint-Romain au Mont-d'Or. Enfin la troisième forme n'est qu'un diminutif de la première ; elle ne mesure que 2 millimètres 1/2 de diamètre, et est plus étroite, plus mince, mais bien cylindrique. Nous avons rencontré ce dernier type dans les alluvions du Rhône au nord de Lyon, la Pap e.

RAPPORTS ET DIFFÉRENCES. — Les *Vertigo muscorum, V. columella, V. inornata* et *V. edentula,* sont incontestablement très voisins; leurs caractères distinctifs portent plus particulièrement sur leurs tailles respectives et sur la forme du péristome; tous sont privés de dent·ou plis, ou n'en ont qu'accidentellement. Quelques auteurs ont déjà réuni le *Vertigo inornata* au *V. columella;* mais on peut tout aussi bien le considérer comme une variété du *Vertigo edentula ;* il se distingue du *Vertigo columella* par sa taille plus grande, son dernier tour plus renflé ; tandis qu'il est une var· *elongata* du *Vertigo edentula,* qui ne se distingue réellement du *Vertigo inornata* que par la forme de son péristome partiellement réfléchi vers l'ombilic. Nous déclarons qu'il est absolument impossible de distinguer toutes ces formes tant qu'elles ne sont pas parfaitement adultes.

VERTIGO EDENTULA, DRAPARNAUD

Helix exiguo. STUDER, 1780. *F. Hel., in Coxe, T. Stb.,* III. p. 430 (s. car., n. Lowe, n. St.)
Pupa edentula, DRAPARNAUD, 1805. *Hist. Moll.,* p. 52. pl. III, f. 28-29.
Vertigo edentula, STUDER, 1820. *Kurz. Verzeichn.,* p. 89.
  — *nitida,* FERUSSAC, 1822. *Tabl. system.,* p. 68.
Turbo Offtoniensis, SHEPPART, 1823. *In Trans. Linn.,* XVI, II, p. 155.
Jaminia edentula, RISSO, 1826. *Hist. nat. Eur. merid.,* IV, p. 89 (test. moq.)
Turbo edentulus, WOOD, 1828. *Cat. suppl.,* pl. VI, f. 14.

Alæa nitida, JEFFREYS, 1830. *Syn. test., in Trans. Linn.*, XVI, II, p. 358.
— *edentula*, BECK, 1837. *Index Molluscorum*, p. 85.
Vertigo lepidula, HELD, 1837. *In Isis von Oken*, p. 307.
Stomodonta edentula, MERMET, 1843. *Moll. Pyr-Occident.*, p. 54.

HABITAT. — Terver a récolté cette forme aux environs de Lyon, dans la plaine des Brotteaux et à Écully, sous les bois morts, dans les haies et les buissons. Elle est fort rare.

ORIGINE. — On a signalé le *Vertigo edentula* à l'état fossile dans le pleistocène moyen du Bas-Rhin et dans le pléistocène supérieur d'Angleterre; nous ne l'avons pas rencontré dans les terrains quaternaires de notre région.

VARIATIONS. — Nous ne connaissons de cette coquille que les échantillons récoltés par Terver ; ils nous paraissent semblables à ceux du Midi de la France, et ne présentent entre eux que des variations individuelles.

RAPPORTS ET DIFFÉRENCES. — Comme nous l'avons déjà dit à propos de la forme précédente, le *Vertigo edentula* ne peut être réellement déterminé que lorsqu'il est parfaitement adulte ; il présente de grandes analogies, même à cet état, avec les autres *Vertigo* que nous avons déjà signalés dans notre région.

VERTIGO MOULINSIANA, DUPUY

Pupa Anglica, MOQUIN-TANDON, 1843. *Moll. Toulouse*, p. 11 (s. diag.; n. Pot. et Mich.)
Vertigo limbata, PARTIOT, 1846. *Not. Moll., in Ac. sc. Toulouse*, mss.
Pupa Moulinsiana, DUPUY, 1849. *Cat. extramar. test.*, n° 284.
— *Charpentieri*, SHUTTLEWORTH, 1852. *In Chemn., Conch.*, p. 179, pl. XVI, f. 41-43.
Vertigo Charpentieri, ADAMS, 1852. *Gener. recent. Moll.*, p. 172.
Pupa Desmoulinsiana, JEFFREYS, 1855. *In Ann. and Mag.*, p. 10.
Vertigo Moulinsiana, DROUËT. 1855. *Moll. France*, p. 23.
Pupa ventrosa, HEYNEMANN, 1862. *In Mal. Bl.*, IV, p. 2, t. I, f. 6-8.

HABITAT. — Cette coquille, fort rare, a été trouvée aux environs de Lyon, à Dessine dans le département de l'Isère, par Terver et Foudras, dans des prés marécageux. Nous l'avons vainement cherchée dans cette station.

ORIGINE. — M. Sandberger(1) a signalé dans le pleistocène supérieur de l'Allemagne et du Danemark le *Pupa ventrosa* que quelques auteurs comme

(1) Sandberger, 1870. *Land und Süsswasser Conchylien der Vorwelt*, p. 912, t. XXXV, f. 22

Kreglinger (1) font rentrer dans la synonymie du *Vertigo Moulinsiant*
Nous ne connaissons pas cette forme à l'état fossile dans notre région.

VARIATIONS. — Les seuls échantillons que nous connaissions sont ceux
de la collection Terver, dont M. l'abbé Dupuy a confirmé la détermination; ils ne nous ont présenté que des variations individuelles basées sur la
taille et le plus ou moins de développement des plis aperturaux. Nous
croyons devoir faire observer que la plupart des échantillons de la collection Terver qui ont dû cependant être communiqués à M. l'abbé Dupuy,
ont l'ouverture moins oblique que ne l'indiquent les figurations de ce savant auteur (2) et celles de Moquin-Tandon (3).

RAPPORTS ET DIFFÉRENCES. — Ce *Vertigo* est voisin des *Vertigo Anglica*
et *V. pygmæa ;* on le reconnaîtra à l'âge adulte non seulement à la disposition des plis aperturaux, mais surtout à la forme oblique du bord droit
de l'ouverture. Quant à son rapprochement avec le *pupa ventrosa*, nous
ne pouvons en juger que d'après la description et la figuration données par
Heynemann (4) et par Sandberger ; c'est certainement une forme très voisine sinon identique, mais M. Sandberger, en désaccord avec Kreglinger, la considère comme une espèce différente.

VERTIGO PYGMÆA, DRAPARNAUD

Vertigo 5-dentata, STUDER, 1789. *Faun. Helv.*, in Cox. *Trav. Switz*, III, p. 43 (s. diag.).
Pupa pygmæa, DRAPARNAUD, 1801. *Tabl. Moll.*, p. 57; *Hist.*, p. 60, pl. III, f. 30-31.
Vertigo pygmæa, FERUSSAC père, 1807. *In Meth. conch.*, p. 121.
Helix cylindrica, GRAY, 1821. *Nat. Moll.*, in *Med. rep.*, XV, p. 239 (n Fer., n. Stud.).
Pupa quinquedentata, HARTMANN, 1821. *In Neue Alpina*, I, p. 219.
Alæa vulgaris, JEFFREYS, 1830. *Syn. test.*, XVI, II, p. 359.
Vertigo vulgaris, LEACH, 1831. *Brit. Moll.*, p. 129 (ex Turton).
Alæa pygmæa, BECK, 1837. *Index Molluscorum*, p. 85.
Stomodonta pygmæa, MERMET, 1843. *Moll. Pyr.-Occident.*, p. 55.

HABITAT. — Cette petite coquille est assez commune dans notre région ;
elle a été récoltée dans plusieurs stations des environs de Lyon, et plus
particulièrement dans les alluvions du Rhône. M. Bourguignat l'a signalée

(1) Kreglinger, 1870. *Syst. Verzeichn. Deutschl.*, d. 225.
(2) Dupuy, 1849. *Hist. Moll.*, p. 415. pl. XX, f. 11.
(3) Moquin-Tandon, 1855. *Hist. Moll.*, II, p. 408, pl. XXVIII, f. 31-33.
(4) Heynemann, 1862. *In Malakol. Blätter*, p. 2, t. I, f. 6-8.

en Savoie, aux environs d'Aix-les-Bains, et dans l'Isère, à la Grande-Chartreuse. Albin Gras l'indique à Gières et aux environs de Grenoble ; enfin M. Charpy l'a trouvée à Villeneuve, dans l'Ain. Elle vit en petites colonies peu nombreuses, peu dispersées, se logeant sous les pierres, dans les haies et les buissons, ou dans la mousse au bord des chemins Elle peut remonter jusqu'à 7 ou 800 mètres d'altitude, et même au delà, mais elle devient alors fort rare.

ORIGINE. — Si nous n'avons pas encore rencontré le *Vertigo pymœa* à l'état fossile dans notre région, il a déjà été signalé dans le pleistocène moyen soit en France, soit en Allemagne.

VARIATIONS. — Dans cette coquille, les variations individuelles portent sur le galbe plus ou moins renflé et ventru de la coquille dont le nombre de tours varie de 5 à 6 1/2, et surtout sur la forme de l'ouverture qui paraît parfois irrégulièrement subovale ou arrondie. En outre, nous signalerons les variétés suivantes :

Quadridentata, Studer (1). — Coquille de même forme que le type, mais avec quatre plis aperturaux ; un pli supérieur sur l'avant-dernier tour, un pli columellaire, et deux plis palataux assez rapprochés ; le pli le plus inférieur remplace le second pli ordinairement très immergé, et est presque aussi rapproché du bord du péristome que le premier pli palatal ; assez commune : les environs de Lyon, Dérine, et les environs de Grenoble dans l'Isère.

Sexplicata, nob. — Coquille conforme au type, mais dans laquelle il existe six plis aperturaux ; le pli supérieur de l'avant-dernier tour paraît scindé à la base, de façon à donner naissance à un second pli ou bouton obsolète supérieur ; rare : les alluvions du Rhône, au nord de Lyon.

Rubella, nob. — Coquille conforme au type, ornée de cinq plis, mais de couleur foncée, rougeâtre ; assez commune : les environs de Grenoble.

Cornea, nob. — Coquille conforme au type, ornée de cinq plis, mais de couleur cornée pâle, subtransparente ; assez commune : les environs de Lyon et de Grenoble.

RAPPORTS ET DIFFÉRENNCES. — Le *Vertigo pygmœa* est surtout voisin du

----

(1) Studer, 1820. *Faunul. Helvet.*, p. 432, *Vertigo quadridentata.* — Ferussac, 1822. *Tabl. system.*, p. 68, *Vertigo similis.* — Moquin-Tandon, 1855. *Hist. Moll.*, II, p. 405, var. *quadridentata.*

Vertigo anglica; on le distinguera à sa taille plus petite ; il se différencie de ses congénères à ouverture sénestre plissée, par la disposition de ses plis aperturaux.

VERTIGO SHUTTLEWORTHIANA, CHARPENTIER

Pupa Shuttleworthiana, CHARPENTIER, *in shed.*
Vertigo alpestris, ALDER, 1830. *Trans. nat. hist.,* II, p. 340.
Pupa Shuttleworthiana, PFEIFFER, 1847. *Zeitschr. f. Malak.,* p. 148.
Vertigo Shuttleworthiana, ADAMS, 1853. *Gener. recent. Moll.,* p. 172.
Pupa pygmœa, FORBES and HANLEY, 1848. *Brit. Moll.,* IV, p. 107, t. CXXX, f. 6 (var.).

HABITAT. — Cette forme signalée pour la première fois par de Charpentier à Bex, se retrouve, assez rarement il est vrai, dans les alluvions du Rhône.

ORIGINE. — Nous ne connaissons pas cette coquille à l'état fossile.

VARIATIONS. — Le nombre des échantillons que nous avons pu observer est trop peu considérable pour que nous puissions y voir des variations autres que les modifications individuelles.

RAPPORTS ET DIFFÉRENCES. — Cette coquille est très voisine du *Vertigo pygmœa;* c'est très probablement sa forme alpestre; elle est de taille un peu différente, un peu plus fortement striée et de couleur plus pâle; comme notre var. *quadriplicata,* son ouverture est ornée de quatre plis, un pli supérieur, un pli columellaire et deux plis palataux assez petits, le supérieur moins développé que l'autre. Forbes et Hanley l'ont, selon nous avec juste raison, considérée comme une var. *alpestris* du *Vertigo pygmœa.*

VERTIGO ANTIVERTIGO, DRAPARNAUD

Vertigo 6-dentata, STUDER, 1789. *Faun. Helv., in Coxe, Trav. Switz.,* III, p. 431 (s. diag.).
Pupa antivertigo, DRAPARNAUD, 1801. *Tabl. Moll.,* p. 57.
Turbo sexdentatus, MONTAGU, 1803. *Testacea britannica,* p. 337, t. XII, f. 8.
Vertigo sexdentatus, FERUSSAC, père, 1807. *Ess. Meth. conch.,* p. 124.
Odostomia sexdentata, FLEMING, 1814. *In Edinb. encyclop.,* VII, p. 76.
Pupa vertigo, HARTMANN, 1821. *In Neue Alpina,* I, p. 129, α et 6.
— *octodentata,* HARTMANN, 1821. *In Neue Alpina,* I, p. 129.

Vertigo sexdentata, C. PFEIFFER, 1821. *Nat. Moll.*, I, p. 74, t. 3, f.-43-44
— 7-*dentata*, FERUSSAC, 1822. *Tabl. system*, p. 68.
Alæa palustris, LEACH, 1831. *Brit. Moll.*, p. 128, pl. VIII, f. 10, (ex Turton).
Vertigo antivertigo, MICHAUD, 1831. *Compl. hist. Moll.*, p. 72.
Alæa antivertigo, BECK, 1837. *Index Molluscorum*, p. 85.
Pupa sexdentata, FLEMING, 1847. *Brit. anim.*, p. 262.
Stomodonta antivertigo, MERMET, 1843. *Moll. Pyr.-Occident.*, p. 54.
Pupilla sexdentata, BECK, 1847. *Amtl. Bericht. Kiel*, p. 122.
Pupa septemdentata, BIELZ, 1867. *Fauna Siebenburg.*, éd. II, p. 100.

HABITAT. — Le *Vertigo antivertigo* a été signalé pour la première fois dans notre région par Draparnaud qui le donne comme venant de la Bresse ; nous le trouvons en effet assez communément dans les environs de Lyon à Oullins, la Pape, Décine, etc. ; il devient plus rare aux environs de Grenoble. Il est, au contraire, assez abondant dans les alluvions du Rhône à Lyon. Il vit en général en très petites colonies, toujours peu dispersées, sous les herbes, dans les prés humides ou marécageux.

ORIGINE. — Cette forme est très ancienne ; elle a été signalée depuis le pleistocène inférieur de l'Allemagne ; nous la connaissons à l'état fossile, dans notre région, dans les argiles lacustres de la vallée du Rhône.

VARIATIONS. — Les variations individuelles de ce *Vertigo* sont nombreuses ; elles paraissent porter non seulement sur son galbe passant d'une forme ovoïde plus ou moins ventrue à une forme moins globuleuse, un peu plus allongée, mais plus spécialement sur la forme et sur l'ornementation aperturale. Cette forme est tantôt arrondie, comme emi-lunaire, tantôt et plus souvent subquadrangulaire, avec le bord droit rectiligne ou ondulé. Quant à la disposition des dents, nous ne savons pas encore si elle est individuelle, ou si elle s'applique à toute une colonie. Quoi qu'il en soit, nous avons observé les variétés suivantes :

Major, nob. — Coquille de taille plus forte, mesurant de 2 à 2 1/4 millimètres de hauteur, pour 1 1/4 millimètre de diamètre ; ouverture subquadrangulaire, avec le bord droit sinueux, cinq plis aperturaux bien visibles : un pli supérieur unique sur l'avant-dernier tour à peu près au milieu, deux plis columellaires, deux plis palataux saillants et un sixième pli palatal obsolète immergé, peu sensible ; assez commun : Uriage (Isère).

Octodentata, Studer (1). — Coquille conforme au type, mais avec un pli columellaire supérieur ou inférieur développé, dentiforme, rarement avec les deux ; peu commune : les environs de Grenoble.

(1) Studer, 1820. *Faunul. Helvet.*, p. 482, *Vertigo octodentata*. — Moquin-Tandon, 1855. *Hist. Moll.*, II, p. 487, var. *octodentata*.

Novemplicata, nob. — Coquille conforme au type, mais avec un troisième pli sur l'avant-dernier tour; ce pli est très peu saillant et se trouve situé près du bord columellaire; il est ordinairement assez immergé; rare: les alluvions du Rhône à Lyon.

Cornea, nob. — Coquille conforme au type, mais de coloration cornée-pâle, subtransparente; l'animal lui-même paraît moins coloré; peu commune: les environs de Lyon.

RAPPORTS ET DIFFÉRENCES. — Le *Vertigo antivertigo* se distinguera toujours des autres Vertigo à ouverture dextre par le nombre de ses plis aperturaux, mieux encore que par sa taille et sa forme générale.

VERTIGO PLICATA, A. MÜLLER

Vertigo Venetzii, CHARPENTIER, 1822. *In. For.*, *Tabl. syst.*, p. 69 (s. diag.).
— *plicata*, A. MÜLLER, 1828. *In Wiegm. arch.*, p. 210, pl. IV, f. 6.
— *angustior*, JEFFREYS, 1830. *Syn. test.*, *in Linn. Trans.*, XVI, II. p. 361.
— *nana*, MICHAUD, 1831. *Compl. Hist. Moll.*, p. 71, pl. XV, f. 24-25.
— *hamata*, HELD, 1837. *In Isis von Oken*, p. 304.
Pupa nana, DESHAYES, 1838. *In Lamarck, Anim. s. vert.*, 2ᵉ éd., VIII, p. 190.
Pupa Venetzii, C. PFEIFFER, 1842. *Symb. Helic.*, II, p. 130.
— *angustior*, L. PFEIFFER, 1848. *Monogr.*, III, p. 560, n° 247.
Vertigo vertigo, ISSEL, 1866. *Moll. prov. Pisa*, p. 23.

HABITAT. — Cette forme assez rare a été récoltée dans notre région aux environs de Lyon, dans la plaine des Brotteaux; on l'a recueillie également à Décine dans l'Isère, et dans les prairies de Villeneuve dans l'Ain; elle est assez commune dans les alluvions des cours d'eaux. Le plus ordinairement, elle forme des colonies peu nombreuses, peu dispersées, vivant de préférence dans les prairies basses, humides, un peu marécageuses.

ORIGINE. — Sans avoir encore récolté à l'état fossile le *Vertigo plicata* aux environs de Lyon, nous savons qu'il vivait déjà à l'époque du pleistocène moyen en Allemagne.

VARIATIONS. — Dans cette petite coquille, les variations individuelles paraissent porter plus particulièrement sur son galbe plus ou moins ventru ou ovoïde, puis sur la forme de l'ouverture, tantôt un peu arrondie, tantôt subquadrangulaire, mais toujours avec le bord latéral sinueux. La plupart des auteurs sont d'accord pour considérer le *Vertigo nana* de

M. Michaud comme étant une variété du *Vertigo plicata* de A. Müller ; c'est à cette variété, dont le type a été pris dans les environs de Lyon, que se rattachent tous nos échantillons. Ils sont caractérisés par le bord columellaire moins épais que dans le type, à peine plissé ou denté, par les deux plis palataux toujours courts et bien saillants, l'inférieur pouvant être rudimentaire.

RAPPORTS ET DIFFÉRENCES. — Cette forme de Vertigo sénestre n'a d'affinités qu'avec la suivante ; on la distinguera par la disposition de son bord columellaire lamellé, à peine denté, par son pli palatal supérieur plus saillant, et enfin par la double carène de sa gorge.

VERTIGO PUSILLA, Müller

Vertigo pusilla, MÜLLER, 1774. *Verm. terr. et fluv. hist.*, II, p. 124, n° 320.
Helix vertigo, GMELIN, 1788. *Systema naturæ*, éd. XIII, p. 3664.
Pupa vertigo, DRAPARNAUD, 1801. *Tabl. Moll.*, p. 57.
Turbo vertigo, MONTAGU, 1803. *Testacea britannica*, p. 363, pl. XII, f. 6.
Odostomia vertigo, FLEMING, 1814. *In Edinb. Encyclop.*, VII, I, p. 77.
Vertigo heterostropha, LEACH, 1831. *Brit. Moll.*, p. 130 (ex Turton).
— *vertigo*, ALERON, 1837. *Moll. Pyr.-Orient.*, *Soc phil. Perpignan*, III, p. 92.
Pupa pusilla, L. PFEIFFER, 1842. *Symb. Helic.*, II, p. 128.

HABITAT. — Le *Vertigo pusilla*, toujours peu commun, a été reconnu aux environs de Lyon, dans le Mont-d'Or lyonnais et aux alentours de Grenoble ; on peut le récolter ass z souvent dans les alluvions du Rhône au nord et au sud de Lyon. Il vit en petites colonies sous les pierres, dans les endroits frais, et paraît moins rechercher l'humidité que la forme précédente.

ORIGINE. — Nous ne connaissons pas ce Vertigo à l'état fossile dans notre région, mais il a été déjà signalé dans le pleistocène supérieur d'Allemagne et de Silésie.

VARIATIONS. — Nous n'avons observé dans cette petite coquille que des variations individuelles basées sur le galbe plus ou moins ventru, sur la forme plus ou moins subquadrangulaire de l'ouverture, et enfin sur la saillie des plis aperturaux ; bien souvent on n'aperçoit que le pli supérieur du bord columellaire et le pli palatal correspondant ; les autres plis plus immergés, moins saillants sont plus difficilement visibles, mais ils n'existent pas moins pour cela. Peut-être serait-il possible d'établir une va riété basée sur la différence de coloration de la coquille, différence due sans doute à une influence de l'habitat.

RAPPORTS ET DIFFÉRENCES. — Cette coquille ne peut être rapprochée que de la précédente; nous avons déjà dit en quoi ces deux formes différaient. Dans un récent mémoire, M. de Saint-Simon (1) a établi une série nouvelle de caractères différentiels chez les principaux Vertigos du Sud-Ouest de la France, basée sur la manière d'être de la mâchoire et du ruban lingual. On comprend l'intérêt et les difficultés que peuvent présenter de pareilles recherches; mais, il faut bien le reconnaître, de tels éléments ne sont point pratiques lorsqu'il s'agit de séparer des coquilles vivantes, et ne peuvent être d'aucune utilité lorsque l'on est en présence de coquilles fossiles ou appartenant à des individus déjà morts.

AURICULIDÆ

Genre CARYCHIUM, Müller

CARYCHIUM TRIDENTATIUM, Risso

Saraphia tridentata, RISSO, 1826. Hist. nat. Eur. merid., IV, p. 84.
Carychium nanum, ANTON, 1839. Verzeichn. Conch., p. 48, n° 1760.
— minimum, L. PFEIFFER, 1841. In Wegm. arch., p. 224 (var).
— elongatum, VILLA, 1841. Dispos. system., p. 59.
— tridentatum, BOURGUIGNAT, 1857. In Rev. et mag. zool.; Aménités malac., II, p. 48, pl. 15, f. 12-13.

HABITAT. — Cette coquille, difficile à récolter à cause de sa petite taille, paraît être assez répandue dans notre région; elle vit aux environs de Lyon; M. Bourguignat l'a signalée aux environs d'Aix-les-Bains et à la Grande-Chartreuse; nous la connaissons dans les alluvions de la plupart de nos cours d'eaux, dans le Rhône, la Saône, l'Ain, l'Isère, etc. Elle est surtout commune dans les alluvions du Rhône. En général elle vit de

(1) De Saint-Simon, 1877. Note sur la mâchoire et le ruban lingual de quelques Vertigo du Sud-Ouest de la France, in Bull. Soc. d'Hist. nat. de Toulouse, p. 170.

préférence sous les détritus, les feuilles mortes, dans les endroits frais et humides, où elle forme de petites colonies souvent assez dispersées.

ORIGINE. — Nous n'avons pas encore rencontré le *Carychium tridentatum* à l'état fossile dans notre région. M. Bourguignat l'a reconnu dans les sables quaternaires des environs de Paris.

VARIATIONS. — Cette coquille dont nous avons cependant étudié un grand nombre d'échantillons nous paraît en géné al bien conforme à la figura tion qu'en a donnée M. Bourguignat (1), et ne présente que des variations individuelles. Celles-ci sont basées sur la taille plus ou moins allongée, sur la forme des tours de la spire souvent moins découpés que dans le type représenté par M. Bourguignat, par la forme de l'ouverture tantôt allongée, tantôt un peu arrondie, enfin par le plus ou moins de saillie du pli ou de la dent columellaire. Presque toujours, quand la coquille est adulte, il est facile de constater la présence des trois denticulations aper turales, aussi bien chez cette coquille que chez la suivante. Cependant nous avons observé quelques individus ayant atteint leur complet développement, et qui paraissaient totalement privés de la dent ordinairement logée à la base de la columelle. Souvent dans ce cas, le bord péristoméal très développé, a sa dent réduite à l'état de simple callosité tuberculaire peu saillante, mais très large, presque obsolète. Il semble qu'à la fin de la croissance de l'animal toute la matière calcaire destinée à compléter l'ornementation aperturale se soit portée sur le bord du péristome plutôt que sur les autres parties de l'ouverture.

RAPPORTS ET DIFFÉRENCES. — Tout en étant voisin du *Carychium minimum*, on distinguera le *Carychium tridentatum*, par sa spire plus allongée, par la présence d'un sixième tour de spire, par la forme du dernier tour toujours plus petit et plus dilaté, par sa surface lisse, alors que celle du *Carychium minimum* est striée.

CARYCHIUM MINIMUM, MÜLLER

Carychium minimum, MÜLLER, 1774. *Verm. terr. et fluv. hist.*, II, p. 125, n° 321.
Helix carychium, GMELIN, 1788. *Systema naturæ*, éd. 13, p. 3665, n° 156.
Bulimus minimus, BRUGUIÈRE, 1789. *Encyclop. meth.*, Vers, I, p. 310.
Auricula minima, DRAPARNAUD, 1801. *Tabl. Moll.*, p. 55; *Hist. Moll.*, p. 57, pl. III, f. 18-19

(1) Bourguignat, 1857. *Du genre Carychium, in Revue et mag. de zoologie, et in Aménités malacologiques*, t. II, p. 44, pl. XV, fig. 12-13.

Turbo carychium, MONTAGU, 1803. *Test. Brit.*, p. 339, pl. XXII. f. 2.
Carichium minimum, FÉRUSSAC, 1807. *Ess. Meth. Conch.*, p. 54.
Odostomia carychium, FLEMING, 1814. *In Edinb. Encyclop.*, VII, I, p. 76.
Auricula carychium, KLEES, 1818. *Dissert. test. Tubing.*, p. 30.
Auricella carychium, JURINE, 1841. *In Hartmann, Syst. Gasterop.*, p. 43
Carychium minutissimum, FÉRUSSAC, 1828. *In Hart., in Sturm, Deut. faun.*, VI, f. 1.
Auricella inflata, HARTMANN, 1856. *In Sched.* (Test. *L. Pfeiff., Monog., auric.*, p. 162.)
Acme minima, PAYOT, 1864. *Erp. malac. Montblanc*, p. 50.

HABITAT. — Le *Carychium minimum* est moins répandu que le *Cary-chium tridentatum*. Comme ces deux formes ont été souvent confondues, c'est avec un point de doute que nous rappellerons l'indication de sa présence aux environs de Grenoble, après Albin Gras. M. Charpy l'a indiqué à Salavre dans l'Ain; mais nous pouvons affirmer sa présence dans les alluvions du Rhône aux environs de Lyon, où il n'est même pas très rare. Il habite avec le *Carychium tridentatum;* nous l'avons observé vivant au milieu d'une colonie de cette coquille, ces deux types étant parfaitement caractérisés.

ORIGINE. — Nous avons signalé déjà cette forme à l'époque quaternaire dans notre région; elle vivait en effet à la fin de cette période aux environs de Lyon et dans le Mâconnais; M. de Mortillet l'a également indiquée dans les argiles de la Boisse en Savoie. Plus anciennement encore elle vivait dans les dépôts du pleistocène inférieur du duché de Nassau, de la Saxe, du Wurtemberg, de la Silésie, etc. On la rencontre dans des dépôts intermédiaires en Allemagne, en Autriche, en Angleterre, en France et en Algérie.

VARIATIONS. — Comme pour le *Carychium tridentatum*, nous n'avons à signaler dans cette coquille que des variétés individuelles basées sur les mêmes éléments, c'est à-dire la taille, la forme de l'ouverture, la saillie des dents ou des tours, etc.; nous indiquerons cependant, avec un point de doute, une var. *opaca*, dans laquelle la coquille est plus épaisse, moins transparente est d'un blanc plus mat.

RAPPORTS ET DIFFÉRENCES. — Nous avons suffisamment traité cette question à propos du *Carychium tridentatum*, nous n'y reviendrons pas davantage.

PUMONOBRANCHIATA

LIMNÆIDÆ

Genre PLANORBIS, Guettard

PLANORBIS NITIDUS, Müller

Planorbis nitidus, MÜLLER, 1774. *Verm. terr. et fluv. hist.*, II, p. 163 (n. Gray, n. Mich.).
Helix lineata, BOYS cl WALKER, 1784. *Test. Min. rar.*, pl. I, f. 28.
Nautilus lacustris, LIGHTFOOT, 1786. *In Phil. trans.*, LXXVI, I, p. 163, pl. I, f. 1-7.
Helix nitida, GMELIN, 1788. *Systema naturæ*, éd. XII, p. 3624 n. Müll., n. Drap. *Hist.*).
Planorbis complanatus, PORET, 1801. *Prodr.*, p. 93. (exel. syn. Lin., n. Drap., n. Stud.).
— *clausulatus*, FERUSSAC, 1820. *Concord. Moll. Brit., in Journ. Phys.*, p. 240
— *nautileus*, TURM, 1823. *Deutschland Fauna*, VI, pl. XV.
Segmentina lineata, FLEMING, 1828. *Brit. anim.*, p. 279.
— *nitida*, FLEMING, 1830. *In Edinburg Encycl.*, XII.
Hemithalamus lacustris, LEACH, 1831. *Brit. Moll.*, p. 137, (ex Turton).
Segmentaria lacustris, SWAINSON, 1840. *Treat. malac.*, p. 338.

HABITAT. — Le *Planorbis nitidus* n'est pas très commun dans notre région; on peut le récolter aux environs de Lyon, dans les sources et les fontaines aux eaux fraiches et limpides, vivant de préférence sur les feuilles et les bois morts, sur la tige des arbrisseaux; il forme de petites colonies généralement peu nombreuses.

ORIGINE. — Cette coquille figure dans la faune des terrains pleistocènes supérieurs d'Allemagne, d'Angleterre et de quelques points de la France:

nous l'avons également observée dans les argiles lacustres de la vallée du Rhône.

VARIATIONS. — Si l'on compare nos échantillons à ceux qui ont dû servir de type à Müller, on observera de suite qu'ils sont tous de taille plus petite; Moquin-Tandon et M. l'abbé Dupuy assignent à cette coquille un diamètre de 4 à 6 millimètres ; ils constituent donc par cela même une var. *minor*, indépendante des variations individuelles qu'ils peuvent présenter. Celles-ci portent plus particulièrement sur le plus ou moins de renflement de la coquille, et surtout sur la position de la ligne carénale; dans ces conditions on comprend que la forme de l'ouverture doit nécessairement varier, puisqu'elle emprunte son galbe à ces deux éléments; elle peut donc être plus ou moins cordiforme, droite ou oblique, large ou rétrécie suivant les variations de la position de la ligne carénale et l'épaisseur de la coquille. Mais toutes ces variations se multiplient et se reproduisent dans une même colonie, et nous ne pensons pas qu'elles puissent donner lieu, pour le moment du moins, à des variétés générales. Quant à la coloration de la coquille, tout en étant assez foncée, elle varie suivant les habitats, mais dans des proportions moins nettes que chez la forme suivante.

RAPPORTS ET DIFFÉRENCES. — Nous n'avons jamais rencontré vivant ensemble, les *Planorbis nitidus* et *Pl. fontanus*, quoiqu'on puisse les récolter dans des conditions à peu près similaires ; ces deux formes sont très voisines ; on distinguera la première à sa coloration plus foncée, à la position de sa carène toujours plus inférieure, et enfin à l'existence de lamelles rayonnantes au nombre de trois par tour, disposées dans l'intérieur de la coquille, et distinctes par transparence.

PLANORBIS FONTANUS, Lightfoot

Helix fontana, LIGHTFOOT, 1786. *In Phil. trans.*, XXVI, I, p. 165, pl, II, f. 1.
Planorbis complanatus, DRAPARNAUD, 1805. *Hist.*, p. 47, pl. II, f. 20-22 (n. Stud.) 1789).
Helix lenticularis, V. ALTEN, 1812. *Syst. Abhandl.*, p. 35, pl. II, f. 4.
Planorbis fontanus, FLEMING, 1814. *In Edinb. Encyclop.*, VII, I, p. 69.
— *lenticularis*, STURM, 1829. *Deutschland Fauna*, VIII, f. 16.
Segmentina fontana, BECK, 1838. *Index Molluscorum*, p. 123.
Planorbis nitidus, GRAY, 1840. *In Turt., Shells Brit.*, p. 268. pl. VIII, fig. 7 (n. Müll.).
Hippeutis lenticularis, HARTMANN, 1842. *Gasterop.*, p. 51.
Segmentina complanata, ZELEBOR, 1851. *Syst. Verzeich. Œster.*, p. 18.

Habitat. — Cette coquille n'est jamais bien répandue dans notre région, on la trouve dans quelques sources ou fontaines aux eaux fraiches et limpides, vivant sur les plantes aquatiques. Nous ne la connaissons qu'aux environs de Lyon et toujours à une faible altitude. Les colonies sont du reste peu nombreuses.

Origine. — Le *Planorbis fontanus* existait déjà en Allemagne à l'époque du pleistocène supérieur. Nous l'avons également rencontré dans les argiles lacustres de la vallée du Rhône au sud de Lyon.

Variations. — Dans cette forme, les variations sont peu nombreuses. Les variations individuelles portent plus particulièrement sur la taille, sur le renflement de la coquille, de telle sorte que l'ombilic peut paraître plus ou moins développé. La ligne carénale n'est pas toujours parfaitement centrale comme dans le *Planorbis carinatus*, elle varie un peu de position ; le plus souvent même elle est un peu inférieure. Mais nous ne nous croyons cependant pas en droit de créer pour cela une variété nouvelle, ces variations étant absolument modifiables dans une colonie donnée ; ce sont pour nous plutôt des variations individuelles, qui peut-être plus tard par sélection donneront lieu à une variété complètement distincte. Quant aux variations générales, elles se manifestent dans l'importance des stries longitudinales toujours peu apparentes, mais qui peuvent cependant paraître plus ou moins fortes dans certaines colonies. Enfin, d'après la coloration des échantillons, on serait en droit d'établir des var. *cornea, viridula, subrufa;* cette coloration est presque toujours différente pour chaque colonie. Dans quelques échantillons de la var. *subrufa*, le dessous de la coquille, du moins dans la partie qui avoisine l'ombilic, est un peu plus pâle que le dessus.

Rapports et différences. — Le *Planorbis fontanus* est voisin du *Planorbis nitidus;* ces deux formes ont entre elles les mêmes rapports que les *Planorbis complanatus* et *Pl. carinatus*, rapports plus particulièrement basés sur la position de la ligne carénale.

PLANORBIS COMPLANATUS, Linné

Pl. IV, fig. 10-14, 16-17..

Helix complanata, Linné, 1758. *Systema naturæ*, éd. X·, I, p. 769 (n. Mont.).
Planorbis umbilicatus, Müller, 1774. *Verm. terr. et fluv. hist.*, II, p. 160, n. 346.
— *complanatus*, Studer, 1789. *F. Hel., in Coxe, Tr. Sw.*, III, p. 435, n. Poir., Drap.).

Helix lacustris, RAZOUMOWSKY, 1789. *Hist. nat. Jor.*, I, p. 273.
Planorbis carinatus, DRAPARNAUD, 1801. *Tabl. Moll.*, p. 46 (var. b.)
—   *marginatus*, DRAPARNAUD, 1805. *Hist. Moll.*, p. 45, pl. II, f. 11, 12. 15.
—   *turgidus.* JEFFREYS, 1830. *Syn. Test., in Trans. Linn.*, XVI, II, p, 383.
—   *Sheppardi*, LEACH, 1831. *Brit. Moll.*, p. 140 (ex Turton).
—   *rhombeus*, TURTON, 1831. *Shells Brit.*, p. 108.
—   *Linnei*, MALM, 1851. *Svenska Mollusker*, p. 138.
—   *(anisus) umbilicatus*, SANDBERGER, 1875. *Land. u. Süssw. Conch.*, p. 779 (pars)

HABITAT. — De tous les Planorbes, cette forme est incontestablement la plus répandue; nous la connaissons dans toute notre région, vivant dans les eaux stagnantes, presque croupissantes des fossés, des mares et des marais, mais toujours à une faible altitude; dès que l'eau devient un peu froide, elle disparaît, ne pouvant résister à un trop fort ni trop brusque abaissement de température; elle craint moins la sécheresse que le froid. Ses colonies sont souvent très nombreuses.

ORIGINE. — Le *Planorbis complanatus* vivait déjà à la fin de l'époque quaternaire dans notre région; nous le connaissons dans presque tous les dépôts des argiles lacustres de la vallée du Rhône et de la Saône; depuis le sud de Lyon jusqu'au delà de Mâcon. Plus anciennement encore, on retrouve cette même forme dans les marnes mio-pliocènes de la Drôme et des environs de Montpellier, où elle passe à la forme submarginale; on l'a également citée dans la plupart des dépôts quaternaires.

VARIATIONS. — Tout en conservant ses caractères généraux, le *Planorbis complanatus* peut présenter de nombreuses variations basées sur la taille, la position de la carène et la coloration. Quelques exemples nous montreront mieux ces différences dans la taille des individus de colonies différentes.

LOCALITÉS.	DIAMÈTRE.
Fossés du fort de la Vitriolerie à Lyon . . .	20
Losnes du Rhône à Miribel (Ain)	18
Lac de Bard (Ain)	16
Environs de Lyon	14
Lac du Bourget (Savoie)	10
Condal (Saône-et-Loire)	9

Dans le type la carène doit être complètement inférieure, de telle façon que le dessous des tours ne fait qu'une faible saillie; mais sans se confondre avec les types *submarginatus* ou *dubius :* cette carène peut être logée dans le dernier quart de la hauteur totale, et donner par conséquent à la coquille un profil différent du type réel. De là un nombre indéfini de formes qui sont alors absolument individuelles, et qui ne peuvent être érigées en variétés ; de là également des inter.né.liaires, des passages entre le type du *Planorbis marginatus* à carène tout à fa t inférieure et les *Planorbis dubius*, *Pl. submarginatus* et *Pl. carinatus.*

Q tant à la coloration, elle varie suivant les habitats ; et ce que nous en dirons ici peut toujours s'appliquer à la plupart des autres Planorbes, notamment au *Planorbis carinatus.* Sur la coquille, surtout quand elle est adulte, viennent se fixer des végétations de toutes sortes, parfois très tenaces, qui forment un tissu nouveau, dense et serré, et qui masque complètement la coloration de la coquille, tout en lui laissant cependant sa forme primitive. Ces végétations qui n'ont pas encore été nettement définies, et qui feraient bien certainement l'objet d'un intéressant travail, ont une teinte, suivant les localités, ou mieux suivant les étangs, qui varie du noir au brun, au fauve et au jaune pâle. Lorsque l'on débarrasse une coquille ainsi revêtue de son enduit noir, elle conserve toujours une coloration plus foncée. Il y a donc une corrélation certaine, évidente, indéniable, entre la coloration propre de la coquille et celle des végétations qui la recouvrent.

On trouve également quelques colonies dont les individus sont encroûtés d'une couche rouge d'oxyde de fer ; c'est le cas de certains Planorbes d'Oyonnax dans l'Ain, et de quelques colonies des environs de Lyon ; lorsqu'on enlève cette couche on retrouve la couleur cornée de la coquille, mais elle conserve toujours une coloration plus rougeâtre que le type.

RAPPORTS ET DIFFÉRENCES. — D'après ce que nous venons de dire, on a pu voir déjà quels rapports existent entre les différents Planorbes de ce groupe, suivant la position de la carène ; ajoutons que, si dans un même étang on trouve à la fois le *Planorbis carinatus* et le *Planorbis complanatus*, il n'est point démontré à l'avance que l'on trouvera les formes intermédiaires ; c'est dire d'une façon générale, que si des accouplements ont lieu entre ces deux formes extrêmes, elles ne donneront pas un produit intermédiaire. Le *Planorbis complanatus* outre la position caractéristique de sa carène, est en général plus épais, le dernier tour est moins comprimé, la forme de l'ouverture plus irrégulière, moins cordiforme ; ses tours enfin se déroulent plus lentement et plus graduellement.

ANOMALIES. — Nous avons fait figurer quelques formes anormales de *Planorbis complanatus* récoltés dans notre région : Pl. IV, fig. 14. Dans

cette coquille, trouvée au sud de Lyon, à Saint-Fons par M. Roy et représentée en grandeur naturelle, une portion du dernier tour, sur une longueur
de plus de 8 millimètres s'est entièrement détachée du reste de la coquille ; l'accroissement s'est fait presque en ligne droite avec une certaine
régularité. L'anomalie totale porte sur une longueur développée de près
de 2 centimètres ; sur cette portion la coquille est irrégulière, les stries
d'accroissement sont plus fortes, surtout vers la ligne suturale ; la carène
s'efface de plus en plus. La coquille est complètement adulte, et les premiers tours sont très régulièrement enroulés.

Pl. IV, fig. 12-13. — Dans cet individu, représenté en grandeur naturelle, les premiers tours sont régulièrement enroulés ; mais sur les trois
quarts du dernier tour, il s'est produit, à la suite d'un accident qu'a dû
éprouver la coquille, un enchevêtrement et surtout une grande irrégularité
dans l'enroulement du dernier tour ; la coquille adulte prend une forme
subquadrangulaire fort curieuse dans un genre où le galbe est toujours
arrondi. Cet individu a été trouvé à Gerland près de Lyon par M. Roy.

MONSTRUOSITÉS — Les cas de scalarité du *Planorbis complanatus* sont
toujours rares dans notre région. Nous n'avons que deux exemples à en
donner ; ils ont été trouvés à Gerland près de Lyon par M. Roy.

Pl. IV, fig. 10-11. — Cet individu, curieusement développé, n'est point
adulte ; ses premiers tours, régulièrement enroulés, sont suivis de tours
tracés dans un plan différent et brusquement dilatés ; l'ouverture s'étage
sur l'avant-dernier tour, et donne ainsi à la coquille une apparence de
scalarité. Pareille monstruosité est incontestablement le résultat d'un accident survenu à la coquille pendant sa croissance.

Pl. IV, fig, 16-17. — Nous donnons ici la représentation d'un des plus
jolis cas de scalarité complète que nous connaissions. Les deux premiers
tours paraissent régulièrement enroulés, et la carène est à sa véritable
place ; les autres tours se déroulent suivant une spire assez régulière qui
se continue jusqu'à l'ouverture. La coquille, à en juger d'après l'ouverture,
paraît adulte ; mais par suite de son enroulement, son diamètre est resté
relativement petit. Dans le dernier tour le diamètre du vide de la spire
est de plus de 2 millimètres, mais en même temps la ligne carénale qui
était parfaitement inférieure paraît à peu près médiane. Par suite d'une
erreur de la part du dessinateur, ces deux figures ont été dessinées à
l'envers ; l'ouverture devrait être dans le haut du dessin et non dans le
bas, comme on l'a représentée.

PLANORBIS SUBMARGINATUS, Cristofori et Jan

Helix complanata, Poiret, 1789. *Voy. en Barbarie*, II, p. 27 (n. Lim,, n. Mont.)
Planorbis submarginatus, Cristofori et Jan, 1832. *Catal.*, XX, n 9, 12.
   —   *intermedius*, Charpentier. 1837. *Catal. Moll, Suisse*, p. 21
   =   *complanatus*, Morelet, 1855. *Cat. Moll , in Journ. Conch.*, IV, p. 293.
   —   *marginatus*, Morelet, 1857. *App., in Journ. Conch.*, VI, p. 372.

Habitat. — Envisagée telle que la définissent Moquin-Tandon et M. l'abbé Dupuy, cette coquille est moins commune que le *planorbis complanatus*, mais elle paraît plus répandue que le *Planorbis carinatus ;* nous la connaissons dans tous les départements de notre région ; elle constitue des colonies peu nombreuses, mais bien définies dans les lacs, les étangs, les mares de notre contrée, vivant tantôt seule, tantôt avec d'autres formes du même groupe.

Origine. — Le *Planorbis submarginatus* est certainement l'un des plus anciens de tous nos Planorbes, car on peut lui rapporter une partie des échantillons des marnes de Hauterives mio-pliocènes ; il existe également dans le pleistocène d'Allemagne, d'Angleterre et de plusieurs autres stations de la France.

Variations. — Par suite de la position intermédiaire de sa carène, le *Planorbis submarginatus* peut présenter un certain nombre de variations qui sont alors purement individuelles ; sa taille est plus régulière que celle des deux autres formes qui l'avoisinent ; il n'est jamais ni aussi grand ni aussi petit. Quant à sa coloration, elle varie dans les mêmes limites que celles du *Planorbis carinatus*, tout en conservant une coquille aussi épaisse et aussi solide que celle du *Planorbis complanatus*.

Rapports et différences. — La synonymie de cette coquille est encore sujette à quelques points de doutes. Le *Planorbis submarginatus* de Cristofori et Jan est-il réellement bien le même que le *Planorbis dubius* d'Hartmann? Pour bien des auteurs, ces deux formes sont les mêmes, et de plus elles ne constituent qu'une variété du *Planorbis complanatus*, pour Moquin-Tandon (1) la var. *submarginatus* du *Planorbis complanatus* est simplement une « coquille à carène un peu moins marginale ». Pour M. l'abbé

_____
(1) Moquin-Tandon, 1855. *Hist. Moll.*, II, p. 428.

Dupuy (1), le *Planorbis submarginatus* diffère du *Planorbis complanatus* « par sa taille beaucoup plus petite, et par l'absence du filet caréné, qui est remplacé par une carène obtuse peu sensible ». Enfin M. Bourguignat (2), en parlant du *Planorbis dubius* Hartmann, ajoute : « Cette coquille, est, en effet, intermédiaire entre ces deux Planorbes. Ainsi, vu au-dessus, le *dubius* ressemble assez bien, par la dilatation de ses tours et l'enroulement rapide de sa spire, au *carinatus;* tandis que, vu au-dessous, il imite, au contraire, le *complanatus*, par ses tours s'accroissant lentement et graduellement. » Dans sa description il ne fait aucune allusion à la carène ; en outre, dans sa figuration, les deux *Planorbis carinatus* et *Pl. dubius* ont la carène tout aussi médiane. Il faudrait donc en conclure à l'existence de deux formes, l'une, le *Planorbis dubius* à carène médiane ou à peu près médiane, mais avec des tours enroulés d'une façon spéciale, l'autre, le *Planorbis submarginatus*, dont les tours seraient enroulés comme ceux du *Planorbis complanatus* et qui n'en différerait que par la position moins marginale d'une carène plus émoussée. Cette dernière forme pourrait alors être réellement envisagée comme variété du *Planorbis complanatus*.

Quant au *Planorbis intermedius* de Charpentier, d'après les échantillons suisses que nous avons eus entre les mains, il faudrait également le rattacher à cette même forme du *Planorbis submarginatus ;* mais comme nous conservons encore quelque doute à ce sujet, nous avons maintenu la dénomination donnée par Cristofori et Jan postérieurement à celle du malacologiste suisse.

ANOMALIES. — Parmi les anomalies que peut présenter ce type, nous citerons des cas d'albinisme parfaitement caractérisés chez des coquilles récoltées à Pont-de-Beauvoisin, dans l'Isère ; ce test a pris une coloration blanche un peu nacrée, tout à fait caractéristique.

PLANORBIS CARINATUS, MÜLLER

Pl. IV, fig. 18-19.

Helix planorbis, LINNÉ, 1758. *Systema naturæ*, édit. X*, I, p. 769 (n. da Costa).
Planorbis carinatus, MÜLLER, 1774. *Verm. terr. et fluv. hist.*, II, p. 157, n° 344 (n. Stud.)
Helix limbata, DA COSTA, 1778. *Test. Brit.*, p. 63, pl. IV, f. 17 ; pl. VIII, f. 8 (n. Drap.)
Planorbis acutus, POIRET, 1801. *Coq. de l'Aisne. Prodr.*, p. 91.

(1) Dupuy, 1848. *Hist. Moll.*, p. 44, tab. XXV, f. 7.
(2) Bourguignat, 1864. *Malacologie du lac des Quatre-Cantons*, p. 44, pl. 4, f. 21-23.

Helix carinata, MONTAGU, 1803. *Test. Brit.*, p. 450, et suppl., pl. XXV, f. 1.
— *complanata*, MONTAGU, 1803. *Test. Brit.*, p. 450, et suppl., pl. XXV, f. 4.
— *planata*, MATON et RACKET, 1807. *Cat. Brit. test., in Trans.* VIII, p. 189, pl. V, f. 14.
Planorbis umbilicatus, STUDER, 1820. *Kurz. Verzeich. Conch.*, p. 92 (n. Müller).
— *Linnæi, forma carinata*, MALM, 1851. *Svenska Mollusker*, p. 137.
— *(anisus) carinatus*, SANDBERGER, 1875. *Land Süss. Conch.*, p. 919, t. XXXV, f. 9.

HABITAT. — Le *Planorbis carinatus* est moins abondant dans notre région que le *Planorbis complanatus ;* il est localisé dans un certain nombre de mares ou d'étangs, tantôt seul, tantôt associé à d'autres formes ; il paraît rechercher des eaux plus froides et plus vives que le *Planorbis complanatus*. Quoi qu'il en soit, le *Planorbis carinatus* figure dans la faune de la partie basse de tous les départements de notre région.

ORIGINE. — Cette forme est moins ancienne que celle du *Planorbis complanatus ;* nous croyons l'avoir suffisamment démontré (1), en rapportant à cette dernière coquille les échantillons des marnes de Hauterives, contrairement à l'opinion admise par M. Sandberger ; moins anciennement, on a reconnu ce même Planorbe dans les dépôts du pleistocène moyen et supérieur de différentes localités de France, d'Allemagne et d'Angleterre.

VARIATIONS. — Cette forme est trop intimement liée au *Planorbis complanatus*, pour que leurs variations ne soient point des corollaires les unes des autres. Sa taille oscille dans les limites suivantes :

LOCALITÉS	DIAMÈTRE
Losne Bechevelin à Lyon	18
Losnes de Miribel (Ain)	16
Lac du Bourget (Savoie)	15
Environs de Grenoble (Isère)	12

La carène est ordinairement à peu près centrale ; elle a cependant des tendances à être un peu au-dessous de sa véritable position médiane, par suite de la différence qui existe entre la concavité du dessus et du dessous de la coquille. Quant à la coloration, elle n'est jamais aussi foncée que celle du *Planorbis complanatus ;* presque toujours, du moins dans notre région, la coquille du *Planorbis carinatus* est plus mince, plus transparente, moins colorée que celle du *Planorbis complanatus*.

(1) A. Locard, 1878. *In Arch. Mus. de Lyon*, vol. II, p 230.

RAPPORTS ET DIFFÉRENCES. — Nous nous sommes expliqué à ce sujet, et relativement à la coquille, à propos du *Planorbis complanatus*. Quant à l'animal, Moquin-Tandon (1) dit que celui du *Planorbis oomplanalus* est petit, et mesure 8 millimètres de longueur, pour 2 millimètres de largeur, tandis que celui du *Planorbis carinatus* est très petit et ne mesure que 5 millimètres de longueur pour 2 millimètres de largeur. Pareille disproportion ne nous semble pas justifiée; lorsque l'on mesure dans des échantillons de même diamètre les animaux des deux types, on peut trouver, il est vrai, une légère différence de longueur en faveur du *Planorbis complanatus*, différence qui n'est point absolue ; mais on observe, au contraire, que l'animal du *Planorbis carinatus* est toujours plus gros, plus fort, plus râblé que celui de la forme précédente.

ANOMALIES. —Nous avons fait figurer, pl. IV, fig. 18, 19, un type de *Planorbis carinatus* très singulier par suite du développement et de l'épanouissement de l'ouverture; ce caractère qui semble se reproduire dans toute la colonie, a une certaine fixité et pourrait la faire élever au rang de variété. M. Roy l'a rencontré dans une mare au sud de Lyon, à la Mouche; les échantillons sont de taille moyenne et ne présentent rien autre de particulier.

PLANORBIS DUBIUS, HARTMANN

Planorbis carinatus, STUDER, 1820. *Kurz. Verzeich.*, p. 26 (n. Müller.).
—   *dubius*, HARTMANN, 1844. *In neue Alpina*, I, p. 244 : *Erd und Süssw. Gasterop Schweiz.*, p. 3, pl. XXXII.

HABITAT. — Cette forme paraît être rare dans nos pays; M. Bourguignat la signale sur les bords du lac du Bourget, dans les endroits couverts de roseaux entre Puer et Cornin; nous l'avons également retrouvée aux environs de Lyon.

ORIGINE . — Nous avons signalé cette forme à l'état fossile dans les argiles lacustres de la vallée du Rhône au sud de Lyon. M. Bouguignat la cite dans les sables à *Belgrandia* et *Lartetia* des environs de Paris.

VARIATIONS. — Nous n'avons pas remarqué de variations générales

(1) Moquin-Tandon, 1855. *Hist. Moll* , II, p. 428 et 430.

dans cette coquille ; les échantillons qu: nous avons étudiés ne nous paraissaient présenter que des variations purement individuelles.

RAPPORTS ET DIFFÉRENCES. — En étudiant le *Planorbis submarginatus* nous nous sommes, croyons-nous, suffisamment étendu sur la synonymie des différents auteurs rel tivement aux formes de ce groupe. Nous avons parlé du *Planorbis submarginatus* tel que paraissaient le comprendre Moquin-Tandon et M. l'abbé Dupuy, c'est à-dire comme une forme très voisine du *Planorbis complanatus* ; ici le *Planorbis dubius,* tel qu'il a été décrit à nouveau et figuré par M. Bourguignat, serait, au contraire, une forme plus voisine du *Planorbis carinatus* que du *Planorbis complanatus,* puisqu'elle tiendrait de la première de ces formes et par la position de sa carène, et par le mode d'enroulement de sa spire vue en dessus, tandis qu'elle ne se rapprocherait de la seconde que par la disposition de cette même spire vue en dessous.

PLANORBIS VORTEX, Linné

Helix vortex, Linné, 1758. *Syst. nat.,* éd., 10°, I, p. 772.
Planorbis vortex, Müller, 1774. *Verm. terr. et fluv. hist.,* II, p. 158, n° 345.
Helix planorbis, DA Costa, 1778. *Test. Brit.,* p. 65, pl. IV, f. 12 (n. Linné).
Planorbis ten-llus, Studer, 1820. *Kurz. Verzeichn. Conch.,* p. 92.
—   *compressus,* Michaud, 1831. *Compl. moll. Drap.,* p. 81, pl. VI, f. 6-8.
—   *(gyrorbis) vortex,* Sandberger, 1875. *Land. Süss. Conch.,* p. 918, t. XXXV, f 7

HABITAT. — Le *Planorbis vortex* se récolte dans les fossés et les étangs des endroits bas de toute la région ; nous le connaissons dans l'Ain, le Rhône, la Loire, Saône-et-Loire et l'Isère ; il n'est pas très répandu et forme des colonies localisées, mais nombreuses, dans les pièces d'eaux assez claires à fonds calcaire peu vaseux, couverts de lentilles d'eaux ou d'autres plantes aquatiques sur lesquelles il aime à vivre.

ORIGINE. — Cette forme vivait déjà à l'époque quaternaire dans notre région, mais elle était peu abondante ; nous l'avons reconnue dans les argiles lacustres de la vallée de la Saône aux environs de Mâcon. On l'a également signalée à l'état fossile dans d'autres parties de la France, ainsi qu'en Allemagne et en Angleterre ; mais nous ne pensons pas qu'elle soit plus ancienne que les dépôts du pleistocène supérieur.

VARIATIONS. — Les variations de cette coquille sont assez nombreuses, et fort intéressantes, en ce sens qu'elles permettront peut-être de jeter un peu de lumière sur la diversité de formes pourtant si voisines, telles que celles des *Planorbis complanatus*, *Pl. carinatus* et *Pl. submargi-natus*. En effet, une étude suivie du *Planorbis vortex* nous montre que l'on peut retrouver dans cette forme les trois positions de la carène : inférieure, médiane et intermédiaire. Dans une colonie on peut observer : la var. *complanatus* dans laquelle la carène est inférieure ; la var. *carinatus* qui a cette même carène centrale ; et la var. *submarginatus*, dont la carène est inframédiane. Il est possible que plus tard, par suite d'une sélection que nous ne saurions prévoir, ces trois formes prennent un caractère encore mieux défini, et qu'elles finissent par se mieux localiser. C'est précisément cette variation carénale qui avait conduit M. Michaud à décrire son *Planorbis compressus* (1), comme étant bien distinct du *Planorbis vortex*. C'est du moins ce qu'il nous a avoué lui-même, alors que nous lui faisions part de nos observations.

En dehors des variations carénales, nous voyons d'autres variations se produire dans le nombre des tours ; ces variations sont alors localisées ; dans une même colonie, le nombre des tours ne varie pas ; mais dans certaine variété il peut passer de cinq à sept, et modifier en conséquence l'allure de la coquille. En même temps son diamètre peut varier de 6 à 10 et même 12 millimètres. Quand le diamètre dépasse 10 millimètres, l'enroulement d'une coquille d'aussi faible épaisseur se fait plus difficilement, et il n'est point rare de voir des individus contournés ou mieux enroulés suivant une surface non plane. Enfin, la coloration peut varier suivant l'habitat et passer du corné roux, peu transparent, au corné pâle très clair.

RAPPORTS ET DIFFÉRENCES. — Cette forme, essentiellement typique, ne saurait être confondue avec aucune autre ; même lorsque les échantillons sont jeunes, on les distinguera à leur carène et à la forme plate de la coquille, au milieu de tous leurs congénères.

ANOMALIES. — M. Roy a trouvé aux environs de Lyon des individus du *Planorbis vortex* qui, sans être scalaires dans un sens ou dans l'autre, présentent en dessus une dépression considérable qui se manifeste en dessous par une saillie correspondante ; la coquille dans tout son ensemble est en quelque sorte cupuliforme ; cette curieuse anomalie s'est reproduite sur un certain nombre d'échantillons de la même colonie ; mais nous ignorons encore si elle est héréditaire.

---

(1) Michaud, 1837. *Compl. Hist. Moll. Drap.*, p. 82.

PLANORBIS ROTUNDATUS, Poiret

Pl. IV, fig. 15 et 20-21.

Planorbis rotundatus, Poiret, 1801. Coq. de l'Aisne, Prodr., p. 93 (n. Brong.).
— vortex, Draparnaud, 1805. Hist. Moll., p. 45, pl. II, f. 8-7 (Var β).
— leucostoma, Millet, 1813. Moll. Maine-et-Loire, p. 16.
— spirorbis, Jeffreys, 1862. British conchology, I, p. 87 (excl. var.).
— (gyrorbis) rotundatus, Sandberger, 1875. Land. Süs. Conch., p. 778, t. XXXVI
f. 38.

Habitat.— Le *Planorbis rotundatus* est assez commun dans toute notre région ; nous le connaissons dans les départements du Rhône, de la Loire, de Saône-et-Loire, de l'Isère, de l'Ain, etc. Il vit dans les mares, les étangs, attaché aux plantes ; il s'élève à une plus grande altitude que les formes précédentes, et vit en colonies très dispersées et souvent assez nombreuses.

Origine. — Le *Planorbis rotundatus* était pour le moins aussi répandu aux environs de Lyon à la fin de l'époque quaternaire qu'à notre époque. Nous avons récolté assez abondamment aux environs de Lyon une variété que nous avons désignée sous le nom de var. *Rhodanicus* (1) et qui semble particulière à notre région. Il était plus ancien déjà en Allemagne, puisqu'on l'a reconnu dans les dépôts du pleistocène inférieur du Wurtemberg, de la Bavière et du duché de Nassau.

Variations. — Les variations dans cette coquille portent sur le nombre de tours, l'épaisseur de la coquille, et la position de la carène. Ce nombre de tours, qui est de 6 à 6 1/2 dans le type, peut atteindre 7 et 7 1/2 sans que le diamètre de la coquille soit bien plus grand. En même temps l'épaisseur de la coquille paraît varier, toutes proportions égales d'ailleurs, suivant les stations. Enfin, tantôt la coquille est arrondie comme l'indique son nom, tantôt elle est subcarénée, et cette carène est tout à fait inférieure, comme dans le *Planorbis complanatus*, ou subinférieure comme dans le *Planorbis submarginatus*. On peut donc parfaitement admettre pour la coquille qui nous occupe les deux var. *complanatus* et *submarginatus* que nous avons signalées pour le *Planorbis vortex*. Enfin, suivant l'habitat,

(1) A. Locard, 1879. *Malac. terr. quatern.*, p. 97.

cette coquille est tantôt mince, tantôt plus épaisse, transparente ou opaque, et sa coloration passe du fauve corné clair au noir. Nous avons reçu des environs de Montbrison dans la Loire, des échantillons encroûtés, il est vrai, de végétaux parasitaires presque noirs, mais qui, après nettoyage de la coquille, conservèrent cependant une couleur grise cornée très foncée.

On trouve également dans les eaux ferrugineuses des colonies dont les individus ont leur test recouvert d'une croûte d'oxyde de fer. M. le Dʳ Baudon en a fait sa var. *ferruginea* (1); quoique privée de sa couche superficielle, la coquille conserve toujours un peu de cette coloration rouge qui s'est sans doute associée et incorporée dans le test lui-même.

RAPPORTS ET DIFFÉRENCES. — Le *Planorbis rotundatus* est très voisin des *Planorbis Perezii*, *Pl. septemgyratus* et *Pl. spirorbis*. Déjà même plusieurs auteurs ont considéré les deux premières de ces formes comme de simples variétés du type qui nous occupe. Le *Planorbis Perezii*, a de sept à huit tours serrés et peu épais; c'est en quelque sorte une forme intermédiaire entre le *Planorbis vortex* et le *Planorbis rotundatus;* le *Planorbis septemgyratus* passe également de sept à huit tours; son péristome est sans bourrelet intérieur; nous n'avons pas reconnu ces deux formes dans notre région; quant au *Planorbis spirorbis*, il est caractérisé par la forme complètement arrondie de ses tours, et par l'absence du bourrelet blanc intérieur qui n'est bien visible que dans le *Planorbis rotundatus*.

ANOMALIES. — Nous avons fait représenter des exemples du *Planorbis rotundatus* tout à fait anormaux qui peuvent être, au moins l'un d'eux, considérés comme de véritables monstruosités.

Pl. IV, fig. 20-21. — Ce petit échantillon, que nous avons récolté dans les alluvions du Rhône, a ses tours enchevêtrés et enroulés les uns dans les autres, comme le montre le profil de la coquille, suivant des plans différents; la coquille est de très petite taille, l'individu n'est point adulte.

Pl. IV, fig. 15. — Cette forme subscalaire a été récoltée par M. Roy à Gerland; c'est un petit échantillon dont la coquille par suite d'un accident s'est enroulée dans deux plans différents, et affecte une fausse apparence subscalaire.

Enfin il arrive parfois que les tours s'étageant avec une certaine régularité, la coquille devient cupuliforme et paraît concave d'un côté et convexe de l'autre, comme nous l'avons déjà dit à propos du *Planorbis vortex*.

---

1) Baudon, 1862. *Nouveau catalogue des Mollusques de l'Aisne*, p. 30.

PLANORBIS SPIRORBIS, Linné

Helix spirorbis, Linné, 1758. *Systema naturæ*, éd. X, I, p. 770.
Planorbis spirorbis, Müller, 1774. *Verm. terr. et fluv. hist.*, II, p. 161.
—   *vortex*, Morelet, 1853. *Cat. Alg., in Journ. de Conch.*, IV, p. 294

Habitat. — Cette forme souvent confondue avec de jeunes échantillons du *Planorbis rotundatus* existe cependant dans notre région, où elle est peu commune; plusieurs auteurs l'ont indiquée dans les départements de l'Isère et de l'Ain. Elle vit dans les eaux claires et limpides un peu courantes, formant de petites colonies peu nombreuses. Puton l'a signalée dans les Vosges à plus de 1000 mètres d'altitude; nous ne serions point surpris d'apprendre qu'elle a été retrouvée dans les régions alpestres ou subalpestres à une altitude similaire.

Origine. — Nous ne connaissons point cette coquille à l'état fossile dans notre région ; mais elle vivait à l'époque des dépôts du pleistocène inférieur en Allemagne, et plus tard elle a fait son apparition en Angleterre, puis en France.

Variations. — Dans cette coquille, les variations paraissent porter plus particulièrement sur l'épaisseur de la coquille, et sur la forme plus ou moins arrondie de son dernier tour. Sans être jamais caréné, il peut présenter une section subquadrangulaire arrondie très marquée qui se traduit jusqu'à l'ouverture. La coloration, la consistance même de la coquille varient beaucoup suivant les stations.

Rapports et différences. — Comme nous l'avons déjà dit, le *Planorbis spirorbis* est très voisin du *Planorbis rotundatus ;* tant que ces coquilles sont jeunes il est bien difficile de les distinguer, le caractère du bourrelet péristomćal faisant défaut, et la forme du profil de la coquille n'étant point encore arrêtée et n'ayant du reste rien de fixe. Cependant il arrive quelquefois, comme l'a fait observer M. Bourguignat (1), que le péristome du *Planorbis spirorbis* se trouve légèrement encrassé à l'intérieur par un bourrelet blanchâtre. On voit ainsi l'importance qu'il faut attacher à ces caractères réputés comme distinctifs.

(1) Bourguignat, 1870. *Malacologie de l'Algérie*, II. p. 153.

PLANORBIS CRISTATUS, Linné

Nautilus crista, Linné, 1758. *Systema naturæ*, éd., X, I, p. 799.
Turbo nautileus, Linné, 1767. *Systema naturæ*, éd. XII, II, p. 1241 *(pars)*.
Planorbis cristatus, Draparnaud, 1805. *Hist. Moll.*, p. 44, pl. II, f. 1-3.
    — *imbricatus,* Gerstfeld, 1850. *Moll. Sibir. azurg.*, p. 543, v. *cristata* (v. crist.),
    — *nautileus*, Móquin-Tandon, 1856. *Hist. Moll.*, I, p. 438, pl. XXXI, f. 9-10.

Habitat. Le *Planorbis cristatus* vit ordinairement dans les fossés et les marais, même dans les eaux croupissantes des régions basses ou peu élevées de notre pays. Nous le connaissons dans les départements du Rhône, de l'Ain et de l'Isère. Il est toujours localisé, formant des colonies assez nombreuses, mais peu disséminées.

Origine. — Un certain nombre d'auteurs ayant réuni sous la même appellation les *Planorbis cristatus* et *Pl. imbricatus*, et n'ayant pas entre les mains les échantillons fossiles, nous ne saurions dire quelle est la plus ancienne de ces deux formes. Elles paraissent cependant toutes les deux très anciennes et remonteraient jusqu'au pleistocène inférieur en Allemagne et en Angleterre.

Variations. — Dans cette petite forme les variations sont plus particulièrement individuelles ; elles portent surtout sur la taille des échantillons qui varie suivant les stations, sur la grosseur des stries, et sur la coloration. Souvent la carène est émoussée, surtout dans les échantillons de taille un peu forte ; il ne reste plus que quelques denticules saillants, dernier débris d'une ornementation qui a été complète à un moment donné.

Rapports et différences — Le *Planorbis cristatus* est très voisin du *Planorbis imbricatus;* plusieurs auteurs, Moquin-Tandon, l'abbé Dupuy, Kr glinger, Forbes et Hanley, etc., les rangent sous la dénomination ou *Planorbis nautileus*, Linné ; d'autres au contraire, comme MM. Bourguignat, P. Fagot, etc., admettent ces deux formes au rang d'espèces. Quoi qu'il en soit, le *Planorbis cristatus* est ordinairement de taille plus petite que le *Planorbis imbricatus;* ses plis sont plus élevés, un peu plus distants, et les denticulations de la carène plus aiguës et plus saillantes; sa coquille souvent encroûtée, paraît plus forte et plus solide.

PLANORBIS IMBRICATUS, Müller

Turbo nautileus, Linné, 1767. *Systema naturæ,* éd., XII, II, p. 1241 (pars).
Planorbis imbricatus, Müller, 1774. *Verm. terr. et fluv. hist.,* II. p. 165, n° 351.
Helix nautilea, Walker and Boys, 1784. *Test. minut. rar.,* f. 20-21.
Planorbis nautileus, Fleming. 1814. *In Edinb. Encyclop.,* VII, I, p. 09.

Habitat. — Le *Planorbis imbricatus* vit dans les mêmes conditions et
dans les mêmes pays que le *Planorbis cristatus,* mais dans des mares ou
des étangs différents ; il est tout aussi rare. Nous n'avons jamais rencontré
ces deux formes ensemble, et si elles vivent dans une même pièce d'eau,
elles doivent très probablement y former des colonies distinctes.

Origine. — Nous n'avons sur l'ancienneté de cette coquille que des
données incomplètes, ainsi que nous l'avons dit à propos du *Planorbis
cristatus.*

Variations. — Les variations individuelles de cette coquille portent
sur la taille et sur la saillie des stries ; très souvent quand la coquille
appartient à un individu âgé, les rides épidermiques disparaissent soit en
totalité, soit en partie ; la coquille paraît alors presque lisse, mais le plus
souvent elle est encroûtée, et l'examen de ces lamelles est fort difficile.

Rapports et différences. — Le *Planorbis cristatus,* lorsqu'il est caduc,
se distingue bien difficilement du *Planorbis imbricatus* déjà un peu âgé ;
les lamelles épidermiques tendent de part et d'autre à disparaître ; cependant il est assez rare de voir des échantillons du *Planorbis cristatus* chez
lesquels il ne reste pas au moins quelques aiguillons de sa carène ; la
distinction des deux formes devient alors facile. Mais si les coquilles
sont trop jeunes, leur détermination peut laisser subsister beaucoup de
doutes.

PLANORBIS CONTORTUS, Linné

Helix contorta, Linné, 1758. *Syst. nat.,* édit. X°, p. 770.
Planorbis contortus, Müller, 1774. *Verm. terr. et fluv. hist.,* II, p. 162.
Helix crassa, da Costa, 1778. *Brit. Conch.,* p. 66, pl. IV, f. 11 (n. Razoum.).
— *umbilicata,* Pultney, 1799. *Cat. Dors.,* p. 47, pl. XX, f. 11 (n. Fer.).
Planorbis (bathyomphalus) contortus, Sandberger, 1875. *Land. u. Süssw. Conch.,* p. 777.
t. XXXV, f. 5.

VAR. MAL. 20

HABITAT. — Le *Planorbis contortus* est assez répandu dans notre région ; on le rencontre presque toujours dans les eaux claires et limpides des ruisseaux, attaché sur les plantes aquatiques ; nous le connaissons dans les départements du Rhône, de l'Ain, de l'Isère et de Saône-et-Loire ; il forme des colonies souvent très dispersées.

ORIGINE. — Cette coquille vivait déjà dans notre région à la fin de l'époque quaternaire ; nous l'avons signalée dans les argiles lacustres des vallées du Rhône et de la Saône. En Allemagne et en Autriche on la connaît depuis les dépôts du pleistocène inférieur.

VARIATIONS. — En général, nos échantillons sont d'assez petite taille ; ils ne dépassent pas trop de 5 à 6 millimètres de diamètre. Les principales variations individuelles portent sur le nombre des tours qui paraît varier de sept à neuf. Cette variation serait peut-être même particulière à certaines colonies ; mais malheureusement, comme nous l'avons fait observer, ces colonies sont tellement dispersées qu'il est bien difficile de conclure si la variation du nombre des tours doit s'appliquer à toute la colonie ou seulement à un certain nombre de ses membres. Il n'en est plus de même de la coloration, et l'on peut facilement distinguer les var. *cornea*, *subrufa* et même *cuprea*, suivant que la couleur est cornée pâle, brune ou même d'un vert cuivré. Ces colorations sont bien générales et constituent de réelles variétés.

La largeur apparente des tours, soit en dessus de la coquille soit en dessous, varie non seulement suivant les échantillons, mais encore suivant les colonies. Rarement ce développement en volute se fait avec une parfaite régularité ; il arrive fréquemment qu'un ou plusieurs tours ont une largeur proportionnelle différente de celle que leur assigne leur rang dans la courbe de la spire. Enfin, dans quelques colonies, le dernier tour semble se développer plus largement, de telle sorte que son épaisseur est relativement plus grande que celle du tour précédent.

RAPPORTS ET DIFFÉRENCES. — Cette forme bien typique ne peut être confondue, même lorsqu'elle n'est point adulte, avec aucune autre de ses congénères.

ANOMALIES. — Nous n'avons observé que quelques rares cas d'anomalies provenant d'empiétement des tours les uns sur les autres ; malgré leur grande hauteur et leur peu d'épaisseur, les tours de la spire chevauchent et s'entrecroisent de façon même à disparaître les uns sous les autres.

PLANORBIS ALBUS, Müller

Pl. III, fig. 30-39.

Planorbis albus, Müller, 1774. Verm. terr. et fluv. hist., II, p. 164, n° 350.
Helix alba. Gmelin, 1789. Systema naturæ, édit. XIII°, p. 3625, n° 29.
Planorbis villosus, Poiret, 1801. Coq. de l'Aisne, Prodr., p. 93.
— hispidus, Vallot, 1801. Exerc. d'hist. nat., p. 5.
— reticulatus, Risso, 1826. Hist. nat. Eur. merid., IV, p. 98.
— (gyraulus) albus, Sandberger, 1875. Land. u. Süssw. Conch., p. 781, t. XXXIII, f. 22.

Habitat. — Le planorbis albus est assez répandu dans toute la région qui nous occupe. Nous le connaissons dans plusieurs stations de nos départements du Rhône, de l'Ain, de l'Isère, de Saône-et-Loire, de la Loire et de la Savoie ; il vit sur les plantes aquatiques dans les eaux tranquilles des mares et des étangs, en colonies assez nombreuses très dispersées.

Origine. — Ce Planorbe vivait dans nos pays à l'époque quaternaire, nous l'avons retrouvé dans plusieurs stations de la vallée de la Saône et dans le département de l'Isère. On l'a également reconnu et plus anciennement encore dans les dépôts pleistocènes d'Allemagne, d'Angleterre, d'Autriche et de France.

Variations. — Les variations de cette coquille sont fort nombreuses ; elles portent sur le diamètre et la hauteur, sur le développement du dernier tour, sur la coloration et l'ornementation de la coquille. La taille varie dans des proportions très étendues, ainsi que nous le démontrent les quelques exemples ci-dessous :

LOCALITÉS	DIAMÈTRE
Oullins, dans l'Izeron (Rhône).	8,00
Fontaines-sur-Saône, fossés..	6,50
Lac du Bourget (Savoie).	6,00
Lyon, Iosnes Bechevelin.	5,00
Feyzin, ruisseaux (Isère).	4,25

Le diamètre varie donc dans cette forme du simple au double, même chez des échantillons parfaitement adultes. On pourra dès lors, comme l'ont admis plusieurs auteurs, considérer les échantillons qui mesurent de 4 à 6 millimètres de diamètre, comme appartenant au type, et classer dans une var. *major* ceux qui sont au-dessus de ces dimensions. En même temps, comme nous l'avons dit, les dimensions en hauteur varient, mais non en proportion du diamètre ; il n'est pas rare de voir des coquilles d'un même diamètre moyen être plus ou moins grosses ; en ce cas la solidité du test, l'épaisseur de la coquille sont en proportion de sa hauteur totale ; de telle sorte que, toujours pour un même diamètre, on a des coquilles minces ou épaisses, déprimées ou renflées en hauteur, suivant l'habitat.

L'ornementation quadrillée de la coquille n'est pas toujours bien distincte ; souvent la coquille est encroûtée de matières végétales verdâtres qui masquent cette ornementation ; mais le plus souvent les stries transversales sont plus fortes, plus apparentes que les stries longitudinales ; le quadrillage est plus visible sur l'extrémité du dernier tour vers l'ouverture. Quant à la coloration, elle varie avec l'habitat, et emprunte son principal élément à la substance encroûtante qui la recouvre et dont il est souvent difficile de la débarrasser totalement.

Mais l'une des principales variations de ce Planorbe porte sur le plus ou moins de développement du dernier tour vers l'ouverture, de telle sorte que l'on passe facilement du type même du *Planorbis albus* avec son dernier tour déprimé, largement et brusquement développé au *Planorbis Crosseanus* avec ce même tour plus arrondi et plus régulièrement enroulé : les échantillons de 6 à 8 millimètres de diamètre, sont plus aplatis, et chez ceux-ci mêmes, le développement brusque du dernier tour est plus sensible ; mais chez les individus de taille plus petite, à forme plus haute, plus ramassée, le dernier tour est moins déprimé et moins élargi à son extrémité. On comprend qu'avec de semblables données, la forme de l'ouverture doit notablement varier ; c'est précisément ce qui arrive dans le *Planorbis albus* de notre région.

Enfin, chez quelques échantillons on distingue une carène très émoussée qui les rapproche du *Planorbis stelmachœtius* (1) de la Bretagne et du *Planorbis Arcelini* (2) fossile des argiles lacustres de la vallée de la Saône ; mais dans ces deux derniers types, la carène est beaucoup plus accentuée ; dans le dernier notamment elle est visible jusque vers l'ouverture.

RAPPORTS ET DIFFÉRENCES. — Le *planorbis albus* est voisin du *planorbis lævis* et plus voisin encore du *Planorbis Crosseanus* qui, seul de ces deux

(1) Bourguignat, 1860. *Malacol. Bretagne*, p. 189, pl. II, f. 10-13.
(2) Bourguignat, 1870. *In Arcelin, Mâconnais préhistorique*, p. 109.

formes, vit dans notre région. On le reconnaîtra à l'ornementation de sa coquille et au développement en largeur de son dernier tour.

ANOMALIES. — Nous signalerons dans cette coquille deux sortes d'anomalies : la première, qui est la plus fréquente, porte sur la forme du dernier tour ; au lieu d'être subcaréné, il arrive quelquefois que ce dernier tour est à peu près complètement arrondi, ce qui modifie notablement le profil de la coquille. Le second cas est beaucoup plus rare ; dans certains échantillons que nous avons récoltés à Lyon, dans la losne Béchevelin, toute une portion du dernier tour est séparée de la coquille, et se développe tangentiellement mais dans le même plan, jusqu'à ce que l'individu soit adulte.

MONSTRUOSITÉS. — Nous citerons quelques cas plus ou moins complets de scalarité dans cette coquille ; nous en avons fait figurer divers exemples dans notre pl. III : cette scalarité ne porte que sur les derniers tours ; mais, chose assez singulière, le développement de la partie anormale peut se faire encore à peu près tangentiellement à la coquille, ou tout au moins suivant un rayon de spire beaucoup plus grand. En même temps, la partie détachée porte en dedans l'empreinte du tour contre laquelle elle devait se développer de telle façon que sa section n'est point modifiée. Nous possédons dans notre collection quatre échantillons ainsi modifiés, pris tous dans la même mare aux environs de Lyon.

Les fig. 30 à 35 représentent des exemples de scalarité dans lesquels le dernier tour se détache complètement du reste de la spire, et se déroule suivant une courbure nouvelle dans un plan différent du plat normal d'enroulement ; dans les fig. 36 à 39, la scalarité est de nature plus simple, les derniers tours s'étagent au-dessus les uns des autres, mais tout en restant jointifs. Tous ces échantillons, qui font partie de notre collection, ont été récoltés aux environs de Lyon.

PLANORBIS CROSSEANUS, BOURGUIGNAT

Planorbis Crosseanus, BOURGUIGNAT, 1862. Malac. du lac des Quatre-Cantons, p. 44, pl. I, f. 21-23.

HABITAT. — Cette coquille, signalée pour la première fois en Suisse par M. Bourguignat, a été reconnue par ce même auteur dans la Savoie, vivant sur les roseaux du lac du Bourget, vis-à-vis Puer et Cornin; M. Charpy nous l'a adressée de Saint-Amour dans le Jura et de Saône-et-Loire; nous l'avons reconnue à Lyon même, dans la losne Béchevelin. Elle est toujours rare, et nous n'en avons nous-mêmes recueilli qu'un très petit nombre d'échantillons.

ORIGINE. — Cette forme nous paraît en voie de disparition ou tout au moins de rétrogradation. Elle était autrefois plus commune à l'état fossile que maintenant. Nous l'avons signalée dans plusieurs stations des dépôts quaternaires, et déjà même avant nous M. Bourguignat l'avait reconnue dans les argiles lacustres de la vallée de la Saône (1).

VARIATIONS. — Nous connaissons un trop petit nombre d'échantillons vivants, pour qu'il nous soit possible d'étudier les variations de cette forme. Nous observerons seulement, et cela aussi bien pour les coquilles vivantes que pour celles qui sont fossiles, que le plus ou moins de développement du dernier tour, qui constitue un des caractères essentiels de l'espèce est assez variable, de telle sorte que l'on trouve des passages bien marqués entre le type du *Planorbis Crosseanus* et le *Planorbis albus*.

RAPPORTS ET DIFFÉRENCES. — « Ce Planorbe, dit M. Bourguignat, ne peut être rapproché que du *Planorbis albus*, avec lequel il a toujours été confondu. Cette nouvelle coquille se distingue par son test plus robuste, par son ouverture moins oblique, presque ronde et non oblongue; par ses tours de spire à croissance régulière et proportionnelle, et non à croissance rapide comme chez l'*albus ;* enfin par son dernier tour arrondi, non comprimé, non dilaté vers l'ouverture, ce qui est l'inverse chez l'*albus.* »

PLANORBIS CORNEUS, LINNÉ

Pl. III, fig. 40 et pl. IV, fig. 22.

Helix cornea, LINNÉ, 1758. *Systema naturæ,* éd. X, I, p. 770 (n. Drap.).
Planorbis purpura, MULLER, 1774. *Verm. terr. et fluv. hist.,* II, p. 154.
—   *similis,* MÜLLER, 1774. *Verm. terr. et fluv. hist.,* II, p. 166.
Helix nana, PENNANT, 1777. *Brit. zool.,* I. 123.
—   *cornu-arietis,* DA COSTA, 1778. *Brit. conch.,* p. 60, pl. XLI, f. 13.
Planorbis corneus, POIRET, 1801. *Cat. Coq. Prodr.,* p. 57.

(1) Bourguignat, 1870, *In Arcelin, le Mâconnais préhistorique,* p. 109.

HABITAT. — Le *Planorbis corneus* est commun dans notre région, surtout dans le voisinage des grands cours d'eaux; il vit de préférence dans les losses, les mares, les délaissés formés au détriment de nos fleuves, et dont l'eau, tout en étant assez tranquille, se renouvelle souvent par les infiltrations fluviatiles. Nous le connaissons dans les départements du Rhône, de l'Ain, de l'Isère, de Saône-et-Loire, etc.

ORIGINE. — Nous n'avons pas encore retrouvé cette forme fossile dans notre région; elle existait cependant à l'époque quaternaire dans le Jura et sur un grand nombre d'autres points de la France. En Allemagne on l'a retrouvée jusque dans le pléistocène inférieur.

VARIATIONS. — Cette forme si typique ne nous présente que des variations individuelles basées sur la taille et la coloration. Les plus beaux échantillons recueillis sur les bords du Rhône à Miribel dans le département de l'Ain mesurent de 35 à 38 millimètres de diamètre. En dessous de ces limites en quelque sorte maximum, on trouve de nombreux intermédiaires tout aussi bien adultes. La coloration dans une même colonie peut varier du brun corné au noir olivâtre; elle n'est nullement régulière, et tous les individus sont plus ou moins polychromes. Presque toujours ils sont moins colorés en dessus et en dessous que sur les bords de la coquille.

ANOMALIES. — On rencontre assez fréquemment des anomalies dans le mode d'enroulement des tours de la coquille; souvent ces tours chevauchent, et il n'est point rare d'en voir une portion disparaître dans la spire sous les tours suivants. Souvent aussi les derniers tours prennent une direction plus ou moins contournée, comme dans l'échantillon que nous avons fait représenter pl. III, fig. 40. Cet individu a été récolté par M. de Fréminville dans les eaux du Menthon, dans le département de l'Ain, et fait partie de sa collection.

Nous avons fait figurer pl. IV, fig. 22, un échantillon de la collection de M. Gabillot, récolté aux environs de Lyon, et qui porte sur la moitié du dernier tour des bosses ou nodosités singulières, manifestées aussi bien en dedans qu'en dehors de la coquille; dans cet échantillon, les stries d'accroissement sont très accusées, et c'est précisément à partir d'une limite ou mieux d'un arrêt momentané dans l'accroissement de la coquille que ces accidents locaux se sont produits.

Genre PHYSA Draparnaud

PHYSA FONTINALIS, Linné

Bulla fontinalis, Linné, 1758. *Systema naturæ*, édit. X, I, p. 127.
Planorbis bulla, Müller, 1774. *Verm. terr., et fluv. hist.*, II, p. 165.
Turbo adversus, da Costa, 1778. *Testacea Britannica*, p. 96, pl. V, f. 6.
Bulimus fontinalus, Bruguière, 1789. *Encycl. meth.*, *Vers*, I, p. 306.
Physa fontinalis, Draparnaud, 1801. *Tabl. Moll.*, p. 62; *Hist.*, p. 54, pl. III, f. 8-9.
Bullinus perla, Oken, 1815. *Lehrb. Naturg.*, III, p. 303.
Bulla fluviatilis, Turton, 1819. *Conch. dict.*, p. 27.
Limnea fontinalis, Sowerby, 1823. *Gen. shells*, f. 8.
Bulinus fontinalis, Beck, 1837. *Index Molluscorum*, p. 117.

Habitat. — Le *Physa fontinalis* est assez commun dans nos pays, mais il est toujours localisé sur certains points où il forme des colonies assez nombreuses et jamais dispersées ; nous le connaissons dans l'Ain, le Rhône et l'Isère. Albin Gras, dans son catalogue des mollusques de l'Isère, le donne comme très commun dans les fossés, sur les *Sium* et les *Chara*; il est plus rare aux environs de Lyon. C'est une forme des régions basses et des plaines, fréquentant les ruisseaux aux eaux claires et limpides.

Origine. — On a cité à l'état fossile, le *Physa fontinalis* dans les dépôts du pleistocène inférieur d'Allemagne; plus récemment il figure dans la faune quaternaire de France et d'Angleterre.

Variations. — Les variations de cette coquille portent sur son galbe et sur sa coloration. Nous citerons :

Major, nob. — Coquille de grande taille mesurant jusqu'à 15 millimètres de longueur, bien conforme au type, mais passant parfois au *Physa Taslei* ; rare : Saint-Fons, Rhône.

Minor, Moq.-Tand. (1). — Coquille de petite taille, de forme un peu ventrue, un peu globuleuse, à coquille mince, fragile, transparente, d'un corné jaune pâle ; assez commune : les environs de Lyon et de Grenoble.

Rufala, nob. — Coquille de toutes tailles, mais avec le test plus solide, plus épais, d'un corné fauve foncé, brillant et transparent; peu commune : les environs de Grenoble.

(1) Moquin-Tandon, 1855. *Hist. Moll.*, II, p. 451.

RAPPORTS ET DIFFÉRENCES. — Cette forme se rapproche surtout de celle du *Physa contorta*. Quelques-unes de ses variétés un peu gibbeuses ont une grande analogie avec cette Physe méridionale ; on la distinguera cependant à sa forme moins bombée, à son sommet très court, tout à fait obtus, à son ouverture plus allongée, dépassant la moitié de la hauteur totale. Quant à ses rapports avec le *Physa acuta*, nous les avons signalés en parlant de cette dernière forme.

PHYSA TASLEI, BOURGUIGNAT

Pl. II, f. 22.

Physa Taslei, BOURGUIGNAT, 1860. *Malac. de la Bretagne*, p. 70, pl. I, f. 19-20.
— *acuta*, LOCARD, 1877. *Malacologie lyonnaise*, p. 81 (pars).

HABITAT. — Le *Physa Taslei* se retrouve aux environs de Lyon ; nous le rencontrons dans les mares peu profondes, les fossés, les ruisseaux, et même sur les rochers sur lesquels suinte une eau assez abondante ; il est toujours très rare, et paraît vivre au milieu des colonies du *Physa acuta* plutôt que celles de *Ph. fontinalis*.

ORIGINE. — Cette forme, signalée pour la première fois en Bretagne par M. Bourguignat, ne nous est pas connue à l'état fossile.

VARIATIONS. — Ce n'est point au type même du *Physa Taslei* que nous devons rapporter nos échantillons, mais bien plutôt à une variété intermédiaire entre le *Physa Taslei* et le *Physa acuta*. Cette variété que nous n'avons encore rencontrée qu'aux environs de Lyon, possède en effet la forme générale du dernier tour du *Physa Taslei*, mais en même temps sa spire est plus élancée, plus aiguë et rappelle tout à fait celle du *Physa acuta*. S'il était possible d'imaginer le produit mixte de ces deux types, on aurait exactement la variété lyonnaise. Etant admise cette forme comme variété d'un type donné, nous ne pouvons signaler dans ses modifications que des sous-variétés ; celles-ci sont assez nombreuses, et reposent surtout sur la taille des individus, qui peut se modifier suivant l'habitat ; enfin la coloration, ordinairement d'un corné jaune ambré, peut devenir plus claire, presque pâle, ou bien passer du jaune au brun sale par suite d'un encroûtement de la coquille. Nous avons fait représenter cette variété nouvelle du

Physa Taslei dans notre pl. II, fig. 22 ; nous la désignerons sous le nom de var. *Lugdunensis*.

RAPPORTS ET DIFFÉRENCES — Comme l'a fait observer M. Bourguignat, le *Physa Taslei* n'appartient point au groupe du *Physa acuta* ou *subopaca*, mais bien plutôt à celui du *Physa fontinalis ;* en effet sa forme globuleuse, son galbe arrondi, le rattachent plutôt à cette coquille qu'aux premières qui ont une spire plus élancée. On distinguera le *Physa Taslei* type du *Physa fontinalis* par sa spire plus allongée, de même que l'on séparera notre variété du *Physa acuta* par sa forme plus renflée, avec le dernier tour plus dilaté. Le *Physa Taslei* type ou variété a en outre sa columelle bien tordue ; son ouverture est à peine égale aux deux tiers de la hauteur totale, tandis que chez le *Physa fontinalis* elle en a les trois quarts.

PHYSA ACUTA, DRAPARNAUD

Pl. II, fig. 33, pl. III, fig. 26 à 29 et pl. IV, fig. 34.

Physa acuta, DRAPARNAUD. 1805. *Hist. Moll.*, p. 55, pl. III, f. 10-11.
Bulla rivalis, MATTON et RACKET, 1807. *Cat. Brit.*, VIII, p. 126, pl. IV, f. 2 (n. Dillw.).
Aplexa rivalis, FLEMING, 1828. *Brit. anim.*, p. 272.
Bulinus acutus, BECK, 1837. *Index Molluscorum*. p. 117.

HABITAT. — Le *Physa acuta* est assez répandu dans notre région, mais il est toujours localisé ; il forme des colonies assez nombreuses, et jamais bien dispersées ; on peut le récolter dans les départements du Rhône, de l'Ain et de l'Isère ; il vit ordinairement à de basses altitudes, dans les eaux fraîches et claires assez courantes.

ORIGINE. — Nous ne connaissons pas cette coquille à l'état fossile.

VARIATIONS. — On peut dire pour cette coquille que chaque colonie a son faciès particulier ; comme elle vit souvent dans des milieux très différents dépendants de la nature de l'eau, de sa vitesse, de sa limpidité, etc.. la coquille se modifie en conséquence. Nous avons observé les variétés suivantes :

Major, nob. — Coquille de grande taille, atteignant jusqu'à 18 millimètres de hauteur, à spire acuminée, à test solide, épais ; assez rare : la Mouche au sud de Lyon. Nous avons fait représenter cette forme, pl. II, fig. 33.

Subacuta, Moq.-Tand. (1). — Coquille de forme plus renflée, à spire moins acuminée, au test transparent, d'un corné pâle ; assez commun : les environs de Lyon.

Subopaca, Lamarck (2). — Coquille de petite taille, de forme un peu allongée, épaisse, solide, opaque, ordinairement recouverte d'un enduit limoneux adhérent ; rare : les environs de Lyon.

RAPPORTS ET DIFFÉRENCES. — Le *Physa acuta* est en quelque sorte intermédiaire entre le *Physa hypnorum* au galbe mince, étroit, allongé, et les *Physa contorta* et *Physa fontinalis* au galbe ventru et arrondi. Sa spire est plus courte que celle du premier et plus allongée que celle des deux autres ; mais sa forme, sans être aussi élancée que celle du *Physa hypnorum*, rappelle dans son ensemble et dans ses variations elles-mêmes celles des *Physa contorta* et *Ph. fontinalis ;* enfin sa coquille, comme solidité et épaisseur, rappelle davantage celle du *Physa contorta* qui ne vit point dans nos régions.

ANOMALIES. — Nous avons signalé chez le *Planorbis carinatus* un genre particulier d'anomalies portant sur la forme dilatée de l'ouverture. Nous constatons cette même disposition chez quelques Physes d'une mare située aux environs de Lyon, à Montagny, près de la Mouche ; là, au milieu d'individus parfaitement typiques dont quelques-uns atteignent jusqu'à 18 millimètres de hauteur, on peut récolter des échantillons régulièrement développés, mais dont le péristome est renversé et largement développé sur tout son pourtour. Nous avons fait représenter cette anomalie pl. III, fig. 25.

D'autre part, nous avons parlé plus haut de la forme gibbeuse que tend à affecter le dernier tour de cette coquille. Nous avons fait figurer pl. IV, fig. 34, une forme tout à fait anormale dans laquelle ce dernier tour se dilate d'une façon exceptionnelle, de manière à déformer complètement la coquille ; cet échantillon a été récolté par M. Roy dans une mare du Moulin-à-Vent près de Lyon, deux ans seulement après sa création, à la suite d'un prélèvement de remblais opéré par les travaux du chemin de fer.

Enfin il arrive parfois que le dernier tour de la coquille porte des gibbosités plus ou moins régulières, tout à fait analogues à celles qui caractérisent le genre *Belgrandia* de M. Bourguignat (3). Elles se présentent

(1) Moquin-Tandon, 1855. *Hist. Moll.*, II. p. 452.
(2) *Physa subopaca*, Lamarck, 1822. *Anim. sans vert.*, VI, II, p. 157 .
(3) Bourguignat, 1869. *Cat. moll. quatern.*, Paris, p. 13 à 15. — Paladilhe, 1870. *In Ann. Malocologique*, I. p, 220,

extérieurement sous forme de saillies oblongues, subarrondies, occupant ordinairement presque toute la hauteur du dernier tour, et sont tantôt simples, tantôt multiples. Nos fig. 26 à 29 de la pl. III, représentent deux individus récoltés dans la même mare.

PHYSA HYPNORUM, Linné

Pl. II, fig. 30. 31.

Bulla hypnorum, Linné, 1758. Systema naturæ, éd. 10°, I, p 727.
Planorbis turritus, Müller, 1774. Verm. terr. et fluv. hist., II, p. 169.
Bulla turrita, Gmelin, 1788. Systema naturæ, éd. 13°, p. 34-28.
Bulimus hypnorum, Bruguière, 1789. Encyclop. meth., Vers, I, p. 301.
Physa hypnorum, Drapabnaud, Tabl. Moll., p. 52; Hist., p. 55, pl. III, f. 12-13.
   —   turrita, Studer, 1820. Kurz. Verzeichn., p. 92.
Limnea turrita, Sowerby, 1823. Gen. shells, f. 10.
Nauta hypnorum, Leach, 1831. Brit. Moll., p. 152 (ex Turton).
Aplexa hypnorum, Beck, 1837. Index Molluscorum, p. 116.
Aplexus hypnorum, Gray, 1840. In Turton, shells Brit., p. 255, f. 113.

Habitat. — Le *Physa hypnorum* est peu répandu dans nos pays, il forme de petites colonies peu nombreuses, peu dispersées, vivant sur quelques points , au bord des eaux, ou sur la mousse fraîche ; nous le connaissons dans tous les départements de notre région ; mais il est plus commun dans l'Isère, l'Ain et la Savoie ; il peut s'élever jusqu'à une altitude de 500 à 600 mètres.

Origine. — Depuis la publication de nos études sur la faune quaternaire des environs de Lyon, M. Roy a trouvé dans les argiles lacustres de la vallée du Rhône près de Lyon, plusieurs échantillons du *Physa hypnorum*. A l'étranger il a été reconnu jusque dans le pleistocène inférieur, notamment en Allemagne.

Variations. — Les variations du *Physa hypnorum* peuvent porter sur la taille et sur la coloration des échantillons. La plupart de ces variations appartiennent à la colonie entière ; les variations individuelles se manifestent sur la grosseur, le galbe général, et le plus ou moins de rapidité du déve-loppement des premiers tours. Ce mode d'enroulement modifie parfois d'une façon notable l'aspect de la coquille ; nous en donnons un exemple dans les fig. 30 et 31 de notre pl. II. Dans la fig. 30, l'enroulement se fait avec une certaine lenteur, la spire est plus élevée, et la coquille plus acuminée ; dans la fig. 31, les tours, tout en étant aussi nombreux, s'étagent différemment ; la spire est plus courte et la coquille paraît plus renflée. Ces deux échantillons proviennent de la même colonie aux environs de Lyon.

Major, Moq.-Tand. (1). — Coquille dont la taille est plus grande que 12 millimètres ; nous avons observé des individus du Bugey qui mesuraient jusqu'à 15 millimètres de hauteur ; la coquille est en général assez colorée.

Intermedia, nob. — Coquille mesurant de 10 à 12 millimètres, mais à forme plus renflée, plus globuleuse, avec l'ouverture plus allongée, égale environ aux deux tiers de la hauteur totale de la coquille, le type, ayant son ouverture plus petite ou au plus égale à la moitié de la hauteur totale ; spire beaucoup plus courte, les premiers tours plus rapidement en-roulés ; test de couleur cornée pâle ; rare : les environs de Lyon. Cette forme nouvelle figurée pl. II, fig. 31, aurait pu à la rigueur être élevée au rang d'espèce.

Rufula, nob. — Coquille de toutes tailles, mais plus particulièrement de 8 à 10 millimètres de hauteur, colorée en corné fauve foncé ; assez com-mune : presque partout.

Cornea, Massot (2). — Coquille de taille ordinaire, terne, d'un corné très pâle ; plus rare : le Dauphiné, notamment aux environs de Grenoble.

RAPPORTS ET DIFFÉRENCES. — Le *Physa hypnorum* se distingue toujours de ses congénères par sa forme allongée, étroite, par la hauteur de sa spire, par le brillant de sa coquille, enfin par les caractères mêmes tirés de l'animal.

Genre LIMNÆA, Bruguière.

LIMNÆA AURICULARIA, LINNÉ

Pl. IV. fig. 23 à 29.

Helix auricularia, LINNÉ, 1758. *Systema naturæ,* édit. 10°, 1, p. 774.
Buccinum auricula, MÜLLER, 1774. *Verm. terr. et fluv. hist.,* II, p. 126.
Turbo palustris, DA COSTA, 1778. *Test. Britan.,* p. 95, pl. V, f. 17.
Bulimus auricularius, BRUGUIÈRE, 1789. *Encyclop. méth., Vers.* I, p. 304.

(1) Moquin-Tandon, 1855. *Hist. Moll.* II, p 646.
(2) *Physa cornea,* P. Massot, 1845. *In Soc. agr. Pyr.-Orient.,* VI, II, p. 236, fig. 4.

Limneus auricularius, DRAPARNAUD, 1801. *Tabl. moll.*, p. 48.
Helix limosa, MONTFORT, 1803. *Test. Britann.*, p. 384, pl. XVI, f. 2 (n. Linn., n. Dilw.)
Radix auricularius, FLEMING, 1814. *In Edinb. Encycl.*, VII, 1, p. 77.
Limnæus auricularius, C. PFEIFFER, 1821. *Naturgesch. Mollus.*, I, p. 85, t. IV, f. 17-18.
Lymnæ i auricularia, NILSSON, 1822. *Hist. Moll. Sueciæ*, p. 64.
Gulnaria auricularia, LEACH, 1831. *Brit. Moll.*. p. 148 (ex Turton).
Limnea auricularia, MORELET, 1845. *Descr. Moll. Portugal*, p. 82.
Lymneus auricularius, GRAELLS, 1846. *Catal Moll. España*, p. 11.
Limneus gracilis, V. SECKENDORF, 1846. *Mollusk. Wurtembergs*, n° 88.
Limneus ouricularis, THOMÆ, 1849. *Verzeich. Herzogt. Nassau*, p. 221.
Limæus auricularis, SANDBERGER et KOCH, 1831. *Beitr. Kennln. Moll.*, p. 281.
Lymnæa auricularia, MOQUIN-TANDON, 1855. *Hist. Moll.*, II, p. 462, pl. XXVIII, f. 21-31.
Limnæa limosa, WESTERLUND, 1863. *Sveriges Mollusker beshr.*, p. 89 (var. α)

HABITAT. — Le *Limnæa auricularia* vit dans toute la région centrale du bassin du Rhône; nous avons constaté sa présence dans tous nos départements ; on le rencontre, en général, dans les étangs, les mares, les lacs à fonds vaseux, peu profonds, au milieu des plantes aquatiques, ou rampant sur le fond. Il forme des colonies nombreuses et dispersées, portant chacune leur caractère propre.

ORIGINE. — Il existait déjà à la fin de l'époque quaternaire plusieurs variétés du *Limnæa auricularia* dans notre région; nous en avons signalé dans les argiles lacustres des vallées du Rhône et de la Saône quelques formes (1); mais nous ne croyons pas que cette coquille soit bien ancienne ; elle n'a pas été citée, soit en France soit à l'étranger, antérieurement aux dépôts du pleistocène supérieur.

VARIATIONS. — Il est peu de coquilles dont les formes soient aussi variées que celle du *Limnæa auricularia*. Outre les variations individuelles qui portent sur la taille en général, mais surtout sur le développement du dernier tour de spire, et du bord droit de la coquille, on peut obtenir une infinité de variétés; non seulement il est permis de dire que chaque pièce d'eau a sa forme spéciale, mais encore il arrive souvent qu'une même station aquatique renferme plusieurs variétés des mieux définies et des plus opposées. Nous distinguerons plus spécialement les variétés suivantes :

Minor, Moquin-Tandon (2). — Coquille de taille assez petite, haute de moins de 2 centimètres, avec ouverture ovalaire, ne dépassant pas la ligne suturale de l'avant-dernier tour; assez commune; presque partout.

Acronica, Studer (3). — Coquille plus haute que large, assez étroite, à

(1) A. Locard, 1879. *Faune malac. terr. quatern.* p. 101.—A. Locard, 1880. *Nouv. rech. sur les argiles lacustres*, p. 10 et 30.
(2) Moquin-Tandon, 1855. *Hist. Moll.*, II, p. 468, pl. XXXIV.
(3) *Limneus acronicus*, Studer, 1820. *Kurz. Verzeichn.*, p. 93.

spire courte, très obtuse, ouverture allongée, ovale, moins haute que l'avant-dernier tour; assez commune : le lac du Bourget (Savoie), Miribel(Ain), Irigny (Rhône), environs de Lyon, etc. Cette variété est très voisine du *Limnœa canalis* élevé par M. l'abbé Dupuy au rang d'espèce; Studer et après lui quelques autres auteurs avaient également fait une espèce du *Limnœa acronica;* mais M. Bourguignat (1) l'a considéré comme simple variété, et nous nous rangeons à cet avis. Nous admettrons dans cette même variété le *Limnœus ampulaceus* Rosmässler (2); nous avons récolté dans les fossés du fort de la Vitriolerie à Lyon, deux échantillons qui sont absolument conformes au type représenté par M. Kobelt (3).

Ampla, Hartmann (4). — Coquille à peine plus haute que large, spire extrêmement courte, dernier tour très développé, ouverture ovale arrondie, dépassant le sommet; plus rare : le lac du Bourget (Savoie), les environs de Lyon, etc.

Hartmanni, Studer (5). — Coquille plus large que haute, spire extrêmement courte, à peine saillante, ouverture à peu près arrondie, atteignant presque le sommet, à bords souvent recourbés ; peu commune ; bien localisée : les environs de Lyon, notamment à Pierre-Bénite, Yvour, Vernaison, Irigny, etc.

Monnardii, Hartmann (6). — Coquille plus large que haute, spire rudimentaire, ouverture arrondie-ovale, parfois plus large que haute, dépassant le sommet, bords irrégulièrement infléchis; rare: Irigny, les bords du Rhône, les environs de Lyon et de Grenoble, etc.; parfois avec la variété précédente.

Collisa, Moquin-Tandon (7). — Coquille conforme au type, mais marquée de méplats analogues à l'effet produit par un martelage, dispersés régulièrement en spirale et qui vont s'élargissant vers l'ouverture ; peu commune : les environs de Grenoble, le Jura, etc.

RAPPORTS ET DIFFÉRENCES. — Plusieurs des variétés que nous avons si-

---

(1) Bourguignat, 1864. *Malacologie d'Aix-les-Bains*, p. 60.
(2) Rossmassler, 1835. *Iconographie*, II, p. 19, f. 124.
(3) Kobelt, 1870. *Zur Kenntniss unserer Limnœa aus der Gruppe Gulnaria Leach, in Mala-zoologische Blätter*, p. 145, pl. IV, f. 13.
(4) *Gulnaria ampla*, Hartmann, 1842. *Gasterop.*, p. 69, pl. V.
(5) *Limneus Hartmanni*, Studer, 1820. *Kurz. Verzeichn.*, p. 93.
(6) *Gulnaria Monardii*, Hartmann, 1842. *Gasterop.*, p. 71, pl. VII.
(7) Moquin-Tandon, 1865. *Hist. Moll.*, II, p. 463. pl. XXXIV, f. 1.

gnalées étaient autrefois considérées comme des espèces; seul le *Limnæa canalis* qui peut lui aussi n'être considéré que comme variété, a été conservé au rang d'espèce par M. l'abbé Dupuy (1) et par plusieurs autres auteurs; fidèle à notre programme, nous lui avons conservé provisoirement son rang. Quoi qu'il en soit, certaines variétés du *Limnæa auricularia* sont fort voisines du *Limnæa limosa*, mais nous estimons qu'en se basant sur les deux caractères suivants, on pourra facilement les séparer. Le *Limnæa auricularia* a toujours son ouverture plus large que celle du *Limnæa limosa*; en outre quand l'ouverture du *Limnæa auricularia* prend une forme ovalaire, qui se rapproche de celle du *Limnæa limosa*, sa hauteur est *ordinairement* sensiblement égale à la hauteur de l'avant-dernier tour, tandis que dans le *Limnæa limosa* elle est *toujours* plus inférieure.

ANOMALIES. — Les anomalies de structure ne sont pas rares dans le *Limnæa auricularia ;* nous en avons fait représenter quelques-unes dans la pl. IV.

Fig. 23. — Cette coquille appartient à la var. *Monnardii ;* son bord droit est extrêmement développé et irrégulièrement infléchi, tandis que le bord columellaire est exceptionnellement tordu ; quoique le volume total de la coquille soit très grand, le volume de l'avant-dernier tour est très restreint; des environs de Lyon ; collection de M. Gabillot.

Fig. 24 et 25. — Cette forme se rapporte assez exactement par l'ensemble de ses caractères au type même; mais le bord droit de la coquille, comme le montre la fig. 25, s'est développé suivant un plan rectiligne formant un angle droit avec le reste de la coquille; pareille anomalie est probablement le fait d'un accident ; les environs de Lyon; notre collection.

Fig. 28 et 29. — On peut rapporter cette forme à la var. *ampla ;* dans cette coquille le bord droit de l'ouverture s'est fortement infléchi en dedans de façon à former une sorte de poche ou loge qui devait singulièrement gêner l'animal dans ses mouvements; aucune brisure n'est apparente dans cette partie de la coquille; les environs de Lyon; collection de M. Gabillot.

Fig. 26 et 27. — Cette forme tout à fait anormale est sans doute le résultat d'un accident éprouvé par la coquille avant le complet achèvemen de son développement; son bord droit s'est formé sous l'influence d'un abondante sécrétion calcaire qui a amené l'épanouissement d'une form

(1) Dupuy, 1847. *Hist. Moll.*, p. 482, *Tab.* XXII, f. 12.

gibbeuse fort singulière; la coquille appartient à la var. *collisa :* les environs de Lyon ; notre collection.

Monstruosités. — M. Roy a trouvé dans une mare à Saint-Fons un individu subscalaire du *Limnœa auricularia ;* le dernier tour se détache à la ligne suturale et s'abaisse rapidement de façon à présenter sa spire sous une forme étagée.

LIMNÆA CANALIS, Villa

Lymneus canalis, Graells, 1846. *Catal. Moll. España,* p. 11.
Limnæa canalis, Villa, 1847. *In Dupuy, Hist. Moll.,* p. 482, pl. XXII, f. 12.
— *auricularia,* Moquin-Tandon, 1855. *Hist. Moll.,* II, p. 453, pl. XXXIV, f. 2-3.
Limnea auricularia, Kreglinger, 1870. *Syst. Verzeich. Deutsch. Moll.,* p. 48 (var.).

Habitat. — Le *Limnœa canalis* n'est pas très répandu dans notre région; nous le connaissons cependant aux environs de Lyon et à Miribel dans l'Ain. Il vit tantôt seul, tantôt dans les même eaux que les *Limnœa auricularia* et *L. limosa.*

Origine. — Nous ne connaissons pas cette forme à l'état fossile.

Variations. — Outre les variations individuelles qui sont fort nombreuses et qui portent sur la taille, la hauteur de la spire, et surtout sur le plus ou moins de développement du dernier tour, nous distinguerons en dehors du type, la var. *bicanalis* de Moquin-Tandon (1), chez laquelle l'ouverture est aiguë à la fois dans le haut et dans le bas. Cette variété est rare ; nous n'en possédons qu'un échantillon bien caractérisé.

Rapports et différences. — En général, nos échantillons ne sont pas toujours aussi nettement définis que l'indique la figuration donnée par M. l'abbé Dupuy; s'ils ont bien le caractère spécifique basé sur la forme étroite, étranglée, canaliculée de l'ouverture à son sommet, le bord inférieur droit n'est point toujours aussi développé, dans la très grande partie de nos échantillons. Enfin, dans la même colonie, on trouve des individus qui ont absolument les caractères du *Limnœa canalis,* tandis que d'autres, avec l'ouverture plus arrondie dans le haut, passent tout à fait au *Limnœa limosa.* Le véritable *Limnœa canalis,* outre ce caractère basé sur l'ouverture, doit avoir la spire courte comme celle du *Limnœa auricularia* dont il tient par ce côté, tandis que par son ouverture il se rapproche davantage de certaines variétés du *Limnœa limosa.*

(1) Moquin-Tandon, 1855. *Hist. Moll.,* II, p. 468, Pl. XXIX, fig. 3.

VAR. MAL. 21

LIMNÆA LIMOSA, Linné

Pl. IV, fig. 30, 31.

Helix limosa, Linné, 1758. *Systema naturæ*, édit. 10°, I, p. 774 (n. Mont., n. Dillw.).
— *teres*, Gmelin, 1788. *Systema naturæ*, édit. 13°, p 3667.
Bulimus limosus, Poiret, 1801. *Coq. de l'Aisne, Prodrome*, p. 39.
Limneus ovatus, Draparnaud, 1805. *Hist. Moll.*, p. 50, pl. II, f. 30-31.
Lymnæa ovata, Lamarck, 1822. *Anim. s. vert.*, VI, II, p. 161.
Lymnea auricularia, Risso, 1826. *Hist. nat. Eur. merid.*, IV, p. 95, n° 220.
Limnea lineata, Brard, 1834. *In Mag. nat. hist.*, VII, p. 493, f. 62.
Limnæus ovatus, Rossmässler, 1835. *Iconogr.*, I, p. 100, f. 56.
Gulnaria ovata, Beck, 1837. *Index molluscorum*, p. 114.
Limneus vulgaris, Braun, 1842. *Amtl. Bericht.*, p. 145, n° 53.
Limnæus pereger, Macgillivray, 1844. *Hist. moll. Scotland.*, p. 106, 103 (v. A.).
Limnea ovata, Morelet, 1845. *Moll. du Portugal*, p. 81.
Limneus ovatus, Graells, 1846. *Catal. Moll. España*, p. 11.
Limnæa ovata, Dupuy, 1847. *H. Moll.*, p. 475, pl. XXII, f. 11-13; pl. XXIII, f. 1-3; pl. XXV, f. 8 ·
Limnæus auricularius, Stein, 1850. *Leb. Schweck. Berlins*, p. 70 (v. β).
Lymnæus ovatus, Zelebor, 1851. *Syst. Verzeich. Œster.*, p. 18.
Limnæa teres, Bourguignat, 1853. *Voy. mer Morte, Moll.*, p. 58.
— *limosa*, Moquin-Tandon, 1855. *Hist. Moll.*, I, p. 465, pl. XXX, f. 11-12.
Limnæus limosus, Reibisch, 1855. *Moll. Sachsen*, p. 424.
Limnæa peregra, Jeffreys, 1862. *Brit. Conch.*, I, p. 104 (ex parte).
— *auricularia*, Bielz, 1867. *Moll. Siebenbürgen*, 2° édit., p. 168. (var. b.).
— *limosa*, Kreglinger, 1870. *Syst. Verzeichn. Moll.*, p. 284
Limnes (gulnaria) ovatus, Sandberger, 1875. *Land. u. Süss. Conch.*, p. 787, t. XXXV, f. 14.

Habitat. — Le *Limnæa limosa* est très commun dans toute notre région ; il figure dans la faune de tous les départements de la partie centrale du bassin du Rhône. Il vit dans les mares, les fontaines, les sources, les ruisseaux et même les rivières ; en général il ne craint pas l'eau un peu courante, mais à fond calcaire. Il forme des colonies nombreuses et dispersées.

Origine. — Nous avons rencontré aux environs de Lyon avec le véritable type du *Limnæa limosa* fossile, une variété qui peut se rattacher à cette forme. On a également cité le *Limnæa limosa* fossile dans tous les dépôts plei-tocènes soit en France, en Allemagne, en Angleterre, en Suisse, en Autriche, soit même en Algérie et en Asie-Mineure.

Variations. — Après avoir élagué du *Limnæa limosa* les *L. fontinalis*, *L. intermedia*, etc. les variétés de cette forme plus ou moins typique elle-même se trouvent être assez restreintes. Outre les variations individuelles toujours très nombreuses, et ces petites différences de forme inhérentes à tout changement d'habitat dans une coquille aussi polymorphe, nous citerons les principales variétés suivantes :

Vulgaris, Pfeiffer (1). — Coquille de taille assez petite, de forme ovale, subtransparente, cornée, à spire un peu haute, subaiguë, avec la columelle plus épaisse ; peu commune : les environs de Lyon.

Minor, nob. — Coquille de petite taille, assez semblable au type comme galbe général, de forme un peu allongée, avec l'ouverture étroite ; assez commune : les bords de la Saône, dans les départements du Rhône et de Saône-et-Loire.

Major, Baudon (2). — Coquille de grande taille, atteignant jusqu'à 31 millimètres de hauteur, pour 24 millimètres de diamètre, de forme ventrue, avec le test mince, brillant, l'ouverture régulièrement subovale ; peu commune : le lac de Bard, près Belley (Ain).

Elata, Baudon. — Coquille de taille assez forte, mais d'un galbe allongé, mesurant 27 millimètres de hauteur, pour 16 millimètres de diamètre, avec le test mince, brillant, l'ouverture étroite, allongée ; cette variété peut être rattachée au *Limnæa canalis ;* rare : les environs de Lyon.

Subovata, nob. — Coquille de grande taille, de forme subovale, moins allongée que le type, à spire courte mais un peu aiguë, d'un corné fauve, assez épaisse, ouverture assez arrondie ; peu commune : les environs de Lyon et de Grenoble.

Opaca, nob. — Coquille de taille assez forte, mais opaque, noire ou noirâtre, couverte d'un limon adhérent ; peu commune : les environs de Mâcon.

RAPPORTS ET DIFFÉRENCES. — Nous croyons avoir suffisamment défini toutes les formes voisines du *Limnæa limosa ;* c'est donc par exclusion que nous arriverons à le séparer de ses congénères. En général sa forme est un peu ovale, ventrue, avec une spire courte, obtuse mais pointue dans le haut ; l'ouverture est toujours un peu plus grande que les deux tiers de la hauteur totale, et de forme régulièrement ovale ; presque toujours la coquille est encroûtée d'un limon terreux auquel sont associés des végétaux.

ANOMALIES. — Nous avons fait représenter deux cas d'anomalie du *Limnæa limosa :* dans le premier, pl. IV. fig. 31, l'animal a reçu, sur le bord de l'ouverture de la coquille un coup qui a dû occasionner une fracture telle que non seulement la cicatrice s'est conservée, mais encore que le péristome a éprouvé une déviation dans sa forme, qui s'est maintenue

(1) *Limnæus vulgaris,* C. Pfeiffer, 1821. *Deutschl. Moll.,* I, p. 89, pl. IV, f. 22.
(2) Baudon, 1862. *Nouv. Catal. Moll. Oise,* p. 34.

jusqu'à ce que la coquille soit adulte : des environs de Lyon ; collection Terver au Muséum de Lyon.

Dans la fig. 30 nous avons montré un cas assez fréquent chez le *Limnœa limosa :* les deux premiers tours de la spire s'enroulent mal; ils forment un bouton ou mamelon souvent infléchi par rapport à l'axe de la coquille, quelquefois même scalariforme ; les autres tours reprennent ensuite leur développement et leur forme normale : les environs de Lyon; notre collection.

LIMNÆA FONTINALIS, Studer

Limnœus fontinalis, Studer, 1820. *Kurzes Verzeichn. Conch.*, p. 93 (n. Sow., n. Flem.).
Limnœus ovatus, Charpentier, 1837. *Moll. Suisse,* p. 20, pl. II, f. 15 (v. *fontinalis).*
Lymnœus fontinalis, Zelebor, 1851. *System. Verzeichn. Œster.*, p. 18.
Limnœa limosa, Moquin-Tandon, 1855. *Hist. Moll.,* II, p. 465. (v. *fontinalis).*
Limnœa limosa, Kreglinger, 1870. *System. Verzeichn. Deutsch. Moll.*, p. 251 (var.).

Habitat. — Le *Limnœa fontinalis* vit de préférence dans les fontaines, les bassins, les sources aux eaux un peu claires ; il se contente d'un faible volume d'eau, et forme des colonies très nombreuses. Nous le connaissons dans presque tous nos départements, et plus particulièrement dans l'Ain, l'Isère et les environs de Lyon.

Origine. — Nous n'avons pas reconnu cette petite forme à l'état fossile dans les dépôts quaternaires de notre région.

Variations. — De toutes les Limnées, c'est incontestablement le *Limnœa fontinalis* qui varie le moins ; sa forme est presque toujours la même, et ses caractères se modifient peu en passant d'une station à une autre ; les seuls changements portent sur la forme de sa spire plus ou moins courte, et surtout sur le développement de l'ouverture ; mais presque toujours son galbe général reste le même. Souvent la coquille est encroûtée de végétaux plus ou moins terreux qui lui font momentanément perdre sa couleur et sa transparence.

Rapports et différences. — C'est à juste titre que cette forme a été rapprochée par plusieurs auteurs du *Limnœa limosa ;* ce n'en est, somme toute, qu'une var. *minor ;* mais si l'on admet dans d'autres groupes, comme par exemple dans celui du *Limnœa stagnalis,* autant d'espèces, le *Limnœa fontinalis*, avec ses caractères propres, bien définis, peut bien à son tour réclamer le même rang. On le distinguera toujours du *Limnæa limosa* à sa petite taille, sa forme ovale, presque arrondie, sa spire peu élevée, à son ouverture large et dilatée en tous sens; enfin, lorsqu'il est dépouillé de son limon, il est toujours transparent et d'une couleur cornée claire, un peu pâle.

LIMNÆA MARGINATA, Michaud

Limnæus pereger, Jeffreys, 1825. Linn. trans., XVI, p. 374.
Limnea marginata, Michaud, 1831. Compl. Hist. Moll., p. 88, pl. XVI, f. 15-16.
Lymneus marginatus, Graells, 1848. Catal. Mollusc. España, p. 10.
Limnæa peregra, Moquin-Tandon, 1856. Hist. Moll., II, p. 468 (v. marginatus).
Limnea,   —   Kreglinger, 1870. Syst. Verzeichn. Deutschl., p. 155. (v. marginata).

HABITAT. — Le *Limnæa marginata* habite les régions montagneuses des Alpes et du Dauphiné; on le trouve surtout dans les départements de l'Isère et des Hautes-Alpes; il vit à une altitude variant de 700 à 800 mètres, formant des colonies assez nombreuses et toujours localisées; il aime les eaux claires et limpides des ruisseaux frais et ombragés.

ORIGINE. — Nous ne connaissons pas cette forme à l'état fossile.

VARIATIONS. — Cette coquille peut présenter à peu près les mêmes variations que le *Limnæa peregra*, c'est dire qu'elle peut varier de grandeur, de galbe et même de coloration; cependant elle est généralement plus petite que cette dernière Limnée; suivant les stations, la forme de son ouverture est plus ou moins haute, et surtout plus ou moins arrondie, ce qui modifie considérablement son aspect général.

RAPPORTS ET DIFFÉRENCES. — Cette coquille est très voisine du *Limnæa peregra;* pour beaucoup d'auteurs ce n'en est qu'une simple variété; M. l'abbé Dupuy, qui l'a maintenue au rang d'espèce, reconnaît lui-même la grande affinité qui existe entre ces deux formes (1). Quoi qu'il en soit, le *Limnæa marginata* est plus spécialement caractérisé par sa taille assez médiocre, ne dépassant pas dans nos pays de 12 à 15 millimètres, par son galbe plus tronqué, plus solide, et surtout par son péristome un peu réfléchi, et bordé en dedans par un fort bourrelet blanchâtre, toujours bien visible.

(1) Dupuy, 1848. Hist. Moll , p. 474, tab. XXV, fig. 5

LIMNÆA PEREGRA, Müller

Pl. III, fig. 24.

Buccinum peregrum, Müller, 1774. *Verm. terr. et fluv. hist.*, II, p. 130, n° 324.
Helix putris. Pennant, 1777. *Brit. zool.*, p. 137, pl. LXXXVI, f. 137 (n. Lin., Fer.).
— *peregra*, Gmelin, 1783. *Systema naturæ*, édit. 13°, p. 3659.
Buccinum medium, Studer, 1789. *Faunul. Helvet.*, *in Coxe, Trav. Switz.*, III, p. 433
Bulimus peregrus, Bruguière, 1789. *Encyclop., meth., Vers.*, p. 301.
Limneus pereger, Draparnaud, 1801. *Tabl. Moll.*, p. 48.
Lymnæa peregra, Lamarck, 1822. *Anim. s. vert.*, VI, II, p. 161.
— *limosa*, Fleming, 1828. *Brit. anim.*, p. 274.
— *putris*, Fleming, 1830 *In Edinburg Encyclop.*, VII, I, p. 77.
Gulnaria peregra, Leach, 1830. *Brit. Moll.*, p. 146 (ex Turton).
Lymnæa peregrina, Mauduyt, 1837. *Moll. de la Vienne*, p. 95.
Limnæus pereger, C. Pfeiffer, 1821. *Naturgesch. Mollusk.*, I, p. 90, t. IV, f. 23-24.
Limnea peregra, Morelet, 1845. *Descr. Moll. Portugal*, p. 82.
Lymneus pereger, Graells, 1846. *Catal. Moll. España*, p. 10.
Lymnæus pereger, Zelebor, 1851. *System. Verzeichn. Œster.*, p. 19.
Limnæa peregra, Bourguignat, 1864. *Malac. de l'Algérie*, II, p. 850.
— *limosa*, Westerlund, 1865. *Schweriges Mollusker*, p. 91 (v. *peregra*).
Limnoea peregra, Malzine, 1867. *Faune Malac. Belg.*, p. 89.
Limneus (Limnophysa) pereger, Sandberger, 1875. *Land u. Süssw. Conch.*, p. 739,
t. XXXII, f. 15; t. XXXV, f. 13.

Habitat. — Le *Limnæa peregra* est assez commun dans notre région; nous le connaissons dans tous les départements de la partie centrale du bassin du Rhône; il vit dans les ruisseaux, les fossés, les mares,
mais plus volontiers dans les eaux un peu claires et courantes; il redoute
peu le froid, mais ne paraît pas s'élever dans les Alpes au delà de 5 à
600 mètres d'altitude. Ses colonies sont toujours nombreuses et dispersées.

Origine. — Le *Limnæa peregra* vivait autrefois à l'époque quaternaire
dans les environs de Lyon; nous avons constaté sa présence dans les
argiles lacustres de la vallée du Rhône et de la Saône; on le retrouve
également dans les dépôts quaternaires moyens et récents d'Angleterre,
de France et de Suisse.

Variations. — Les individus du *Limnæa peregra* d'une station donnée,
sont assez semblables à eux-mêmes, c'est-à-dire que les variations individuelles sont moins accentuées dans cette coquille que chez les autres
Limnées; quant aux variétés, elles sont presque aussi nombreuses que les
habitats. Nous signalerons dans le nombre les principales variétés qui
suivent, dont plusieurs avaient été élevées au rang d'espèce, par Ziegler

Consobrina, Ziegler. — Coquille de taille assez forte, un peu allongée demi-opaque, blanchâtre; peu commune : les environs de Lyon.

Vogtiana, Mortillet (1). — Coquille de petite taille, de couleur foncée, courte, très ventrue, et caractérisée par son ouverture rejetée en dehors de l'axe, ce qui agrandit l'ombilic; dans de petites flaques d'eau au-dessus de Bonne, sur la montagne des Voirons en Faucigny.

Coraea, Ziegler. — Coquille de taille plus petite, assez mince, un peu transparente, d'un aspect corné, souvent à spire un peu courte; assez commune : les environs de Grenoble.

Solemia, Ziegler. — Coquille de taille moyenne, de forme ventrue, à tours arrondis, à spire courte, de couleur fauve un peu foncée, subtransparente; peu commune : les environs de Lyon, notamment à Fontaines-sur-Saône.

Globulosa, nob. — Coquille de taille moyenne, de couleur blanchâtre, un peu opaline, de forme renflée, globuleuse; rare; Irigny (Rhône).

Opaca, Ziegler. — Coquille de toutes tailles, opaque, noire ou noirâtre, couverte d'un limon terreux adhérent; peu commune : les environs de Lyon, Lagnieu (Ain), etc.

Fuliginosa, Ziegler. — Coquille de toutes tailles, plutôt un peu grande, ouverture plus allongée, spire assez courte, d'un brun noirâtre, couverte d'un limon peu adhérent; rare : les environs de Lyon.

RAPPORTS ET DIFFÉRENCES. — Nous avons détaché du *Limnæa peregra* les *Limnæa frigida* et *L. corrosa*, qui sont des formes essentiellement alpestres, et dont les caractères sont un peu différents. Certaines variétés du *Limnæa limosa* pourraient également être rapprochées du *Limnæa peregra*. Cette dernière forme pourra toujours être distinguée, par son galbe plus allongé, moins ventru, moins ovoïde, par son ouverture moins ovale et dont la hauteur n'atteint pas les deux tiers de la hauteur totale, tandis que dans le *Limnæa limosa* l'ouverture a toujours un peu plus des deux tiers de la hauteur totale de la coquille.

ANOMALIES. — Nous devons à notre ami M. de Fréminville la découverte d'anomalies fort curieuses, observées chez le *Limnæa peregra* d'une petite mare située dans son parc : ces échantillons sont de petite taille et ne dépassent pas trop de 10 à 12 millim. de hauteur; ils ont surtout une ten-

---

(1) De Mortillet, 1862, *Annexion à la Faune malacologique de France*, p. 8.

dance à être fortement gibbeux ; la gibbosité se manifeste ordinairement sur le dernier tour ; nous avons fait représenter une de ces formes, pl. III, fig. 24. D'autres fois, l'ouverture paraît s'élargir dans le bas et a son bord renversé ; ces échantillons ne sont pas rares et rappellent par leur singularité les formes du lac d'Ossegor.

LIMNÆA FRIGIDA, Charpentier

Limnœus frigidus, Charpentier, *in Shed*.
Limnœa frigida, de Mortillet, 1860. *Revue savoisienne* (n° de décembre).
    —   *peregra*, Kreglinger, 1870. *Syst. Verzeichn. Deutsch. Moll.*, p. 256.

Habitat. — Cette forme essentiellement alpestre vit dans les hautes régions des Alpes à plus de 1500 mètres d'altitude, souvent cachée sous les glaces. M. de Mortillet l'a signalée dans la Savoie entre Bonneval et Villaron à 1750 mètres d'altitude, au-dessous de Bessans à 1650 mètres, près du lac du Mont-Cenis à 1905 mètres. MM. Gabillot et Perroud nous l'ont donnée du col de la Magdelaine dans les Basses-Alpes à 2400 mètres d'altitude.

Origine. — Dans un autre travail (1) nous avons montré la relation qui existait entre nos *Limnœa peregra* fossiles et le *Limnœa frigida*. Toutes ces formes sont extrêmement voisines, et passent pour ainsi dire des unes aux autres.

Variations. — De même que pour toutes les autres Limnées, le *Limnœa frigida* a ses variations propres à chaque habitat. Nous devons à l'extrême complaisance de M. de Mortillet des échantillons des différentes stations où il a recueilli cette forme, et nous voyons qu'elle varie de taille, de galbe et de coloration. A Villaron et au Mont-Cenis elle est plus grande, plus allongée, à spire plus élancée, avec une ouverture plus arrondie ; à Couplevent et au col de la Magdelaine, sa forme est plus courte, plus ventrue, sa spire moins élevée ; à Villaron le péristome est plus fort, parfois un peu renversé, tandis que dans les autres stations il est mince et droit. Enfin, si à la Magdelaine les échantillons sont noirs, encroûtés, ils sont plus clairs et transparents en Savoie.

(1) A. Locard, 1879. *Description de la Faune malac. quatern. des env. de Lyon*, p. 108.

RAPPORTS ET DIFFÉRENCES. — Le *Limnœa frigida* est certainement très voisin du *Limnœa peregra;* on le distinguera cependant à sa forme plus ramassée, plus globuleuse dans son ensemble, mais avec la spire plus haute et plus allongée ; l'ouverture est moins longue, plus régulièrement subovale, plus arrondie ; l'angle supérieur un peu moins aigu ; pour une même taille, la coquille paraît plus solide, plus épaisse, moins transparente.

LIMNÆA CORROSA, Dumont et de Mortillet

Limnea corrosa, Dumont et de Mortillet, 1860. *In Revue savoisienne* (décembre).

HABITAT. — Cette forme alpestre a été rencontrée par M. de Mortillet dans le Salève, entre Annecy et Genève ; elle vit dans des flaques d'eaux au milieu des sables siliceux du terrain sidérolithique, du côté de Cruseille à 925 mètres d'altitude.

ORIGINE. — Nous ne connaissons pas cette coquille à l'état fossile.

VARIATIONS. — Les variations du *Limnœa corrosa* paraissent plus particulièrement porter sur son mode de corrosion. « La spire, dit M. de Mortillet, était généralement toute rongée et la coquille parfois horriblement déformée par des corrosions se trouvant sur divers points, surtout vers la partie columellaire et ombilicale. Les parties corrodées sont blanchâtres, opaques, calleuses. Il s'y est fait une sécrétion irrégulière semblable à celle que les mollusques terrestres emploient pour réparer leurs coquilles brisées par un accident. »

RAPPORTS ET DIFFÉRENCES. — Le *Limnœa corrosa* est caractérisé par un test très mince, pellucide ; sa forme est assez allongée quand elle est intacte, et peu ventrue ; l'ouverture est ovale, très longue ; l'ensemble de ses caractères d'après M. de Mortillet lui donne un faux air de Succinée. Quelques auteurs en ont fait une variété du *Limnœa peregra*, et l'ont confondue avec d'autres Limnées corrodées de ce même groupe ; mais elle a, dit M. de Mortillet (1), « le test encore plus délicat plus transparent ; les tours de spire sont moins bombés, les sutures moins accentuées, la bouche

(1) De Mortillet, 1862. *Annexion à la Faune malacologique de France,* III, p. 6.

surtout moins arrondie. La *L. Corrrosa* au lieu d'avoir la bouche ovale-arrondie, l'a ovale très allongée, un peu déprimée sur le bord latéral externe. Ce sont donc deux formes bien distinctes, qui ont une maladie ou un accident commun, la corrosion. »

LIMNÆA INTERMEDIA, Ferussac

Lymnæa intermedia, Ferussac, 1822. *In Lamarck, an. s. vert.*, VI. II, p. 162.
Lymneus intermedius, Graells, 1846. *Catal. Moll, España*, p. 11.
Lymnæus intermedius, Zelebor, 1851. *Syst. Verzeich. Œster.*, p. 18.
Limnæa limosa, Moquin-Tandon, 1855. *Hist. Moll.*, II, p. 465 *(v. intermedia)*.
—   *peregra*. Jeffreys, 1862. *British conchology*, I, p. 105 *(v. intermedia)*.
—   *intermedia*, Bourguignat, 1864. *Malac. de l'Algérie*, II, p. 359.
Limnæus intermedius, Brusina, 1866. *Contr. Moll. Dalmat*, p. 127.

Habitat. — Nous trouvons dans quelques mares ou marais des environs de Lyon et des départements de l'Ain et de l'Isère le véritable *Limnæa intermedia*. Il vit souvent avec les *Limnæa auricularia*, *L. canalis* et *L. limosa*. C'est une forme assez commune, mais dont les beaux échantillons sont toujours assez rares.

Origine. — Nous ne connaissons pas le véritable type de cette Limnée à l'état fossile. Mais nous avons signalé (1) une forme voisine qui s'en rapproche beaucoup, et qui est elle-même intermédiaire entre ce type et le *Limnæa limosa*.

Variations. — Les variations du *Limnæa intermedia* sont très nombreuses, non seulement comme variations individuelles, mais encore comme variations inhérentes à la colonie; ces variations fort difficiles à bien définir rendent souvent délicate une bonne détermination; on trouve là des formes de passage en quelque sorte indéfinies, de telle sorte que les coquilles d'une même station, souvent même d'une seule et unique colonie, peuvent être rangées dans plusieurs espèces ou prétendues espèces. Nous distinguerons dans le *Limnæa intermedia* les variétés suivantes :

Minor, nob. — Coquille de petite taille, mais de forme bien définie, à spire un peu allongée, assez épaisse, solide; peu commune : fossés peu profonds des environs de Lyon.

(1) A. Locard, 1879. *Faune malac. quaternaire*, p. 104.

Acuta, nob. — Coquille de forme allongée, à spire élancée, pointue, les tours arrondis et espacés par une ligne suturale assez profonde ; ouverture un peu plus grande que la moitié de la hauteur totale ; rare : les environs de Lyon. C'est la forme très exactement dessinée par Terver dans le complément de Draparnaud de M. Michaud, et qui précisément provenait des environs de Lyon.

Inflata, nob. — Coquille de forme renflée, un peu globuleuse, à spire courte, peu élevée, à tours arrondis, ouverture toujours plus grande que la moitié de la hauteur totale ; assez commune : l'Ain, l'Isère, les environs de Lyon. M. l'abbé Dupuy a représenté cette variété dans son bel atlas, sous le nom de « var. *intermedia* des environs de Lyon » (1).

RAPPORTS ET DIFFÉRENCES. — D'après ce que l'on vient de voir, nous avons fait passer au rang de variétés les deux types représentés par MM. l'abbé Dupuy et Michaud ; c'est qu'en effet, ces deux figurations représentent pour nous des formes extrêmes, presque accidentelles, tandis que le véritable type, appartenant à la forme la plus commune, la plus répandue dans notre région, est précisément intermédiaire entre ces deux formes. La figure donnée par Albin Gras (2) est déjà plus exacte et se rapproche davantage du type ; cependant, il est encore un peu plus allongé, et la spire est un peu plus élevée. Comme l'indique très bien son nom, le *Limnœa intermedia* est la forme de passage entre les Limnées à spire courte et celles à spire allongée ; sa spire en effet est déjà même plus élancée que celle du *Limnœa peregra*, tandis que son ouverture se rapproche de la var. *acronica* du *Limnœa auricularia*. M. le Dr Kobelt (3) a figuré sous le nom de *Limnœa vulgaris*, Rossmässler, une Limnée qui nous paraît absolument conforme à notre *Limnœa intermedia*, et qu'il ne faudrait pas confondre avec le *L. vulgaris* de C. Pfeiffer, qui est plutôt une variété du *Limnœa limosa*.

MONSTRUOSITÉS. — Nous possédons dans notre collection un individu subscalaire, récolté aux environs de Mâcon ; il mesure 24 millimètres de hauteur, pour 14 millimètres de largeur ; les tours, quoique jointifs, sont séparés par une ligne suturale profonde ; la spire est ainsi très élancée et acuminée.

(1) Dupuy, 1848. *Hist. Moll.*, tab. XXIII, f. 4.
(2) A. Gras, 1856. *Moll. de l'Isère*, pl. V, f. 4.
(3) Kobelt, 1870. *Malakozoologische Blätter*, pl. III, f. 9.

LIMNÆA TRUNCATULA, Müller

Buccinum truncatulum, Müller, 1774. *Verm. terr. et fluv. hist.*, III, p. 130, n° 325.
Helix truncatula, Gmelin, 1788. *Systema naturæ*, 13° édit., p. 3659.
Buccinum fossarum, Studer, 1789. *Faunul. Helvet.*, *in Coxe, Trav. Switz.*, III, p. 433.
Bulimus truncatus, Bruguiére, 1789. *Encyclop. method.*, *Vers*, I, p. 510.
     —   *obscurus*, Poiret, 1801. *Coq. de l'Aisne, Prodrome*, p. 35 (non Drap.).
Limneus minutus, Draparnaud, 1801. *Tabl. Moll.*, p. 51.
Helix fossaria, Montacu, 1803. *Test. Brit.*, p. 372, pl. XVI, f. 9.
Lymnæa fossaria, Fleming, 1814. *In Edinb. Encyclop.*, VII. I. p. 77.
Lymneus minutus, Brard, 1815. *Hist. coq. Paris*, p. 158, t. V, f. 8-9.
Lymnæa minuta, Lamarck, 1822. *Anim. sans vert.*, VI, II, p. 162.
Limneus truncatulus, Jeffreys, 1830. *Syn. test.*, *in Trans. Linn.*, XVI, II, p. 377.
Stagnicola minuta, Leach, 1831. *Brit. Moll.*, p. 143 (ex Turton).
Limneus fossarius, Turton, 1831. *Man. Shell's Brit.*, p. 124, f. 118.
Limnophysa minuta, Fitzinger, 1833. *Syst. Verzeichn.*, p 113.
Limnæus minutus, Rossmässler, 1835. *Iconogr.*, I, p. 100, f. 57.
Lymno physa truncatula, Beck, 1837. *Index molluscorum*, p. 113.
Limnea minuta, Morelet, 1845. *Descr. Moll. Portugal*, p. 83.
Lymnæa truncatula, Goupil, 1835. *Moll. de la Sarthe*, p. 64, pl. II, f. 1-3.
Lymnea oblonga, Puton, 1847. *Moll. Vosges*, p. 60.
Lymnæus minutus, Zeledor, 1851. *Syst. Verzeichn. Œster*, p, 19.
Limnæa truncatula, Moquin-Tandon, 1855. *Hist. Moll.*, II, p. 473, pl. XXXIV, f. 21-24.
Limnæus truncatulus, Lehmann, 1865. *Moll. Carlsb.*, *in Mall.*, Bl., XII, p. 96.
Limnæa truncatata, Malzine, 1867. *Faune Malac. Belg.*, p. 98.
Limneus (limnophysa) truncatula, Sandberger, 1875. *Land u. Süssw. Conch.*, p. 785
     t. XXXIII, f. 27; t XXXVI, f. 24.

Habitat. — Cette Limnée existe dans toute notre région ; elle est assez commune et très répandue; elle vit dans les sourc s, les ruisseaux, les fossés, en général dans les eaux claires, limpides et courantes; elle paraît s'élever au delà de 1000 mètres d'altitude; ses colonies, assez nombreuses, sont presque toujours très dispersées.

Origine. — Pareille forme semble très ancienne; à l'époque quaternaire nous la retrouvons aux environs de Lyon non seulement dans les argiles lacustres des vallées du Rhône et de la Saône, mais encore dans le lehm de la Bresse; à l'étranger, en Allemagne, en Angleterre, en Autriche, en Suisse, elle vivait depuis le commencement de l'époque pleistocène; elle s'étend même jusque dans les gites fossilifères de l'Algérie.

Variations. — Si dans une même colonie les formes du *Limnæa truncatula* se modifient peu, il n'en est pas de même lorsque l'on compare les individus d'habitats différents. Aussi les variations sont-elles très grandes dans cette coquille; elles portent sur la taille, sur l'allongement de la spire et sur la troncature plus ou moins prononcée des tours de spire. La taille varie dans des proportions considérables ainsi que le montre le tableau suivant :

HABITAT.	HAUTEUR	DIAMÈTRE
Environs de Lyon	12,50	6,25
Givors (Rhône)	10,25	6,25
Saint-Julien (Haute-Savoie) . .	9,00	6,00
Le Mont-d'Or (Rhône)	8,50	5,75
Uriage (Isère)	6,00	4,00
Environs de Lyon	5,25	3,25

M. S. Clessin a publié un intéressant travail sur le *Limnœa truncatula*(1) dans lequel il ne cite pas moins de vingt variétés pour cette même espèce. Quelques-unes sont représentées dans notre région ; nous établirons les variétés suivantes :

Major, Moquin-Tandon (2). — Coquille de grande taille, de plus de 10 millimètres de hauteur, de couleur un peu claire, péristome sans bourrelet ; assez commune : les environs de Lyon, Givors (Rhône), etc.

Minor, Moquin-Tandon (3). — Coquille de petite taille, de moins de 6 millimètres de hauteur, aux formes ramassées, un peu ventrue, au test solide, épais ; assez commune : presque partout.

Ventricosa, Moquin-Tandon (4). — Coquille de petite taille, ou un peu plus grande, toujours ventrue, globuleuse, à spire courte, péristome sans bourrelet ; rare : les environs de Lyon, Saint-Julien (Haute-Savoie).

Oblonga, Puton (5). — Coquille plus étroite, plus effilée, assez mince, péristome sans bourrelet ; peu commune : la Savoie, la Haute-Savoie, Givors (Rhône), Mâcon et ses environs (Saône-et-Loire et Ain).

Microstoma, Drouët (6). — Coquille de taille assez petite, à spire allongée, à tours plus convexes, avec l'ouverture plus petite, plus étroite et moins haute ; peu commune : les environs de Lyon, vallée du Rhône.

(1) S. Clessin, 1879. *Limnœa truncatula, in Malakozoologische Blätter*, p. 30, pl. II.
(2) Moquin-Tandon 1855. *Hist. Moll.*, II, p. 473 ; Draparnaud, *Hist. Moll.*, pl. III, fig. 56.
(3) Moquin-Tandon, *loc cit. ;* Drap., *loc. cit.*, fig. 7.
(4) Moquin-Tandon, 1855. *Hist. Moll.*, II, p. 473, pl. XXXIV, f. 23 ; S. Clessin, *loc. cit.*, p. 28, pl. II, f. 7.
(5) *Limnæa oblonga*, Puton, 1849. *Moll. Vosges*, p. 60 ; S. Clessin, *loc. cit.*, p. 29, pl. II, f. 2.
(6) H. Drouët, 1862. *In Baudon, Moll. Oise*, p. 14 ; S. Clessin, *loc. cit.*, p. 29, pl. II, f. 8.

Pellucida, nob. — Coquille de taille moyenne, ou un peu petite, assez allongée, mince, fragile, pellucide, de couleur ambre très clair, assez brillante; peu commune : les environs de Lyon.

Opaca, nob. — Coquille de taille médiocre, assez solide, un peu ventrue, opaque, parfois encroûtée de matières brunes ou noirâtres; peu commune : les environs de Roanne (Loire).

Malleata, nob. — Coquille de taille assez forte, solide, épaisse, cornée ou subopaque, avec le test martelé; assez commune : les environs de Lyon, dans les eaux courantes.

RAPPORTS ET DIFFÉRENCES. — Le *Limnæa truncatula* ne saurait être confondu avec aucune autre Limnée; on le distinguera toujours lorsqu'il est adulte à sa petite taille; s'il est comparé avec des jeunes du *Limnæa palustris* ou ses dérivés, il se reconnaîtra à la forme troncatulée de ses tours de spire, toujours bien détachés; enfin, un dernier caractère, mais pas toujours très précis, est celui de la forme subtétragone de son ouverture. Quelques auteurs ont essayé de séparer le *Limnæa minuta* de Draparnaud du *Limnæa truncatula* de Müller; cette séparation, basée sur la taille et sur la plus ou moins grande profondeur de la suture, nous semble bien difficile, et d'après l'examen des échantillons de la collection de Sionnest revus par Draparnaud, qui portent la détermination de *Limnæa minuta* et non celle du *Limnæ truncatula*, nous n'avons vu absolument que des échantillons parfaitement caractérisés de ce dernier type. Si donc on veut admettre ce nom de *minuta*, il faut la considérer comme variété à suture moins profonde et de petite taille.

ANOMALIES. — M. Roy a trouvé aux environs de Lyon, à la Mouche, un individu subscalaire du *Limnæa truncatula*; les tours sont nettement étagés et superposés et même presque détachés sur une portion de la spire.

LIMNÆA CORVUS, GMELIN

Helix corvus, GMELIN, 1788. *Systema naturæ*, éd. 13ᵉ, p. 3665.
— *strialula*, OLIVI, 1799. *Zoologia adriatica*, p. 178 (n. Linné, n. Gray).
Limneus palustris, DRAPARNAUD, 1805. *Hist. Moll.*, pl. II, f. 40-44 (v. *major*).
Limnæa corvus, DUPUY, 1849. *Cat. extramar Gall. test.*, n° 195 (var.).
— *palustris*, MOQUIN-TANDON, 1855. *Hist. Moll.* II, pp. 4751. XXXIV, f. 29..

Habitat. — Le *Limnœa corvus* est commun dans toute la région lyonnaise où l'on peut en récolter de beaux et grands échantillons ; on le retrouve également dans l'Ain, l'Isère et la Savoie, mais toujours à de faibles altitudes ne dépassant pas de 300 à 400 mètres. On le rencontre ordinairement dans les eaux bourbeuses et marécageuses, où il forme parfois des colonies très nombreuses.

Origine. — Nous avons rencontré à l'état fossile le véritable *Limnœa corvus*, ainsi que plusieurs variétés, dans la faune des argiles lacustres de la vallée du Rhône au sud de Lyon (1).

Variations. — Les variations dans cette Limnée sont assez nombreuses; elles portent sur la taille, le galbe plus ou moins élancé de la spire, la hauteur proportionnelle de l'ouverture, l'ornementation et la coloration de la coquille. Nous distinguerons plus spécialement les variétés suivantes :

Major, nob. — Coquille de très grande taille, mesurant de 38 à 44 millimètres de hauteur, de forme ramassée, un peu ventrue; ouverture courte; spire peu élancée, de couleur complètement noire, avec l'intérieur d'un violet foncé; assez commune : les environs de Lyon, Saint-Fons (Rhône), Miribel (Ain) etc.

Elongata, Requien (2). — Coquille de grande taille, mais de forme plus étroite, plus élancée, à spire allongée, à tours un peu arrondis, séparés par une ligne suturale assez profonde, ouverture très courte, test le plus souvent finement strié ; assez rare : les environs de Lyon.

Inflata, nob. — Coquille de grande taille, mais de forme plus renflée avec les tours s'enroulant plus rapidement à mesure qu'ils croissent; l'ouverture est presque égale à la moitié de la hauteur totale, tandis que dans les autres variétés, elle est notablement plus petite que cette moitié; peu commune : les environs de Lyon.

Costulata, nob.— Coquille d'un galbe semblable à la variété précédente, mais sur laquelle les stries sont réunies de façon à former des costulations très régulières qui s'étendent en spirale sur toute la coquille. Nous n'avons encore rencontré cette curieuse variété qu'une seule fois sur les bords du lac du Bourget, en Savoie, dans les alluvions du port de Puer.

Obscura, Ziegler (3).— Coquille de forme un peu renflée, à stries assez

---

(1) A. Locard, 1880. *Nouvelles recherches sur les argiles lacustres des env. de Lyon*, p. 30.
(2) Requien, 1848. *Mollusques de Corse*, p. 50.
(3) *Limnæus obscurus*, Ziegler.

marquées, à ligne suturale profonde, colorée en brun plus ou moins foncé, avec l'intérieur fauve foncé ; peu commune : les environs de Lyon.

Nous remarquerons, en outre, que chez plusieurs de ces variétés, et souvent aussi dans la même colonie, il existe de grandes variations dans la forme de la columelle, et partant, dans celle de l'ouverture. Tantôt la columelle est droite ou presque droite et descend jusqu'à la base de l'ouverture, tantôt au contraire elle s'infléchit latéralement et donne à cette partie de l'ouverture une forme toute différente. L'examen d'un grand nombre d'échantillons nous montre qu'il existe chez le *Limnœa corvus* les mêmes modifications aperturales et columellaires que celles qui subsistent chez les *Limnœa stagnalis*, *L. turgida* et *L. elophila*.

RAPPORTS ET DIFFÉRENCES. — Pour bien des auteurs, le *Limnœa corvus* n'est qu'une variété major du *Limnœa palustris*. Il est caractérisé par sa grande taille, atteignant, d'après M. l'abbé Dupuy, jusqu'à 42 millimètres ; son test est plus épais, plus solide ; ordinairement il est strié au lieu d'être martelé comme dans le *Limnœa palustris;* enfin sa coloration est toujours très foncée, presque noire ou brunâtre à l'extérieur, et d'un fauve violacé ou vineux à l'intérieur.

LIMNÆA PALUSTRIS, Müller

Buccinum palustre, Müller, 1774. *Verm. terr. et fluv. hist.*, II, p. 131, n° 325.
Helix palustris, Gmelin, 1788. *Systema naturæ*, éd. 13ᵉ, p. 3658.
Bulimus palustris, Bruguière, 1789. *Encyclop. méthod., Vers.*, I, p. 302.
Helix crassa, Razoumowski, 1789. *Hist. nat. mont Jorat*, I. p. 276 (n. du Costa).
— *stagnalis*, Chemnitz, 1798. *Conch. cab.*, IX, t. CXXXV, f. 1239-1240.
Limneus palustris, Draparnaud, 1801. *Tabl. Moll.*, p. 50; *Hist. Moll.*, p. 52, pl. II, f. 40-41.
Lymnœa palustris, Fleming, 1814. *In Edinb. Encyclop.*, VII, I, p. 77.
Limnœus palustris, C. Pfeiffer, 1821 *Naturgesch. Mollusk.*, I, p. 88, t. IV, f.
Limneus communis, Jeffreys, 1830. *Syn. test., in Trans. Linn.*, XVI, II, p. 376.
— *tinctus*, Jeffreys, 1830. *Syn. test., in Trans. Linn.*, XVI, II, p. 378-392.
Stagnicola communis, Leach, 1831. *Brit. Moll.*, p. 142 (ex Turton).
Limnophysa palustris, Fitzinger, 1833. *Syst. Verzeichn. Œster.*, p. 113.
Limnea palustris, Brumati, 1838. *Catal. sistem. Monfalcone*, p. 47.
Limneus palustris, Graells, 1846. *Catal. Moll. Espana*, p. 10.
Limnœus fragilis, Stein, 1850. *Leben Schweck. Muscheln Berlin*, p. 67
Lymnœus palustris, Zelebor, 1851. *System. Verzeich. Œster.*, p. 19.
Limneus (Limnophysa) fragilis, Sandberger, 1875. *Land Süss. Conch.*, p. 786, t. XXXIII f. 26; t. XXXV, f. 12; t. XXXVI, f. 37.

HABITAT. — Le *Limnœa palustris* se rencontre dans toute la région qui nous occupe; nous le connaissons dans tous les départements de la partie centrale du bassin du Rhône, mais toujours à de basses altitudes ; nous ne croyons pas qu'il s'élève au delà de plus de 450 mètres ; il vit de préférence dans les grands étangs, les mares, même les cours d'eaux et ne craint pas les eaux un peu profondes ; il forme des colonies nombreuses et souvent très dispersées.

ORIGINE. — A la fin de l'époque quaternaire, le *Limnæa palustris* était très commun et très abondant dans les vallées du Rhône et de la Saône ; son origine paraît remonter jusqu'aux plus anciens dépôts du pleistocène de l'Allemagne ; on le retrouve à l'état fossile en France, en Angleterre, en Italie, en Suisse et jusqu'en Algérie.

VARIATIONS. — Dans cette coquille, malgré la séparation du grand nombre de types telle que nous l'avons admise, les variations sont encore assez considérables ; elles sont cependant peu accusées, et passent facilement à des variations individuelles. Nous citerons les variétés suivantes comme étant plus particulièrement basées sur des caractères généraux :

Elongata, nob. — Coquille de taille moyenne, à spire élancée, de forme peu ventrue, à ouverture courte, à tours de spire un peu arrondis et séparés par une ligne suturale profonde ; peu commune : les environs de Lyon, Décine (Isère), etc. Cette variété, quoique appartenant au véritable *Limnæa palustris*, est tout à fait analogue à celle qui existe chez le *Limnæa corvus* et que nous signalons également.

Minor, nob. — Coquille de petite taille, de forme courte, un peu ramassée, avec l'ouverture assez allongée, le bord columellaire assez fortement tordu, test en général de couleur un peu pâle ; peu commune : le Dauphiné, les environs de Lyon.

Striata, nob. — Coquille de taille médiocre, de couleur fauve plus ou moins foncée, avec la surface entièrement et régulièrement striée ; parfois lorsque ces stries sont très fines elle devient un peu brillante ; assez rare : les environs de Lyon.

Malleata, nob. — Coquille de taille médiocre, assez solide, épaisse, de couleur foncée, de forme un peu courte et ramassée, avec le test couvert, de petites dépressions comme martelées, disposées en spirales plus ou moins régulières ; assez commune : presque partout et plus particulièrement dans les eaux un peu courantes.

RAPPORTS ET DIFFÉRENCES. — Nous avons indiqué séparément les rapports et différences qui existent entre le *Limnæa palustris* et les formes

principales qui en sont dérivées ; il nous reste à le comparer au *Limnœa
peregra*. On le distinguera toujours à sa forme plus allongée, plus élancée,
moins tronquée, aux dimensions de l'ouverture, qui sont toujours moins
grandes ou au plus égales à la moitié de la hauteur totale de la coquille,
tandis que chez le *Limnœa peregra* l'ouverture est au moins égale aux
deux tiers de cette même hauteur. Pour nous ce caractère est le plus im-
portant pour séparer des variétés qui peuvent se confondre.

LIMNÆA STAGNALIS, Linné

Pl. IV, fig. 33.

Helix stagnalis, Linné, 1758. *Systema naturæ*, éd. X*, I, p. 1758 (n. édit. XII*).
Buccinum stagnale, Müller, 1774. *Verm. terr. et fluv. hist.*, II, p. 132, n° 327.
Turbo stagnalis, da Costa, 1778. *Test. Brit.*, p. 73, pl. V, f. 41.
Bulimus stagnalis, Bruguière. 1788. *Encyclop. Vers.*, I, p. 303, n° 43.
Lymnœa stagnalis, Lamarck, 1801. *Syst. anim. s. vert.*, p. 91.
Limneus stagnalis, Draparnaud, 1801. *Tabl. Moll.*, p. 51.
Lymnus stagnalis, Montfort, 1810. *Conch. syst.*, II, p. 263.
Lymneus stagnalis, Brard, 1815. *Coq. env. Paris*, p. 133, pl. V. f. 1.
Limneus major, Jeffreys, 1830, *Syn. test., in Trans. Linn.*, XVI, II, p. 375.
Limnæus stagnalis. Menke, 1830. *Syn. méth., Mollusc.*, éd. II, p. 38.
Stagnicola vulgaris, Leach, 1831. *Brit. Moll.*, p. 145 (ex Turton).
Limnea stagnalis, Brumati, 1838. *Catal. system. Conch. Monfalcone*, p. 7.
Lymnæus stagnalis. Zeleron, 1851. *Syst. Verzeichn. Œster.*, p. 19.
Limnæa stagnalis, Moquin-Tandon, 1853. *Hist. Moll.*, p. 471, pl. XXXIV, f. 17-20.
Limneus (eulimneus) stagnalis, Sandberger, 1875., *Land. u. Süssw. Conch.*, p. 844.

HABITAT. — Le véritable *Limnœa stagnalis* est assez répandu dans
notre région ; nous le trouvons cependant dispersé dans les mares, les
lacs ou étangs, et en général dans les eaux stagnantes peu profondes,
mais ordinairement à fonds un peu vaseux. Nous le récoltons dans tous les
départements de notre région ; lorsqu'il a fait élection d'un habitat, il s'y
développe rapidement et forme des colonies nombreuses, mais qui ne se
dispersent pas facilement.

ORIGINE. — Cette coquille était autrefois moins commune dans nos pays
que maintenant ; nous en avons cependant rencontré une variété dans
les argiles lacustres des vallées du Rhône et de la Saône, si riches
en Limnées ; nous la connaissons également dans les marnes blanches
de la Batie-Montgascon dans le département de l'Isère, mais devons-
nous ajouter que l'état de conservation des échantillons ne nous permet

nullement d'dire si en réalité ils appartiennent au type? En dehors de
ces stations, le *Limnæa stagnalis* n'a jamais été signalé que dans des dépôts quaternaires récents, en France, en Angleterre et en Allemagne.

VARIATIONS. — Avant d'étudier les variations du *Limnæa stagnalis* il
importerait de bien en connaître le type. Suivant M. Bourguignat (1),
cette coquille n'est réellement typique que dans le Danube à Belgrade ; c'est
une forme qui semble spéciale à la Suède, au Danemark, à l'Allemagne,
et qui habite plus rarement en France, en Suède, en Italie et en Russie.
Pour M. le Dr W. Kobelt (2) qui a fait une étude spéciale des Limnées
d'Europe, le type est une forme intermédiaire entre le *Limnæa stagnalis*,
tel que l'envisage M. Bourguignat, et son *Limnæa elophila*. Il nous paraît
plus rationnel de prendre pour type les échantillons que Linné a eus en
vue en créant cette espèce. Or, si nous nous reportons aux textes de Linné,
Gmelin, Muller, il est incontestable que ce n'est pas avec une description
aussi courte que celle qu'ils ont donnée qu'il nous sera possible de nous
renseigner ; mais en consultant les figurations données par Lister (3),
Gualtieri (4), etc., il nous sera facile de voir que les premières coquilles
qui ont été décrites sous le nom de *Limnæa stagnalis* diffèrent à la fois du
Limnæa elophila et de ce que M. Bourguignat appelle type de l'espèce.
Enfin, si l'on examine des échantillons de Suède et de Danemark qui ont
dû être des types pour Linné comme pour Müller, on reconnaîtra qu'ils se
rapprochent très sensiblement des figures de Gualtieri et de Lister que nous
indiquons ici. La figure donnée par M. le Dr Kobelt (5), tout en représentant peut-être une var. *major*, nous paraît donc devoir plutôt être prise
pour véritable type du *Lymnæa stagnalis* que la forme danubienne donnée par M. Bourguignat (6).

Ceci étant admis, nous reconnaîtrons que peu de coquilles présentent
autant de variétés que les formes voisines et dérivées du *Lymnæa stagnalis ;* on peut presque dire d'une façon générale que chaque pièce d'eau
a sa forme spéciale, et dans un même étang ou un lac un peu grand, il
n'est point rare de rencontrer à de certaines distances des différences notables dans les coquilles. Les variations portent sur la taille, le profil de

(1) Bourguignat, 1862. *Les spicilèges malacologiques*, p. 96.
(2) Kobelt, 1871. *Malakozoologische Blätter*, p. 108.
(3) Lister, 1678. *Historia animalium Angliæ*, t. II, f. 21, p. 137-138; 1685. *Historiæ seu synopsis methodicæ conchyliorum*, t. CXXIII, f, 21.
(4) Gualtieri, 1742. *Index testarum conchyliorum*, pl. V, f. 1.
(5) Kobelt, *loc. cit.*, pl. II, f. 1.
(6) Bourguignat, *loc. cit.*, pl. XII, f. 1-2.

la spire et la coloration de la coquille. Suivant les milieux, la taille, comme nous allons le voir, peut varier d'une façon considérable ; quelques exemples le prouveront suffisamment :

LOCALITÉS	HAUTEUR	DIAMÈTRE
Marais de Bard, près Belley (Ain). .	65,00	28,00
Lac Chaillou, près Belley (Ain). . .	62,00	31,00
Etangs de Feurs (Loire).	55,00	29,50
Lac du parc de la Tête-d'Or à Lyon .	51,00	30,00
Losnes de Miribel (Ain)	46,00	24,75
Environs de Grenoble (Isère) . . .	40,25	23,00
Ruisseau de la Roue (Ain)	35,50	19,50
Condal (Saône-et-Loire).	25,00	16,50

La taille varie donc dans des limites qui vont au delà du simple au double pour la hauteur totale, et il est à remarquer que ces petites dimensions sont constantes, et que dans l'habitat où on les recueille elles ne se modifient point et gardent leurs caractères propres. En même temps on observe dans ce tableau que les diamètres ne changent point en proportion de la hauteur totale de la coquille, de telle sorte que l'on peut avoir des coquilles plus ou moins renflées, plus ou moins effilées qui cependant appartiennent bien au véritable *Limnœa stagnalis*, et non au *Limnœa elophila* dont nous parlerons plus loin. Avec de pareilles données, on comprend combien peut varier le profil de la coquille.

Les caractères aperturaux présentent également de nombreuses modifications. Le plus souvent chez cette Limnée la hauteur totale de l'ouverture est sensiblement égale ou un peu plus petite que la moitié de la hauteur totale, tandis que chez le *Limnœa elophila*, elle est généralement plus grande que cette moitié, mais en même temps sa forme et son profil se modifient suivant les stations. Tantôt le bord libre est rectiligne, vertical ou infléchi vers le bord columellaire, tantôt il est exactement arrondi. Suivant les colonies, la columelle est plus ou moins tordue et infléchie, de telle sorte que le bas de l'ouverture change de forme et d'aspect suivant la manière d'être de la columelle. Enfin, le plan général de l'ouverture peut être parallèle à l'axe de la coquille, ou fortement incliné en arrière.

Si à cela nous ajoutons les variations dues à la coloration, nous arriverons à un nombre incalculable de variétés. Nous nous bornerons donc à citer ici les plus communes et les mieux caractérisées :

Major, Moquin-Tandon (1). — Coquille de grande taille mesurant plus de 50 millimètres de hauteur, à spire allongée, élancée, mince, transparente, cornée; assez commune : les étangs et les lacs des départements de la Loire et de l'Ain.

Minor, nob. — Coquille de moins de 40 millimètres de hauteur, souvent un peu ventrue dans le bas, mais à spire conique et élancée, le plus ordinairement opaque ou subopaque, ou encroûtée de matières végétales plus ou moins adhérentes ; assez commune : presque partout.

Gallica, Bourguignat (2). — « Cette variété, dit M. Bourguignat, se distingue du type par une ouverture moins oblique, par son bord externe moins arqué en avant, par ses tours de spire plus ventrus vers la suture, surtout par sa columelle moins torse, plus calleuse, plus épaisse, et descendant aux trois quarts de l'ouverture »; peu abondante : dans le lac du Bourget (Savoie).

Punila, Moquin-Tandon. — Coquille de petite taille, de forme un peu renflée, assez épaisse, de couleur d'ambre; assez commune : les environs de Grenoble.

Rhodani, Kobelt (3). — Coquille de taille moyenne, à spire courte, renflée, à ouverture arrondie très dilatée, le dernier tour un peu tombant, d'après une indication du Dr Brot, tous les échantillons de cette localité présenteraient le même degré de transformation : dans les eaux du Rhône près de Genève.

Subnigra, nob. — Coquille de toutes tailles, mais appartenant plutôt au type et à la var. *minor,* assez épaisse, solide, de couleur noirâtre ou brun foncé, toujours encroûtée, parfois avec le péristome violacé ou corné foncé; assez commune : Condal (Saône-et-Loire), Lagnieu (Ain), etc.

Malleata, nob. — Coquille de grande taille, solide, épaisse, opaque, la surface extérieure très irrégulière, comme martelée, tout à fait analogue à celle du *Limnæa palustris;* peu commune : fossés de la rive gauche du Rhône à Lyon.

Opaca, nob. — Coquille de grande taille, solide, épaisse, opaque, la surface extérieure lisse et brillante, d'un corné jaune pâle ou plus foncé ; assez rare : losnes de Miribel (Ain), étangs de Mépieux (Isère), etc.

RAPPORTS ET DIFFÉRENCES. — Le *Limnæa stagnalis* ne peut être rap-

---

(1) Moquin-Tandon, 1825. *Hist. Moll.* II, p. 471.
(2) Bourguignat, 1864. *Malacologie d'Aix-les-Bains,* p. 59.
(3) Kobelt, 1871. *Malakozoologische Blätter,* p. 118, pl. III, f. 11.

proché que des *Limnæa fragilis*, *L. clophila* et *L. turgida ;* nous établirons
ces relations en étudiant chacune de ces coquilles.

ANOMALIES. — Les cas d'anomalies dans le *Limnæa stagnalis* ne sont
pas très rares ; ils résultent la plupart du temps de fractures occasion-
nées par quelque oiseau d'eau en quête d'une facile pâture ; le plus souvent
la coquille est brisée et l'animal dévoré ; mais si le coup donné n'a pas été
assez fort, ou si l'oiseau destructeur a été interrompu dans sa chasse, la
coquille garde une cicatrice plus ou moins profonde qui se reconnaît toujours. Souvent aussi, dans la var. *major*, on trouve des échantillons chez
lesquels le bord péristoméal a pris un développement anormal; il peut
même parfois s'ouvrir et présenter quelque analogie avec le bord du *Limnæa auricularia*. Dans d'autres cas plus rares, il se contourne en dedans à
la façon du même *Limnæa auricularia* que notre avons représenté pl. IV,
fig. 28. C'est le cas d'un remarquable individu de la collection de M. Gabillot, récolté aux environs de Lyon.

Enfin il existe des cas très rares mais parfaitement caractérisés d'albinisme. M. Roy a trouvé dans les fossés de la Mouche près de Lyon un
Limnæa stagnalis de grande taille et complètement blanc, d'un blanc laiteux, tout à fait comparable à la couleur et à l'aspect des coquilles du
Hyalinia cristallina des alluvions ; l'échantillon était parfaitement adulte,
et couvert d'un enduit épais et feutré de végétaux microscopiques.

MONSTRUOSITÉS. — Dans la même collection nous avons observé un cas
d'ouverture double; dans l'intérieur de la coquille il s'est formé après un
temps d'arrêt dans son développement une nouvelle ouverture distincte de
la première, faisant corps à l'intérieur avec le reste de la coquille, mais
laissant à l'extérieur un très petit vide entre les deux ouvertures.

LIMNÆA TURGIDA, HARTMANN

Limnæa stagnalis, C. PFEIFFER, 1821. *Deutsch. Moll.*, I, p. 86, pl. IV, f. 19.
        —   *turgida*, HARTMANN, 1844. *Erd. und Süssw.*, pl. VIII et XII.

HABITAT. — Nous signalerons cette forme, d'après les indications qui
nous ont été données par M. Bourguignat, dans les eaux du lac du Bourget, où elle paraît être rare.

ORIGINE. — Cette forme n'a pas encore été signalée à l'état fossile.

VARIATIONS. — Nous ne connaissons de *Limnœa turgida* de notre région que les seuls échantillons de la collection de M. Bourguignat.

RAPPORTS ET DIFFÉRENCES. — Le *Limnœa turgida* appartient surtout à l'Europe occidentale (1); c'est une forme intermédiaire entre le *Limnœa stagnalis* et le *L. elophila*. Primitivement M. Bourguignat envisageait cette coquille comme simple variété du *Limnœa stagnalis* (2); aujourd'hui il la considère comme bonne espèce. Quoi qu'il en soit, le *Limnœa turgida* se distingue du *Limnœa stagnalis* par sa columelle moins torse, moins tronquée, plus épaisse; sa callosité, au lieu de se terminer brusquement à la torsion de la columelle, se continue presque jusqu'à la base comme chez le *Limnœa elophila;* enfin les tours de spire sont plus nombreux, plus grossièrement striés et un peu plus subanguleux vers la suture.

LIMNÆA ELOPHILA, BOURGUIGNAT

Pl. III, fig. 23, et pl. IV, fig. 32.

Limnæa e.ophila, BOURGUIGNAT, 1862. *Les spicilèges malacol.*, p. 97, pl. XII, f. 7-8.

HABITAT. — Nous avons reconnu le *Limnœa elophila* dans quelques étangs de la Loire et de l'Ain; c'est une forme peu répandue, localisée seulement sur quelques points où elle vit en compagnie du *Limnœa stagnalis,* ordinairement de grande taille.

ORIGINE. — Nous ne connaissons pas cette forme à l'état fossile.

VARIATIONS. — Le véritable type du *Limnœa elophila* tel que le figure M. Bourguignat est assez rare; mais on rencontre plus fréquemment une variété que nous désignerons sous le nom de var. *subelophila*, et dont les caractères sont assez exactement intermédiaires entre le véritable *Limnœa elophila* aux formes courtes, trapues, ramassées, avec la spire peu élancée, le dernier tour subanguleux à sa partie supérieure, et le *Limnœa stagnalis* au galbe allongé, avec une spire élancée, et le dernier tour arrondi

(1 Bourguignat, 1870. *Annales de malacologie*, vol. I, p, 40.
(2) Bourguignat, 1862. *Les spicilèges malacologiques*, p. 95.

dans le haut. Nous avons fait représenter cette forme pl. IV. fig. 32,
d'après un échantillon récolté à la Mouche près de Lyon.

RAPPORTS ET DIFFÉRENCES. — « Le *Limnæa rlophila*, dit M. Bourguignat,
diffère du *Limnæa stagnalis* par son test plus trapu, moins allongé et plus
épais ; par ses stries plus grossières, par ses méplats plus prononcés, par
sa spire allongée ; par son ouverture bien moins oblique, et dont l'angle
supérieur est obtus au lieu d'être aigu ; surtout par sa columelle droite,
descendant jusqu'à la base de l'ouverture, et non tordue et infléchie ; par
son péristome réfléchi ; par sa callosité se prolongeant jusqu'à la base de
l'ouverture, ce qui n'a pas lieu dans le *Limnæa stagnalis;* enfin par son
accroissement régulier. presque rectiligne et non descendant, comme chez
le *stagnalis* ». Ces caractères si bien définis que nous avons tenu à transcrire ici en entier, s'appliquent parfaitement à nos échantillons, seulement
ils sont peut être moins accusés, moins accentués que l'indique la figuration de M. Bourguignat ; voilà pourquoi nous les avons considérés à titre
de variété d'une forme bien définie.

ANOMALIE. — Nous avons fait représenter, pl. III, fig. 28, une curieuse
anomalie trouvée par M. Tournouër, à Bourg dans le département de
l'Ain, dans une mare située près de l'église. Le dernier tour est exactement caréné ; la carène est marquée par une ligne tranchante qui limite
la séparation des deux surfaces courbes de la partie supérieure du tour.

LIMNÆA RAPHIDIA, Bourguignat

Limnæa subula, PARREYS, mss.
—   *raphidia*, BOURGUIGNAT, 1860. *Amén. malac.*, II, p. 184, pl. XVII, f. 6-8.

HABITAT. — Quoique le *Limnæa raphidia* n'ait encore été signalé que
dans les cours d'eaux de la Dalmatie, nous n'hésitons pas à lui rapporter
un échantillon que nous avons reçu dernièrement du lac de Silan dans le
département de l'Ain.

ORIGINE. — Nous ne connaissons pas ce type à l'état fossile.

VARIATIONS. — Notre échantillon mesure 54 millimètres de longueur
pour 22 millimètres de diamètre ; l'ouverture est un peu moins haute que la
longueur totale ; le profil de sa spire est absolument le même que celui

de l'échantillon figuré par M. Bourguignat dans sa pl. VII, avec cette forme toute particulière des tours de spire; le dernier tour est un peu plus ventru. L'ouverture a, malgré cela, le même contour; cependant la col melle est un peu plus torse. Notre forme, tout en se rapprochant beaucoup plus du *Limnæa raphidia* que du type du *Limnæa stagnalis* admis par M. Bourguignat (1), tiendrait à la fois de ces deux formes; son galbe, son allure seraient ceux du *Limnæa raphidia*, alors que la columelle seule se rapprocherait davantage de celle du *Limnæa stagnalis*.

RAPPORTS ET DIFFÉRENCES.— D'après M. Bourguignat, le *Limnæa, raphidia* se distingue du *Limnæa stagnalis* « par sa spire plus lancéolée, plus allongée et exce-sivement tordue; par son test moins ventru; par sa columelle moins torse, son ouverture plus oblique, et surtout par son dernier tour qui descend fortement vers l'ouverture, ce qui n'a pas lieu chez les véritables *stagnalis*. »

LIMNÆA FRAGILIS, Linné

Helix fragilis, Linné, 1758. *Systema naturæ*, éd. X, p. 774.
Buccinum fragile, Studer, 1789. *Faunul. Helvet*, II. p. 434.
Lymnæa fragilis, Fleming, 1814. *In Edinb. Encyclop.*, VII, I, p. 77.
Bulimus fragilis, Lamarck, 1822. *Anim. sans vert.*, VI, II, p. 123.
Stagnicola elegans, Leach, 1831. *Brit. Moll*, p. 144 (ex Turton).
Limnæus fragilis, Turton, 1831. *Shells Brit.*, p. 121, f. 105 (n. Stein).
—   *stagnalis*, Menke, 1830. *Syn. meth. Moll.*, p. 38 (var. b).
Limnæa stagnalis, Moquin-Tandon, 1855. *Hist. Moll.*, II, p. 471 (var. *fragilis*).
Lymnæa stagnalis, Kreglinger, 1870. *Verzeich. Deutsch. Moll.*, p. 259 (var).

HABITAT. — Cette forme existait sans doute autrefois dans nos contrées; nous en avons reconnu quelques échantillons dans la collection de Sionnest, formée à la fin du siècle dernier, et portant l'indication : environs de Lyon. Nous ne l'avons nous-même jamais rencontrée; c'est probablement une forme disparue.

ORIGINE. — Peut-être faudrait-il rapporter au *Limnæa fragilis* quelques-unes des petites Limnées allongées des marnes quaternaires de la Batie-Mongascon dans l'Isère. Malheureusement nos échantillons ne sont pas assez bien conservés pour pouvoir affirmer d'une façon positive cette détermination .

(1) Bourguignat, 1862. *Les Spicilèges malacologiques*, p. 94, pl. II, fig. 1-2.

VARIATIONS. — Les quelques échantillons que nous avons eus entre les
mains variaient fort peu et se rapportaient assez exactement au type du
Limnœa fragilis ; quelques-uns étaient d'un corné pâle un peu ambré,
subopaques, tandis que les autres étaient plus chaudement colorés. La
coquille ne mesurait en hauteur que de 18 à 22 millimètres, pour un diamètre de 8 à 10 millimètres.

RAPPORTS ET DIFFÉRENCES. — Le *Limnœa fragilis* a été, à juste titre selon
nous, considéré par bien des auteurs comme n'étant qu'une variété *minor* du *Limnœa stagnalis.* Sa coquille en effet présente les plus grandes
analogies avec les individus jeunes de cette dernière Limnée. En général,
le *Limnœa fragilis* est caractérisé par sa petite taille, sa forme étroite,
effilée, par sa coloration pâle, ambrée, et par un test souvent plus mince.

LIMNÆA GLABRA, MÜLLER

Buccinum glabrum, MÜLLER, 1774. *Verm. terr. et fluv. hist.*, II, p. 135.
Helix glabra, GMELIN, 1788. *Systema naturæ*, édit., 13e, p. 3658 (n. Studer).
Bulimus glaber, BRUGUIÈRE, 1789. *Encyclop., meth.*, *Vers*, I, p. 312.
— *leucostoma*, POIRET, 1801. *Cat. coq. de l'Aisne, Prodr.*, p. 37.
Helix octanfracta, MONTAGU, 1803. *Test. Britann.*, p 396, 388, pl. II, f. 8.
Limneus elongatus, DRAPARNAUD, 1805. *Hist. Moll.*, p. 52, pl. III, f. 3-4.
Lymnæa octanfracta, FLEMING, 1814. *In Edinb. Encyclop.*, VII, I, p. 78.
Limnæus clongatus, C. PFEIFFER, 1821. *Nat. Moll.*, I, p. 92, t. 4, f. 26.
Lymnæa elongata, NILSSON, 1822. *Hist. Moll. Suec.*, p. 93.
— *leucostoma*, LAMARCK, 1822. *Anim. s. vert.*, VI, II, p. 62.
Limnæa clongata, SOWERBY, 1823. *Gen. shells*, f. 6.
Limneus subulatus, KICKX, 1830. *Moll. Brabant.*, p. 60, f. 13-14.
Stagnicola octanfracta, LEACH, 1831, *Brit. Moll.*, p. 141 (ex Turton).
Limnea leucostoma, MICHAUD, 1831. *Compl. hist. Moll.*, p. 89.
Omphiscola glabra, BECK, 1837. *Index molluscorum*, p. 110.
Limnæus glaber, GRAY, 1840. *In Turton, Shells Brit.*, p. 242, f. 106.
Leptolimnea elongata, SWAINSON, 1840. *Treat. malac.*, p. 338.
Limneus glaber, THOMPSON, 1840. *Cat. of the Irel. Moll.*, p. 32, n° 7.
Limnæus leucostomus, ROSSMÄSSLER, 1841. *Reise Reg. Algier*, II, p. 250.
Lymnæus elongatus, GRAELLS, 1846. *Cat. Moll. España*, p. 40.
Lymnæa glabra, DUPUY, 1849. *Hist. Moll.*, p. 462, t. XXII, f. 9.
Limnea glabra, KREGLINGER, 1870. *Syst. Verzeichn. Deut. Moll.*, p. 268

HABITAT. — D'après Albin Gras (1), cette curieuse Limnée vivrait dans
les eaux du département de l'Ardèche. D'autre part, M. Michaud nous a
affirmé avoir reçu, dans le temps, des *Limnœa glabra* recueillies par
M. Repellin dans le Dauphiné. C'est sous la foi de ces deux indications,

(1) A. Gras, 1846. *Descr. Moll. Isère*, p. 400, pl. 5, f. 5.

qui paraissent parfaitement concordantes, que nous indiquons ici cette coquille, quoique nous ne l'ayons ni observée en place ni vue dans aucune collection de notre région.

ORIGINE. — Le *Limnæa glabra* vivait déjà à l'époque des dépôts du pleistocène supérieur en Angleterre.

VARIATIONS. — Albin Gras a figuré un individu dessiné d'après nature, mais il ne dit pas de quelle station il provenait, de telle sorte que nous n'avons aucune donnée sur la forme de ces Limnées dans notre pays.

RAPPORTS ET DIFFÉRENCES. — La forme du *Limnæa glabra* est tellement typique qu'elle ne saurait être confondue avec aucune autre Limnée de nos pays.

ANCYLIDÆ

Genre ANCYLUS, Geoffroy

ANCYLUS SIMPLEX, BUC'HOZ

Lepas simplex, BUC'HOZ, 1771. *Aldrov. Lotharingiæ*, p. 236, n° 1130.
Ancylus fluviatilis, DRAPARNAUD, 1801. *Tabl. Moll.*, p. 47 (pars).
Patella cornea, POIRET, 1801. *Coq. fluv. de Paris*, p. 101 (pars).
— *fluviatilis*, MONTAGU, 1803. *Testacea Britannica*, 2ᵉ part., p. 484.
Ancylus fluviatilis, BOURGUIGNAT, 1853. *Cat. Anc., Journ. de Conch.*, t. IV, p. 187.
— *fluviatilis*, MOQUIN-TANDON, 1855. *Hist. Moll.*, II, p. 484, pl. XXXVI, f. 8, (v. *simplex*).

HABITAT. — L'*Ancylus simplex*, dont nous avons établi la synonymie d'après M. Bourguignat (1), vit de préférence dans les ruisseaux et les petits cours d'eaux. Nous le connaissons dans les départements du Rhône, de l'Isère, de l'Ain et de la Savoie ; il forme des colonies peu nombreuses et peu dispersées.

ORIGINE. — Comme le fait si judicieusement observer M. Bourguignat,

(1) Bourguignat, 1862. *Les Spirilèges malacologiques*, p. 151.

étant donnée une synonymie aussi difficile à établir par suite de la confusion faite dans les différentes formes de ce genre par les auteurs, nous ne saurions dire exactement à quelle époque l'*Ancylus simplex* a commencé à apparaître. Cependant M. Bourguignat admet sa présence à l'état fossile en France, en Angleterre et en Allemagne.

VARIATIONS. — M. Bourguignat a reconnu neuf variétés normales et six variétés anormales ou accidentelles dans l'*Ancylus simplex*. Parmi les variétés normales nous citerons les suivantes :

Costatus, Ferussac (1) (var. C, Bourg.). — Coquille à test assez petit peu épaisse, blanchâtre ou grisâtre, ornée de stries fortement marquées; rare : le lac du Bourget (Savoie).

Striatus, Porro (2) (var. E, Bourg.). — Coquille à test assez petit, finement striolée et radiée, de couleur fauve un peu foncée, sommet plus petit et un peu plus postérieur, ouverture plus dilatée en avant qu'en arrière; rare : les marais de Chazay (Ain).

Fluviatilis, Klein (3), (var. H, Bourg.). — Coquille non crétacée, plus colorée, souvent un peu aiguë, bords marginaux un peu plus courts; peu commun : dans les grands cours d'eaux, adhérant aux pierres.

Rupicola, Boubée (4) (var. I, Bourg.). Coquille petite, blanchâtre, jaunâtre ou succinée, à sommet un peu plus recourbé et à ouverture un peu plus large en avant qu'en arrière ; quoique nous n'ayons pas positivement reconnu cette forme alpestre dans notre région, il est cependant fort probable qu'elle doit s'y rencontrer ; elle habite surtout les torrents des montagnes ; M. Bourguignat l'indique notamment en Suisse et dans les Vosges.

RAPPORTS ET DIFFÉRENCES. — L'*Ancylus simplex* est plus particulièrement caractérisé par sa forme élevée, subconcave en avant et sur les côtés, concave en arrière, par son sommet médiocrement pointu, atteignant environ les deux tiers du diamètre antéro-postérieur, par son ouverture subovale, arrondie, bordée d'un péristome généralement évasé.

Plusieurs auteurs, comme Moquin-Tandon, Kreglinger, etc., n'ont admis, pour les Ancyles de l'Europe centrale et par conséquent de la France,

---

(1) Ferussac, 1822. Art. *Ancyl. in Dict. hist. nat., de Bory Saint-Vincent*, t. I, p. 436, n° 5.
(2) Porro, 1840. *Moll. terr. fluv. mus. Medial.*, p. 22.
(3) *Calyptra patella fluviatilis* Klein, 1753. *Te tam. meth. ostrac.*, p. 118.
(4) *Ancylus fluviatilis rupicola*, Boubée, 1831. *Promenade de Bagnères au lac l'Oo, in Relat. des exp. phys.*, p. 36.

que deux espèces. Les *Ancylus fluviatilis* et *A. lacustris* répondent aux sous-genres *Ancylustrum* et *Velletia*, caractérisés par la position dextre ou sénestre du sommet ; autour de la première de ces espèces viennent se grouper un plus ou moins grand nombre de variétés. M. Bourguignat a admis, pour les Ancyles d'Europe, trente-cinq espèces (1), a reconnu (2), pour la France, sept espèces du sous-genre *Ancylostrum*. Dans ce nombre, quatre seulement se retrouvent dans notre région.

Anomalies. — Albin Gras a signalé à Lyon (3) l'*Ancylus sinuosus* de Brard (4) ; M. Bourguignat (5) considère cette coquille comme une anomalie de l'*Ancylus simplex*. Cette coquille, en effet, répond à la var. *fluviatilis*, elle présente à sa partie antérieure un sinus ou dépression faisant saillie à l'intérieur. Pareil effet ne peut être qu'absolument accidentel.

ANCYLUS RIPARIUS, Desmarest

Ancylus riparius, Desmarest, 1814. *Note Ancycles, Bul. Soc. phil.*, p. 19, pl. I, f. 2.
  —   *fluviatilis*, Moquin-Tandon, 1855. *Hist. Moll.*, II, p. 484 (v. *riparius*).

Habitat. — Cette forme est assez répandue dans les environs de Lyon ; on la trouve surtout dans les eaux de la Saône à sa traversée dans la ville ; c'est là que Sionnest a pris le type qu'il a communiqué à Faure Biguet ; on retrouverait également cette même coquille dans les eaux de l'Isère et de l'Ain.

Origine. — M. Bourguignat a reconnu l'*Ancylus riparius* à l'état fossile dans les dépôts quaternaires des environs de Paris.

Variations. — Nous n'avons observé dans cette coquille que des variations dues à la différence de taille et à la coloration. Cette coloration varie suivant des points d'observation même très rapprochés ; la cause en est facile à établir ; toutes les fois qu'une colonie d'*Ancylus riparius* s'établit près du débouché d'un canal d'eaux d'égouts, sa coloration se modifie suivant que la colonie est plus ou moins proche de l'orifice du débit et

(1) Bourguignat, 1877. *Description de deux nouveaux genres Algériens*, p. 34.
(2) Bourguignat, 1862. *Etude synonymique sur le genre Ancylus*, in *Les Spicilèges malacologiques*, p. 139.
(3) A. Gras, 1846. *Catal. Moll. Isère*, p. 62.
(4) Brard, 1815. *Hist. coq. terr. et fluv. Paris*, p. 204, pl. VII, f. 4.
(5) Bourguignat, 1862. *Les Spicilèges malacologiques*, p. 162.

suivant la nature de ses eaux ; ces eaux entraînent souvent avec elles des matières colorantes provenant des teintureries, qui peu à peu modifient la couleur normale de la coquille ; nous avons vu ainsi sur le quai des Étroits, des *Ancylus riparius*, des *Bythinia tentaculata*, définitivement teints en brun foncé, tandis qu'à quelques mètres en aval, d'autres échantillons des mêmes espèces avaient leur couleur propre et normale.

RAPPORTS ET DIFFÉRENCES. — L'*Ancylus riparius* est caractérisé par une coquille assez épaisse, un peu transparente, convexe en avant, concave en arrière, et munie d'angles longitudinaux rayonnants qui produisent des plans triangulaires très allongés, par son sommet faiblement recourbé, un peu obtus arrivant au 3/4 du diamètre antéro-postérieur, enfin par son ouverture oblongue, à péristome peu évasé surtout en arrière.

ANCYLUS CAPULOIDES, JAN

Ancylus capuloides, JAN, 1838. In Porro, Malac prov. Comasca, p. 87, t. I, f. 7.
— fluvialilis, GASSIES, 1851. Soc. Lin. Bord.. t. VII, II*, p 370 f 14-15(v.capuloides).
— Jani, BOURGUIGNAT, 1853. Cat. Ancyl., in Journ. de Conch., t. IV. p. 185.

HABITAT. — L'*Ancylus capuloides* est assez répandu dans nos régions ; il vit dans les lacs, les étangs et les rivières à faible courant ; nous le connaissons dans la plupart des départements de la partie centrale du bassin du Rhône. Dans les Alpes, il s'élève jusqu'à la région supérieure des sapins, sur le bord des cascades, là où le rocher est sans cesse lavé par les eaux.

ORIGINE. — Nous ne connaissons pas cette coquille d'une façon bien positive à l'état fossile ; mais il est fort probable qu'il faut lui rapporter au moins une partie des formes du pleistocène d'Allemagne.

VARIATIONS. — Les variations de l'*Ancylus capuloides* ne peuvent porter que sur la taille et sur la coloration. Nous admettrons volontiers les var. *major* et *minor* s'appliquant à des individus de tailles très différentes, les premiers vivant dans les régions basses, et ayant des formes beaucoup plus amples que les seconds qui vivent au contraire dans les régions plus élevées, dans des eaux plus fraîches et plus pures.

RAPPORTS ET DIFFÉRENCES. — « Cet *Ancylus*, dit M. Bourguignat (1) qu'à

(1) Bourguignat, 1862. *Les Spicilèges malacologiques*, p. 171.

première vue l'on pourrait confondre avec le *si nplex*, s'en distingue par
son mode d'accroissement. Chez le *Jani A. capuloides*, le test très bombé
en avant, tout à fait en dos d'âne, de plus également convexe en arrière
et sur les côtés, se contracte et se resserre sur lui-même vers les bords
marginaux, au lieu de se dilater et de se réfléchir comme chez le *simplex.* »

ANCYLUS GIBBOSUS, BOURGUIGNAT

Ancylus lacustris, RISSO, 1826. *Hist. nat. Eur. merid.*, IV, p. 94 (n. auct.).
— *deperditus*, ZIEGLER, *Parreyss, Küster, in Litt. et Shed.* (u. auct.).
— *spina rosæ*, SCHMIDT, 1841. *In Villa, Disp. syst. conch.*, p. 39 (n. auct.).
— *fluviatilis*, ADAMS, 1847. *Cat. gen. recent. Moll.*, p. 18 (v. *deperdita*).
— *recurvus*, PARREYS, 1851. *In Dupuy, Hist. Moll.*, p. 494, tab. XXVI, f. 4.
— *oblongus*, CHARPENTIER. 1852. *In Litteris.*
— *gibbosus*, BOURGUIGNAT, 1850. *In Litteris ; 1853. In Journ. Conch.*, t. IV, p. 80.

HABITAT.— M. l'abbé Dupuy (1) a signalé cette forme sous le nom d'*Ancylus deperditus* comme vivant dans les Alpes. Nous ne l'avons pas retrouvée ; mais son extension géographique en France est telle qu'elle peut parfaitement appartenir à la faune alpestre de notre région. Suivant M. Bourguignat, l'*Ancylus gibbosus* habite de préférence les eaux limpides des
ruisseaux où il adhère aux pierres et aux rochers.

ORIGINE. — Cette forme nous est inconnue à l'état fossile.

VARIATIONS. — Ni M. l'abbé Dupuy ni M. Bourguignat n'ont indiqué
de variations dans cette coquille.

RAPPORTS ET DIFFÉRENCES. — « Très voisine de l'*Ancylus fluviatilis*,
cette espèce, dit M. l'abbé Dupuy, qui peut-être ne devrait en être considérée que comme une variété, en diffère par sa taille constamment plus petite et par son sommet plus recourbé et plus rejeté en arrière. » Cette
forme a été définitivement admise au rang d'espèce par M. Bourguignat
dans ses différents travaux sur le genre *Ancylus*.

ANCYLUS LACUSTRIS, LINNÉ

Patella lacustris, LINNÉ, 1758. *Syst. naturæ*, éd. X°, I, p. 733 (n. D. Dyv.).
Ancylus lacustris, MÜLLER, 1774. *Verm. terr.*, II, p. 199 (n. Mich. al. Hall rives.)
Patella oblonga, LIGHTFOOT, 1786. *Brit. Shell's, in Trans.*, LXXVI, I, p. 161, pl. III, f. 2.
Acroloxus lacustris, BECK, 1837. *Index molluscorum*, p. 124.

(1) Dupuy, 1847. *Hist. Moll.*, p. 494, tab. XXVI, f. 4.

Velletia lacustris, GRAY, 1840. *In Turton, Shell's Brit.*, p. 50, f. 226.
Crepidula oblonga, FLEMING, 1841. *In Edinb. Encyclop.* (test. Gray).
Ancylus oblongus, PARREYS, 1851. *In Spec.* (test. Dupuy).
Ancylus (Velletia) lacustris, SANDBERGER, 1875. *Land u. Süss. Conch.*, p. 921.

HABITAT. — Cette forme est assez rare dans notre région ; nous ne la connaissons que dans un nombre assez restreint de stations ; nous l'avons observée dans les environs de Lyon sur les indications de Terver, dans les fossés des Losnes, dans le lac du Bourget en Savoie et dans les marais de Chazay dans l'Ain. Albin Gras l'indique à la Galochère, etc., dans l'Isère. Elle vit de préférence dans le, eaux tranquilles et marécageuses, adhérant aux plantes aquatiques.

ORIGINE. — L'*Ancylus lacustris* vivait dans notre région à l'époque quaternaire. Il paraît avoir précédé les formes du groupe des *Ancilastrum;* nous l'avons signalé dans les argiles lacustres des vallées du Rhône et de la Saône. Il vivait également à l'époque quaternaire en Angleterre, en Allemagne, en Autriche, etc.

VARIATIONS. — Nous n'avons observé dans l'*Ancylus lacustris* de nos contrées que des variations dans la taille et dans la coloration. Il est possible d'admettre les variétés *major, minor* et *cornea* qui se définissent elles-mêmes suffisamment. La var. *major* vit dans le lac du Bourget, où les échantillons atteignent jusqu'à 7 et 8 millimètres de longueur, tandis que dans quelques marais du Bugey ils ne dépasssent pas 5 millimètres.

RAPPORTS ET DIFFÉRENCES. — L'*Ancylus lacustris* est la seule forme du groupe des Velletia dont la présence soit indiquée dans nos régions. Mais il en est une autre qui pourrait bien l'accompagner. M. Bourguignat (1) a indiqué, dans de petits ruisseaux des environs de Dijon, dans la Côte-d'Or, la présence de l'*Ancylus Moquinianus* (2). Cette dernière forme se distinguera de l'*Ancylus lacustris* « par son test plus élevé et très comprimé sur ses flancs ; par sa partie antérieure convexe, comme en dos d'âne ; par son sommet très aigu, plus postérieur et surplombant, quelquefois dépassant le bord du côté gauche de la coquille. » Quelques échantillons des marais des environs de Belley, dans le département de l'Ain, quoique ne se rapportant pas exactement à l'*Ancylus Moquinianus* type, s'en rapprochent cependant par leur galbe étroit et élevé, et par la disposition de leur sommet.

(1) Bourguignat, 1862. *Les Spicilèges malacologiques.* p. 256.
(2) Bourguignat, 1853. *Cat. Ancyl. in Journ. de Conch.*, t. IV, p. 197, t. VI, f. 9.

OPERCULATA

PULMONACEA

CYCLOSTOMIDÆ

Genre CYCLOSTOMA, Draparnaud

CYCLOSTOMA ELEGANS, Müller

Nerita elegans, Müller, 1774. *Verm. terr. et fluv. hist.,* II, p. 187, n° 362.
Neritina elegans, Schrötter, 1779. *D. Gesch. fluss. Conch.,* p. 366, t. IX, f. 15.
Turbo tumidus, Pennant, 1777. *Brit. zoology,* p. 128, t. LXXXII, f. 110.
— *Lincina,* Chemnitz. 1780. *System. Conch.,* IX, t. CXXIII, f. 1060, d. e.
— *elegans,* Gmelin, 1768. *Systema naturæ,* éd. XIII°, p. 3606, n° 74.
— *striatus,* da Costa, 1778. *Hist. nat. test. Britann.,* p. 86, t. V, f. 9.
Pomatias elegans, Studer, 1789. *Faun. Helvet., in Coxe, Trav. Switz.,* III, p. 432.
Turbo reflexus, Olivi, 1792. *Zool. Adriatica,* p. 170.
Cyclostomus elegans, Montfort, 1810. *Conch. syst.,* II, p. 287, t. LXXII.
Cyclostoma elegans, Draparnaud, 1801. *Tabl. Moll.,* p. 38 ; *Hist. Moll.,* p. 83, t. I, f. 3-8.
Cyclostoma affinis, Risso, 1826. *Hist. nat. Eur. merid.,* IV, p. 104, n° 243 (ex part.).
Cyclostoma subelegans, Bourguignat, 1870. *Cat. Moll. terr. et fluv. env. Paris, quat.*
p. 11, pl. III, f. 37-37.

Habitat. — Le *Cyclostoma elegans* est extrêmement répandu dans toute
la partie basse et un peu montagneuse de notre région. Jusqu'à 500 mètres
d'altitude, on le rencontre en quantité souvent prodigieuse dans les endroits frais et humides, sous les haies, les taillis et les bois ; mais au-des-

sus de cette altitude il devient plus rare; nous ne le connaissons pas au-
delà de 1,000 mètres. On le trouve souvent enfoui assez profondément
dans le sol, soit pour y passer les rigueurs de l'hiver, soit pour fuir les
trop fortes sécheresses. Les jeunes sortent plus volontiers que les vieux,
qui s'enterrent aussi avant de mourir.

Origine. — Nous avons signalé la présence de cette coquille dans les
dépôts quaternaires des environs de Lyon. On l'a également indiquée dans
d'autres parties de la France, ainsi qu'en Allemagne, en Angleterre, en
Suisse, en Italie, etc.

Variations. — Il est peu de coquilles qui aient une forme plus constante
et plus régulière que le *Cyclostoma elegans;* aussi les variations générales
portent-elles toutes sur la coloration et l'ornementation du test. Celles-ci
sont très nombreuses, et il arrive souvent que plusieurs variétés habitent
ensemble. Nous citerons les variétés suivantes :

Fasciatum, Picard (1). — Coquille de couleur cendrée, avec deux
bandes brunes ou violettes bien marquées mais interrompues; commune:
presque partout.

Maculosum, Moquin-Tandon (2). — Coquille de couleur cendrée ou violacée, avec des flammes ou marbrures brunes ou violet-foncé; commune:
presque partout.

Aurantiacum, Moquin-Tandon. — Coquille de couleur jaune d'ocre,
orangé-pâle, avec des taches ou marbrures à demi effacées; peu commune : dans les parties un peu chaudes de l'Isère et de la Drôme.

Pallidum, Moquin-Tandon.— Coquille d'une couleur jaunâtre très pâle,
avec des taches et des bandes à demi effacées; commune: partout, notamment aux environs de Lyon.

Violaceum, des Moulins (3). — Coquille de couleur violacée, ou d'un
vineux pâle, sans taches ni bandes, un peu transparente ; peu commune:
dans les parties basses de l'Ain et de l'Isère.

Rapports et différences. — Cette forme si bien définie ne saurait être
confondue qu'avec la forme suivante.

(1) Picard, 1840. *Moll. Somme, In Bull. Soc. Lin. Norm,* I, p. 268.
(2) Moquin-Tandon, 1855. *Hist. Moll.,* II, p. 496.
(3) Des Moulins, 1827. *Moll. Gironde,* p. 50.

CYCLOSTOMA LUTETIANUM, Bourguignat

Cyclostoma Lutetianum, BOURGUIGNAT, 1869. *Cat. Moll. terr. et fluv. env. de Paris*,
p. 2, pl. III, f. 40-42.

HABITAT. — M. J. Mabille a signalé cette forme aux environs d'Aix-les-Bains en Savoie (1); nous l'avons également reconnue sur les bords du Rhône à Saint Fons et à Saint-Pierre de Bœuf; dans ces deux stations, ce sont plutôt des individus isolés paraissant vivre au milieu d'une colonie du *Cyclostoma elegans*.

ORIGINE. — Le type, tel qu'il a été décrit par M. Bourguignat, appartient à la faune quaternaire du bassin de Paris ; nous ne l'avons pas reconnu dans notre région; toutes nos formes fossiles ou subfossiles se rapportent plutôt au *Cyclostoma elegans (vel C. subelegans)*.

VARIATIONS. — Etant admis ce type allongé, nous voyons qu'il varie dans sa taille d'une façon notable. C'est du reste une forme plutôt méridionale, quoiqu'elle ait été récoltée dans l'Aube, l'Allier, la Vienne, etc. Nous l'avons reçue de Bologne et de l'île d'Elbe; à mesure que l'on se rapproche du Midi, sa taille devient de plus en plus forte, ses stries sont plus accentuées, mais son ensemble garde toujours sa forme élancée.

RAPPORTS ET DIFFÉRENCES. — Le *Cyclostoma Lutetianum* a plus d'affinités avec le *Cyclostoma sulcatum* qu'avec le *C. elegans*. Il diffère de la première de ces coquilles par son galbe plus élancé, par son test non perforé, mais pourvu d'une fente ombilicale plus large et plus prononcée ; par ses stries plus fines, plus rapprochées, plus délicates; ses tours sont plus convexes et en même temps sa ligne suturale plus profonde ; enfin son péristome est moins épais, et le dernier tour, mieux détaché, paraît être plus dans l'axe de la coquille.

(1) J. Mabille, 1875. *Des espèces françaises de la famille des Cyclostomidæ*, *in* Revue et mag. de zoologie.

Genre POMATIAS, Studer

POMATIAS APRICUS, Mousson

Cyclostoma obscurum, A. GRAS, 1840. *Descr. Moll. Isère*, p. 55 (n. Gray, n. Drap.).
— *apricum*, MOUSSON, 1847. *In neue Deutschl. Swelz nat.*, t. VII, p. 47.
Pomatias carthusianum, DUPUY, 1819. *Cat. extramar. Galliæ Test.*, n° 254.
— *apricum*, DROUËT. 1855. *Enum. Moll. France continent.*, p. 25, n° 211.
— *apricus*, BOURGUIGNAT, 1864. *Malac. Aix-les-Bains*, p. 68, pl. II, f. 15-18.

HABITAT. — Cette coquille trouvée pour la première fois aux environs d'Aix par Mousson, il y a une trentaine d'années, paraît aujourd'hui fort rare dans cette localité ; par un mouvement rétrograde elle s'est réfugiée sur les hauteurs près de la Dent-du-Chat. Elle est très-commune dans le Dauphiné, dans le massif de la Grande-Chartreuse, et s'élève jusqu'au sommet du Grandson. C'est donc maintenant une forme alpestre, et qui en outre paraît spéciale à la contrée ; elle vit sous les rochers, sous les détritus en colonies nombreuses.

ORIGINE. — Nous ne connaissons pas cette coquille à l'état fossile.

VARIATIONS. — Comme le fait observer M. Bourguignat (1), cette Pomatie offre peu de variations générales ; quant aux variations individuelles, elles portent sur la taille, sur la coloration, sur l'épanouissement du péristome, et enfin sur le plus ou moins de profondeur de la ligne suturale. M. Bourguignat indique toutefois une seule variété caractérisée par un péristome plus dilaté et plus épais. Nous distinguerons les variétés suivantes :

Major, nob. — Échantillons de même galbe que le type, mais dont la taille passe de 10 à 12 millimètres de largeur, alors que ce type varie de 8 à 10 millimètres ; peu commune : la Grande-Chartreuse (Isère).

Inflata, nob. — Échantillons ne dépassant pas 8 millimètres de hauteur, mais d'un galbe plus large dans le bas, plus trapus, plus ramassés, avec un bourrelet épais, large, bien développé ; peu commune : la Grande-Chartreuse.

(1) Bourguignat, 1864. *Malacologie de la Grande-Chartreuse*, p. 96.

RAPPORTS ET DIFFÉRENCES. — Le *Pomatias apricus* est très voisin du *Pomatius obscurus ;* mais si le premier appartient aux Alpes, le second est pyrénéen ; on distinguera le *Pomatius apricus* à sa taille plus petite, à son galbe plus court, plus ramassé, plus ventru, à son test d'un aspect soyeux et brillant, à ses stries fines et délicates qui, toutes proportions gardées, sont plus espacées que celles du *Pomatias obscurus.*

POMATIAS SABAUDINUS, Bourguignat

Pomatias Sabau linus, BOURGUIGNAT, 1864. *Malac. d'Aix-les-Bains,* p. 64, pl. II, f. 11-14.

HABITAT. — M. Bourguignat a récolté cette coquille en Savoie, le long du sentier qui, de la grande route du col de la Dent-du-Chat, conduit à la Vacherie ; elle est peu abondante, et vit sous les feuilles et les détritus.

ORIGINE. — Nous ne connaissons pas cette forme à l'état fossile.

VARIATIONS. — Il ne nous a pas été donné de pouvoir étudier le *Pomatias Sabaudinus ;* nous ne le connaissons que par la description et la figuration données avec tant de soins par son savant auteur.

RAPPORTS ET DIFFÉRENCES.— « Le *Pomatias Sabaudinus,* dit M. Bourguignat, appartient au groupe de l'*obscurus* et ne peut être comparé qu'à l'*apricus* dans sa taille. On séparera notre nouvelle espèce de l'*apricus* à son test brillant, lisse, martelé dans le sens de la spire, et offrant à peine çà et là quelques semblants de striations aux trois quarts émoussées; à sa suture plus profonde ; à sa spire plus lancéolée, plus délicatement enroulée, etc. Le *Sabaudinus* ressemble, par l'enroulement de ses tours, au *septemspiralis;* par son ouverture, à l'*obscurus ;* par sa taille, à l'*apricus;* mais il diffère essentiellement de ces espèces par son test lisse et brillant. »

POMATIAS SEPTEMSPIRALIS, Razoumowsky

Helix septemspiralis, RAZOUMOWSKI, 1789. *Hist. nat. mont Jorat,* I, p. 278.
Pomatias variegatus, STUDER, 1789. *Faun. Helvet., in Coxe, Traw. Switz,* III, p. 432.
Cyclostoma patulum, DRAPARNAUD, 1801. *Tabl. Moll..* p. 39 (var. b.).
Turbo striatus, VALLOT, 1801. *Exerc. Hist. nat.,* p. 6.

Cyclostoma maculatum, Draparnaud, 1805. *Hist. Moll.*, p. 39, pl. I. f. 12.
Pomatias potulus, Hartmann, 1821. *Syst. Gasteróp.*, p. 49.
   —   *Studeri,* Hartmann, 1821. *In neue Alpina,* I, p. 214 (pars).
Cyclostoma turriculatum, Menke, 1830. *Syn. Moll.*, p. 40 (var).
Pomatias maculatum, Cristofori et Jan, 1832. *Catalogus,* XV, n° 1.
Cyclostoma maculata, Deshayes, 1838. *In Lamarck, An. s. vert.,* 2ᵉ éd., VIII, p. 373.
Pomatias maculata, Troschel, 1847. *In Zeitsch. f. Malac.,* p. 43.
   —   *maculatus,* L. Pfeiffer, 1847. *In Zeitsch. f. Malac.,* p. 110.
   —   *striatum,* Drouët, 1854. *In Rev. et mag. zool.,* p. 684.
   —   *septempirale,* Drouet, 1855. *Enum. Moll. France contin.,* p. 28, n. 217.
Cyclostoma septemspirale, Moquin-Tandon, 1855. *Hist.* II, p. 503, pl. XXXVII, f. 37-38.
Pomatias septemspiralis, Crosse. 1864. *In Journ. de Conch.,* t. XII, p. 28.

Habitat. — Cette coquille est très commune dans notre région ; on la trouve surtout dans les parties boisées, fraîches, couvertes, de tous nos départements, et plus souvent encore dans les parties subalpestres. Elle vit depuis les régions basses des plaines et des vallées jusqu'à 800 mètres d'altitude, mais à partir de 500 mètres, elle commence déjà à devenir plus rare, et fait place, dans les régions alpestres, au *Pomatias apricus ;* elle aime l'humidité et rampe volontiers sur les rochers moussus ou sur les pierres après la pluie ; c'est surtout dans les bois couverts qu'il faut la chercher.

Origine. — Nous n'avons pas encore rencontré ce *Pomatias* à l'état fossile dans nos environs ; il existait cependant déjà à l'époque quaternaire, notamment en Allemagne.

Variations. — Les variations du *Pomatias septemspiralis* sont assez nombreuses ; elles sont caractérisées par la taille, la coloration de la coquille, ainsi que par la forme de son ouverture. Ces variations sont ordinairement assez nettement caractérisées dans toute une colonie, et il est rare de trouver deux variétés différentes dans la même station. Nous signalerons les variétés suivantes :

Major, nob. — Coquille de taille un peu grande, mesurant de 7 à 9 millimètres de hauteur, à stries plus régulières, bien marquées, à suture profonde ; assez commune : dans les parties montagneuses de l'Ain, de l'Isère et de la Savoie.

Minus, Moquin-Tandon (1). — Coquille de petite taille atteignant à peine 5 millimètres de hauteur, à stries fines et serrées, un peu irrégulières ; rare : les environs de Lyon et le Bugey.

Pallidus, Moq.–Tand. — Coquille d'un blanc grisâtre, tachetée, de taille moyenne ; rare : les environs de Lyon.

(1) Moquin-Tandon, 1855. *Hist. Moll.,* II, p. 503.

Immaculatus, Lang (1). — Coquille grise ou d'un blanc grisâtre un peu foncé, sans taches ; rare : les environs de Lyon.

Tessellatus, Moquin-Tandon. — Coquille de taille un peu plus grande, avec des stries fortes, saillantes, péristome plus dilaté, mieux épanoui ; commune : la Grande-Chartreuse (Isère).

Bilabiatus, Bourguignat (2). — Coquille avec un péristome évasé, mais cerclé en dedans par un second bourrelet péristoméal ; peu commune : la Grande-Chartreuse (Isère).

RAPPORTS ET DIFFÉRENCES. — On distinguera toujours le *Pomatias septemspiralis* des autres *Pomatias* de notre région à sa taille toujours plus petite. La var. *major* elle-même est encore plus petite que les échantillons des *Pomatias apricus* et *P. Sabaudinus*.

ANOMALIES. — Nous connaissons un cas d'albinisme complet, inhérent à toute une colonie ; on trouve aux environs de Talissieu, dans l'Ain, des échantillons entièrement blancs, sans taches ni macules ; ils sont de taille moyenne, avec des stries bien marquées et le péristome bien développé. La colonie se reproduit avec ce caractère.

MONSTRUOSITÉ. — Un échantillon sénestre de cette coquille et parfaitement adulte a été trouvé par Foudras aux environs de Lyon. Il fait actuellement partie de la collection de M. Gabillot.

Genre ACME, Hartmann

ACME POLITA, L. PFEIFFER

Carychium lineatum, C, PFEIFFER, 1828. *Naturg.*, III, p. 43, pl. VII, f. 26-27 (n. Feruss.).
Acmea linearis, KUSTER, 1838. *Tauch. Cat.* (pars).
Truncatella polita, HARTMANN, 1840. *Gasterop.*, p. 5, pl. II.
— *lubrica*, BELD, 1846. *Wassermoll. B yerns*, p. 22.
Pupula lineata, VILLA. 1841. *Disp. system.*, p. 29 (var.).
Acicula polita, L. PFEIFFER, 1841. *In Wiegm. Arch.*, p. 226.
— *fucsa*, L. PFEIFFER. 1847. *In Zeitschr. f. Malak.*, p. 111, (n. anct.).
Acme polita, PALADILHE, 1868. *Nouv. miscel. malac.*, p. 74, pl. IV, f. 1-3.

(1) Lang, 1832. *Pomatias immaculatum*, in Cristofori et Jan, *Catal.*, n° 1, 1/2.
(2) Bourguignat, 1864, *Malacologie de la Grande-Chartreuse*, p. 94.

Habitat. — M. le marquis de Folin, à qui nous avions communiqué nos *Acme*, a reconnu cette forme parmi nos individus des alluvions du Rhône. Elle est très rare. Après plusieurs années de recherches, nous n'en avons récolté que deux individus adultes et bien complets; ils avaient été ramassés sur la rive gauche du Rhône au nord de Lyon.

Origine. — Cette petite forme est déjà très ancienne. A. Braun et Sandberger (1) l'ont indiquée dans les dépôts du pleistocène moyen de la Saxe et de la Silésie. Nous ne la connaissons pas dans nos dépôts quaternaires français.

Variations. — Nos échantillons, tout en ayant bien les caractères du type tel que l'a figuré définitivement le Dr Paladilhe, nous paraissent avoir un galbe un peu moins cylindrique, avec la ligne suturale mieux marquée; chez tous les deux le bourrelet extérieur qui cercle l'ouverture est fort et bien accentué.

Rapports et différences. — L'*Acme polita* est à la tête du groupe des *lævigatæ* ou Acmés lisses ; parmi les Acmés de notre région, il ne pourait être rapproché que de l'*Acme Dupuyi;* on distinguera ce dernier par son galbe généralement plus conique, sa taille plus forte, ses tours plus arrondis, son ouverture verticale à bords parallèles, presque carrée et non oblique et ovalo-acuminée, par sa columelle parallèle à l'axe de la coquille, enfin et surtout par l'absence du bourrelet péristoméal extérieur.

ACME DUPUYI, Paladilhe

Cyclostoma fuscum, Moquin-Tandon, 1848. *Mém. Moll. Toul.,* p. 14, n° 44.
Acme fusca, Dupuy, 1849. *Cat. extramar. Gall.,* n° 2 (n. auctor).
    — *Dupuyi,* Paladilhe, 1868. *Nouv. miscel. malac.,* p. 81.

Habitat. — Cette forme n'est pas très rare dans notre région. Michaud l'avait signalée dans les alluvions du Rhône, et Albin Gras dans celles de l'Isère. Nous en avons retrouvé en effet un assez grand nombre d'individus dans la faune alluviale du Rhône, au nord de Lyon, sur la rive gauche.

(1) Sandberger, 1870. *Land u. Süssw. Conch.,* p. 850, tab. XXXIV, f. 20.

ORIGINE. — Michaud avait rapporté à l'*Acme fusca* la petite forme des marnes de Hauterives (1) ; après une étude faite sur de meilleurs échantillons, nous avons pu nous convaincre que les fossiles de la Drôme constituent une espèce particulière à laquelle nous avons donné le nom d'*Acme Michaudi* (2).

VARIATIONS.— D'après la nature même des dépôts où nous les récoltons, il est probable que nos *Acmés* proviennent d'origines différentes ; aussi n'est-il pas surprenant de constater qu'il existe entre les échantillons quelques différences dans le galbe et surtout dans la taille. Le galbe peut être plus ou moins conique, la taille plus ou moins forte ; la différence de longueur paraît devoir être de un demi à trois quarts de millimètre entre les échantillons bien adultes. Les autres caractères sont constants, et ne présentent que des variations purement individuelles. Quant à la coloration, qui semble être un des caractères de l'espèce, nous ne pouvons en juger, nos échantillons n'ayant pas été récoltés vivants.

RAPPORTS ET DIFFÉRENCES. — Nous ne discuterons pas à nouveau la synonymie de cette forme si longtemps mal interprétée par nos auteurs français, M. Paladilhe ayant étudié à fond pareil sujet. Quant à ses rapports avec les autres Acmés de France, on ne peut en trouver qu'avec la forme précédente que nous venons d'étudier.

ACME LINEATA, DRAPARNAUD

Turbo fuscus, MONTAGU, 1803. *Test. Brit.*, p. 330 (ex Walker et Boys).
Helix cochlea, STUDER, 1789. *Faunul Helvet.*, in *Coxe, Trav. Switz.* III, p. 430 (s car.).
Bulimus lineatus, DRAPARNAUD, 1801. *Tabl. Moll.*, p. 67, n° 6.
Auricula lineata, DRAPARNAUD, 1805. *Hist. Moll.*, p. 57, pl. III, f. 20-21.
Carychium acicularis, FERUSSAC, 1807. *Essai*, p. 53, 124 (teste Hartmann).
Auricella lineata, JURINE, 1817. *In Helv. alm.*, p. 34.
Carychium cochlea, STUDER, 1820. *Kurz. Verzeichn.*, p. 21.
— *lineatum*, FERUSSAC, 1821. *Tabl. syst.*, p. 104 (n. Rossmässler).
Acme lineata, HARTMANN, 1821. *In Sturm. Faun.*, VI, p. 6, pl. II.
Acicula lineata, HARTMANN, 1821. *In neue Alpina*, I, p. 215.
Cyclostoma lineatum, FERUSSAC, 1824. *Dict. class. hist. nat.*, II, p. 90.
Carychium fuscum, FLEMING, 1828. *Brit. anim.*, p. 270, n° 97.
Acme fusca, BECK, 1837. *Index molluscorum*, p. 101.

(1) Michaud, 1862. *Descr. coq. foss. Hauterive, In Journ. de Conch.*, X, p. 82, pl. IV, f. 2.
(2) A. Locard, 1878. *Descr. faune de la Mollasse, in Arch. mus. de Lyon*, p. 244, pl. XIX, f. 44.

Pupula lineata, Acassiz, 1837. *In* Charpentier. *Cat. Moll. Suisse*, p. 22.
Acme linearis, Kuster, 1838. *Tauch. Cat.* (pars).
Truncatella lineata, Hartmann, 1840. *Erd. u. Süssw. Gast.*, pl. I, f. 1.
Acicula fusca, L. Pfeiffer, 1847. *In Zeitschr. f. Malak.*, p. 111.

Habitat. — De toutes nos Acmés, c'est la forme la moins rare et la plus répandue ; le Dr Paladilhe l'avait signalée dans les alluvions du Rhône à Lyon, où nous l'avons en effet retrouvée à plusieurs reprises ; elle existe également, d'après ce même auteur, dans les sources de l'Ain et à Aix-les-Bains en Savoie ; d'autre part, d'après Repellin, elle se trouverait dans les alluvions de l'Isère et du Drac, à Grenoble ; enfin, M. Bourguignat et M. l'abbé Dupuy l'ont retrouvée dans l'Isère, le premier dans des anfractuosités de rochers de Saint-Bruno à la Grande-Chartreuse, le second aux alentours du couvent. Enfin nous l'avons également reconnue aux environs de Belley et au Colombier, dans le département de l'Ain.

Origine. — Nous ne connaissons pas cette coquille à l'état fossile.

Variations. — D'après les propres observations du Dr Paladilhe (1), l'*Acme lineata* serait susceptible d'un assez grand polymorphisme suivant les stations où il vit ; ainsi nous voyons déjà que sa taille peut varier presque du simple au double, puisqu'il donne pour les dimensions de sa hauteur de 2 millimètres et demi à 4 millimètres ; en effet, nos échantillons des environs de Belley sont en général plus gros et plus forts que ceux des alluvions du Rhône. Les échantillons de la Suisse et de l'extrême nord de l'Italie présentent un tour de plus ; leur taille est des deux tiers plus forte, et leur forme plus conique, plus élancée. Les échantillons de notre région sont au contraire ceux chez lesquels les caractères typiques sont le plus accentués.

Rapports et différences. — L'*Acme lineata* est le seul type français du groupe des *Impresso-lineatæ* ; on le distinguera donc toujours des deux formes précédentes par les petites linéoles creuses qui sillonnent son test sur toute sa longueur.

(1) Paladilhe, 1868. *Nouv. misceli. malac.*, p. 90.

BRANCHIATA

PALUDINIDÆ

Genre VIVIPARA, Lamarck

VIVIPARA COMMUNIS, Moquin-Tandon

Nerita vivipara, Müller, 1774. *Verm. terr. et fluv. hist.*, II. p. 182.
Cochlea vivipara, da Costa, 1778. *Testacea Britannica*, p. 81. pl. VI, f. 2.
Cyclostoma viviparum, Draparnaud, 1801. *Tabl. Moll.*, p. 40.
Natica vivipara, Ferussac père, 1801. *Syst. Conch.*, *in Soc. emul. Paris*, IV, p. 395.
Lymnæa vivipara, Fleming, 1814. *In Edinb. Encyclop.*, t. VII, p. 77.
Paludina vivipara, Studer, 1820. *Kurz. Verzeichn*, p. 91.
—   *crystallina*, Gray, 1821. *Nat. arrang., moll., in Med. repos.*, t. XV, p. 239.
—   *achatina*, Sowerby, 1823. *Gener. of Shells*, f. 1.
Vivipara vulgaris, Dupuy, 1851. *Hist. Moll.*, p. 537, tab. XXVII, f. 5 (n. Gras).
Paludina contecta, Moquin-Tandon, 1855. *Hist.* II, p. 532, pl. XX, f. 1, 25 (n. Müller).
Vivipara communis, Moquin-Tandon, 1855. *Hist. Moll.* II, p. 532 (*in Syn. per errorem*)(1)
—   *contecta*, Bourguignat, 1862. *Spicilèges malacol.*, p. 126 (pars).
—   *vera*, Kreglinger, 1870. *Syst. Verzeich. Deutschl*, p. 304 (pars).

Habitat. — Albin Gras (2) a cité cette coquille comme se trouvant à Lyon dans les fossés sur les bords du Rhône, et à l'Ile-Barbe sur les bords de la Saône. Pendant longtemps nous avions mis pareille assertion en

_____

(1) Cette désignation employée *par inadvertance* par Moquin-Tandon dans sa synonymie a été adoptée par M. Bourguignat en mai 1880, dans son *Recensement des vivipara du système européen.*

(2) A. Gras, 1840. *Descr. Moll. de l'Isère*, p. 462.

doute; mais heureusement M. Roy nous a tout récemment communiqué un très bel échantillon de ce type qu'il venait de récolter dans la losne Béchevelin à Lyon, au milieu d'une colonie nombreuse de *Vivipara fasciata*. L'existence du *Vivipara communis* dans notre région n'est donc plus douteuse; malgré cela c'est toujours une forme très rare. Cependant il est fort possible qu'elle devienne plus abondante à un moment donné, car elle existe en assez grande abondance dans les grands cours d'eaux en amont de Lyon. Ainsi Grognot (1) l'indique dans les eaux de la Saône dans le département de Saône-et-Loire, et nous savons par M. de Mortillet qu'elle a été naturalisée dans les eaux du lac de Genève.

ORIGINE. — Nous ne connaissons pas cette forme à l'état fossile, quoiqu'elle présente de réelles affinités avec d'autres formes similaires de la période tertiaire.

VARIATIONS. — L'unique échantillon de notre région était parfaitement conforme au type, de grande taille, et ne présentait aucune particularité bien saillante.

RAPPORTS ET DIFFÉRENCES. — Dans un récent travail (2) M. Bourguignat a démontré que la forme que Millet avait désignée sous le nom de *Cyclostoma contectum* (3) était toute différente de celle que M. l'abbé Dupuy et Moquin-Tandon citaient dans leurs ouvrages. Le *Vivipara contecta*, tout en étant comme le *Vivipara communis* une coquille conique très ventrue, a ses tours renflés, arrondis, méplats à leur partie supérieure, et séparés par une suture si profonde, si creusée, qu'ils paraissent comme scalariformes; le *Vivipara communis* a ses tours de spire bien sphériques, non méplats, bien que séparés par une suture profonde. En outre, la croissance spirale est rapide et les deux derniers sont relativement très développés et très ventrus.

VIVIPARA FASCIATA, MÜLLER

Helix vivipara, LINNÉ, 1758. *Systema naturæ*, édit. X°, I, p. 771.
Nerita fasciata, MÜLLER, 1776. *Verm. terr. et fluv. hist.*, II, p. 182.
Helix fasciata, GMELIN, 1788. *Systema naturæ*, édit. III, p. 3646.
Bulimus viviparus, POIRET, 1801. *Coq. fluv. terr.*, *Prodr.*, p. 61.

(1) Grognot, 1853. *Moll. test. Saône-et-Loire*, p. 17.
(2) Bourguignat, mai 1880. *Recensement des Vivipara du système européen*.
(3) Millet, 1813. *Moll. Maine-et-Loire*, p. 5.

Cyclostoma achatinum, Draparnaud, 1801. *Tabl. Moll.*, p. 40.
Paludina achatina, Studer, 1820. *Kurz. Verzeichn.*, p. 91 (non Sow.).
— *vulgaris*, Gray, 1821. *Nat. arrang. Moll., in Med. repos.*, XV, p. 237.
Turbo achatinus, Sheppart, 1823. *Descr. Brit. Shells, in Trans. Linn.*, XIV, p. 152.
Paludina fasciata, Deshayes, 1838. *In Lamarck, An. s. vert.*, VIII, p. 512.
Vivipara fasciata, Dupuy, 1851. *Hist. Moll.*, p. 540, tab. XXVII, f. 6.
Paludina vivipara, Moquin-Tandon, 1855. *Hist. Moll.*, II, p. 535, pl. XXII, f. 25.

Habitat. — Le *Vivipara fasciata* est commun dans les eaux du Rhône et surtout dans celles de la Saône ; il vit également dans plusieurs petits cours d'eaux à l'embouchure de ces deux fleuves, ainsi que dans leurs délaissés, mares ou marais établis sur leurs bords. Il forme ainsi des colonies très nombreuses, mais en général assez nettement localisées et peu dispersées. Albin Gras le fait vivre avec le *Vivipara contecta ;* et, comme nous l'avons dit, nous n'avons jamais rencontré cette dernière forme dans notre région que dans ces mêmes conditions.

Origine. — Nous ne connaissons point de Paludines à l'état fossile dans nos dépôts quaternaires, tandis qu'elles abondent comme formes et comme quantité dans nos dépôts tertiaires. Il y a là une très singulière lacune dans la propagation du genre. Le *Vivipara fasciata* vivait cependant autrefois dans le pleistocène inférieur de l'Allemagne.

Variations. — Les caractères de cette coquille sont assez constants ; aussi ne nous est-il possible de distinguer qu'un petit nombre de variétés. Nous observons en revanche de nombreuses variations individuelles portant sur la taille, le galbe général, la coloration, l'intensité des fascies, etc. En général nos échantillons sont de belle taille ; il en est qui à la traversée de Lyon atteignent jusqu'à centimètres de 4 hauteur ; souvent ils sont soit en totalité, soit partiellement, encroûtés d'une matière assez adhérente qui masque leur ornementation.

Nous signalerons les deux variétés suivantes :

Inflata, nob. — Coquille de taille un peu plus petite, à spire moins allongée, de forme plus ramassée, plus renflée, plus ventrue ; peu commune : les environs de Lyon.

Malleata, nob. — Coquille conforme au type, mais toujours de grande taille, avec le test comme martelé, surtout dans la partie du dernier tour qui avoisine la suture ; rare : les eaux du Rhône à Lyon.

Rapports et différences. — Dans son récent mémoire sur les *Vivipara* d'Europe (1), M. Bourguignat admet sept groupes pour ce genre. Nos

(1) Bourguignat, 1880. *Recensement des Vivipara du système européen.*

deux seules espèces appartiennent la première au groupe des *Lacustriana*
caractérisé surtout par la forme des tours exactement arrondis, avec le
maximum de convexité à la partie médiane, la seconde au groupe des *Fas-
ciatiana*, dont le sommet est toujours obtus, mais sans pointe mucronée.
D'après cela il sera toujours facile de distinguer le *Vivipara fasciata* du
V. communis, à sa forme plus allongée, moins globuleuse, moins ramassée,
à ses tours moins arrondis, à ses sutures moins profondes, à son ombilic
mal défini, à son sommet non mucroné, enfin à sa coloration plus pâle et
à ses fascies tracées avec plus de netteté et d'intensité.

Genre BYTHINIA, Gray

BYTHINIA TENTACULATA, Linné

Helix tentaculata, Linné, 1758. *Syst. naturæ*, édit. X*, I, p. 774.
Nerita jaculator, Müller, 1774. *Verm. terr. et fluv. Hist.*, II, p. 185.
Turbo nucleus, da Costa, 1778. *Brit. Conch.*, p. 91, pl. V, f. 12.
Buccinum pellucidum, Schrötter, 1779. *Geschich. fluss. Conch.*, p. 320, t VII, f. 16.
Bulimus tentaculatus, Poiret, 1801. *Coq. de l'Aisne, Prodr.*, p. 61.
Cyclostoma impurum, Draparnaud, 1801. *Tabl. Moll.*, p. 41.
Turbo janitor, Vallot, 1801. *Exerc. d'Hist. nat.*, p. 6.
Cyclostoma jaculator, Férussac, 1807. *Ess. meth. Conch.*, p. 60.
Lymnæa tentaculata, Fleming, 1814. *In Edinb. Encyclop.*, VII, I. p. 78
Paludina impura, Brard, 1815. *Coq. env. Paris*, p. 188, pl. VII, f. 2.
　　—　*jaculator*, Studer, 1820. *Kurz. Verzeichn.*, p. 91.
Turbo tentaculatus, Sheppart, 1823 *Descr. Brit. Shells. in Trans. Linn*, XIV, p. 152
Bithynia jaculator, Risso, 1826. *Hist. nat. Eur. merid.*, IV, p. 100.
Paludina tentaculata, Fleming, 1828. *Brit. anim.*, p. 315.
Bithinia tentaculata, Gray, 1840. *In Turton Shell's Brit.*, p. 93, f. 20.
Bythinia tentaculata, Stein, 1850. *Schneck. Berlins*, p. 92.
Bithynia tentaculata, v. Frauenfeld, 1862. *Verh. k. k. Zool.-Bot. Gesell.*, p. 1147.

Habitat. — Cette coquille est extrêmement commune dans toute notre
région ; elle vit dans toute la partie centrale du bassin du Rhône, dans les
rivières, ruisseaux, mares, marais. etc.; nous la connaissons dans les
cours d'eaux rapides du Rhône, de la Saône, de l'Isère, comme dans les
mares aux eaux stagnantes et croupissantes ; partout elle forme des colonies nombreuses et dispersées.

Origine. — Le *Bythinia tentaculata* est une forme très ancienne qui remonterait jusqu'au miocène ; il faisait partie de la faune des marnes du

Lyonnais et du Dauphiné, à *Milne-Edwardsia Terveri* et *Helix Chaixii;* nous le suivons dans toutes les formations plus récentes jusqu'à notre époque. A l'étranger, nous le connaissons dans les dépôts quaternaires d'Allemagne, d'Angleterre, d'Autriche, de Suisse, d'Italie, etc.

VARIATIONS. — On pourrait établir un très grand nombre de variétés dans le *Bythinia tentaculata*, variétés basées sur la taille, la forme et la coloration, toutes choses qui tendent à se modifier suivant les conditions de l'habitat. Nous distinguerons plus spécialement les variétés suivantes :

Major, nob. — Coquille de plus de 12 millimètres de hauteur, mais de même forme que le type, de couleur pâle, subtransparente ; peu commune : les environs de Lyon, surtout dans les eaux de la Saône.

Producta, Menke (1). — Coquille de grande taille, de forme allongée, conique, à spire plus élancée, de couleur cornée pâle ; rare ; les environs de Lyon ; nos plus grands échantillons de cette variété ne dépassent pas 14 millimètres.

Ventricosa, Menke. — Coquille de forme ventrue, un peu globuleuse, surtout dans le bas, à spire courte, à suture bien marquée ; peu commune : les environs de Lyon, de Grenoble et de Mâcon.

Intermedia, nob. — Coquille dont la taille ne dépasse pas de 9 à 10 millimètres de hauteur, pour un diamètre de 5 à 6 millimètres ; c'est une forme relativement globuleuse, mais qui n'est cependant pas aussi courte ni aussi ramassée que la var. précédente ; assez commune : les environs de Lyon et de Grenoble.

Cornea, nob. — Coquille de toutes formes, mais de couleur cornée plus ou moins pâle, un peu transparente ; commune : dans les eaux du Rhône et de ses dérivés, aux environs de Lyon.

Cinerea, nob. — Coquille de toutes formes, mais de couleur cendrée, un peu pâle, subtransparente, souvent encroûtée ; assez commune : les environs de Lyon, notamment sur les bords de la Saône.

Fulva, nob. — Coquille de taille médiocre, de couleur fauve plus ou moins foncée, parfois même un peu rougeâtre ; commune : partout.

RAPPORTS ET DIFFÉRENCES. — Dans son *Étude monographique* sur les *Paludinées françaises*, le Dr Paladilhe a admis quatre Bythinies ; nous n'en avons jusqu'à présent retrouvé qu'une seule dans nos contrées. Il est possible cependant que de nouvelles recherches amènent la découverte du

(1) Menke, 1830, *Syn. Meth.*, p, 44, var. 6.

Bythinia Leachi, qui vit dans d'autres contrées dans des conditions absolument identiques à celles qu'il peut trouver dans nos régions. On le distingue à sa taille beaucoup plus petite, à sa forme plus globuleuse et à sa
perforation ombilicale, etc.

Genre AMNICOLA, Gould et Haldmann

AMNICOLA SIMILIS, Draparnaud

Cyclostoma simile, Draparnaud, 1805. *Hist. Moll.,* p. 34, pl. I, f. 15.
Paludina similis, Michaud, 1831. *Compl. hist. Moll.,* p. 93.
Bythinia similis, Stein, 1850. *Schneck. Berl.,* p. 93.
Hydrobia similis, Dupuy, 1850. *Hist. Moll. France,* p. 552, tab. XXVII, f. 9.
Amnicola confusa, Fraüenfeld, 1863. *Vorl. aufr. d. Art. Amnicola,* p. 1029.
—   *similis,* Bourguignat, 1864. *Moll. Alg.,* p. 238, pl. XIV, f. 28-30.

Habitat. — C'est sur les indications qui nous ont été données par Terver et par M. Michaud que nous avons indiqué cette coquille sous le nom
de *Bythinia similis,* dans notre Malacologie lyonnaise (1). Depuis lors nous
en avons retrouvé trois échantillons dans les alluvions du Rhône au nord de
Lyon, et cependant, c'est plus particulièrement une forme méditerranéenne, ainsi que le déclarent MM. l'abbé Dupuy et le Dr Paladhile.

Origine. — D'après une détermination faite par Terver, cette même
forme aurait vécu à l'état fossile aux environs de Lyon; nous l'avons signalée dans les argiles lacustres des vallées du Rhône et de la Saône D'un
autre côté, M. Bourguignat (2) a signalé dans les argiles des environs de
Mâcon, « des petites espèces du groupe de la *confusa,* vraisemblablement nouvelles. » Malheureusement tous ces échantillons sont trop mal
conservés pour que l'on puisse établir des déterminations d'une façon bien
précise dans un groupe déjà si difficile lorsqu'il s'agit des espèces vivantes.

Variations. — Nous n'avons pas retrouvé les échantillons de Terver ni
ceux de M. Michaud; quant aux nôtres ils sont de taille assez petite
mais absolument conformes comme galbe aux *Amnicola similis* du Midi,

(1) A. Locard, 1878. *Malacologie Lyonnaise,* p. 97.
(2) Bourguignat, 1870. *In Ferry, le Mâconnais préhistorique,* p. 110.

de la France. Ils constituent peut-être une var. *minor* ne différant du type que par la taille plus faible.

RAPPORTS ET DIFFÉRENCES. — Le Dr Paladilhe a cité sept *Amnicola* dans son *Étude monographique sur les Paludinées françaises* (1). L'*Amnicola similis* qui est en tête de cette liste se distinguera toujours par sa taille plus forte, par sa forme globuleuse, par sa fente ombilicale bien marquée, et enfin par la forme de son ouverture.

Genre PALUDINELLA, L. Pfeiffer

PALUDINELLA VIRIDIS, POIRET

Bulimus viridis, POIRET, 1801. *Coq. fluv. terr. env. Paris*, p. 45, n° 15.
Cyclostoma viride, DRAPARNAUD, 1805. *Hist. Moll. France*, p. 37, pl. I, f. 26-27.
Paludina viridis, LAMARCK, 1822. *Anim. s. vert.*, VI, II, p 475.
Bythinia viridis, DUPUY, 1849. *Cat. extramar. Gall. test.*, n° 51.
Hydrobia viridis, DUPUY, 1851. *Hist. Moll.*, p. 583, tab. XXVII, f. 10.
Paludinella viridis, FRAUENFELD, 1863. *Ueb. d. Gatt., Paludinella.* p. 201.

HABITAT. — D'après les indications que nous a laissées Terver, le *Paludinella viridis* se trouve aux environs de Lyon dans le ruisseau d'Izeron ; nous l'avons également rencontré dans les alluvions du Rhône, et dans un petit ruisseau à Saint-Fons près de Lyon. C'est une forme rare dont nous n'avons récolté qu'un très petit nombre d'échantillons.

ORIGINE. — Nous ne connaissons pas cette coquille à l'état fossile.

VARIATIONS. — Le nombre des échantillons que nous avons récoltés est trop restreint pour que nous puissions relater dans cette coquille des différences autres que les variations individuelles. Quant aux échantillons de Terver, nous ne les avons pas retrouvés dans sa collection.

RAPPORTS ET DIFFÉRENCES. — Le *Paludinella viridis* appartient au groupe des Paludinelles subglobuleuses, ventrues, qui se rapprochent assez du galbe des *Amnicola* ; il est caractérisé par sa taille assez forte, sa spire très obtuse, avec le sommet comme tronqué, par son ombilic presque recouvert, son test corné, d'un vert grisâtre, sur lequel on distingue à la loupe assez nettement les stries d'accroissement.

(1) Paladilhe, 1870. *In Annales de Malacologie*, p. 186.

VAR. MAL. 24

PALUDINELLA BREVIS, Draparnaud

Cyclostoma breve, Draparnaud, 180 i. *Hist. Moll.*, p. 37, pl. XIII, f. 2-3.
Paludina brevis, Michaud, 1831. *Compl. hist. Moll.*, p. 97.
Bythinia brevis, Dupuy, 1847. *Cat. extramar. Gall. test.*, n° 36.
Hydrobia brevis, Dupuy, 1851. *Hist. Moll.*, p. 560, tab. XXXIII, f. 1.
Paludinella brevis. Frauenfeld, 1863. *Ueb. d. Gatt., Paludinella*, p. 205.

Habitat. -- Cette petite forme a été trouvée à la fin du siècle dernier dans les environs de Lyon par Sionnest. Nous en avons vu quelques échantillons dans sa collection. Ce sont très vraisemblablement ces mêmes échantillons que Faure-Biguet a dû communiquer à Draparnaud, et que cet auteur a indiqués comme provenant du Jura (1), sans désignation spéciale de localité.

Origine. — Nous ne connaissons pas cette forme à l'état fossile.

Variations. — Les échantillons des environs de Lyon sont de petite taille ; quelques-uns se rapprochent de la var. *Dunalina* de Moquin-Tandon (2), par leur petite taille, et leur forme un peu renflée dans le bas.

Rapports et différences. — Le *Paludinella brevis* représente le type d'un groupe de Paludinelles intermédiaires entre les formes arrondies comme celle du *Paludinella viridis* et les formes cylindroïdes des *Paludinella abbreviata* et *P. pupoides*. On le distinguera à sa petite taille, à sa forme courte, peu allongée, à spire peu élevée, ses premiers tours très petits ; presque toujours les coquilles sont enduites d'un limon verdâtre très adhérent.

PALUDINELLA, Nov. Form.
[Pl. III, fig. 42.

Habitat. — M. Roy nous a communiqué un échantillon unique d'une forme de Paludinelle qui nous paraît absolument nouvelle, et qu'il a récolté dans les alluvions du Rhône au sud de Lyon à Saint-Fons. Nous nous bornerons à donner ici une description sommaire de cet échantillon.

(1) Et non pas du département du Jura, comme l'a dit Moquin-Tandon, *Hist. Moll.*, II, p. 524.
(2) Moquin-Tandon, 1855. *Hist. Moll.*, II, pl. XXXIX, fig. 9.

DESCRIPTION — Coquille ovoïde allongée, imperforée; spire composée de quatre tours assez convexes, séparés par une suture profonde et bien marquée, le premier tour très petit, à peine saillant, les deux suivants s'accroissant rapidement, mais proportionnellement, le dernier très grand, et un peu plus renflé; ouverture un peu oblique, ovale, un peu aigüe dans le haut; péristome continu, légèrement évasé, un peu réfléchi vers le bord columellaire; couleur cornée claire un peu verdâtre; hauteur 3 1/4 millimètres; diamètre 1 1/2 millimètre.

RAPPORTS ET DIFFÉRENCES. — Cette coquille appartient bien certainement au groupe du *Paludinella brevis*; mais elle en diffère par sa taille beaucoup plus forte, par son second tour plus développé, par l'ensemble de sa spire croissant plus régulièrement, par ses tours plus arrondis, par ses sutures plus profondes, etc.

PALUDINELLA BULIMOIDEA, MICHAUD

Paludina bulimoidea, MICHAUD, 1833. *Compl. hist. Moll.*, p. 99, pl. XV, f. 34-35.
Hydrobia bulimoidea, DUPUY, 1851. *Hist. Moll.*, p. 572, pl. XXVIII, f. 9.
Bythinia vitrea, MOQUIN-TANDON, 1855. *Hist. Moll.*, II, p. 518, pl. XXXVIII f. 37 (var.)
Paludinella bulimoidea, FRAUENFELD, 1863. *Ueb. d. Gatt., Paludinella*, p. 203.

HABITAT. — C'est d'après des échantillons recueillis dans les alluvions du Rhône à Lyon que M. Michaud a créé cette espèce. Paladilhe l'a également reconnue à la source de l'Ain, dans le Jura; il est donc possible qu'on la retrouve dans les alluvions de ce cours d'eau.

ORIGINE. — Nous ne connaissons pas cette forme à l'état fossile.

VARIATIONS. — Cette petite coquille ne nous est pas assez familière pour que nous puissions en étudier les variations.

RAPPORTS ET DIFFÉRENCES. — Cette Paludinelle appartient encore au groupe du *Paludinella brevis*; on la distinguera de cette dernière par sa taille un peu plus forte, par sa forme un peu plus cylindrique, par la présence d'un cinquième tour, par son péristome moins réfléchi, son ouverture plus arrondie; elle est presque toujours luisante, vitrée, très lisse et transparente, tandis que le *Paludinella brevis* est presque toujours recouvert d'un limon verdâtre encroûtant.

PALUDINELLA ABBREVIATA, Michaud

Paludina abbreviata, Michaud, 1801. *Compl. hist. Moll.*, p. 98, pl. XV, f. 52-53.
Bythinia abbreviata, Dupuy, 1849. *Cat. extramar. Gall. test.*, n° 34.
Hydrobia abbreviata, Dupuy, 1851. *Hist. Moll.*, p. 564, pl. XXVIII, f. 4.
Paludinella abbreviata, Fauenfeld, 1863. *Ueb. d. Gat. Paludinella*, p. 205.
Bythinella abbreviata, Paulucci, 1878. *Mat. Faune malac., Italie*, p. 19, n° 494.

ORIGINE. — Le *Paludinella abbreviata* a été trouvé pour la première fois par Terver dans les alluvions du Rhône à Lyon ; ce sont ses échantillons qui ont servi de type à M. Michaud. Paladilhe l'indique dans plusieurs autres parties de la France, notamment dans le Jura ; c'est une forme toujours rare dans nos pays.

ORIGINE. — Nous ne connaissons pas cette coquille à l'état fossile.

VARIATIONS. — Le petit nombre d'échantillons que nous avons pu étudier semblent assez réguliers dans leur forme générale ; les caractères individuels paraissent surtout porter dans la profondeur de la suture et partant dans la forme des tours de la spire, ainsi que dans le plus ou moins de rapidité de leur développement.

RAPPORTS ET DIFFÉRE. CES. — Le *Paludinella abbreviata* est à la tête d'un groupe de Paludinelles caractérisées par leur galbe cylindrique plus ou moins allongé. Il ne peut être rapproché, parmi les formes de nos pays, que du *Paludinella pupoides* dont nous parlons plus loin.

PALUDINELLA TURRICULATA, Paladilhe

Paludinella turriculata, Paladilhe, 1869. *Nouv. miscel. malac.*, p. 121, pl. VI, f. 9-10.

HABITAT. — Nous rapportons au *Paludinella turriculata* sept échantillons que nous avons trouvés, il y a quelques années, dans les alluvions du Rhône, sur la rive droite du fleuve, au nord de Lyon.

ORIGINE. — Nous ne connaissons pas cette forme à l'état fossile.

Quant à nos échantillons, d'après la position même des alluvions, il est fort probable qu'ils venaient de quelque cours d'eau du département de l'Ain débouchant dans les eaux du Rhône.

VARIATIONS. — Le type de Paladilhe pêché dans les eaux courantes d'Asnières dans la Sarthe mesure 3 millimètres de hauteur; nos échantillons n'ont jamais que 2 millimètres ; nous ne connaissons cette coquille que par la description et la figuration qu'en a données Paladilhe, mais nos échantillons, quoique de taille plus petite, nous semblent se rapporter assez exactement à cette forme; cependant nous ne comptons que cinq tours de spire, tandis que Paladilhe en admet cinq et demi. Ne voulant pas faire pour si peu une espèce nouvelle, nous admettrons nos échantillons à titre de var. *minor*.

RAPPORTS ET DIFFÉRENCES. — Le *Paludinella turriculata* des environs de Lyon est caractérisé par sa petite taille, sa forme presque cylindrique, étroite, allongée, son sommet très obtus, comme tronqué. ses tours un peu renflés, croissant lentement et régulièrement, et séparés par une suture très profonde ; ils sont d'une couleur cornée un peu foncée; cette forme se rattache au groupe des *Paludinella Ferussina* et *P. Cebennensis*, qui tous les deux ont une taille deux fois plus forte.

PALUDINELLA PUPOIDES, PALADILHE

Paludinella pupoides, PALADILHE, 1869. *Nouv. miscel. malac.*, p. 120, pl VI, f. 7-8.

HABITAT. — Cette jolie Paludinelle a été récoltée en abondance sur les Hépatiques d'une source vive à Thoiry (1) dans le département de l'Ain, à 494 mètres d'altitude; nous ne la connaissons nulle part ailleurs.

ORIGINE. — Cette forme ne nous est pas connue à l'état fossile.

VARIATIONS. — Les nombreux échantillons que nous avons pu étudier grâce à l'extrême complaisance de M. de Mortillet, se rapportent parfaitement à la description très complète donnée par Paladilhe. Ils diffèrent en-

(1) C'est par erreur que Paladilhe a inscrit dans ses ouvrages cette localité sous le nom de Thoisy.

tre eux par la taille, et à ce point de vue il serait peut-être possible d'admettre une var. *minor*, si tous ces individus ne formaient pas une séule et unique colonie; en outre, ils présentent des variations individuelles basées surtout sur le rapport du développement des derniers tours entre eux, rapport qui, nous paraît très variable, et qui pourrait donner lieu à de fausses interprétations si l'on ne considérait que les formes extrêmes de cette même colonie.

RAPPORTS ET DIFFÉRENCES. — Le *Paludinella pupoides* termine la série des Paludinelles; il est caractérisé par sa forme presque exactement cylindrique, qui, comme le dit très bien Paladilhe, le fera toujours parfaitement reconnaître au premier abord sans qu'il soit nécessaire d'entrer dans le détail de ses autres caractères différentiels.

PALUDINELLA Nov. Form.

Pl. III, fig. 41.

HABITAT. — Nous devons à l'extrême obligeance de notre ami, M. Gabillot, la communication d'une Paludinelle que nous considérons comme nouvelle et qui avait été récoltée, il y a plus de trente ans, par Fabien Foudras dans les alluvions du Rhône. Espérons que la découverte de nouveaux échantillons permettra de compléter la description sommaire que nous donnons ici.

DESCRIPTION. — Coquille cylindrique un peu allongée, étroite, recouverte d'un limon verdâtre encroûtant; spire atténuée au sommet, composée de 4-5 tours peu convexes, un peu aplatis vers le milieu, séparés par une suture assez profonde, croissant rapidement en hauteur, le deuxième proportionnellement plus grand que les autres; ouverture elliptique arrondie; péristome continu, un peu réfléchi vers le bord columellaire; hauteur 2 1/4 millimètres; diamètre, 3/4 millim.

RAPPORTS ET DIFFÉRENCES. — Cette petite Paludinelle est surtout caractérisée par sa forme étroite, allongée, cylindrique; elle appartient au groupe du *Paludinella abbreviata*, mais elle s'en distingue par la forme de ses tours qui ont quelque analogie avec ceux du *Paludinella brevis*. Nous croyons que sa vraie place est à côté du *Paludinella pupoides*, dont elle a la petite taille, la forme cylindrique, mais dont elle diffère par le développement de l'avant-dernier tour et par l'accroissement plus rapide des tours supérieurs.

Genre BĒLGRANDIA, Bourguignat

BELGRANDIA VITREA, Draparnaud

Cyclostoma vitreum, DRAPARNAUD, 1805. Tabl. Moll., p. 44; Hist., p. 40, pl. I, f. 21-22.
Hydrobia vitrea, HARTMANN, 1821. Syst. Gasterop., p. 58.
Leachia vitrea, RISSO, 1826. Hist. nat. Eur. merid., IV, p. 103.
Paludina vitrea, MENKE, 1830. Syn. Moll., p. 40 (n. Moq-Tand.)
Hydrobia vitrea, DUPUY, 1851. Hist. Moll., p. 570. tab. XXVIII, f. 8 (pars).
Bythinia vitrea, MOQUIN-TANDON, 1855. Hist. Moll., II, p. 518 (pars).
Belgrandia vitrea, PALADILHE, 1870. Etude monogr. des Palud., franç., p. 62.

HABITAT. — Cette coquille a été trouvée pour la première fois dans les alluvions du Rhône, à Lyon en 1798, par Sionnest qui la communiqua à Draparnaud par l'intermédiaire de son ami Faure-Biguet; c'est une forme rare, assez difficile à récolter à cause de sa petite taille.

ORIGINE. — Nous ne connaissons pas cette coquille à l'état fossile.

VARIATIONS. — Le petit nombre d'échantillons que nous avons pu étudier paraissent avoir des caractères réguliers et constants; leurs variations individuelles portent sur le développement plus ou moins rapide des premiers tours dont le nombre varie de cinq à six. Quant à la gibbosité de l'ouverture, elle n'est généralement bien distincte que lorsque les échantillons sont parfaitement adultes.

RAPPORTS ET DIFFÉRENCES. — Le Belgrandia vitrea est la seule espèce que nous connaissions dans notre région. On le distinguera donc facilement des autres Paludines de la partie centrale du bassin du Rhône à la présence du renflement caractéristique ou gibbosité qui accompagne les bord péristoméal de la coquille.

Genre HYDROBIA, Hartmann

HYDROBIA CHARPYI, Paladilhe

Hydrobia Charpyi, Paladilhe, 1867. *Nouv. miscell. malac.*, p. 58, pl. II, f. 7-9.

Habitat. — Cette Hydrobie signalée pour la première fois dans le ruisseau de la Grande-Combe des Bois, dans le Doubs, par M. Charpy, a été retrouvée dans les alluvions du Rhône à Miribel dans le département de l'Ain, par M. R. Tournouër ; nous n'en connaissons encore qu'un seul échantillon.

Origine. — Cette coquille n'a pas été reconnue à l'état fossile.

Variations. — L'unique échantillon que nous a confié M. Tournouër nous paraît différer un peu du type de Paladilhe ; sa taille est un peu plus petite, l'ouverture plus déjetée latéralement, et la partie subanguleuse qui avoisine la suture un peu moins prononcée. Ces légères différences tiennent sans doute à une simple question d'âge ou d'habitat ; peut-être sur la vue d'un plus grand nombre d'individus serait-il possible de faire une espèce nouvelle ou tout au moins une variété distincte du type.

Rapports et différences. — L'*Hydrobia Charpyi* est la plus grande de toutes les Hydrobies de notre région. On la distinguera toujours facilement de la forme suivante.

HYDROBIA PERACUTA, Paladilhe

Hydrobia peracuta, Paladilhe, 1869. *Nouv. miscel. malac.*, p. 130, pl. VI, f. 13-14.

Habitat. — Cette Hydrobie a été signalée par Paladilhe comme se trouvant à Lyon ; c'est du reste également une forme suisse que l'on rencontre à Nyons.

Origine. — Nous ne connaissons pas cette coquille à l'état fossile.

VARIATIONS. — Il ne nous a pas été donné de retrouver cette élégante coquille, ni dans nos alluvions ni dans aucune collection.

RAPPORTS ET DIFFÉRENCES. — Il n'existe que deux Hydrobies dans l'Est de la France, le bel *Hydrobia Charpyi* du Doubs et l'*Hydrobia peracuta* ; cette dernière forme se distingue par sa taille plus petite, par sa forme conoïde-aiguë, par ses tours un peu moins nombreux, par son ouverture ovale-arrondie, à peine anguleuse vers le haut.

MELANIDÆ

Genre LARTETIA, Bourguignat

LARTETIA DIAPHANA, MICHAU

Paludina diaphana, MICHAUD, 1831. *Compl. Hist. Moll.*, p. 97, pl. XV, f. 30-31.
Bythinia diaphana, DUPUY, 1849. *Cat. extramar. test.*, n° 38.
Hydrobia vitrea, DUPUY, 1851. *Hist. Moll.*, p. 570 (pars).
Bythinia vitrea, MOQUIN-TANDON, 1855. *Hist. Moll.*, II, p. 518 (pars).
Lartetia diaphana, PALADILHE, 1870. *Étude monogr. des Palud. franç.*, p. 64.

HABITAT. — Cette coquille a été trouvée pour la première fois par Terver dans les alluvions du Rhône à Lyon; c'est lui qui a communiqué le type à M. Michaud. Nous l'avons depuis lors retrouvée à diverses reprises. C'est néanmoins une forme rare dont il n'existe qu'un petit nombre d'échantillons, et dont le véritable habitat est encore inconnu.

ORIGINE. — Ce *Lartetia* nous est inconnu à l'état fossile.

VARIATIONS. — Sur les dix-huit échantillons que nous possédons, on peut observer des variations assez nombreuses sur la taille, sur la forme de l'ouverture, et surtout sur la profondeur de la suture; dans la plupart, les tours de spire sont arrondis, mais dans quelques-uns ils sont beaucoup plus déprimés, presque plats dans le milieu avec la suture moins marquée ces derniers constitueraient peut-être une forme nouvelle, ou tout au moins une forte variété.

RAPPORTS ET DIFFÉRENCES. — Le *Lartetia diaphana* a été souvent confondu avec le *Belgrandia vitrea*. « C'est, dit Paladilhe, non seulement une espèce bien distincte, à première vue, par sa forme plus grêle, plus conique, plus aiguë et lancéolée, etc., mais encore la sinuosité supérieure du bord péristoméal de son dernier tour, dont la partie inférieure est projetée en avant, le rattache bien évidemment au nouveau genre *Lartetia*. »

Genre **LOCARDIA**, de Folin

LOCARDIA APOCRYPHA, DE FOLIN

Locardia apocrypha, DE FOLIN, 1880. *In Journ. Conch.*, t. **XXVIII**.

HABITAT.. — Nous avons recueilli cette coquille dans les alluvions du Rhône, au nord de Lyon, sur la rive gauche du fleuve. Mais, d'après M. le Mis de Folin, cette forme, dont l'habitat réel est encore inconnu, ferait probablement partie de la faune particulière des nappes d'eau souterraine avec les *Bugesia*, *Lartetia*, *Moitessieria* et *Paladilhia*.

ORIGINE. — Nous ne connaissons pas cette forme à l'état fossile.

VARIATIONS — Cette coquille nouvelle n'est pas assez commune pour que l'on puisse en étudier les variations.

RAPPORTS ET DIFFÉRENCES. — Le *Locardia apocrypha* est caractérisé par sa forme allongée et conique, par son sommet obtus et arrondi, par ses tours de spire à croissance extrêmement rapide, séparés par une suture profonde, par la présence de côtes à sa surface, etc. Par ses caractères généraux, ce genre nouveau nous semble devoir prendre place dans notre faune, à la suite des *Lartetia*, dans la famille des *Melanidæ*.

MOITESSIERIDÆ

Genre MOITESSIERIA, Bourguignat.

MOITESSIERIA Nov. Form.

? *Moitessieria Simoniana*, Bourguignat, 1863. *Monogr. Moitessieria*, p. 14.

Habitat, — Nous devons à l'extrême obligeance de notre ami, M. G. Coutagne, la communication de deux individus du genre *Moitessieria* récoltés par lui dans les alluvions du Rhône, au nord de Lyon. Ce sont les seuls individus que nous connaissions jusqu'à présent.

Origine. — Quel est le véritable habitat de cette coquille? c'est ce que nous ne saurions dire; mais la présence d'une Moitessiérie au milieu de la faune de la partie centrale du bassin du Rhône est désormais un fait incontestable, et cependant jusqu'à ce jour on considérait ces formes comme exclusivement méridionales. M. Bourguignat (1), le créateur du genre, n'a reconnu que six espèces vivant dans les ruisseaux ou rivières du Midi de la France; une seule cependant a été trouvée dans une source saline de la même région. Nous ne connaissons pas ce genre à l'état fossile.

Description. — La détermination générique de ces échantillons ne peut laisser subsister aucun doute; de même aussi devons-nous reconnaître qu'ils ont de grands rapports avec le *Moitessieria Simoniana* de Charpentier (2) décrit par tant d'auteurs, mais dont nous n'avons pas de figuration parfaitement exacte. Ne connaissant pas ce type, nous n'osons lui rapporter nos échantillons. Nous constatons qu'ils diffèrent des *Moitessieria Rolandiana*, *M. Massoti*, *M. Gervaisiana*, si bien figurés par M. Bourguignat, par plus d'un caractère. Comme en outre, jusqu'à présent, on n'a signalé ce genre que dans le Midi de la France, nous avons tout lieu de considérer

(1) Bourguignat, 1877. *Description de deux nouveaux genres, etc.*, p. 46.
(2) *Paladina Simoniana*, Charpentier, 1848. *In Saint-Simon, Miscel., maluc.; 1ʳ décade.* p. 39.

les individus de la région lyonnaise comme constituant un type différent
des formes citées jusqu'à ce jour. Nous allons essayer d'en donner la
description.

Coquille très petite, subconoïde, presque cylindrique, à peine plus
étroite dans le haut qu'au-dessus de l'ouverture ; test mince, fragile, brillant, transparent au point de laisser voir la spire interne, mais devenant
d'un blanc laiteux un peu cristallin, opaque, au bout d'un certain temps
de séjour au milieu des alluvions (1). Perforation ombilicale très étroite,
oblique, en partie masquée par le développement du bord columellaire.
Surface lisse à l'œil nu, mais paraissant couverte de très petites malléations
lorsqu'elle est vue sous le champ du microscope. Spire allongée, cylindrique, à sommet très court, à peu près complètement obtus, le tour initial,
lorsque la coquille est horizontale, paraissant à peine plus petit que le
tour suivant. Tours de spire de 6 1/2 à 7, croissant régulièrement ; le
dernier à croissance un peu plus rapide et plus brusque, à profil faiblement convexe, un peu déprimé vers la partie médiane, plus arrondi vers
la suture ; les derniers tours notamment paraissent plus aplatis que les premiers ; ligne suturale profonde, bien marquée ; dernier tour à peine plus
grand que l'avant-dernier ; un peu oblong, arrondi à la base, projeté en
avant et terminé vers le bord péristoméal par un épaississement extérieur peu épais, mais assez large. Ouverture presque droite, assez régulière,
ovale arrondie, un peu plus étroite dans le haut que dans le bas ; péristome droit, mince, continu ; bord columellaire légèrement dilaté, un peu
infléchi dans le bas ; bords marginaux réunis par une callosité transparente.

RAPPORTS ET DIFFÉRENCES. — Cette élégante coquille diffère des figures
du *Moitessieria Simoniana* par sa forme plus cylindrique, par son ouverture plus droite, plus régulière ; elle est également moins conique que les
autres Moitessieries du Midi de la France, décrites par M. Bourguignat ; le
profil de ses tours rappelle assez exactement celui du *Moitessieria Rolandiana*, mais le dernier est moins arrondi dans le bas et se projette davantage en avant. Enfin la structure de son test nous paraît avoir une certaine
analogie avec celui du *Moitessieria Massoti*.

----

(1) Des deux échantillons l'un est complètement transparent, l'autre au contraire est opaque
et d'un blanc laiteux.

VALVATIDÆ

Genre VALVATA, Müller

VALVATA CONTORTA, MENKE

Helix contorto-plicata, GMELIN, 1789. *Systema naturæ*, édit. XIII, p. 3661.
Valvata piscinalis, HARTMANN, 1821. *Neue alpina*, I, p. 257, pl. II, f. 32 (var. β).
Paludina impura, MENKE, 1830. *Syn. meth. Mollusc.*, p. 41 *(obtusa)*.
Valvata antiqua, MORIS, 1840. *Syn. Brit. fossil.*, p. 166.
— *contorta*, MENKE, 1845. *Zeitschr. f. Malac.*, II, p. 115, n° 2.
— *obtusa*, SCHOLTZ, 1843. *Schlesien Mollusken*, p. 3 (excl. syn).
— *trochoidea*, MENKE, 1856. *In A. Schmidt, Beitr. malakol.*, p. 43.
— *subglobosa*, MENKE, 1856. *In A. Schmidt, Beitr. malakol.*, p. 43.

HABITAT. — Cette Valvée est peu commune dans notre région, ou du moins ses individus sont assez dispersés; M. Bourguignat l'a signalée dans le lac du Bourget en Savoie, où l'on trouve de magnifiques échantillons ; nous l'avons rencontrée dans le lac d'Annecy, et dans les alluvions du Rhône. Elle aime les fonds vaseux, peu profonds, et forme là des colonies peu dispersées, mais assez nombreuses.

ORIGINE. — Le *Valvata contorta* existait à l'époque quaternaire en Allemagne, en Autriche et en Angleterre; nous l'avons également retrouvé à l'état fossile dans les argiles lacustres des vallées du Rhône et de la Saône.

VARIATIONS. — Cette magnifique Valvée, lorsqu'elle atteint une grande taille, comme dans le lac du Bourget ou dans les alluvions du Rhône, prend encore des caractères plus exagérés que ne le comporte le type ; nous avons vu des échantillons qui mesuraient près de 8 millimètres de hauteur ; leur forme est alors très élancée, avec les premiers tours plus saillants, séparés par une ligne suturale plus profonde; mais ordinairement ils ont une forme moins haute, et les tours, sans être aussi bien étagés que le représente la figuration donnée par M. Bourguignat (1) sont cependant toujours plus élevés que ceux du *Valvata piscinalis*. Cette figure, du reste, est intermédiaire entre le type le plus commun et ces échantillons extrêmes dont nous venons de parler.

RAPPORTS ET DIFFÉRENCES. — On distinguera facilement le *Valvata contorta* de toute les Valvées, à sa grande taille, à sa forme plus élevée, à ses tours plus étagés, à son ouverture moins arrondie, un peu anguleuse vers le haut, enfin à la petitesse de sa fente ombilicale.

VALVATA PISCINALIS, MÜLLER

Nerita piscinalis, MÜLLER, 1774. *Verm. terr. et fluv. hist.*, II, p. 172, n° 358.
Trochus cristatus, SCHRÖTTER, 1779. *Gesch. Flussconch.*, p. 280, pl. VI, f. 11.
Helix piscinalis, GMELIN, 1788 *Systema naturæ*, édit. XIII*, p. 3627.
— *fascicularis*, GMELIN, 1788. *Systema naturæ*, édit. XIII, p, 3641.
Turbo cristatus, POIRET, 1801. *Coq. de l'Aisne*, *Prod.*, p. 29.
Cyclostoma obtusana, DRAPARNAUD. 1801. *Tabl. moll.*, p. 39.
Turbo fontinalis, MONTACU, 1803. *Test. britan.*, p. 348, et sup., pl XXII, f. 4,
Valvata piscinalis, FERUSSAC, 1807. *Ess. syst. conch.*, p. 35.
Lymnæa fontinalis, FLEMING, 1811. *In Edinb. Encyclop.*, VII, I, p. 78.
Turbo thermalis, DILLWYN, 1817. *Descr. Cat. Shell's*, p. 852.
Valvata contorta, MALM, 1868. *Vitt. Sambal. Göteb.* (v. β. *trochoidea*).

HABITAT. — De toutes les Valvées, c'est le *Valvata piscinalis* qui est de beaucoup le plus commun et le plus répandu; nous le connaissons dans presque tous les départements de la partie centrale du bassin du Rhône; sa présence est manifeste dans la plupart des cours d'eaux; cependant il vit de préférence dans les eaux tranquilles et stagnantes qui les avoisinent, recherchant les bas-fonds un peu bourbeux. Il est plus commun dans les régions basses et dans les eaux les moins froides; à partir de 400 mètres d'altitude il devient plus rare ; nous ne le connaissons pas au delà de 600 mètres.

ORIGINE. — Le *Valvata piscinalis* vivait déjà à la fin de l'époque quaternaire dans notre contrée; nous l'avons reconnu dans presque tous les dépôts des argiles lacustres; à l'étranger, il existait encore à une époque plus ancienne; on l'a cité en France, en Allemagne, en Autriche, en Angleterre, en Suisse, etc.

(1) Bourguignat, 1864. *Malacologie d'Aix-les-Bains*, pl. I, f. 21-25.

VARIATIONS. — Dans cette coquille, les variations générales portent sur la taille, l'aplatissement de la spire et la coloration. Quant aux variations individuelles, elles sont peu nombreuses ; les individus d'une même station sont en général assez semblables à eux-mêmes, tandis que leurs formes peuvent se modifier suivant le changement d'habitat. Nous distinguerons donc les variétés suivantes :

Minor, nob. — Coquille de petite taille, de forme un peu déprimée, solide, épaisse, un peu jaunâtre ; peu commune : les environs de Lyon.

Viridula, nob. — Coquille de taille moyenne, de forme bien caractérisée, solide, épaisse, d'une coloration verte persistant par places après la mort de l'animal ; assez commune : les environs de Lyon, à la Pape.

Opaca, de Mortillet (1). — Coquille blanche, complètement opaquet ayant un peu l'aspect de l'os travaillé ou de l'ivoire grossier : sur les bords du lac d'Annecy du côté du Paquier, à 447 mètres d'altitude.

Depressa, nob. — Coquille de taille moyenne, mais de forme un peu déprimée, à spire plus surbaissée, mais à tours de spire bien marqués ; peu commune : les environs de Lyon.

RAPPORTS ET DIFFÉRENCES. — Le *Valvata piscinalis* a souvent été confondu avec les *Valvata alpestris* et *V. obtusa*. Sa spire est plus élevée que celle de ces deux coquilles, ses tours sont séparés par une suture plus profonde que chez le *Valvata obtusa ;* son diamètre est plus étroit que celui du *Valvata alpestris* qui a une forme tout à fait surbaissée ; son ouverture est plus arrondie que celle du *Valvata obtusa ;* enfin son ombilic, sans être aussi grand que celui du *Valvata alpestris*. est plus découvert que celui du *Valvata obtusa*.

VALVATA OBTUSA, Studer

Nerita obtusa, STUDER, 1789. *Faunul. Helvet.*, in *Coxe, Trav. Switz.*, III, p. 436.
Valvata obtusa, BRARD, 1815. *Coq. des env. de Paris*, p. 190, pl. VI, f. 17.
—   *piscinalis*, auct. (pars).

HABITAT. — Cette Valvée est assez commune aux environs de Lyon; on peut la récolter dans les alluvions du Rhône; nous l'avons rencontrée

(1) De Mortillet, 1860. *Annexion à la faune malacologique de France*, p. 8.

dernièrement dans la losne Béchevelin à Lyon ; M. Bourguignat la cite comme étant commune sur les bas-fonds du lac du Bourget en Savoie, entre Puer et Cornin.

ORIGINE. — Nous avons signalé la présence de cette Valvée à la fin de l'époque quaternaire dans les argiles lacustres de la vallée de la Saône, depuis Lyon jusqu'au delà de Mâcon. Nous ne l'avons pas rencontrée dans la vallée du Rhône.

VARIATIONS. — Quoique très bien définie et parfaitement caractérisée, cette Valvée nous paraît plus polymorphe que toutes les autres ; de là sans doute la confusion qui a existé entre elle et le *Valvata piscinalis* pour bien des auteurs ; suivant les stations, sa forme est plus ou moins élevée, et ses tours plus ou moins bien séparés ; les échantillons parfaitement caractérisés sont rares ; souvent, tout en conservant leur forme ramassée, les tours paraissent mieux séparés, et la confusion avec le *Valvata piscinalis* est facile à faire. Aux environs de Lyon, notamment dans les échantillons du Rhône, il subsiste par place, dans la coquille, une coloration verte très intense ; les échantillons du lac du Bourget sont de coloration plus pâle que ceux du département du Rhône.

RAPPORTS ET DIFFÉRENCES. — On distinguera cette Valvée à sa forme régulièrement conique, à ses tours de spire peu séparés, à suture peu profonde, à la forme de l'ouverture légèrement anguleuse vers le haut, enfin à la fente ombilicale, qui est plus grande que dans le *Valvata contorta* mais plus petite que dans les *Valvata alpestris* et *V. piscinalis*.

VALVATA ALPESTRIS, BLAUNER

Valvata alpestris, BLAUNER, 1853. *Mss. in Küster, Gattung. Palud. Hydroc. und Valvata*, p. 86, n° 3. pl. XIV. f. 7-8.

HABITAT. — Ce *Valvata* paraît peu répandu dans notre contrée ; M. Bourguignat l'a signalé comme étant abondant dans le lac du Bourget, sur les bas-fonds couverts de roseaux ; nous l'avons également observé dans les alluvions du lac d'Annecy ; nous ne le connaissons pas ailleurs ; il est probable cependant qu'il doit exister dans la partie montagneuse du Dauphiné.

ORIGINE. — Le *Valvata alpestris* vivait à l'époque quaternaire aux environs de Lyon ; il a dû rétrograder, depuis la fin de cette période géologique, pour disparaître ou tendre à disparaître des environs de Lyon. Il existait également dans les dépôts du pleistocène en Allemagne et en Angleterre.

VARIATIONS. — Nous n'avons aucunes variations générales à signaler dans cette coquille ; les variations individuelles se font sentir surtout par le plus ou moins d'aplatissement de la spire ; parfois les tours supérieurs sont à peine marqués, parfois aussi les derniers s'enroulent avec un peu d'irrégularité, mais ces faits isolés tendraient plutôt à constituer des anomalies que de véritables variations.

RAPPORTS ET DIFFÉRENCES. — Cette Valvée, la dernière du groupe du *Valvata piscinalis*, se distinguera toujours à sa forme déprimée, à ses tours surbaissés mais toujours bien nettement séparés par une suture profonde, à son ouverture à peu près exactement arrondie, et enfin à la dimension de son ouverture ombilicale ; de toutes les Valvées de ce groupe c'est celle dont l'ombilic est de beaucoup le plus grand et le plus dilaté. M. Bourguignat en a donné une excellente figuration (1).

VALVATA MINUTA, DRAPARNAUD

Valvata minuta, DRAPARNAUD, 1805. *Hist. moll.*, p. 42, pl. I, f. 86-88.

HABITAT. — Cette petite Valvée paraît fort rare dans nos pays ; on en a cependant retrouvé quelques échantillons dans les alluvions du Rhône, à Lyon, mais sans qu'il nous soit possible de savoir où ils avaient vécu.

ORIGINE. — On retrouve cette coquille à l'époque quaternaire dans les argiles lacustres de la vallée de la Saône entre Lyon et Mâcon. M. Bourguignat l'a également signalée aux environs de Paris.

VARIATIONS. — Le nombre des échantillons que nous avons pu étudier est trop restreint pour que nous puissions les différencier du type te qu'il a été créé par Draparnaud, et que nous l'avons reçu du Midi de la France.

(1) Bourguignat, 1864. *Malacol. d'Aix-les-Bains*, pl. I, fig. 6-10.

Rapports et différences. — On distinguera toujours cette Valvée à sa taille très petite ne dépassant pas 1 millimètre soit en hauteur soit en diamètre; on la reconnaîtra au milieu d'autres individus jeunes du groupe du *Valvata piscinalis*, à sa forme tout à fait globuleuse, à ses tours de spire bien convexes, à son ombilic plus ouvert. Elle a de grandes affinités avec le *Valvata Moquiniana*, dont la taille est un peu plus forte, et dont l'ombilic est encore plus ouvert; c'est du reste jusqu'à présent, une forme exclusivement méridionale.

VALVATA CRISTATA, Müller

Valvata cristata, Müller, 1774. *Verm. terr. et fluv. hist.*, II, p. 198, n° 384.
Nerita valvata, Gmelin, 1788. *Systema naturæ*, édit. XIII, p. 3675.
Valvata planorbis, Draparnaud, 1801. *Tabl. moll.*, p. 42.
Helix cristata, Montacu, 1803. *Test Brit.*, p. 460, vign., f 718.
Turbo cristatus, Maton et Racket, 1807. *Cot. Brit. test., in Trans. Linn.*, VIII, p. 169.
Valvata branchiolis, Gru.ttau:en, 1821. *Nova acta Leopol.*, X, p. 437.
　— *(planella) cristato*, Sandberger, 1875. *Land Süssw. Conch.*, p. 776, t. XXXIII, f. 18; t. XXXV, f. 3.

Habitat. — Le *Valvata cristata* n'est en général pas très commun; on le trouve cependant dans presque tous nos départements; nous le connaissons dans le Rhône, l'Ain, l'Isère et la Savoie, mais il est toujours localisé sur certains points; il se plaît tout aussi bien dans les eaux claires des sources et des fontaines que dans les eaux stagnantes même marécageuses. Il forme des colonies nombreuses, mais peu dispersées.

Origine. — A la fin de l'époque quaternaire, cette Valvée vivait dans la vallée de la Saône; on l'a également citée dans toutes les stations du pleistocène, en France, en Allemagne et en Angleterre.

Variations. — Cette forme est assez régulière dans son galbe comme dans sa disposition; nous ne constatons que des variations dans les dimensions de la taille dues aux différences de conditions biologiques; nous pourrons d'après cela établir des var. *major* et *minor*. Parfois aussi, comme chez les Planorbes, il arrive que quelques tours de la spire chevauchent partiellement les uns sur les autres; ces cas sont rares, et constituent plutôt des anomalies.

Rapports et différences. — La forme de cette Valvée est tellement typique qu'il sera toujours facile de la distinguer de ses congénères. Le mode de juxtaposition des tours empêchera de la confondre, à quelque âge que ce soit, avec les Planorbes de petite taille et à tours arrondis.

NERITINIDÆ

Genre NERITINA, Lamarck

NERITINA FLUVIATILIS, Linné

Pl. IV, fig. 35.

Nerita fluviatilis, Linné, 1758. *Systema naturæ*, édit. X*, I, p. 777.
Nerita littoralis, Linné, 1761. *Fauna Suecica*, édit. II, p. 531, n° 2193.
— *lacustris*, Linné, 1761. *Fauna Suecica*, édit. II, p. 532, n° 2197.
Theodoxus Lutetianus, Montfort, 1810. *Conch. syst. coq.*, II, p. 351.
Neritina fluviatilis, Lamarck, 1822. *Anim. sans vertèbres*, VI, II, p. 188.
— *variabilis*, Hecart, 1833. *Moll. Valenc.*, in *Mém. Soc. agr. Valenc.*, I, p. 146.
Theodoxus fluviatilis, Issel, 1866. *Moll. prov. Pisa*, p. 33.

Habitat. — Le *Neritina fluviatilis* est une coquille des plus communes ; on le récolte dans tous nos cours d'eau, le Rhône, la Saône, l'Isère, l'Ain, etc., et la plupart de leurs affluents ; il vit attaché aux pierres et aux rochers, non loin de la surface de l'eau, descendant à mesure que le niveau baisse, ou que le courant devient trop fort. Après les inondations on peut trouver dans les alluvions de nombreux échantillons souvent très variés.

Origine. — Sans être très répandu géographiquement, le *Neritina fluviatilis* paraît fort ancien ; suivant quelques auteurs, il remonterait jusqu'au miocène ; sans affirmer cette thèse, nous voyons déjà dans le pleistocène de nos environs de nombreuses Néritines dont les formes sont différentes de celles qui vivent actuellement ; mais à l'époque quaternaire, nous trouvons dans les argiles lacustres de la vallée de la Saône des échantillons que nous ne saurions différencier du type actuel. M. Sandberger l'indique également dans le pleistocène d'Allemagne.

Variations. — Tous les échantillons que nous avons examinés appartiennentau même type, et nous ne saurions établir de variations que sur la couleur et sur l'ornementation. Nous admettrons les variétés suivantes :

Virescens, Moquin-Tandon (1). — Coquille ornée de taches irrégulières, brunes, rousses ou violacées, alternant confusément avec des taches verdâtres plus ou moins foncées ; très commune : presque partout.

Imbricata, Moq.-Tand. — Coquille à fond de couleur plus claire, parfois même parfaitement blanche, avec taches imbriquées de couleur brune, rousse ou violacée ; assez commune : presque partout.

Maculata, Moq.-Tand. — Coquille à fond clair avec taches colorées brunes, rousses ou violacées, disposées assez régulièrement en carrés ou en losanges ; peu commune : les bords de la Saône et de l'Isère.

Scripta, Moq.-Tand. — Coquille à fond clair, avec lignes en zigzags colorées en brun, roux ou violet ; assez commune : presque partout.

Flammulata, Moq.-Tand. — Coquille à fond verdâtre ou blanchâtre avec flammes transversales plus ou moins régulières, colorées en brun foncé ; assez rare : les eaux du Rhône et de la Saône aux environs de Lyon, l'Isère aux environs de Grenoble.

Unicolor, Moq.-Tand. — Coquille monochrome, teintée en jaune plus ou moins foncé, en brun parfois olivâtre ou presque noir ; assez rare : presque partout.

RAPPORTS ET DIFFÉRENCES. — Reclus a admis sept espèces fluviatiles pour le genre *Neritina;* plusieurs de ces prétendues espèces sont contestables et contestées, et peuvent passer pour de simples variétés d'un type plus général. Quoi qu'il en soit, nous n'avons reconnu dans notre région qu'une seule forme qui se rapporte exactement au type linnéen.

MONSTRUOSITÉS. — Lafond avait trouvé à Lyon un *Neritina fluviatilis* sénestre ; depuis la dispersion de cette collection, nous ignorons ce qu'est devenu cet échantillon incontestablement fort rare. Nous avons fait représenter pl. IV, fig. 35, un échantillon à tendances scalaires ; les tours de la spire sont étagés les uns au-dessus des autres, et séparés par une ligne suturale profonde ; en même temps, l'axe de la spire est dévié. Cet échantillon a été trouvé par M. Gabillot dans les eaux du Rhône à Lyon.

1) Moquin-Tandon, 1855. *Hist. Moll.,* II, p. 552.

ACEPHALA

LAMELLIBRANCHIATA

SPHÆRIDÆ

Genre SPHÆRIUM, Scopoli

SPHÆRIUM RIVICOLA, Leach

Tellina cornea, Schrötter, 1779. *Die Gesch. Flussconch.*, p. 189, n° 11, tab. IV, f. 4 (pars)
Cyclas cornea, Draparnaud, 1801. *Tabl. Moll.*, p. 105 (var α.)
Cardium corneum, Montagu, 1803. *Testacea Britannica*, p. 86 (var).
Cyclas rivicola, Leacu, 1818. *In Lamarck, Anim. sans vert.*, V, p. 558.
Sphærium rivicolum, Mörch, 1853. *Cat. Conch.*, II, p. 30.
Sphærium rivicola, Bourguignat, 1853. *Monogr. Sphærium Franc.*, p. 12.

Habitat. — Le *Sphærium rivicola* vit surtout dans les eaux de la Saône
où il forme des colonies assez nombreuses mais peu dispersées ; il aime de
préférence les parties vaseuses et peu profondes ; il est particulièrement
abondant près du confluent de la Saône et du Rhône ; nous l'avons
également retrouvé sur les bords du Rhône dans les losnes Béchevelin à
Lyon, mais il y est assez rare.

Origine. — Cette coquille est connue depuis la formation des dépôts
du pleistocène inférieur d'Allemagne. On l'a également indiquée à l'état

fossile en France, en Angleterre et même en Sibérie ; nous ne la connaissons pas aux environs de Lyon.

VARIATIONS. — Les échantillons que l'on pêche à Lyon sont fort beaux ; nous en avons mesuré qui avaient jusqu'à 23 millimètres de largeur pour 18 millimètres de hauteur. Ils constitueraient une var. *major* par rapport à la forme moyenne des échantillons de notre région qui d'ordinaire ne dépassent pas 20 millimètres de largeur. Nous distinguerons en outre les variétés suivantes :

Nucleum, nob. — Coquille de grande taille, de forme plus renflée, plus globuleuse, de couleur brun foncé, un peu rougeâtre. Cette var. est au type ce que le *Sphærium nucleum* ou *Sphærium corneum* var. *nucleum* est au type du *Sphærium corneum ;* peu commune : les eaux de la Saône au confluent, à Lyon.

Minor, nob. — Coquille de taille plus petite, de même forme, mais de coloration assez foncée ; peu commune ; les eaux de la losne Béchevelin à Lyon.

RAPPORTS ET DIFFÉRENCES. — Cette coquille est la plus grande de toutes nos Sphéries de France ; il sera toujours facile de la distinguer, à sa seule taille, du *Sphærium corneum*, à la condition qu'elle appartienne à un individu adulte ou presque adulte. Quand les coquilles proviennent de jeunes échantillons, elles sont ordinairement plus aplaties que celles du *Sphærium corneum* de même taille ; au bout de la première année, leur taille dépasse celle d'un *Sphærium corneum* adulte.

SPHÆRIUM RYCKHOLTII, NORMAND

Cyclas Ryckholtii, NORMAND, 1844. *Notice sur quelques Cyclades*, p. 7, f. 5-6.
Sphærium Ryckholtii, BOURGUIGNAT, 1853. *Aménités malacol., in Rev. zool.*, p. 345

HABITAT. — M. Michaud nous avait indiqué ce mollusque comme habitant notre région, mais sans désignation de localité ; nous l'avons reçu dernièrement du lac Chaillou près Belley, où il avait été récolté par le P. Foucheyrand, en même temps que le *Sphærium Brochonianum ;* c'est du reste une forme rare.

ORIGINE. — Nous ne connaissons pas cette coquille à l'état fossil'.

Variations. — Nos échantillons sont de taille moyenne, et varient de 9 à 11 millimètres de longueur; tout en présentant bien les caractères du type, ils nous paraissent plus subrhomboïdaux lorsqu'ils atteignent une taille un peu forte, tandis que lorsqu'ils sont plus petits, leur galbe est subtrigone. Peut-être se ressentent-ils du voisinage du *Sphærium Brochonianum* qui vit dans les mêmes eaux, et dont ils sont cependant bien distincts par le renflement particulier de la coquille vers la région des sommets.

Rapports et différences. — Le *Sphærium Ryckholtii* peut être rapproché des *Sphærium Terverianus* et *S. Brochonianum ;* on le distinguera de ces deux types, par son test plus épais, plus solide, un peu moins transparent, par sa forme plus renflée, plus ventrue vers la région des sommets, enfin par son galbe moins quadrangulaire, plus inéquilatéral.

SPHÆRIUM TERVERIANUM, Dupuy

Cyclas Terveriana, Dupuy, 1849. *Cat. extramar. Galliæ test.*, n° 87.
Sphærium Terverianum, Bourguignat, 1853. *Rev. et mag, zool.*, p. 345.

Habitat. — Nous avons reçu de M. Charpy cette rare coquille avec la mention suivante : dans un étang de la forêt de Beauregard entre Châlon et Gergy (Saône-et-Loire).

Origine. — Nous ne connaissons pas cette forme à l'état fossile.

Variations. — Les échantillons que nous possédons sont trop peu nombreux pour que nous puissions y déceler des variétés ; ils paraissent du reste se rapporter exactement au type tel qu'il a été figuré par MM. l'abbé Dupuy, et Bourguignat (1).

Rapports et différences. — Le *Sphærium Terverianum* est voisin des *Sphærium lacustre, S. Ryckholtii* et *S. Brochonianum.* M. Bourguignat l'a très nettement spécifié. « On le séparera du *S. lacustre*, à son test plus arrondi, plus ventru, à ses sommets plus proéminents, plus fortement recourbés, etc., enfin à son ligament qui est apparent; du *Ryckholtii*, à sa

(1) Dupuy, 1852. *Hist. Moll.*, tab. XXIX, f, 9. — Bourguignat, 1854. *Mon. du genre Sphærium*, pl. II, f. 11-15.

forme plus ovalaire et moins inéquilatérale, à son test moins renflé vers la région des sommets, à ses natès moins recourbés, moins fortement canaliculés, etc. ; du *Brochonianum*, à son test plus petit, plus ventru, à ses bords moins tranchants, à sa forme arrondie et non rhomboïdale, à son côté postérieur moins dilaté, à sa charnière qui présente des denticulations plus saillantes, etc. »

SPHÆRIUM BROCHONIANUM, Bourguignat

Sphœrium Brochonianum, Bourguignat, 1854. *Monogr. Sphœrium*, p. 50, pl. III, f. 1-8.
Cyclas lacustris, Moquin-Tandon, 1855. *Hist. Moll.*, II, p. 593 (v. *Brochoniana*).

Habitat. — Nous avons reçu récemment cette belle Sphérie du lac de Chaillou et du lac de Bard près de Belley, dans le département de l'Ain, où elle a été récoltée par le P. Foucheyrand. D'autre part, M. Bourguignat l'indique dans le département de l'Isère, mais sans spécification locale.

Origine. — Cette coquille ne nous est pas connue à l'état fossile.

Variations. — Les échantillons du département de l'Ain sont caractérisés par leur belle et grande taille ; quelques-uns atteignent facilement 15 millimètres de longueur ; ils constitueraient par ce fait une var. *major*, car les dimensions du type cité par M. Bourguignat n'atteignent que 11 millimètres. Leur forme est très caractéristique ; malgré leur grande taille, ils conservent ce galbe subrhomboïdal, très aplatis, à bords très tranchants, avec les sommets proéminents et fortement canaliculés. Ils sont d'une couleur cornée claire ; le test est toujours mince, transparent et très fragile

Rapports et différences. — Cette Sphérie ne peut être rapprochée que des *Sphœrium Terverianum*, *S. Rychholtii* et *S. lacustre*. On la distinguera de ces deux premiers types par sa forme rhomboïdale, son test aplati et surtout par sa charnière. On la distinguera du troisième par la présence du ligament de la charnière, qui est visible chez le *Sphœrium Brochonianum*, tandis qu'on ne peut l'apercevoir, même à la loupe, chez le *Sphœrium lacustre*.

SPHÆRIUM CORNEUM, Linné

Tellina cornea, Linné, 1758. *Syst. nat.,* édit. X°, I, p, 678 (n. Sc'rot , n. Mat.)
 — *rivalis,* Müller, 1774. *Verm. terr. et fluv. Hist.,* p. 202, n° 887 (n. Mat. et Ruck.)
Sphærium corneum, Scopoli, 1777. *Intr. ad Hist. nat.,* p. 898.
Cardium nux, da Costa, 1778. *Test. Brit.,* p. 173, pl. XIII, f. 2.
Nux nigella, Humphrey, 1797. *Mus. Calonn. Catal.,* p. 59.
Cardium cinereum, Montagu, 1803. *Testacea Britannica,* p. 86.
 — *amnicum,* Pultney, 1803. *Cat. Dorset.,* p. 31.
Cyclas cornea, Lamarck, 1818. *Anim. s. vert.,* V, p. 558 (pars, n. Drap.)

Habitat. — Cette forme est de beaucoup la plus répandue dans toute notre région. Nous la trouvons dans la plupart des lacs, losnes, marais, mares, fossés, etc., à fond un peu vaseux et peu profond. Nous la connaissons dans les départements de l'Ain, du Rhône, de l'Isère, de la Loire, de Saône-et-Loire et de la Savoie. Ses colonies sont toujours nombreuses et dispersées.

Origine. — Le *Sphærium corneum* vivait à la fin de l'époque quaternaire dans la vallée de la Saône et dans l'Isère. En général, c'est une forme peu ancienne qui ne descend pas en Allemagne au delà du pleistocène moyen. On l'a également indiquée à l'état fossile en France, en Suisse et en Angleterre.

Variations. — Les variations multiples de cette coquille sont fort difficiles à suivre, car elles sont plutôt individuelles que générales; dans un seul étang, même de petite dimension, il n'est point rare de rencontrer des formes très différentes. Ces variations portent à la fois sur la taille des individus qui, pour un même âge donné, peut être différente ; sur le galbe plus ou moins arrondi, subelliptique, subquadrangulaire, etc. ; sur la position et le développement des sommets ; sur l'intensité des rides de la coquille, qui varient avec la vigueur de l'animal ; enfin sur la coloration de la coquille, tantôt bicolore, tantôt monochrome, passant de l'olivâtre au corné, plus ou moins gris ou fauve. Ayant séparé de cette forme, à l'exemple de plusieurs auteurs, les *Sphærium nucleum* et *Sphærium rivale,* nous nous bornerons à admettre une seule variété bien distincte sous le nom de var. *minor.* Sa coquille est de taille constamment plus petite que le type, de forme toujours plus renflée, plus globuleuse, tout en ayant son pourtour subquadrangulaire ; nous l'avons reçue du lac de Bard, dans le département de l'Ain.

RAPPORTS ET DIFFÉRENCES. — Nous avons déjà vu en quoi le *Sphærium corneum* jeune ou adulte diffère du *Sphærium rivicola ;* il a de grandes affinités avec les *Sphærium rivale* et *S. nucleum*, que plusieurs auteurs, et entre autres M. Bourguignat, ont considérés comme de simples variétés d'un type unique. Nous en reparlerons en étudiant chacune de ces formes.

ANOMALIES. — M. Ch. Perroud a trouvé, à Irigny, de rares échantillons d'une couleur jaune claire un peu cornée, que nous ne saurions considérer que comme des cas d'albinisme. Nous avons également retrouvé cette même anomalie dans une colonie du *Sphærium corneum* de la losne Béchevelin à Lyon.

SPHÆRIUM RIVALE, DRAPARNAUD

Cyclas rivalis, DRAPARNAUD, 1805. *Hist. Moll.*, p. 129 (pars).
— *cornea*, LAMARCK, 1818. *Anim. sans vert.*, V, p. 558 (pars).
Sphærium corneum, BOURGUIGNAT, 1853. *Aménités malacol.*, p. 6 (var.).

HABITAT. — Le *Sphærium rivale* vit de préférence dans des eaux plus courantes, mais à fond un peu marécageux ou bourbeux et de peu de profondeur ; nous le connaissons dans les eaux voisines de la Saône, de l'Ain et de l'Isère, dans les losnes et les marais, où il forme des colonies assez nombreuses, ordinairement pas trop dispersées.

ORIGINE — Nous avons indiqué deux variétés fossiles de cette coquille comme vivant à la fin de l'époque quaternaire dans la vallée de la Saône. Il est fort probable qu'elle existe également dans d'autres pays, mais comme la plupart des auteurs ont considéré cette coquille comme variété du *Sphærium corneum*, il nous est bien difficile de suivre son origine dans la période quaternaire.

VARIATIONS. — Tout ce que nous avons dit à propos des variations du *Sphærium corneum* peut s'appliquer, dans les mêmes mesures, au *Sphærium rivale :* ce sont les mêmes nuances presque insaisissables qui persistent d'un échantillon à l'autre, dans une même colonie ; et mieux encore, nous admettons parfaitement que l'on peut passer sans transition brusque du *Sphærium corneum* type au *Sphærium rivale*.

RAPPORTS ET DIFFÉRENCES. — Les deux formes que nous venons de citer sont des plus voisines. Leurs différences appréciables, comme l'a fait observer si judicieusement M. Bourguignat (1), ne sont bien certainement que le résultat de modifications dues aux influences de l'habitat. Cependant plusieurs auteurs l'ont considéré comme espèce distincte de la forme précédente. Les types extrêmes diffèrent par la taille plus grande chez le *Sphærium rivale*, avec une section moins arrondie, plus quadrangulaire, les sommets plus forts, plus renflés, les rides un peu plus grossières. Si l'on tient compte du milieu dans lequel cette forme se plaît, milieu plus voisin des eaux agitées et courantes que celui du *Sphærium corneum*, on comprendra quelles différences peuvent exister dans la structure de leurs coquilles. Ajoutons enfin que dans ce type les tubes ou siphons de l'animal nous ont toujours paru plus courts, plus renflés que ceux du type précédent.

SPHÆRIUM NUCLEUM, STUDER

Cyclas nucleus, STUDER, 1820. *Kurz. Verzeic'i. Conch.*, p. 93.
— *cornea*, MENKE, 1830. *Synop. meth. mollusc.*, éd. II, p. 111 (v. *intumescens*).
— *flavescens*, MACGILLIVRAY, 1844. *Hist. Moll. Scotlant*, p. 246.
— *rivalis*, GASSIES, 1849. *Moll. Ag'n.*, p. 287 (v. *isocardioides*).
Sphærium corneum, BOURGUIGNAT, 1856. *Aménités malac.*, p. 6 (var.).

HABITAT. — Cette forme, moins commune que les deux précédentes, se rencontre dans les eaux délaissées des bords du Rhône; nous l'avons récoltée à diverses reprises dans les losnes de la rive gauche du Rhône à Lyon, dans les eaux peu profondes, à fonds bourbeux. Nous l'avons également reçue des marais du département de l'Ain. Les échantillons sont peu nombreux et vivent au milieu des colonies du *Sphærium corneum*.

ORIGINE. — A la fin de l'époque quaternaire, dans les mêmes vallées du Rhône et de la Saône vivait le *Sphærium nucleum* en même temps que le *Sphærium rivale;* mais il y est plus commun; c'est précisément le contraire de ce que nous observons aujourd'hui. Il existe sans doute

(1) Bourguignat, 1854. *Monographie du genre Sphærium*, p. 70.

également dans bien d'autres stations d'Europe; mais on l'a jusqu'ici presque toujours confondu avec le *Sphærium corneum*, et il nous est bien difficile de retracer son historique.

VARIATIONS. — Quoique ayant en général une forme bien caractérisée, le *Sphærium nucleum* présente d'assez nombreuses variations. Outre qu'il affecte celles du *Sphærium corneum*, ses caractères propres sont eux-mêmes sujets à modifications, c'est-à-dire que le développement de ses sommets, leur saillie, leur direction même peut varier ou se modifier suivant les individus.

RAPPORTS ET DIFFÉRENCES. — Le *Sphærium nucleum* est très voisin du *Sphærium corneum*, et pour bien des auteurs, ce n'en est, à bien juste titre, qu'une simple variété. Il est caractérisé en général par sa forme plus globuleuse, par ses sommets plus développés, plus élevés et plus recourbés; dans nos pays, il affecte ordinairement une coloration plus brune, plus foncée; il est à remarquer que le *Sphærium nucleum*, comme le *Sphærium rivicola*, var. *nucleum*, ont tous les deux cette coloration brune, un peu rougeâtre. Ce n'est certes pas une simple coïncidence; peut-être faudrait-il voir là une question d'âge dans les échantillons. Enfin, fait à noter, si le *Sphærium nucleum* vit dans le Rhône ou dans ses eaux, le *Sphærium rivalis* préfère celles de la Saône, et tous deux vivent avec le *Sphærium corneum* ; de là deux conditions biologiques différentes qui peuvent, jusqu'à un certain point, expliquer ces différences de forme.

SPHÆRIUM OVALE, BOURGUIGNAT

Cyclas lacustris, DRAPARNAUD, 1805. *Hist. Moll.*, p. 130, pl. X, f. 6-7 (n. Turton et auct.)
— *ovalis*, FERUSSAC, 1807. *Ess. Méth. Conch.*, p. 128, 136.
— *consobrina*, FERUSSAC, 1818. *In Blainville, Dict. sc. nat.*, XII, p. 279 (n. Caillaud) ·
Sphærium Deshayesianum, BOURGUIGNAT, 1853. *In Aménités malacologiques*, p. 6.
— *ovale*, BOURGUIGNAT, 1854. *Monogr. du genre Sphærium*, p. 31, pl. IV, f. 6-11.

HABITAT. — Le *Sphærium ovale* a été trouvé par M. Drouët, d'après Terver, aux environs de Lyon. Nous n'avons pas été assez heureux pour rencontrer cette forme ni vivante ni dans les collections. M. Bourguignat reconnaît du reste (1) que ce mollusque est très rare partout où il habite.

(1) Bourguignat, 1844. *Monogr. du genre Sphærium*, p. 34.

ORIGINE. — Nous ne connaissons pas cette coquille à l'état fossile.

RAPPORTS ET DIFFÉRENCES. — M. Bourguignat, dans sa savante mono-graphie du genre *Sphærium*, admet le *Sphærium ovale* au rang d'espèce, après avoir considéré les *Sphærium nucleum* et *S. rivale* comme variétés du *Sphærium corneum*. Moquin-Tandon n'envisage qu'à titre de va-riété son *Cyclas lacustris* (*Sphærium lacustre*). Il en diffère cependant par sa taille plus petite, sa forme plus globuleuse, moins régulière, plus inéquilatérale, par ses sommets non canaliculés, mais saillants et assez développés; quant à la disposition des dents, elle est sensiblement la même dans ces deux coquilles.

SPHÆRIUM LACUSTRE, Müller

Tellina lacustris, MÜLLER, 1774. *Verm. terr. et fluv. Hist.*, II. p. 204.
Cardium lacustre, MONTAGU, 1803. *Testacea Britannica*, p. 89.
Cyclas colliculata. DRAPARNAUD. 1895. *Hist. Moll.*, p. 170, pl. X, f. 14-15.
Tellina tuberculata. V. ALTEN, 1812. *Syst. Abhandl. Conch.*, p. 4, pl. I, f. 1.
Cyclas tuberculata, KIELS, 1848. *Dissert. test. Tubing.*, p. 48.
Sphærium lacustre, BOURGUIGNAT, 1853. *Aménités malacologiques*, p. 6.
Cyclas lacustris, MOQUIN-TANDON, 1855. *Hist. Moll.*, II, p. 373, pl. LIII. f. 34-39 (n. Drap.)

HABITAT. — Le *Sphærium lacustre* n'est jamais très répandu. Il vit dans quelques mares ou étangs aux eaux tranquilles mais assez profondes, tou-jours localisé, et d'une faible dispersion géographique. Nous le connais-sons dans plusieurs stations des environs de Lyon, de l'Ain et de l'Isère.

ORIGINE. — Cette forme est peu commune à l'état fossile; on la retrouve dans quelques rares gisements de France; M. Brusina l'a indiquée dans le pliocène inférieur de l'Esclavonie. Nous ne la connaissons pas d'une ma-nière bien positive dans notre région.

VARIATIONS. — En alliant les variations du sommet à celles inhérentes à toutes les Sphéries, on peut obtenir un classement de variétés assez net-tement définies. Ces variétés sont du reste régulièrement localisées, et ne se trouvent pas ensemble, comme cela a lieu ordinairement pour les va-riétés des *Sphærium corneum*, *S. rivale* et *S. nucleum*. Nous distingue-rons donc :

Major, Dupuy (1). — Coquille de taille plus grande, plus inéquilaté-

_____
(1) Dupuy, 1843. *Moll. du Gers*, p. 91.

rale, à sommets canaliculés, mais moins saillants que dans le type ; assez commune : les environs de Lyon, Irigny (Rhône), etc.

Webbiana, Moquin-Tandon (1). — Coquille beaucoup plus grande, su-. bovalaire, plus comprimée, sommets plus saillants, non canaliculés : cette forme a été citée par Moquin-Tandon aux environs de Grenoble.

Minor, nob. — Coquille de taille plus petite, de forme un peu subtriangulaire, assez renflée, acuminée vers les sommets, mince, un peu transparente ; sommets saillants et légèrement canaliculés ; peu commune : les environs de Lyon.

RAPPORTS ET DIFFÉRENCES. — Le *Sphœrium lacustre* se distinguera toujours à sa forme peu élevée, à ses bords un peu tranchants, mais surtout à ses sommets plus ou moins canaliculés.

ANOMALIES. — Nous rapportons volontiers à un cas d'albinisme l'existence d'échantillons de couleur très pâle, d'un corné presque blanchâtre et de taille assez petite, que nous avons retrouvés sur les indications qui nous avaient été données par Terver, dans l'étang de la Brochetière près de Dardilly, dans le Mont-d'Or lyonnais.

Genre PISIDIUM, C. Pfeiffer

PISIDIUM PUSILLUM, GMELIN

Tellina pusilla, GMELIN, 1788. *Systema naturæ,* édit. XIII°, p. 3231, n. 6.
Cyclas fontinalis, DRAPARNAUD, 1801. *Tabl. Moll.,* p. 105 (part.).
Pisidium fontinale, C. PFEIFFER, 1811. *Deutschl. Moll.,* I, p. 123, pl V, f. 15-16.
Cyclas pusilla, TURTON, 1822. *Conch. Brit.,* p. 251, pl. II, f. 16-17.
Euglesa Henslowiana, LEACH, 1832. *Brit. mus.* (teste Jenyns).
Pisidium pusillum, JENYNS, 1833. *Mon. Cycl., in Trans. Cambr.,* p. 302, pl. XX, f. 4-6.
  —   *pulchellum,* BROWN, 1841. *Hist. foss. Shells, in Mag. hist.,* XLV, p. 428.
  —   *obtusale,* RAY et DROUËT, 1851. *Cat. Champ. mérid.,* p. 32, n° 167,
  —   *(fossarina) pusillum,* SANDBERGER, 1875. *Land Süss. Conch.,* p. 842, t. XXXV, f. 1.

HABITAT. — Le *Pisidium pusillum* est toujours assez rare ; on l'a cité dans quelques stations de notre région, notamment dans l'Isère et dans la

(1) Moquin-Tandon, 1855 *Hist. Moll.,* II, p. 594.

Savoie; M. Bourguignat l'a retrouvé dans les eaux du lac du Bourget; il forme des colonies peu nombreuses, toujours localisées, et paraît vivre même au delà de 500 mètres d'altitude. Il vit également aux environs de Lyon; Terver l'a reconnu dans les eaux du parc de la Tête-d'Or, et dans celles de la Saône au pied du Mont-d'Or.

ORIGINE. — A l'état fossile, cette petite coquille paraît plus commune qu'à l'état vivant ; nous l'avons indiquée dans la vallée de la Saône et dans l'Isère. On l'a également rencontrée dans d'autres parties de la France, en Allemagne, en Angleterre, et même en Algérie ; elle existe depuis la formation des dépôts du pleistocène moyen.

VARIATIONS. — M. le Dr Baudon, dans son *Essai monographique sur les Pisidies françaises*, a indiqué trois variétés dans cette coquille, variétés basées sur l'intensité des stries qui ornent la surface des valves, ou celle des sommets, et la forme plus ou moins ventrue ou renflée de la coquille. Les échantillons que nous avons pu étudier et qui provenaient soit des environs de Grenoble, soit des environs de Lyon, quoique de tailles différentes nous paraissaient plutôt se rapporter au type qu'à toute autre variété.

RAPPORTS ET DIFFÉRENCES. — Le *Pisidium pusillum* est caractérisé par ses dents cardinales peu saillantes, un peu sublamelleuses, avec les dents latérales minces, à peines saillantes, par sa forme suborbiculaire, à sommets élevés, un peu aigus; il se rapproche surtout du *Pisidium nitidum* qui a une disposition dentaire analogue, mais dont la forme générale de la coquille est subovale orbiculaire, avec les sommets plus élevés et plus obtus.

PISIDIUM NITIDUM, JENYNS

Pisidium duplicatum, L. PFEIFFER, 1831. *Wiegm. Arch. naturg*, I, p. 230.
—   *nitidum*, JENYNS, 1833. *Monogr. Cycl., Trans. Cambr.*, IV, p. 304, pl. XX, f. 7-8.
Cyclas pusilla, TURTON, 1840. *Man. shells British Island*, p. 16, t. I, f. 7 (part.).
—   *nitida*, HANLEY, 1843. *Spec. shells*, I, p. 90. et Suppl., p. XIV, t. 46 (n. Adams).
Pisidium incertum, NORMAND, 1854. *Coup d'œil Cycl. dép. Nord*, p. 6.

HABITAT. — Le *Pisidium nitidum* est toujours peu commun ; on l'a rencontré dans quelques parties de notre région toujours localisé et jamais bien dispersé. M. Baudon l'a signalé dans le lac d'Annecy, et M. Bourguignat l'a récolté aux environs d'Aix-les-Bains. Nous ne l'avons rencontré qu'une seule fois aux environs de Lyon. « Il vit, dit M. Baudon, le plus souvent dans les petits ruisseaux limpides, garnis de plantes aquatiques; il habite le long des bords, au milieu de la vase molle et fine. »

Origine. — A la fin de l'époque quaternaire, le *Pisidium nitidum* vivait dans notre région, notamment dans la vallée de la Saône et dans l'Isère. On l'a également retrouvé dans d'autres parties de la France, en Angleterre et en Algérie. Cette forme aurait donc depuis la fin des dépôts pleisto-cènes subi un mouvement de rétrogradation vers les montagnes des Alpes, puisqu'il nous faut aller jusqu'en Savoie pour la retrouver aujourd'hui.

Variations. — Le type paraît vivre à Aix-les-Bains ; du moins M. Bour-guignat n'a-t-il signalé aucune variété dans ce gisement ; mais les échantil-lons du lac d'Annecy diffèrent du type. M. Baudon en a fait la var. *splen-dens* (1). Cette variété est caractérisée par sa taille plus forte, par sa surface moins striée, par ses valves plus solides, plus épaisses, notamment vers les bords. par ses sommets plus renflés et par sa direction plus oblique.

Rapports et différences. — Comme nous l'avons déjà dit, le *Pisidium nitidum* est très voisin du *Pisidium pusillum ;* Terver avait confondu ces deux types dont les formes sont cependant distinctes ; en outre, d'après l'étude anatomique qui en a été faite par M. Baudon, les deux derniers présentent des différences très notables.

PISIDIUM GASSIESIANÜM, Dupuy

Pisidium Gassiesianum, Dupuy, 1849. *Cat. extramar. Galilæ test.*, n. 232.
— *limosum*, Gassies, 1849. *Moll. Agen.*, p. 206, n. 3.
— *Normandianum*, Dupuy, 1849. *Catal. extramar. Gall. test.*, n. 235.
— *tetragonum*, Normand, 1854. *Coup d'œil Cycl.*, p. 5.
— *Cazertanum*, Moquin-Tandon, 1855. *Hist. Moll.*, II, p. 585 (v. *Gassiesianum*)

Habitat. — Ce *Pisidium* a été récolté à plusieurs reprises et dans diffé-rentes stations de notre région. Nous l'avons notamment observé dans les marais de Chazay aux environs de Belley, dans le département de l'Ain, et dans les losnes de l'île Robinson sur le Rhône, au sud de Lyon.

(1) Baudon, 1857. *Essai mon. Pisid.*, p. 25, pl. I, f. P.

ORIGINE. — Nous ne pouvons pas affirmer d'une manière positive l'existence du *Pisidium Gassiesianum* dans la faune quaternaire ; cependant
quelques valves des argiles lacustres de la Bâtie-Montgascon dans l'Isère,
semblent devoir se rattacher à une forme bien voisine, mais moins triangulaire, moins transverse que celle du type actuel.

VARIATIONS. — M. le Dr Baudon (1) a signalé trois variétés chez cette
Pisidie, basées sur la taille, la forme et l'importance des stries. Nos éch an-
tillons des marais de Chazay nous paraissent se rapporter aussi exactement
que possible au type ; quant à ceux des environs de Lyon, par leurs con-
tours plus arrondis, leur forme obscurément tétragone, ils se rapproche-
raient davantage du *Pisidium Normandianum* (2) dont M. le Dr Baudon
a fait sa troisième variété.

RAPPORTS ET DIFFÉRENCES. — Le *Pisidium Gassiesianum* se distinguera facilement de tous ses congénères par sa forme générale tétragone;
c'est une forme essentiellement caracté istique qui ne saurait être confondue avec aucune des autres Pisidies de France.

PISIDIUM CASERTANUM, POLI

Cardium Casertanum, POLI, 1791. *Test. utr. Siciliæ*, I, p. 65, t. XVI, f. 1 (n. Risso).
— *amnicum*, MONTAGU. 1803. *Testacea Britan.*, p. 88 (Juv.).
Cyclas fontinalis, BROWN, 1812. *In Edinb. Encycl.*, I, pl. I, f, 5-7.
— *vitrea*, RISSO, 1826. *Hist. nat. Eur. merid.*, IV, p. 338, n° 914.
Pera pulchella, LEACH, 1830. *Brit. Mus.* (teste Alder).
Pisidium pulchellum, JENYNS, 1832. *Mon. Cycl.*, *in Tr. Camb.*, IV, p. 306, t. XXI, f. 1-5.
— *australe*, PHILIPPI, 1836. *Enum. Moll. Siciliæ*, I, p. 30.
— *cinereum*, ALDER, 1835. *Cat. Moll. Northumbert.*, suppl. p. 4.
— *Lunesternianum*, FORBES, 1838. *Moll. of Algieries, An. nat. hist.*, p. 255.
— *obtusale*, VILLA, 1841. *Disp. syst. conch*, p. 44 (n. Pfeiffer).
Cyclas pulchella, HANLEY, 1843. *Recent of species*, I, p. 91 (n. d'Orb.).
— *cinerea*, HANLEY, 1843. *Recent of species*, I, p. 91.
— *obliqua*, DUPUY. 1843. *Moll. du Gers*, p. 91, n° 4 (pars).
— *lenticularis*, NORMAND, 1844. *Cycl de Valenciennes*, p. 8, t. 7-8 (n. Boissy).
Pisidium Joannis, MACGILLIVRAY, 1844. *Moll. of Scotland*, p. 204 et 248.
— *Jenynsii*, MACGILLIVRAY, 1844. *Moll. of Scotland*, p. 209 et 249.
— *vitreum*, PFEIFFER, 1846. *In Veraay, Cat. golfo Genova*, p. 13.
— *Normandianum*, DUPUY, 1849. *In Gassies, Moll. de l'Agenais*, p. 206.
— *limosum*, GASSIES, 1849. *Moll. de l'Agenais*, p. 206, pl. II, f. 10-11.
— *Gassiesianum*, DUPUY, 1849. *In Gassies, Moll. de l'Agénais*, p. 207, pl. II, f. 12.

(1) Baudon, 1857. *Essai Monogr. Pisidies françaises*, p. 26
(2) Dupuy, 1849. *Catal extramar. Galliæ*, n° 235.

VAR. MAL. 26

Pisidium iratianum, Dupuy, 1849 *Cat. extramar. Galliæ*, n° 234.
— *thermale*, Dupuy, 1849. *Cat. extramar. Galliæ*, n° 258.
— *caliculatum*, Dupuy, 1849. *Cat. extramar. Galliæ*, n 229.
— *sinuatum*, Bourguignat, 1851. *Journ. de Conch*, p. 421.
— *Casertanum*, Bourguignat, 1853 *In Saulcy, Moll. Orient*, p. 80.
— *Casertanum*, Moquin-Tandon, 1855. *Hist. Moll.*, II, p 584, pl. LII, f. 16-32.

Habitat. — Le *Pisidium casertanum* vit dans quelques pièces d'eau de la partie centrale du bassin du Rhône; nous le connaissons dans les départements de l'Ain, du Rhône, de l'Isère et de la Savoie. C'est toujours une coquille peu répandue, localisée, recherchant indifféremment les eaux vives ou stagnantes, vivant au fond des sources limpides ou de celles qui sont vaseuses. D'après les quelques renseignements que nous avons pu obtenir, elle ne s'élèverait pas à plus de 500 mètres dans les régions alpestres de la Savoie.

Origine. — Cette forme paraît peu ancienne ; M. Bourguignat l'a signalée dans les dépôts récents du bassin de Paris et en Algérie ; nous l'avons avec lui reconnue dans les argiles lacustres de la vallée de la Saône, aux environs de Mâcon.

Variations. — M. le Dr Baudon a signalé, outre le type, six variétés sans compter un nombre plus grand encore de sous-variétés; c'est dire combien cette coquille est polymorphe. Ces variations portent sur la taille de la coquille, son galbe général, sa forme plus ou moins oblique, la disposition des sommets, et enfin l'importance des stries. Ce savant et bienveillant correspondant indique deux de ces variétés dans notre région.

Lenticulare, Normand (1). — Coquille de forme un peu aplatie, peu allongée, de même taille que le type, avec des stries assez bien marquées. peu commune : Crassy (Ain) (2), où les échantillons sont fort gros, un peu bombés et subcanaliculés ; ils répondent ainsi à la sous-var. *major* de M. Baudon ; M. de Mortillet l'a récoltée également sur plusieurs points de la Savoie.

Pulchellum, Jenyns (3). — Coquille de taille plus petite, inéquilatérale, un peu ventrue, faiblement striée ; peu commune. Cette variété a été signalée par M. Bourguignat aux environs d'Aix-les-Bains, en Savoie.

(1) *Cycl·s lenticularis*, Normand, 1854. *Not. nouv. Cycl*, p. 8. f. 7-8.
(2) Cette station nous est inconnue dans le département de l'Ain ; c'est probablement Cras, de l'arrondissement de Bourg, commune de Montrevel, ou Cras de l'arrondissement de Nantua
(3) *Pisidium pulchellum*, Jenyns, 1832. *Monogr. Cycl. and Pisid., in Trans. Camb. phil.* p. 306, tab. XXI, f. 1-8.

RAPPORTS ET DIFFÉRENCES. — Le *Pisidium casertanum* est caractérisé par ses dents cardinales coniques ou subconiques assez bien développées, par ses dents latérales bien marquées, saillantes, peu épaisses, par sa forme trigone ou subtrigone, par ses stries en général peu marquées. Il se rapproche comme disposition dentaire du *Pisidium amnicum*, mais il en diffère essentiellement par sa taille beaucoup plus petite.

PISIDIUM AMNICUM, Müller

Tellina amnica, MÜLLER, 1774. *Verm. terr. et fluv. hist*, II, p. 205, n° 380.
— *striata*, SCHRÖTER, 1779. *Gesch. Flussconchyl.*, p. 193.
— *rivalis*, MATON et RACKET, 1797.*Sp. Tell.*, *in Tr. Linn.*, III, p. 44, t. XIII, f. 37-38.
Cyclas palustris, DRAPARNAUD, 1801. *Tabl. Moll.*, p. 186; *Hist. Moll.*, p. 131, pl. X, f. 17-18.
Cardium amnicum, MONTAGU, 1803. *Test. Brit.*, p. 86, n. 15.
Cyclas amnica, FLEMING, 1814. *In Edinb. Encycl*, VII, I, p. 12.
— *obliqua*, LAMARCK, 1818. *Anim. s. vert.*, V. p. 559, n. 2.
Pisidium obliquum, C. PFEIFFER, 1821. *Deutschl. Moll.*, I, p. 124, pl. V, f. 19-20.
Cyclas obliquus, KICKX, 1830. *Spec. Moll. Brabantiæ*, p. 89, n. 110.
Pisidium amnicum, JENYNS, 1832. *Monogr. Cycl., Trans.Cambrid.*, IV, p. 309. pl. XIX, f. 2.
— *palustre*, PORRO, 1838. *Malac. prov. Comasca*, p. 122.
— *inflatum*, MEGERLE, 1838. *In Porro, Mal. Comasca*, p. 121, t. II, f. 13.
— *amnica*, VERANY, 1846. *Cat. golfo di Genova e Nizza*, p. 13.
Cordula amnica, LEACH, 1852. *Moll. Brit. Syn.*, p. 293, n. 1.
Pisidium (fluminina) amnicum, SANDBERGER, 1875. *Land. u. Süssw. Conch.*, p. 768, t. XXXIII, f. 5.

HABITAT. — Le *Pisidium amnicum* est la forme la plus commune et la plus répandue de notre région. On le trouve dans presque tous nos départements; il vit dans les fleuves, les rivières et les cours d'eaux qui s'y rendent. M. Bourguignat a signalé de magnifiques échantillons dans les eaux du Tillet, à son embouchure, dans le lac du Bourget. Il forme des colonies assez nombreuses, presque toujours peu dispersées.

ORIGINE. — A la fin de l'époque quaternaire, cette coquille était tout aussi commune que dans notre région ; nous l'avons observée dans les vallées du Rhône et de la Saône. Plus anciennement, on la reconnait dans tout le pleistocène d'Allemagne ; on l'a également citée en France, en Suisse, en Autriche et en Angleterre.

VARIATIONS.— En général, les échantillons de notre région diffèrent peu du type; nos variétés ne paraissent porter que sur la taille et sur la coloration. Quant aux variations individuelles, elles sont elles-mêmes peu nombreuses ; cette forme présenterait des caractères assez réguliers et constants. Nous n'indiquerons donc que les deux variétés suivantes :

Flavescens, Moquin-Tandon (1). — Coquille de même forme et de même taille que ce type, mais de couleur jaune uniforme un peu pâle ; assez commune : les environs de Lyon, dans les eaux de la Saône.

Nitidula, Baudon (2). — Coquille de taille un peu petite, assez luisante, stries presque complètement effacées, à peine apparentes ; rare : les environs de Lyon, les fossés du parc de la Tête-d'Or, à Lyon.

RAPPORTS ET DIFFÉRENCES. — Le *Pisidium amnicum* adulte est toujours de taille plus forte que les autres *Pisidium* de nos pays ; il sera donc toujours facile de le distinguer à cet état ; quand il est plus jeune, il se rapproche du *Pisidium casertanum*. M. le Dr Baudon, dans un tableau synoptique (3), a fait parfaitement ressortir les caractères distinctifs de ces deux coquilles.

PISIDIUM HENSLOWANUM, SHEPPART

Pera Henslowiana, LEACH, 1819. *Mss. Brit. mus* (teste Gray, 1851).
Tellina Henslowana, SHEPPART, 1823. *Desc. Brit. Shell's, Trans. Linn.*, XIV, p. 149-150.
Cyclas appendiculata, LEACH. 1831. *In Turton Shell's Brit.*, p. 15, f. 6.
Pisidium acutum, L. PFEIFFER, 1831. *In Wiegm. Arch.*, I, p. 230.
— *Henslowanum*, JENYNS, 1833. *Mon. Cycl., in Tr. Cam*, IV, p. 308, pl.XXI, f. 6-9.
— *fontinale*, JEFFREYS, 1862. *British Conch.*, I, p. 24.
— *(fossarina) Henslowanum*, SANDBERGER, 1875. *Land. Süss. Conch.*, p. 763, t XXXIII, f. 3.

HABITAT. — Le *Pisidium Henslowanum* a été signalé en Savoie par M. Bourguignat ; il vit dans les eaux du Tillet à Aix-les-Bains. Nous ne le connaissons pas dans d'autres localités de notre région.

ORIGINE. — M. Bourguignat a également reconnu cette coquille dans les dépôts quaternaires supérieurs de la vallée de la Saône, aux environs de Mâcon. Nous ne l'avons pas retrouvée dans la vallée du Rhône. Cette même forme existait en Allemagne, dans les dépôts quaternaires anciens ; on l'a citée aux environs de Paris et en Angleterre.

(1) Moquin-Tandon, 1855. *H·st Moll*, II, .331.
(2) Baudon, 1857. *Essai Monogr. Pisidies*, p. 42.
(3) Baudon, 1857. *Loc. cit.*, p. 42.

VARIATIONS. — D'après M. Bourguignat, outre le type, caractérisé par des sommets renflés, élevés, ornés d'un appendice lamelliforme, on trouve dans cette même rivière et en très grande quantité, la var. *inappendiculata* (1) qui ne diffère du type que par le manque de l'appendice lamelliforme des sommets.

RAPPORTS ET DIFFÉRENCES. — Le *Pisidium Henslowanum*, outre sa forme subtrigone plus ou moins ovalaire, avec ses stries fines et ses sommets plus ou moins appendiculés, est caractérisé par ses dents cardinales tuberculeuses, très peu élevées, parfois même rudimentaires, et par ses dents latérales, fortes, très épaisses et crénelées.

UNIONIDÆ

Genre UNIO, Philippsson

UNIO SINUATUS, LAMARCK

Unio rugosa, POIRET. 1801. *Coq. fluv. et terr., Prodrome*, p. 105.
— *margaritifera*, DRAPARNAUD, 1805. *Hist. Moll.* II, p. 132, pl. X, f. 8-16 (n. Cuv.).
— *sinuata*, LAMARCK, 1819. *Anim. sans vert.*, VI, I, p. 70 (n. C. Pfeiff.).
— *margaritiferus*, NILSSON, 1822. *Moll. Sueciæ*, p. 107 (n. Philippss.).
— *crassissima*, FERUSSAC, 1827. *In des Moulins, Moll. Gironde*, p. 42.
— *sinuatus*, ROSSMÄSSLER, 1836. *Iconogr.*, pl. XIII, f. 195.
— *Araris*, BAUDIÉ, 1855. *In Grateloup, Catal.*, p. 45, n. 3.

HABITAT. — L'*Unio sinuatus* vit dans les parties profondes des eaux du Rhône et de la Saône ; de temps en temps les dragages, lorsqu'ils atteignent le fond des trous où vivent ces coquilles, les ramènent à la surface. C'est une forme peu commune, ou tout au moins difficile à pêcher formant de très petites colonies, toujours dispersées.

ORIGINE. — On a cité cette forme à l'état fossile dans les dépôts quaternaires les plus récents du Jura ; nous ne l'avons pas retrouvée dans

(1) Bourguignat, 1858, *Aménités malacologiques*, p. 51.

nos pays; mais nous en rencontrons parfois dans les alluvions de nos
cours d'eaux des débris roulés qui dénotent une origine relativement ancienne au milieu de la faune moderne.

Variations. — La forme générale de l'*Unio sinuatus* varie peu ; elle
présente plutôt des variations individuelles portant sur sa taille, son
galbe, l'épaisseur de ses valves, le plus ou moins de profondeur du
sinus palléal, etc. Cependant nous indiquerons deux variétés dans cette
coquille :

Compressus, Moquin-Tandon (1). — Coquille de toute taille, mais de
forme plus comprimée, moins épaisse, moins ventrue ; peu commune : les
eaux de la Saône.

Araris, Barbié (2). — Coquille de grande taille, très épaisse, avec une
double dent sous la valve droite ; rare : les eaux de la Saône. Cette variété peut à la rigueur passer pour une anomalie.

Rapports et différences. — Cette Unio est tellement typique qu'elle
ne saurait être confondue avec aucune de ses congénères. Elle n'a d'affinités qu'avec l'*Unio littoralis*, dont on la distinguera toujours par la
forme des dents et par la présence du sillon caractéristique du bord palléal.

UNIO RHOMBOIDEUS, Schröter

Mya rhomboidea, Schröter, 1779. *Fluss. Conch.*, p. 186, II, f. 3.
Unio littoralis, Cuvier, 1798. *Tabl. élément.*, p. 425, n° 2.
Mya crassa, Vallot, 1801. *Exerc. hist. nat.*, p. 7, n° 2.
Unio rhomboideus, Moquin-Tandon, 1855. *Hist. Moll.*, II, p. 568, pl. XLVIII, f. 4-8.

Habitat. — L'*Unio rhomboideus* vit dans tous les cours d'eaux un peu
importants de la région ; dans le Rhône, il séjourne à d'assez grandes profondeurs redoutant l'intensité du mouvement des eaux ; dans la Saône,
l'Ain, l'Isère, il devient très abondant et forme de nombreuses colonies
disséminées sur toute la surface du lit de la rivière ; nous le connaissons également dans les lacs d'Annecy et du Bourget vers l'embouchure

(1) Moquin-Tandon, 1855. *Hist. Moll.*, II, p. 567.
(2) *Unio Araris*, Barbié, 1855. Grateloup, *Catal.*, p. 45.

des cours d'eaux, mais nous savons qu'il préfère d'ordinaire les eaux courantes aux eaux stagnantes.

ORIGINE . — Si actuellement cet Unio ne vit nota mment ni en Angleterre ni en Allemagne, il faisait autrefois partie de la faune pleistocène de ces pays ; c'est du moins ce qu'affirment MM. Bell, Sandberger, etc Il vivait également en France à l'époque quaternaire, mais tout à fait à la fin de cette période. Nous l'avons récemment signalé dans la faune des argiles lacustres de la vallée de la Saône (1).

VARIATIONS. — Il est peu de coquilles qui présentent autant de variations que cette forme. Nous ne parlons pas ici, bien entendu, des espèces ou prétendues espèces que l'on a pu en démembrer, telles que les *Unio Pianensis, U. Bigerrensis, U. Barraudi, U. Draparnaldi*, etc. Le type lui-même présente d'innombrables variations que l'on ne pourrait réellement classer. L'*Unio rhomboideus* est essentiellement polymorphe, et nous voyons sa coquille passer d'une forme allongée subquadrangulaire à une forme plus ou moins trigone, tantôt avec un sillon médian, comme chez l'*Unio sinuatus*, tantôt avec son bord palléal droit ou bien convexe. Enfin sa taille elle-même varie de 50 à 80 millimètres, et son épaisseur de 18 à 30 millimètres.

RAPPORTS ET DIFFÉRENCES. — L'*Unio rhomboideus* est à la tête d'un groupe d'où l'on a démembré un certain nombre d'espèces plus ou moins bonnes, et dont nous allons parler ; ses caractères différentiels comme ses rapprochements ressortiront d'eux-mêmes dans cette étude.

UNIO SUBTETRAGONUS, MICHAUD

Unio subtetragona, MICHAUD, 1831. *Compl,. Hist. Moll.,*. II, pl. XVI, f. 23
— *subtetragonus*, DUPUY, 1852. *Hist. Moll.*, p. 634, tab. XXIV, f, 7.
— *rhomboideus*, MOQUIN-TANDON, 1855. *Hist. Moll.*, II, p. 768, pl. XLVIII, f. 9.

HABITAT. — L'*Unio subtetragonus* vit dans les eaux de la Saône et de l'Isère. Albin Gras déjà l'avait signalé dans le Dauphiné, et nous l'avons retrouvé aux environs de Lyon à plusieurs reprises. C'est du reste une forme peu commune qui habite avec l'*Unio rhomboideus*.

(1) A. Locard, 1880. *Nouvelles recherches sur les argiles lacustres des environs de Lyon*, p. 15.

ORIGINE. — Nous ne connaissons pas cette coquille à l'état fossile.

VARIATIONS. — Les variations de l'*Unio subtetragonus* sont absolument celles de l'*Unio rhomboideus* dont il a été démembré ; aussi voit-on souvent ces deux coquilles passer facilement de l'une à l'autre ; les formes typiques extrêmes sont rares, tandis que les formes intermédiaires sont beaucoup plus communes. Nous n'aurions pas cité cette coquille si le doyen de nos malacologistes, M. Michaud, ne nous avait confirmé cette détermination de nos échantillons de la Saône, comme il avait lui-même admis ceux d'Albin Gras pour l'Isère.

RAPPORTS ET DIFFÉRENCES. — Il est plus facile d'établir des rapprochements entre l'*Unio rhomboideus* et l'*Unio subtetragonus* que des différences. Cette dernière forme est plus particulièrement caractérisée par son galbe obscurément subtétragone, un peu atténué postérieurement, avec le bord palléal droit, un peu sinueux. M. l'abbé Dupuy ajoute que la région postéro-dorsale est absolument plissée, mais que ces plis s'oblitèrent presque toujours avec l'âge.

UNIO DRAPARNALDI, DESHAYES

Unio Draparnaldii, DESHAYES, 1831. *Coq. terr.*, p. 43, pl. XIV, f. 6.
— *littoralis*, NOULET, 1834. *Moll. bass. sous-Pyrén.*, p. 78 (v. *subtriangularis*).
— *rhomboideus*, MOQUIN-TANDON, 1855. *Hist. Moll.*, II, p. 569, pl. XLIX, f. 1-2 (v. *Draparnaud* 1).

HABITAT. — Cette coquille n'est point rare dans la Saône ; nous en avons récolté plusieurs échantillons aux environs de Lyon ; elle vit en compagnie des deux formes précédentes.

ORIGINE. — Nous ne connaissons pas cette coquille à l'état fossile.

VARIATIONS. — L'*Unio Draparnaldi* a une forme mieux définie que l'*Unio subtetragonus*. Malgré cela ses caractères sont assez variables et l'on passe facilement de l'une à l'autre. Nous retrouvons cependant assez exactement la forme typique telle qu'elle a été reproduite par Moquin-Tandon, mieux encore que par les autres auteurs qui se sont occupés de cette coquille, soit à titre d'espèce, soit à titre de variété.

RAPPORTS ET DIFFÉRENCES. — Quoique l'appellation donnée pas Deshayes soit fautive, nous avons cru devoir la respecter en la transcrivant ici telle que cet auteur l'a inscrite. Si l'on admet comme espèce l'*Unio tetragonus*, nous estimons qu'*a fortiori* il faut admettre au même rang l'*Unio Drapar-naldi;* il y a a i moins autant de différences entre ces deux types et l'*Un'o rhomboideus*, qu'entre les *Anodonta subponderosa*, *A. ponderosa* et *A. Dupuyi*. Comme toujours ce sont des formes extrêmes bien tranchées, bien définies. mais entre lesquelles il subsiste une infinité de formes de passage que l'on peut ranger indifféremment avec l'un ou l'autre de ces types. L'*Unio Draparnaldi* représente la forme la plus tétragone de tout le groupe de l'*Unio rhomboideus ;* elle est fortement rétrécie sur le bord gauche, tandis que le bord droit est très développé; le bord palléal est droit ou subsinueux.

UNIO BARRAUDI, Bonhomme

Unio Barraudii, Bonhomme, 1840. *Mém. Soc. Aveyron*, II, p. 430.
— *rhomboideus*, Moquin-Tandon, 1855. *Hist. Moll.*, II, p. 568 (v. *Barraudii*).

Habitat. — Cette forme, signalée d'abord dans l'Aveyron, a été ensuite retrouvée dans le Jura par Terver et M. Charpy. Nous l'avons reçue dernièrement du Menthon, dans l'Ain, où elle a été pêchée par notre am M. de Fréminville. Elle paraît assez commune dans cette nouvelle station.

Origine. — Nous ne connaissons pas cette coquille à l'état fossile.

Variations. — Cette coquille, assez bien définie, semble présenter plusieurs variétés, mais qui sont toujours distinctes de l'*Unio rhomboideus*. Dans le Jura, on trouve a forme type telle que l'a représente M. l'abbé Dupuy ; mais en même temps on peut pêcher une variété plus courte, plus ventrue, plus obèse, à sommets plus saillants, avec un galbe plus arrondi, à bords non sinueux. C'est à cette variété que se rattachent plus directement les échantillons du Menthon; quelques-uns cependant ont les valves moins profondes. Nous donnons ici les dimensions de trois individus qui feront mieux ressortir les variations de leur forme :

LOCALITÉS	LONGUEUR	HAUTEUR	ÉPAISSEUR
Varennes (Jura)	75	47	20
La Brenne (Jura). . . .	62	42	32
Le Menthon (Ain)	63	42	28

RAPPORTS ET DIFFÉRENCES. — Pour M. l'abbé Dupuy, l'*Unio Barraudi* représente le passage entre l'*Unio sinuatus* et l'*Unio rhomboideus*. Cette assertion est très exacte si l'on s'en tient à la forme qu'il a figurée ; mais nos échantillons présentent en même temps des variétés différentes qui nous paraissent bien distinctes de l'*Unio sinuatus ;* nous les rapprochons plus volontiers de l'*Unio rhomboideus* dont ils se distinguent cependant par leur forme subelliptique, par leur galbe plus régulier et par leur contour plus ventru et plus renflé.

UNIO PHILIPPI, Dupuy

Unio Philippi, Dupuy, 1849. *Catal. extramar. Gall.*, n° 838.
— *pictorum*, Mermet, 1843. *Cat. Moll. Pyr.-Occid.*, p. 86, n. 1.

HABITAT. — Cette forme intéressante a été retrouvée par notre ami M. de Fréminville, dans les eaux du Menthon, dans le département de l'Ain, où elle paraît former une colonie assez nombreuse.

ORIGINE. — Nous ne connaissons pas cette coquille à l'état fossile.

VARIATIONS. — Les échantillons du Menthon diffèrent un peu du type représenté par M. l'abbé Dupuy (1). et peuvent constituer au moins une variété bien distincte ; ils sont de taille généralement un peu plus petite, de forme un peu moins haute , par conséquent d'un galbe plus allongé ; le bord inférieur est légèrement sinueux, ce qui fait paraître le côté postérieur de la coquille plus tombant. La coloration est d'un brun verdâtre avec les sommets non excoriés et un peu rougeâtres ; à l'intérieur, la dent cardinale, peu développée, est assez mince, subtrigone, peu élevée et légèrement denticulée. Les dents de la valve gauche sont peu saillantes, l'une d'elles paraît souvent atrophiée. Enfin les impressions musculaires antérieures sont très profondes, tandis que les postérieures sont à peine sensibles.

RAPPORTS ET DIFFÉRENCES. — « L'*Unio Philippi*, dit M. l'abbé Dupuy, est voisine de l'*Unio tumidus*, mais il est facile de l'en distinguer par ses sommets moins proéminents, par son épiderme moins brillant, jamais

(1) Dupuy, 1852. *Hist. Moll.*, p'. 654, tab. XXVIII, f. 19.

vert, par les dents de sa valve gauche à peine marquées, et par ses
lamelles peu épaisses. »

Moquin-Tandon fait rentrer l'*Unio Philippi* dans son *Unio pictorum* en
disant que c'est une forme de passage à l'*Unio tumidus*. Nous rapproche-
rons de l'*Unio Philippi* l'*Unio Baudonianus*, de Folin et Berillon (1), trouvé
dans le lac d'Oudres, dont certaines variétés nous semblent bien voisines
de l'*Unio Philippi*. La variété que nous signalons ici, paraît un peu plus
cunéiforme, moins arquée dans le haut sur le bord postérieur, et un peu
moins sinueuse sur le bord palléal.

UNIO ATER, Nilsson

Unio ater, Nilsson, 1822. *Hist. Moll. Sueciæ*, p. 107. n. 3.
— *consentaneus*, Ziegler, 1878. *In Rossmässler, Iconogr.*, III, p. 39. f. 208 ; VII, VIII,
p. 23, f. 491 et p. 42, f. 544 ; XI, p. 14, f. 742.
— *dubius*, Zelebor, 1851. *Syst. Verzeich. Œster.*, p. 22.
— *crassus*, Westerlund, 1865. *Sveriges Mollusker Beskrifna*, p. 116.

HABITAT. — M. Bourguignat indique cette coquille comme étant très
abondante dans les eaux du lac du Bourget; en Savoie, sur les bas fonds,
vis-à-vis Puer et Cornin. Nous l'avons reçue de M. Gabillot, qui l'avait
pêchée dans la Loire à Balbigny.

ORIGINE. — Nous ne connaissons pas cette coquille à l'état fossile.

VARIATIONS. — L'*Unio ater* possède une forme assez bien définie qui
paraît peu varier; sa taille passe de 70 à 90 millimètres, et en même
temps la coloration de son épiderme paraît être d'autant plus noire ou
foncée que la coquille est plus vieille et plus grande ; les sommets sont
entièrement dénudés et le reste de la coquille souvent excorié. Enfin,
suivant la taille et surtout suivant les individus, le bord palléal est droit
ou légèrement sinueux.

RAPPORTS ET DIFFÉRENCES. — L'*Unio ater* a des rapports directs avec
les *Unio crassus* et *U. Philippi*. Il est toujours plus grand que la première
coquille et de forme un peu plus renflée; mais il est moins globuleux,
moins subcylindrique que la dernière. Nous ne connaissons pas malheu-

(1) De Folin et Berillon, 1874. *In Bull. Soc. sc. et arts de Bayonne*, p. 93 (*U. Baudoni*).

reusement le véritable type de l'*Unio Philippi*, de telle sorte qu'il nous est difficile d'établir le réel degré de différenciation entre ces deux formes. Quoi qu'il en soit, on distinguera l'*Unio ater* à son galbe un peu allongé, ventru, épais, à ses dents cardinales fortes, coniques, crénelées, non comprimées, à ses sommets toujours fortement excoriés, enfin et surtout à sa coloration olivâtre foncée, presque noire, etc.

UNIO CRASSUS, Philippsson

Unio crassus, Philippsson, 1788. *Nov. test. gen.*, p. 17, n 2.
—   *littoralis*, C. Pfeiffer, 1821. *Naturges. Deutschl.*, I, p. 117, n 4, pl 5, f. 12.
—   *rugatus*, Menke, 1830. *Syn. méthod. moll.*, éd. II, p. 149.
—   *batavus*, Bielz, 1863. *Rev. Nachtschn. Siebenburg.*, éd. II, p 203.

Habitat. — Quoique la station que nous allons indiquer sorte un peu du rayon que nous nous sommes tracé, nous croyons qu'il est intéressant pour la malacologie française de signaler un bon gisement pour une coquille dont la dispersion géographique est aussi intéressante. Nous avons pêché l'*Unio crassus* dans la Loire, à Villerest, département de la Loire, où elle parait être commune ; elle vit dans le sable fin des bords du fleuve, où elle forme une colonie assez étendue, en face de la papeterie de M. Rabourdin.

Origine. — Nous ne connaissons pas cette coquille à l'état fossile.

Variations. — Nous devons la détermination de cette coquille à notre savant ami et correspondant M. Drouët, qui a bien voulu étudier quelques-uns des échantillons que nous lui avons adressés. Ils ne diffèrent entre eux que par la taille et par la coloration ; nos plus grands échantillons ne mesurent que 65 millimètres de longueur pour 33 de hauteur et 21 d'épaisseur ; parfois on rencontre des individus de forme moins allongée, de taille un peu plus petite, et en proportion plus large. La coloration varie du vert olivâtre, flammulé de noir chez les jeunes individus, au vert très foncé presque noir chez les échantillons plus forts ; l'intérieur de la coquille est souvent coloré en rose.

Rapports et différences. — L'*Unio crassus* est voisin des *Unio ater* et *U. batavus ;* il diffère de la première de ces coquilles par sa taille beaucoup plus petite, sa forme plus large, moins allongée, ses valves plus minc s, sa coloration moins foncée; il diffère davantage encore de l'*Unio batavus* par sá coloration, par sa taille plus forte, par sa forme plus large, moins cylindrique, enfin par ses crochets plus robustes à peine plissés, etc.

UNIO BATAVUS, Nilsson

Pl. III, fig. 43-44.

Unio batavus, Nilsson, 1822. *Hist. Moll. Sueciæ*, p. 112, n. 8.
Mya pictorum, Montacu, 1803. *Testacea Britannica*, p. 36 (n. Linné, 1758).
Unio pictorum, Draparnaud, 1805. *Hist. Moll'.*, p. 131, pl. XI, f. 3.
My i batava, Maton et Racket, 1807. *Cat. Brit. test., in Trans. Linn.*, VIII, p, 27.
Unio batava, Lamarck, 1819 *Anim. sans vertèbres*, VI, 1. p. 76.
— *dilatatus*, Studer, 1820. *Kurz. Verzeichn.*, p. 93.
Mysca batava, Turton, 1822. *Conch. Brit.*, XLVI, p. 244.
Unio crassus, Westerlund, 1865. *Sveriges Mollusker breskrif.*, p. 131 (v. *Batavus*.)

Habitat. — L'*Unio batavus* paraît très répandu dans toute notre région. On peut le pêcher dans la plupart de nos rivières; il est particulièrement abondant dans la Saône et dans tous les cours d'eau qui s'y jettent. Souvent recouvert d'un fort enduit plus ou moins adhérent, il vit dans les endroits vaseux, formant de nombreuses colonies qui semblent peu dispersées.

Origine. — Cette forme paraît très ancienne; elle a été signalée dans les dépôts anciens du pleistocène en Angleterre et en Allemagne; nous l'avons également retrouvée dans les argiles lacustres de la vallée de la Saône au nord de Lyon.

Variations. — On a démembré de l'*Unio batavus* un grand nombre des formes jadis considérées comme variétés, aujourd'hui admises comme espèces; nous en retrouvons plusieurs dans notre région. Dans ces conditions, les variations de l'*Unio batavus* type deviennent assez restreintes et passent plutôt à l'état de variations individuelles. Celles-ci portent alors sur la taille qui varie suivant les individus, plus encore que suivant les stations; sur la coloration qui paraît devoir être tributaire de la nature des milieux; enfin et surtout sur le plus ou moins de raccourcissement du bord gauche. Dans toute notre région, les échantillons nous paraissent s'écarter un peu du type tel qu'on le trouve dans le Nord; ils ont les sommets un peu moins rapprochés du bord antérieur, de telle sorte que ce côté de la coquille paraît un peu moins court. Ce caractère semble constituer une variété assez bien définie s'étendant à toute notre région.

RAPPORTS ET DIFFÉRENCES. — Le groupe des Bataves est bien séparé du groupe précédent ; on en distingue les échantillons à leur taille plus petite, plus courte, avec les valves plus minces, et leurs dents cardina - les moins fortes, etc. Quant à la comparaison des différentes formes de ce groupe, nous l'étudierons en examinant chacun de ces types.

ANOMALIES. — Nous avons fait représenter, pl. III, fig. 43 et 44, un échantillon d'*Unio batavus* de forme très singulière, tout à fait anormale. Les deux valves, au lieu d'être séparées par un plan horizontal présentant une section plane plus ou moins ovalaire, sont assemblées suivant une surface courbe, sinueuse, fortement relevée sur le bord postérieur ; la cause d'un pareil fait nous échappe complètement, car nous ne voyons dans la coquille absolument aucune trace interne ou externe de cassure ou d'accident ; tout semble parfaitement normal dans cette difformité. Cet échantillon a été recueilli par M. Lacroix, aux environs de Mâcon, dans les eaux de la Saône.

UNIO SQUAMOSUS, DE CHARPENTIER

Unio squamosus, DE CHARPENTIER, 1837. *Catal. Moll. terrest. et fluviat. da Suisse*, p. 25 pl. II, f. 22.

HABITAT. — M. H. Drouët croit reconnaître cette forme dans un échantillon de la collection de M. Gabillot, récolté en 1852 dans les fossés qui avoisinent la gare de la Guillotière à Lyon. L'' type de Charpentier provenait d'un fossé aboutissant au lac de Genève près de Noville.

ORIGINE. — Nous ne connaissons pas cette forme à l'état fossile.

VARIATIONS. — Notre échantillon diffère un peu comme galbe du type figuré par de Charpentier. La disposition des dents est tout à fait semblable, aussi bien pour les dents cardinales que pour les autres, et ce caractère paraît bien typique ; mais notre coquille est de taille plus petite ; elle ne mesure que 63 millimètres de largeur, pour 34 millimètres de longueur,

et 28 de hauteur; elle serait donc notablement plus renflée, plus ventrue que la forme suisse, et constituerait une var. *inflata*.

RAPPORTS ET DIFFÉRENCES. — L'*Unio squamosus* peut être rapproché de
l'*Unio batavus;* il s'en distingue par sa taille plus forte, par sa surface
plus rugueuse, plus squameuse, enfin par la disposition de ses dents très
bien représentées dans l'ouvrage de Charpentier. Notre variété par sa surface extérieure tiendrait à la fois des deux formes types, car si son bord
palléal est squameux sur une largeur de 10 à 12 millimètres, le reste de
la coquille a tout à fait l'aspect, comme coloration et comme texture, de
l'*Unio batavus* de nos pays.

UNIO MANCUS, LAMARCK

Unio manca, LAMARCK, 1819. *Anim. sans vertèbres*, VI , I, p. 80.
 — *elongatulus*, DUPUY, 1849. *Cat. extramar. Galliæ*, n° 327 (n. Müll.).
 — *mancus*, DUPUY, 1852. *Hist. Moll.*, p. 642, tab. XXVI, f. 17.
 — *batavus*, MOQUIN-TANDON, 1855. *Hist. Moll.*, II, p. 571 (v. *mancus*).

HABITAT. — L'*Unio mancus* a été signalé par plusieurs auteurs comme
habitant notre région. Lamarck et après lui Moquin-Tandon, l'abbé Dupuy, Grognot, le signalent en Bourgogne, dans la Drée. Cette année notre
ami, M. Lacroix, de Mâcon, après des pêches très fructueuses de plus de
douze cents bivalves n'a pas rencontré un seul échantillon de cette coquille. D'après M. Reppelin cité par Moquin-Tandon et par M. l'abbé
Dupuy, cette même forme aurait été trouvée en Dauphiné, mais nous
ignorons dans quelle partie du Dauphiné. Enfin M. Bourguignat dit qu'il
existe en Savoie, aux environs d'Aix-les-Bains, de magnifiques échantillons dans le Tillet, à Cornin, où cette coquille est abondante (1).

ORIGINE. — Nous ne connaissons pas cette coquille à l'état fossile.

VARIATIONS. — Malgré nos recherches, nous devons avouer que cette
coquille ne nous est point assez familière pour que nous puissions sérieusement en étudier les variations.

RAPPORTS ET DIFFÉRENCES. — D'après les auteurs, cette coquille est caractérisée par sa forme allongée, arrondie et très courte antérieurement,

(1) M. H. Drouët (*Unios de la France*, p. 119) avait indiqué cette forme dans les eaux de la
Savoie, d'après MM. Dumont et de Volfillet.

les côtés postérieurs très dilatés et presque tronqués dans le bas, le bord supérieur presque droit, le bord inférieur à peine subsinueux, la dent cardinale petite, un peu comprimée, les dents de la valve gauche fortes et saillantes, enfin sa couleur fauve ou verdâtre sans rayons. Elle est certainement très voisine de l'*Unio crassus*, dont elle n'est très probablement qu'une simple variété.

UNIO NANUS, Lamarck

Unio nana, Lamarck, 1819. *Anim. sans vert.*, VI, I, p. 76, n. 27.
— *nanus*, Dupuy, 1852. *Hist. Moll.*, p. 640, XXV, f. 463.
— *batavus*, Moquin-Tandon, 1855. *Hist. Moll.*, II, p. 572 (var. *nanus*).

Habitat. — D'après les indications données par M. Reppelin, l'*Unio nanus* vivrait en Dauphiné. M. Bourguignat, l'a, de son côté, signalé dans les eaux du Tillet à Cornin, près d'Aix-les-Bains en Savoie, où il est très commun. Nous l'avons également reçu de la Veyle dans le département de l'Ain. Enfin un des échantillons de la collection Terver, revue par M. H. Drouët, porte l'indication de Belley dans le département de l'Ain.

Origine. — Nous ne connaissons pas cette coquille à l'état fossile.

Variations. — Dans sa *Malacologie d'Aix-les-Bains*, M. Bourguignat a figuré, à côté du type de l'*Unio nanus*, les deux variétés suivantes qui paraissent bien distinctes :

Major, Bourguignat (1). — Coquille de taille un peu plus forte, proportionnellement plus allongée, avec le bord antérieur un peu plus court, mais surtout moins large, le bord postérieur bien développé, le bord palléal un peu oblique.

Minor, Bourguignat (2). — Coquille de taille plus petite, de forme courte, rama sée, un peu comprimée ; le bord antérieur semblable au type, le bord postérieur plus développé notamment dans la région du corselet, ce qui donne un galbe un peu différent à la coquille, le bord palléal presque droit.

Rapports et différences. — L'*Unio nanus* diffère de l'*Unio batavus* par

(1) Bourguignat, 1864. *Loc. cit*, pl. III, fig. 6.
(2) Bourguignat, 1864. *Loc. cit.*, pl. III. fig. 7.

sa taille naturellement plus petite, par sa forme plus courte, plus ramassée, plus déprimée, par son côté antérieur plus court et plus étroit, par son côté supérieur plus large et plus allongé. Il est plus voisin encore de l'*Unio amnicus;* on le séparera de cette coquille par sa forme plus petite, plus renflée, plus courte et plus ramassée, par ses sommets moins saillants, par son bord antérieur plus large et plus court, par son bord postérieur plus développé, enfin par son bord palléal droit et non sinueux ou subsinueux.

UNIO AMNICUS, Ziegler

Unio amnicus, Ziegler, 1836. *In Rossmässler, Iconogr.,* III, p. 31, pl. XV, f. 212.
— *nanus,* Dupuy, 1852. *Hist. Moll.,* p. 641.
— *Batavus,* Moquin-Tandon, 1855. *Hist. Moll.,* II, p. 572 (v. *nanus).*

Habitat.— M. Bourguignat a reconnu l'*Unio amnicus* dans les eaux du Tillet, à Cornin, près Aix-les-Bains, en Savoie, où il est assez abondant (1).

Origine. — Nous ne connaissons pas cette coquille à l'état fossile.

Variations. — M. Bourguignat, séparant dans sa malacologie d'Aix-les-Bains l'*Unio amnicus* de l'*Unio nanus,* a donné de très bonnes figures de ces deux formes (2). Il admet pour la première de ces deux coquilles une *var. major.* qui semble n'être qu'une exagération des caractères du type. Outre sa taille un peu plus forte, la coquille paraît un peu plus allongée, plus étroite, et surtout plus sinueuse dans le bas. Cette coquille nous semble du reste assez polymorphe; nous l'avons reçue de plusieurs pays, et tous ces échantillons semblent porter en eux des caractères un peu différents non seulement comme taille, mais encore comme galbe général.

Rapports et différences. — Nous croyons avoir suffisamment montré en quoi l'*Unio amnicus* différait de l'*Unio nanus* avec lequel bien des auteurs l'ont confondu On le distingue en outre de l'*Unio batavus,* à sa

---

(1) M. H. Drouët (*Unios de la France,* p. 119) avait déjà indiqué, d'après MM. Dumont et de Mortillet cette forme dans les eaux de la Savoie.
(2) Bourguignat, *loc. cit.,* pl. III, f. 1-8 et f. 9-12.

forme moins régulièrement subcylindrique, à son galbe moins fort et moins ventru, à la forme arquée de son bord supérieur et au sinus plus ou moins prononcé de son bord palléal.

UNIO RENIFORMIS, Schmidt

Unio reniformis, Schmidt, 1886. *In Rossmässler, Iconogr.* III, p 31. f. 218.
  — *Batavus*, Moquin-Tandon, 1855. *Hist. Moll.*, II, p. 571 (v. *reniformis*).

Habitat. — L'*Unio reniformis* vivait, il y a peu d'années encore, à Oullins, près de Lyon. Nous en avons reconnu deux échantillons dans la collection de M. Gabillot. Ils avaient été récoltés, il y a une quarantaine d'années, par Fabien Foudras, dans les saulées aujourd'hui coupées par le chemin de fer. C'est, croyons-nous, une espèce tout à fait perdue dans nos pays, mais que l'on retrouve dans les départements voisins, notamment dans la Côte-d'Or.

Origine. — Nous ne connaissons pas cette coquille à l'état fossile.

Variations. — Les deux seuls échantillons que nous avons eus entre les mains paraissent se rapporter assez exactement au type de cette coquille si bien caractérisée. Quoique de taille différente, ils ne nous ont pas semblé devoir constituer de variété. Il eût fallu pouvoir en étudier un plus grand nombre pour mieux préjuger de la question. M. H. Drouët, qui a examiné un de ces échantillons, conserve cependant quelques doutes sur sa détermination, et reconnaît qu'on peut à la rigueur le rapporter tout aussi bien à l'*Unio Heldii*, de Küster, qui habite la Bavière et dont il a rencontré dans la Saône quelques rares individus.

Rapports et différences. — L'*Unio reniformis* se rattache évidemment par ces caractères au groupe des Bataves dont il est en quelque sorte une exagération. On le reconnaîtra toujours à sa taille plus forte, à ses valves plus renflées, à sa grande épaisseur, à sa coloration régulièrement brune, avec les sommets un peu rougeâtres, enfin et surtout à son galbe arqué et réniforme.

UNIO SANDERI, Villa

Unio Sanderi, Villa, *mss.*
— *Sandrii*, Rossmässler, 1844. *Iconogr.*, XII, p. 26, f. 748-749.

Habitat. — Cette coquille a été reconnue par M. Bourguignat dans les eaux du lac du Bourget, en Savoie, vis-à-vis Cornin, sur les bas-fonds couverts de roseaux, où elle est du reste assez rare.

Rapports et différences. — L'*Unio Sanderi*, décrit par Rossmässler dans son Iconographie, se rapporte à une coquille qui, jusqu'à présent, paraît propre à la Dalmatie. Nous ne connaissons pas les échantillons récoltés par M. Bourguignat; il dit cependant que ces individus sont parfaitement caractérisés. Cette forme est du reste tellement typique qu'elle ne saurait être confondue avec aucune autre coquille de notre région.

UNIO CORROSUS, Villa

Unio corrosus, Villa, 1841. *Conchyl. terr. fluv.*, p. 61, n. 34.

Habitat. — M. H. Drouët a reconnu l'*Unio corrosus* dans un lot d'*Unio batavus* des bords de la Saône que nous lui avions adressé ; cet échantillon, absolument unique, avait été pêché à Collonges, près Lyon.

Origine. — Nous ne connaissons pas cette forme à l'état fossile.

Rapports et différences. — Cette coquille, qui se rattache encore au groupe des Bataves, paraît plus particulièrement caractérisée par sa taille médiocre; notre échantillon, plus petit que le type, ne mesure que 38 millimètres de longueur, pour 22 de hauteur et 15 d'épaisseur ; sa forme est un peu déprimée, un peu subquadrangulaire ; le bord inférieur est droit, légèrement sinueux, le supérieur arqué comme dans l'*Unio batavus ;* les stries d'accroissement sont assez sensibles ; les sommets sont profondément excoriés et la coquille a une coloration fauve un peu claire.

UNIO SUBTILIS, Drouët

Unio subtilis, H. Drouët, 1879. *In Journ. de Conch.*, t. XIX, p. 142.

Habitat. — Cette jolie forme a été trouvée pour la première fois dans notre région, dans les eaux de la Veyle, dans le département de l'Ain, par Terver ; c'est sur la détermination de M. H. Drouët que nous l'indiquons dans ce travail. Elle paraît assez rare.

Origine. — Nous ne connaissons pas cette coquille à l'état fossile.

Variations. - Nous n'avons vu qu'un trop petit nombre d'échantillons de cette coquille pour pouvoir en étudier les variations.

Rapports et différences. — Quoique M. H. Drouët n'ait pas encore figuré cette nouvelle forme, nous croyons pouvoir la rattacher, d'après sa description, au groupe des Bataves ; elle est caractérisée plus spécialement par sa petite taille, par sa forme un peu déprimée, par son bord palléal un peu sinueux, par son côté postérieur légèrement tronqué, etc.; elle rappelle en plus petit l'*Unio Moquinianus*.

UNIO ELONGATULUS, Mühlfeldt

Unio elongatula, Mühlfeld,1835. *In C. Pfeiffer, Natur.*, II, 35, pl. VIII, f. 5-6 (n.Drap.).
— *elongatulus*, Rossmässler, 1835. *Iconogr.*, II, p. 23, f. 132; XII, p. 27, f. 725.
— *pictorum*, Bourguignat,1856 *Aménités malacolog.*, I, p. 160 (var.).
— *Bandini*, Brusina, 1866. *Contr. Dalmat.*, p. 131 (n. Küster).

Habitat. — L'*Unio elongatulus* a été reconnu par M. H. Drouët dans un échantillon de la collection Terver au Muséum de Lyon, provenant des eaux du Suran, un des affluents de l'Ain. Cette forme jusqu'à présent paraît rare en France ; elle vit en général dans les rivières aux eaux peu profondes et rapides.

Origine. — Cette coquille nous est inconnue à l'état fossile.

Variations. — Nous ne connaissons dans notre région que le seul échantillon de la collection Terver. Cet unique individu nous paraît moins allongé, plus large que le type figuré par les auteurs allemands, ou même que les échantillons de la Laignes, dans l'Aube. Nous nous rapporterons, pour cette détermination, à la parfaite compétence de M. H. Drouët.

RAPPORTS ET DIFFÉRENCES. — L'*Unio elongatulus* est caractérisé par sa forme allongée, son peu d'épaisseur, son bord supérieur droit, sa dent cardinale très allongée et comprimée ; « examinée à la loupe, dit M. Drouët (1), la nacre apparaît comme faiblement plissée-chagrinée sur les points où elle a le plus d'épaisseur. Les jeunes ont des sommets fortement plissés-ondulés et rugueux. »

UNIO REQUIENI, MICHAUD

Unio pictorum, DRAPARNAUD, 1805. *Hist. Moll.*, p. 131, f. 1-2 (pars.).
— *Requienii*, MICHAUD, 1831. *Compl. hist. Moll*, p. 106, pl. XVI, f. 24.

HABITAT. — Cette forme, sans être jamais très commune, se trouve cependant sur un grand nombre de points de notre région. Nous l'avons pêchée dans les eaux du Rhône et de la Saône à Lyon, où elle paraît rare, dans les marais de Dampierre, et à Saint-Laurent près de Mâcon dans l'Ain ; enfin elle se retrouve en Savoie, notamment dans le lac du Bourget où M. Bourguignat l'indique comme abondante (2).

ORIGINE. — Nous ne connaissons pas cette coquille à l'état fossile.

VARIATIONS. — L'*Unio Requieni* est en lui-même essentiellement polymorphe, et parfois même ses limites sont très difficiles à saisir. Depuis le type au galbe un peu déprimé, de taille assez petite, tel enfin que l'a si bien dessiné Terver dans l'ouvrage de M. Michaud, jusqu'à l'*Unio pictorum* qui vit presque toujours avec cette coquille, on peut trouver une foule de formes intermédiaires dont la spécification, même lorsque la coquille est bien adulte, est souvent difficile. Aussi n'est-il point rare de rencontrer dans les collections des *Unio Requieni* sous le nom d'*Unio pictorum* et réciproquement.

Nous avons pêché dans le Rhône, à Lyon, l'*Unio Requieni* type, tel que

(1) H. Drouët, 1879. *Journ. de Conch.*, 3ᵉ série, t. XIX, p. 331.
(2) Indiquée également en Savoie, par M. H. Drouët, *in Unios de la France*, p. 119.

M. Michaud l'avait reçu d'Arles; mais c'est une forme rare. A côté du type nous placerons deux variétés qui nous paraissent assez faciles à caractériser.

Elongatus, nob. — Coquille de taille un peu plus forte que le type, plus allongée, le côté postérieur plus étendu, le bord palléal parfois subsinueux; peu commune : les marais de Dampierre (Ain), la Saône, aux environs de Lyon.

Inflatus, nob. — Coquille de taille moyenne, mais plus solide, plus forte, plus renflée que le type, souvent un peu plus allongée, mais surtout plus épaisse, parfois un peu rougeâtre ; assez commune ; presque partout.

RAPPORTS ET DIFFÉRENCES. — L'*Unio Requieni* peut être rapproché de l'*Unio pictorum;* il en diffère par sa taille plus petite, lorsque les coquilles sont bien adultes ; par sa forme notablement moins allongée, avec un rostre moins développé, moins aigu ; par son corselet mieux développé ; par son bord supérieur presque toujours un peu arqué, par son bord inférieur un peu plus droit; enfin par sa dent cardinale moins allongée et plus épaisse, et par ses lamelles plus fortes et plus arquées.

UNIO ROUSSII, Dupuy

Unio Roussii, DUPUY, 1852. *Hist. Moll.*, p. 650, pl. XXVIII, f. 18.
— *Requieni*, MOQUIN-TANDON, 1855. *Hist. Moll.*, II, p. 574 (v. *Roussii*).
— *Turtoni*, BOURGUIGNAT, 1864. *Malac. Aix-les-Bains*, p. 76 (v. *Roussii*).

HABITAT. — Cette forme vit en Savoie notamment sur tous les bas-fonds couverts de roseaux du lac Bourget, au pied de la colline de Tresserve ; M. Bourguignat la signale comme étant extrêmement commune. M. de Mortillet l'indique dans le Gelon, près de Chamousset en Savoie, et dans le Rondeau près de Grenoble. La collection Terver au Muséum de Lyon renferme également un individu de l'*Unio Roussii* pêché à Lyon sans autre indication.

ORIGINE. — Nous ne connaissons pas cette coquille à l'état fossile.

VARIATIONS. — L'*Unio Roussii* est en général de forme assez variable ; sa taille surtout se modifie suivant les milieux ; il est rare de rencontrer des échantillons de taille aussi forte que celui qui a été représenté par M. l'abbé Dupuy. Quant à sa forme, quoiqu'elle soit assez nettement définie, elle passe facilement à celle d'un *Unio Requieni* de grande taille, ou à celle d'un *Unio pictorum* de forme un peu courte ; néanmoins nous ne croyons pas que l'on puisse établir des variétés bien précises pour les échantillons de notre région. M. de Mortillet (1) a signalé un forme particulière pêchée dans le canal de Laisse, près de son embouchure dans le lac du Bourget : « Elle s'allonge, dit-il, s'aplatit et se recourbe à l'extrémité, chez les vieux individus, prenant la forme de l'*Unio platyrinchoideus*. »

RAPPORTS ET DIFFÉRENCES. — L'*Unio Houssii* a été tantôt envisagé comme variété de l'*Unio Turtoni* de Corse, tantôt comme variété de l'*Unio Requieni*. On le distinguera de ces deux coquilles à sa taille plus grande, plus forte, à son test plus épais, plus solide, à sa forme plus ventrue, enfin à son bord palléal qui est toujours plus droit.

UNIO TURTONI, PAYRAUDEAU

Unio *Turtonii*, PAYRAUDEAU, 1826. *Cat. Moll. Corse*, p. 65. pl. II, f. 2-3.
— *Requieni*, MOQUIN-TANDON, 1855. *Hist. Moll.*, II, p. 575 (var. *Turtonii*).
— *Turtoni*, BOURGUIGNAT, 1864. *Malac. d'Aix-les-Bains*, p. 76.

HABITAT. — Nous avons reçu de M. Michaud deux individus de l'*Unio Turtoni* qui avaient été pêchés à Vienne (Isère) ; malheureusement il ne nous a pas été possible de savoir plus de détails sur leur provenance exacte ; mais le fait de la présence de ce type dans notre région est positif.

ORIGINE. — Nous ne connaissons pas cette coquille à l'état fossile.

VARIATIONS. — Nous avons pu comparer nos échantillons avec des types corses provenant de l'embouchure du Stabiaccio à l'orto Vecchio ; si dans cette station on trouve des individus atteignant 70 et 80 millimètres de longueur, il en est d'autres plus jeunes qui sont absolument conformes à nos échantillons de Vienne ; ceux-ci ne mesurent que 52 millimètres de longueur, mais tous les autres caractères, même celui de la coloration, sont les mêmes que chez les individus corses ; nous pouvons donc affirmer que le véritable *Unio Turtoni* se retrouve aussi bien en France qu'en Corse.

(1) De Mortillet, 1861. *Annexion à la faune malacologique de France*, p. 17

RAPPORTS ET DIFFÉRENCES. — Nous devons reconnaître que la figuration
donnée par M. l'abbé Dupuy (1) n'est point conforme à la majorité des
échantillons ; celles de Payraudeau est beaucoup plus exacte ; l'*Unio Turtoni* a son bord inférieur presque droit et sa forme générale plus allongée. On le distinguera par ce caractère de l'*Unio Requieni* dont il est
certainement voisin ; en outre son côté postérieur est plus dilaté, ses
sommets plus comprimés et son test notablement plus mince.

UNIO PLATYRHYNCHOIDEUS, Dupuy

Unio platyrinchoideus, Dupuy, 1849. *Cat. extramar. Gal.*, n° 336.
— *Requieni*, Moquin-Tandon, 1855. *Hist. Moll.*, II. p. 575 (var. *platyrhinchoideus*).
— *platyrhynchoideus*, Bourguignat, 1864. *Malac. Aix-les-Bains*, p. 77.

HABITAT. — L'*Unio platyrhynchoideus* vit en Savoie (2) ; il a été reconnu par M. Bourguignat dans les eaux du lac du Bourget, c'est une coquille abondante sur les bas-fonds, vis-à-vis Cornin et le bois Lamartine.

ORIGINE. — Cette coquille n'a pas été signalée à l'état fossile.

VARIATIONS. — L'*Unio Platyrhynchoideus* présente des caractères tellement tranchés qu'il nous est difficile de trouver dans cette forme autre
chose que des variations individuelles ; celles-ci portent alors plus spécialement sur la taille, sur l'épaisseur du test de la coquille et sur la profondeur du sinus du bord palléal.

RAPPORTS ET DIFFÉRENCES. — Quoique Moquin-Tandon ait cru devoir
considérer cette forme comme une variété de l'*Unio Requieni*, nous estimons qu'elle a beaucoup plus d'affinités avec l'*Unio pictorum*. Est-ce une
espèce distincte ou une simple variété ? Pour le moment nous ne voulons
rien préjuger de la question. Quoi qu'il en soit, on distinguera, facilement
l'*Unio platyrhynchoideus* de l'*Unio pictorum*, à sa taille ordinairement plus
petite, avec un test plus mince, à son rostre fortement développé, mais
toujours arrondi, à la présence des stries d'accroissement fines et assez
régulières, toujours visibles sur quelques parties du test, et enfin au
profond sinus de son bord palléal.

(1) Dupuy, 1852. *Hist. Moll.*, tab. XXVII, f. 17.
(2) H. Drouët, 1856. *Unios de la France*, p. 119.

UNIO PICTORUM, Linné

Mya pictorum, Linné, 1758. *Systema naturæ*, éd. X°, I, p. 671 (n. Mont.).
Unio pictorum, Philippsson, 1788. *Nov. test. Gen*, p. 17.
Mysca pictorum, Turton, 1822. *Conch. Brit.*, XLVI, p. 245.

Habitat. — Cette coquille est très commune et très répandue dans toute notre région ; nous la trouvons dans tous les cours d'eaux un peu importants, dans le Rhône, la Saône, l'Isère, l'Ain, etc., et dans ceux de leurs affluents qui ont un courant moyen, non torrentiel. Elle vit également dans les grandes mares ou l-s losnes plus tranquilles qui avoisinent les fleuves et forme des colonies nombreuses et dispersées.

Origine. — Nous n'avons point rencontré l'*Unio pictorum* à l'état fossile dans nos pays, mais il a été déjà signalé depuis le pleistocène inférieur en Allemagne, en Angleterre et dans d'autres parties de la France.

Variations. — Une forme aussi répandue que l'*Unio pictorum* devait nécessairement présenter de nombreuses variétés. Si, pour la plupart, elles sont assez faciles à distinguer, il en est d'autres plus délicates qui forment de véritables passages avec les types voisins de l'*Unio Bequieni* et de l'*Unio platyrhynchoideus*. La taille varie d'une façon considérable, suivant l'habitat ; les plus beaux échantillons sont ceux qui proviennent de colonies vivant dans des eaux un peu tranquilles, mais facilement renouvelées, comme celles des losnes ou des mares qui avoisinent les grands cours d'eaux. Ainsi, à Saint-Laurent-d'Ain, sur les bords de la Saône, M. Lacroix a pêché des *Unio pictorum* mesurant plus de 110 millimètres de longueur ; à Irigny, dans les losnes de l'île Tabard, M. Ch. Perroud a trouvé des individus de taille presque similaire. Au contraire, les individus qui vivent dans l'eau plus courante, comme celle du Rhône et de la Saône, dépassent plus difficilement une longueur de 80 millimètres. En nous basant sur la forme, la taille et la coloration, nous aurons ainsi les var. suivantes :

Radiatus Moquin-Tandon(1). — Coquille de taille moyenne, de coloration

(1) Moquin-Tandon, 1855. *Hist. Moll.*, p. 576.

jaunâtre, avec des rayons verts ; peu commune : presque partout, dans les eaux courantes, aux environs de Lyon.

Flavescens, Moq.-Tand. — Coquille de taille moyenne, de coloration jaunâtre, sans rayons ; plus rare : les eaux de la Saône et de l'Isère.

Milleti, Moq.-Tand. — Coquille de taille assez forte, de couleur jaune ou brunâtre, avec des bandes plus foncées ; assez commune : presque partout, mais de préférence dans les eaux un peu vives.

Ponderosus, Spitzi (1). — Coquille de grande taille, un peu ventrue, de forme moins allongée que la var. *rostratus*, de couleur brune plus ou moins foncée ; peu commune : Saint-Laurent d'Ain.

Rostratus, Lamarck (2). — Coquille de taille moyenne, de forme très allongée, avec un rostre étroit, pointu, comme lancéolé, d'un brun olivâtre ; assez commune : presque partout.

Curvirostris, Normand (3). — Coquille de taille assez petite, un peu courte, assez arquée, cunéiforme, le rostre bien recourbé, de couleur verdâtre ; assez rare : les eaux du Rhône à Lyon et aux environs de Lyon.

Longirostris, Ziegler (4). — Coquille de taille assez forte, étroite, allongée, lancéolée, rétrécie en avant, d'un brun olivâtre ; assez commune : presque partout.

RAPPORTS ET DIFFÉRENCES. — Nous croyons avoir suffisamment étudié les rapports qui existent entre l'*Unio pictorum* et ses congénères pour n'avoir pas besoin d'y revenir à nouveau.

ANOMALIES. — Il peut exister diverses sortes d'anomalies dans l'*Unio pictorum ;* nous en avons constaté un certain nombre. Parfois les valves sont imparfaitement jointes, et la coquille paraît plus ou moins bâillante; dans ce cas la forme est généralement un peu courte, un peu ramassée, moins rostrée ; d'autres fois, il se forme dans l'intérieur de la coquille des dépôts de nacre inégaux ; cela a plus particulièrement lieu dans les coquilles un peu vieilles et de forme peu allongée. Enfin nous signalerons un genre particulier d'anomalies portant sur le décollement partiel de la lamelle dans l'une des valves. Par suite d'une cause qui nous est inconnue, cette lamelle, dans un échantillon, ne présente extérieurement

---

(1) *Unio ponderosus*, Spitzi, 1844. *In Rossmässler, Iconographie*, XII, p. 31, fig. 767.
(2) *Unio rostratus*, Lamarck, 1819. *Anim. sans vert.*, VI, I, p. 77.
(3) *Unio curvirostris*, Normand, 1845. *In Dupuy, Hist. Moll.*, p. 648.
(4) *Unio longirostris*, Ziegler, 1842. *In Rossmässler, Iconographie*, XI, p. 13, fig. 738.

rien d'anormal, s'est détachée du bord de la coquille d'une valve supérieure, sur une hauteur de plus de 8 millimètres et sur presque toute sa longueur ; elle ne tient que par sa base, et laisse ainsi un vide profond entre sa face latérale et le bord de la coquille ; elle est épaisse, mais courte ; l'animal a accumulé en ce point une quantité considérable de matière nacrée pour la renforcer et la consolider. Cet échantillon a été trouvé par M. Ròy dans les fossés de la Vitriolerie à Lyon.

UNIO TUMIDUS, PHILIPPSSON

Unio tumidus, PHILIPPSSON, 1788. *Nov. test. gen.*, p. 17.
Mya ovata, DONOVAN, 1802. *Brit. Shells*, IV, pl. 122.
Unio rostratus, STUDER, 1820. *Kurzes Verzeichn.*, p. 93.
Mysca solida, TURTON, 1822. *Conch. Brit.*, t. XLVI, 246, pl. XVI, f. 2.
Unio tumida, C. PFEIFFER, 1835 *Deutsch. Moll.*, II, p. 34, pl. VII, f. 2-3 ; pl. VIII, f. 1-2.
— *rostrata*, WAARDENBURG, 1827. *Comert. Moll. Belgico*, p. 36.
— *inflata*, HECART, 1833. *Moll. Valenc.*, *in Mém. soc. d'agr. Valenc.*, I, p. 148.

HABITAT. — Plusieurs auteurs ont indiqué l'*Unio tumidus* dans les eaux du Rhône. Sans prétendre mettre en doute cette assertion, nous avouons ne l'avoir jamais rencontré.

ORIGINE. — Cette coquille a été citée dans les dépôts du pleistocène supérieur d'Angleterre ; nous ne la connaissons pas dans nos pays.

RAPPORTS ET DIFFÉRENCES. — L'*Unio tumidus* ne peut être rapproché que de l'*Unio pictorum ;* ces deux coquilles sont cependant bien distinctes. On reconnaîtra la première de ces deux coquilles à sa forme plus large, moins allongée et surtout plus cunéiforme que la seconde, à la turgescence de ses sommets, à la disposition tuberculée des rides qui ornent ces sommets, enfin à l'agencement et à la taille plus forte des dents.

Genre MARGARITANA Schumacher

MARGARITANA MARGARITIFERA, LINNÉ

Mya margaritifera, LINNÉ, 1758. *Systema naturæ*, éd. X*, I, p. 671.
Unio margaritiferus, PHILIPPSSON, 1788. *Nov. test. Gen.*, p. 16 (n. Nilsson).
— *margaritifera*, CUVIER, 1798. *Tabl. élém.* p. 425 (n. Drap.).
Margaritana fluviatilis, SCHUMACHER, 1817. *Ess. syst. test.*, p. 124.

Unio sinuatus, C. PFEIFFER, 1821. *Nat. Deutschl.*, II. p. 33, t. VII, f. 4 (n. Lamarck).
— *elongatus*, NILSSON, 1822. *Moll. Sueciæ*, p. 116.
Alasmodon margaritiferum, FLEMING, 1828. *Brit. anim.*, p. 417.
Unio margaritifer, ROSSMÄSSLER, 1835. *Iconographie*, I, p. 170. pl. IV.
Alasmodon margaritiferus, GRAY, 1840. *In Turton*, p. 293, f. 9.
Margaritana margaritifera, DUPUY, 1849 *Cat. extramar. test.*, n. 213.
Baphia margaritifera, SCHRÖCKINGER, 1865. *Œster. gehäusetr.*, p. 20.
Alasmodonta arcuata, BARNES. 1870. *In Kreglinger, Deutsch. Moll.*, p. 339.

HABITAT. — On retrouve cette forme dans quelques torrents de la partie montagneuse de la Savoie et de la Haute-Savoie; c'est du reste une forme assez rare.

ORIGINE. — Nous ne connaissons pas cette coquille à l'état fossile.

VARIATIONS. — Les échantillons du *Margaritana margaritifera* de nos régions se rapportent parfaitement au type général que l'on trouve dans toute la France; nous nous bornerons à faire observer qu'ils sont, dans leur ensemble, de taille un peu plus petite et de moindre épaisseur que ceux des torrents des montagnes de l'Auvergne.

RAPPORTS ET DIFFÉRENCES. — Cette forme est la seule du genre qui vive en France ; ses caractères sont du reste assez précis, assez distinctifs pour que l'on ne puisse la confondre avec aucune autre du groupe des Nayades.

Genre PSEUDANODONTA, Bourguignat.

PSEUDANODONTA, Nov. FORM.

HABITAT. — M. Bourguignat a reconnu son nouveau genre *Pseudano-donta* dans un échantillon que nous lui avions adressé sous le nom d'*Ano-donta complanata*, et qui avait été recueilli dans les eaux de la Grosne, non loin de la Ferté, dans le département de Saône-et-Loire.

ORIGINE. — Nous ne connaissons pas cette forme à l'état fossile.

DESCRIPTION. — D'après M. Bourguignat, notre individu, tout en étant voisin du *Pseudanodonta complanata*, en diffère suffisamment pour cons-tituer une espèce nouvelle; malheureusement nous n'avons encore ré-colté que cet unique individu. Si nous nous rapportons à la figuration reconnue par M. Bourguignat (1) comme étant celle du véritable *Pseudanodonta complanata*, c'est-à-dire celle de Ziegler *in* Rossmässler (2), nous voyons en effet que notre échantillon n'a pas cette forme caractéristique de fer de lance ; sa taille est plus grande, ses bords supérieurs et inférieurs plus parallèles, le côé antérieur plus large, plus arrondi, le côté postérieur proportionnellement plus étroit, mais également dilaté, bien rostré avec une arête dorsale émoussée, un peu convexe, et une crête dorsale peu élevée terminée par un angle obtus bien accentué. Les valves sont bâillantes sur tout le contour antérieur et postérieur, et presque complètement jointives au-dessous de l'angle postéro-dorsal. Le test est mince, fragile, avec des stries émoussées, parallèles au bord ; l'épiderme d'un vert brillant avec des zones longitudinales plus claires ou même jaunâtres. La nacre est irisée, blanche-bleuacée. Nous compléterons ces données par les dimensions relevées sur la coquille d'après les indications nouvelles données par M. Bourguignat.

Longueur maximum, 83 millimètres ; hauteur max., 49 ; épaisseur, 22 ; distance de la crête ligamento-dorsale, du sommet à l'angle postéro-dorsal, 33 ; distance de de cet angle au rostre, 40 ; corde apico-dorsale, 67 ; hauteur de la perpendiculaire, 43 ; distance de cette perpendiculaire au bord antérieur, 22 ; distance du même point de cette perpendiculaire au rostre postérieur, 63 ; distance de la base de la perpendiculaire à l'angle postéro-dorsal, 54.

RAPPORTS ET DIFFÉRENCES.— Avec de pareilles mensurations, il est facile de reconstituer notre coquille. On voit que, tout en se rapprochant des dimensions de l'échantillon type de Belgrade données par M. Bourguignat, elle en diffère par l'allongement de son rostre et par sa forme proportionnellement moins haute ; elle perd ainsi les caractères de son profil typique pour prendre un galbe plus régulier.

---

(1) Bourguignat, 1880. *Matériaux pour servir à l'histoire des Mollusques acéphales*, 1er fascicule, p. 26.

(2) Ziegler, in Rossmässler, 1835. *Iconographie*, I, p. 112, f. 68 (non Rossmässler, fig. 283, nec anodonta complanata auctorum).

Genre ANODONTA, Cuvier

ANODONTA EUCYPHA, Bourguignat

Anodonta cygnæa, Rossmässler, 1835. *Iconographie*, I, fig. 67.
— *Eucypha*, Bourguignat, 1880. *Matér. Moll. acéphal.*, p. 108.

Habitat. — Cette forme, toujours rare, a été recueillie par Terver dans les eaux de la Saône, et communiquée à M. l'abbé Dupuy. Nous avons eu également entre les mains un échantillon récolté par M. Lacroix aux environs de Mâcon, qui nous parait pouvoir être rapporté à ce même type.

Origine. — Nous ne connaissons pas cette coquille à l'état fossile.

Variations. — L'échantillon de Terver se rapporterait, d'après M. l'abbé Dupuy, à la figuration donnée dans l'*Histoire des Mollusques*, tab. XV, f. 14. M. Bourguignat admet cette figuration comme bonne et représentant bien son type. Quant à l'échantillon du Mâconnais, sa forme serait encore plus courte, plus ramassée, plus ventrue; son sommet est presque médian, le rostre postérieur est donc très court; quelques dimensions suffiront pour définir cette coquille. Long. maxim., 123 ; haut. maxim., 77; épaisseur maxim., 48; corde apico-rostrale, 86; distance de la base de la perpendiculaire à l'angle postéro-dorsal, 72.

Rapports et différences. — Cette coquille, longtemps confondue avec l'*Anodonta cygnæa* de Linné, a plus de rapport encore avec l'*Anodonta Pammegala* (1). Elle en diffère, dit M. Bourguignat, « par sa taille moindre, par sa forme plus ventrue, plus écourtée (surtout dans sa partie postérieure), moins rostrée, moins convexe au bord palléal ». Parmi les Anodontes de notre région, c'est incontestablement la forme la plus courte par rapport à la largeur maxima.

(1) Bourguignat, 1880. *Matériaux Moll. acéphales*, p. 107.

ANODONTA ACYRTA, Bourguignat

Anodonta acyrta, BOURGUIGNAT, 1880. *In sched.*

HABITAT. — D'après les déterminations que nous devons à l'extrême obligeance de M. Bourguignat, l'*Anodonta acyrta* se trouverait assez communément dans l'étang de la Clayette, dans le département de Saône-et-Loire et dans les délaissés marécageux des bords de la Saône, aux environs de Mâcon.

ORIGINE. — Nous ne connaissons pas cette coquille à l'état fossile.

VARIATIONS. — Tous nos échantillons de l'étang de la Clayette présentent entre eux la plus grande analogie de forme et de coloration ; quand ils sont encore jeunes, ils sont de couleur plus pâle, plus verdâtre, et de forme généralement assez déprimée par rapport à la taille générale. Une fois adultes, ils deviennent plus foncés et prennent un galbe plus renflé. D'après les observations de M. Bourguignat, nos échantillons auraient une forme plus ventrue que le véritable type ; les dimensions moyennes principales sont les suivantes : long. maxim., 125 à 130 ; larg. maxim., 70 à 72 ; épaisseur, 43 à 45 millimètres.

RAPPORTS ET DIFFÉRENCES. — L'*Anodonta acyrta* ne peut être rapproché dans notre région que des *Anodonta Eucypha* et *A. cygnæa*. On le distinguera de la première de ces coquilles par sa forme moins courte, moins arrondie, moins ventrue, par son côté antérieur moins dilaté, par son côté postérieur bien allongé, plus rostré, enfin par son bord palléal moins arrondi. On le séparera de l'*Anodonta cygnæa* par sa forme plus courte, plus ramassée et plus large, par son bord inférieur moins parallèle, par son côté postérieur plus large, moins allongé ; en un mot, l'*Anodonta acyrta* de nos régions peut être envisagé comme une forme intermédiaire entre les *Anodonta Eucypha* et *A. cygnæa*.

ANODONTA CYGNÆA, Linné

Mytilus cygnæus, LINNÉ, 1788. *Systema naturæ*, édit. X, I, p. 706.
Anodonta variabilis, DRAPARNAUD, 1801. *Tabl. Moll.*, p. 480 (pars).
  — *cygnæa*, DRAPARNAUD, 1805. *Hist. Moll.*, p. 134.
  — *cellensis*, AUCTORUM (pars).

Habitat. — L'*Anodonta cellensis* est très répandu dans toute notre région. Nous le trouvons un peu partout : dans les étangs, les mares, les marais, et même dans les parties tranquilles de nos cours d'eaux. Nous l · connaissons dans tous les départements de notre contrée ; il forme des c lonies nombreuses et dispersées, recherchant les fonds vaseux, moyennement profonds.

Origine. — On a cité l'*Anodonta cygnæa* à l'état fossile dans les dépôts du pleistocène d'Angleterre, mais cette forme a été si souvent mal interprétée que pareille détermination demande une confirmation nouvelle. Nous ne la connaissons pas en France d'une façon bien positive à l'état fossile.

Variations. — Les variations de l'*Anodonta cygnea* sont extrêmement nombreuses; mais ce sont plutôt des variations individuelles que des variations générales ; elles portent sur la taille qui non seulement varie suivant l'habitat, mais qui paraît dépendre également des individus eux-mêmes. Dans quelques cours d'eaux, le Menthon par exemple, les échantillons atteignent facilement 150 millimètres, tandis que dans d'autres stations ils ne dépassent pas 120 millimètres. En même temps, le galbe général se modifie, et si la forme générale de la coquille est un peu plate, on trouve des individus plus renflés, plus globuleux, qui passent dans la même station à des formes naturellement plus renflées. Enfin, et ceci paraît être un fait plus localisé, l'épaisseur de la coquille, comme son degré de corrosion, peut varier suivant les stations. Tantôt cette même coquille, ordinairement mince et fragile, devient plus solide et plus épaisse pour une même taille donnée, tandis que, d'autres fois, on trouve presque tous les échantillons d'une même station plus ou moins fortement excoriés ou corrodés. Ces cas de surépaisseur ou de corrosion de la coquille sont plus généraux dans une même colonie que les modifications dans la forme ou dans le galbe.

Rapports et différences. — Cette coquille, souvent mal interprétée, a cependant ses caractères bien précis ; ceux-ci reposent sur sa forme générale, forme un peu comprimée, étroite, allongée, pointue, surtout sur le parallélisme de ses bords supérieurs et inférieurs, mieux encore que sur sa coloration verdâtre ou jaunâtre, ou bien sur le peu d'épaisseur de ses valves. D'après Hanley (1), le véritable type linnéen *Mytilus cygneus* est représenté, figure 280, dans l'*Iconographie* de Rossmässler, sous le

_____

(1) Hanley, 1855. *Ipsa Linnæi conchylia*, p. 144.

nom d'*Anodonta cellensis*. Pour M. Bourguignat (1), ce serait également la véritable figure type de cette forme, telle qu'elle doit être définitivement envisagée.

ANODONTA LOCARDI, Bourguignat

Anodonta Locardi, Bourguignat, 1880. *In sched.*

Habitat.— Cette coquille habite, à Lyon, dans deux stations différentes; les plus beaux échantillons ont été récoltés sur les bords de la Saône, dans la presqu'île de Perrache, aux Étroits, avant la construction des quais. M. Bourguignat l'a également reconnue, mais alors de taille plus petite dans des échantillons récoltés dans les fossés du fort de la Vitriolerie.

Origine. — Nous ne connaissons pas cette coquille à l'état fossile.

Variations. — Nous laissons à M. Bourguignat le soin de décrire cette forme qu'il reconnaît comme nouvelle. Il en sera du reste de même de plusieurs de nos Anodontes. Notre travail devant paraître presque en même temps que son étude sur les *Acéphales* d'Europe, nous ne saurions mieux faire que de renvoyer le lecteur à cette savante publication. Quoi qu'il en soit, disons dès aujourd'hui que notre échantillon des bords de la Saône mesure 200 mill. de longueur, pour une largeur de 104 millim., tandis que les individus du fort de la Vitriolerie variaient entre 105 et 115 de longueur pour une largeur d'environ 55 millim.; cependant, malgré une pareille différence de taille, la forme générale et le galbe des individus restent très sensiblement les mêmes.

Rapports et différences.—L'*Anodonta Locardi* nous paraît plus particulièrement caractérisé par sa taille atteignant de grandes dimensions, par la forme de son côté antérieur court et relevé, par son côté postérieur allongé et rostré, par son bord palléal arrondi, brusquement relevé des deux côtés. Dans son ensemble, cette coquille est moins courte que les formes du groupe de l'*Anodonta Pammegala*, moins rostrée que l'*Anodonta Forchammeri*, plus ventrue et plus arrondie dans le bas que l'*Anodonta cygnæa*.

(1) Bourguignat, 1880. *Matériaux Mollusques acéphales*, p. 105.

VAR. MAL. 28

ANODONTA FORCHAMMERI, Mörch

Anodonta Forchammeri, Mörch, 1864. *Syn. Moll. Daniæ*, p. 84.

HABITAT. — M. Bourguignat a reconnu l'*Anodonta Forchammeri* dans des échantillons que nous avions récoltés à Lyon dans le lac du parc de la Tête-d'Or. Dans cette station, pareille forme n'est pas très rare.

ORIGINE. — Nous ne connaissons pas cette coquille à l'état fossile.

VARIATIONS. — Nos échantillons varient peu dans leurs formes générales ; ils ne diffèrent entre eux que par la taille. Ils sont relativement petits ; en moyenne, ils mesurent de 120 à 130 millimètres de longueur pour 66 à 70 de largeur ; comme on le voit, nous sommes loin des grandes dimensions que peut atteindre pareille forme. Mais il faut aussi tenir compte de ce fait que le lac où on les recueille n'est aménagé dans les conditions où nous le voyons actuellement que depuis un nombre d'années relativement peu considérable ; il est probable que par la suite ces mêmes formes tendront à s'accroître et à se rapprocher des dimensions typiques.

RAPPORTS ET DIFFÉRENCES. — L'*Anodonta Forchammeri* se distingue facilement des autres Anodontes de même taille de notre région par sa forme allongée postérieurement et rostrée. On le séparera des *Anodonta rostrata* par son galbe général, par sa taille plus grande, par ses bords supérieurs et inférieurs plus parallèles, etc.

ANODONTA ARENARIA, Schröter

Mya arenaria. Schröter, 1779. *Gesch. Flussconch.*, p. 165, pl. II, f. 1.
Mytilus zellensis, Gmelin, 1789 *Systema naturæ*, éd. XIII, I, p. 3262.
Anodonta cellensis, C. Pfeiffer, 1821. *Deutschl. Moll.*, I, p. 110, pl. VI, f. 1.
— *arenaria*, Bourguignat, 1860. *Malacol. Bretagne*, p. 78.

HABITAT. — L'*Anodonta arenaria* est beaucoup moins répandu que l'*Anodonta cygnæa*, on peut cependant l'observer dans les eaux tranquilles des délaissés de la Saône et dans quelques mares alimentées par les eaux

du Rhône ; en général, il paraît rechercher les eaux plus vives, plus fraîches, à fond moins vaseux que l'*Anodonta cygnæa*. Cette même forme se
trouve également dans quelques-uns de nos grandes lacs ; M. Bourguignat
l'a rencontrée dans le lac du Bourget, depuis l'embouchure du Tillet, jusqu'à 1500 mètres environ de Cornin.

ORIGINE. — Nous ne connaissons pas cette forme à l'état fossile.

. VARIATIONS. — Les variations de cet Anodonte portent surtout sur la
taille et sur le développement rostral de la coquille ; pareilles modifications
dues non seulement à des différences d'âge souvent difficiles à constater,
mais encore à l'influence des milieux, ne constituent certainement pas des
variétés. Parfois aussi la coloration de la coquille se modifie suivant les
stations, et passe du vert plus ou moins foncé au brun parfois un peu
jaunâtre.

RAPPORTS ET DIFFÉRENCES. — L'*Anodonta arenaria* dans bien des collections a été confondu avec la forme précédente ; souvent toutes deux figurent sous le même nom d'*Anodonta cellensis*. M. Bourguignat, en rectifiant
pour cette coquille la dénomination imposée en 1821 par C. Pfeiffer, est
revenu au véritable type tel qu'il avait été créé par Schröter. On distinguera donc l'*Anodonta arenaria* à sa forme étroite, allongée, bien rostrée,
à son bord inférieur sinueux ou subsinueux et non rectiligne ou même
arrondi, enfin au moindre parallélisme des bords supérieur et inférieur.

ANODONTA PONDEROSA, C. PFEIFFER

Mytilus avonensis, MATON ET RACKET, 1807. *In Linn. Trans.*, XIII, t. III, f. 4.
Anodonta ponderosa, C. PFEIFFER, 1825. *Naturgesch. Deutschl.*, II, p. 31, pl. IV, f. 1.
— *cygnæa*, STEIN, 1850. *Leben. scheck. Musch. Berlins*, p. 101 (v. *ponderosa*).
— *avonensis*, MOQUIN-TANDON, 1855. *Hist. Moll.*, II, p. 562, pl. XLVI, f. 7-8.
— *cellensis*, GREDLER, 1856. *Tirols Conchyl.*, p. 267 (v. *ponderosa*).
— *anatina*, WALSER, 1860. *Süsswass. Rivol. Livland.*, p. 48 (pars).
— *piscinalis*, BROT, 1866. *Études Nayades Léman*, p. 47, pl. V. f. I (v. *major*) ?

HABITAT. — Nous devons à M. G. de Mortillet l'indication de la présence
de l'*Anodonta ponderosa* à Fernex, dans le département de l'Ain. Nous
ne l'avons pêché nulle part ailleurs.

ORIGINE. — Nous ne connaissons pas cette coquille à l'état fossile.

VARIATIONS. — Réduit dans des limites assez étroites par suite de l'élévation au rang d'espèce des *Anodonta Dupuyi* et *A. subponderosa*, l'*Anodonta ponderosa* ne présente plus que des variations individuelles. Celles-ci seront alors basées sur la taille des échantillons et sur le bombement plus ou moins considérable des valves, caractères qui peuvent dépendre tous les deux plus encore de l'âge que des milieux. Aussi arrive-t-il parfois, comme le fait observer M. H. Drouët (1), de rencontrer cette coquille tantôt avec une obésité difforme, anormale, tantôt au contraire avec le test comprimé, et une forme subarrondie. Dans de pareilles conditions, ces variations individuelles prennent évidemment un caractère d'anomalie, et n'influent en rien sur les variations générales d'un type donné.

RAPPORTS ET DIFFÉRENCES. — L'*Anodonta ponderosa* est à la tête d'un groupe qui comprend les *Anodonta Dupuyi*, *A. subponderosa* et *A. Rossmassleriana*. Il est souvent déjà bien difficile de séparer l'*Anodonta ponderosa* des deux premières de ces coquilles, même lorsqu'elles sont adultes ; on comprend aisément à quel degré s'accroissent ces difficultés lorsque ces coquilles, encore jeunes, n'ont point acquis tous leurs caractères plus ou moins distinctifs. D'une façon générale, on distinguera l'*Anodonta ponderosa* à sa taille proportionnellement plus forte et plus haute, au poids plus considérable de ses valves, toujours plus solides et plus épaisses, à sa forme plus ventrue, plus renflée, à ses impressions musculaires fortes et profondes, à la forme allongée de son rostre, etc.

ANODONTA DUPUYI, RAY ET DROUËT

Anodonta Dupuyi, RAY ET DROUËT, 1849. *In Rev. et mag. zool.*, p. 29, pl. III.
— *avonensis*, MOQUIN-TANDON, 1855. *Hist. Moll.*, II, p. 562 (v. *Dupuyi*).

HABITAT. — Cette coquille paraît fort rare dans nos régions. M. Perroud l'a cependant récoltée, une seule fois il est vrai, dans la losne Tabard à Irigny, dans un bas-fond à eau claire et ombragée. Nous l'avons également reçue des eaux de la Drée, dans le département de Saône-et-Loire. La détermination en a été faite par M. Bourguignat.

(1) H. Drouët, 1852. *Nayades de France*, 7e article, p. 3.

ORIGINE. — Cette forme n'a point été indiquée à l'état fossile.

VARIATIONS. — L'échantillon pêché par M. Perroud se rapporte très exactement à la figuration donnée par M. l'abbé Dupuy (1). Cette figuration diffère notablement de celle donnée par MM. Ray et Drouët d'abord, puis par M. Drouët ensuite (2). Le type de M. l'abbé Dupuy est plus court, plus ramassé, le bord palléal moins droit, le rostre plus tombant et son extrémité plus anguleuse, tandis que les formes reproduites par MM. Ray et Drouët sont plus régulières, plus droites, plus allongées. Cette coquille paraît du reste très polymorphe, et ses véritables limites nous semblent assez difficiles à préciser.

RAPPORTS ET DIFFÉRENCES.— L'*Anodonta Dupuyi* est très voisin des *Anodonta ponderosa*, *A. subponderosa* et *A. Rossmässleriana*. On le distinguera d'une façon générale à son test un peu mince, régulier, à sa forme allongée, à son rostre toujours bien développé, souvent anguleux, presque toujours brillant, à ses bords supérieur et inférieur à peu près parallèles, le bord palléal tendant à se relever en avant, à ses impressions musculaires assez nettement marquées, etc. On le séparera de l'*Anodonta ponderosa* par sa forme plus allongée, son poids toujours moins fort, par ses bords plus régulièrement parallèles, par ses valves moins épaisses, moins blanches intérieurement, par ses impressions musculaires moins profondes, etc. Enfin on le distinguera des *Anodonta subponderosa* et *A. Rossmässleriana* à sa forme plus courte, à son rostre plus relevé et plus brusquement tronqué, à ses angles un peu moins arrondis, à ses impressions musculaires plus fortes, et enfin à son ligament plus saillant.

ANODONTA TUMIDA, Bourguignat

Anodonta Pictetiana, BROT, 1867. *Nayades bassin du Léman*, p. VIII, f. 3 (v. *elongata*).
— *tumida*, BOURGUIGNAT, 1880. *Matériaux Moll. acéphales*, p. 103.

HABITAT. — D'après M. le Dr Brot, cette forme se trouve dans les eaux du lac de Saint-Paul, au-dessus de Thonon, dans la Haute-Savoie.

ORIGINE. — Cette coquille n'a pas été signalée à l'état fossile.

(1) Dupuy, 1852. *Moll. France*, tab. XVII, fig. 13.
(2) Ray et Drouët, 1849. *Rev. et mag. zool.*, pl. III.
(3) H. Drouët, 1852. *Études sur les Nayades de la France*, pl. VII.

Variations. — Cette forme ne nous est connue que par la description et la figuration qu'en a données M. le Dʳ Brot.

Rapports et différences. — Dans le principe, M. le Dʳ Brot rapportait cette coquille à une variété *elongata* de l'*Anodonta Pictetiana* qui vit dans les eaux du lac de Genève. M. Bourguignat l'a indiquée, comme espèce différente, sous le nom d'*Anodonta tumida*. D'après M. le Dʳ Brot, « jusqu'aux deux tiers de sa croissance elle ne diffère pas de l'*Anodonta Pictetiana* type ; à partir de ce moment, elle devient un peu plus rostrée et prend une forme tout à fait semblable à la variété *elongata* de l'*Anodonta anatina* (*A. lacuum*, Bourguignat). La coquille est plus mince et la couleur moins foncée, olive-verdâtre dans le jeune âge et brunâtre chez l'adulte ».

ANODONTA ROSSMÄSSLERIANA, Dupuy

Anodonta cygnæa, Morelet, 1834. *Moll. bass. sous-pyrénéen*, p. 75 (pars).
—   *Rossmässleriana*, Dupuy, 1843. *En. Moll. Gers*, p. 74.
—   *piscinalis*, Gassies, 1849. *Moll. Agenais*, p. 191 (pars).
—   *avonensis*, Moquin-Tandon, 1855. *Hist. Moll.*, II, p. 567 (v. *Rossmässleriana*).

Habitat. — D'après M. Charpy, l'*Anodonta Rossmässleriana* aurait été reconnu par M. l'abbé Dupuy, dans le département de l'Ain, dans les eaux du Solman, à Domsure, ainsi que dans une mare à Marboz. C'est une forme peu commune, localisée, vivant de préférence dans les petites rivières ou les eaux un peu courantes, où elle forme des colonies assez nombreuses, mais peu dispersées.

Origine. — Nous ne connaissons pas cette coquille à l'état fossile.

Variations. — Les échantillons de Marboz et de Domsure, d'après ce que nous a dit M. Charpy, se rapporteraient assez exactement au type figuré par M. l'abbé Dupuy (1); mais le plus souvent ils sont de taille moindre que le véritable type qui vit dans le Midi de la France. D'autre part, M. Lacroix a récolté à Saint-Laurent lès Mâcon une forme différente de l'*Anodonta Rossmässleriana*, mais que M. l'abbé Dupuy a cru cependant pouvoir rattacher au moins à titre de variété à son type. Ces échan-

(1) Dupuy, 1852. *Hist. Moll.*, tab. XVIII, fig. 14.

tillons sont de taille plus petite, de forme plus courte, plus ramassée, en même temps plus lancéolée; le côté antérieur est moins large, et par conséquent le bord palléal paraît moins droit; le bord postérieur est large mais moins allongé, la coquille est plus ventrue. Ses dimensions sont les suivantes : longueur max., 87; haut. max., 66 ; épaiss. max., 35; long. de la crête ligam.-dors., du sommet à l'angle postéro-dorsal, 41 ; dist. de cet angle au rostre, 47; corde apico-rostrale, 79; haut. de la perp., 43; dist. de la perp. au bord antérieur, 20 ; du même au rostre postérieur, 77 ; de la base de la perp. à l'angle postéro-dorsal, 67 millimètres.

RAPPORTS ET DIFFÉRENCES. — Suivant M. l'abbé Dupuy, cette coquille, « fort voisine des *Anodonta ponderosa* et *A. Dupuyi*, diffère de l'*A. sub-ponderosa* par son test beaucoup plus mince, par sa coquille moins renflée, par son aspect moins luisant, par ses impressions musculaires moins profondes, par son test moins profondément sillonné sous les bords. » C'est une forme assez difficile à classer, car si elle se rattache au groupe de l'*A. ponderosa*, comme le fait observer son propre auteur, elle a aussi des affinités avec le groupe des *Piscinalis* ; M. Drouët(1) la relie en effet à ce groupe avec les *Anodonta Milleti* et *A. rostrata*. On la séparera cependant des échantillons de ces deux groupes par sa taille, par son galbe plus allongé, plus largement rostré, enfin par son corselet moins épanoui.

ANODONTA OBLONGA, Millet

Anodonta oblonga, MILLET, 1833. *In Mém. Soc. agr. Angers*, I, p. 242, pl. XII, f. 1.
    —   cygnæa, MOQUIN-TANDON, 1855. *Hist. moll.*, II, p. 557 (v. *intermedia*).

HABITAT. — D'après M. Bourguignat, cette coquille est commune dans les eaux du lac du Bourget, en Savoie, dans les fonds vaseux recouverts de roseaux, depuis Saint-Innocent jusqu'au port de Cornin.

ORIGINE. — Nous ne connaissons pas cette coquille à l'état fossile. Elle n'a, du reste été citée à l'état vivant, que dans un petit nombre de cours d'eaux de France où elle devient alors facilement commune.

VARIATIONS. — L'*Anodonta oblonga* présente en général peu de variations; sa forme, son galbe sont à peu près constants, et ses caractères se modifient peu d'un individu à l'autre. M. H. Drouët (2) fait observer que

(1) H. Drouët, 1854. *Études sur les Anodontes de l'Aube*, sept. art., p. 7.
(1) H. Drouët, 1852, *loc. cit.*, p. 15.

suivant les localités, la région du corselet se dilate plus ou moins, et que la coquille est sujette à s'épaissir.

RAPPORTS ET DIFFÉRENCES. — Cette coquille est souvent bien difficile à distinguer de ses congénères, surtout quand elle est jeune : on la confond aisément avec de jeunes individus des *Anodonta cellensis* et *A. Rayi*. Elle est caractérisée par sa taille assez petite, ne dépassant pas de 80 à 90 millimètres, par sa forme plus comprimée, plus allongée que l'*Anodonta cellensis*, mais avec les bords palléal et cardinal moins parallèles ; le plus ordinairement pour une même taille, la coquille de l'*Anodonta oblonga* est plus solide, plus épaisse. Plusieurs auteurs ont rapproché l'*Anodonta oblonga* de Millet de l'*Anodonta intermedia* de Lamarck. Ces deux formes sont certainement très voisines, mais la question ne paraît cependant pas encore tranchée d'une façon absolue.

ANODONTA ROSTRATA, KOKEIL

A*nodonta rostrata*, KOKEIL, 1836. *In Rossmässler, Iconogr.*, VI, p. 25, f. 284; XI, p. 12.
f. 737 (n. Dupuy).
—   *variabilis*, MOQUIN-TANDON, 1855. *Hist* , II. p. 561, pl. XLVI, f. 5 (v, *rostrata*).
—   *anatina*, NORDENSKIÖLD, 1856. *Ozhnyl. Finl. Moll.*, p. 88. t. VII, f. 76 (pars).
—   *cygnæa*, JEFFREYS, 1862. *British Conchology*, I, p. 42 (v. *rostrata*).

HABITAT. — L'*Anodonta rostrata*, d'après M. de Mortillet (1), a été pêché dans le lac de Saint-Paul, au-dessus d'Évian, dans la Haute-Savoie. Nous ne le connaissons nulle part ailleurs dans notre région.

ORIGINE.— Cette forme n'a pas encore été signalée à l'état fossile. C'est du reste à l'état vivant une forme rare qui n'est connue en France que dans un petit nombre de stations.

VARIATIONS. — Les échantillons français diffèrent un peu du type figuré par Rossmässler; ils constitueraient peut être une variété particulière et nouvelle qui serait à ajouter aux nombreuses variétés admises par les auteurs allemands. Mais nous devons avouer qu'il ne nous a pas été donné d'examiner les échantillons recueillis dans notre région.

_____

(1) De Mortillet, 1862. *Annexion à la faune malacologique de France*, p. 48.

Rapports et différences. — Cet Anodonte, avec son rostre allongé, est tellement typique qu'il ne saurait être confondu avec aucun autre de ses congénères.

ANODONTA MILLETI, Ray et Drouët

Anodonta Milleti, Ray et Drouët, 1848. *In Rev. zool.*, p. 235, pl. I, f. 1-2.
— *variabilis*, Moquin-Tandon, 1855. *Hist. Moll.*, II, p. 561 (v. *Milleti*).

Habitat. — L'*Anodonta Milleti* a été trouvé par Terver aux environs de Lyon. Sa détermination a été confirmée par Moquin-Tandon et par M. H. Drouët. Nous ignorons où cette coquille a été pêchée, car nous ne l'avons rencontrée en aucun point de notre région.

Origine. — Nous ne connaissons pas cette coquille à l'état fossile.

Rapports et différences. — Cette coquille a de grandes affinités avec l'*Anodonta piscinalis*. « On la distinguera de cette dernière, dit M. H. Drouët (1), en ce qu'elle est constamment plus forte, plus ventrue, plus épaisse, plus sillonnée ; son rostre court et tronqué lui donne un aspect bizarre qui empêche de la prendre pour aucune autre de ses congénères. »

ANODONTA PISCINALIS, Nilsson

Anodonta piscinalis, Nilsson, 1822. *Hist. Moll. Sueciæ*, p. 116, n° 3.

Habitat. — L'*Anodonta piscinalis* paraît assez rare dans notre région ; nous l'avons cependant observé dans les eaux du Rhône et de la Saône ; il vit avec l'*Anodonta cygnæa*, mais il est toujours moins répandu.

Origine. — Nous ne connaissons pas cette coquille à l'état fossile.

Variations. — Quel est le véritable type de l'*Anodonta piscinalis ?* Les figurations données par les auteurs sont, il faut le reconnaître, bien différentes les unes des autres ; c'est avec la forme représentée par M. l'abbé

(1) Drouët, 1852 *Études sur les Anodontes de l'Aube, Rev. et Mag. de Zool.*, n° 5, p. 11.

Dupuy (1) que nos échantillons ont le plus d'analogie; cependant si leur contour est le même, s'ils affectent un profil tout à fait comparable, ils sont toujours de taille plus petite.

RAPPORTS ET DIFFÉRENCES.— Pour M. l'abbé Dupuy, cette coquille, « remarquable par son élargissement et l'élévation de la région postéro-dorsale des valves, se distingue par ses caractères de toutes les autres espèces du groupe, comme aussi par la forme plus élargie et par la troncature postérieure du sinus ligamentaire ».

ANODONTA SERVAINI, BOURGUIGNAT

Anodonta Servaini, BOURGUIGNAT, 1880. *In Sched.*

HABITAT. — M. Bourguignat a reconnu cette forme nouvelle dans un échantillon provenant des eaux de la Veyle, près de Mâcon. Ce type paraît du reste rare dans nos régions.

ORIGINE. — Nous ne connaissons pas cette Anodonte à l'état fossile.

RAPPORTS ET DIFFÉRENCES. — Cette coquille ne nous est encore connue que par un seul échantillon. Nous laisserons à M. Bourguignat le soin de donner la description du type et de montrer en quoi il diffère des formes voisines.

ANODONTA ILLUVIOSA, BOURGUIGNAT

Anodonta analina, BROT, 1867. *Fam. Nayades Léman*, p. 41, pl. VI, f. 2.
—   *illuviosa*, BOURGUIGNAT, 1880. *Matériaux Moll. acéphales*, p. 108.

HABITAT. — M. Brot avait signalé cette coquille dans les eaux du lac d'Annecy; nous l'avons également reçue du ruisseau de Salle, dans le département de Saône-et-Loire, avec cette détermination donnée par M. Bourguignat.

(1) Dupuy, 1852. *Hist. Moll.*, tab. XXI, fig. 17.

ORIGINE. — Nous ne connaissons pas cette coquille à l'état fossile.

VARIATIONS. — En comparant les formes de ces deux stations, nous constatons que l'*Anodonta illuviosa* est sujet à un polymorphisme notable. Ainsi les échantillons de Saône-et-Loire ont une forme plus étroite, plus allongée que ceux du lac d'Annecy ; chez eux, le côté antérieur est généralement moins court, le bord inférieur est plus droit ; le côté postérieur paraît moins large et la distance des sommets au rostre postérieur est plus grande.

RAPPORTS ET DIFFÉRENCES. — Nous ne connaissons encore de cette coquille que la figuration donnée par M. Brot, et qui a reçu de M. Bourguignat une appellation nouvelle, c'est à ce type que nous avons comparé nos échantillons de la Salle.

ANODONTA ANATINA, LINNÉ

Mytilus anatinus, LINNÉ, 1758. *Systema naturæ*, éd. X, I, p. 706.
Anodontites anatina, POIRET, 1801. *Coq. de l'Aisne, Prodrome*, p. 109.
Anodonta anatina, LAMARCK, 1819. *Anim. sans vert.*, VI, I, p. 85 (n. pars auct.)
Anodon anatinus, TURTON, 1821. *Conch. Brit.*, XLVI, p. 241.
Anodonta cygnæa, STEIN, 1850. *Leben schneck. Musch. Berlins*, p. 101 (v. *anatina*).

HABITAT. — L'*Anodonta anatina* est assez commun dans notre région ; il vit dans les parties tranquilles de nos grands cours d'eaux, dans leurs losnes et leurs dérivations, dans les ruisseaux qui s'y jettent, et quelquefois aussi dans les mares et les marais. Il paraît rechercher plus volontiers les eaux un peu courantes et assez limpides ; ordinairement il est localisé sur certains points où il forme des colonies assez nombreuses et peu dispersées.

ORIGINE. — Nous ne connaissons pas cet Anodonte à l'état fossile.

VARIATIONS. — Cette coquille est très variable de forme et de taille ; ses variations paraissent souvent porter non seulement sur des individus isolés, mais encore sur toute la colonie. La longueur varie de 50 à 75 et 80 millimètres, tandis que son épaisseur ordinairement de 20 à 25 millimètres peut devenir plus grande et constituer la var. *obesa*. La région du corselet est surtout sujette à modification ; toujours un peu comprimée, elle est souvent plus ou moins dilatée et même relevée. Dans l'ensemble de la coquille, le bord gauche est plus ou moins court ou arrondi, tandis que le bord droit est arqué et plus ou moins développé et anguleux.

RAPPORTS ET DIFFÉRENCES. — L'*Anodonta anatina* est voisin de l'*Anodonta piscinalis ;* il nous paraît même difficile de séparer ces deux coquilles tant qu'elles sont jeunes. A l'état adulte, on distinguera l'*Anodonta anatina* à sa taille plus petite, à sa forme plus globuleuse, moins ventrue, à ses valves plus minces, moins solides, à son bord palléal plus droit, plus horizontal, à ses sommets moins saillants et plus rapprochés du bord gauche.

Bien des auteurs ont confondu sous le nom d'*Anodonta anatina* des formes différentes. Ainsi, la coquille figurée par M. le Dr Brot, sous le nom d'*Anodonta anatina, typica* (1), serait pour M. Bourguignat la var. *major* de l'*Anodonta abbreviata* (2), tandis que l'*Anodonta typus* de M. H. Drouët (3) serait l'*A. nycteriana*. Le véritable type linnéen a été figuré par Hanley (4), et dans l'atlas de Rossmässler, c'est la figure 417 qui se rapprocherait le plus de ce même type.

ANODONTA NYCTERIANA, Bourguignat

Anodonta anatina, DROUËT, 1852. *Anodontes de l'Aube*, pl. IV, fig. 1.
— *nycteriana*, BOURGUIGNAT, 1880. *Matériaux Mollusques acéphales*, p. 104.

HABITAT. — M. Bourguignat a reconnu cette forme nouvelle dans des échantillons qui avaient été pêchés par notre ami M. de Fréminville, dans les eaux du Menthon, dans le département de l'Ain.

VARIATIONS. — Nos échantillons, comme l'a fait observer M. Bourguignat, diffèrent un peu du type ; ils ont une forme un peu plus allongée, avec la partie antérieure plus courte, plus rétrécie. Ce caractère semble appartenir à toute la colonie ; ce serait donc une variété bien définie.

RAPPORTS ET DIFFÉRENCES. — L'*Anodonta nycteriana* a été confondu avec l'*Anodonta anatina* par plusieurs auteurs ; comme nous n'avons pas en

(1) Brot, 1867. *Famille des Nayades du Léman*, pl. V, fig. 2.
(2) Bourguignat, 1880. *Matériaux Mollusques acéphales*, p. 103.
(3) Drouët, 1852. *Anodontes de l'Aube*, pl. IV, fig. 1.
(4 Hanley, 1855. *Ipsa Linnæi Conchylia*, pl. II, fig. 1.

main l? véritable type de l'espèce, nous laisserons à **M.** Bourguignat le soin de décrire et de différencier plus spécifiqu*e*ment cette nouvelle coquille.

ANODONTA PARVULA, Droüet

Anodonta coarclata, POTIEZ ET MICHAUD, 1844. *Cat. Moll.* II,p. 14?, pl. LV, f. 2 (n. Anlon).
—   *parvula*, H. DROUËT, 185?. *Anod. de l'Aube, in Mag. zool.*, p. 19.
—   *analina*, MOQUIN-TANDON, 1855. *Hist. Moll.*, II, p. 558 (v. *coarctata*).

HABITAT. — On trouve cette forme dans plusieurs petites rivières de notre région. Nous l'avons reçue notamment de la Reyssouze à Saint-Jullien dans l'Ain, et de la Mouge à Laizé dans Saône-et-Loire. Elle est ordinairement pe i commune, et forme des colonies composées d'un très petit nombre d'individus.

ORIGINE. — Nous ne connaissons pas cette Anodonte à l'état fossile.

VARIATIONS. — La plupart des échantillons que nous avons étudiés sont de forme un peu plus allongée que celui qui a été figuré par M. H. Drouët (1); ils se rapprochent davantage de la figuration de M. l'abbé Dupuy (2); ils ont toujours la partie antérieure un peu allongée, dilatée, mais avec le rostre plus ou moins tombant; les échantillons de la Mouge l'ont en général un peu plus relevé que ceux de la Reyssouze, ce qui modifie légèrement la forme de la coquille. Quant à la coloration, elle est d'un vert grisâtre ou rougeâtre avec les sommets plus gris.

RAPPORTS ET DIFFÉRENCES. — Les caractères de l'*Anodonta parvula* sont assez précis et tranchés pour séparer cette coquille de s*e*s congénères. On la reconnaîtra toujours à sa petite taille; la position des sommets et du rostre, la forme arquée de son bord supérieur permettront de la distinguer facilement.

(1) H. Drouët, 185?. *Anodontes de l'Aube*, pl. IV, f. 2.
(2) Dupuy, 185?. *Hist. Moll.*, tab. XX, f. 21.

ANODONTA ALPESTRIS, Charpentier

Anodonta alpestris, Charpentier, 1880. *In* Bourguignal, *sched.*

Habitat. — C'est sur la détermination de M. Bourguignat que nous signalons ici cette forme; elle provient des eaux de la Salle dans le département de Saône-et-Loire, où elle ne paraît pas très rare.

Origine. — Nous ne connaissons pas cette coquille à l'état fossile.

Variations. — Les échantillons que nous avons eus entre les mains et qui avaient été récoltés par M. Lacroix, de Mâcon, nous paraissent présenter une certaine régularité de forme et d'allure, ne différant entre eux que par la taille; quelques-uns cependant ont proportionnellement le côté postérieur un peu plus allongé, légèrement rostré; en ce cas le bord palléal paraît plus arrondi que dans la majorité des échantillons.

Rapports et différences. — Nous laisserons à M. Bourguignat le soin de faire ressortir les caractères spécifiques de cette forme qui n'avait été signalée par aucun des auteurs qui se sont occupés des Nayades de France.

DREISSENIDÆ

Genre DREISSENA, Van Beneden

DREISSENA POLYMORPHA, Pallas

Mytilus polymorphus, Pallas, 1754. *Voy. Russie, app.*, p. 212 (trad.).
— *Volgæ*, Chemnitz, 1795. *Conch. cab.*, XI, p. 256, pl CCV, f. 2028.
— *Hagenii*, Baer, 1825. *Inst. colemn. adj. Mytil. descr. nov.*
— *Chemnitzii*, Ferussac, 1826. *Bull. Sciences nat.*, n° 5, p. 140.
— *lineatus*, Waardenburg, 1827. *Coment. anim. Moll. Belgico*, p. 58 (n. Gmel.).
— *Volgensis*, Wood, 1828. *Ind. test. suppl.*, p. 8, pl. II, f. 6.
— *arca*, Kickx, 1834. *Descr. Moll. nouv.*
Dreissena polymorpha, v. Beneden, 1834. *Bull. Ac. sc. Bruxelles*, 1, p. 105.
Tichogonia Chemnitzii, Rossmässler. 1835. *Iconogr.*, I, p. 118, f. 69.
Mytilina polymorpha, Cantraine, 1837. *Acad. Scienc. nat.*, VII, p. 308.

Congeria Chemnitzii, ROLL, 1831. *Land Süsswass. Mecklenburgs*, p. 80.
    —   *polymorpha*, REIBISCH, 1853. *Die Mollusken Sachsen*, p. 432.
Dreissena fluviatilis, BOURGUIGNAT, 1856. *Aménités malacologiques*, I, p. 161.
    —   *Chemnitzii*, HENSCHE, 1861. *Preussen Mollusken Fauna*, p. 89.

HABITAT. — Le *Dreissena poly norpha* est aujourd'hui très répandu dans les eaux de la Saône sur tout son parcours, ainsi qu'à l'embouchure des différents cours d'eaux qui s'y jettent. Il est également très commun dans les eaux du Rhône au sud de Lyon, mais jusqu'à présent il paraît moins abondant dans ce fleuve au nord de la ville. Il vit en colonies extrêmement nombreuses formant de véritables agglomérations qui se dispersent et se propagent ensuite de proche en proche très rapidement.

ORIGINE. — Cette coquille est d'origine toute récente dans nos régions. Il y a une vingtaine d'années, nos naturalistes ne la connaissaient pas encore ; c'est par le nord et par la Saône que cette forme s'est introduite dans nos pays, et chaque jour elle tend à disperser plus loin ses innombrables et parfois encombrantes colonies.

VARIATIONS. — Si Pallas a cru devoir donner à cette coquille le nom de *polymorpha*, c'est, comme l'a fait observer M. Bourguignat (1), parce qu'il confondait sous la même appellation une coquille marine et une coquille fluviatile de tailles différentes ; mais dans nos régions, toute question de taille à part, nos échantillons varient peu ; c'est tout au plus si l'on peut constater quelques différences dans la forme plus ou moins arquée ou carénée des échantillons, différences qui ne constituent jamais que de simples variations individuelles ; et si l'on compare les échantillons des points extrêmes de notre bassin, venus dans des milieux différents, on ne trouvera entre eux absolument que des modifications dans la taille. Nos plus grands échantillons pêchés dans les eaux de la Saône varient de 35 à 40 millimètres de longueur.

RAPPORTS ET DIFFÉRENCES. — Pareille forme est tellement typique qu'il est inutile d'insister sur ses caractères distinctifs.

(1) Bourguignat, 1852. *Aménités malacologiques*, I, p. 164.

TABLE ALPHABÉTIQUE

DES

NOMS DE GENRES ET D'ESPÈCES

CITÉS DANS CET OUVRAGE

Nota. — Les caractères *italiques* indiquent les noms des espèces admises dans ce volume ; les caractères ordinaires sont réservés aux synonymies.

Acanthinula aculeata, Beck. . . . 78
Acavus aspersa, Gray. 196
— hortensis, Gray. 184
— nemoralis, Gray. 171
— *sylvatica*, Gray. 191
Achatina acicula, Lamarck. . 222-324
— aciculoides, Gredler. . . 223
— acuta, Aleron. 223
— collina, Drouët. 230
— Hohenwarti, Rossmässl. . 222
— lubrica, Menke. 217
— pusilla, Scacchi. 223
— subcylindrica, Deshayes. . 217
Acicula eburnea, Risso. 222
— fusca, Pfeiffer. . . . 259-362
— haylina, Bielz. 273
— lineata, Hartmann. . . . 361
— polita, Pfeiffer. 359
Acme, Hartmann. 359
Acme Dupuyi, Paladilhe. . . . 360
Acme fusca, Beck. 361
— fusca, Dupuy. 360
— linearis, Kuster. 362

Acme lineata, Draparnaud. . . 361
Acme minuta, Payot. 288
Acme polita, Pfeiffer. 359
Acmea linearis, Kuster. 359
Acroloxus lacustris, Beck. . . . 351
ACEPHALA 389
Alasmodon margaritiferum, Flem. . 428
— margaritiferus, Gray. . . 428
Alasmodonta arcuata, Barn. . . 428
Alæa antivertigo, Beck. 283
— cylindrica, Jeffreys. . . . 276
— edentula, Beck. 277
— inornata, Beck. 277
— marginata, Jeffreys. . . 261
— minutissima, Beck. . . . 276
— nitida, Jeffreys. 279
— palustris, Leach 283
— pygmæa, Beck. 288
— vulgaris, Jeffreys. . . . 280
Albida secale, Leach. 258
Alloglossa avenacea, Westerlund. . 252
Amalia marginata, Heynemann. . 19
Amnicola, Gould et Haldmann. . 386

VAR. MAL.

29

Amnicola confusa, Frauenfeld. . . 368
Amnicola similis, Draparnaud. . 368
Amphibina oblonga, Hartmann . . 36
　— putris, Hartmann. . . . 27
Amphibulina elongata, Hartmann. 36
　— oblonga, Hartmann. . . 27
　— putris, Hartmann. . . . 27
　— succinea, Lamarck. . . . 27
Amplexus crenellus, Brown. . . . 86
　— paludosus, Brown. . . . 84
Ancbistoma holosericeum, Adams. . 82
　— obvoluta, Mörch. . . . 80
　— obvolutum, Adams. . . . 80
　— personatum, Adams. . . 83
ANCYLIDÆ 347
ANCYLUS, Goffroy. 347
Ancylus capuloides, Jan 350
Ancylus deperditus, Ziegler. . . . 351
　— fluviatilis, Adams. . . . 355
　— fluviatilis, Draparnaud. . 347
　— fluviatilis, Gassies. . . . 350
　— fluviatilis, Moquin. . . 347-349
Ancylus gibbosus, Bourguignat. . 351
Ancylus Jani, Bourguignat. . . . 351
Ancylus lacustris, Linné. . . . 351
Ancylus lacustris, Russo. 351
　— Moquinianus, Bourguignat. 352
　— oblongus, Charpentier. . 351
　— oblongus, Parreys. . . . 352
　— recurvus, Parreys. . . . 354
Ancylus riparius, des Moulins. . 349
　— simplex, Buc-Hoz. . . . 347
Ancylus simplex, Bourguignat. . . 347
　— sinuosus, Brard. 349
　— spina-rosæ, Schmidt. . . 351
Anodon anatinus, Macgillivray. . 443
ANODONTA, Cuvier. 430
Anodonta acyrta, Bourguignat. . 431
　— alpestris, Charpentier. . 446
Anodonta anatina, Brot. 442
　— anatina, Drouët. . . . 444
　— anatina, Lamarck. . . . 443
Anodonta anatina, Linné. . . . 443
Anodonta anatina, Moquin. . . . 445
　— anatina, Nordensk. . . . 460
　— anatina, Walser. 435
Anadonta arenaria, Schröter. . 434
Anodonta avonensis, Moquin . 435-433
　— cellensis, auctorum. . . 431
　— cellensis, Gredler. . . . 435
　— cellensis, Pfeiffer. . . . 434

Anodonta coarctata, Potiez, Mich. 445
　— cygnæa, Draparnaud. . . 431
Anodonta cygnæa, Linné. . . . 431
Anodonta cygnæa, Morelet. . . . 438
　— cygnæa, Rossmässler. . . 430
　— cygnæa, Stein. . . . 435-443
　— cygnæus, Jeffreys. . . . 440
Anodonta Dupuyi, Ray, Drouët. . 436
　— eucypha, Bourguignat. . 430
　— Forchammeri, Mörch. . 434
　— illuviosa, Bourguignat. . 442
　— Locardi, Bourguignat. . 433
　— Mileti, Ray, Drouët. . . 441
　— nycteriana, Bourguignat. 444
　— oblonga, Millet. 439
Anodonta Pammegala, Bourg. . 433
Anodonta parvula, Drouët. . . 445
Anodonta Pictetiana, Brot. . . . 437
　— piscinalis, Brot. 435
　— piscinalis, Gassies. . . . 438
Anodonta piscinalis, Nilsson. . 441
　— ponderosa, Pfeiffer. . . 435
　— Rossmässleriana, Dupuy. 438
　— rostrata, Kokeil. . . . 440
　— Servaini, Bourguignat. . 442
　— tumida, Bourguignat. . 437
Anodonta variabilis, Draparnaud. . 431
　— variabilis, Moquin. . 440, 441
Anodontites anatina, Poiret. . . 443
Aplexa hypnorum, Beck. 316
　— rivalis, Fleming. . . . 314
Aplexus hypnorum, Gray. . . . 316
Arianta arbustorum, Leach. . . . 141
　— fœtens, Mörch. 138
　— fruticum, Gray. 126
　— lapicida, Mörch. 137
　— rudis, Mörch. 141
　— Wittmanni, Zawadzky. . . 141
ARION, Ferussac. 1
Arion aggericola, Mabille. . . . 6
Arion albus, Muller. 4
　— ater, Linné. 3
Arion ater, Westerlund. 4
　— Bourguignati, Mabille. . . 6
Arion campestris, Mabille. . . 5
Arion campestris, Mabille. . . . 2
　— cinctus, Mörch. 6
Arion Dupuyanus, Bourguignat. . 8
Arion Dupuyanus, Bourguignat. . 6
Arion empiricorum, Ferussac. . 1
Arion empiricorum, Kreglinger. . 3

Arion empiricorum, Wes'erlund. . 4-5
— fasciatus, Westerlund . . 7
— flavus, Ferussac. 6
— fuscus, Moquin-Tandon. . 7
— gagates, Seckendorf. . . 20
— Gaudefroyi, Mabille. . . 2
— hibernus, Mabille. . . . 2
Arion hortensis, Ferussac. . . 7
Arion impericorum, Westerlund. . 1
— intermedius, Normand. . 6
— leucophœus, Normand. . 7
— lineatus, Dumont. . . . 12
— lineatus, Risso. 7
— Mabillianus, Bourguignat. 6
— marginatus, Villa. . . . 19
Arion melanocephalus, F. Biguet. 6
Arion neustriacus, Mabille . . . 6
— Paladilhianus, Mabille. . 6
— rubiginosus, Baudon. . . 6
— rufus, Moquin-Tandon. . 1-3
— rupicola, Mabille. . . . 6
— Servainianus, Mabi le. . . 2
Arion subfuscus, Draparnaud. . 5
Arion subfuscus, Picard. 7
— subfuscus, Westerlund. . 8
— tenellus, Heynemann . . 6
— virescens, Millet. 2
Auricella carychium, Jurine. . . 287
— inflata, Hartmann. . . . 287
— lineata, Jurine. 361
Auricula carychium, Klees. . . . 287
— lineata, Draparnaud. . . 361
AURICULIDÆ. 286

Balæa fragilis, Leach. 247
— perversa, Gray. 247
Balea fragilis, Prideaux. 247
— perversa, Flem. 247
BALIA, Leach. 247
Balia Deshayesiana, Bourg. . . 248
— perversa, Linné. . . . 247
Balia pyrenaica, Bourguignat. . . 247
— Rayana, Bourguignat. . . 247
Baphia margaritifera, Schröck. . . 428
BELGRANDIA, Bourguignat. . . . 375
Belgrandia vitrea, Draparnaud. 375
Bithinia tentaculata, Gray. . . 366
Bithynia jaculator, Risso. . . . 366
— tentaculata, Frauenfeld. . 266
Bradybæna biformis, Beck. . . . 111
— carthusiana, Beck. . . . 118

Bradybæna cinctella, Beck. . . . 112
— ciliata, Beck. 111
— circinnata, Beck. 94
— cælata, Beck 95
— concinna, Jeffreys. . . . 97
— fruticum, Beck. 126
— glabella, Beck. 121
— hispida, Beck. 97
— incarnata, Beck. 114
— plebeia, Beck. 107
— strigella, Beck. 129
— villosa, Beck. 90
BRANCHIATA. 363
Buccinum acicula, Muller. . . . 222
— auricula, Müller. 317
— fossarum, Studer. . . . 312
— fragile, Studer. 345
— glabrum, Müller. . . . 346
— medium, Studer. 326
— palustre, Müller. . . . 336
— pellucidum, Schröter. . . 366
— peregrum, Müller. . . . 326
— stagnale, Müller. 338
— truncatulun, Müller. . . 332
Buliminus detritus, Beck. . . . 209
— Lackhamensis, Beck. . . 205
— montanus, Albers. . . . 205
— obscurus, Beck. 207
— quadridens, Abers. . . . 215
— tridens, Albers. 212
Bulimulus detritus, Adams. . . . 209
— montanus, Gray. 205
— radiatus, Risso. 207
BULIMUS, Scopoli. 205
Bulimus acicula, Brug. . . . 223-224
— acutus, Brug. 170
— Astierianus, Dupuy. . . . 209
— auricularius, Brug. . . . 317
— avenaceus, Brug. . . . 252
— bidens, Brug. 226
Bulimus detritus, Müller. . . . 209
Bulimus doliolum, Brug. 266
— basciatus, Turton. . . . 170
— fontinalis, Brug. 312
— fragilis, Lamarck. . . . 345
— glaber, Bruguière. . . . 346
— hordeaceum, Brug. . . . 207
— Humberti, Bourguignat. . 209
— hypnorum, Brug. 316
— Lackhamensis, Flem . . 205
— leucostoma, Poiret. . . . 346

Bulimus limosus, Poiret. !. . . . 322
— lineatus, Draparnaud. . . 351
— lubricus, Brug. 217
— minimus, Brug. 287
— Montacuti, Jeffreys. . . . 205
Bulimus montanus, Drap. . . 205
Bulimus muscorum, Brug. . . 268-271
— obscurus, Hartmann. . . 205
Bulimus obscurus, Müller. . . 207
Bulimus obscurus, Poiret. . . . 332
— palustris, Brug. 336
— peregrus, Brug. 326
— perversus, Poiret. . . . 247
— quadridens, Brug. . . . 215
— radiatus, Brug. 209
— sepium, Hartmann. . . . 2 9
— similis, Brug. 249
— stagnalis, Brug. 338
— subcylindricus, Moquin. . 220
— subcylindricus, Poiret. . . 217
— succineus. Brug. 27
— tentaculatus, Poiret. . . 366
— terrestre. Montagu. . . . 232
— tridens, Hartmann. . . . 312
— truncatulus, Brug. . . . 332
— unidentatus, Vallot. . . 268
— variabilis, Hartmann. . . 179
— viridis, Poiret. 309
— viviparus, Poiret. . . . 364
Bulinus acicula, Hartmann. . . . 222
— acutus, Beck. 314
— detritus, Studer 209
— fontinalis, Beck. 312
— lubricus, Hartmann. . . 217
— obscurus, Hartmann. . . 206
— sepium, Hartmann. . . . 202
— tridens. Hartmann. . . . 319
Bulla fontinalis, Linné. 312
— fluviatilis, Turton. . . . 312
— hypnorum, Linné. . . . 316
— rivalis, Maton. 314
— turrita, Gmelin. 316
Bullinus perla, Oken. 312
Bythinella abbreviata, Paulucci . . 376
BYTHINIA, Gray. 366
Bythinia abbreviata, Dupuy. . . 372
— brevis, Dupuy. 370
— diaphana, Dupuy. . . . 377
— Leachi, Sheppard. . . . 366
— similis, Stein. 368
Bythinia tentaculata, Linné. . . 366

Bythinia tentaculata, Stein. . . . 366
— viridis, Dupuy. 369
— vitrea, Moquin. . . . 371-377

CÆCILIANELLA, Bourguignat . . 222
Cæcilianella acicula, Müller. . . 222
— Liesvillei, Bourguignat. . 224
— uniplicata, Bourguignat. 225
Cæcilioides acicula, Beck. . . . 223
Campylæa alpina, Beck. 131
— fœtens, Beck. 138
— Fontenilli, Beck. 134
— glacialis, Beck. 133
— zonata, Beck. 137
Caracolla albella, da Costa. . . . 112
— lapicida, Lamarck. . . . 139
Cardium amnicum, Pultney. . . 393
— amnicum, Montagu. . 401-403
— Casertanum, Poli. . . . 401
— cinereum, Montagu. . . . 393
— corneum Montagu. . . . 389
— lacustre, Montagu. . . . 397
— nux, da Costa. 393
CARYCHIUM, Müller. . . . 286
Carychium acicularis, Ferussac. . 361
— cochlea, Studer. 361
— elongatum, Villa. . . . 286
— fuscum, Fleming. . . . 361
— lineatum, Ferussac. . . . 286
— lineatum, Pfeiffer. . . . 389
Carychium minimum, Müller. . 287
Carychium minimum, Pfeiffer. . . 286
— minutissimum, Ferussac. . 286
— nanum, Anton. 286
Carychium tridentatum, Risso. . 286
Cepæa hortensis, Held 184
— nemoralis, Held. 171
— sylvatica, Held. 191
Chilostoma lapicida, Fitzinger. . . 139
— pulchellum. Fitzinger. . . 81
— zonatum, Fitzinger. . . 139
Chilotrema lapicida, Leach. . . . 139
Chondrula tridens, Beck. 212
— quadridens, Beck. . . . 215
CHONDRUS, Cuvier. . . . 212
Chondrus avena, Cuvier. 262
— cinereus, Crist. Jan. . . 252
— frumentum, Cuvier. . . . 256
— granum, Hartmann. . . . 267
Chondrus quadridens, Müller. . 215
Chondrus secale, Hartmann. . . 252-258

Chondrus tridens, Müller. . . . 212
Chondrus variabilis, Hartmann. 256-162
Cingulifera alpina, Held. 131
—   arbustorum, Held. . . . 141
Cionella acicula, Jeffreys. . . . 217
—   brevis, Michaud. 243
—   lævissima, Michaud. . . 218
—   lubrica, Jeffreys. 217
Circinaria pulchella, Beck. . . . 84-86
CLAUSILIA, Draparnaud. 225
Clausilia belonidea, Bourguignat. 243
Clausilia bidens, Draparnaud. . . 226
Clausilia carthusiana, Bourg. . 232
Clausilia cinerea, Risso. 249
Clausilia corynodes, Held. . . . 245
—   *crenulata*, Risso. . . . 242
—   *cruciata*, Studer. . . . 240
—   *dilophia*, Mabille. . . 243
—   *dubia*, Draparnaud. . . . 237
Clausilia dubia, Dupuy. 238
Clausilia Dupuyana, Bourg. . . 238
—   *earina*, Bourguignat. . . 231
—   *fimbriata*, Ziegler. . . . 228
Clausilia fragilis Studer. 247
Clausilia gallica, Bourguignat. . 238
Clausilia gracilis, Rossmässler. . 245
—   helvetica, Bourguignat. . 232
—   lamellosa, Villa. 232
Clausilia laminata, Montagu. . 226
Clausilia laminata, Moquin-Tandon. 228
Clausilia lineolata, Held. . . . 234
—   *micratracta*, Bourg. . . 240
—   *micropleuros*, Bourg. . . 231
—   *Mongermonti*, Bourg. . 225
—   *mucida*, Ziegler 235
—   *Nantuacina*, Bourg. . . 241
Clausilia nigricans, Moquin. . . 237
Clausilia nigricans, Pultney. . 241
Clausilia parvula, Gærtner. . . . 247
Clausilia parvula, Studer. . . . 247
Clausilia perversa, Charpentier. . 247
—   perversa, Fitzinger. . . 230
—   phalerata, Ziegler. . . . 228
Clausilia plicatula, Draparnaud. 235
Clausilia plicatula, Rossmässler. . 235
—   pumila, Pfeiffer. 240
Clausilia punctata, Michaud. . . 229
—   *Reboudi*, Dupuy. . . . 239
—   *Rolphi*, Leach. 233
Clausilia rugosa, Schmidt. . . 242
Clausilia saladina, Bourg. . . 233

Clausilia Silanica, Bourguignat. . 236
—   *Teitelbachiana*, Rossm. . 245
Clausilia Thibetana, Desbayes. . . 237
—   triplicata, Hartmann. . . 240
Clausilia ventricosa, Draparnaud. 230
Clausilia ventricosa, Moquin. . . 234
—   ventriculosa, Villa. . . . 230
Clausilia ylora, Bourguignat. . . 236
Cochlea achatinum Draparnaud. . 365
—   fasciata, da Costa. . . . 171
—   mutabilis, Hartmann. . . 171
—   pomatia, da Costa. . . . 201
—   unifasciata, da Costa. . . 141
—   virgata, da Costa. . . . 147
—   vivipara, da Costa. . . . 363
—   vulgaris, da Costa. . . . 196
Cochlicella meridionalis. Risso. . 170
Cochlicopa acicula, Westerlund. 323, 224
—   lubrica, Risso. 217
—   lubrica, Westerlund. . . 220
Cœnatoria aspersa, Held. 196
—   pomatia, Held. 201
COLIMACIDÆ 22
Columna lubrica, Crist. Jan. . . 217
Congeria Chemnitzii, Boll. . . . 447
—   polymorpha, Reibisch. . 449
Conulus fulvus, Fitzinger. . . . 70
—   unidentatus, Fitzinger. . 88-104
Cordula amnica, Leach. 403
Corneola fœtens, Held. 133
—   pulchella, Held. 84
—   zonata, Held. 137
Crepidula oblonga, Fleming. . . 352
Cyclas amnica, Fleming. 403
—   appendiculata, Leach. . . 404
—   calyculata, Draparnaud. . 397
—   cinerea, Hanley. 401
—   consobrina, Ferussac. . . 396
—   cornea, Draparnaud. . . 389
—   cornea, Lamarck. . . 293, 394
—   cornea, Menke. 395
—   flavescens, Macgillivray. . 395
—   fontinalis, Brown. . . . 401
—   fontinalis, Draparnaud. . 398
—   lacustris, Draparnaud. . . 393
—   lacustris, Moquin. . . 392-397
—   lenticularis, Normand. . . 401
—   nitida, Hanley. 399
—   nucleus, Studer. 395
—   obliqua, Dupuy. 401
—   obliqua, Lamarck. . . . 403

Cyclas obliquus, Kicks. 403
— ovalis, Ferussac. 396
— palustris, Draparnaud. . . 403
— pulchella, Hanley. . . . 401
— pusilla, Turton. . . . 398-399
— rivalis, Draparnaud. . . 394
— rivalis, Gassies. 395
— rivicola, Leach. 389
— Ryckholtii, Normand. . . 390
— Terveriana, Dupuy. . . . 391
— tuberculata, Kicks. . . . 397
— vitrea, Risso. 401
Cyclostoma, Draparnaud. . . . 353
Cyclostoma affinis, Risso. 353
— apricum, Mousson. . . . 356
— breve, Draparnaud. . . . 370
Cyclostoma elegans, Müller. . . 353
Cyclostoma fuscum, Moquin. . . 360
— impurum, Draparnaud. . 366
— jaculator, Ferussac. . . 366
— lineatum, Ferussac. . . . 361
Clyclostoma lutetianum, Bourg. 355
Cyclostoma maculata, Deshayes. . 358
— maculatum, Draparnaud. . 358
— obscura, Gras. 356
— obtusana, Draparnaud. . 382
— patulum, Draparnaud . . 357
— septemspirale, Mcquin. . 358
— simile, Draparnaud. . . 368
— subelegans, Bourguignat. . 353
— sulcatum, Draparnaud. . 355
— turriculatum, Crist. Jan. . 358
— viride, Draparnaud. . . 369
— vitreum, Draparnaud . . 573
— viviparum, Draparnaud. . 363
CYCLOSTOMIDÆ. 353
Cyclostomus elegans, Montfort. . . 353
Cylindrus inornatus, Hartmann. . 277

Delomphalus rupestris, Hartmann. 75
— saxatilis, Hartmann. . . 75
Discus aculeatus, Adams. 78
— crystallinus, Fitzinger. . 64
— pygmæus, Fitzinger. . . 77
— rotundatus, Fitzinger. . . 72
— ruderatus, Fitzinger. . . 77
— rupestris, Fitzinger. . . 75
Dreissena, Van Beneden. . . . 446
Dreissena Chemnitzii, Hensche. . 447
— fluviatilis, Bourguignat. . 447

Dreissena polymorpha, Pallas. . 446
DREISSENIDÆ. 446

Elisma fasciata, Leach. 170
Ena montana, Leach. 205
Ena obscura, Leach. 207
Eruca dolium, Swainson. . . . 265
— fragilis, Swainson. . . . 247
— muscorum, Swainson. . . 276
— umbilicata, Swainson. . . 268
Eucore quadridens, Agassiz. . . . 215
Euglesia Henslowana, Leach . . . 404
Eulota fruticum, Hartmann. . . 126
Euparipha pisana, Mö:ch. 147
— rhodostoma, Hartmann. . 147
Euphemia obvoluta, Menke. . . . 70
Euryomphala pygmæa, Beck. . . 77
— rotundata, Beck. . . . 72
— ruderata, Beck. 74
— rupestris, Beck. 75
— umbilicata, Beck. . . . 75

Ferussacia, Risso. 217
Ferussacia collina, Drouët. . . 220
— Locardi, Bourguignat. . 221
Ferussacia lubrica, Mörch. . . . 217
Ferussacia subcylindrica, Linné. 217
Fruticola aculeata, Held. 78
— carthusianella, Held. . . 118
— cælata, Held. 95
— cinctella, Held. 112
— circinnata, Held. 94
— fruticum, Held. 126
— glabella, Held. 121
— hispida, Held. 97
— incarnata, Held. 114
— sericea, Held. 109
— strigella, Held. 129
— villosa, Held. 90
Fusulus fragilis, Fitzinger. . . . 247

GASTEROPODA. 1
Geomalacus, Allmann. 9
Geomalacus Bourguignati, Mab. 9
Geomalacus hiemalis, Drouët . . 9
— intermedius, Normand. . 9
— Mabillei, Baudon. . . . 9
— maculosus, Westerlund. . 9
— Moitessierianus, Mabille. . 9

Geomalacus Paladilhianus, Mabille. 9
— Vendeanus, Letourneux. . 9
Glandinia acicula, Adams. . . . 223
— lubrica, Morelet. 212
Gonodon tridens, Held. 217
— quadridens, Held. . . . 215
Gonostoma holoserica, Held. . . 82
— obvoluta, Held. 80
Granaria avena, Held. 252
Granaria frumentum, Held. . . . 256
— polyodon, Held. 256
— secale, Held 258
— variabilis, Held. 252
Gulnaria ampla, Hartmann. . . . 319
— auricularia, Leach. . . . 318
— lacustris, Leach. 318
— Monardi, Hartmann. . . 319
— ovata, Beck. 322
— peregra, Leach. 325

Helicella alliaria, Beck. 49
— cellaria, Beck. 44
— conica, Risso. 109
— crystallina, Beck. 64
— diaphana, Beck. 61
— Draparnaldi, Beck. . . . 40
— ericetorum, Risso. . . . 148
— fruticum, Fitzinger. . . . 126
— glabra, Beck. 46
— hispida, Fitzinger. . . . 97
— hyalina, Adams. 67
— nitida, Beck. 54
— nitida, Risso. 53
— nitidula, Beck. 55
— rotundata, Gray. 72
— Prevostiana, Risso. . . . 97
— rupestris, Risso. 75
— saxatilis, Gray. 75
— strigella, Fitzinger. . . . 129
— succinea, Beck. 53
— variabilis, Risso. 153
— viridula, Beck. 79
Helicodonta obvoluta, Risso. . . 81
Helicogena hortensis, Beck. . . . 184
— hybrida, Beck. . . . 171-184
— imperfecta, Risso. . . . 171
— lapicida, Risso. 139
— libellula, Risso. 171
— muralis, Risso. 196
— nemoralis, Risso. . . . 171

Helicogena olivacea, Risso. . . . 171
— pomatia, Risso. 261
— sylvatica, Beck. 191
Helicopsis striata, Fitzinger. . . 163
Helicolimax annularis, Ferussac. . 23
— major, Ferussac. 23
— pellucida, Ferussac. . . . 22
— vitrea, Ferussac. 25
HELIX, Linné. 72
Helix acicula, Studer. 222
Helix aculeata, Müller. 78
Helix acuta, da Costa. 139
Helix acuta, Müller. 170
Helix adspersa, Martens. . . . 196
— affinis, Gmelin. 139
— alba, Gmelin. 307
— albella, Thienemann. . . 64
— alliacea Jeffreys. . . . 48
— alliaria, Chemnitz. . . . 46
— alliaria, Müller. 48
— alpestris, Ziegler. . . . 141
— alpina, Deshayes. . . . 131
Helix alpina, Faure-Biguet. . . . 131
Helix attenata, Gœrtner. 129
— angustata, Studer. . . . 32
Helix arbustorum, Linné. 141
Helix arbustorum, Moquin. . . . 146
— arenaria, Olivi. 118
— arenosa, Ziegler. 151
Helix aspersa, Müller. 196
Helix auricularia, Linné. 377
— avena, Ferussac. 252
— Belgrandi, Bourguignat. . 88
Helix bidens, Chemnitz. 88
Helix bidens, Müller. 226
— bidens, Ziegler. 88
— bidentata, Draparnaud. . 165
— bidentata, Gmelin. . . . 88
— bifasciata, Pultney. . . . 170
— bilabiata, Olivi. 80
— Blauneri, Schuttlew. . . 43
Helix Bourniana, Bourguignat. . 104
Helix buccinata, Alten. 205
— buccinum, Schrank . . 35
— Canizonensis, Boubée. . . 143
— candidula, Studer. . . . 165
— cantiana, Kreglinger. . 116-117
Helix caperata, Montagu. . . . 161
— carduelis, Reibisch. . . . 126
— carinata, Montagu. . . . 297
— carychium, Gmelin. . . . 287
Helix carthusiana, Müller. . . . 118

Helix carthusianella, Draparnaud.   118
 — carthusianum, Gray. . . . 118
 — cellaria, Dupuy.   43
 — cellaria, Müller.   44
Helix cemenelea, Risso.   116
Helix cespitum, Calcara.   153
 — cespitum, Draparnaud. .   151
Helix chartusiana, Bivona. . . .   118
Helix ciliata, Venetz.   111
Helix ciucta, Sheppart.   171
Helix cinctella, Draparnaud. . .   112
Helix cinerea, Gray.   249
 — cinerea, Poiret   136
 — cingenda, Montagu . . .   147
 — circinnata, Rossmässler. .   94
Helix circinnata, Studer. . . .   94
 — clandestina, Born. . .   97
Helix claustralis, Zeigler. . . .   118
Helix cobresina, Alten.   104
Helix cobresina, Pfeiffer.   102
 — cœlata, Studer.   95
 — cochlea, Studer.   361
 — complanata, Montagu. . .   293
 — complanata, Poiret. . . .   295
 — compressula, Stentz. . .   163
 — concinna, Dupuy. . . .   106
 — concinna, Jeffreys. . . .   100
 — conica, Draparnaud. . .   109
 — conspurcata, Moquin. . .   163
 — contorta, Linné.   305
 — contorto-plicata, Gmelin. .   318
 — cornea, Hartmann. . . .   129
 — cornea, Linné..   310
 — corneola, Clessin. . . .   100
 — cornu-arietis, da Costa. .   310
 — coronata, Studer. . . .   266
 — corvus, Gmelin.   334
Helix costata, Müller.   86
 — costulata, Ziegler . . .   163
Helix crassa, da Costa.   304
 — crassa, Razoumow. . . .   306
 — crenella, Montagu. . . .   85
 — crenulata, Dilwyn. . . .   154
 — cristata, Montagu. . . .   385
 — crystallina, Draparnaud. .   68
 — crystallina, Dillwyn. . . 84-86
 — crystallina, Müller. . . .   64
 — cylindrica, Gray.. . . .   280
 — cylindrica, Studer. . . .   252
Helix depilata, Draparnaud. . .   102
Helix detrita, Müller.   209

Helix diaphana, Poiret.   23
 — diaphana, Studer. . . .   68
 — diodonstoma, Bourguignat.   82
Helix Diniensis, Rambur. . . .   162
 — diurna, Bourguignat. . .   123
Helix dilopida, Jan.   116
 — doliolum, Ferussac. . . .   266
 — dorium, Ferussac. . . .   265
 — Draparnaldi, Cuvier. . .   23
 — dubia, Clessin.   100
 — eburnea, Hartmann.. . .   64
Helix edentula, Draparnaud. . .   102
 — elachia, Bourguignat. . .   78
 — elegans, Brown.   152
 — elongata, Studer. . . .   36
 — erica, da Costa.   148
Helix ericetella, Jousseaume. . .   152
Helix ericetorum, Chemnitz. . . .   152
Helix ericetorum, Müller.   148
Helix exigua, Studer.   268
 — expansa, Clessin.   100
 — exquisita, Deshayes.. . .   47
 — fasciata, Gmelin.   364
 — fascicularis, Gmelin. . .   382
 — fasciolata, Drouët . . .   165
Helix fasciolata, Poiret. . . .   154
Helix fœtens, Moquin.   137
Helix fœtens, Studer.   138
Helix fœtida, Storck.   48
 — flavovirens, Dism. Mort.   137
 — fontana, Lightf.   290
Helix Fontenilli, Michaud.. . . .   134
Helix frumentum, Ferussac. . . .   235
 — fossaria, Montagu. . . .   332
 — fragilis, Linné.   345
Helix fruticum, Müller.   126
Helix fulva, Müller.   170
 — fusca, Poiret. . . . 171-184
 — gallo provincialis, Dupuy.   116
Helix gesocribatensis, Bourg. .   157
Helix Gibsii, Leach.   118
Helix glabella, Draparnaud. . .   121
Helix glabella, Gras.   101
 — glabella, Pfeiffer. . . .   97
 — glabra, Gmelin.   346
 — glabra, Studer.   46
Helix glacialis, Thomas. . . .   133
 — glypta, Fagot.   95
Helix gothica, Linné.   141
 — granatella, Bivona. . . .   78
 — granulata, Alder . . .   100

Helix granum, Ferussac. 260
Helix Gratianopolitana, Ramb. . 101
— gratiosa, Studer. . . . 168
Helix grisea, Gmelin. 196
— Gypsii, Ferussac. . . . 118
— hammonis, Ström. . . . 58
Helix heripensis, Mabille. . . . 158
Helix hirsuta, Crist. Jan. 111
— hispida, Charpentier. . . 107
Helix hispida, Linné 97
Helix hispidula, Crist. Jan. . . . 89
Helix holoserica, Studer. . . . 81
Helix holoserica, Gmelin. 80
— holoserica, Studer. . . . 81
Helix hortensis, Müller 184
Helix hortensis, Pennant. . . . 196
— hyalina, Ferussac. . . . 68
— hybrida, Poiret. . . . 171-185
— hydatina, Philippi. . . . 62
— hydatina, Rossmässler. . . 61
— ignota, Mabile. . . . 151-160
— impura, Studer. 24
Helix incarnata, Müller. . . . 114
— intersecta, Michaud. . . 100
Helix isognomostoma, Bourg. . . 87
— isognomo-tomos, Gmelin. . 83
Helix Juriniana, Bourguignat. . 113
Helix Kirbii, Sheppard. 77
— Lackhamensis, Montagu. . 205
— lacustris, Razoum. . . . 292
Helix lapicida, Linné. 139
— lavandulæ, Bourguignat. 122
Helix lenticularis, Alten. 260
Helix liberta, Westerlund. . . . 106
Helix liberta, Westerlund. . . . 100
— limacina, Alten. 25
— limacoides, Alten. . . . 25
— limbata, da Costa. . . . 297
— limosa, Dilwyn. 27
— limosa, Linné. 322
— limosa, Montfort. 318
Helix lineata, Olivi. 153
Helix lineata, Boys. 289
— lubrica, Müller. 217
— lucana, Vallot. 125
— lucida, Montagu. 44
— lucida, Draparnaud. . . 40-53
— lucida, Dum. Mort. . . . 43
— lucida, Studer. 46
— lucorum, Razoumow. . 191-136
— lurida, Ziegler. 107

Helix maritima, Draparnaud. . . 153
— Massoti, Bourguignat. . . 78
— media, Gmelin. 148
— micropleuros, Bourg. . . 78
— minuta, de Kay. 34
— minuta, Studer. 77
— monodon, Ferussac. . . . 104
— montana, Ferussac. . . . 205
Helix montana. Studer. 91
Helix montana, Studer. 191
— Moutoni, Dupuy. . . . 122
Helix muralis, Müller. 196
Helix muscorum, Müller. 271
— muscorum, Studer. . . . 230
— mutabilis, Ferussac. . . . 262
— mutabilis, Hartmann. . . 191
— mutabilis, Leach. . . . 185
— nana, Pennant. 310
— nautilea, Walker. . . . 305
— neglecta, Draparnaud. . . 151
Helix nemoralis, Linné. 171
Helix nemoralis, Pfeiffer. . . . 184
— nitens, Gmelin. 53
— nitens, Maton, Racket. . 44
— nitens, Michaud. 49
— nitens, Sheppard. . . . 48
— nitida, Chemnitz. . . . 118
— nitida, Draparnaud. . . 40
— nitida, Friels. 56
— nitida, Gmelin. 289
— nitida, Müller. 53
— nitidissima, Zelebor. . . 47
— nitidula, Alten. 70
— nitidula, Draparnaud. . . 55-57
— nitidula, Jeffreys. . . . 54
— nitidus, Ferussac. . . . 54
Helix nov. form. 125
Helix nubigena. 151
— obscura, Müller. 207
— obscurata, Porro. . . . 40
Helix obvoluta, Müller. 80
— octanfracta, Montagu. . . 381
Helix Olivieri, Pfeiffer. 118
— paludosa, da Costa. . . . 84
— palustris, Gmelin. . . . 336
— Pascali, Mabille . . . 93
— parvula, Studer. 244
— pellucida, Müller. . . . 22
— pellucida, Pennant. . . . 64
— peregra, Gmelin. . . . 326
Helix personata, Lamarck. . . 83

Helix perversa, Ferussac. . . . 247
— petronella, Charpentier. . 57
— petholata, Olivi. 147
Helix phorochætia, Bourguignat. 93
Helix jicea, Ziegler. 141
— piligera, Ziegler. . . . 109
— pilosa, Alten. 89
— pisana, Dilwyn. 152
Helix pisana, Müller. 117
Helix piscinalis, Gmelin. 582
— planata, Maton, Racket. . 297
Helix planorbis, da Costa. . . . 299
— planorbis, Linné. . . . 296
— planospira, Gras. . . . 146
— planospira, Michaud. . . 138
Helix plebeia, Draparnaud. . . 107
Helix plebeia, Michaud 107
— plebeium, Draparnaud. . 107
— plebeja, Krynicki. . . . 129
— plicatula, Ferussac. . . 235
— polyodon, Ferussac. . . 561
Helix pomatia, Linné. 201
Helix profuga, Kreglinger. . . . 154
— pseudosericea, Benoît. . . 100
Helix pulchella, Muller. . . . 84
Helix pusilla, Vallot. 75
— pura, Gerstenfeld. . . . 65
— pura, Gredler. 59
— pura, Martens. 59
Helix Putoniana, Mabille. . . . 124
Helix Putonii, Clessin. 100
— putris, Ferussac. . . . 32
— putris, Linné. 27
— putris, Pennaut. 326
Helix pygmæa, Draparnaud. . . 77
Helix pyramidalis, Hartmann. . . 88
— pyramidata, Hartmann. . 104
— quinquefasciata, Sheppard. 171
— quadridens, Müller. . . . 215
— radiata, da Costa. . . . 72
— radiata, Ferussac. . . . 205
— radiatula, Albers. . . . 57
— radiatula, Dum. Mortillet. 59
Helix Repellini, Charpentier. . 146
Helix rhodostoma, Draparnaud. . 147
Helix rotundata, Müller. . . . 72
Helix rotundata, Nilsson. . . . 75
Helix rubella, Risso. 117
— ruderata, Studer. . . . 74
Helix rudis, Studer. 107
— rufescens, auct. 91, 94, 95, 97

Helix rufescens, Westerlund. . . 93
— rufilabris, Jeffreys. . . 118
— rugosiuscula, Buvigner. . 263
Helix rupestris, Studer. . . . 75
Helix saxatilis, Hartmann. . . . 71
— scalaris, Müller. 205
— sepium, Gmelin. 209
— septemspiralis, Razoum. . 357
— secale, Ferussac 258
Helix sericea, Draparnaud. . . 109
Helix sericea, Gysser. 106
Helix sericea, Pfeiffer. 97
— sericea, Rossmässler. . . 121
— spinula, Villa. 75
— spinulosa, Lightfoot. . . 78
— spirorbis, Linné. . . . 303
— spendidula, Gmelin. . . 217
— stagnalis, Chemnitz. . . 336
— stagnalis, Linné. 338
— stagnorum, Pultney. . . 207
— striata, Brard. 152
— striata, Drap. . 154, 161, 165
— striata, Kreglinger. . . 163
— striatula, Gray. 57
— striatula, Hartmann. . . 165
— striatula, Olivi. 335
— strigata, Dilwyn. . . . 147
— strigata, Studer. 154
Helix strigella, Draparnaud. . . 129
Helix subalbida, Poiret. 152
Helix subaustriaca, Bourguignat. 195
Helix subcylindrica, Linné. . . . 217
— subglobosa, de Kay.. . . 184
Helix submontana, Mabille. . . 93
Helix subterranea, Pfeiffer. . . . 64
— succinea, Müller. . . . 27
— succinea, Studer. . . , . 53
Helix sylvatica, Draparnaud. . . 191
Helix sylvestris, Alten. 129
— sylvestris, Hartmann. . . 114
— Telonensis. 123
— tenera, Studer. 46
— tentaculata, Linné. . . . 366
— teres, Gmelin. 322
— terrena, Clessin. 101
— terrestris, Pennant. . . . 116
— Terveri, Michaud. . . . 151
— thymorum, Alten. . . . 165
— tigrina, Rossmässler. . . 134
— tæniata, Müller. 165
— tridens, Müller. 212

Helix trigonophora, Lamarck. . . 80
— triplicata, Ferussac. . . 275
— trochiformis, Montagu. . 70
— trochilus, Fleming. . . . 70
Helix trochoides, Poiret 169
Helix trochulus, Dilwyn. 70
— truncatula, Gmelin. . . . 332
— turbinata, Olivi. 207
— Turtoni, Fleming. . . . 72
— turturum, Stewart. . . . 171
— umbilicata, Ferussac. . . 268
Helix umbilicata, Pultney. . . . 305
— umbilicatus, Montagu. . . 75
— undulata, Michaud. . . . 196
— unidentata, Draparnaud. . 104
— unidentata, Rossmässler. . 101
Helix unifasciata, Poiret. . . . 165
Helix unifasciata, Moquin 1.8
— unizona, Andrzejow. . . . 165
Helix variabilis, Draparnaud. . 152
Helix variegatus, Gmelin. . . . 193
— ventricosa, Crist. et Jan. . 189
— ventriculosa, Ferussac. . 230
— vertigo, Gmelin. 285
Helix villosa, Studer. 89
Helix vindobonensis, Dupuy. . 191 195
— virescens, Studer. . . . 25
— virgata, Montagu. . . . 152
— viridula, Wallenb. . . . 89
— vitrea, Bielz. 69
— vitrea, Brown. 64
— vivipara, Linné. 364
— vortex, Linné. 299
— Xatarti, Jurine. 145
— zonaria, Donovan. . . . 152
— zonaria, Hartmann. . 137-138
— zonaria, Pennant. . . . 147
— zonata, Ferussac. . . . 134
Helix zonata, Studer. 137
Hemithalamus lacustris, Leach. . . 289
Hippeutis lenticularis, Hartmann. . 290
Hyalina alliaria, Albers. 49
— annularis, Venetz. . . . 23
— contracta, Clessin. . . . 67
— crystallina, Albers. . . . 65
— crystallina, Clessin. . . 66
— fulva, Albers. 70
— glabra, Albers. 47
— hyalina, Albers. 69
— lucida, Albers. 53
— nitens, Albers. 49

Hyalina nitidosa, Kreglinger. . . 55-60
— nitidula, Albers. 56
— nitidula, Bielz. 50
— pellucida, Studer. . . . 22
— petronella, Stabile. . . . 59
— striatula, Kreglinger. . . 57
— subterranea, Kreglinger. . 66
— viridula, Albers. 59
— vitrea, Studer. 25
HYALINIA, Agassiz. 40
Hyalinia alliaria, Mörch. 47
Hyalinia alliaria, Müller. . . . 48
— *Blauneri*, Shuttlew. . . 43
— *cellaria*, Müller. . . . 44
Hyalinia cellaria, Westerlund. . 44
Hyalinia contracta, Westerlund. 67
Hyalinia crystallina, Mörch. . . 64
Hyalinia crystallina, Müller. . 64
Hyalinia crystallina, Westerlund. 66
Hyalinia diaphana, Studer. . . 68
Hyalinia Dubreuili, Clessin. . . 67
Hyalinia Dumontiana, Bourg. . 60
— *Dutail!yana*, Mabille. . 52
Hyalinia Erjaveci, Brusina. . . . 70
Hyalinia fulva, Müller. . . . 70
— *glabra*, Studer. 46
Hyalinia glabra, Westerlund. . . 47
— hammonis, Westerlund. . 60
— *hydatina*, Rossmässler. . 61
Hyalinia hydatina, Westerlund. . 61
— Jackelii, Clessin. 70
— littoralis, Clessin. . . . 70
Hyalinia lucido, Draparnaud. . 40
Hyalinia lucida, Westerlund. . . 43
— Narbonensis, Clessin. . . 67
Hyalinia nitens, Michaud. . . 49
Hyalinia nitens, Westerlund. . . 50-52
Hyalinia nitida, Müller. . . . 53
Hyalinia nitida, Sandberger. . . 53
Hyalinia nitidosa, Ferussac. . . 54
— *nitidula*, Draparnaud. . 55
Hyalinia nitidula, Mörch. . . . 56
Hyalinia nov. form. 48-63
Hyalinia obscurata, Westerlund. . 42
Hyalinia petronella, Charpent. . 59
Hyalinia petronella, Westerlund. . 59
Hyalinia Pilatica, Bourguignat. 46
— *pseudohydatina*, Bourg. . 62
— *radiatula*, Alder. . . . 57
Hyalinia Botterii, Parreys. . . . 66
Hyalinia septentrionalis, Bourg. 42

Hyalinia subcarinata, Clessin. . . 67
Hyalinia subnitens, Bourguign. 51
Hyalinia subnitens, Locard. . . . 51
Hyalinia subrimata, Reinhardt. 68
— *subterranea*, Bourguig. . 66
Hyalinia transylvanica, Clessin. . 70
Hyalinia viridula, Menke. . . 59
Hyalinia vitrea , Brusina. . . . 67
Hydastes lubricus, Zelebor. . . . 217
HYDROBIA, Hartmann. 376
Hydrobia abbreviata, Dupuy. . . 37²
— brevis, Dupuy. 370
— bulimoidea, Dupuy. . . . 376
Hydrobia Charpyi, Paladilhe . . 376
— *peracuta*, Paladilhe. . . 378
Hydrobia similis, Dupuy. 368
— viridis, Dupuy. 369
— vitrea, Dupuy. 377
— vitrea, Hartmann. . . . 375
Hygromia bidens Mörch. 88
— carthusiana, Adams. . . 118
— ciliata, Adams. 111
— cinctella, Risso. 112
— edentula, Mörch. 102
— follicula, Risso. 114
— fruticum, Adams. . . . 126
— hispida, Adams. 97
— incarnata, Adams. . . . 114
— sericea, Jousseaume. . . 109
— strigella, Adams. . . . 129
— villosa, Adams. 90

Iberus alpinus, Adams. 131
— arbustorum, Adams. . . 141
— fœtens, Adams. 138
— glacialis, Adams. . . . 133
— hortensis, Mörch. . . . 184
— lapicidus, Gray. 137
— nemoralis, Mörch. . . . 171
— sylvatica, Mörch. . . . 191
— zonatus, Adams. 137
Inoperculata. 1
Isognostoma personata, Fitzinger. 83

Jacosta candidula, Mörch. . . . 165
— ericetorum, Mörch. . . . 148
— variabilis, Mörch. . . . 153
Jaminia edentula, Risso. 278
— granum, Risso. 260
— heterostropha, Risso. . . 215

Jaminia marginata, Risso. . . . 271
— muscorum, Risso. . . . 268
— secale, Risso. 258
— tridens, Risso. 212

KRYNICKILLUS, Kaleniczensko. . . 18
Krynickillus bruneus, Draparn. 18

Lamellibranchiata. 389
LARTETIA, Bourguignat. 377
Lartetia diaphana, Michaud. . . 377
Lartetia diaphana, Paladilhe. . . 377
Latomus lapicida, Fitzinger . . . 139
Leachia vitrea, Risso. 375
Lenticula lapicida, Held. 130
Lepas simplex, Buck-Hoz. . . . 317
Leptolimnæa elongata, Swainson. . 314
Limacella agrestis, Jousseaume. . 9
— brunea, Jousseaume. . . 18
— cinereo-nigra, Jousseaume. 12
— concava, Brard. 7
— maxima, Jousseaume. . . 15
— obliqua, Brard. 7
— parma, Brard. 15
— unguiculus, Brard. . . . 17
— variegata, Jousseaume . . 17
L'macellus obliquus, Turton. . . 9
— unguiculus, Turton. . . 17
LIMACIDÆ. 1
Limacina annularis, Hartmann. . 25
— pellucida, Hartmann. . . 22-23
— vitrea, Hartmann. . . . 25
LIMAX, Linné. 9
Limax agrestis, Linné. 9
Limax agrestis, Moquin. 11
— albus, Müller. 4
Limax alpinus, Ferussac. . . . 18
Limax antiquorum, Ferussac. . . 15
— arenarius, Gassies. . . . 18
— ater, Linné 3
— aureus, Gmelin. 6
— bilobatus, Ray. 13
— bruneus, Draparnaud. . . 18
— carinatus, Brown. . . . 19
— cellaria, d'Argenville. . . 15
— cinctus, Müller. 5
Limax cinereo-niger, Wolf. . . 12
— *cinereus*, Lister. . . . 15
Limax cinereus, Müller. 12

Limax luteus, Razoumowski. . . 1
— marginatus, Müller. . . 19
— marginellus, Schrank. . . 1
— maximus, Linné. . . . 12-15
— parvulus, Normand. . . 18
— reticulatus, Dum. Mort. . 14
— reticulatus, Müller. . . . 9
— empiricorum, Bornem. . 1
Limax erythrus, Bourguignat. . 12
— eubalius, Bourguignat. . 16
Limax fasciatus, Nilsson. . . . 7
— fuscus, Müller. 7
— gagates, Draparnaud. . . 20
Limax helveticus, Bourguignat. . 14
Limax hortensis, Gray. 7
— lævis, Kreglinger. . . . 18
— lineatus, Dum. Mort . . 13
Limax rufus, Linné, , 1
— subfuscus, Draparnaud. . 5
— succineus, Müller . . . 9
Limax sylvaticus, Draparnaud. . 11
— variegatus, Draparnaud. 17
LIMNÆA, Bruguière. 317
Limnæa auricularia, Linné. . . 317
Limnæa auricularia, Bielz. . . . 322
— auricularia. Moq.-Tand. . 321
Limnæa canalis, Villa. 343
— corrosa, Dum. Mort. . . 329
— corvus, Gmelin. 345
Limnæa elongata, Sowerby. . . . 346
Limnæa elophila, Bourguignat. . 334
— fontinalis, Studer. . . . 324
— fragilis, Linné. . . . 324
— frigida, Charpentier. . . 328
— glabra, Müller. 346
Limnæa intermedia, Bourguignat. . 330
Limnæa intermedia, Ferussac. . 330
— limosa, Linné. 321
Limnæa limosa, Moquin-Tandon. . 322
— — 324-330
— limosa, Westerlund. . . 318-326
Limnæa marginata, Michaud. . 325
Limnæa minuta, Dupuy. 332
— ovata, Dupuy. 322
— palustris, Moquin-Tandon. 334
Limnæa palustris, Müller. . . . 336
Limnæa peregra, Bourguignat. . . 326
— peregra, Jeffreys. . . 322-330
Limnæa peregra, Moquin-Tandon. 325
Limnæa peregra, Müller. . . . 326
— raphidia, Bourguignat. . 344

Limnæa stagnalis, Linné. . . . 338
Limnæa stagnalis, Moquin-Tandon. 338
— stagnalis, Pfeiffer. . . . 342
— subula, Parreys 344
Limnæa teres, Bourguignat. . . 322
— truncatula, Moquin. . . 332
Limnæa truncatula, Müller. . . 332
— turgida, Hartmann. . . 342
Limnæus auricularis, Thomæ. . . 318
— auricularius, Pfeiffer. . . 318
— auricularius, Stein. . . . 332
— elongatus, Pfeiffer. . . . 346
— fragilis, Stein. 336
— frigidus, Charpentier . . 328
— glabra, Gray. 346
— gracilis, Sekend. 319
— intermedius, Brussina. . . 330
Limnæus leucostomus, Rossmässler. 346
— limosus, Reibich. . . . 322
— minutus Rossmässler. . . 322
— obscurus, Ziegler. . . . 335
— ovatus, Charpentier. . . 324
— ovatus, Rossmässler. . . 322
— palustris, Jeffreys. . . . 336
— pereger, Jeffreys 324
— pereger, Macgil. 322
— pereger, Pfeiffer. . . . 326
— stagnalis, Menke. . . . 326
— truncatulus, Lehm. . . . 332
Limnea auricularia, Morelet. . . 318
— auricularia, Kreglinger. . 321
— corrosa, Dum. Mort. . . 329
— fontinalis, Sowerby. . . . 312
— frigida, Mortillet. . . . 328
— glabra, Kreglinger. . . . 346
— leucostoma, Michaud. . . 346
— limosa, Kreglinger. . . 322-324
— lineata, Brard. 322
— marginata, Michaud. . . 325
— minuta, Morelet. 332
— palustris, Brumati. . . . 336
— peregra, Kreglinger. . 325 326
— stagnalis, Brumati. . . . 338
— truncatula, Kreglinger. . 332
LIMNÆIDÆ. 289
Limneus acronicus, Studer. . . . 318
— auricularis, Saudberger. . 318
— auricularius, Draparnaud. 318
— communis, Jeffreys. . . . 236
— detritus, Jeffreys. . . . 209
— elongatus, Draparnaud. . 346

Limneus fontinalis, Studer. . . . 324
— fossarius, Turton. . . . 322
— fragilis, Sandberger. . . 305
— glaber, Thompson. . . . 316
— Hartmanni, Studer. . . . 319
— major, Jeffreys. 338
— minutus, Draparnaud. . . 332
— ovatus, Draparnaud. . . 322
— palustris, Draparnaud. 334-336
— pereger, Draparnaud. . . 326
— stagnalis, Draparnaud. . 338
— subulatus, Kicks.. . . . 346
— tinctus, Jeffreys. . . . 332
— truncatulus, Jeffreys. . . 332
— vulgaris, Braun. 322
Limnœa auricularia, Malz. . . . 318
— peregra, Malz. 326
— stagnalis, Malz. 326
— truncatula, Malz. 332
Limnophysa minuta, Fitzinger.. . . 332
— palustris, Fitzinger. . . 336
— truncatula, Beck. . . . 332
LOCARDIA, de Folin. 378
Locardia apocrypha, de Folin. . 378
Lucena pulchella, Hartmann . . . 84
— putris, Oken. 27
Lymnæa auricularia, Nilsson. . . 318
— detrita, Fleming. 209
— elongata, Nilsson. . . . 346
— fasciata, Fleming. . . . 170
— fontinalis, Fleming. . . . 382
— fragilis, Fleming. . . . 326
— glabra, Dupuy. 316
— intermedia, Ferussac. . . 330
— Lackhamensis, Fleming. . 29
— leucostoma, Lamarck. . . 346
— limosa, Fleming. 325
— lubrica. Fleming. . . . 217
— minuta, Lamarck. . . . 332
— obscura, Fleming. . . . 207
— octanfracta, Fleming. . . 346
— ovata, Lamarck. 322
— palustris, Fleming. . . . 336
— peregra, Lamarck. . . . 322
— peregrina, Mauduyt. . . 326
— putris, Fleming. 326
— stagnalis, Lamarck. . . . 338
— tentaculata, Fleming. . . 332
— vivipara, Fleming. . . . 363
Lymnæus auricularius, Zeleb. . . 318
— ontinalis, Zeleb. . . . 324

Lymnæus intermedius, Zeleb. . . 330
— minutus, Zeleb. 332
— ovatus, Zeleb.. 322
— palustris, Zeleb. 336
— pereger, Zeleb. 326
— stagnalis, Zeleb. 338
Lymnea auricularia, Risso. . . . 322
— oblonga, Puton. 332
Lymneus auricularius, Graels. . . 318
— canalis, Graels. 321
— elongatus, Graels. . . . 346
— intermedius, Graels. . . 330
— marginatus, Graels. . . 325
— minutus, Brard. 332
— ovatus, Graels. 322
— palustris, Graels. . . . 336
— pereger, Graels. 326
— stagnalis, Graels. . . . 338
Lymnus stagnalis, Mortf. 338

Macrocyclis costata, Adams. . . 83
— pulchella, Adams. . . . 85
MARGARITANA, Schumacher. . . 427
Margaritana margaritifera, Lin. 427
Margaritana fluviatilis, Schmidt. . 428
MELANIDÆ. 377
Me digera montana, Held. . . . 205
— obscura, Held. 207
MILAX, Gray. 19
Milax gagates, Draparnaud. . . 20
— marginatus, Müller. . . 19
MOITESSIERIA, Bourguignat. . . 379
Moitessieria Gervaisiana, Bourg. . 379
— Massoti, Bourg. 379
Moitessiera nov. form. 379
Moitessieria Rolandiana, Bourg. . 379
— Simoniana, Bourg. . . . 379
MOITESSIERIDÆ. 379
Monacha carthusianella, Fitzinger. 118
— incarnata, Fitzinger. . . 114
— sericea, Fitzinger. . . . 109
Mya arenaria, Schröter. 434
— batava, Maton, Racket. . 413
— crassa, Vallot 406
— margaritifera, Linné. . . 427
— ovata, Donavan. 427
— pictorum, Linné. . . . 425
— pictorum, Montagu. . . . 413
— pictorum Müller. . . . 425
— rhomboidea, Schröter. . . 406

Mysca batava, Turton. 413
— pictorum Turton. . . . 425
— solida, Turton. 427
Mytilina polymorpha, Cantraine. . 449
Mytilus arca, Kickx. 446
— anatinus, Linné. 443
— avonensis, Maton, Racket. 435
— Chemnitzii, Ferussac. . . 446
— cygnæus, Linné. 431
— Hagenii, Baer. 446
— lineatus, Wardenb. . . . 446
— polymorphus, Pallas. . . 446
— Volgæ, Chemnitz. . . . 446
— Volgensis, Wood. . . . 446
— zellensis, Gmelin. . . . 434
Natica vivipara, Ferussac. . . . 363
Nauta hypnorum, Leach. 316
Nautilus crista, Linné. . . . , 304
— lacustris, Lightfoot. . . . 289
Nerita elegans, Müller. 353
— fasciata, Müller. 364
— fluviatilis, Linné 387
— jaculator, Müller 366
— lacustris, Linné. 387
— littoralis, Linné. 387
— obtusa, Studer. 383
— piscinalis, Müller. . . . 382
— valvata, Gmelin. 385
— vivipara, Müller 363
NERITIDÆ. 387
NERITINA, Lamarck. 387
Neritina elegans, Schröter. . . . 387
— fluviatilis, Lamarck. . . 387
Neritina fluviatilis, Linné. . . 387
Neritina variabilis, Leach. . . . 387
Neritostoma vetula, Klein. . . . 27
Nux nigella, Humphrey. 393

Odostomia carychium, Fleming. . 287
— Juniperi, Fleming. . . . 258
— laminata, Fleming. . . . 226
— muscorum, Fleming. . . 268
— perversa, Fleming. . . . 247
— sexdentata, Fleming. . . 282
— vertigo, Fleming. . . . 285
Oleacina lubrica, Adams. 217
Omphiscola glabra, Beck. . . . 346
Operculata 353
Orcula delium, Held. 268
— doliolum, Held. 266

Oxychilus cellarius, Fitzinger. . . 44
— crystallinus, Jousseaume. . 45
— ericetorum, Fitzinger. . . 148
— lucidus, Fitzinger. . . . 54
— lucidus, Jousseaume. . . 40
— nitens, Jousseaume.. . . 51
— nitidulus, Jousseaume. . . 55
— pudiosus, Jousseaume. . . 50
— radiatulus, Jousseaume. . 57
— septentrionalis, Jouss. . . 42

Paludina abbreviata, Michaud. . . 372
— achatina. Sowerby. . . . 369
— achatina, Studer 365
— brevis, Michaud. 358
— bulimoidea, Michaud . . 371
— contecta, Moquin 363
— crystallina, Gray. . . . 363
— diaphana, Michaud . . . 377
— fasciata, Deshayes . . . 365
— impura, Brard. 366
— impura, Menke. 381
— jaculator, Studer. . . . 366
— similis, Michaud. 363
— Simoniana, Charpentier. . 379
— tentaculata, Fleming. . . 366
— viridis, Lamarck. . . . 369
— vitrea, Menke. 375
— vivipara, Michaud . . . 365
— vivipara, Studer 363
— vulgaris, Gray. 363
PALUDINELLA, Pfeiffer. 369
Paludinella abbreviata, Michaud 372
— brevis, Draparnaud. . . 370
— bulimoidea, Michaud. . . 371
— nov. form. 370
— nov. form. 374
— pupoides, Paladilhe. . . 373
— turriculata, Paladilhe. . 372
— viridis, Poiret 369
PALUDINIDÆ.. 363
Patella cornea, Paladilhe. . . . 347
— fluviatilis, Montagne . . 347
— lacustris, Linné. 351
— oblonga, Lightfoot. . . . 351
Patula pygmæa, Held 77
— rotundata, Held. 72
— ruderata, Held. 75
— rupestris, Held. 75
Pera Henslowiana, Leach. . . . 404

Pera pulchella, Leach. 401
Petasia cobresina, Beck. 104
— edentula, Beck. 102
— fulva, Beck. 88
— trochiformis, Beck. . . . 70
Physa, Draparnaud. 312
Physa acuta, Draparnaud. . . . 314
Physa acuta, Locard. 313
Physa fontinalis, Linné. . . . 312
— hypnorum, Linné. . . . 316
— Taslei, Bourguignat. . . 313
Physa turrita, Studer. 316
Pisidium, Pfeiffer. 398
Pisidium acutum, Pfeiffer. . . . 404
— amnica, Verany. 403
— amnicum, Jenyns. . . . 403
Pisidium amnicum, Müller. . . 403
Pisidium australe, Philippi. . . . 401
— caliculatum, Dupuy. . . . 4 2
— Casertanum, Bourg. . . . 402
Pisidium Casertanum, Poli. . . 401
Pisidium Cazertanum, Moquin . 400-402
— cinereum, Alder. . . . 401
— duplicatum, Pfeiffer. . . 390
— fontinale, Jeffreys. . . . 404
— fontinale, Pfeiffer. . . . 398
Pisidium Gassiesianum, Dupuy. . 400
Pisidium Gassiesianum, Dupuy . . 401
— Henslowanum, Jenyns. . . 404
Pisidium Henslowanum, Shepp. . 404
Pisidium incertum, Normand. . . 399
— inflatum, Megerle. . . . 403
— iratianum, Dupuy. . . . 402
— Jenyns.i, Macgillivray. . 401
— Joannis, Macgillivray. . . 401
— limosum, Gassies. . . 400-401
— Lunfsternionum, Forb. . 401
Pisidium nitidum, Jenyns. . . 399
Pisidium Normandianum, Dupuy.400 401
— obliquum, Pfeiffer. . . . 403
— obtusale, Ray, Drouët. . 397
— obtusale, Villa. 401
— palustre, Porro. 403
— pulchellum, Brown. . . . 398
Pisidium pusillum, Gmelin. . . 398
Pisidium pusillum, Jenyns. . 398 401
— sinuatum, Bourguignat. . 402
— tetragonum, Normand. . 400
— thermale, Dupuy. . . . 402
— vitreum, Pfeiffer. . . . 401
Planorbis, Guettard. 289

Planorbis acutus, Poiret. 296
Planorbis albus, Müller. . . . 307
Planorbis Arcelini, Bourguignat. . 308
— bulla, Müller. 312
— carinatus, Draparnaud. . 292
Planorbis carinatus, Müller. . . 296
Planorbis carinatus, Studer. . . 298
— clausulatus, Ferussac. . . 289
— complanatus, Draparnaud. 290
— complanatus, Poiret. . . 289
Planorbis complanatus, Linné. . 291
Planorbis complanatus, Morelet. . 295
— complanatus, Studer. . . 291
Planorbis contortus, Linné. . . 305
Planorbis compressus, Michaud. . 299
Planorbis corneus, Linné. . . . 310
Planorbis corneus, Poiret. . . . 310
Planorbis cristatus, Linné. . . 304
— Crosseanus, Bourguignat. 309
— dubius, Hartmann. . . . 298
— fontanus, Lightfoot. . . 290
Planorbis hispidus, Vallot. . . . 307
— imbricatus, Gerstf. . . . 304
Planorbis imbricatus, Müller. . 305
Planorbis intermedius, Charpent. . 298
— lenticularis, Sturm. . . 290
— leucostoma, Millet. . . 301
— Linnei, Malm. 292
— Linnei, fc., Malm. . . . 297
— marginatus, Draparnaud. . 292
— marginatus, Morelet. . . 295
— nautileus, Fleming. . . . 305
— nautileus, Moquin. . . . 304
— nautileus, Sturm. . . . 289
— nitidus, Gray. 290
Planorbis nitidus, Müller. . . . 289
Planorbis nitidus, Müller. . . . 310
— reticulatus, Risso. . . . 307
— rhombeus, Turton . . . 292
Planorbis rotundatus, Poiret. . . 301
Planorbis Sheppardi, Leach. . . 292
— similis, Müller. 316
— spirorbis, Jeffreys. . . 301
Planorbis spirorbis, Linné. . . 303
Planorbis stelmachætius, Bourg. . 308
Planorbis submarginatus, Crist. 295
Planorbis tenellus, Studer. . . . 299
— turgidus, Jeffreys. . . . 292
— turritus, Müller. 316
— umbilicatus, Müller. . . 295
— umbilicatus, Studer. . . 296

Planorbis villosus, Poiret. . . . 307
— vortex, Draparnaud. . . 301
Planorbis vortex, Linné. . . . 299
Planorbis vortex, Morelet. . . . 303
Polita cellaria, Held. 44
— crystallina, Held. . . . 64
— fulva, Held. 78
— glabra, Held. 47
— hyalinia, Held. 68
— nitens, Held. 49
— nitidosa, Held. 55
-- nitidula, Held. 55
— succinea, Held. 53
Polygira obvoluta, Gray. 80
Polyphemus acicula, Villa. . . . 223
Pomatia aspersa, Beck. 196
— antiquorum, Leach . . . 201
— pomatia, Beck, . . . 201
POMATIAS, Studer. 356
Pomatias apricum, Drouët. . . . 356
Pomatias apricus, Mousson. . . 356
Pomatias carthusianum, Drouët. . 356
— elegans, Studer. 353
— maculata, Troschel . . . 358
— maculatum, Crist. Jan. . 358
— maculatus, Pfeiffer. . . . 358
— patulus, Hartmann. . . . 358
Pomatias sabaudinus, Bourg. . 357
Pomatias septemspiralis, Crosse. . 358
Pomatias septemspiralis, Razom. 357
Pomatias striatum, Drouët. . . . 356
— Studeri, Hartmann. . . . 358
— variegatus, Studer. . . . 357
PSEUDANODONTA, Bourguignat. . 428
Pseudanodonta nov. form. . . 428
Pseudanodonta complanata, Ziegl. . 428
PULMONACEA. 353
PULMONOBRANCHIATA. . . . 289
PUPA, Lamarck. 249
Pupa anglica, Moquin-Tandon. . . 279
— angustior, Pfeiffer. . . . 284
— antivertigo, Draparnaud. . 282
— avena, Draparnaud. . . . 252
Pupa avenacea, Bruguière. . . 252
Pupa bidens, Draparnaud. . . . 226
— bidentata, Pfeiffer. . . . 271
Pupa Bigorriensis, Charpentier. . 251
— bigranata, Rossmässler. . 274
— biplicata, Michaud. . . . 264
Pupa Blakei, Shuttleworth. . . . 265
— Boileausiana, (Charpen.) 259

Pupa Charpentieri, Shuttlew. . . . 279
— cinerea, Draparnaud. . . 249
— cylindracea, Moquin. . . 268
— des Moulinsiana, Jeffreys . 279
Pupa doliolum, Bruguière. . . 266
— dolium, Draparnaud. . . 255
Pupa dolium, Pfeiffer. 266
— edentula, Draparnaud. . . 278
Pupa Farinesi, des Moul. . . . 254
Pupa Ferrari, Porro. 264
— fragilis, Draparnaud. . . 247
Pupa frumentum, Draparnaud. . 256
— granum, Draparnaud. . . 260
— hordeum, Studer. . . . 255
Pupa inornata, Michaud. 277
— Juniperi, Gray. 258
— marginata, Draparnaud. . 271
Pupa megacheilos, Crist. et Jan. . 250
Pupa Micheli, Terver. 261
— minuta, Studer. 276
— minutissima, Hartmann. . 276
— Moulinsiana, Dupuy. . . 279
Pupa multidentata, Olivi. . . . 262
Pupa muscorum, Draparnaud. . . 276
Pupa muscorum, Linné. . . . 271
Pupa muscorum, Moquin. 274
— nana, Deshayes. 284
— obtusa, Fleming. 276
— octodentata, Hartmann. . 287
— perversa, Potiez, Michaud 242
— placida, Say. 207
— plicatula, Draparnaud. . . 235
Pupa polyodon, Draparnaud. . . 261
Pupa pusilla, Pfeiffer. 285
— pygmæa, Draparnaud. . . 280
— pygmæa, Forbes. . . . 282
— quadridens, Draparnaud. . 215
Pupa quinquedentata, Born. . . 249
Pupa quinquedentata, Hartmann. . 280
— ringens, Caillaud. . . . 252
Pupa secale, Draparnaud. . . . 258
Pupa secale, Kreglinger. 255
Pupa Semproni, Charpentier. . 270
Pupa Semproni, Paulucci. . . . 270
— septemdentata, Bielz. . . 283
— sexdentata, Fleming. . . 283
— Shuttleworthiana, Charp. . 282
— Stroebeli, Gredler. . . . 276
— tridens, Draparnaud. . . 212
— tridentalis, Michaud. . . 275
— tridentata, Brard. . . . 212

Pupa triplicata, Gredler. 275
Pupa triplicata, Studer. 27
Pupa umbilicata, Bourguignat. . . 270
Pupa umbilicata, Draparnaud. . 268
Pupa umbilicata, Turton. 269
— umbilicata, Ziegler. . . . 265
— unidentata, Pfeiffer. . . 271
— variabilis, Draparnaud. . 262
— Venetzii, Pfeiffer. . . . 285
— ventricosa, Draparnaud. . 230
— ventrosa, Heynemann. . . 279
— vertigo, Draparnaud. . . 285
— vertigo, Hartmann. . . . 282
Pupilla doliolum, Beck. 266
— dolium, Beck. 265
— Draparnaldi, Leach. . . . 268
— frumentum, Swainson. . 256
— marginata, Leach. . . . 271
— muscorum, Beck. . . . 271
— Semproni, Adams. . . . 270
— triplicata, Beck. 270
— umbilicata, Beck. . . . 268
— variabilis, Swainson. . . 262
Pupula lineata, Agassiz. 362
Pyramidella rupestris, Fitzinger. . 75

Radix auricularius, Fitzinger. . . 318
Rupicola parvula, Hartmann. . . 244

Saraphia tridentata, Risso. . . . 286
Segmentaria lacustris, Swainson. . 289
Segmentina complanata, Zelebor. . 291
— fontana, Beck. 291
— lineata, Fleming. . . . 289
— nitida, Fleming. 289
Sira acicula, Schmidt 223
SPHÆRIDÆ. 389
SPHÆRIUM, Scopoli 389
Sphærium Brochonianum, Bour. 392
Sphærium corneum, Bourguignat. 394
Sphærium corneum, Linné. . . 393
Sphærium Deshayesianum, Bourg. 336
Sphærium lacustre, Müller. . . 397
— nucleum, Studer. . . . 395
— ovale, Bourguignat. . . 396
— rivale, Draparnaud. . . 394
Sphærium rivicola, Bourguignat. . 389
Sphærium rivicola, Leach. . . 389
Sphærium rivicolum, Mörch. . . 389
Sphærium Ryckholtii, Normand. 390

Sphærium Terverianum, Dupuy. 391
Sphyradium Ferrari, Hartmann. . 264
Stagnicola detonfracta, Fleming. . 345
— elegans, Leach 345
— minuta, Leach. 332
— vulgaris, Leach. 338
Stomodonta avena, Mermet. . . . 251
— antivertigo, Mermet. . . 287
— edentula, Mermet. . . . 277
— Farinesi, Mermet. . . . 254
— fragilis, Mermet . . . 247
— granum, Mermet. . . . 260
— marginata, Mermet. . . 271
— megacheilos, Mermet. . . 250
— muscorum, Mermet. . . 276
— pygmæa, Mermet. . . . 280
— secale, Mermet. 258
— umbilicata, Mermet. . . 268
— ventricosa, Mermet. . . 230
Styloides acicula, Fitzinger. . . . 212
— lubricus, Fitzinger. . . . 212
SUCCINEA, Draparnaud. 27
Succinea abbreviata, Ray, Drouët. 39
Succinea acrambleia, Mabille. . 34
Succinea agonostoma, Bourg. . . 37
— amphibia, Draparnaud. . 32-37
— arenaria, Moq. Tand. . . 39
Succinea arenaria, Bouchard. . 38
— Charpentieri, Dum. Mort. 30
Succinea Cenisea, Mortillet. . . . 31
— corsica, Shuttleworth. . . 33
— elegans, Issel 32
— elegans, Risso. 29
Succinea elegans, Risso . . . 33
— Fagoiana, Bourguignat. 35
Succinea gracilis, Alder. 32
— hordeacea, Jousseaume. . 29
Succinea humilis, Drouët. . . 39
Succinea lutetiana, Mabille. . . . 37
— major, Risso. 27
— mamillata, Mabille. . . . 34
Succinea Mortilleti, Bourguig. . 31
Succinea Mulleri, Leach. 27
Succinea oblonga, Draparnaud. . 38
Succinea oblonga, Moquin. . . . 39
— oblonga, Turton. 32
— olivula, Bourguignat. . . 29
Succinea Pfeifferi, Rossmäss. . 32
Succinea Pfeifferi, Stabile. . . . 31
— putris, Baudon. 30
— putris, Jeffreys. 27-32

Succinea putris, Linné	. . . .	27
Succinea pyrenearia, Bourguignat.		29
— Saint-Simonis, Bourg.	. .	37
— Valcourtiana, Bourg.	. .	37
Tachea hortensis, Leach.	. . . .	184
— montana, Hartmann.	. .	191
— nemoralis, Leach.	. . .	171
— sylvatica, Hartmann.	. .	191
Tanychlamys lucida, Benz.	. . .	53
Tapada oblonga, Studer.	. . . .	36
— putris, Studer.	. . . .	27
— succinea, Studer.	. . .	32
Tellina amnica, Müller.	. . . .	403
— Henslowana, Sheppart.	.	404
— lacustris, Müller.	. . .	397
— pusilla, Gmelin.	. . . .	398
— rivalis, Maton, Racket.	. .	403
— striata, Schröter.	. . .	403
— tuberculata, Alten.	. . .	397
TESTACELLA, Cuvier.	. . . . . .	21
Testacella europea, Boissy.	. . .	21
— galliæ, Oken.	. . . . . .	21
Testacella haliotidea, Draparn.	. .	21
Testacellus haliotides, Cantraine.	. .	21
— haliotideus, Faure-Big.	.	21
Theba candidula, Beck.	. . . .	165
— caperata, Leach.	. . . .	161
— carthusiana, Risso.	. .	181
— carthusianella, Risso.	. .	184
— cemenelea, Risso.	. . .	116
— cingenda, Leach.	. . .	147
— clandestina, Gray.	. . .	97
— conica, Beck.	. . . . .	169
— costulata, Ziegler.	. . .	163
— ericetella, Jousseaume.	.	152
— ericetorum, Beck.	. . .	148
— fulva, Leach.	. . . . .	70
— incarnata, Gray.	. . . .	114
— leucostoma, Risso.	. . .	147
— maritima, Beck.	. . . .	153
— pisana, Risso.	. . . .	147
— rubella, Risso.	. . . .	117
— spinulosa, Leach.	. . .	78
— striata, Adams.	. . . .	154
— strigata, Gray.	. . . .	129
— thymorum, Beck	. . .	165
— trochoides, Beck.	. . .	169
— unifasciata, Jousseaume.	.	165
— villosa, Gray.	. . . . .	90

Theba virgata, Jousseaume.	. . .	147
— virgata, Leach.	. . . . .	153
— zonata, Gray.	. . . . . .	137
Theodoxus fluviatilis, Isse.	. . .	387
— lutetianus, Montfort.	. .	387
Tichogonia Chemnitzii, Rossmäss.	. .	446
Torquatella muscorum, Held.	. .	271
— triplicata, Held.	. . . .	275
Torquilla avena, Studer.	. . . . .	252
— callosa, Ziegler.	. . . .	256
— cerealis, Ziegler.	. . . .	253
— cinerea, Beck.	. . . .	249
— Farinesi, Beck.	. . . .	254
— frumentum, Fitzinger.	. .	256
— granum, Studer.	. . . .	260
— hordeum, Studer.	. . .	255
— megacheilos, Beck.	. . .	250
— polyodon, Beck.	. . . .	261
— quadridens, Villa.	. . .	215
— secale, Studer.	. . . .	260
— tridens, Villa.	. . . . .	212
Trichia circinnata, Studer.	. . .	94
— clandestina, Hartmann.	.	97
Tridopsis personnata, Beck.	. .	83
Trigonostoma holosericum, Fitz.	.	81
— obvolutum, Fitzinger.	. .	81
Trochis terrestris, da Costa.	. .	70
Trochiscus bidentatus, Held.	. .	88
— unidentatus.	. . . . .	104
Trochula trochoides, Mörch	. . .	169
Trochus bidens, Chemnitz.	. . .	88
— cristatus, Schröter.	. . .	382
Truncatella lineata, Hartmann	.	362
— rubrica, Held.	. . . . .	359
— polita, Hartmann.	. . .	359
Turbo achatinus, Sheppart.	. . .	365
— adversus, da Costa.	. . .	312
— bidens, Pennant.	. . . .	223
— carychium, Montagu.	. .	287
— chrysalis, Turton.	. . .	271
— cristatus, Maton, Racket.	.	386
— cristatus, Poiret.	. . .	382
— cylindraceus, da Costa.	. .	260
— edentulus, Wood.	. . .	278
— elegans, Gmelin.	. . . .	353
— fasciatus, Pennant.	. . .	170
— fuscus, Montagu.	. . . .	361
— fontinalis, Montagu.	. .	382
— glaber, da Costa.	. . . .	217
— helicinus, Lightfoot.	. .	86
— janitor, Vallot.	. . . .	260

Turbo Juniperi, Montagu. . . . 258
— laminatus, Montagu. . . 226
— Leachi, Sheppard. . . . 368
⸢ ⸝ — lincina, Chemnitz. . . . 353
— marginatus, Sheppart. . 271
— multidentata, Olivi. . . . 262
— muscorum, Linné. . . . 271
— muscorum, Montagu. . . 405
— Myrmecidis, Scacchi . . . 75
— nautileus, Linné. . . 304-305
— nigricans, Pultney. . . . 240
— nucleus, da Costa. . . . 366
— Offtoniensis, Sheppart.. . 278
— paludosus, Turton. . . . 84
— palustris, da Costa. . . . 313
— perversus, Linné. . . . 347
— quadridens, Alten. . . . 212
— quinquedentatus, Born.. . 249
— reflexus, Olivi. 353
— rupium, da Costa. . . . 207
— sexdentatus, Montagu. . . 282
— stagnolis, da Costa.. . . 338
— striatus, da Costa. . . . 363
— striatus, Vallot 277
— tentaculatus, Sheppart . . 366
— thermalis, Dillwyn. . . . 382
— trianfractus, da Costa . . 27
— tridens, Alten.. . . . 256
— tridens, Gmelin. 212
— tumidus, Pennant. . . . 353
— vertigo, Montagu. . . . 285

Unio, Philippsson. 268
Unio amnicus, Ziegler. 417
Unio Araris, Barbie. 405
Unio ater, Nilsson 411
Unio Bandinii, Brusina. 420
Unio Barraudi, Bonhomme. . . 409
Unio batava, Lamarck.. 413
— batavus, Bielz. 412
— batavus, Moquin. . . 415 à 418
Unio batavus, Nilsson. 413
Unio Baudoni, de Folin, Berillon . 411
— Baudonianus, Fol., Ber. . 411
— consentaneus, Ziegler. . . 411
Unio corrosus, Villa. 419
Unio crassissima, Ferussac.. . . 405
Unio crassus, Philippsson. . . . 412
Unio crassus, Westerlund. . . 411-413
— dilatatus, Studer 413

Unio Draparnaldi, Deshayes . . 408
Unio dubius, Zelebor. 411
Unio elongatula, Muhlfeldt. . . . 420
— elongatulus, Dupuy. . . 415
Unio elongatulus, Dupuy. . . . 420
Unio littoralis, Cuvier. 406
— littoralis, Noulet. . . . 408
— littoralis, Pfeiffer. . . . 412
— margaritifera, Draparn. . 405
— margaritiferus, Nilsson. . 405
— manca, Lamarck. . . . 415
Unio mancus, Lamarck. 415
Unio nana, Lamarck. 416
— nanus, Dupuy. 417
Unio nanus, Lamarck. 416
— Philippi, Dupuy. . . . 410
— pictorum, Bourguignat. . 420
— pictorum, Draparnaud. . 411
Unio pictorum, Linné. 425
Unio pictorum, Mermet. 410
Unio platyrhynchoideus, Dupuy. 424
— reniformis, Schmidt. . . 418
— Requieni, Michaud. . . 421
Unio Requieni, Moquin. . . . 422-424
— rhomboideus, Moquin. 406 à 409
Unio rhomboideus, Schröter. . . 406
— Roussii, Dupuy. 422
Unio rugatus, Menke. 412
— rugosa, Poiret. 405
Unio Sanderi, Villa. 419
Unio Sandrii, Rossmässler. . . . 419
— sinuata, Lamarck. . . . 405
Unio sinuatus, Lamarck. . . . 405
Unio sinuatus, Rossmässler. . . 405
Unio squamosus, Charpentier. . 414
Unio subtetragona, Michaud. . . 407
Unio subtetragonus, Michaud. . 407
— subtilis, Drouët. . . . 420
— tumidus, Philippsson. . . 427
Unio Turtoni, Bourguignat. . . 422-423
Unio Turtoni, Payraudeau . . . 423
UNIONIDÆ. 405

Vallonia cornea, Gray. 138
— costata, Mörch. 86
— pulchella, Gray. 81
— rosalia, Risso. 81-86
Valvata, Müller. 381
Valvata alpestris, Blauner. . . 384
Valvata antiqua, Moris. 381

Valvata branchialis, Gruittaus. . 386
— contorta, Malm. 382
Valvata contorta, Menke. . . . 381
— *cristata*, Müller. . . . 386
— *minuta*. Draparnaud. . . 385
Valvata obtusa, Brard. 383
Valvata obtusa, Studer. . . . 383
Valvata piscinalis, auctor. . . . 387
— piscinalis, Ferussac. . . 382
— piscinalis, Hartmann. . . 381
Valvata piscinalis, Müller. . . 382
Valvata planorbis, Draparnaud. . . 386
— subglobosa, Menke. . . . 381
— trochoidea, Menke. . . . 381
VALVATIDÆ 381
Velletia lacustris, Gray. 352
VERTIGO, Müller. . . . . . , . 276
Vertigo alpestris, Alder. 282
— angustior, Jeffreys. . . . 284
Vertigo antivertigo, Draparn. . 282
Vertigo antivertigo, Issel. . . . 284
— antivertigo, Michaud. . . 283
— Charpentieri, Shuttlew. . 279
— columella, Moq.-Tandon. . 277
— cylindrica, Ferussac. . . 276
— 5-dentata, Studer. . . . 280
— 6-dentata, Studer. . . . 282
— 7-dentata, Ferussac. . . 283
Vertigo edentula, Draparnaud. . 278
Vertigo hamata, Held. 284
— heterostropha, Leach. . . 285
Vertigo inornata, Michaud. . . 277
Vertigo lepidula, Held. 279
— minutissima, Graells. . . 276
Vertigo Moulinsiana, Dupuy. . 279
— muscorum, Brumati. . . 271
Vertigo muscorum, Draparnaud. 276
Vertigo nana, Michaud. 284
— nitida, Ferussac. 278
— octodentata, Studer. . . 283
Vertigo plicata, A. Müller. . . 284
— *pusilla*, Müller. 285
— *pygmæa*, Draparnaud. . 280
Vertigo quadridentata, Studer. . 281
— secale, Turton. 258
— sexdentata, Montagu. . . 282
— sexdentata, Pfeiffer. . . 283
Vertigo Shuttleworthiana, Char. 282
Vertigo triplicata, Adams. . . . 275
— Venetzii, Charpentier. . . 284
— vertigo, Aleron. 285

Vertigo vulgaris, Leach. 280
Vitrea diaphana, Fitzinger. . . . 68
VITRINA, Draparnaud. 22
Vitrina annularis, Venetz. . . 24
Vitrina annularis, Gray. 24
— Audebardi, Pfeiffer. . . 23
— Charpentieri, Stabile. . . 26
Vitrina diaphana, Draparnaud. . 25
Vitrina diaphana, Pfeiffer. . . . 26
— Draparnaldi, Pfeiffer. . . 23
Vitrina major, Ferussac. . . . 23
Vitrina major, Pfeiffer. 23
Vitrina nivalis, Charpentier. . 26
Vitrina pellucida, Blainville. . . 25
— pellucida, Draparnaud. . 27
— pellucida, Gærtner. . . . 22
Vitrina pellucida. Muller. . . . 22
Vitrina subglobosa, Michaud. . . 24
— vitrea, Gray. 25
Vitrinus pellucidus, Montfort. . . 22
VIVIPARA, Lamarck. 363
Vivipara communis, Moquin. . 363
Vivipara contecta, Bourguignat. . 363
Vivipara fasciata, Müller. . . . 364
Vivipara vera, Kreglinger. . . . 367
— vulgaris, Dupuy. 373
Vortex cellaria, Oken. 44
— holoserica, Beck. 82
— lapicida, Oken. 139
— obvoluta, Beck. 80

Xerophila conica, Held. . . . 169
— ericetorum, Held. . . . 148
— pisana, Held. 147
— striata, Held. 154
— thymorum, Held. . . . 165
— variabilis, Held. 153

Zebrina radiata, Held. 209
Zonites achlyophilus, Bourg. . . 41
— alliarius, Gray. 45
— bidens, Adams. 88
— Blauneri, Bourguignat. . 43
— cellarius, Gray. 43
— chelius, Bourguignat. . . 45
— crystallinus, Leach. . . 64
— crystallinus, Moquin. . . 62
— crystallinus, Westerlund. . 67
— diaphanus, Moquin. . . 69

Zonites Dumontianus, Bourguig. . 60
— Dutaillyanus, Mabille. . . 52
— edentula, Adams. . . . 102
— ericetorum, Leach. . . . 148
— excavatus, Jeffreys. . . . 59
— Farinesianus, Bourg. . . 41
— fulvus, Moquin. 70
— glaber, Schmidt. . . . 45
— hydatinus, Bourguignat. . 61
— lucidus, Leach. 42-44
— lucidus, Moquin. . . . 40-43
— navaricus, Bourguignat. . 41
— nitens, Moquin. 47
— nitidosus, Bourguignat. . 55
— nitidulus, Gray. 56
— nitidulus, Jeffreys. . . . 50
— nitidus, Moquin. 53

Zonites pictonicus, Bourguignat. . 45
— Pilaticus, Bourguignat. . 46
— pseudohydatinus, Westerl. 62
— purus, Moquin. 55-60
— purus Macgillivray. . . . 59
— pygmæus, Gray. 77
— radiatulus, Gray. 57
— radiatus, Leach. 72
— rotundatus, Gray. . . . 72
— rupestris, Leach. 75
— septentrionalis, Bourg. . 41
— striatulus, Moquin. . . . 57
— subnitens, Bourguignat. . 51
— subterraneus, Bourguignat. 66
— umbilicatus, Gray. . . . 75
Zua lubrica, Leach. 217
Zurama pulchella, Leach. 84

TABLE DES MATIÈRES

NTRODUCTION. . . . . V–IX

GASTEROPODA

INOPERCULATA

PULMONACEA

LIMACIDÆ

Arion, Ferussac 1

Geomalacus, Ullmann. 9

Limax, Linné. 9

Krynickillus, Kaleniczensko. 18

Milax, Gray. 19

Testacella, Cuvier. 21

COLIMACIDÆ

Vitrina, Draparnaud. 22

Succinea, Draparnaud. 27

Hyalinia, Agassiz. 40

Helix, Linné. 72

Bulimus, Scopoli. 205

Chondrus, Cuvier. 212

Ferussacia, Risso. 217

472   FAUNE MALACOLOGIQUE

Cæcilianella, Bourguignat. 222
Clausilia, Draparnaud 225
Balia, Leach. 247
Pupa, Lamarck. 249
Vertigo, Müller. 270

AURICULIDÆ

Carychium, Müller. 286

PULMONOBRANCHIATA

LIMNÆIDÆ

Planorbis, Guettard. 289
Physa, Draparnaud. 312
Limnæa, Bruguière 317

ANCYLIDÆ

Ancylus, Geoffroy. 347

OPERCULATA

PULMONACEA

CYCLOSTOMIDÆ

Cyclostoma, Draparnaud. 353
Pomatias, Studer. 356
Acme, Hartmann. 359

BRANCHIATA

PALUDINIDÆ

Vivipara, Lamarck. 363
Bythinia, Gray. 366
Amnicola, Gould et Haldemann. 368
Paludinella, Pfeiffer 369
Belgrandia, Bourguignat. 375
Hydrobia, Hartmann. 376

MELANIDÆ

Lartetia, Bourguignat. 377
Locardia, de Folin 378

MOITESSIERIDÆ

Moitessieria, Bourguignat. 379

VALVATIDÆ

Valvata, Müller. 381

NERITINIDÆ

Neritina, Draparnaud 387

ACEPHALA

LAMELLIBRANCHIATA

SPHÆRIDÆ

Sphærium, Scopoli. 389
Pisidium, C. Pfeiffer. 398

UNIONIDÆ

Unio, Philippsson. 405
Margaritana, Schumacher 427
Pseudanodonta, Bourguignat 428
Anodonta, Cuvier. 430

DREISSENIDÆ

Dreissena, Van Beneden. 446

Table alphabétique des noms de genres et d'espèces. 449

FIN DE LA TABLE DES MATIÈRES

LYON. — IMPRIMERIE PITRAT AÎNÉ, RUE GENTIL, 4.

EXPLICATION DES PLANCHES

PLANCHE I

Fig. 1. — Helix aspersa, Linné. Forme allongée; environs de Lyon; collection Terver, au muséum de Lyon.

— 2. — Helix aspersa, Linné. Forme allongée; environs de Lyon; coll. de M. Gabillot.

— 3. — Helix aspersa, Linné. Forme allongée; environs de Lyon; coll. Terver.

— 4-5. — Helix aspersa, Linné. Anomalie aperturale; environs de Lyon; coll. Terver.

— 6-7. — Helix aspersa, Linné. Suture canaliculée; le Moulin-à-Vent près de Lyon ; coll. de M. Roy.

— 8. — Helix aspersa, Linné. Forme senestre allongée; environs de Lyon; coll. de M. Gabillot.

— 9. — Helix aspersa, Linné. Forme transverse; Vernaison (Rhône); coll. de M. Gabillot.

— 10. — Helix aspersa, Linné. Forme scalaire; environs de Lyon; coll. Terver.

— 11. — Helix pomatia, Linné. Forme scalaire ; Vourles (Rhône) ; col. de M. Gabillot.

— 12. — Helix pomatia, Linné. Forme scalaire-déprimée; environs de Lyon ; coll. Terver.

Imp. A. Roux, Lyon

A. Locard direxit.

PLANCHE II

Fig.   1. — **Helix ericetorum**, LINNÉ. Forme subscalaire; environs de Lyon; collection Ter-
            ver, au muséum de Lyon.

—   2. — **Helix ericetorum**, LINNÉ. Forme subscalaire; environs de Lyon; coll. Terver.

—   3. — **Helix ericetorum**, LINNÉ. Forme subscalaire; environs de Lyon; coll. Terver.

—   4-'. — **Helix plebeia**, DRAPARNAUD. Forme subscalaire; la Mouche, près Lyon; coll. de
            M. Roy.

—   7. — **Helix hispida**, LINNÉ. Forme scalaire; le Moulin-à-Vent, près Lyon; coll.de M. Roy.

—   8. — **Helix hispida**, LINNÉ. Forme subscalaire-globuleuse; envir. de Lyon; coll. Locard.

—   9. — **Helix heripensis**, J. MABILLE. Forme subscalaire; environs de Lyon; coll. Locard.

—   10. — **Helix fasciolata**, POIRET. Forme subscalaire; environs de Lyon; coll. de M. Roy

— 11-12. — **Helix lapicida**, LINNÉ. Forme subscalaire ; environs de Lyon; coll. Terver.

—   13. — **Helix lapicida**, LINNÉ. Forme scalaire; environs de Lyon; coll. Terver.

—   14. — **Helix lapicida**, LINNÉ. Forme subscalaire-arrondie; env. de Lyon; coll. Terver.

— 15-16. — **Helix lapicida**, Linné. Forme déprimée; Vassieu près Lyon; coll. Terver.

—   17. — **Helix lapicida**, LINNÉ. Forme subscalaire-globuleuse; env. de Lyon; coll. Terver.

—   18. — **Helix cinctella**, DRAPARNAUD. Forme scalaire; le parc de la Tête-d'Or, à Lyon;
            collection de M. Roy.

—   19. — **Helix rotundata**, LINNÉ. Forme subscalaire-globuleuse; environs de Lyon; coll.
            Locard.

— 20-21. — **Helix fruticum**, MULLER. Forme canaliculée; env. de Lyon; coll. M. de Gabillat.

—   22. — **Helix sylvatica**, DRAPARNAUD. Forme scalaire; Jougue (Jura); coll de M. Coutagne.

—   23. — **Helix arbustorum**, LINNÉ. Forme déprimée; environs de Lyon; coll. Terver.

—   24. — **Helix nemoralis**, LINNÉ. Forme déprimée; parc d'Aix-les-Bains (Savoie); coll.
            Locard.

—   25. — **Helix nemoralis**, LINNÉ Forme scalaire; environs de Lyon; coll. Terver.

—   26. — **Helix nemoralis**, LINNÉ. Forme globuleuse; environs de Lyon; coll. Terver.

—   27. — **Helix nemoralis**, LINNÉ. Forme globuleuse; environs de Lyon; coll. Locard.

— 28-29. — **Helix nemoralis**, Linné. Hypersécrétion aperturale, double ouverture; environs
            de Lyon; coll. Locard.

—   30. — **Physa hypnorum**, LINNÉ. Spire allongée; environs de Lyon; coll. Locard.

—   31. — **Physa hypnorum**, LINNÉ. Spire raccourcie; environs de Lyon; coll. Locard.

—   32. — **Physa acuta**, DRAPARNAUD. Spire raccourcie ; le Moulin-à-Vent, près Lyon; coll.
            Locard .

—   33. — **Physa acuta**, DRAPARNAUD. Spire allongée; le Moulin-à-Vent, près Lyon; coll.
            Locard.

— 34-35 — **Planorbis submarginatus**, CRISTOFORI et JAN. Forme subscalaire; environs de
            Lyon; coll. de M. Roy.

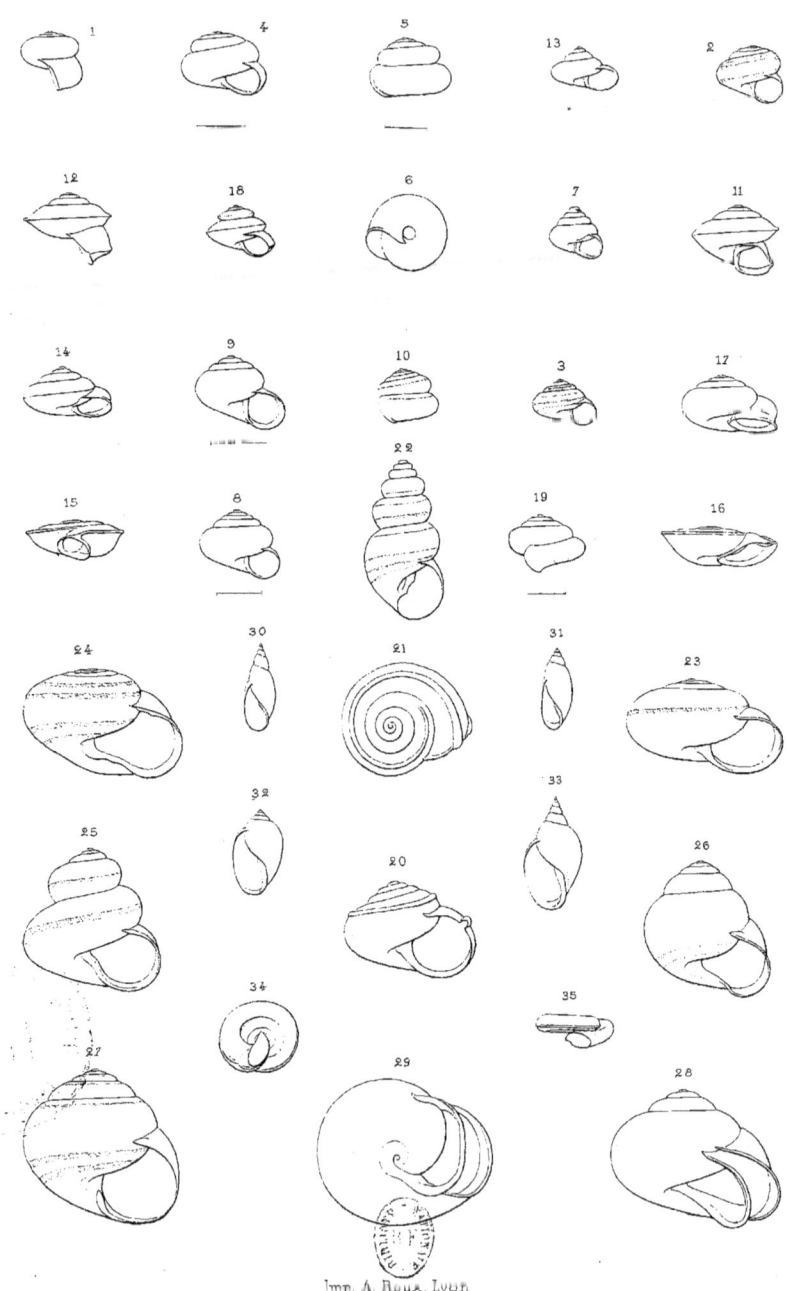

L. Gauthier del. et sc.

A. Locard direxit

PLANCHE III

Fig. 1-3. — Hyalinia nov. form. Bois de Hauteville (Ain); collection Locard.
— 4-6. — Hyalinia nov. form. Alluvions du Rhône, à Lyon ; coll. Locard.
— 7. — Helix rotundata, LINNÉ. Forme déprimée; le mont Pilat (Loire); coll. Locard.
— 8. — Helix rotundata, LINNÉ. Forme subscalaire-arrondie; le Mont-d'Or lyonnais; coll. Locard.
— 9. — Helix carthusiana, MÜLLER. Forme subscalaire; alluvions du Rhône, à Lyon; coll. Locard.
— 10. — Helix hispida, LINNÉ. Forme subscalaire; alluvions du Rhône; coll. Locard.
— 11-12. — Helix diurna, BOURGUIGNAT. Environs de Lyon ; coll. Locard.
— 13-14. — Helix Putoniana, J. MABILLE. Environs de Lyon ; coll. Locard.
— 15-16. — Helix nov. form. Environs de Lyon; coll. Locard.
— 17. — Bulimus montanus, DRAPARNAUD. Environs de Grenoble; coll. Locard.
— 18. — Bulimus montanus, DRAPARNAUD. La Grande-Chartreuse (Isère); coll. Locard.
— 19. — Ferussacia Locardi, BOURGUIGNAT. Alluvions du Rhône, à Lyon; coll. Locard.
— 20. — Chondrus quadridens, Linné. Forme allongée ; alluvions du Rhône; à Lyon, coll. Locard.
— 21. — Pupa secale, DRAPARNAUD. Forme déviée; alluvions du Rhône, à Lyon; coll. Locard.
— 22. — Limnæa stagnalis, LINNÉ. Forme renflée, obtenue dans notre aquarium; coll. Locard.
— 23. — Limnæa elophila, BOURGUIGNAT. Forme carénée; Bourg (Ain); coll. de M. B. Tournouër.
— 24. — Limnæa peregra, MÜLLER. Forme gibbeuse; Laumusse (Ain); coll. Locard.
— 25. — Physa acuta. DRAPARNAUD. Péristome développé; le Moulin-à-Vent près Lyon ; coll. de M. Roy.
— 26-29. — Physa acuta, DRAPARNAUD. Formes gibbeuses; le Moulin-à-Vent, près Lyon ; coll. de M. Roy.
— 30-35. — Planorbis albus, MÜLLER. Formes scalaires; losne Béchevelin à Lyon; coll. Locard.
— 36-39. — Planorbis albus, MÜLLER. Formes subscalaires; losne Béchevelin à Lyon; coll. Locard.
— 40. — Planorbis corneus, LINNÉ. Forme déviée; le Menthon (Ain); coll. de M. de Fréminville.
— 41. — Paludinella nov. form. Alluvions du Rhône, à Lyon; coll. Locard.
— 42. — Paludinella nov. form. Alluvions du Rhône, à Saint-Fons (Rhône); coll. de M. Roy.
— 43-44. — Unio batavus, MATON et RACKET. Forme déviée; la Saône aux environs de Mâcon; coll. de M. Lacroix.

Pl. III

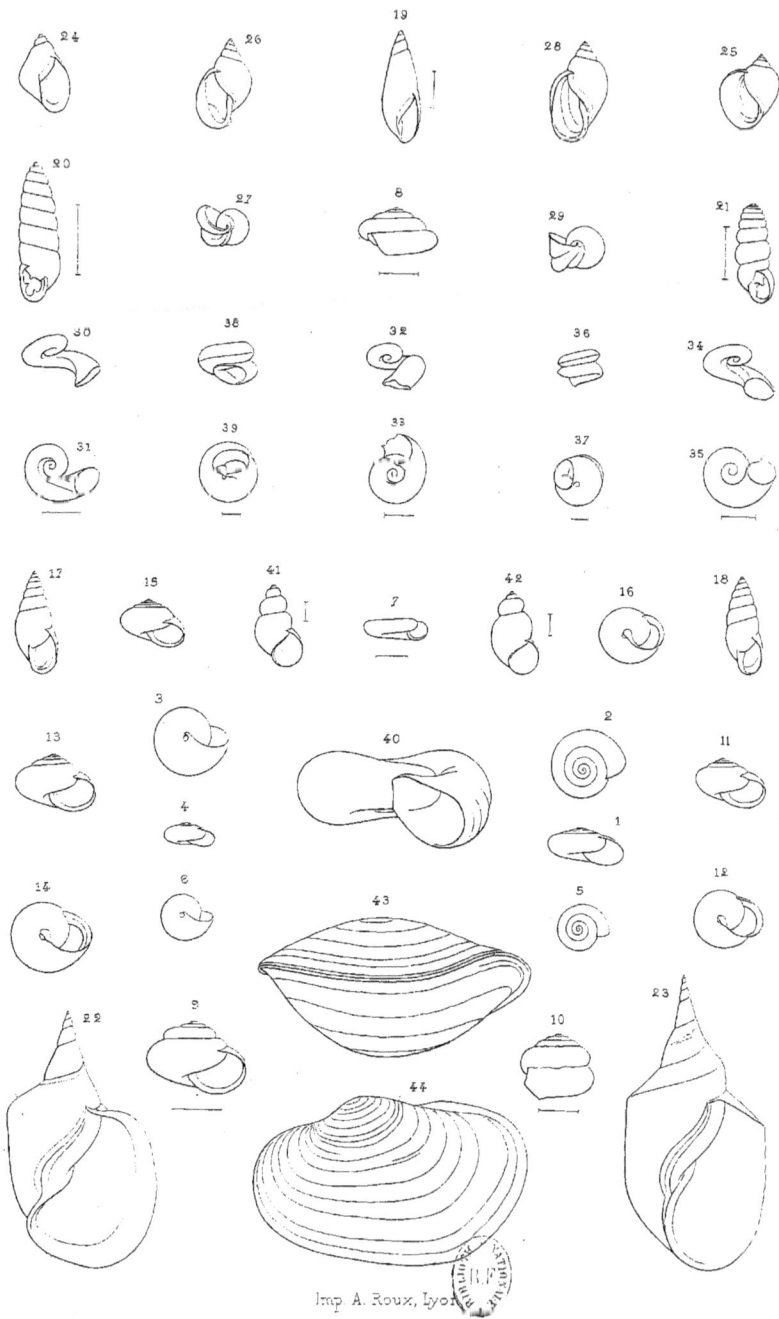

Imp. A. Roux, Lyon

L. Gauthier del. et sc.

A. Locard direxit.

PLANCHE IV

Fig. 1. — Chondrus tridens, Müller. Forme scalaire; Saint-Fons (Rhône); coll. de M. Roy.

— 2. — Chondrus tridens, Müller. Forme ventrue; Saint-Fons (Rhône); coll. de M. Roy.

— 3. — Cæcilianella acicula, Müller. Forme déviée; alluvions du Rhône, à Saint-Fons (Rhône); coll. de M. Roy.

— 4-5. — Pupa frumentum, Draparnaud. Déplacement de l'ouverture; alluvions du Rhône; à Saint-Fons (Rhône); coll. de M. Roy.

— 7-8. — Pupa muscorum, Draparnaud. Déplacement de l'ouverture, alluvions du Rhône; coll. Locard.

— 9. — Pupa hordeum, Charpentier. Environs de Lyon; coll. de M. Gabillat.

— 10-11. — Planorbis complanatus, Linné. Forme déviée; Gerland, près Lyon; coll. de M. Roy.

— 12-13. — Planorbis complanatus, Müller. Forme déviée; Gerland pr. Lyon, coll. de M. Roy.

— 14. — Planorbis complanatus, Müller. Forme déviée; St-Fons (Rhône); coll. de M. Roy.

— 15 — Planorbis rotundatus, Linné. Forme déviée; Gerland près Lyon; coll. de M. Roy.

— 16-17. — Planorbis complanatus, Müller. Forme scalaire; Gerland, près Lyon; coll. de M. Roy.

— 18-19. — Planorbis carinatus, Linné. Ouverture dilatée; la Mouche, près Lyon; coll. de M. Roy.

— 20-21. — Planorbis rotundatus, Linné. Forme subscalaire; Gerland, pr. Lyon; coll. Locard.

— 22 — Planorbis corneus, Linné. Forme gibbeuse; env. de Lyon; coll. de M. Gabillot.

— 23. — Limnæa auricularia, Linné. Ouverture dilatée, environs de Lyon; collection de M. Gabillot.

— 24-25. — Limnæa auricularia, Linné. Péristome renversé; env. de Lyon; coll. Locard.

— 26-27. — Limnæa auricularia, Linné. Ouverture gibbeuse; env. de Lyon; coll. Locard.

— 28-29. — Limnæa auricularia, Linné. Péristome recourbé; env. de Lyon; coll de M. Gabillot.

— 30. — Limnæa limosa, Linné. Spire mucronée; La Chaux au Mont-d'Or (Rhône); coll. Locard.

— 31. — Limnæa limosa, Linné. Ouverture échancrée; environs de Lyon; coll. Terver, au muséum de Lyon.

— 32. — Limnæa elophila, Bourguignat. La Mouche, près Lyon; coll. de M. Gabillat.

— 33. — Limnæa stagnalis, Linné. Parc de la Tête-d'Or à Lyon; coll. Locard.

— 34. — Physa acuta, Linné. Forme ventrue; le Moulin-à-Vent près Lyon; coll. de M. Roy.

— 35. — Neritina fluviatilis, Linné. Forme subscalaire; le Rhône à Lyon; coll. de M. Gabillot.

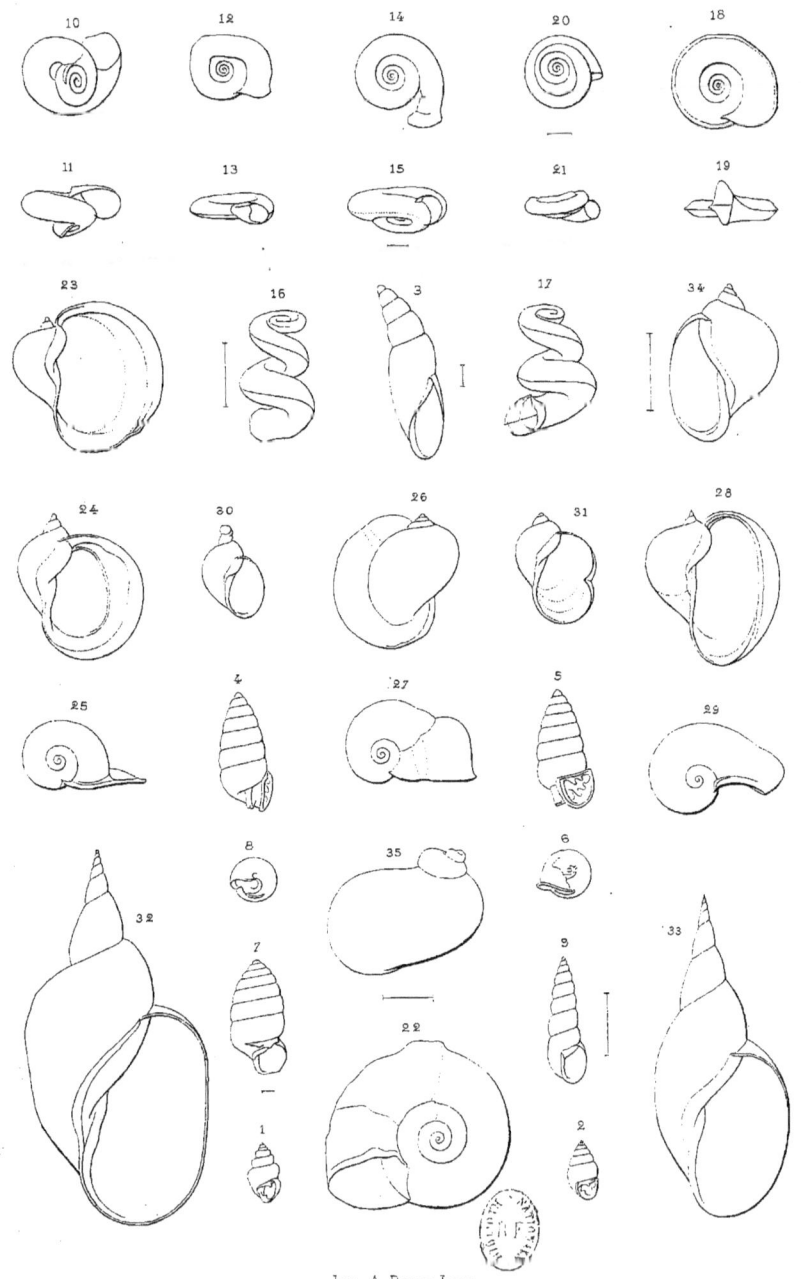

L. Gauthier del. et sc.   A Locard direxit.

PLANCHE V

Helix nemoralis, Linné et Helix hortensis, Muller.

Nota. — *Tous ces échantillons font partie de notre collection, sauf le n° 14 qui nous a été communiqué par M. Lacroix.*

Fig. 1. — Bief-du-Fourg (Jura).
— 2. — Saint-Chamond (Loire).
— 3. — Les Brotteaux, près Lyon (Rhône).
— 4. — Saint-Chamond (Loire).
— 5 — Lagny (Seine-et-Marne).
— 6 — Saint-Saulge (Nièvre).
— 7. — Bollène (Vaucluse.
— 8. — Saint-Saulge (Nièvre).
— 9. — Aix-les-Bains (Savoie).
— 10. — Bollène (Vaucluse).
— 11. — Châtillon-sur-Seine (Côte-d'Or).
— 12. — Tarbes (Hautes-Pyrénées).
— 13. — Lagny (Seine-et-Marne).
— 14. — Mâcon (Saône-et-Loire).
— 15. — Montbrison (Loire).
— 16. — Valenciennes (Nord).
— 17. — Lagny (Seine-et-Marne).
— 18. — Aix-les-Bains (Savoie).
— 19. — Saint-Fons (Rhône).
— 20. — Bollène (Vaucluse).
— 21. — Culoz (Ain).
— 22. — Saint-Pierre-de-Bœuf (Loire).
— 23. — Culoz (Ain).
— 24. — Saint-Pierre-de-Bœuf (Loire).
— 25. — Tour-de-Carat (Pyrénées-Orientales).
— 26. — Carcassonne (Aude).
— 27. — Vaugris (Isère).
— 28. — Tour-de-Carat (Pyrénées-Orientales).
— 29. — Tour-de-Carat (Pyrénées-Orientales).
— 30. — Le Mont-d'Or lyonnais (Rhône).
— 31. — La Mulatière, près Lyon (Rhône).
— 32. — Tour-de-Carat (Pyrénées-Orientales).

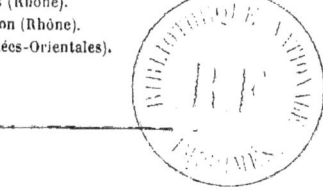

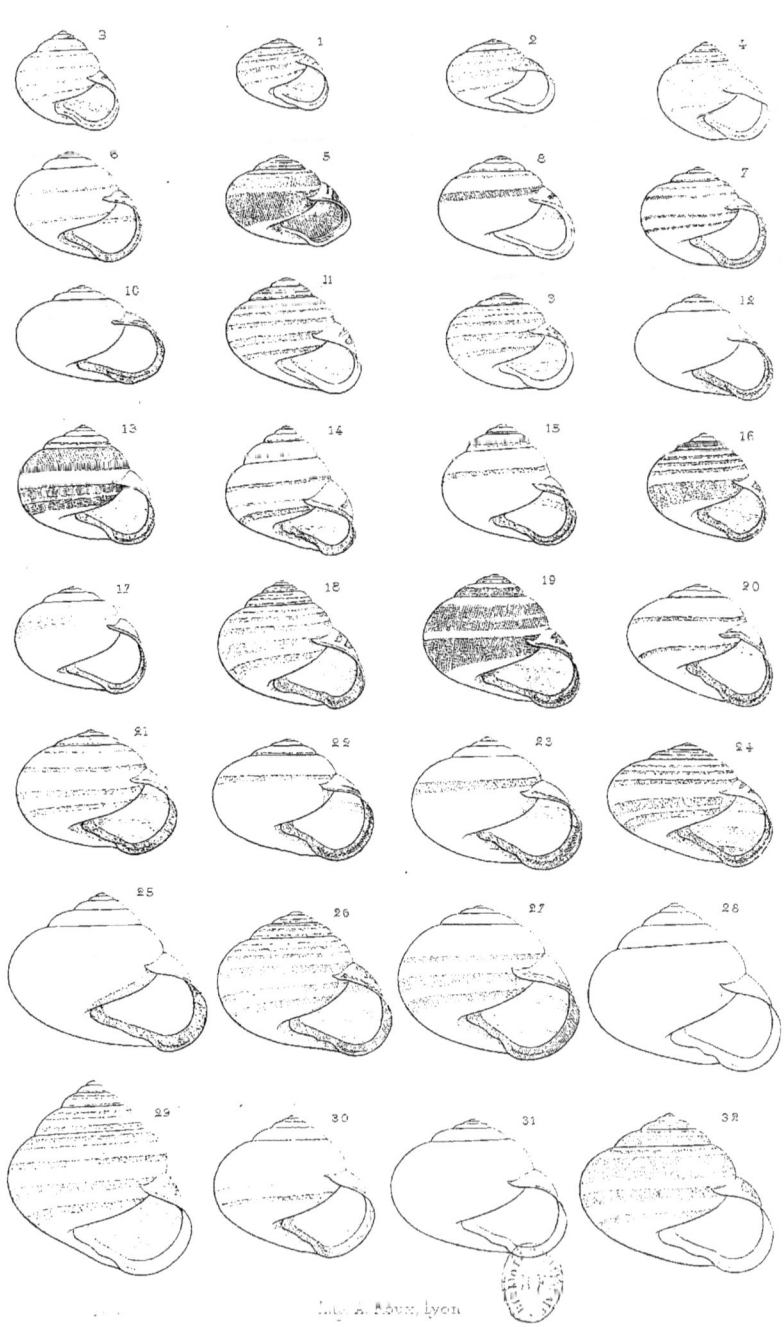

L. Gauthier del et sc.   A. Locard direxit